FÜR NINA

Nur du und ich auf dem Pfeiler.

UND FÜR DICH, PAPA

Irgendwann erzähle ich dir alle Geschichten.

RHILOK

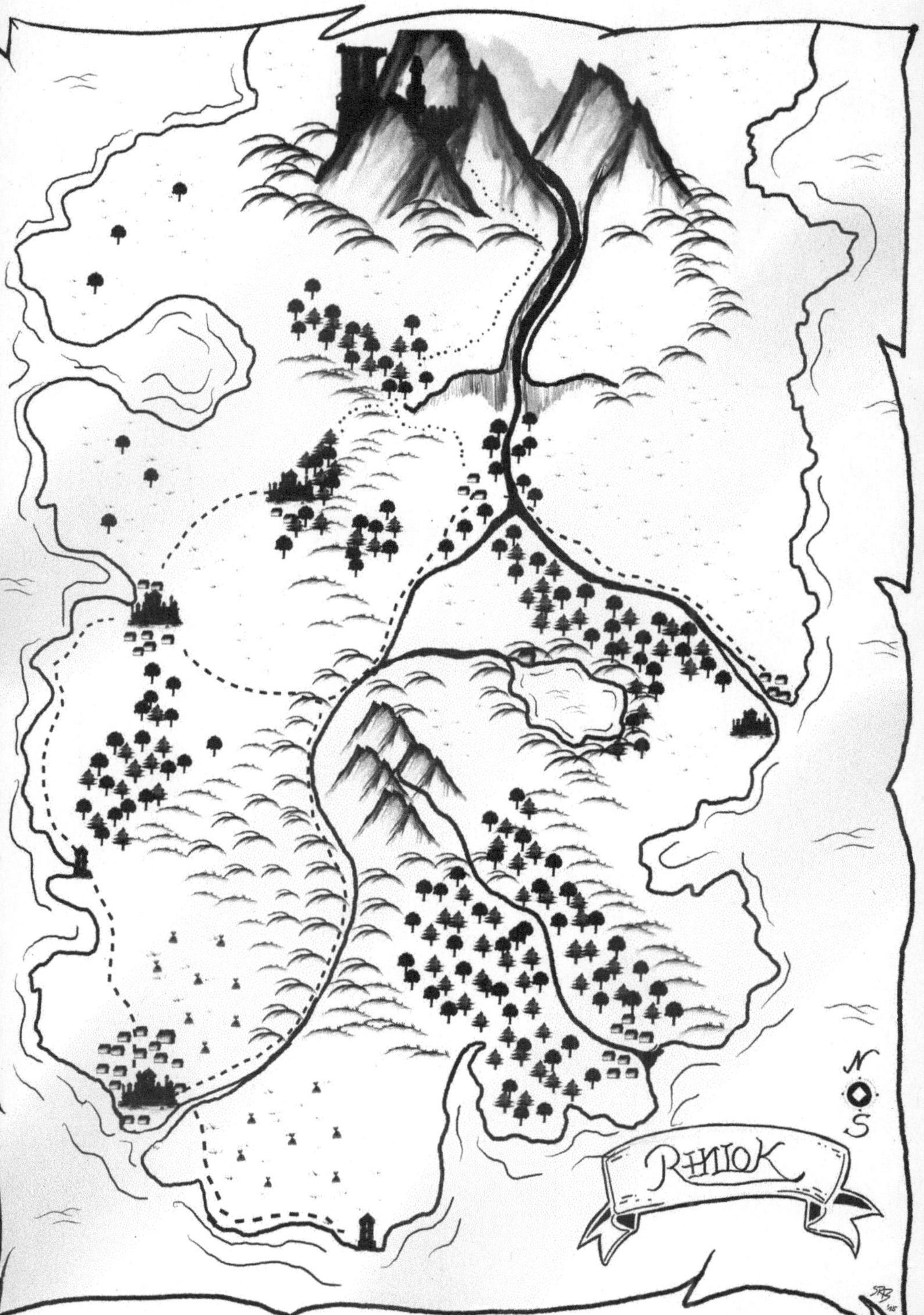
N
S

PROLOG

Die Axt spaltete den Orkschädel sauber in der Mitte und ließ das grüne Monster in einem roten Sprühregen hintenüberkippen.

Gundarik vergeudete keine Zeit damit, seinem Opfer beim Sterben zuzusehen, sondern wandte sich um und eilte seinem nächststehenden Kameraden zu Hilfe. Dabei versuchte er, die unzähligen Orkleichen auf dem Boden zu ignorieren – und vor allem die drei toten Zwergenkörper, die Hälfte seiner Truppe. *Weitermachen. Rache für unsere Brüder. Keinen weiteren Toten mehr zulassen.* Das waren die Gedanken, die er sich verzweifelt immer wieder in den Geist rief.

Olfdan war zum ersten Mal im Gebirge und wohl auch zum ersten Mal in einen echten Kampf mit den Bestien des Nordens verwickelt. Der junge Zwerg hielt sich wacker, doch Gundarik erkannte sofort, dass seine Verteidigung Lücken aufwies.

Lücken, die dem erfahreneren Ork ebenfalls nicht entgingen.

Das Monster leckte sich gierig über die scharfkantigen Zähne, die aus seinem aufgerissenen Maul ragten, und schwang sein Schwert wild über den Kopf.

Olfdan fiel auf die Finte herein und machte einen Schritt nach vorn, um dem Ork sein eigenes Schwert in den Bauch zu rammen.

Die Bestie hatte mit diesem Zug gerechnet und drehte sich um Olfdans Schlaghand herum, in die nun völlig ungeschützte rechte Flanke des Zwergs.

Gundarik warf sich mit lautem Gebrüll gegen den Ork und verhinderte so das Schlimmste. Die Klinge verfehlte den jungen Zwerg und kratzte funkensprühend über den Boden. »Such dir einen in deiner Größe!«, keifte Gundarik und präsentierte die blanken Zähne in einem selbstsicheren Grinsen.

»Danke«, keuchte Olfdan und ging neben Gundarik in Stellung. »Wie konnte das passieren?«

Ja, wie konnte das passieren … Gundarik hatte selbst keine Erklärung. Sie waren wie immer auf Patrouille durch die westlichen Gebirgspässe gewesen, als sie plötzlich in einen Hinterhalt der Orks geraten waren. Dabei hatte die seit hundert Jahren niemand mehr so nah an Invar gesehen.

Er wurde jäh aus seinen Gedanken gerissen, als der Ork erneut zum Angriff ansetzte.

Ohne Rücksicht auf Verluste stürmte das Monster auf sie zu, brüllte ihnen all seine Verachtung entgegen und wurde nicht langsamer.

Ein gellender Schrei übertönte den allgemeinen Kampfeslärm und Gundarik ließ die Axt für einen Moment sinken. Ein weiterer Gebirgsläufer war den Orks zum Opfer gefallen.

Er wurde an der linken Schulter getroffen, hart und umfassend. Aus den Augenwinkeln sah er noch, wie Olfdans Schwert dem jungen Zwerg bei der Parade aus der Hand glitt.

Die krude Klinge des Orks drang tief in den Bauch des Gebirgsläufers ein, der gerade das Leben seines nutzlosen und unachtsamen Kommandanten gerettet hatte.

Gundarik schrie auf. Hackte nach dem Arm des Orks, nach seinem Körper, seinem Kopf und Hals.

Immer wieder traf die Axt das Monster, doch die grüne Bestie versuchte nicht einmal sich zu wehren. Stattdessen stach der Ork immer wieder auf Olfdan ein, als wolle er sichergehen, dass er den Zwerg mit sich in den Tod riss.

Schließlich sackten Ork und Zwerg zusammen und Gundarik ließ den vom Blut glitschigen Griff seiner Axt los und sank neben dem sterbenden Zwerg auf die Knie.

»Wie war ich?«, fragte Olfdan und blickte Gundarik dabei mit weit aufgerissenen Augen an.

»Du hast dich tapfer geschlagen.«

»Bin ich einer von euch?«

Gundarik blinzelte eine Träne weg und nickte heftig. »Du bist ein Gebirgsläufer durch und durch.«

Er wusste nicht, ob Olfdan ihn noch verstanden hatte. Der Brustkorb des jungen Zwergs regte sich nicht mehr.

Ein Schatten legte sich über Gundariks Gesicht, doch er weigerte sich, den toten Körper loszulassen.

Selbst dann nicht, als ein heißer Schmerz ihm in den Rücken fuhr.

WEIL SCHWEBEN NICHT FLIEGEN IST

Duibel zerknüllte das Papier und warf es in einen kleinen Eimer. Oder versuchte es, denn auch wenn sein Wurf ganz vortrefflich war – für einen Gnom sogar schon fast rekordverdächtig –, prallte die Papierkugel an dem kleinen Haufen anderer zerknüllter Papiere ab, die bereits über den Rand des Eimers quollen.

»Das ist alles Mist«, fluchte der Gnom leise vor sich hin und stieß sich mitsamt seinem Stuhl vom Tisch ab. »Eine Erfindung. Ich brauche eine Idee!« Während er in seiner Werkstatt auf und ab schritt, lauschte er dem Lärm der Stadt, der immer leise im Hintergrund zu hören war.

Die Schmiede Invars waren in ihr Tagwerk vertieft und ihre Hammerschläge erzeugten einen gleichförmigen Takt, der Duibel immer beruhigte. Der Gnom ließ seine Gedanken kurz zu den Schmiedeöfen und Essen wandern, Gussformen, die nach gnomischen Bauplänen erstellt worden waren und die die Zwerge nun zur Fertigung ihrer Werkzeuge und Waffen nutzten.

Wie viele von ihnen gerade eine Armbrust nach deinem Vorbild bauen?, fragte er sich, als sein Blick über die Kohlezeichnung seines Vaters an der Wand schweifte. *Mirzons Sohn wird seinen Vater noch übertreffen* … Duibel wusste nur zu gut, was von ihm erwartet wurde. Der Satz seines Vaters, dass in seinem Sohn »vier Fuß Genialität schlummern«, half ihm nicht gerade dabei, gelassen an die Sache ranzugehen.

Und der junge Ingenieur wünschte sich nichts sehnlicher, als dass eine seiner Erfindungen einmal in aller Munde wäre, so wie Rhaflits Flugversuche.

»Verdammt!«, rief Duibel laut aus und schlug sich mit der flachen Hand auf die Stirn. »Rhaflits Flugversuch!«

Sofort ließ er alles stehen und liegen und eilte aus seiner Werkstatt.

Im Gegensatz zu Invar war der gnomische Bezirk, Ventril, alles andere als ausgeschlafen. Duibel war einer der wenigen Frühaufsteher, denn die meisten Ingenieure bevorzugten die nächtliche Ruhe, wenn der letzte Hammer geschwungen war, um an ihren Erfindungen zu arbeiten. Ihn selbst störte der Lärm nicht – im Gegenteil. Durch den Rhythmus der Hammerschläge verfiel Duibels Hirn in eine Art *Denk-Takt*, der es ihm ermöglichte, seine Gedanken geordnet zu verfolgen.

Vielleicht könnte ich ein Gerät erfinden, das den Zwergen die Hammerschläge vorgibt?, dachte er, während er die Straßen entlangrannte. *Hammerzähler oder so.*

Aber wofür wäre ein solches Gerät schon nützlich im Vergleich zu Mirzons Armbrust?

Er verwarf den Gedanken vorerst und konzentrierte sich auf seinen Weg zu dem Plateau, von dem aus Rhaflit heute starten wollte.

Ventrils Stadttor war weit geöffnet und die beiden Gnome, die gerade ihren Dienst zur Sicherung des Türmechanismus verrichteten, grüßten ihn aufgeregt.

»Hat Meister Rhaflit schon begonnen?«, fragte ein junger Gnom, kaum älter als zwanzig Jahre, aber mit knapp vier Fuß schon genauso groß wie Duibel.

Der ältere Ingenieur hielt nicht an, sondern grüßte die beiden Lehrlinge nur mit einem strengen Blick. Er hatte keine Zeit, sich mit ihren neugierigen Fragen zu beschäftigen, auch wenn er ohnehin zu spät käme.

Sollte er den heutigen Flugversuch seines Freundes verpassen, und sollte es Rhaflit diesmal tatsächlich gelingen, wäre Duibel untröstlich, diesen Triumph nicht miterleben zu können.

Und sollte Rhaflit stattdessen wieder – wie all die Male zuvor – scheitern …

Daran wollte Duibel erst recht nicht denken, während er durch Invars Straßen rannte.

Zwerge transportierten hier alle möglichen Waren und Gegenstände hin und her. Eisen, Kohle und Holz für die Schmieden, Leder und gefertigter Stahl für die Rüstungsbauer. Bierfässer wurden entlanggerollt, aber es duftete auch nach frisch gebackenem Brot und gerade kamen ihm zwei der Gärtner entgegen, die schon vor Sonnenaufgang in den Gärten südlich von Invar unterwegs gewesen waren, um dort nach dem Rechten zu sehen.

Sie alle überragten den Gnom um gut einen Kopf, dennoch blickte keiner der Zwerge auf ihn herab. Man grüßte sich freundlich und tauschte noch rasch kleine Nettigkeiten aus, auch wenn er jedes Mal in ihren Blicken lesen konnte, dass sie auf Neuigkeiten von Rhaflits Flugversuch brannten.

Duibel hoffte, dass es im Lauf des Tages eine weitere Geschichte über ein gnomisches Meisterstück der Erfindungskunst zu erzählen gäbe.

Er atmete erleichtert auf, als er das Plateau erreichte und sah, dass Rhaflit noch nicht begonnen hatte.

»Hilf mir, ihn davon abzubringen«, begrüßte Kerellic den gnomischen Ingenieur. Der Zwergenschmied war einer von Rhaflits engsten Freunden und hatte bisher jeden Plan des Gnoms unterstützt. Mit seinem aktuellen Vorhaben war er jedoch absolut nicht einverstanden.

Rhaflit schenkte ihnen keinerlei Beachtung. Der frühmorgendliche Wind schnitt ihm ins Gesicht und der Gnom schirmte seine Augen gegen die aufgehende Sonne ab, als er das östliche Tal überblickte.

Hier oben fühlte sein Freund sich am wohlsten, wusste Duibel. Wenn die Sonne sich über dem Horizont erhob, die Bergkämme wie in Bronze gegossen erscheinen ließ und der kalte Nachtwind langsam den milderen Temperaturen des Tages wich.

Rhaflits Blick streifte in der Ferne die Umrisse eines Adlerhorstes und der Ingenieur schmunzelte. Er drehte sich zu seinen Begleitern um und bedachte sie mit einem bedeutungsvollen Nicken seines rundlichen Kopfes, wodurch ihm eine schwarze Haarsträhne über das rechte Auge fiel, die er sich mit einer fahrigen Handbewegung wieder aus dem Gesicht strich. »Ich denke, heute wird es gehen«, sagte er voller Vorfreude.

Eine Freude, die Duibel ganz und gar nicht teilte. Von allen gnomischen Ingenieuren – die alle einen leichten Hang zum Größenwahn hatten – war Rhaflit der »monumentalste Visionär«, wie er sich selbst gern bezeichnete. Duibel warf einen besorgten Blick zur Seite und zweifelte einmal mehr am Vorhaben seines Freundes.

»Du weißt, wir sind nicht dafür gemacht«, formulierte er vorsichtig seine Bedenken, die sein Freund wie jedes Mal nur mit einer gelangweilten Handbewegung beiseitewischte.

»Das ist alles nur eine Frage der Berechnung«, sagte Rhaflit schließlich mit einem Grinsen.

Duibel zuckte bei diesem Satz unwillkürlich zusammen, denn er konnte sich nur viel zu gut an Rhaflits letzte Versuche auf dem Berggipfel erinnern. Der Traum vom Fliegen beschäftigte den Ingenieur nun schon seit knapp siebzehn Jahren. Selten zuvor hatte ein Gnom so lange an einer Erfindung gebastelt und noch seltener war ein Gnom so häufig und spektakulär gescheitert wie Rhaflit. Aufgeben gehörte zu keinem seiner vielen Charakterzügen und so hatte er unermüdlich weitere Berechnungen aufgestellt und war ein ums andere Mal hier oben gestanden und hatte versucht, sich diesen Traum zu erfüllen.

Ein wütendes Schnauben ließ Duibel erschrocken aufblicken.

»Ich frage dich noch einmal«, forderte Kerellic entnervt, als er sich zu ihnen gesellte. Er hatte zuvor noch mit den drei Gebirgsläufern gesprochen, die bereitstanden, um Rhaflit zu bergen, falls er abstürzte.

Duibel wagte kaum daran zu denken, aber die Vergangenheit hatte zu oft und zu deutlich gezeigt, dass diese Absicherung mehr als nötig war.

»Wird es diesmal funktionieren?« Der Schmied war immer an Rhaflits Erfindungen beteiligt, da er das Metall nach den Vorgaben des gnomischen Ingenieurs formte. Duibel dachte kurz darüber nach, ob dies schon immer so gewesen war, und kam zu dem Schluss, dass sich das Leben in Invar – der großen zwergischen Bergfestung – in den letzten Jahrhunderten wohl nicht verändert hatte. Die Gnome Invars machten die Erfindungen und die Zwerge setzten sie um.

Zwerge waren durch ihre Statur für handwerkliche Arbeiten – worunter nach zwergischer Meinung auch das Kriegshandwerk gehörte – besser geeignet als Gnome. Aus diesem Grund blieben die Gnome stets im Hintergrund, erfanden im Stillen neue Kriegsmaschinen oder neue Metalllegierungen und die Zwerge setzten sie zu beiderseitigem Nutzen ein.

Jeder Gnom hoffte, die eine bahnbrechende Idee zu verwirklichen, die ihm zu ewigem Ruhm in den Annalen der Zwerge und Gnome verhelfen würde.

Duibels Vater hatte die größte Erfindung der letzten dreihundert Jahre gemacht: die Armbrust. Diesem unscheinbaren Gerät verdankten die Zwerge noch immer ihre militärische Überlegenheit, da kein anderes Volk es bisher geschafft hatte, sich effektiv gegen sie zu schützen und selbst etwas Besseres zu erfinden. Nicht den bloßen Mechanismus, dieser war leicht zu durchschauen; aber die richtigen Materialien in die Gesamtkomposition zu bringen, das war die Kunst. Die gnomische Armbrust feuerte fast ebenso weit und genau wie ein Bogen, bot dabei aber eine viel höhere Durchschlagskraft. Zudem eignete sich die Armbrust vortrefflich für den Kampf in den beengten Gängen des Minenkomplexes.

Durch diesen Umstand genoss Duibel in der Gesellschaft der Gnome wie auch der Zwerge ein hohes Ansehen. Allerdings lastete auf ihm auch ein enormer Erwartungsdruck, denn jeder rechnete damit, dass er die Erfindung seines Vorfahren noch übertreffen würde.

»Wird es funktionieren, Rhaflit?« fragte Kerellic nun noch lauter und riss Duibel aus seinen Gedanken.

»Ich sagte doch bereits, mein lieber Freund«, versuchte Rhaflit ihn zu beschwichtigen, »es hängt von so vielen verschiedenen Faktoren ab, die ich unmöglich alle kontrollieren kann. Es *müsste* diesmal funktionieren, ja.«

»Garantiere es«, forderte Kerellic. »Ich habe weder die Zeit noch die Lust, dich und deinen Drachen von der Bergwand abzukratzen. Geschweige denn das ganze Drachenleder zu flicken, das wir für die Flügel benutzt haben.«

»Es *müsste* funktionieren«, wiederholte Rhaflit mit einem entwaffnenden Lächeln.

»Ich hasse es, wenn du das sagst.« Kerellic stöhnte und schlug die Hände über dem Kopf zusammen. Duibel grinste breit – meist endeten ihrer Unterhaltungen auf diese Art.

»Du hast doch den Ring vom Elfenkönig, mit dem du schweben kannst. Wieso reicht dir das nicht?«, unternahm Kerellic einen letzten Versuch und spielte damit auf das Geschenk von König Pellaréion an.

Der Elfenkönig hatte Rhaflit als Dank für die Erfindung eines neuartigen Schiffes einen Levitationsring geschenkt und damit ungewollt Rhaflits Traum vom Fliegen geboren.

Duibel wusste, was sein Freund nun sagen würde, formte die Worte bereits mit den Lippen und bewegte seine Hand wie ein Puppenspieler, der einen kleinen Holzkopf zum Sprechen brachte. Rhaflit holte tief Luft, ehe er laut in den Wind rief: »Weil Schweben nicht Fliegen ist! Fliegen wird die Welt verändern!«

»Lass es gut sein, Kerellic.« Duibel stellte sich neben den Schmied und blickte ihm aufmunternd ins Gesicht. »Vielleicht schafft er es ja diesmal.«

»Und vielleicht kracht er wieder gegen den Berg«, antwortete Kerellic trocken und erinnerte Duibel damit nur zu deutlich an Rhaflits letzten Versuch, der bereits ein Jahr zurücklag.

Kurz nach dem Start hatte Rhaflit die Kontrolle über seinen Drachen verloren und war gegen die steile Bergwand getrieben worden. Nach seiner Rettung war er mehrere Monate an sein Bett gefesselt gewesen und selbst heute noch ertappte Duibel ihn dabei, dass er mit dem linken Bein leicht hinkte, wenn er zu viel gelaufen war. Aber der Gnom beschwerte sich nicht. Er hatte sich so viele Knochen gebrochen und Schnittwunden erlitten, dass man ihn schon fast für einen zwergischen Veteranen halten konnte. Auch seiner Vision hatte es keinen Abbruch getan. Stattdessen hatte er sich sein Krankenlager in seiner Werkstatt eingerichtet und sofort mit neuen Berechnungen begonnen. Für den beharrlichen Gnom war der Unfall nicht mehr als ein »kleiner« Rückschlag gewesen.

»Dann halte dich besser bereit«, warnte Duibel und seine Worte ließen den um einen Kopf größeren Zwerg zusammenzucken.

Kerellic seufzte. »Ich wünschte, er hätte einen anderen Traum.«

»Ich wünschte, er würde wenigstens diesen hier aufgeben«, erwiderte Duibel.

»Nein! Aufgeben ist eine Schwäche der Menschen oder anderer niederer Völker. Ihr Gnome seid fast schon Zwerge«, fügte er mit einem Augenzwinkern hinzu, »also benehmt euch auch wie wir.«

Duibel verstand, worauf Kerellic anspielte. Zwerge waren sehr stoische Zeitgenossen, deren Stolz sich darin begründete, über alle Maßen tapfer und entschlossen – manchmal sogar starrsinnig – zu sein. Und diese Eigenschaften bei einem Gnom zu sehen, erfüllte Kerellic mit Freude, sagte man den Gnomen bisweilen nach, sie seien Feiglinge – oder schlimmer noch: Pazifisten.

Rhaflit schenkte dem Treiben um ihn herum nicht die geringste Beachtung. Er zog den letzten Gurt fest, der das Drachengestell mit seinem Rücken verband, und prüfte ein weiteres Mal die Windrichtung, indem er den Zeigefinger in den Mund steckte und danach in die Luft hielt.

Er nickte entschlossen, um sich selbst noch ein wenig Mut zu machen, dann spurtete er los. Seine kurzen Beine machten kleine, schnelle Schritte und die Tragkraft der Flügel ließ ihn bereits winzige Hopser auf dem Stück bis zur Felskante machen.

Rhaflit konzentrierte sich einzig auf diesen Punkt. Er wollte so viel Anlauf wie möglich nehmen, um dann kräftig von der Kante abzuspringen.

Noch fünf Schritte, dann hätte er sie erreicht. Noch drei, noch zwei: Er drückte sich mit aller Kraft vom Boden ab und sprang in die große Leere des Abgrunds.

Er spürte den Wind, der ihn sofort ergriff und an den sorgfältig gearbeiteten Flügeln aus Drachenleder riss. Rhaflit spürte den Aufwind, fühlte, wie er nicht zu Boden – und dem unweigerlichen Tod – gezogen, sondern hinaufgetragen wurde.

Erst jetzt bemerkte er, dass er beim Absprung vor Angst die Augen geschlossen hatte, und öffnete sie vorsichtig. Der Gegenwind schnitt ihm heftig ins Gesicht und Tränen strömten über seine Wangen. Der gnomische Ingenieur kniff die Augen wieder zusammen, um sie vor dem Wind zu schützen, doch er weinte auch vor bloßer Freude.

Er flog! Wahrhaftig, er flog!

Rhaflit blickte hinunter und betrachtete seine vertraute Heimat aus einem neuen Blickwinkel. Er sah die Schornsteine der Schmieden Invars, die aus dem Berg ragten und ohne Unterbrechung dichten schwarzen Rauch ausstießen. Sein Blick schweifte über Kerellic und Duibel, die an seinem Startpunkt auf ihn warteten und ihm freudig zujubelten. Ein Windstoß trug ihn weiter hinauf und über Invars massive Eisentore, die, einmal geschlossen, von keinem Angreifer überwunden werden konnten. Er legte sich in eine sanfte Kurve und überflog die Felder, auf denen die Zwerge unter anderem den Weizen für ihr Bier anbauten, und die Bewässerungsanlagen, welche die Gnome dafür entwickelt hatten.

Rhaflit war so fasziniert von dem Anblick, der sich ihm bot, dass er völlig vergaß, sich zu seinen korrekten Berechnungen zu gratulieren.

Eine kleine Böe trug ihn noch höher und er fühlte sich einen kurzen Moment wie einer jener majestätischen Adler. Frei und uneingeschränkt könnte er sich über Rhilok bewegen, mal fliegend, mal laufend.

Doch ein Vogel war ihm noch immer einen Schritt voraus, bemerkte er plötzlich. Vögel konnten mit den Flügeln schlagen und an Höhe gewinnen – er musste auf dem Wind gleiten.

Auf jener Windströmung, die gerade abbrach!

Rhaflit merkte noch, wie der Drachen ins Trudeln kam, als der Aufwind ihn im Stich ließ. Von einem Moment auf den anderen verlor er gut fünfzehn Meter an Höhe. Kerellic und Duibel waren plötzlich erschreckend nah und dennoch würde es schwer werden, das Plateau zu erreichen. Der gnomische Ingenieur wusste allerdings auch, dass es sein sicherer Tod wäre, wenn er es nicht schaffte .

»Verdammt!«, fluchte Duibel, als sie erkannten, dass Rhaflit kurz vor einem Absturz stand.

»Jungs, macht euch bereit!«, rief Kerellic den drei Gebirgsläufern zu, die er für einen Moment wie diesen mitgenommen hatte.

Sie waren die besten Bergsteiger der Zwerge. Die meisten Zwerge gruben lediglich ihre Stollen in die Erde, die Gebirgsläufer stellten allerdings sicher, dass die Minen von außen keine versteckten Zugänge besaßen.

Gebirgsläufer hatten vor langer Zeit dieses Hochplateau gefunden und so abgesichert, dass man es von unten nicht erklettern konnte. Zusätzlich war die Bergwand mittlerweile nur eine Fassade für einen eisernen Wachturm und ließ sich vom Inneren des Turms in einem gewaltigen Erdrutsch lösen. Das Plateau bot einen unermesslich wichtigen Überblick über die gesamte Ostseite des Gebirges. Aus diesem Grund hatten die Zwerge lange Zeit überlegt, wie man es strategisch nutzen könnte. Schließlich war es dem gnomischen Ingenieur für Verteidigungsanlagen, Gotti Ittog, gelungen, die Idee eines versteckten Wachturms durchzusetzen.

Er hatte die Pläne dafür entworfen. Hinter der nun falschen Bergwand lag ein gewaltiger Wachturm. Wenn die meisten Feinde erst unter Tonnen von Geröll begraben wären, hätten die Verteidiger leichtes Spiel mit ihnen. Zusätzlich konnte man von dort aus mit Steinschleudern den gewundenen Pfad, der zu Invars Haupttor führte, unter Beschuss nehmen.

Gottis Erfindungen waren stets voller Tücke und er war es auch, der die Lehre der doppelten Absicherung aufgebracht hatte. So hatte er, als er ein wenig in die Jahre gekommen war, seinen Familiennamen geändert. »Zur Sicherheit«, wie er sagte, damit er ihn sich leichter merken könne.

Tatsächlich starb Gotti eines Tages an fortschreitender Vergesslichkeit. Beim Öffnen seiner Kammertür hatte er die zweite Falle vergessen, die sie sicherte, und sich selbst mit einem riesigen von der Decke herabschwingenden Hammer erschlagen.

Seitdem waren die einzigen Fallen an den großen Außentoren und den kleineren Durchgangstüren im Innern Invars angebracht und wurden stets von mehreren Zwergen und Gnomen bewacht. Persönliche Fallen waren strikt verboten.

Die Gebirgsläufer waren nun mit Seilen an eine stabile Säule gesichert und bereit, sich die Bergwand hinabzulassen, um Rhaflit zu bergen, sollte er tatsächlich abstürzen.

»Aber eines muss ich ihm lassen«, stellte Duibel nüchtern fest. »Für einen kurzen Moment hat es funktioniert.«

Kerellic blickte ihn zur Antwort missmutig an.

Rhaflit versuchte verzweifelt, den Drachen wieder in eine stabile Fluglage zu bringen, war nun jedoch einem Seitenwind zum Opfer gefallen, der ihn weiter vom Plateau zu entfernen drohte. Rhaflit versuchte mit aller Kraft, die sperrige Konstruktion aus Eisengestänge und Drachenleder aus dem Wind herauszudrehen, um schneller an Höhe zu verlieren. Er würde keine saubere Landung mehr hinlegen können, also wollte er lieber auf das Plateau stürzen, als in eine der vielen Bergschluchten.

Es gelang ihm unter größter Kraftanstrengung, den Absturz des Drachen zu beschleunigen. Im Sturzflug hielt er nun auf das Plateau zu und wurde dabei stetig schneller.

Mit einem Mal zweifelte der Gnom an seiner Idee.

Kurz vor dem Aufschlag riss er den Drachen erneut herum und der linke Flügel bohrte sich durch die Wucht des Aufpralls in den massiven Stein, dann überschlug er sich.

Die Konstruktion kippte zu Rhaflits Glück auf den Rücken und schlitterte so über den Stein. Direkt auf den nächsten Abgrund zu.

Duibel sah mit Entsetzen, dass Rhaflit zwar unverletzt, doch auch unkontrolliert an ihnen vorbeirauschen würde. Die Gedanken des Ingenieurs rasten, denn er war nicht bereit, tatenlos zuzusehen, wie sein bester Freund in den Tod stürzte.

»Jungs, hier rüber!«, rief er den Gebirgsläufern zu. »Schwingt euch quer zu ihm über den Rand und strafft die Seile!«

Kerellic sah ihn fragend an, doch Duibel schenkte ihm keine Beachtung. Er hatte auch schlichtweg nicht die Zeit, dem Zwerg jede Einzelheit zu erklären. Die Gebirgsläufer blickten allerdings ähnlich begriffsstutzig drein und Duibel brüllte so laut er konnte: »Tut es!«

Achselzuckend setzten sich die Zwerge in Bewegung und rannten über das Plateau. Gerade rechtzeitig sprangen sie über den Rand der Klippe, als Rhaflits Drachen quietschend in ihre gespannten Seile rutschte.

Duibel sandte ein kurzes Stoßgebet an den *Schöpfer*, dass er Rhaflit retten solle.

Kerellics Miene hellte sich auf, als er endlich den Sinn hinter Duibels Idee verstand.

Die Gebirgsläufer wirkten durch ihr Gewicht wie ein Bremsklotz für Rhaflits Drachen, der sich komplett in den über das Plateau gespannten Seilen verfangen hatte. Der Drachenschlitten wurde langsamer, bis er schließlich am Rand des Plateaus zum Stillstand kam.

Duibel stürzte zu seinem Freund und kämpfte sich durch das Gewirr aus verbogenen Eisenstangen und den Seilen der Gebirgsläufer.

»Ich sagte doch, es würde funktionieren!«, begrüßte Rhaflit ihn mit einem breiten Lächeln auf dem Gesicht.

»Ich hasse es, wenn du das sagst!«, brummte Kerellic, der ebenfalls herbeigeeilt war.

Duibel sah kurz von Rhaflit zu Kerellic und der Zwerg konnte sein Grinsen nicht länger verbergen. Schließlich mussten sie alle lachen und ließen so die Anspannung der letzten Momente hinter sich.

Der gnomische Ingenieur seufzte. »Dann wollen wir mal sehen, wie wir dich da wieder herausbekommen.«

»Keine falsche Zurückhaltung«, forderte Rhaflit sie auf. »Der Drachen wird nicht mehr benötigt …«

»Das heißt, du hörst endlich damit auf?«, fragte Kerellic hoffnungsvoll.

»Lass mich aussprechen, du Tölpel eines Schmieds«, erwiderte er mit einem viel zu breiten Grinsen im Gesicht. Rhaflit war der Einzige, ob Gnom oder Zwerg, der auf diese Weise mit Kerellic sprechen durfte, ohne sich eine blutige Nase einzufangen. »Ich brauche den Drachen nicht mehr, weil ich nicht wieder im Wind gleiten werde. Das nächste Mal werde ich wirklich fliegen!«

Kerellic schnaubte und schlug die Hände über dem Kopf zusammen.

»Bringen wir erst mal alles wieder nach Ventril«, schlug Duibel vor und begann, den Bruchpiloten aus den Wrackteilen zu befreien.

Sie luden die Überreste des Drachens auf einen kleinen Karren und schoben ihn an die Treppenkante. Ein von den Gnomen entwickelter Flaschenzug wartete dort bereits darauf, seine Ladung entgegenzunehmen und sicher gen Boden zu befördern. Als man die Wachtürme erbaute, hatte man darauf geachtet, möglichst viel Platz zu lassen. Die Wendeltreppe schmiegte sich an die Wand und im Inneren des Turms standen ungefähr fünf Meter Raum für den Flaschenzug zur Verfügung.

So konnte man im Ernstfall schweres Kriegsgerät oder Ölfässer auf das Plateau befördern, ohne den beschwerlichen Weg über die vielen Stufen nehmen zu müssen.

Die gesamte Luke wurde oben mit einer massiven Steinplatte verschlossen, die von mindestens vier Zwergen gestemmt werden musste. Doch auch hier hatte der gnomische Erfindergeist ausgeholfen. Anstatt die Platte anzuheben und dann über den Felsen des Plateaus schieben zu müssen, hatten die Gnome eine kleine Fläche der Hochebene präpariert. Es genügte nun, die Platte anzuheben und dann auf kleine Rollen zu schieben, die in den Boden eingelassen waren. So ließ sich die Platte relativ leicht bewegen und auch die Rollen konnten über einen Hebelmechanismus im Inneren des Turms versenkt werden und so den Eingang zusätzlich sichern. Ohne die falsche Bergwand bildete das Plateau ein Flachdach für den eisernen Wachturm und machte ihn zu einer schier uneinnehmbaren Festung.

Der Seilzug wurde von den drei Gebirgsläufern betätigt, während Kerellic, Rhaflit und Duibel die Teile nacheinander einluden und fest verzurrten.

Die nahezu unversehrten Flügel waren nicht einfach auf dem großen Zugkasten zu verstauen gewesen, doch schon bald machte sich die letzte Fuhre auf ihren Weg. Als die Ladung ihr Ziel erreicht hatte, traten sie ins Innere des Turms, die vier Zwerge schlossen die Luke und sperrten das Tageslicht aus dem Turm aus. Alle zehn Stufen waren Öllampen an den Wänden befestigt, die das polierte Eisen jetzt golden erstrahlen ließen. Und obwohl das Lichtspiel faszinierend war, so war es dennoch nicht vergleichbar mit der Schönheit des Sonnenlichts, das sich durch die kleinen Fenster großflächig an den Wänden spiegelte.

»Danke für eure Hilfe, Jungs«, sagte Kerellic an die Gebirgsläufer gerichtet. »War auch bitter nötig«, fügte er mit einem grimmigen Seitenblick auf Rhaflit hinzu.

Am Boden des Turms trennten sich ihre Wege. Die Gebirgsläufer gingen wieder ihren üblichen Aufgaben nach, der Schmied und die beiden Gnome zogen den beladenen Karren in Richtung Invar.

Die Zwergenstadt war nicht einfach nur ein in den Berg gehauener Stollen. Invar war eine echte Stadt unter Tage. Jetzt liefen sie jedoch noch durch einen engen Gang aus behauenem Fels, der kaum mehr als zwei Meter breit und hoch war und sie tiefer in den Berg führte. Von jedem möglichen Eingang in die Stadt führte zunächst ein schmaler Tunnel in den Berg hinein. Auf diese Weise wurde verhindert, dass ein möglicher Angreifer sich gleich zu Hunderten in die Zwergenstadt ergießen könnte.

Am Ende des Ganges erwartete sie eine Torwache, die aus vier zwergischen Schildwachen und einem gnomischen Ingenieur bestand, der die verschiedenen Fallen bediente und ihre tadellose Funktion zu jeder Zeit sicherstellte.

Die polierten Plattenrüstungen der Schildwachen funkelten silbern und rötlich zugleich im flackernden Licht der Öllampen. Duibel war stets aufs Neue gebannt von dem Lichtspiel, das in der besonderen Legierung des Mithrils seinen Ursprung hatte. Um die Rüstungen selbst dem Atem eines ausgewachsenen Drachens widerstehen zu lassen, hatten die gnomischen Ingenieure einen Weg gefunden, zerstäubte Schuppen der

Riesenechsen mit dem Metall zu verbinden. Hinter den mannshohen Turmschilden konnte ein Zwerg bequem in Deckung gehen, den tödlichen Feuerodem über sich ergehen lassen und der Bestie im Anschluss den Garaus machen. Eine Aufgabe, die den regulären Soldaten zufiel. Jeder Zwerg war ein fähiger Kämpfer, doch nur die Schildwächter verbrachten ihre gesamte Zeit mit der Übung in den Waffenkünsten. Sie bildeten eine kleine, aber äußerst effektive Streitmacht und nur im Notfall würde der König einen allgemeinen Ruf zu den Waffen ausgeben. Erst dann würde Invar zu einer einzigen kämpfenden Masse aus Tausenden von Zwergen werden, die jedem Feind den Tod brächte.

Tatsächlich war eine solche Mobilmachung schon seit gut achthundert Jahren nicht mehr vorgekommen. Manche der älteren Zwerge neckten ihre Enkel mit Geschichten aus ihrer Jugend »als die Orks noch wild waren und man hinter jeder Ecke einem wütenden Troll begegnen konnte«. Heute wagten sich nur selten Monster in die Nähe des Zwergenreichs. Und wenn sie es taten, wurden sie bereits früh von den Gebirgsläufern erspäht und zur Strecke gebracht.

Kerellic grüßte die Zwerge mit einem knappen Kopfnicken. Der Schmied war einst selbst ein Schildwächter gewesen, hatte dann jedoch die Esse seines Vaters übernommen, als dieser bei einem Unfall in der Schmiede ums Leben gekommen war. Dieser Vorfall lag nun bereits zweihundertsiebenunddreißig Jahre zurück, doch Kerellic war noch immer nicht über die Trauer seines Verlustes hinweggekommen. Und noch immer genoss er unter den Schildwachen großes Ansehen, ebenso wie unter den übrigen Schmieden.

Rhaflit und er waren schon sehr lange eng befreundet. Der Ingenieur hatte in seinen jungen Jahren als Lehrling auch die Fallenwache gehalten, wie die Gnome den Dienst an den Eingangstoren nannten. Dort war er mit Kerellic zusammengetroffen und der Zwerg hatte an Rhaflits überschäumendem Enthusiasmus einen Narren gefressen.

Seit Kerellic als Schmied arbeitete, fertigte er für Rhaflit jeden benötigten Gegenstand nach dessen Vorgaben an. So auch die Drachenkonstruktion, und Kerellic war sicher nicht minder stolz darüber, dass der letzte Versuch ein – zumindest kleiner – Erfolg war.

Der junge Gnom, der die Fallen überwachte, blickte Rhaflit ehrfürchtig an. Kein anderer Ingenieur wurde gleichzeitig so verehrt und gefürchtet wie der ehrgeizige Rhaflit. Sein bereits Jahrzehnte andauernder Kampf um die Eroberung des Luftraumes war schon jetzt legendär. Selbst die Zwerge lobten seine Beharrlichkeit.

»Meister Rhaflit!«, quiekte der junge Gnom aufgeregt, was den angesprochenen Ingenieur entnervt die Augen verdrehen ließ.

»Nenn mich nicht so«, sagte er schnell. »Sag einfach Rhaflit zu mir.« Rhaflit war, ebenso wie Duibel, ein vollwertiges Mitglied des Ingenieurs–Ausschusses und trug damit offiziell den Titel eines Meisters. Jeder Gnom, der seine Lehrjahre und die Fallenwache überstand, wurde zu einem Meister, deshalb maß Rhaflit dem formellen Titel keinerlei Bedeutung bei.

»Aber Euer Gleiter, Meister Rhaflit!«, äußerte der junge Gnom voller Staunen und überging damit komplett die Bemerkung des Älteren.

»Was ist damit?«

»Er ist völlig zerstört!«, rief der Gnom entsetzt. »Hat es denn wieder nicht funktioniert?«

Duibel und Kerellic warfen sich einen vielsagenden Blick zu und der Zwerg verbarg sogar ein Grinsen in seinem buschigen braunen Bart. Rhaflit hingegen lief in verschiedenen Tönen rot an. Zuerst war es nur eine leichte Färbung um die Wangen, dann staute sich zusehends mehr Blut in seinem Schädel.

Er schloss die Augen und zählte leise bis zehn und seine Gesichtsfarbe normalisierte sich wieder. Dann blickte er den jungen Gnom, der seit Beginn des Schauspiels unruhig von einem Bein aufs andere trippelte, an und sagte gefasst: »Meine Experimente sind geheim. Und einem Grünschnabel wie dir muss ich rein gar nichts sagen.«

Die Schildwachen kicherten leise, als Rhaflit an dem völlig verdutzten Gnom vorbeimarschierte, gefolgt von Kerellic, der den Karren mit den Überresten des Gleiters zog.

Laufende Versuche und Entwicklungen waren stets geheim. Auch wenn die Gnome ein friedfertiges Volk waren, wenn es um bahnbrechende Erfindungen ging, waren sie wie Kannibalen. Schon manche Erfindung war einem Namen zugeordnet worden, der sie lediglich kurz vor Fertigstellung schneller kopiert und vollendet hatte als der Gnom, der die Arbeit daran begann.

Für Rhaflit bestand keine wirkliche Gefahr – kein Gnom außer ihm war verrückt genug, sich mit dem Fliegen länger als in unruhigen

Träumen zu beschäftigen. Dennoch machte er ein großes Geheimnis aus seiner Arbeit, oder versuchte es zumindest, denn die Gerüchteküche kochte beinahe über, wann immer er von einem Testflug zurückkehrte. Ganz abgesehen davon, dass manche seiner Fehlschläge so spektakulär waren, dass sie sich schwerlich hätten verschweigen lassen.

»Jedes Mal das gleiche Spiel mit diesen Taugenichtsen«, schimpfte Rhaflit, als sie außer Hörweite des Tores waren.

Duibel seufzte. »Du vergisst wohl, wie wir beide waren, bevor wir Meister wurden.«

»Wir waren anders«, beharrte Rhaflit.

»Ja, wir waren noch schlimmer!« Er lachte laut und entließ auf diese Weise die noch immer angestaute Anspannung. *Eines Tages kommt er bei einem Versuch ums Leben*, dachte er.

»Moment!« Rhaflit blieb stehen und wedelte übertrieben mit den Händen. »Du hast dich doch stets damit gebrüstet, dass dein Vater, Mirzon, der Erste Ingenieur war. Und du hast immer so lange auf ihn eingeredet, bis wir bei seinen Experimenten zuschauen durften.«

»Aber hast du nicht versucht, ihn zu einigen Versuchen zu überreden, die du dir ausgedacht hattest?«

»Natürlich«, gab Rhaflit unumwunden zu. »Das ist ja auch, was ich meine. Wir haben den Meistern damals wirklich geholfen und sind nicht bloß vor ihnen gekrochen.«

Duibel schüttelte nur lachend den Kopf und damit war die Diskussion beendet. Er wollte sie auch gar nicht weiter fortsetzen, denn ihr schmaler und düsterer Tunnel endete und öffnete sich in die gewaltige Zwergenstadt Invar. Er atmete erleichtert auf, als er den beengten Tunnel verlassen und in die Stadt eintreten konnte.

Ein Anblick, den der junge Gnom stets aufs Neue genoss. Invar erhob sich inmitten einer gewaltigen Höhle, deren Durchmesser mehrere Tausend Meter betrug. An manchen Stellen war die Höhlendecke so weit entfernt, dass man sie kaum ausmachen konnte. Funkelnde Edelsteine waren in sie eingesetzt und glitzerten wie ein bunter Sternenhimmel.

Kleine und große Steinhäuser säumten nun ihren weiteren Weg, der sich durch die breiten Hauptstraßen und engeren Seitengassen schlängelte. Kerellic führte sie auf direktem Wege nach Ventril, dem

Wohnort der Gnome. Doch zuvor passierten sie noch den *Schmiedehammer*, die größte Schänke Invars und auch die älteste. Auch ihr Besitzer konnte sich dem Reiz von Rhaflits Erfindungen nicht entziehen und streckte neugierig den Kopf zu einem Fenster heraus. Kerellic grüßte den Wirt, Thorvan, mit einem knappen Kopfnicken und gab ihm zu verstehen, dass er ihn in den nächsten Stunden bereits aufsuchen würde. *Die Art der Zwerge, mit ihrer Anspannung umzugehen*, dachte Duibel.

Dumpf hallte das Hämmern aus den großen Schmieden von den Wänden. Das rhythmische, fast schon beruhigende Geräusch nahm stetig zu, bis sie schließlich eine der Treppen passierten, die in die labyrinthartigen Ebenen unter Invar führten. Direkt unter der Stadt, auf einer Fläche beinahe ebenso groß wie Invar selbst, befanden sich die Essen und Ambosse der Zwergenstadt. Und noch weiter darunter die Stollen, aus denen das Erz gefördert wurde.

Hier oben, wie die Zwerge zu sagen pflegten, bemerkte man von dem geschäftigen Treiben nicht mehr als den wiederkehrenden Schlag der vielen Hämmer.

Schließlich standen sie erneut vor einem massiven Eisentor. Nur war dieses um ein Vielfaches größer als das Durchgangstor im Wehrtunnel. Und dieses hier wurde auch nicht von bewaffneten Zwergen bewacht, sondern lediglich von zwei Gnomen bedient, die dabei auch ständig den Schließmechanismus überprüften. Duibel fühlte sich unbehaglich, als er auf den großen Riegel blickte, den man von außen vor das Tor legen konnte. Selbst die Luftschächte waren mit Klappen versehen, die von zwergischer Seite verschlossen werden konnten.

Sie würden uns tatsächlich einschließen, nur zu ihrem eigenen Wohl, dachte er dann immer. *Sie würden im Falle eines missglückten Experiments Ventril opfern, um Invar zu retten.* Sein Blick folgte einer Mauerfuge, als er vergeblich nach einem zweiten Ausweg suchte. *Eigentlich gleicht Ventril mehr einem riesigen Haus als einer Stadt*, dachte Duibel, als er sich die Mauerkonstruktion, die sich wie eine Kuppel um die Behausungen der Gnome schloss, genauer ansah. *Einem Haus, das auch ein Gefängnis werden kann.* Ein eisiger Schauer überkam ihn, als sie durch das geöffnete Tor traten und direkt Rhaflits Behausung ansteuerten.

Die Straßen Ventrils waren ungleich schmaler als die der Zwergenstadt. Und die Häuser waren auch allesamt kleiner. Doch etwas an Ventril war tausendmal schöner als Invar, wusste Duibel. Um die Eisenkuppel ansehnlicher zu gestalten, hatten die Gnome eine aufwendige Konstruktion verschiedener Spiegel an ihr angebracht. Diese Spiegel reflektierten das Licht mehrerer Öllampen, sodass das graue Eisen wie ein goldenes Dach anmutete.

Neugierige Blicke verfolgten sie, als sie gemächlich durch die Straßen marschierten, begleitet von dem dumpfen Poltern des Karrens.

Duibel reichte Rhaflit einen großen Schraubenschlüssel. »Du hättest da oben sterben können.«

»Das mag schon sein«, gestand der Gnom, während er mit dem Werkzeug eine verbogene Querverstrebung des Drachengestänges löste. »Aber glaube mir, Duibel, der Flug war es wert.« Rhaflit blickte ihm direkt in die Augen. Duibel konnte das Freudenfeuer, das in ihnen loderte, deutlich sehen. »Dieses Gefühl, diese Freiheit! Duibel, es ist das Unglaublichste, was jemals einer von uns erreicht hat.«

»Was denn?«, brummte Kerellic, der hinter einem der Flügel aus Drachenleder damit beschäftigt war, den Rahmen mit einem kleinen Hammer wieder auszurichten. »Du warst kurz oben und bist dann schnell wieder runtergefallen. Und dabei hättest du dich beinahe noch selbst getötet. Verrückter Gnom!«

»Du dummer Zwerg!«, schalt Rhaflit den Schmied und Duibel sog hörbar die Luft durch die Zähne. »Du sollst nur die Flügel richten! Das restliche Gestell ist unwichtig!«

»Aber du sagtest doch, dass du das nächste Mal fliegen willst«, verteidigte Kerellic seine Arbeit.

»Ja«, räumte Rhaflit ein, »aber Fliegen ist hiermit nicht möglich. Ich brauche nur die Flügel. Den Rest muss ich neu konstruieren.«

»Also auch neu testen?«, fragte Duibel erschrocken und Kerellic ließ den Hammer unter lautem Scheppern zu Boden fallen.

»Selbstverständlich«, gestand Rhaflit mit zufriedenem Grinsen.

»Ich hasse es, wenn du das sagst«, brummte Kerellic resignierend.

»Keine Sorge«, versuchte Rhaflit den Schmied zu beruhigen. »Die nächsten Versuche werden erst begonnen, wenn die Konstruktion wirklich ausgereift ist. Fliegen wird nämlich viel gefährlicher als gleiten.« Dann fing er an, vor sich hin zu murmeln: »So viele Dinge müssen berücksichtigt werden. Gewicht, Fluglage, Luftwiderstand, Tragfähigkeit, Antrieb …«

»Sagtest du gerade Antrieb?«, rief Duibel fassungslos.

Kerellic hatte den Hammer gerade wieder vom Boden aufgehoben, nur um ihn erneut fallen zu lassen.

»Ich sagte doch, dass ich das nächste Mal *fliegen* werde.« Rhaflit grinste freudig.

Der Zwergenschmied baute sich nun drohend vor Rhaflit auf und verschränkte die Arme vor der kräftigen Brust. »Rhaflit. Nein.«

Der Gnom stutzte und blickte Kerellic fragend an.

»Diesmal werde ich dir nicht helfen.«

»Aber …«, begann Rhaflit, doch auch Duibel stellte sich neben Kerellic und schüttelte energisch den Kopf.

»Ich ebenfalls nicht. Das ist Wahnsinn.«

»Es ist mein Traum!«, konterte der Freund und seine Stimme wurde laut. Rhaflit wurde selten laut, außer man störte ihn bei seinen Experimenten.

»Wenn es dein Traum ist, dich selbst umzubringen – bitte«, fuhr Kerellic fort. »Aber ich werde dir dafür sicher nicht die nötigen Mittel liefern. Nicht dieses Mal.«

Damit stapfte der Schmied schnaubend an dem verdutzten Gnom vorbei und zog die Tür hinter sich krachend ins Schloss.

»Also nur wir zwei«, stammelte Rhaflit.

Duibel klopfte ihm mitfühlend auf die Schulter und schüttelte traurig den Kopf. »Diesmal stehst du allein da, mein Freund. Ich kann nicht zulassen, dass du dich selbst in so große Gefahr bringst.«

»Es ist mein Traum«, wiederholte Rhaflit mit bebender Stimme und blinzelte eine Träne beiseite.

»Du bist geflogen«, appellierte Duibel an die Vernunft des Freundes. »Niemand vor dir hat das geschafft. Und vermutlich wird auch niemals wieder jemand fliegen! Du bist heute unsterblich geworden und für alle Zeit in die Annalen Ventrils eingegangen.«

»Darum ging es mir nie.«

»Wir sind dafür nicht gemacht«, beharrte Duibel.

»Wir sind für viele Dinge nicht gemacht und dennoch benutzen wir unseren Verstand, um die Wirklichkeit zu ändern«, konterte Rhaflit verzweifelt.

Duibel zuckte erschrocken zusammen. Rhaflit hatte den Leitspruch der Gnome zitiert. Den Leitspruch, den Mirzon, Duibels Vater, einst verkündete. »Das ist ein gemeiner Trick«, sagte er resignierend. *Wie könnte ich mich gegen die Lebensweise meines Volkes stellen? Es ist sein Leben und seine Entscheidung. Wenn es nur nicht so gefährlich wäre …*

»Dein Vater hatte aber vollkommen recht damit«, wagte sich Rhaflit weiter nach vorn, als er spürte, dass Duibels Widerstand nachließ.

»Es ist einfach so verflucht gefährlich«, schimpfte Duibel. »Man bräuchte haargenaue Pläne …«

Rhaflit verfiel in heftig zustimmendes Kopfnicken.

»… und vielleicht erst einmal ein Modell in kleinerem Maßstab«, überlegte der junge Gnom und spürte, wie ihn die Experimentierfreude allmählich packte.

»Was immer du sagst, wenn du mir bloß hilfst, mein Freund!« Die Augen des exzentrischen Ingenieurs wurden groß, als Duibel zaghaft nickte.

»Es darf nichts schiefgehen«, ermahnte er, doch je mehr er über die Idee nachdachte, desto stärker wog sein Erfindergeist. *Wenn es funktioniert, dann werden wir beide in die Annalen eingehen*, dachte er und fügte laut hinzu: »Du wirst meine Mitarbeit aber nicht leugnen.«

Rhaflit zögerte einen Moment, streckte Duibel aber schließlich die Hand entgegen. »Einverstanden. Bei dieser Sache sind wir gleichwertig beteiligt.«

Ich hoffe, ich mache keinen Fehler, dachte Duibel, als er die Hand ergriff. Plötzlich musterte er den breit grinsenden Freund mit skeptischem Blick. »Du hast doch bereits an Plänen gearbeitet, nicht wahr?«

»Ein wenig«, flunkerte Rhaflit und deutete auf den großen Schrank in seinem Arbeitszimmer. »Ich werde meine bisherige Arbeit zusammentragen und wir gehen sie morgen gemeinsam durch, einverstanden?«

»In Ordnung«, verabschiedete sich Duibel und ließ Rhaflit allein in der Werkstatt zurück.

Rhaflit fuhr mit der Hand über das verbogene Drachengestell. *Bald. Bald werde ich fliegen. Fliegen wird die Welt verändern.*

Er setzte sich an einen schweren Schreibtisch aus poliertem Granit, den Kerellic einst für ihn angefertigt hatte. Vor ihm lag ein sauberer Bogen Pergament und ein Kohlestift, dessen Ende er in mühevoller Kleinarbeit zu einer dünnen Spitze gefeilt hatte. *Nicht zu fest aufdrücken, sonst bricht der Stift beim Feilen ab. Immer nur in eine Richtung. Und nie zu übermütig werden*, sinnierte Rhaflit über das Anspitzen des Stiftes.

Die Grausamkeit der Menschen

Der Arm des Mannes schnellte hervor und hielt sie damit zurück.

»Nicht, Hohe Tochter«, presste er im Flüsterton hervor. Sein Blick fiel auf seine Hand, die den Arm der zarten Elfe so fest packte, dass sich das Blut bereits darin staute. Er ließ sie augenblicklich los, senkte demütig den Blick und fügte hinzu: »Es ist zu gefährlich.«

Nefhiliel lächelte gutmütig, denn selbst diese vergleichsweise grobe Berührung des Mannes brachte ihr Herz aus dem Takt. Und sie hätte nur zu gerne weitere Herzschläge damit verbracht, in den dunklen Tiefen seiner mandelförmigen Augen, die so perfekt von langem braunem Haar eingerahmt wurden, zu versinken.

Bevor ihre Gedanken zu weit ausschweiften und sie erröten ließen, strich sie sich eine blonde Haarsträhne hinter das spitz zulaufende Ohr und ergriff das Wort: »Es sind nur Menschen, mein guter Culnauir. Ich möchte sie mir wenigstens einmal ansehen, bevor ich über ihr Schicksal entscheide.«

Lyssetra, die elfische Hohepriesterin, die sie auf der Reise begleitete, warf Culnauir einen finsteren Blick zu.

»Verzeiht mir«, stammelte der Elfenkrieger, den Blick noch immer zu Boden gerichtet. »König Pellaréion hat mir ausdrücklich befohlen, dass ich Euch und die Hohepriesterin über die verborgenen Tunnel direkt ins Zwergenreich führe.«

Als würde er seinen Schwur vor ihrem Vater nachstellen, legte Culnauir sich die rechte Faust auf die Brust. Seine Rüstung war aus mehreren Lederteilen gefertigt, die wie Ahornblätter geformt waren und sich gegenseitig überlappten. Die einzelnen Teile konnten sich ineinander verschieben und ermöglichten dem Elfenkrieger so ein Höchstmaß an Beweglichkeit.

»Und die Hohe Tochter und damit Thronfolgerin hat etwas anderes beschlossen«, belehrte Lyssetra den Mann und achtete darauf, Nefhiliels zukünftige Stellung als Königin der Elfen besonders zu betonen. Ihre Augen blitzten gefährlich auf. Nefhiliel wusste, dass die Hohepriesterin trotz ihres unscheinbaren Äußeren, das sich unter glatten schwarzen Haaren und einer schlichten Robe verbarg, ein Furcht einflößender Gegner war. Auch wenn die Prinzessin sich immer wieder dabei ertappte, dass sie sich fragte, wo die Hohepriesterin den langen Dolch versteckte, mit dem sie so vortrefflich umzugehen wusste.

Die beiden wandten sich um und wagten sich langsam bis an den Waldrand vor. Seit die Menschen auf Rhilok angelandet waren, waren die Wege vom Elfenreich in den südlichen Wäldern zu den Zwergen nicht mehr sicher. Zeit ihres Lebens hatte Nefhiliel gelernt, sich in der Welt außerhalb ihres sicheren Waldes zu tarnen. Auch jetzt trug sie keines ihrer Kleider aus silbrig schimmernder Mondseide, sondern eine einfache Robe, die der von Lyssetra glich.

Im Schutz einiger niedriger Äste und Büsche betrachteten sie das Treiben auf der Lichtung. Männer in abgewetzten Lederhosen hatten ihnen den Rücken zugekehrt und unterhielten sich ausgelassen, während sie nacheinander den Stamm eines frisch geschlagenen Baumes entasteten.

Nefhiliel konnte deutlich den Schmerz der edlen Eiche fühlen, der sich in dem heraussickernden Harz bemerkbar machte. Es gab keine Schreie, keinen Überlebenskampf. Nur das goldene Blut des Baumes, das aus dem nun toten Holz herausfloss. *Wieso nehmen sie stets die gesunden Bäume und nie die alten und schwachen?*, fragte sie sich.

Einer der Männer betrachtete bereits prüfend die übrigen Bäume und deutete dann auf eine weitere kerngesunde Eiche. Sie konnte seine gleichgültige Stimme hören, als er rief: »Fällt den als nächsten!«

Haut ihn um? Ohne ihm vorher für sein Opfer zu danken? Nefhiliel war fassungslos ob einer solchen Respektlosigkeit.

»Ihr seht«, flüsterte Lyssetra, »wozu die Kinder des *Zerstörers* fähig sind.«

Nefhiliel nickte langsam, schüttelte dann aber den Kopf. »Ich muss noch mehr sehen.«

»Noch mehr?«, fragte die Priesterin erstaunt

»Ich will eine ihrer Städte sehen«, beschloss die Hohe Tochter. »Ich will wissen, wie sie als Gemeinschaft leben.«

»Sie kennen keine Gemeinschaft!«

Nefhiliel warf ihr einen strengen Blick zu. »Ich muss es wissen. Ich kann die Zwerge nicht um Beistand in einem möglichen Krieg bitten, wenn ich mir nicht vollkommen sicher bin.«

»Gewiss, meine Herrin«, lenkte die Priesterin mit einem Nicken ein. »Unsere Reise wird sich dann jedoch erheblich verzögern«, gab sie zu bedenken. Die Hohepriesterin warf den Männern noch einen letzten Blick zu, als diese gerade ihr grausames Werk an der zweiten Eiche verrichteten, und stieß ein verächtliches Schnauben aus.

Nefhiliel drehte sich um und verschwand bereits wieder im Dickicht des Waldes. »Ein kleiner Preis, wenn ich dafür die richtige Entscheidung treffen kann.«

Wie leicht den Spuren der Menschen doch zu folgen ist, dachte Nefhiliel, als sie die gut sichtbaren Fußabdrücke aus ihrem Versteck heraus betrachtete. *Culnauir und die übrigen Krieger mussten sich nicht einmal aus der schützenden Deckung des Waldes herausbewegen, um uns zu führen. Was immer diese Menschen auch sind, sie sind nicht sehr vorsichtig.*

»Wir haben ihre Siedlung gefunden, Hohe Tochter«, erklang eine vertraute Stimme aus dem Dickicht. Sie konnte Culnauir nicht sehen, doch es beruhigte sie, dass der fähige Mann ganz in ihrer Nähe war.

»Ist sie weit entfernt?«, fragte Lyssetra.

»Nein, Hohepriesterin. Etwa eine halbe Stunde von hier.«

»Und ist sie groß?«, wollte Nefhiliel wissen.

»Nein. Sie bauen sie erst auf. Bisher stehen nur ein paar Hütten.«

Lyssetra knurrte wütend. »Noch mehr Land, das sie sich einfach nehmen. Kinder des *Zerstörers*.«

Nefhiliel hob beschwichtigend eine Hand. »Lasst uns keine voreiligen Schlüsse ziehen.« *Wobei ich ihrer Einschätzung nicht widersprechen kann, nachdem ich diese Baummörder sah*, fügte sie in Gedanken noch hinzu. *Dennoch, Lyssetras Wut auf die Menschen darf nicht meine Entscheidung beeinflussen.* »Bringt mich zu dieser Siedlung.«

»Hohe Tochter«, warf Lyssetra ein. »Ich muss Euch daran erinnern, dass unsere eigentliche Aufgabe keinen Aufschub duldet. Und noch viel weniger, wenn die Menschen sich weiter ausbreiten. Wir müssen so rasch wie möglich zu den Zwer–«

»Danke, Lyssetra!«, beendete Nefhiliel die Ansprache und verlieh ihrer Stimme einen scharfen Unterton, welcher der Priesterin ihren Platz in der Hierarchie verdeutlichte. »Führt mich zu ihnen, mein lieber Culnauir.«

Nefhiliel betrachtete eingehend die kleine menschliche Siedlung. *Lyssetra hatte unrecht. Sie leben in einer Gemeinschaft. Diese zwanzig hier bauen Häuser. Dafür brauchen sie die Baumstämme. Und deshalb nehmen sie nur die starken und gesunden Bäume. Man beschrieb mir die Menschen stets als Monster, doch diese hier scheinen fürsorglich aufeinander aufzupassen*, sinnierte sie während ihrer Beobachtung.

Zwei Männer bearbeiteten einen entasteten Eichenstamm. Sorgfältig und behutsam entfernten sie die Rinde. Ein Blick zu einer der fertigen Hütten verriet der Elfe, dass sie mit der Rinde das Dach des Hauses deckten. Selbst die zuvor entfernten Äste wurden noch einer weiteren Verwendung zugeführt. Dünne Triebe wurden zu Bündeln zusammengeschnürt und mit einem längeren Ast zu einem Besen zusammengefügt. Da in dieser kleinen Gemeinschaft kaum ein solch hoher Bedarf an Besen herrschen konnte, vermutete Nefhiliel, dass die Menschen versuchen würden, sie zu verkaufen.

Ihre Methoden mögen verwerflich sein, doch ihre Ziele sind die gleichen wie unsere eigenen, schloss Nefhiliel. *Ein Krieg gegen die Menschen wäre falsch. Man muss ihnen beibringen, wie sie ihre Umwelt rücksichtsvoller nutzen können.*

Gellende Schreie rissen sie aus ihren Gedanken. Erschrocken kauerte sie sich tiefer in den Schutz des Gebüschs und starrte wie gebannt auf die kleine Siedlung.

Eine Handvoll Reiter, die ihrer Kleidung nach nicht zu den Siedlern zu gehören schienen, preschte durch die aufgescheuchte Meute der Siedler. Metall blitzte, als Waffen blankgezogen wurden und wenige Herzschläge später war das grausame Geräusch zu vernehmen, das entstand, wenn eine Klinge Haut und Muskeln zerschnitt. Die Reiter unterschieden nicht zwischen Männern und Frauen oder Alten und Jungen. Wahllos schlugen sie um sich. Eine Frau wurde von einem

Speer aufgespießt, der zwischen ihren Schulterblättern eindrang und ihren Körper komplett durchstieß. Die tödlich getroffene Frau sank bereits kraftlos auf die Knie, als eine Klinge sie streifte. Die Wucht des Aufpralls drehte ihren Körper um die eigene Achse. Schließlich lag sie am Boden, nur um von den Hufen eines kräftigen Hengstes niedergetrampelt zu werden.

Nefhiliel unterdrückte einen Schrei. Neben ihr kauerte Culnauir, dessen Hand sich so fest um den Griff seines Schwertes geschlossen hatte, dass die Knöchel weiß hervortraten. »Wir sollten gehen«, flüsterte er ihr zu.

»Nein«, zischte Lyssetra. »Die Hohe Tochter muss dies sehen. Sie muss sehen, wie die Menschen miteinander umgehen.«

»All diese Grausamkeit«, hauchte die anmutige Elfe.

»Eine Grausamkeit, zu der nur Kinder des *Zerstörers* fähig sind«, fügte Lyssetra hinzu.

»Hohe Tochter, wir müssen nun gehen!«, drängte Culnauir eindringlicher, als das Massaker unter den Siedlern auf sein Ende zusteuerte.

Nefhiliel nickte stumm und wollte sich gerade zurückziehen, als die Schreie plötzlich verstummten. Sie fürchtete schon, dass die Reiter alle Siedler getötet hätten, doch ein erneuter Blick zeigte ihr das Gegenteil.

Man hatte die Überlebenden auf dem freien Dorfplatz zusammengetrieben und die Reiter hielten sie mit ihren Waffen vom Rücken der Pferde aus in Schach.

Nefhiliel wagte kaum zu atmen, als ein Mann sein Pferd in den von den übrigen Reitern gebildeten Kreis dirigierte und schon beinahe schmerzlich langsam absaß. Er trug wie die anderen einen langen Mantel aus dunklem Leder, der seinen Körper völlig bedeckte. Die einzige Auffälligkeit, die ihn von seinen Begleitern unterschied, war ein blutrotes Halstuch, das er bis über die Nase gezogen hatte.

»Wo ist Handrup?«, fragte er mit Eiseskälte. Seine Worte fuhren der Elfe durch Mark und Bein, so scharf war jeder einzelne Ton. Viele Menschen neigten zu eher fahrigem Umgang mit ihrer Stimme, doch dieser Mann gebrauchte sie wie eine geschliffene Waffe.

Als ihm niemand antwortete, trat er tonlos einen Schritt nach vorn und durchschnitt einem Mann, der durch die Last des Alters kaum aufrecht stehen konnte, mit einem kurzen Dolch die Kehle. Der Alte japste vergeblich nach Luft und sank blutüberströmt zu Boden. Eine junge Frau schrie entsetzt »Vater!« und wollte ihm zu Hilfe eilen, doch die Spitze einer schlanken Klinge auf ihrer Brust hielt sie zurück.

»Wenn du etwas für ihn tun willst, dann bitte die Sterne, ihn zu leiten«, sagte der Mann gelassen.

Culnauir und die übrigen Elfenkrieger tauschten vielsagende Blicke. *Dieser scheint wahrlich gefährlich zu sein*, dachte Nefhiliel. Die kaltherzige Grausamkeit erschütterte und faszinierte sie zugleich. Die Art, wie er seine Worte wählte, sich bewegte, zeugte von absoluter Kontrolle. *Er strebt nach Perfektion. Einer Perfektion im Töten. Mitleid scheint ihm fremd. Vermutlich ebenso Freundschaft. Er schreitet auf einem Pfad, der ihn nur ins Verderben führen kann.*

»Nun, sag du es mir«, setzte der Mörder nach einer kurzen Pause an. »Wo ist Handrup?«

Mit zitternder Hand deutete die Frau in die Richtung des Waldrandes, wo sich Nefhiliel und ihre Begleiter versteckten. Die Elfe biss sich vor Schreck auf die Lippe und der Geschmack von Blut erfüllte ihren Mund. Keine dreißig Fuß von ihr entfernt trat die Gruppe der Holzfäller gerade aus dem Wald. Sie mussten den Kampfeslärm gehört haben und waren zu ihren Familien und Freunden geeilt. Die Männer packten ihre Äxte, bereit, im Kampf unterzugehen, doch einer hob gebietend die Hand. »Nein, es ist gut … es musste so kommen.« Dann wandte er sich dem Mann mit dem Halstuch zu. »Ich bin Handrup!«

»Ich gehe davon aus, du weißt auch, wer ich bin«, sagte der Fremde. Sein Tonfall hatte sich unmerklich verändert. Einem Menschen wäre dies nicht aufgefallen, doch Nefhiliels feines Gehör nahm es ganz deutlich wahr. In seiner Stimme schwang ein Anflug von Trauer mit. *Er betreibt das Töten nicht aus Leidenschaft. Er scheint mit sich selbst im Widerstreit zu sein.*

Handrup nickte. »Und ich weiß, weshalb du gekommen bist. Also beende deinen Auftrag und lass die anderen in Frieden.«

Der Fremde schüttelte sich in einem gespielten Lachen. »Was aus ihnen wird, entscheide ich allein!«

Sein Blick fiel auf die in seinen Händen ruhenden Waffen. Rechts das Schwert, links der Dolch. Für einen Moment schien er unschlüssig darüber zu sein, was er als Nächstes tun sollte. Er wog den Dolch und schien die Entfernung zu Handrup abzuschätzen.

»Wenn ihm der Wurf gelingen sollte, wäre ich wirklich beeindruckt«, flüsterte Culnauir und handelte sich einen tadelnden Blick von Lyssetra ein. Sie waren den Menschen zwar weit überlegen, doch es blieb zu befürchten, dass jemand bei einem Kampf zu Schaden kommen könnte, sollte man sie entdecken.

»Es geht das Gerücht umher, dass du ein guter Kämpfer bist, Handrup«, sinnierte der Fremde. »Wollen wir deine Fähigkeiten auf die Probe stellen?«

»Habe ich denn eine Wahl?«

»Du könntest dich natürlich auch für das Schicksal dieses Greises entscheiden«, erwiderte der Fremde und deutete auf den mittlerweile verbluteten Mann.

Handrup kniff die Augen bedrohlich zusammen und packte den Schaft seiner langen Axt fest mit beiden Händen. Mit einem wütenden Knurren auf den Lippen rannte er auf den Fremden zu.

Die Reiter lenkten ihre Pferde beiseite, um den Kontrahenten ausreichend Platz zu verschaffen.

Handrup stürmte mit wildem Gebrüll heran, während der Fremde völlig ruhig stehen blieb.

Als der Holzfäller nur noch fünf Schritte entfernt war, zuckte der linke Arm des Fremden nach vorn und für den Bruchteil eines Augenblicks war das aufblitzende Metall der Dolchklinge zu erkennen. Handrup strauchelte, als der Dolch in seinen ungeschützten rechten Oberschenkel eindrang. Er verlor das Gleichgewicht und stolperte auf den Fremden zu. Der machte einen Schritt zur Seite, obwohl man ihm kaum ansah, dass er sich überhaupt rührte. Seine Bewegungen waren vollendet und brachten ihn genau in dem Moment neben den vorbeistolpernden Handrup, als dieser aus purer Verzweiflung mit der Axt weit ausholte.

Das Schwert des Fremden drang tief in Handrups Bauch ein und ein kräftiger Ruck riss eine klaffende Wunde.

Blut ergoss sich in Strömen über Handrups Beine, als er auf die Knie sackte. Seine Augen hatten bereits ihren Glanz verloren, als der Fremde mit der Linken seinen Haarschopf packte und seinen Kopf in den Nacken riss.

»Mögen die Sterne dich leiten.«

Der Mörder zog den Kopf des toten Handrup weiter zurück und ließ ihn dann los. Der aufgeschlitzte Oberkörper fiel rücklings zu Boden und ließ die Leiche in einer grotesken und gleichsam grausamen Stellung offen liegen, sodass alle Umstehenden sie genau sehen konnten.

Lässig, ja gar respektlos wischte der Fremde sein blutiges Schwert an Handrups Kleidung ab und steckte es in die Scheide. Den Dolch ließ er zurück, da er sich anscheinend nicht die Hände an der völlig blutüberströmten Waffe schmutzig machen wollte. Er wandte sich den vor Angst erstarrten Siedlern zu. »Mit dem Tod dieses Mannes ist eure Schuld gesühnt. Begeht keinen erneuten Fehler und entrichtet von nun an eure Steuern. Dafür wird Meisterin Celless euch erlauben, Handel zu treiben und in Frieden zu leben.« Er betonte die letzten Worte sehr genau und deutete mit der Linken auf den toten Handrup.

Ohne ein weiteres Wort stieg er auf den Rücken seines Pferdes und ritt mit seinen Männern davon. Die überlebenden Siedler fielen sich weinend in die Arme und sanken verzweifelt auf die Knie.

»Ihr seht, Hohe Tochter«, flüsterte Lyssetra, »sie töten sich gegenseitig, wie Tiere. Sie kennen keine Gemeinschaft.«

»Du irrst, Lyssetra«, widersprach Nefhiliel. »Dieser da hat sich für die anderen geopfert. Obwohl er kein Krieger war, hat er die Herausforderung angenommen, nur um die Achtung des Mörders zu gewinnen. Vielleicht hat diese Entscheidung das Leben der anderen verschont, vielleicht war es bedeutungslos. Seine Tat jedoch war selbstlos und verdient unseren Respekt.«

»Ebenso wie die Perfektion des Mörders«, sagte Culnauir tonlos. »Wir werden es heute nicht mehr zum geplanten Unterschlupf schaffen«, fügte er hörbar hinzu.

Seit die ersten Menschen an Rhiloks Südküste gelandet waren, hatten die Elfen sich auf dem langen Weg zu den Zwergenreichen einige versteckte Höhlen eingerichtet. Alle lagen in einem genau berechneten Abstand zueinander, damit man die Distanz zwischen ihnen in einem Tagesmarsch bewältigen konnte. Durch Nefhiliels Interesse an den Menschen würden sie ihren Schlafplatz allerdings nicht mehr erreichen.

»Dann werden wir heute Nacht unter den Sternen nächtigen«, entgegnete die Hohe Tochter gelassen. Es war ihre erste längere Reise über den Kontinent, und Nefhiliel genoss diese neu gewonnene Freiheit. Selbst nach den Schrecknissen des heutigen Tages.

»Und morgen?«, fragte Lyssetra ein wenig gereizt.

»Morgen werden wir bis zur Höhle gehen, die wir heute erreichen wollten«, sagte Nefhiliel leise.

»Dann verlieren wir einen ganzen Tag!«, platzte es aus Lyssetra heraus.

»Haben wir denn Grund zu solcher Eile?«

Lyssetra wurde sich wieder gewahr, mit wem sie sprach und senkte demütig das Haupt. »Selbstverständlich nicht, Hohe Tochter.«

»Sehr schön. Culnauir, gib deinen Spähern Bescheid, dass sie uns einen geeigneten Lagerplatz suchen sollen.«

»Gewiss, Hohe Tochter.« Der Krieger verneigte sich tief und gab seinen Männern die nötigen Anweisungen. Er selbst blieb bei den beiden Frauen zurück. Niemals würde Culnauir von seiner Schutzbefohlenen weichen.

Der erste Schlag

Später am Nachmittag verließ Duibel sein kleines Haus, das er in der Nähe des Zentrums von Ventril besaß. Sein Vater Mirzon hatte es gebaut, und obwohl es eher klein war, gehörte es dennoch zu den schönsten Häusern der Gnomenstadt. Zumindest empfand Duibel das zweigeschossige Steinhaus so. Die Wände bestanden aus dunkelgrauem Granit, doch sein Vater hatte auf etwa zwei Drittel Höhe jedes Stockwerks eine Reihe aus helleren Steinen gesetzt. Sie streckten das Haus für den Betrachter und ließen es größer erscheinen. Dazu ein hell gedecktes Dach, das deutlich zwischen den Nachbarhäusern hervorstach.

Aber das deutlichste Merkmal waren die Fensterrahmen. Mirzon hatte dafür eigens eine Metalllegierung erfunden, die aus verschiedenen Stahlsorten bestand und nach der Bearbeitung in Säure geätzt wurde. Dadurch entstand ein fein ziseliertes Muster, das jedes Schmiedestück einzigartig machte.

Für Gnome war eine solche Hingabe zum Detail äußerst ungewöhnlich, aber Duibel liebte die Fensterrahmen. In jedem einzelnen von ihnen konnte er die Zuneigung seines Vaters und seine Freude an Schönheit erkennen.

Und dann war die Legierung auch noch überaus waffentauglich, sinnierte der Gnom. *Vater war wirklich genial.*

Er lief schnellen Schrittes über die glatt geschliffene Granitfläche, welche die Straße darstellte, und erreichte nach kurzer Zeit das größte Gebäude Ventrils: die Halle der Ingenieure. Hier hielten die Meister ihren Ausschuss und befanden über die einzelnen Erfindungen. *Sollte Rhaflit – nein, sollten* wir *es jemals schaffen zu fliegen, dann müssen wir uns danach auch den kritischen Fragen des Ausschusses stellen*, dachte

Duibel. *Sie werden wissen wollen, wie viel Zeit die Herstellung benötigt, und ob es einen Nutzen für die Kriegsführung oder unsere Gesellschaft hat.*

Äußerlich war die Halle der Ingenieure, wenn man von der fünfzig Meter in jede Richtung messenden Größe absah, ein unscheinbares Gebäude. Gnome verzierten selten die Fassaden ihrer Behausungen. Anders als die Zwerge, die meist eine lange Ahnenliste auf die Außen– und Innenseite ihrer Türen schrieben, ebenso wie sie wichtige Errungenschaften oder heroische Taten in feinen Meißelarbeiten nachstellten. Duibel hatte diese übermäßige Verehrung der Vergangenheit niemals verstehen können. Er selbst bewahrte einige Handschriften seines Vaters in einer kleinen Truhe auf, doch größtenteils waren diese wissenschaftlicher Natur, da sein Vater kaum persönliche Aufzeichnungen geführt hatte. Mirzons Abbild war als Statue in der Halle der Ingenieure verewigt, fiel ihm gerade wieder ein, und so freute er sich umso mehr, als er eine der vielen Türen des Gebäudes öffnete. Gleich mehrere Eingangstüren zierten die Außenwand der Halle, denn Gnome hassten nichts mehr als Ineffizienz. Und eine einzige Tür, bei der es womöglich zu Engpässen und Warteschlangen käme, war eine unerträgliche Vorstellung.

Duibel betrat das Gebäude und bemühte sich, zwischen den Granitsäulen, die ein gebogenes Kuppeldach stützten, möglichst unauffällig zu sein. Unzählige Lehrlinge wuselten umher, wobei die Absätze ihrer Stiefel auf dem polierten Steinboden laut klackerten. Würde auch nur einer von ihnen ihn erkennen, müsste er sich stundenlang mit dessen Fragen beschäftigen. Vor allem den naseweisen Fragen zu seinen zukünftigen Erfindungen und wann er endlich Mirzons Armbrust überträfe. *Ich hasse diese ständige Fragerei. Ach Vater*, klagte er in Gedanken, als er vor Mirzons Statue stand. *Manches Mal wünsche ich mir, du wärest ein weniger guter Erfinder gewesen.*

»Soso. Der Junge sucht den Trost des Älteren«, erklang eine vertraute Stimme hinter ihm. »Oder vielleicht nur ein Stückchen Inspiration?«

»Großmeister Gnitzlik!«, quiekte ein junger Gnom aufgeregt, als er den Ersten Ingenieur erkannte, und ließ vor lauter Schreck seine Notizen fallen.

Gnitzlik packte den Gnom, der seinen Rollstuhl schob, am Arm und bat ihn: »Ralthin, sei ein guter Assistent und halte mir das junge

Gemüse vom Leib. Ich möchte mich in Ruhe mit Meister Duibel unterhalten.«

»Selbstverständlich.« Ralthin drehte sich auf dem Absatz um und baute sich zu voller Größe auf. Für einen Gnom war Ralthin ungewöhnlich groß, maß er doch genau vier Fuß – nach dem alten elfischen Längenmaß. Aus diesem Grund hatte Ralthin sich auch lange gegen die Einführung des neuen Längenmaßes gesträubt, da »Eineindrittel Meter« weniger imposant klangen, wie er fand. Mittlerweile hatte er sich aber daran gewöhnt. Er blickte die Lehrlinge finster an und befahl ihnen, ihren Arbeiten nachzugehen und den Ersten Ingenieur nicht zu stören. Einige murrten leise, doch gehorchten widerwillig.

»Entschuldige, Gnitzlik, ich hatte dich gar nicht bemerkt«, begrüßte Duibel den Alten freundlich.

Gnitzlik hob die rechte Hand in einer abwehrenden Geste. »Ich bin in meinem Stuhl auch leicht zu übersehen. Hin und wieder ist es von Vorteil, wenig Aufmerksamkeit entgegengebracht zu bekommen, nicht wahr?«

Duibel lächelte seufzend. »Da magst du wohl recht haben. Man könnte fast meinen, du freust dich über dein fehlgeschlagenes Experiment.«

»Pah!«, schnaubte der alte Gnom. »Wenn ich die Wahl hätte, dann würde ich meine Berechnungen korrigieren und die Dampfmaschine von Neuem aufbauen. Aber immerhin habe ich überlebt, nicht wahr?«

»Du hast deine Berechnungen korrigiert. Und meines Wissens nach *hast* du deine Dampfmaschine wieder aufgebaut.«

»Ah, Neuigkeiten verbreiten sich also noch immer so rasch wie in meiner Jugend. Fein.«

»Unter anderem deshalb bin ich hier«, gestand Duibel. »Du solltest deinen Versuch sein lassen. Dieses Mal könntest du mehr verlieren als nur die Beine.«

»Mit all der gesammelten Erfahrung ist es doch schon beinahe sicher«, witzelte der alte Gnom. Gnitzlik war kaum von seinem Traum einer dampfbetriebenen Maschine abzubringen. Noch nicht einmal von seiner daraus resultierenden Behinderung. Bei dem damaligen Unfall hatte ein Schrapnell ihn im Rücken getroffen und ihm so die Fähigkeit zu Gehen genommen. Als Duibel zu einer erneuten Erwiderung ansetzte, ergriff Gnitzlik beruhigend dessen Hand. »Spar dir den Atem, mein Freund. Du kannst mich nicht davon abbringen. Niemand kann das. Der plötzliche Tod deines Vaters hat mir diesen dummen Titel eingebracht und jetzt muss ich beweisen, dass ich ihn verdiene. Ebenso wie du beweisen musst, dass du ihn mehr verdienst, nicht wahr?«

Duibel blickte den alten Gnom verblüfft an. *Wir tragen die gleiche Bürde. Beide stehen wir in Mirzons Schatten,* ging es ihm durch den Kopf. »Ich wusste nicht, dass du so denkst.«

»Wie könntest du auch? Ich habe dir schließlich niemals etwas davon erzählt.«

»Glaube mir, ich habe nicht im Sinn, dir deine Position streitig zu machen.«

Gnitzlik lächelte gutmütig. »Das weiß ich doch. Aber denkst du nicht, dass die übrigen Ingenieure lieber einen jungen und aufgeweckten Geist an ihrer Spitze wüssten?« Er rieb sich über die verkrüppelten Beine. »Einen, der noch voll im Leben steht?«

»Hör auf damit«, protestierte Duibel. »Du bist ein hervorragender Leiter des Ausschusses. Und eines Tages wird deine Dampfmaschine auch funktionieren, ganz bestimmt.«

»Sicherlich. Und dann werde ich niemanden mehr brauchen, der mich schiebt.« Er machte eine auffordernde Geste. Duibel stellte sich hinter den Rollstuhl und schob ihn behutsam an. »Ich brauche ein wenig Bewegung, mein guter Duibel«, sagte Gnitzlik und man konnte das schelmische Lächeln auf seinem Gesicht zwar nicht sehen, aber mehr als bloß erahnen.

»Wie machen sich die neuen Lehrlinge?«

»Ach!« Der alte Gnom machte eine wegwerfende Handbewegung. »Wie jede nachrückende Generation. Vor hundert Jahren waren Mirzons Armbrust und Kurbelantriebe die Dinge, die ihren Geist beflügelten. Heute sind es Rhaflits unsägliche Flugversuche …«

»Und Gnitzliks Dampfmaschine?«, hakte Duibel nach und der alte Gnom stieß ein fröhliches Kichern aus.

»Vielleicht versuchen ein paar von ihnen, meine Erfindungen fortzuführen, ja.«

Duibel lachte. »Dann solltest du deine Berechnungen lieber geheim halten!«

Gnitzlik nickte zustimmend. »Noch in diesem Jahr werde ich einen funktionstüchtigen fahrenden Stuhl bauen. Danach können sie meine Baupläne haben.«

»Ich wusste nicht, dass du schon so weit bist–«

Gnitzlik schnitt ihm das Wort mit einer energischen Handbewegung ab. »Leise«, beschwor er den jungen Gnom. »Manche haben Ohren so groß wie ein ganzer Kopf … wenn sie doch bloß auch so viel Hirn hätten!« Seine Stimme klang todernst, doch als er den Kopf drehte, erkannte Duibel das fröhliche Grinsen im Gesicht des alten Gnoms. »Du sagtest vorhin, dass du noch andere Belange mit mir besprechen möchtest. Sicherlich bist du nicht ausschließlich gekommen, um einen alten Gnom aufzumuntern. Was machen deine eigenen Arbeiten?«

Duibel entfuhr ein langer Seufzer. »Ich weiß nicht, ob ich nach so langer Zeit des Nichtstuns überhaupt noch von Arbeiten sprechen kann«, gestand er.

»Mirzon hat dir ein enormes Erbe hinterlassen.«

»Und eine große Leere, von der man erwartet, dass ich sie ausfüllen werde«, klagte der junge Ingenieur.

»Setz dich nicht so unter Druck«, ermahnte ihn Gnitzlik. »Dein Vater tat das Gleiche. Als er die Armbrust entwickelt hatte, wollte er sich selbst um jeden Preis übertreffen … und das brachte ihn schließlich um.«

»Ich weiß.« Duibel seufzte traurig, doch Gnitzlik fuhr ungerührt fort.

»Mirzons Armbrust war ein voller Erfolg. Doch er wollte mehr. Einen Bolzen zu verschießen, war ihm nicht genug. Er bat mich um Hilfe. Ich hatte gerade meine erste Dampfmaschine fertiggestellt. Ein gewaltiges Monstrum, beinahe so groß wie meine gesamte Werkstatt. Mirzon wollte mit dem Dampfdruck einen Bolzen von der Größe eines ausgewachsenen Zwerges verschießen. Er steckte den Bolzen in ein langes Rohr und schloss dieses an das Auslassventil des Kessels an. Der Überdruck sollte den Bolzen beschleunigen und herausschießen. Doch die Konstruktion war fehlerhaft. Um die Schussweite zu steigern, erhöhten wir den Druck.« Er schüttelte den Kopf. »Wie überheblich wir doch waren. Der Druck zerriss den Kessel. Mirzon starb und ich verlor beide Unterschenkel.« Gnitzlik ließ den Kopf traurig hängen.

»Es tut mir leid, Duibel. Ich wünschte, ich hätte Mirzon davon abgehalten. Ich wünschte, ich wäre nicht so verflucht eingebildet gewesen.«

Duibel legte dem alten Gnom mitfühlend die Hand auf die Schulter. »Es war nicht deine Schuld. Und eines Tages wird es funktionieren.«

»Ich wünschte, er wäre noch hier«, sagte Gnitzlik mit bebender Stimme.

»Ich weiß.« Duibel kämpfte gegen die aufwallende Traurigkeit an. »Aber wenn der Ausschuss doch beschlossen hat, dass es zu gefährlich ist, Dampf als Treibmittel für Geschosse zu verwenden, wie kommt es, dass du dennoch weiter daran arbeitest?«

»Dampf als Treibmittel für Geschosse, Duibel. Nur in diesem Punkt war sich der Ausschuss einig. Die benötigte Wucht ist zu groß, die Risiken nicht abzuschätzen. Aber Dampf kann als Antrieb die Handkurbel ersetzen. Das ist, woran ich gerade arbeite. Eine friedliche Nutzung dieser gewaltigen Kraft.«

»Wieso verbietet der Ausschuss mir dann noch immer, die Aufzeichnungen meines Vaters zu studieren?«, fragte Duibel säuerlich.

»Der Ausschuss befürchtete, du würdest versuchen, deinen Vater zu übertreffen, indem du seine letzte Erfindung vervollständigst. Sie vermuteten Mirzons Starrsinn in dir.« Die Erinnerung an den alten Freund zauberte ein Lächeln auf sein Gesicht. »Aber dieser Beschluss ist schon viele Jahre alt. Wenn du möchtest, zeige ich dir seine Papiere.«

»Und das tust du heute, weil …«

»Weil ich um deine Vernunft weiß«, unterbrach ihn Gnitzlik, bevor Duibel falsche Schlüsse zog. »Außerdem tut es euch jungen Leuten gut, erst einmal eigene Dinge zu entwickeln, bevor ihr die Erfindungen der Alten überarbeitet«, fügte er mit einem Grinsen hinzu.

»Und genau das ist mein Problem«, räumte Duibel kleinlaut ein. »Mir will absolut nichts einfallen.«

»Ah, das Problem der Inspiration«, schlussfolgerte Gnitzlik vielsagend. Plötzlich blickte er auf und sagte energisch: »Halte hier an!«

»Was …«

»Sieh dir die Statue vor uns an«, forderte Gnitzlik ihn auf.

Duibel betrachtete das in Granit gemeißelte Antlitz und kramte kurz in den Winkeln seines Gedächtnisses, bis er den passenden Namen fand: »Das ist Meister Demeter.«

Gnitzlik klatschte in die Hände, was einige umstehende Lehrlinge aufschrecken ließ. »Haargenau. Demeter.« Er legte den rechten Zeigefinger an die geschürzten Lippen und tat so, als würde er verzweifelt versuchen, sich an etwas zu erinnern: »Sag mir, Duibel«, begann er. »Wie viele großartige Erfindungen hat Demeter gemacht?«

Duibel runzelte die Stirn: »Nur eine, soweit ich weiß. Er hat das Metermaß eingeführt.«

»Bist du dir sicher?«, hakte Gnitzlik nach. »Nur eine? Und dennoch steht sein Abbild hier aus Stein vor uns?«

»Demeters Längenmaß war, nein, ist ein enormer Fortschritt.«

»Eine unbestreitbare Tatsache. Aber es ist dennoch nur ein Längenmaß, Duibel. Eines, das er zufällig erfand. Demeter stellte eines Tages fest, dass er selbst haargenau drei Fuß maß. Er legte seine eigene Größe als Maßstab an und teilte auf einer Basis von Zehn stetig weiter, um kleinere Abstufungen zu erhalten. Rechtfertigt eine solch simple Vorgehensweise eine steinerne Statue?«

»Ich verstehe nicht …«, stammelte Duibel.

»Was soll uns sein Antlitz verraten, Duibel?«, hakte Gnitzlik nach. »Woran soll er uns erinnern? Was soll er uns lehren?«

Mittlerweile hatte sich eine ganze Traube von Gnomen um sie geschart. Junge Lehrlinge und ältere Meister gleichermaßen lauschten Gnitzliks Worten. Duibel hingegen verstand noch immer nicht, worauf der Erste Ingenieur hinauswollte.

»Weiß es sonst jemand?«, fragte der alte Gnom nun in die Menge, doch niemand rührte sich. »Seid nicht schüchtern«, forderte er abermals auf. »Ich habe die Antwort bereits gegeben.«

Kann es so einfach sein?, dachte Duibel, als sich noch immer niemand zu Wort meldete. »Zufall?«, fragte er zögerlich.

»Hah!« Gnitzlik klatschte vor Freude in die Hände. »Endlich hast du die Antwort! Demeter soll uns lehren, dass man mehr braucht als einen wachen Verstand und die nötige Ausdauer, um ein großer Erfinder zu sein. Es gibt etwas, das man ebenso sehr braucht, aber niemals beeinflussen kann – Glück.«

Die Menge verfiel in aufgeregtes Gemurmel und Gnitzlik hob Ruhe gebietend die Hände: »Aber da ihr euer Glück schon nicht selbst in der Hand habt, so nehmt wenigstens eure Disziplin ernst. Also geht in eure Kammern und Werkstätten und strengt euren Erfindergeist an!« Eine weitere Aufforderung brauchte die Menge nicht, und kurz darauf begann sich die Halle der Ingenieure zu leeren.

»Glück«, sagte Duibel leise.

»Jawohl, Glück«, wiederholte Gnitzlik. »Also, lass den Kopf nicht hängen, mein Freund. Du hast einen wachen Verstand und eines Tages wird dir ein Meisterstück gelingen, wie es selbst dein Vater nicht hätte vollbringen können.«

»Nun, dieser Tag mag bereits sehr bald kommen«, sagte Duibel geheimnisvoll.

»Aber ich dachte, du hättest keinen Einfall?«, fragte Gnitzlik verdutzt.

»Ich helfe Rhaflit bei der Konstruktion seiner Flugmaschine.«

»Hmmm«, Gnitzlik rieb sich das Kinn und schwieg eine lange Zeit. »Lass uns noch ein paar Schritte gehen.«

Duibel seufzte in Gedanken, als er den Rollstuhl anschob. »Du scheinst nicht gerade glücklich darüber zu sein«, tastete er sich nach einer Pause erneut an das Thema heran.

»Es ist einfach sehr ungewöhnlich, dass Rhaflit sich bei seinen Berechnungen über die Schulter blicken lässt.«

»Nun, schließlich möchte er nicht länger nur im Wind gleiten, sondern aus eigener Kraft fliegen«, erklärte Duibel.

Gnitzlik kicherte ausgelassen. »Ja, das hatte ich befürchtet. Ich wusste, dass er den nächsten Schritt gehen würde, sollte er den ersten überleben. Und du willst ihm tatsächlich dabei helfen? Gut, gut. Das wird euch beide weiterbringen.«

»Ich hoffe in erster Linie, dass es dazu führt, dass Rhaflit sich nicht umbringt«, überlegte Duibel laut.

»Aber ihr könnt viel voneinander lernen«, fuhr der Erste Ingenieur unbeirrt fort. »Rhaflit kann von deiner Gewissenhaftigkeit und Zurückhaltung profitieren und du von seiner Sorglosigkeit. Du solltest dich auch etwas weniger genau an die Vorgaben des Ausschusses halten. Wer weiß?«, fügte er mit einem zufriedenen Grinsen hinzu. »Vielleicht brauchst du genau dies für deine eigene Inspiration?«

»Also hast du keine Einwände?«

»Keineswegs. Ich wünsche euch beiden viel Erfolg. Kerellic wird jetzt sicher bald Tag und Nacht an der Esse stehen, nehme ich an?«

»Er wird Rhaflit nicht helfen«, erklärte Duibel. »Er hält es für zu gefährlich. Und er will damit nichts zu tun haben.«

»Sehr bedauerlich.« Gnitzlik seufzte tief. »Wo er doch einer der besten Schmiede ist.«

»Vielleicht können wir ihn noch umstimmen. Morgen will Rhaflit mir seine Pläne zeigen. Und dann werden wir ein Modell in kleinerem Maßstab bauen.«

»Ah, eine sehr gute Idee. Euch jungen Gnomen gehört die Zukunft, ich habe es immer gewusst. Eine Miniatur … fantastisch!« Sie erreichten wieder ihren Ausgangspunkt, Mirzons steinernes Abbild, und Duibel stellte erst jetzt fest, dass sie im Kreis gegangen waren. »Du hast sicher noch eine Menge Arbeit zu erledigen«, sinnierte Gnitzlik. »Du solltest nicht unvorbereitet bei Rhaflit erscheinen. Du weißt, wie reizbar er dann ist.«

Bevor Duibel ging, ergriff er noch einmal Gnitzliks Hand. »Vielen Dank für deine weisen Worte.«

Gnitzlik lächelte ein wenig beschämt. »Man sollte mit seiner Weisheit nicht sparsam umgehen, Duibel. Eines Tages ist es zu spät, sie weiterzugeben.«

Duibel nickte und verabschiedete sich von Ralthin, der wieder seinen Platz hinter Gnitzliks Rollstuhl eingenommen hatte.

Kalter Wind schnitt ihm messerscharf ins Gesicht, doch das Gefühl der Freiheit und die Freude über seinen Erfolg ließen jede Träne, die über seine Wange kullerte, zu einer Freudenträne werden.

Ich fliege!, *dachte Rhaflit.*

Und ich träume. Ich muss träumen, denn ich weiß, dass der Gleiter nach meinem Absturz beschädigt war. Er blickte sich in seinem Traum noch einmal um. All die Eindrücke, die er bei dem Flug an diesem Morgen gesammelt hatte, kehrten nun zurück.

Doch anders als zuvor schien die Zeit viel langsamer zu vergehen. All die Bilder, die an seinen Augen vorbeigerauscht waren, konnte er nun klar und deutlich erkennen. Jedes kleine Detail war auszumachen.

Ah, der Adlerhorst, *erkannte Rhaflit erfreut. Erst jetzt fiel ihm auf, dass die anmutigen Vögel nach seinem Absprung aufgeregt durcheinan-*

dergeschrien hatten; ganz so, als wüssten sie, dass sein Verhalten wider die Natur war.

Rhaflit ließ seinen Blick weiter umherwandern. Invars mächtige Tore. Die zahlreichen Wachtürme, die getarnt zwischen den Gipfeln aufragten.

Wie schön unsere Heimat doch ist, *freute sich der kleine Gnom.*

Er wurde jäh aus seinen Gedanken gerissen, als er im Traum, genauso wie morgens in Wirklichkeit, ins Trudeln kam.

Nicht mehr viel Zeit, *ermahnte er sich und konzentrierte seinen Blick auf Dinge, die er zuvor nicht beachtet hatte, seinem inneren Auge jedoch nicht entgangen waren.*

Südlich lagen die Siedlungen der Menschen. Einige von ihnen waren bereits zu richtigen Städten angewachsen.

Die Windströmung riss vollends ab und Rhaflit bereitete sich darauf vor, sogleich jäh aus dem Schlaf aufzuschrecken.

Ein letztes Bild huschte durch seinen Geist. Ein solch schreckenerregendes und unerwartetes Bild, dass es Rhaflit laut schreiend aufwachen ließ. Er zitterte am ganzen Körper und kalter Schweiß bedeckte sein Gesicht.

»Das kann ich nicht wirklich gesehen haben«, sagte er laut, um sich zu beruhigen. »Mein Verstand spielt mir einen Streich.« Er lachte gekünstelt. »Nicht in tausend Jahren ist das möglich!«

Sich auf diese Weise selbst in den Schlaf lullend, legte er sich wieder hin.

Aber er konnte einen Gedanken nicht mehr aus seinem Kopf verbannen: *Was, wenn ich tatsächlich Orks gesehen habe?*

Bereits der sechste Humpen ergoss sich seine Kehle hinunter und auch diesen leerte Kerellic in einem Zug. *Verrückter Gnom*, dachte er dabei die ganze Zeit. *Dreimal verrückter Gnom! Fliegen … Pah! Fliegen ist für Vögel!* Er knallte den leeren Steinkrug so hart auf die Theke des *Schmiedehammers*, dass sich eine tiefe Kerbe in das polierte Holz schlug – ebenfalls die sechste.

»Mach mir noch einen«, brummte er in Richtung des Zwerges am Zapfhahn, ein junger Kerl von vielleicht gerade mal fünfzig Jahren.

Vermutlich einer von Thorvans Söhnen, überlegte Kerellic, dem allmählich der Kopf schwer wurde. Der Zapfer zögerte einen Moment und musterte seinen angetrunkenen Gast kritisch, was Kerellic nicht entging und noch weniger gefiel. Um seine Aufforderung zu unterstreichen, hämmerte er den leeren Krug noch einmal auf die Theke und diesmal splitterte sogar ein Holzspan heraus. »Mach mir noch einen!«

Schließlich zuckte der junge Zwerg die Achseln und ließ gekonnt einen Steinkrug voll mit Bier laufen. Am Ende ragte eine zwei Finger dicke Schaumkrone über den Rand hinaus, ein gutes Zeichen, dass der Krug bis unter den Rand mit Bier gefüllt war.

»Nimm's nicht persönlich, Lodgar!«, rief ein Zwerg vom anderen Ende der Theke herüber. »Kerellic ist nur mies gelaunt, weil Rhaflit heute mal wieder 'ne Bruchlandung hingelegt hat.«

»Halt's Maul, Dargril«, murmelte Kerellic und wandte sich seinem Bier zu, das er auch wieder in einem Zug die Kehle hinunterspülte.

»Ist das wahr?«, fragte ein anderer Zwerg neugierig. Seine Kameraden belegten ihn sogleich mit strafenden Blicken, denn es war allgemein bekannt, dass man Kerellic nicht reizen sollte – schon gar nicht, wenn er angetrunken war. Dargril ließ sich jedoch nicht einschüchtern und fuhr nur umso begeisterter fort. »Ja, Rhaflit hat sich wieder 'ne blutige Nase geholt und zudem auch noch den Drachen ruiniert.«

»Oh«, erwiderte der andere Zwerg und fing sich sofort eine Reihe schmerzhafter Kniffe und Fußtritte ein, die ihn endlich zum Verstummen brachten.

Aber es war bereits zu spät. Dargril hatte genug Anfeuerung für seine Stichelei erhalten.

»Und jetzt hat Kerellic den armen Rhaflit auch noch im Stich gelassen«, ergänzte Dargril noch.

»Wer sagt das?«, schnaubte Kerellic und bestellte mit einem Humpenkracher ein weiteres Bier.

»Ach, niemand … nur jeder Zwerg und Gnom auf den Straßen. Duibel hat wohl mit Gnitzlik darüber gesprochen und das hat dann wieder jemand gehört, der es jemandem erzählt hat, der es wieder jemandem … du kennst das ja.«

»Nein, klär mich auf«, erwiderte Kerellic und bemühte sich darum, seiner Stimme einen lallenden Ton zu verleihen. Gerade stellte Lodgar ihm einen gefüllten Humpen hin und wollte den leeren Krug abräumen, doch Kerellic hielt ihn mit einem wütenden Funkeln in den Augen davon ab.

Dargril indessen war so damit beschäftigt, sich über die Geschwätzigkeit der Gnome auszulassen, dass ihm völlig entging, dass Kerellic sein frisches Bier mit der Linken an die Lippen führte und mit der Rechten, in der er noch immer den leeren Steinkrug hielt, langsam ausholte.

»Gnome tratschen eben gern«, endete Dargril beinahe feierlich und zeigte die Zähne in einem breiten Grinsen.

»Offensichtlich genauso wie die Truppführer der Schildwache, nicht wahr?«, fragte Kerellic mit gespielt schwerer Zunge. Dargril schenkte ihm wie erhofft ein noch breiteres Grinsen und der Schmied zögerte keinen Augenblick.

Kerellics rechte Hand schnellte zur Seite und der leere Humpen schoss die lange Theke entlang. Einen Wimpernschlag später krachte der Steinkrug unüberhörbar in Dargrils Gesicht. Der Zwerg kippte hintenüber und so konnte Kerellic die Auswirkungen seines Treffers nicht sofort begutachten.

Dargril fluchte laut und schien dabei mehrmals ausspucken zu müssen. Als er sich wieder vom Boden erhob, konnte man das volle Ausmaß von Kerellics Attacke bewundern. Die auch sonst schon recht dicke Nase des Zwergs war unansehnlich verbogen und blutete aus beiden Nasenlöchern sowie einer Platzwunde, die sogar den gesplitterten Knochen erkennen ließ. Sein linkes Auge schwoll im Takt der Wanduhr zu und deutete auf einen gebrochenen Wangenknochen hin. Als wäre Dargril so nicht schon entstellt genug, präsentierte er bei seinem wütenden Schrei auch noch eine große Zahnlücke, die einst seine oberen Schneidezähne gefüllt hatten.

»Ich glaube, deine Jungs bekommen ihre Anweisungen demnächst schriftlich«, stellte Kerellic mit Genugtuung fest, und nachdem er sich versichert hatte, dass Dargril nicht ebenfalls ein Humpengeschoss in der Hand hielt, ließ er sich zu einem zufriedenen Grinsen hinreißen.

Dargril brüllte einen unverständlichen Fluch und spuckte dabei dickes Blut auf die Theke. Dann sprang er nach vorn und auf Kerellic zu. Der staunte nicht schlecht, wie schnell sein verletzter Angreifer die vier Meter zwischen ihnen überbrückte und zu einem wuchtigen Fausthieb ausholte. Kerellic wollte unter dem Hieb hindurchtauchen, doch der viele Alkohol setzte ihm stärker zu, als er sich hatte eingestehen wollen. Dargrils Faust krachte gegen Kerellics Stirn und hämmerte dessen Schädel damit gegen die Holztheke, was dort eine weitere, diesmal jedoch deutlich größere Kerbe hinterließ und Kerellics Bier komplett verschüttete.

Kerellic packte im Sturz noch den Arm seines Kontrahenten mit eisernem Griff und so gingen er und Dargril beide zu Boden.

Dargrils Gesicht wirkte durch das viele Blut und die vor Wut und Schmerz verzogenen Züge wie einem Albtraum entsprungen.

Sie rollten zur Seite und versuchten dabei jeder, ihrem Gegner einen weiteren Treffer zu versetzen. Kerellic konnte schließlich durch Dargrils eingeschränktes Sichtfeld einen Vorteil erringen und traf erneut die lädierte Wange.

Dargril heulte auf vor Schmerz und wollte sich instinktiv von dem wütenden Schmied entfernen. Um die beiden Kämpfer herum hatte sich jedoch schon die halbe Schänke versammelt und so blieb dem Zwerg nichts weiter übrig, als sich dem nächsten Angriff zu stellen.

Kerellic ließ sich nicht lange bitten und grub seine Faust tief in Dargrils Bauch, presste dem schon längst geschlagenen Zwerg die Luft aus dem Körper. Dargril krümmte sich ein letztes Mal, bevor er bewusstlos auf dem Boden liegen blieb.

Kerellic setzte sich wieder an seinen vorigen Platz und rieb sich die schmerzende Stirn. »Mach mir noch einen«, sagte er an Lodgar gewandt und schob ihm seinen nun leeren Krug hin.

»Nein, kein Bier mehr für dich, Kerellic!«, dröhnte eine dem Schmied nur allzu bekannte Stimme von der Tür der Schänke entgegen.

»Scheiße«, fluchte der Zwerg leise in seinen Bart hinein und wandte dem Neuankömmling dann sein Gesicht zu.

»General Khûlgrim!«, riefen mehrere Zwerge gleichzeitig.

Der alte Zwerg trat festen Schrittes in den Schankraum des *Schmiedehammers*. Er musste gerade erst seinen Dienst beendet haben, denn er trug noch immer seine glanzvoll polierte Plattenrüstung, die silbern und rötlich zugleich schimmerte. Seine Panzerung glich denen der normalen Schildwachen fast in allen Belangen, nur war sie an ihren Rändern mit feinstem Gold verziert und auf der Brust war, ebenfalls aus Gold, eine Streitaxt dargestellt, die einen Orkschädel spaltete, Khûlgrims Familienwappen. Weitere Auffälligkeiten waren nicht gestattet, da man einem möglichen Feind die Identifizierung des Befehlshabers nicht zu leicht machen wollte.

Khûlgrim war der einzige Zwerg im Reich, der sich den Bart kurz unterhalb des Kinns abschnitt. Deshalb war sein tatsächliches Alter schwer zu schätzen, doch der alte Zwerg betonte immer wieder den unschätzbaren Vorteil, den ihm ein kurzer Bart im Gefecht brächte. *Thorvans Bart reicht viermal um dessen Hüfte*, schoss es Kerellic durch den Kopf. *Wie alt mag Khûlgrim wohl sein?*

»Was ist hier geschehen?«, fragte Khûlgrim, nachdem er den kümmerlichen Dargril genauer in Augenschein genommen hatte.

Kerellic zeigte ein zufriedenes Lächeln. »Der Kleine verträgt kein Bier«, sagte er trocken. »Du solltest deine Jungs früher ins Bett schicken, Khûlgrim.«

Der General gab Kerellic mit einem Blick zu verstehen, dass er nicht zu solchen Späßen aufgelegt war. »Wer hat den ersten Schlag geführt?«

»Das war dann wohl ich«, brummte Kerellic, der wusste, was nun folgen würde.

»Du kennst unsere Regeln.« Khûlgrim seufzte. »Kommst du freiwillig mit?«

»Klar«, ergab sich Kerellic. Als er an dem General vorbeischritt, warf er Lodgar noch ein spitzbübisches Grinsen zu: »Ich trinke wohl doch keins mehr.«

»Bringt Dargril zu einem Wundenflicker«, befahl Khûlgrim, ehe er hinter Kerellic die Schänke verließ.

Als sie allein auf der Straße vor dem *Schmiedehammer* standen, schüttelte Khûlgrim verständnislos den Kopf. »Was sollte das da drin gerade?«

Kerellic zuckte die Achseln und rieb sich erneut die schmerzende Stirn.

»Verdammt, ja! Dargril kann ein Arsch sein, aber du lässt dich zu leicht reizen«, bemerkte Khûlgrim und traf damit genau ins Schwarze.

»Er hat die Abreibung verdient«, stimmte Kerellic zu.

»Und du deine Tage in der Zelle«, konterte Khûlgrim und erinnerte sein Gegenüber an die Konsequenzen einer solchen Schlägerei. »Was hat er eigentlich gesagt?«

»Er sagte, ich ließe Rhaflit im Stich. Und er hat gelacht.«

Khûlgrim brummte verstimmt. »Und das war alles? Oder gönnst du ihm noch immer seinen Posten nicht, der mal deiner war?«

Kerellic kniff für einen kurzen Moment die Augen bedrohlich zusammen, bis ihm in seinem vom Alkohol träge gewordenem Geist klar wurde, dass er hier mit einem Freund sprach, der es gut mit ihm meinte. »Er hat gelacht«, wiederholte er trotzig.

»Na, dann komm erst mal mit.« Khûlgrim klopfte ihm freundschaftlich auf die Schulter. »Morgen brummt dir der Schädel und dann wird Arlon dir deine Strafe aufdrücken … Du solltest besser zum *Schöpfer* beten, dass er Dargril nicht erlaubt, es dir mit Gleichem zu vergelten.« Und mit einem amüsierten Grinsen fügte er hinzu: »Es wäre schade um deine Zähne.«

NUR HIERMIT

Mit verträumtem Blick ließ Nefhiliel sich auf ein weiches Lager aus Gräsern und Laub sinken, das Culnauirs Späher hergerichtet hatten. Außer ihr und ihrem Leibwächter war niemand sonst in der Nähe. Die Späher sicherten ihr Lager und Lyssetra hatte sich schon zum Schlafen zurückgezogen. *Die Sterne*, dachte sie voll Wehmut. *Sie scheinen denen meiner Heimat gar nicht zu gleichen. Und doch sind sie wunderschön! Ob die Menschen sie auch so sehen?* Ein langes Seufzen entfuhr ihrer Kehle.

»Ist etwas nicht in Ordnung, Hohe Tochter?«, fragte Culnauir besorgt.

Sie blickte ihn aus mandelförmigen blauen Augen an und seufzte erneut: »Mir ist gerade bewusst geworden, wie wenig ich über die Welt außerhalb unserer Heimat weiß«, gestand sie. »Ich weiß nicht, ob ich für diese Aufgabe die Richtige bin.«

»Ihr solltet nicht an Euch zweifeln, Hohe Tochter«, beruhigte er sie. »Ihr wart schon als Kind äußerst geschickt darin, zu verhandeln.«

Die Erinnerung an ihre gemeinsame Kindheit brachte ein warmes Lächeln auf Nefhiliels Lippen. »Und ich erinnere mich, dass du mir damals ewige Liebe geschworen hast, mein lieber Culnauir. Wir waren eben noch Kinder.«

»Manche Dinge ändern sich nicht«, sagte Culnauir, und nun war es seine Stimme, die von Traurigkeit erfüllt war.

Nefhiliel seufzte tief. »Du weißt, dass mein Vater meinen Gemahl schon lange vor meiner Geburt bestimmt hat.«

Der Elfenkrieger nickte. »Folgorin wird der nächste König werden und damit Euer Ehemann. Und dennoch …«, er sprach die Worte nicht aus.

»So will es das Gesetz«, sagte Nefhiliel tonlos. »Die Seele muss wiedergeboren werden. Und Folgorin wurde von den Sternen dazu auserkoren, mir dieses Geschenk zu machen. Doch mein Herz gehört ihm nicht. Es gehört dem kleinen Jungen, der mich als Kind immer vor den dunklen Baumgeistern beschützte«, gestand sie.

»Schrecken, die es gar nicht gibt. Geschichten, die wir den Kindern erzählen, damit sie nicht gedankenverloren durch den Wald streifen.«

»Für mich waren sie sehr echt. Ebenso wie die Geborgenheit, die ich durch dich erfuhr.« Sie kam ihm ein Stück näher und berührte dabei sanft seine Hand.

»Hohe Tochter ...«, setzte Culnauir an, doch sie legte ihm den ausgestreckten Zeigefinger auf die Lippen.

»Du kennst meinen Namen, mein lieber Culnauir«, forderte sie ihn auf und in ihrer Stimme schwang ein Teil der Sehnsucht mit, die sie verspürte.

»Nefhiliel«, hauchte Culnauir in ihr Ohr. »Geliebte Blume der Elfen.«

Sie wollte ihn zu küssen, doch er zog seinen Kopf zurück. »Die Sterne bestimmten Folgorin und nur ihn.« Er bemühte sich, abweisend zu klingen, doch Nefhiliel wusste, dass das Blut heiß durch seine Adern floss und sein Verlangen nach ihr nicht minder als ihres war.

Sie legte ihm die Hände auf die Schenkel und glitt dann langsam in seinen Schritt. »Die Sterne können sich auch irren«, hauchte sie ihm verführerisch ins Ohr. Und als sie ihre Hand ein wenig zwischen seinen Beinen bewegte, entfuhr ihm ein lustvolles Stöhnen. »Ich werde Folgorin zum Mann nehmen«, sagte sie leise. »Doch er wird nicht der Erste sein.«

Dolantan versuchte, einen Blick auf die Neuankömmlinge zu erhaschen, die gerade den Schankraum betraten, doch die größeren Männer versperrten dem Jungen die Sicht. *Das sind bestimmt Vargan und seine Gefolgsleute*, schloss Dolantan aus dem aufgeregten Getuschel.

Celless hatte Vargan vor drei Tagen entsandt, um mit einigen Verbrechern abzurechnen. Die frühe Rückkehr konnte nur bedeuten, dass der gefürchtete Mann seinen Auftrag erledigt hatte.

»Ein Bier für die Blutklinge!«, schmetterte einer der Gäste freudig dem Wirt hinter der Theke entgegen.

»Dol!«, brüllte der Mann sogleich. »Führ die Blutklinge und sein Gefolge an den besten Tisch!«

Dolantans Herz machte einen Satz vor Freude. Sobald der Wirt geendet hatte, teilte sich vor dem Jungen die Menschentraube. Niemand ließ Vargan die Blutklinge, den besten Jäger der Gilde, warten. Und noch viel weniger wollte irgendjemand im Raum der Grund dafür sein, dass der gefährliche Mann warten musste.

Endlich werde ich ihm in die Augen sehen können!, dachte Dolantan aufgeregt. Manchmal hörte er die Männer flüstern, dass ein Blick aus Vargans Augen einem das Blut in den Adern gefrieren ließ. *Kann Blut in den Adern gefrieren?*, fragte er sich. *Und was würde dann mit mir geschehen?*

So in seine Gedanken versunken bemerkte er nicht, dass Vargan nicht darauf gewartet hatte, bis er zu ihm kam. Ein dunkler Schatten legte sich über Dolantan und er ließ vor Schreck beinahe den Kehrbesen fallen, den er ständig mit sich herumtrug. Ununterbrochen mussten zerbrochene Krüge und Teller oder Straßendreck zusammengefegt werden, deshalb hatte er sich angewöhnt, den alten Besen stets bei sich zu tragen. Er hatte den Stiel abgesägt und steckte das alte Ding verkehrt herum in eine Gürtelschlaufe, wenn er ihn nicht gebrauchte.

»Unser Tisch«, sagte eine fremde Stimme leise.

Dolantan bemerkte die unheimliche Stille gar nicht, die sich nun im Saal ausbreitete.

»Dol!«, brüllte der Wirt nun aus voller Kehle, verlagerte dabei jedoch nervös das Gewicht von einem Bein auf das andere.

Endlich hob der Junge wieder seinen Kopf und blickte in ein Paar grauer Augen. *Oder sind sie grün? Oder doch blau?*, grübelte Dolantan, als er von dem durchdringenden Blick eingefangen wurde.

»Verdammt, Dol! Du Meister aller Nichtsnutze!« Der Wirt hatte sich ein Herz gefasst und versuchte, die Dinge nun selbst in die Hand zu nehmen. Er kam hinter der Theke hervor, wobei sein rechtes Holzbein laut klackerte. Unterhalb des Knies war ihm der Schenkel einst vom Wundbrand zerfressen worden und er hatte großes Glück, überhaupt noch am Leben zu sein.

Dolantan hatte seine Umgebung mittlerweile völlig vergessen, so konzentriert war er auf die Augen des Fremden. Selbst der Anflug eines amüsierten Lächelns auf Vargans Lippen entging ihm.

Der Wirt war nun herangehumpelt und holte mit seiner fleischigen Hand zu einer saftigen Ohrfeige für den unaufmerksamen Jungen aus.

Die übrigen Gäste schnappten hörbar nach Luft, als Vargan die Hand im Flug auffing und mit eisernem Griff festhielt. Er hatte dafür nicht einmal den Kopf bewegt. Nicht einmal seine Augen hatten von denen des Jungen abgelassen.

»Und, was siehst du in ihnen?«, fragte er plötzlich.

Dolantan wich dem Blick seines Gegenübers noch immer nicht aus, sondern antwortete nur: »Ich weiß nicht so recht.«

»Sag, was dir als Erstes einfällt.«

Dolantan zögerte einen weiteren Moment, doch schließlich platzte er mit seiner Beobachtung heraus: »Sie sehen traurig aus.«

»Habt ihr das gehört? Er blickt mir in die Augen und sagt, er sieht darin Traurigkeit!« Vargan lachte laut auf, hielt dabei aber noch immer die Hand des Wirts fest im Griff. So fest, dass sich das Blut bereits in ihr staute und die fetten Finger noch weiter anschwellen ließ. »Nicht etwa den Tod oder Entschlossenheit – nein, Traurigkeit!« Das Lachen erstarb so plötzlich, wie es gekommen war. »Wie heißt du, Junge?«

»Dol … Dolantan«, kam die gestammelte Antwort.

»Und weißt du, wer ich bin, Dolantan?«

»Die Blutklinge«, hauchte der Junge.

»Und denkst du, du kannst uns nun zu unserem Tisch führen?«

»Bitte, tut ihm nichts«, bat der Wirt. »Ich habe ihn erst vor Kurzem gekauft und …«

»Schweig!«, herrschte der Kopfgeldjäger den feisten Mann an und wandte sich dann wieder dem Jungen zu. »Du gehörst ihm?«

»Ich … ich denke schon. So genau habe ich darüber noch nie nachgedacht«, gestand er.

»Das solltest du aber. Ein Mann sollte frei sein oder zumindest wissen, wem er dient.«

»He, Vargan, jetzt setz dem Knirps doch keine Flausen in den Kopf«, warf ein stämmiger Kerl aus dem Gefolge des Jägers ein.

Vargan ignorierte den Einwurf. »In welchem Zeichen bist du geboren?«, fragte er wieder an Dolantan gerichtet.

»In welchem Zeichen?«, wiederholte der Junge verständnislos. Dolantan hatte plötzlich viele Fragen auf der Zunge, doch die Blutklinge fuhr fort, daher schluckte er sie vorerst hinunter.

»Man hat dir nie gesagt, welche Macht dich gezeichnet hat?« Er wartete die Antwort nicht ab und sah den Wirt strafend an. »Und weißt du es?« Der Wirt schüttelte nur heftig den Kopf und feine Schweißperlen stoben durch die Gegend. Vargans Blick wanderte erneut zu dem Jungen. »Nun, du solltest es bald in Erfahrung bringen, sonst ist es zu spät. Und spar dir die Mühe, uns einen Tisch zu zeigen. Nimm lieber meine Sachen und bringe sie in ein Zimmer mit sauberem Bett.

»Wir haben keine sauberen Betten«, antwortete Dolantan verwirrt.

»Ha!« Vargan lachte schallend. »Die Ehrlichkeit eines Kindes!« Die Menge stimmte bereitwillig in das Lachen mit ein, denn es löste die bedrohliche Spannung, die sich immer aufbaute, wenn Vargan mehr als flüchtiges Interesse für eine Person zeigte. Endete dies doch meist mit dem Tod des anderen. »Nun, dann bring meine Sachen in irgendein Zimmer.«

»Willst du heute hierbleiben?«, fragte der Stämmige aus seiner Gruppe unsicher.

»Schon möglich, Barud. Celless erwartet uns erst morgen früh.«

»Und wo sollen wir hin?«

»Hattet ihr jemals Probleme, jemanden zu finden, der sein Bett mit euch teilt, Männer?«, fragte Vargan sie mit gespielter Verwunderung und erntete damit den Zuspruch seiner Begleiter. »Also?« Er blickte Dolantan auffordernd an und der Junge verstand, dass Vargan nun keineswegs länger warten wollte.

»Sicher, Herr«, sagte Dolantan schnell, packte die ihm entgegengereichte Satteltasche und verschwand in Richtung Treppenaufgang, denn alle Betten befanden sich im oberen Stockwerk. Er hörte noch, wie die Männer mit dem Zuprosten begannen, dann eilte er die Treppe hinauf.

Dolantan ächzte unter den schweren Satteltaschen. Ab und an vernahm er aus ihnen ein metallenes Scheppern. *Sicher bewahrt er hier die tausend Messer auf*, dachte der Junge. *Die Leute sagen, er kann einen Mann hundertmal erstechen, bevor dieser überhaupt seine Waffe gezogen hat.*

Er schob die unverschlossene Tür auf und stellte sich für einen schönen Moment lang vor, dass er in Wahrheit der Gast und die Satteltasche seine eigene wäre. Bedächtig schritt er durch den kleinen Raum, der aus nicht mehr bestand als einem Strohbett, einem Schemel und einer flachen Truhe. Mit lautem Scheppern ließ er die Satteltasche auf die Truhe knallen und zuckte ob des Lärms aufgeschreckt zusammen. *Was, wenn ich etwas beschädigt habe?*, schoss es ihm durch den Kopf.

Er stand regungslos da und wartete ab, ob noch jemand anders das Geräusch gehört hatte. Natürlich konnte Vargan ein Stockwerk tiefer nichts davon mitbekommen haben, doch der bloße Gedanke daran ließ ihn zu Stein erstarren. Als niemand kam, machte sich allmählich Unruhe in ihm breit. Zuerst in seinen Beinen, und er wippte nervös hin und her. *Ich sollte nachsehen.*

Er ging auf die Knie und öffnete vorsichtig eine der beiden Satteltaschen. Der schwere Deckel zog die Tasche ein wenig über den Rand der Truhe und sie entleerte sich mit einigem Getöse über Dolantans Beine. Töpfe aus Metall und Teller aus Holz, feines Essbesteck und ein großer Kochlöffel. Alles, was man für die Zubereitung eines kargen Mahls benötigte – doch keinerlei Waffen.

Ein wenig enttäuscht stopfte Dolantan die Gegenstände wieder in den Lederbeutel.

»Vielleicht finde ich ja in der anderen Tasche was«, murmelte er vor sich hin.

»Das kommt darauf an, wonach du suchst«, erklang eine eisige Stimme hinter ihm.

Dolantan erstarrte vor Schreck und die Tasche glitt ihm aus den Fingern. Die gerade noch mühsam eingeräumten Kochutensilien verteilten sich erneut geräuschvoll auf dem Fußboden.

Vargan kam langsam näher und trat absichtlich hart mit den schweren Absätzen auf, was dem Moment einen ganz eigentümlichen, grausamen Herzschlag zu verleihen schien.

»Dreh dich um«, flüsterte der Mörder der Gilde.

Dolantan schluckte. Viele Bilder flackerten in seinem Geist auf. Er hatte das Gefühl, als zöge sein kurzes Leben noch einmal traurig an ihm vorbei. Schließlich gehorchte er und wandte sich dem knapp einen Kopf größeren Mann zu.

Vargan fixierte ihn aus steingrauen Augen, doch diesmal sah Dolantan keine Trauer, sondern nur Kälte in ihnen.

»Dies ist für gewöhnlich das Letzte, was Menschen sehen, wenn sie mir in die Augen blicken«, erriet Vargan die Gedanken des Jungen erneut, und seine Worte trieben seinem Gegenüber den Schweiß auf die Stirn.

»Werdet Ihr mich nun töten?«

Vargan neigte interessiert den Kopf. »Du überraschst mich schon wieder, Junge. Ich ertappe dich dabei, wie du meine Sachen durchwühlst, und anstatt um Gnade zu flehen, scheinst du eher neugierig zu sein.« Ein trockenes Lachen begleitete seine Worte.

Dolantan wusste nichts darauf zu erwidern und ein innerer Impuls sagte ihm, lieber den Mund zu halten und den Mann sprechen zu lassen.

»Was wolltest du an meinen Sachen? Und wage es nicht, auch nur daran zu denken, mich zu belügen.«

Dolantan zögerte einen kurzen Moment, doch Vargan gab ihm durch einen Blick zu verstehen, dass er eine schnelle Antwort wünschte. »Die Männer sagen, Ihr könntet einen Mann hundertmal erstechen, bevor er seine Waffe zieht. Und ich wollte mir Eure Messer ansehen«, berichtete er wahrheitsgemäß.

Vargan tat nun etwas, womit Dolantan niemals gerechnet hätte.

Er verfiel in schallendes Gelächter. Der Mörder lachte sogar so stark, dass er sich den Bauch halten musste und kleine Tränen seine Wangen hinabliefen. »Die Leute reden vieles, das man nicht unbesehen glauben sollte, nicht wahr?«

Dolantan nickte zögerlich.

»Und du dachtest wirklich, ich würde unzählige Messer mit mir herumtragen?« Er zog in einer fließenden Bewegung sein Schwert und hob es nah vor Dolantans Gesicht. So dicht, dass der polierte Stahl das komplette Sichtfeld des Jungen einnahm. »Hiermit habe ich all das vollbracht, wovon die Menschen in den Schänken sprechen, Junge. Nur hiermit.«

»Aber das ist ein Schwert.«

»Immerhin das scheinst du zu wissen.«

Dolantans Finger berührten zaghaft den blanken Stahl, der sich kalt und glatt anfühlte.

Vargan blickte ins Leere und sein Geist schien weit entfernt zu sein, als er murmelnd wiederholte: »Nur hiermit.«

»Dol!«, ertönte aus dem Treppenhaus der Ruf des Wirts. »Komm her, du Nichtsnutz, und räum die Tische ab!«

Dolantan zögerte, doch Vargan zeigte keinerlei Reaktion mehr. Er stand starr in der Mitte des Raumes und betrachtete entrückt die glänzende Schwertklinge. Schließlich zuckte der Junge die Achseln und hastete an dem Mann vorbei und aus dem Zimmer.

Beide Seiten der Medaille

Rhaflit erwachte aus seinem unruhigen Schlaf. Es musste noch sehr früh am Morgen sein, denn das gleichmäßige Hämmern der Schmiede war noch nicht zu hören.

»Es war nur ein Traum«, sagte er laut zu sich selbst, als ihm die Bilder der letzten Nacht wieder in den Sinn kamen. »Schon seit … seit Ewigkeiten hat sich kein Ork mehr nach Süden gewagt.« *Und könnte es dann nicht gerade deshalb wahr sein?*, fragte ihn eine nagende Stimme im Hinterkopf. Rhaflit richtete sich im Bett auf und rieb sich mit den Händen die Augen. Dabei wog er jeden Gedanken gegen den anderen ab.

Angenommen, es gäbe diesen Orktrupp tatsächlich … Weshalb hat ihn keiner der Gebirgsläufer gesehen? Warum ist er mir erst im Traum aufgefallen?

»Weil ich im Traum viel mehr Sinneseindrücke verarbeitet habe«, erwiderte er laut auf diesen Gedanken.

Aber was, wenn mein Unterbewusstsein mir einen Streich spielt? Haben wir uns nicht erst kürzlich im Ausschuss darüber unterhalten, dass die Orks schon viel zu lange den Waffenstillstand halten? Was, wenn mein Misstrauen und meine Angst hier Bilder erschaffen, die es nicht wirklich gab?

»Aber warum sollten sie ihn ausgerechnet jetzt brechen? Mitten im Sommer, wenn sie in ihren eigenen Ländern genug Nahrung finden?«

Ich sollte es dennoch melden.

Dieser Gedanke drängte sich ihm förmlich auf, doch auch hierauf wusste Rhaflit eine Erwiderung zu geben: »Und dann? Wenn ich mich irre, dann wird man mich als noch merkwürdiger ansehen als bisher. Und am Ende will Duibel mir nicht mehr helfen.«

Nein, ich habe mich ganz sicher geirrt. Und sollten dort tatsächlich Orks gewesen sein, dann werden die Gebirgsläufer sie schon bald entdecken und zur Strecke bringen, beruhigte er sich selbst.

Schließlich stand er auf und steuerte die Waschschüssel an. Einige Spritzer kaltes Wasser würden seinen Geist beruhigen. Er erinnerte sich daran, dass Duibel ihm gleich am Morgen schon bei den Bauplänen seiner Flugmaschine helfen wollte, und klatschte freudig in die Hände.

»Fliegen wird unsere Welt verändern!«, verkündete er stolz der Waschschüssel.

Eilig schritt er die Treppe hinab und betrat seine Werkstatt. Der verbeulte Gleiter lag noch so da, wie er ihn am vorigen Tag verlassen hatte. Die feinen Härchen an seinen Armen richteten sich auf, als ihm erneut die Bilder des Fluges in den Sinn kamen.

Wieder nagte ein ungutes Gefühl an ihm, was die möglichen Orks anging. Allerdings schon bedeutend kürzer. Und es verschwand schließlich völlig, als Rhaflit einen großen Schrank öffnete. Der Korpus war aus Stein, doch die Türen aus Holz. Kerellic hatte sie ihm zurechtgesägt. Im Innern bewahrte Rhaflit all seine Zeichnungen und Pläne in mehreren Fächern auf. All seine Berechnungen zu seinen Flugmaschinen und anderen Ideen. Dieser Schrank war vermutlich sein kostbarster Besitz und dennoch unverschlossen. Kein Gnom würde es wagen, bei einem anderen einzubrechen, nur um die Pläne einer Erfindung zu stehlen. Durch Hörensagen oder ein offen liegen gelassenes Stück Papier erlangte Informationen waren hingegen heiß begehrt und an der Tagesordnung. Aber eine verschlossene Tür reichte aus, um all seinen Besitz zu schützen.

Einst hatte ihm ein zwergischer Händler berichtet, dass in den größeren Städten der Langbeine Raub und andere Schandtaten öfter vorkamen. Dann traten die Weghüter auf den Plan, von der herrschenden Gilde eingesetzte Mitglieder, die die Rechtsprechung übernahmen. Hier waren solche Dinge nicht nötig. Kein Gnom hatte jemals einen anderen vorsätzlich verletzt. Es kam wiederholt zu Unfällen, jedoch niemals absichtlich.

Als er alle Papierrollen aus dem Schrank gekramt hatte, verschloss er das gute Stück wieder und breitete die Baupläne und Rechenexempel auf seinem Arbeitstisch aus. Duibel würde sicherlich einiges daran auszusetzen haben, doch seine Arbeiten boten ihnen einen guten Ausgangspunkt.

Die Schmiede hatten ihr Tagwerk schon vor zwei Stunden begonnen, als Duibel endlich vor Rhaflits Tür stand.

»Da bist du ja!«, begrüßte er den Freund entnervt. »Wir könnten schon beinahe fertig sein, wenn du nicht ständig so trödeln würdest.«

Duibel seufzte, waren ihm diese Beschuldigungen durch den Exzentriker doch allzu gut bekannt. Niemand konnte es dem sonst eher genügsamen Rhaflit recht machen, wenn es um seine Arbeit ging. Wäre er früher dort gewesen, so hätte sich Rhaflit darüber beschwert, dass er so früh am Morgen sicher noch unausgeschlafen wäre.

»Jetzt bin ich ja hier, also lass uns keine weitere Zeit verlieren«, lenkte er augenblicklich ein und nahm Rhaflit so den Wind aus den Segeln.

»Fein.« Das spitzbübische Grinsen fand seinen Weg zurück in Rhaflits Gesichtszüge. »Hier sind meine Pläne«, verkündete er stolz und deutete mit der Hand in einer ausladenden Geste auf den Schreibtisch. »Alles, was ich bisher schon durchdacht habe.«

Duibel setzte sich auf den Stuhl, den Rhaflit ihm anbot, und studierte die verschiedenen Schriftstücke. »Hmmm …«

Rhaflit wippte aufgeregt auf und ab. »Wir müssen es natürlich vorher testen.«

»Hmmm …«, stieß Duibel mit einem Kopfnicken hervor.

»Deine Idee der Miniatur war brillant«, ereiferte sich Rhaflit weiter. »Wir werden die Kabine diversen Tests aussetzen können. Wir könnten sogar eine vom Plateau werfen, um ihre Stabilität im Falle eines Absturzes zu überprüfen.«

Bei diesem Satz zuckte Duibel merklich zusammen, denn den Gedanken an einen Absturz hatte er geflissentlich verdrängt. Er schüttelte den Kopf und blickte dem Freund ernst ins Gesicht. »Hiermit wird es nicht funktionieren.«

»Aber du hast sie dir doch kaum angesehen«, protestierte Rhaflit.

»Egal, ich habe direkt einen schweren Fehler gefunden«, beharrte Duibel. »Du hast weder daran gedacht, dein eigenes Gewicht noch das des Antriebs einzuberechnen. All deine Zeichnungen beruhen darauf, dass der Innenraum der Maschine hohl bleibt und die Flügel nicht reißen.«

Rhaflit kratzte sich nachdenklich am Kopf.

»Es ist gut, dass du mir hilfst«, sagte er schließlich freudestrahlend.

»Wir müssen ganz anders anfangen«, überlegte Duibel. »Erst mal müssen wir einen funktionierenden Antrieb konstruieren.«

»Und wenn wir dessen Gewicht kennen, dann können wir die Maschine entsprechend dimensionieren«, vollendete Rhaflit.

»Ganz recht. Lass uns am besten mit Gnitzlik über die Dampfmaschine sprechen.«

»Du willst es mit Dampf antreiben? Das wird viel zu schwer«, widersprach Rhaflit. »Mal ganz davon abgesehen, dass man Brennstoff und Wasser für den Kessel mitschleppen muss.«

Duibel nickte. »Ja, da könntest du recht haben. Was dann? Eine Kurbel?«

»Wäre möglich«, stimmte Rhaflit zu. »Allerdings fliegt es dann nur, solange meine Beine den Antrieb betätigen.«

»Eine andere Möglichkeit sehe ich nicht.«

Ein Klopfen an der Tür riss sie beide aus ihrer Konzentration. »Ist es sicher, einzutreten?«, erschall die vorgeschriebene Frage. Zu häufig waren Boten oder Freunde unangemeldet in die Werkstatt eines anderen Gnoms geplatzt und hatten empfindliche Experimente gestört. Manches Mal sehr zum eigenen Schaden, wenn Kolben und Bolzen oder auch ein aus Wut geworfener Hammer sie trafen.

»Jaja, alles sicher«, antwortete Rhaflit schnell, nahm sich dann aber die Zeit, die Baupläne zu verdecken. Rhaflits Werkstatt war selten gefährlich. Die eigentliche und einzige Gefahr bestand für Rhaflit selbst und ging von den Ergebnissen seiner Arbeit aus. *Sollten wir tatsächlich auf eine Dampfmaschine zurückgreifen, wird diese Frage wirklich wichtig*, dachte Duibel.

»Wirklich?«, fragte die Stimme vor der Tür. Auch diese Frage war Vorschrift und ging noch auf die Zeit von Gotti Ittog und dessen viel gepredigter »Doppelten Absicherung« zurück.

»Ja, verdammt!«, platzte es aus Rhaflit heraus, der diese ganzen Regeln und Sicherheitsbestimmungen als höchst hinderlich empfand. Es hatte Rhaflit allein drei Jahre gekostet, vom Ingenieurs–Ausschuss die Erlaubnis für seine ersten Flugversuche zu bekommen. Manche Experimente wurden bereits im Vorfeld verboten, wenn der Ausschuss der Meinung war, dass sie zu gefährlich seien.

Diese Haltung würde Rhaflit niemals nachvollziehen können, wusste Duibel. Für den exzentrischen Freund lag es allein im Ermessen des jeweiligen Ingenieurs, welches Risiko er bereit war, für sich selbst einzugehen. Duibel konnte die seltenen Verbote des Rates jedoch verstehen. Manche Experimente könnten ungeahnte Gefahren für ganz Ventril und Invar nach sich ziehen.

Schließlich wurde die Tür zaghaft aufgeschoben und Custin, ein junger Gnom mit herausragendem Interesse an Waffenentwicklung, trat vorsichtig hindurch.

»Es ist sicher«, wiederholte Rhaflit entnervt. »Was willst du?«

»Oh, es geht nicht um mich …«

»Worum geht es dann?«, Rhaflit war bekannt dafür, dass er auf Störungen bei seinen Arbeiten sehr gereizt reagierte.

»Es geht um Kerellic«, stammelte Custin, der durch den aufbrausenden Ingenieur völlig die Fassung verlor.

Duibel verzog wissend das Gesicht und auch Rhaflit rieb sich über die Stirn.

»Was hat er angestellt?«, ermunterte Duibel den noch immer verwirrten jungen Gnom zum Weitersprechen.

»Er hat eine Schlägerei angezettelt.«

»Das ist nichts Ungewöhnliches«, bemerkte Rhaflit. »Und schon gar nichts, weswegen man mich stören muss. Die verprügelten Zwerge sollen ihm eine verpassen und die Sache ist vergessen.«

»So einfach ist es wohl nicht«, stotterte Custin. »Kerellic hat Dargril verprügelt.«

»Und das sagst du erst jetzt?«, platzte es aus Rhaflit heraus.

Ein Mitglied der Schildwachen zu schlagen war keine Bagatelle. Ihnen oblag immerhin die Sicherheit des Zwergenreichs und ein Angriff auf sie war einem Angriff auf die Sicherheit Invars gleichgesetzt. »Wo ist er jetzt?«

»In Gewahrsam. Er wird in einer Stunde Arlon vorgeführt.«

»Unsere Berechnungen müssen warten«, verkündeten Rhaflit und Duibel gleichzeitig. Dann verstaute Rhaflit seine bisherigen Baupläne und Berechnungen wieder in seinem Schrank und sie eilten gemeinsam aus seinem Haus.

Ventrils Straßen lagen verlassen vor ihnen. Um diese Tageszeit waren viele Gnome noch nicht einmal aufgestanden, oder sie saßen an ihren Erfindungen. Ausgeschlafen und durch eine reichliche Mahlzeit gut gestärkt konnte man am besten arbeiten, das wusste jeder. Und man hielt sich daran.

Allerdings waren sie nicht die einzigen Gnome, die an Kerellics Anhörung interessiert waren. Gnitzlik und Ralthin stießen unterwegs zu ihnen.

»Jetzt wirst du es schwer haben, ihn zur Mithilfe zu bewegen«, grüßte Gnitzlik sie und Rhaflit warf Duibel einen säuerlichen Blick zu. Der sah sich an seine Geschwätzigkeit erinnert und blickte verlegen zu Boden.

»Wie schlimm ist es denn?«, wunderte sich Rhaflit, denn üblicherweise waren selbst bei einem Angriff auf eine Schildwache kaum mehr als zehn Tage in einer Zelle die Strafe.

»Ich weiß es nicht, aber Khûlgrim wirkte sehr besorgt«, überlegte Gnitzlik, der die schlechten Nachrichten direkt von Kerellics ältestem Freund gehört hatte. »Es ist ja auch nicht das erste Mal …«

Invars Straßen waren kaum belebter als die Ventrils. Doch waren die meisten Zwerge in den Schmieden und nicht im Bett. Die fünf Gnome marschierten auf direktem Weg zur Thronhalle, einem gewaltigen Gebäude in der Mitte der Stadt. Auf halber Strecke passierten sie den *Schmiedehammer* und Thorvan grüßte sie mit einem wissenden Blick. Der alte Zwerg wusste um Kerellics enge Bindung zu den Gnomen, und zu sehen, dass die Freunde dem Schmied Beistand leisten würden, erfreute ihn anscheinend. Und es erinnerte ihn wohl daran, dass sein jüngster Sohn, Lodgar, als Zeuge aussagen musste und er trat auf die fünf Gnome zu. »Wartet ihr kurz und nehmt meinen Jüngsten mit?«

»Natürlich«, antwortete Gnitzlik sofort, sehr zu Rhaflits Verärgerung. Der Ingenieur wollte so schnell wie möglich zur Versammlungshalle, doch Gnitzlik stupste ihn leicht in die Seite. »Es könnte von Vorteil sein, wenn wir vor der Anhörung auch Lodgars Erzählung kennen, nicht wahr?«

Rhaflit ließ sich die Worte des alten Gnoms durch den Kopf gehen und stimmte ihnen schließlich mit einem Nicken zu.

Endlich trat Lodgar aus der Tür des Wirtshauses. Er trug eine braune Hose aus robustem Leinen, die jedoch offensichtlich für besondere Anlässe aufgespart wurde, da sie wie neu aussah. Ein ebensolches Hemd bedeckte seinen Oberkörper, und als er die fünf erreicht hatte, zog er noch eine schwarze, mit silbernen Nieten besetzte Lederweste darüber. Bei näherem Hinsehen fiel Duibel auf, dass Lodgar sich offensichtlich den Bart gekämmt und mit Talg in eine ordentliche Form gebracht hatte, was den jungen Gnom vergnügt grinsen ließ. So unkompliziert und unempfindlich für fremde Meinungen die Zwerge auch sonst waren, traten sie ihrem König gegenüber, waren sie wie alle anderen Untertanen darauf erpicht, einen bleibenden Eindruck zu hinterlassen.

Thorvan sah ihnen kurz nach, bevor er sich ins Innere seiner Schänke zurückzog.

»Wie ist die Sache abgelaufen?«, fragte Gnitzlik den jungen Zwerg ohne Umschweife.

Lodgar brauchte keine Bedenkzeit, denn die Ereignisse waren noch immer frisch in seiner Erinnerung. »Die beiden stritten sich. Dargril hat ihn damit aufgezogen, dass Kerellic nicht mehr die Bauteile für Rhaflit anfertigt. Dann ergab eins das andere und Kerellic schleuderte ihm einen Steinkrug ins Gesicht.«

»Woher wusste Dargril denn, dass er mir nicht mehr hilft?«, fragte Rhaflit verwirrt.

Duibel blickte betroffen zu Boden, doch Gnitzlik lachte nur leise. »Solche Neuigkeiten verbreiten sich immer schnell.«

Rhaflit bedachte seinen Freund mit einem prüfenden Blick, und als Duibel dem auswich und rot anlief, wusste er Bescheid. »Verdammt, Duib! Kannst du nicht einmal deine Klappe halten?«

»Ich wusste nicht, dass Dargril es sofort erfahren würde«, versuchte Duibel sich halbherzig zu verteidigen. Doch im Innern wusste er, dass sein loses Mundwerk erheblich zu diesem Streit beigetragen hatte.

»Hört auf, ihr beiden«, ermahnte Gnitzlik sie. »Müßig, sich darüber zu streiten. Machen wir das Beste daraus. Lodgar, war Kerellic betrunken?«

»Er hatte sieben Humpen.«

»Das wird kaum zählen«, seufzte Gnitzlik.

Die Straße mündete in einen großen Platz, der das Zentrum Invars markierte. Gegenüber ihrem Standort, ungefähr dreihundert Meter entfernt, ragte die Thronhalle empor. Das Gebäude wäre auch unter freiem Himmel eine Seltenheit gewesen. Doch hier unter der Erde und durch die gewaltigen Schmiedeanlagen Invars, die sich unter der gesamten Stadt erstreckten, war die Standfestigkeit des Bauwerks noch beeindruckender. Duibel hatte sich schon häufig gefragt, ob es nur Glück war, dass der Granitboden hielt, oder ob man dies im Vorfeld hatte berechnen können. Da es keinen originalen Bauplan mehr gab, war die Frage heute nur schwer zu klären.

Die Thronhalle war ein quadratischer Bau mit einem flachen Pyramidendach, das über die Ränder hinausragte. Das überhängende Dach wurde von mehreren Statuen gestützt, die in Überlebensgröße berühmte Zwerge der Vorzeit darstellten. Duibel empfand stets tiefe Ehrfurcht, wenn er an den steinernen Abbildern von solch großen Helden wie Rotbart Starkaxt und Boldur Orkschlächter entlangschritt. Ihre Namen wurden noch heute, viele tausend Jahre nach ihrem Tod, ehrfürchtig in allen Schänken genannt und in Liedern besungen.

Je näher sie dem Gebäude kamen, desto belebter wurde der Platz. Es war eindeutig, dass die Kunde von Kerellics Schlägerei sich wie ein Lauffeuer verbreitet hatte. Und nun waren zahlreiche Zwerge erschienen, um der Anhörung beizuwohnen.

Als die Menge sich schließlich immer dichter vor dem Gebäude drängte, fasste Gnitzlik mit seiner Linken die Hand von Ralthin, der seinen Rollstuhl schob. »Ach bitte, mein Freund, mach uns den Weg frei.«

Ralthin nickte und brüllte dann aus voller Kehle: »Macht Platz für den Ersten Ingenieur Gnitzlik und den Zeugen Lodgar!«

Die Menge teilte sich wie erhofft vor ihnen und schaffte einen Korridor, den die fünf Gnome und der Zwerg entlangschritten. Duibel fühlte sich unangenehm in den Mittelpunkt versetzt. Die Zwerge überragten ihn alle um gut einen halben Meter. Lediglich Lodgar war von etwas kleinerer Statur und somit nur einen Kopf größer als Duibel, was aber auf sein noch junges Alter zurückzuführen war.

»Scheinbar sind wir nicht die Einzigen, die dieses Spektakel anzieht«, sprach Gnitzlik das Offensichtliche aus.

Verdammt, Kerellic, wieso kannst du nie fünf gerade sein lassen?, dachte Duibel. Die Menge schloss sich hinter ihnen bereits wieder, denn die Zwerge drängten in die Halle, da jeder einen möglichst guten Platz mit freier Sicht ergattern wollte.

Gnitzlik bemerkte Duibels besorgten Gesichtsausdruck und deutete ihn falsch: »Keine Sorge. Man wird uns vorne sitzen lassen.«

Der Ingenieur blickte verdutzt drein, erwiderte aber nichts mehr, als sie durch das große Tor traten.

Die Thronhalle war ein einziger riesiger Raum von knapp hundert Metern Seitenlänge. An der dem Eingang, einem Eisentor mit zwei Flügeln, gegenüberliegenden Wand war der Thron des Zwergenkönigs aufgebaut. Der Thron war aus purem Gold, doch nicht, weil es das wertvollste Metall war, das die Zwerge zutage förderten. Mithril wurde sehr viel höher geschätzt, doch durch seine Seltenheit wurde es ausschließlich für wichtige Gebrauchsgegenstände verwendet und niemals für bloße Symbole verschwendet.

Die Rückenlehne des Throns war eine stilisierte doppelte Streitaxt. Das übergroße Axtblatt ragte wie zwei gewaltige Ohren hinter dem Zwergenkönig hervor und Duibel musste bei dem Anblick unwillkürlich schmunzeln. Ein ausgefeiltes System aus verschiedenen Diamanten, die den Schein der Öllampen in ihren Wandhaltern reflektierten und verstärkten, tauchte den Raum in angenehmes Licht. Arlon saß bequem auf dem großen Artefakt und der Thron stellte nicht nur die einzige Sitzgelegenheit der Halle dar, sondern auch das einzige Einrichtungsstück. Wer auch immer vor dem König sprach, musste stehen oder auf dem Boden sitzen.

Die Gnome bahnten sich einen Weg durch die in ehrfürchtiges Schweigen verfallene Masse, bis sie vorne in der ersten Reihe angekommen waren. Man hielt einen Respektabstand von zehn Metern zu den betroffenen Parteien. Kerellic stand links versetzt zum Thron und hatte der Menge den Rücken zugewandt. Ebenso Dargril, der jedoch auf der rechten Seite und in einigem Abstand zu Kerellic postiert war. *So ist es Brauch*, dachte Duibel. *Beide Kontrahenten begegnen auf derselben Stufe ihrem Herrscher, der sein Urteil über sie fällt.*

Da die Gnome hinter Kerellic Platz nahmen, konnte er einen Blick auf Dargril erhaschen, dessen linke Gesichtshälfte in tiefstem Violett erstrahlte.

»Kerellic hat ganze Arbeit geleistet«, flüsterte er Rhaflit zu.

»Er ist eben immer sehr ehrgeizig.«

»Ich dachte, du wolltest das hier ernst nehmen?«

»Glaube mir, das tue ich. Aber Dargril lebt und wird wieder völlig gesund. Ich denke nicht, dass wir eine allzu harte Strafe zu erwarten haben«, überlegte Rhaflit.

»Und dass er ein Mitglied der Schildwachen ist?«, hakte Duibel nach. »Möglicherweise will Dargril gar die Verbannung? Er war noch nie gut auf Kerellic zu sprechen.«

»Blödsinn!«, mischte Gnitzlik sich ein. »Eine Verbannung macht absolut keinen Sinn.«

»Aber sie wurde bereits einmal verhängt«, hielt Duibel dagegen.

»So steht es geschrieben«, konterte der alte Gnom. »Es ist nicht sicher, ob diese Aufzeichnung korrekt ist. Viel wahrscheinlicher ist, dass der Zwerg aus seiner Familie ausgestoßen wurde und fortan als Geächteter unter seinen Mitzwergen lebte.«

»Wie kannst du da so sicher sein?«, fragte Rhaflit.

»Alles andere wäre verrückt«, beharrte der Erste Ingenieur. »Wieso sollte man eine potentielle Gefahr der Gemeinschaft frei herumlaufen lassen?« Als er darauf keine Antwort bekam, fuhr er fort: »Ganz recht, man würde ihn nicht gehen lassen und riskieren, dass er den Orks oder Goblins von unseren Geheimgängen berichtet.«

»So habe ich das noch nie betrachtet«, gestand Duibel.

»Ihr jungen Hüpfer seht häufig nur eine Seite der Medaille.«

»Dennoch, Dargril sieht übel zugerichtet aus«, warf Ralthin ein. »Arlon kann den Angriff auf eine Schildwache nicht einfach ignorieren.«

»Das werden wir bald wissen«, sagte Lodgar und deutete zum Thron hinüber, aus dem sich König Arlon Eisenbart gerade erhob.

Der König trat einen Schritt nach vorne und blickte erst Kerellic, dann Dargril aus eisblauen Augen an. Sein Blick war klar und scharf, wie man es von einem Herrscher erwartete. Der Bart war silbrig ergraut und zu Dutzenden Zöpfen geflochten, die ihm wie Schlangen auf die Brust fielen. Die Krone der Zwerge, ein Ring aus Gold, verziert mit Edelsteinen und eingravierten Runen, ruhte auf seiner Stirn und drückte seine Haare platt an den Kopf. Arlon räusperte sich und das Gemurmel im Saal verstummte.

»Wer bringt diese beiden Brüder im Streit zu mir?«, leitete Arlon die Anhörung mit der rituell festgelegten Begrüßung ein.

General Khûlgrim trat einen Schritt aus der Menge hervor. »Ich, mein König!«, erfolgte die erwartete Antwort. »Dargril untersteht meinem Befehl und ich habe Kerellic festgesetzt.«

Arlon entließ einen Atemzug, der Duibel beinahe wie eine Ewigkeit vorkam. Es war offensichtlich, dass der König über die traditionellen Floskeln hinaus unsicher war, wie er weiter vorgehen sollte. Schließlich wählte er den Weg des geringsten Widerstandes.

»Möge nun jede Seite ihre Sichtweise vorbringen, beginnend mit Dargril Faustschlag, Sohn des Ungrik Faustschlag.«

Dargril hob den Kopf und wandte sich halb der Menge zu, damit ihn sowohl König als auch Schaulustige sehen und hören konnten.

»Iff frank im Fmiedehammer mit meinen Jungff einen Humpen. Iff maffte einen harmlofen Wipf, da griff er miff an und flug miff fufammen.«

Einige der anwesenden Zwerge konnten sich nicht beherrschen und verfielen in schallendes Gelächter. Duibel entging nicht das zufriedene Grinsen auf Kerellics Gesicht. *Verdammt, zeig ein wenig mehr Reue!*

Dargril war sich seiner kläglichen Erscheinung sowie seiner ungewollt komischen Schilderung bewusst, doch er ertrug das Gelächter stumm. *Vielleicht hat er es sogar ein wenig schlimmer dargestellt, als es eigentlich war*, überlegte Duibel weiter.

»Nun, welcher Art war der Witz?«, fragte Arlon nach.

»Iff fand ef luftig, daff er nifft mehr an Hraflitf Erfinfungen arfeifet«, gestand Dargril.

»Sagt er so weit die Wahrheit?«, fragte Arlon, diesmal an Kerellic gerichtet.

»Ja, mein König. Er hat Witze darüber gerissen, mich ausgelacht und sich dann einen Humpen in die Fresse gefangen«, antwortete der Schmied gelassen.

»Ein Angriff auf die Schildwachen des Reichs ist ein schweres Vergehen.«

»Zu diesem Zeitpunkt war er nicht mehr im Dienst«, unterbrach Kerellic den König, was ein Raunen durch die Menge sandte.

»Wohl wahr«, räumte Arlon ein und überging damit den Protokollbruch. »Aber er wird auch für einige Zeit keinen Dienst leisten können.«

»Iff fordere eine harte Frafe!«, ereiferte sich Dargril und stampfte dabei mit dem Fuß auf, was sein ohnehin klägliches Äußeres noch lächerlicher erscheinen ließ.

Arlon hob beschwichtigend die Hände. »Ich weiß, dass du die Verbannung im Sinn hast, Dargril. Aber das erscheint mir bei Weitem zu hart.«

»Waf?«, kreischte der geschundene Zwerg.

»Genug jetzt!« Arlon hatte die ständigen Unterbrechungen satt. »Kerellic ist ein fähiger Schmied und er war ein ebenso fähiger Schildwächter. Und du wirst völlig genesen. Eine Verbannung kommt nicht ansatzweise infrage. Ich möchte noch die Aussage des Zeugen Lodgar hören, bevor ich mein Urteil fälle.«

Lodgar trat nervös vor und räusperte sich mehrmals.

»Du schaffst das«, flüsterte Rhaflit ihm zu.

»Also, Lodgar Schmiedehammer, Sohn von Thorvan Schmiedehammer«, begrüßte Arlon den Jungen. »Hat es sich tatsächlich so zugetragen?«

»In etwa, mein König.« Lodgar zupfte nervös an der nietenbeschlagenen Weste und räusperte sich verlegen. »Dargril lachte und sagte, Kerellic habe den Gnom Rhaflit im Stich gelassen.« Ein erneutes Raunen ging durch die Menge und diesmal war es an Dargril, betreten zu Boden zu blicken.

Arlon kniff die Augen für einen Moment zu schmalen Schlitzen zusammen. »Das ist eine ebenso schwere Anschuldigung, mein lieber Lodgar.« Lodgar schluckte, doch Arlon wandte sich bereits Dargril zu. »Ist das wahr? Hast du Kerellic als treulos verlacht?«

Dargril wagte nicht, den Kopf zu heben oder zu sprechen. Er wippte lediglich hin und her, was man gerade noch als Kopfnicken deuten konnte. Doch sein Schweigen war dem König Antwort genug.

»In diesem Fall«, begann Arlon die Urteilsverkündung, »sollst du frei sein, Kerellic.«

Die Menge verfiel nun in anhaltendes Murmeln. Ein Teil der Meute sah das Urteil als gerecht an, ein anderer wollte Kerellic als Schuldigen bestraft sehen. Wieder brachte Arlon sie alle mit einem simplen Räuspern zum Schweigen.

»Aber auch ich habe von dem Gerücht gehört, das man sich auf den Straßen erzählt. Man sagt, du hättest Rhaflit deine weitere Hilfe verweigert. Und ich rate dir, Kerellic, dass es nur ein Gerücht ist. Du gabst dem Gnom dein Wort schon vor langer Zeit und das darfst du nicht brechen.«

»Ja, mein König«, antwortete Kerellic leise.

»Damit ist die Versammlung beendet«, verkündete Arlon lautstark und die Menge verließ nach und nach unter ständigem Gemurmel die Thronhalle.

Duibel und Rhaflit traten Kerellic gegenüber.

»Das ist ja noch mal glimpflich abgelaufen«, stellte Duibel fest. »Und wirst du dich nun an die Worte deines Königs halten und ihm doch helfen?«

»Wie?«, ertönte Arlons überraschte Stimme.

»Oh Duibel«, stöhnte Rhaflit leise und Kerellic verdrehte die Augen.

Der König kam zu ihnen und baute sich breitschultrig vor Duibel auf. »Hat er tatsächlich die Hilfe verweigert?«

Der gnomische Ingenieur zögerte mit einer Antwort und Gnitzlik kam ihm zuvor. »Ja, Arlon, das hat er. Aber im Streit und noch aufgepeitscht von der Aufregung des kurz zuvor geendeten Versuchs. Und außerdem will Rhaflit ein sehr gefährliches Experiment wagen.«

Arlon nickte bei jeder Information. »Wie dem auch sei. Eidbruch bleibt Eidbruch. Kerellic, mir bleibt keine Wahl. Zehn Tage in der Zelle für dich. Danach wirst du Rhaflit nicht nur helfen, du wirst an ihn durch den Schwur des Blutes gebunden. Und Dargril darf, wenn er wieder hergestellt ist, Gleiches mit Gleichem vergelten.«

Kerellic verzog keine Miene, aber das brauchte er auch nicht. Die übrigen Zwerge schnappten laut hörbar nach Luft und in Windeseile verbreitete sich die Kunde über die nun doch erfolgte Bestrafung.

»Khûlgrim, sorge dafür, dass Kerellic in die Zelle gesperrt wird«, befahl der König und der General nickte ergeben.

»Ja, Duibel, ich helfe ihm«, sagte Kerellic, nachdem er seinen Zorn heruntergeschluckt hatte. »Aber erst in zehn Tagen«, fügte er grimmig hinzu, als Khûlgrim ihn am Arm packte und fortzog.

Auf dem Weg zurück nach Ventril schwiegen sie alle eine ganze Weile. Erst nachdem sie Lodgar wieder beim *Schmiedehammer* abgesetzt hatten und das Tor zur Gnomenstadt durchschritten war, ergriff Rhaflit das Wort.

»Das hast du wieder sauber hingekriegt«, schimpfte er.

Duibel seufzte tief. »Ich weiß.«

»Da war schon alles vorbei und du kannst mal wieder deine Klappe nicht halten«, fuhr Rhaflit fort.

»Ich weiß.«

»Jetzt sitzt er in der Zelle und kann da ewig nicht raus.«

»Ich weiß.«

»Und die Zeit, die wir beim Bau der Flugmaschine verlieren. Einfach schrecklich! Noch dazu wegen einer solchen Nichtigkeit!«

»Kerellic hatte seine Strafe verdient«, mischte Gnitzlik sich ein. »Wäre er nicht bestraft worden, hätte das viel schlimmere Auswirkungen auf unsere gesamte Gesellschaft haben können. Wo kämen wir hin, wenn solche Vergehen nicht geahndet würden?«

»Aber …«, wollte Rhaflit erneut anfangen, doch Gnitzlik schnitt ihm das Wort ab.

»Beide Seiten der Medaille, Rhaflit. Schau dir beide Seiten an«, ermahnte er ihn. »Die Strafe ist gerecht und sie wird schnell vorübergehen. Und bis dahin könnt ihr beide ja die Pläne fertig ausarbeiten.«

Die Lüge eines Lebens

Der Mann wollte fliehen, doch sein fetter Körper gestattete ihm keine schnellen Bewegungen. Unbeholfen tapste er durch den Wohnraum, in der Hoffnung, die rettende Eingangstür zu erreichen. Wenn er sie nur öffnen könnte, dann würde vielleicht jemand seine Schreie hören. Dann würde ihm vielleicht jemand zu Hilfe eilen.

Bereits nach drei Schritten stolperte er über einen der teuren Teppiche und fiel der Länge nach zu Boden. Seine feisten Hände krallten sich verzweifelt in die Fransen eines weiteren Schoners und er versuchte sich daran vorwärtszuziehen.

Die kalte Spitze eines schlanken Schwerts in seinem Nacken ließ ihn wimmernd innehalten.

»Dreh dich um.« Die Stimme klang kalt und fremdartig in den Ohren des Angreifers, obwohl er wusste, dass es seine eigene war. Er hätte sich selbst gern eingeredet, dass es daran lag, dass sie durch den Stoff des Halstuchs gedämpft wurde, doch im Innern kannte er die Wahrheit. Er war nicht er selbst.

»Bitte nicht«, heulte der Fettsack auf. »Bitte!«

»Dreh. Dich. Um.«

Der Mann, ein wohlhabender Händler, gehorchte und rollte sich auf den Rücken. Die Schwertspitze folgte seiner Bewegung und schwebte dann eine Handbreit über seinem Gesicht.

»Bitte«, flehte der Händler erneut. »Ich kenne Euch nicht. Und ich sah Euer Gesicht nicht. Nehmt mein Gold und verschont mich und meine Familie. Bitte!«

Er wusste, dass die Frau und die Kinder des Händlers im Haus waren. Er hatte sich zuvor die Zeit genommen, jede ihrer Türen zu blockieren.

Zum Glück der Frau war sie bereits im Bett gewesen, als der alte Fettsack von seinem Besuch im Freudenhaus zurückkehrte. So blieb ihr wenigstens der Gestank billiger Duftwässerchen erspart.

»Bitte. Ich habe Euch nicht erkannt, ich werde mit niemandem darüber spre–« Die Klingenspitze wurde ihm gegen den Hals gedrückt und er verstummte mitten im Satz.

»Sag kein einziges Wort mehr.« Der Angreifer zog mit der freien Hand das Halstuch herunter, das zuvor noch seine Nase und seinen Mund bedeckt hatte.

Der Händler schlug sich verzweifelt die Hände vors Gesicht und winselte unentwegt: »Ich habe Euch nicht erkannt, Herr! Ich habe Euch nicht erkannt!«

»Halt's Maul!« Seine Stimme wurde für einen flüchtigen Moment laut, doch es genügte. »Und jetzt sieh mich an.«

»Nein, bitte nicht!«

Der Angreifer sprach kein Wort. Er wartete geduldig.

Wartete, bis die Neugier des Fettsacks über seine Angst siegte, oder bis er sich seinem Schicksal ergab – was auch immer früher eintreten mochte. Doch er wartete. Er musste ihm erst in die Augen blicken. Erst dann …

Ein lautes Poltern riss ihn zurück in die Wirklichkeit. Er drehte den Kopf nur weit genug, um den Neuankömmling aus dem Augenwinkel betrachten zu können. Der älteste Sohn, ein Junge an der Schwelle zum Mann, hatte sich aus seinem Zimmer befreit und stand mit einem langen Messer bewaffnet in der Tür.

»Nein, Therl!«, schrie der Händler verzweifelt. »Lauf weg, mein Sohn. Lauf!«

»Vater«, kreischte der Junge mit sich überschlagender Stimme und stürmte voran.

Der Angreifer wartete und als der Junge ihn fast erreicht hatte, warf er sich ihm entgegen, den Ellenbogen voran. Er traf den Knaben in den Bauch und der Junge ging keuchend zu Boden.

»Er hat Euch nicht erkannt. Bitte, bringt es zu Ende und geht. Und verschont ihn!«

»Sein Leben bedeutet dir viel?«, fragte er aus Neugier.

»Alles!«

Der Angreifer konnte keine Lüge in seiner Stimme erkennen.

»Gut«, sagte er leise. »Du weißt, warum ich das hier tun muss.« Er brachte sein Gesicht ganz nah an das des Fettsacks heran.

»Nein, was habe ich Euch getan?«

»Nichts. Ich kenne dich auch nicht. Aber du hast Geschäfte mit den falschen Leuten gemacht. Und das ist deine Strafe.«

»Aber …«

Die Worte blieben ihm im Hals stecken, als der Angreifer ihm das Schwert seitlich in den Bauch stieß. Die dünne Klinge drang tief in das weiche Fleisch ein und zerschnitt Haut, Muskeln und Organe.

»Mögen die Sterne dich leiten«, flüsterte der Mörder ihm noch ins Ohr und ihre Blicke trafen sich ein letztes Mal. In den Augen des Händlers sah der Kopfgeldjäger sein eigenes Spiegelbild, doch er erkannte auch etwas anderes.

Bedauern.

Bedauern über das Leben, das er beenden musste.

Ein kräftiger Ruck beendete den Todeskampf des Mannes und ließ ihn am Boden zurück.

Der Mörder stand auf und wollte gerade gehen, als ein heißer Schmerz ihn durchfuhr.

Der Junge hatte sich erholt und ihm das Messer in den Nacken stoßen wollen. Durch die plötzliche Bewegung des Mörders, als er aufgestanden war, hatte der Knabe lediglich dessen Hinterteil getroffen, doch ein zweiter Stich gegen den nur schwach geschützten Körper wäre sicherlich tödlich.

So viel Zeit blieb dem Jungen nicht. Aus purem Reflex und Überlebensinstinkt schlug der Mörder das Messer des Jungen mit seinem Schwert beiseite und schlitzte ihm in der Gegenbewegung die Brust auf.

Therl starrte ungläubig in die Ferne, sein Blick bereits verklärt. Blut quoll ihm aus dem Mund.

Der Kopfgeldjäger schloss die Augen für einen Moment, als er tief Luft holte. Schließlich rammte er dem Knaben die Waffe mit geübter Präzision direkt ins Herz, um dessen Qualen zu beenden. »Mögen die Sterne dich leiten.«

Dann humpelte er davon.

Vargan sah das Bild noch genau vor sich. Er führte die Schnapsflasche wieder zum Mund und der Alkohol brannte in seiner Kehle. Er nahm einen weiteren Schluck, doch die Bilder wollten ihn nicht in Frieden lassen, wollten nicht aufhören, ihn zu verfolgen. Klebriger Schweiß hatte sich auf seinem Gesicht gebildet und ließ die Haut unangenehm spannen, als er langsam ein Wort formte.

»Therl«, flüsterte er den Namen des Jungen und suchte mit der rechten Hand die Narbe an seinem Gesäß. Er wagte nicht sie anzufassen, sondern berührte sie nur durch den Stoff seiner Leinenhose hindurch. »Du dummer Junge.« Er seufzte und nahm noch einen Schluck. »Wie konntest du so etwas tun?«

Die Frage erfüllte den Raum.

Wie konnte ich so etwas tun?, dachte er dann. *Wie kann ich es noch immer tun?*

Heute hätte er den Auftrag vollendet und den Jungen am Leben gelassen. Damals war er zu unerfahren gewesen, zu überrascht. Therl hatte keine Chance gehabt. Er war ihm an Kraft, Übung und Bewaffnung unterlegen gewesen. Dennoch hatte dieser Junge etwas, das Vargan selbst niemals besessen hatte.

Therl hatte Mut gehabt.

Ein letzter tiefer Schluck leerte die Flasche und er warf das Ding achtlos beiseite, wo sie in Tausende kleine Scherben zersplitterte.

Es klopfte zögerlich an seiner Tür.

»Wer ist da?«, raunte er.

»Dolantan, mein Herr«, erfolgte die schnelle Antwort. »Ich sollte Euch sagen, wenn es Mittag ist.«

Celless erwartete seinen Bericht. Vargan erhob sich aus dem Stuhl, der dabei ein ächzendes Knarren von sich gab, und ging zur Waschschüssel hinüber. Er legte die Hände aneinander und tauchte sie in das kalte Wasser hinein. Der Mörder betrachtete seine Finger und im Geist zogen Bilder aus seiner Vergangenheit an ihm vorüber. *Wie oft habe ich mir auf diese Art schon Blut von den Händen gewaschen?*, fragte er sich. Und obwohl seine Hände sauber waren, hatte er das Gefühl, sie nicht in klares Wasser, sondern in das Blut seiner Opfer zu tauchen. Und ebenso hatte er das Gefühl, sich nur mit weiterem Blut das Gesicht zu waschen.

Es erfrischte ihn nicht. Nichts erfrischte ihn. Seine Haut fühlte sich stumpf an und er hatte manchmal das Gefühl, als müsse er sie sich vom Körper abziehen. Dann kratzte er sich so lange am Rücken, bis seine Fingernägel blutig waren und sich lange rote Striemen über seinen Körper zogen. Das und der Alkohol ließen ihn seine Taten für kurze Zeit vergessen. Doch die Bilder kehrten immer wieder zurück. Unbarmherzig und zielsicher. Sie raubten ihm den Schlaf und manchmal sogar die Luft zum Atmen.

Dennoch lebte er dieses Leben, denn es war das einzige, das er kannte und bisher hatte ihn niemand durchschaut. Bis auf diesen Schankburschen …

Dieser Junge, Dolantan, dachte er, *hat es erkannt. Mein Geflecht aus Lügen und aufgesetztem Lachen. So viel Blut und Tod durch meine Hände*, dachte er und blickte auf sein Schwert.

Noch mehr Blut. Noch mehr Tod.

Nur hiermit.

Vargan legte das Schwert wieder beiseite und ließ sich kraftlos auf die unbequeme Bettstatt fallen.

Er schloss kurzzeitig die Augen und blinzelte dabei eine kleine Träne hinfort, die über seine Schläfe rann und in seinen schwarzen Haaren verschwand.

Als er sich schließlich erhob und die Tür öffnete, war von seiner Verzweiflung und den Schuldgefühlen nichts mehr zu sehen. Er blickte Dolantan nicht an, denn der Junge hätte seine Fassade womöglich erneut durchschaut. Er schritt mit einem dankenden Kopfnicken an ihm vorbei und machte sich auf den Weg zum Gildenhaus der Meisterin Celless.

Die Straße vor dem Gasthaus war trocken und staubig. So wie alle Straßen trocken und staubig waren. In den Jahren seit der Besiedlung dieses Kontinents hatte man es nicht für nötig erachtet, die Wege zu befestigen. Nur wenige Häuser besaßen ein Erdgeschoss aus Stein. Und noch weniger waren komplett aus dem schweren Baustoff errichtet worden. In den meisten Siedlungen wurden nur die Gildenhäuser zur Gänze aus Stein erbaut. Weiter südlich an der Küste gab es gewaltige Städte, so wie man sie sich in Geschichten aus der alten Heimat ausmalte. Doch hier, im Innern des Kontinents, einem Streifen, den die Gilden erst seit wenigen Jahrzehnten für sich beanspruchten, war alles viel einfacher gehalten.

Die Gilden.

Je länger Vargan über das Geflecht aus verschiedenen Halsabschneidern nachdachte, desto verabscheuungswürdiger fühlte er sich. Selbst Meisterin Celless war nicht mehr als eine Geächtete, die in den Hafenstädten per Kopfgeld gesucht wurde. Eine beachtliche Summe von einhundert Goldstücken hatte schon so manchen Mann hierher verschlagen. Viele von ihnen hatte Vargan für die Meisterin getötet, einige wenige waren nach ihrer Ankunft übergelaufen und der Rest hatte die Suche schon bald aufgegeben.

In jeder Stadt hätte er sich den Luxus seiner Gedankenlosigkeit nicht leisten können, doch hier war das anders. Hier war er ein gleichwohl geachteter wie gefürchteter Mann; einer, dessen bloßer Name dazu führte, dass sich starke Männer selbst einnässten. Einer, dem man nie ansah, ob er schlief oder wachte.

Vargan genoss diesen Aspekt seines Lebens ungemein. In der Hafenstadt war er einer von vielen gewesen. Doch hier war er einer der mächtigsten Männer und obendrein gefürchtet. Fremde Menschen grüßten ihn kurz, aber höflich. Doch niemand wagte es, ihn dabei lange anzusehen. *Eine flüchtige Anbetung, wie man sie den Sternen selbst zuteilwerden lässt*, dachte er dann immer. *Sie betteln um mein Wohlwollen.*

Vargan erstarrte plötzlich, als er zwanzig Meter die Straße entlang eine der Frauen aus der Waldsiedlung wiedererkannte. Es handelte sich dabei um Handrups Frau oder Schwester, ganz sicher war er sich nicht. Er wusste, dass Handrup ein Weib gehabt hatte, doch er hatte an dem Tag nicht sagen können, welche von ihnen es war. Sie führte ein Pferd am Zügel. Einen alten Klepper, der nur noch zum Tragen von Handelswaren taugte, und war offensichtlich unterwegs zum Zahlmeister der Gilde.

Eigentlich hätte Vargan sich über den durchschlagenden Erfolg seiner Warnung freuen müssen, doch er konnte es nicht. Er hätte den Menschen nur zu gern ihre Freiheit und Selbstbestimmung gelassen, doch Celless hätte dies niemals geduldet. *Wenn nicht ich, hätte es ein anderer getan*, sagte er sich. *Und wer weiß, ob ein anderer überhaupt jemanden am Leben gelassen hätte?*, versuchte er seine Tat zu rechtfertigen. Er betete sich diese selbst gebastelten Wahrheiten immer wieder aufs Neue vor, doch die Schuldgefühle wollten nicht nachlassen.

Eiligst bog er in eine Seitenstraße ab, um der Frau und ihrem Anblick besser aus dem Weg zu gehen.

Wenig später erreichte er auch über seinen Umweg das Gildenhaus. Das Gebäude war ein quadratischer Bau mit zwei Stockwerken und damit das höchste Bauwerk der Siedlung. Eine Palisade umgab ein weitläufiges Areal und erinnerte Vargan an die ausladenden Gärten reicher Händler der Hafenstädte. Tatsächlich waren die Mauer und der Garten jedoch kein bloßes Zierwerk, sondern eine nötige Vorsichtsmaßnahme. Celless war die Meisterin ihrer Gilde, doch es gab andere Gildenmeister, die nur zu gerne ihr Territorium vergrößern wollten. Die Palisade ließ das Gildenhaus zwar weitläufig herausragen, sorgte jedoch auch dafür, dass Eindringlinge leichter ausgemacht werden konnten.

Vor dem einzigen Eingangstor standen zwei junge Männer. Vargan wusste, dass die neuesten Mitglieder stets Wachdienst schieben mussten. So testete man ihre Loyalität und Ausdauer. Außerdem waren Männer wie er selbst viel wertvoller, wenn sie ihren Fähigkeiten entsprechend eingesetzt wurden. Die beiden Männer, sie konnten kaum älter als zwanzig Jahre sein, lehnten gemütlich und faul an der Palisade und einer von ihnen hatte sogar die Augen geschlossen.

»Ein unbewachtes Tor ist nutzlos«, murmelte Vargan vor sich hin, als er sich dem Doppeltor näherte, dessen Flügel jeder zwei Meter im Quadrat maßen.

Erst als er nur noch fünf Schritte entfernt war, regten sich die beiden Faulpelze.

»Wohin des Wegs?«, fragte der eine, der seine Augen noch immer geschlossen hatte.

»Halt die Klappe«, zischte sein Kamerad, der Vargan sogleich erkannt hatte. »Meisterin Celless erwartet Euch bereits, Blutklinge.«

Vargan gönnte sich den Spaß, auf Höhe des Tordurchgangs kurz innezuhalten und den beiden einen eisigen Blick zuzuwerfen.

»Und faule Wachen erwartet meine Klinge«, sagte er beinahe tonlos und schritt weiter voran. Er machte sich nicht mehr die Mühe, ihre bleichen Gesichter zu betrachten. Er sah es vielmehr als eine Notwendigkeit an, dass die Männer ihre Aufgaben gewissenhaft erledigten. *Die Herrschaft der Gilde mag grausam sein, doch was wäre die Alternative?*

Anarchie? Dieser Gedanke ließ ihn frösteln. *Menschen brauchen eine feste Ordnung. Grenzen, innerhalb derer sie sich bewegen können.*

Das Tor wurde hastig hinter ihm geschlossen und den Rest seines Weges würde er weiterhin allein bestreiten. Hinter der Palisade schien der Staub der Straße vergessen. Ein gepflegter Rasen erstrahlte in saftigem Grün und vom Tor bis zum Eingang des Gebäudes zog sich ein gekalkter Kiesweg. Es gab keine Büsche oder Bäume, die einem Eindringling Schutz geboten hätten. Nur das perfekt geschnittene Gras diente als Zierde des Innenhofs.

Das Gildenhaus selbst war ein eher einfacher Bau ohne übertriebene Schnörkel. Vielleicht gefiel er Vargan deshalb so gut. Das Gebäude diente einem einzigen Zweck und das in großartiger Weise. Es beherbergte die Gildenmeisterin und ihren Stab sowie einige Krieger und Bedienstete, die jedoch eher Sklaven glichen.

Eine dieser Leibeigenen öffnete Vargan nun die Tür zu dem schlichten Steinhaus und begrüßte ihn mit einem schüchternen Lächeln, wie man es ihr durch harte Schläge sicherlich jahrelang eingebläut hatte.

Vargan bedauerte die Hausdiener zwar, hatte sich dennoch in früheren Jahren den Annehmlichkeiten ihrer weitreichenden Tätigkeiten nicht entzogen. Und auch dieses junge Mädchen übte einen nicht unerheblichen Reiz auf ihn aus, erinnerte es ihn doch nur zu sehr an Celless. *Wie alt mag sie wohl sein?* Er nahm sich einen Augenblick Zeit und betrachtete eingehend ihr makelloses Gesicht. Große blaue Augen wurden von einer schmalen und geraden Nase geteilt sowie von braunen Locken eingerahmt. Ihre hohen Wangenknochen verliehen ihr ein leicht strenges Äußeres, das von ihren dünnen Lippen noch betont wurde. Dennoch lag eine nicht von der Hand zu weisende Schönheit in ihrem Blick.

Vielleicht hat sie schon zwanzig Sommer gesehen, dachte er, während sein Blick weiter ihren Hals hinabwanderte und schließlich auf den prallen Brüsten haften blieb. Sie schienen nicht wirklich zu dem Rest ihres eher zierlichen Körpers zu passen und zogen ihn gerade deshalb umso stärker in den Bann.

»Meisterin Celless bittet Euch, direkt in ihren Audienzsaal zu kommen, mein Herr«, sagte sie mit leiser Stimme und richtete dabei ihren eigenen Blick demütig zu Boden.

Das gab Vargan die Gelegenheit, sie ein wenig länger zu betrachten und er zögerte seine Antwort bis zum letzten Moment hinaus. Als sie verunsichert den Kopf hob, sagte er schnell: »Ich kenne den Weg.«

Das Gildenhaus präsentierte sich im Innern weit weniger schlicht. Reich verzierte Lüster hingen in engen Abständen von der Decke und tauchten die Eingangshalle in taghelles Licht. Goldene Bilderrahmen beherbergten Portraits, die Celless hatte anfertigen lassen. Polierter Marmor zog sich spiegelglatt über den gesamten Boden. Vargan rümpfte die Nase und wusste augenblicklich wieder, was er an den Gilden und ihren Machenschaften so verabscheute.

»Aller Reichtum fließt von unten nach oben«, stellte er wiederholt fest, achtete aber darauf, dass ihn niemand hören konnte.

Der Audienzsaal befand sich hinter der nächsten Tür und so zögerte Vargan nicht länger. Er trat ohne zu klopfen ein und machte sich nicht einmal die Mühe, die Tür wieder zu schließen.

»Ah, Vargan Blutklinge«, begrüßte ihn Celless in einem Ton, der sofort sämtliche Alarmglocken in ihm ertönen ließ. Sie räkelte sich auf einer Liege, die quer zu dem roten Samtläufer stand, auf dem er ging. Sie trug ein schlichtes schwarzes Kleid, das ihre braunen Haare nur hervorhob. Celless war bereits über vierzig Jahre alt, doch Vargan musste ihr eine makellose Schönheit zugestehen. Er wurde noch deutlicher daran erinnert, als sie eine scheinbar beiläufige Bewegung vollführte und das geschlitzte Kleid ihr linkes Bein entblößte. Über festen Muskeln spannte sich makellos glatte Haut, die fast so blass wie der Marmor der Eingangshalle war.

Wie vom Blitz getroffen durchfuhr ihn die Sehnsucht nach ihr.

»Lasst uns allein«, befahl sie den Wachen und verharrte, bis der Raum frei von Beobachtern war. Mit schlanken Fingern griff sie hinter das Kopfende, wo auf einem kleinen Tisch eine Schale mit prallen Früchten stand. Vargan hatte keinen Schimmer, woher sie die in dieser Gegend bekam, doch die Frage beschäftigte ihn nur so lange, bis Celless sich eine Traube in den von vollen roten Lippen umrandeten Mund schob und sie genüsslich kaute.

Er ermahnte sich selbst zur Konzentration und trat näher an die Liege heran. Er wusste, dass sie mit ihm – mit seinen Gefühlen – spielte, doch dieser Gedanke wurde immer leiser, je länger er sie ansah. Wenn er ihr in die Augen blickte, wäre er verloren.

»Ich nehme an, dass Handrup kein Problem mehr darstellt?«, fragte sie ohne Umschweife.

»War er das denn jemals?«, rutschte es dem Kopfgeldjäger heraus.

Sie belegte ihn mit einem Blick, der ihre blauen Augen wie eisige Gletscher wirken ließ. »Menschen, die sich meinem Schutz entziehen, sind ein großes Problem.«

Für deinen Wohlstand, dachte er, erwiderte aber nichts.

»Wie sollen wir in diesem feindlichen Land jemals Fuß fassen, wenn wir uneins sind?«

»Das würde es in der Tat erschweren«, pflichtete er ihr bei, denn er wollte sich auf keine Diskussionen einlassen. Celless mochte großzügig und aufgeschlossen wirken, wenn sie einen Mann nach dessen Meinung fragte, doch in Wahrheit wollte sie nur ihre eigene Meinung bestätigt wissen.

»Also«, setzte sie erneut an. »Ist Handrup noch ein Problem?«

»Die Abtrünnigen entrichten bereits wieder ihre Abgaben.«

»Wunderbar!« Sie schenkte ihm ein aufgesetztes Lächeln. »Und Handrup selbst?«

»Hat die gerechte Strafe erhalten«, antwortete Vargan schnell. Die Formulierung war die einzige, die der Gildenmeisterin gefiele. Doch in diesem Zusammenhang von einer gerechten Strafe zu sprechen, war ihm äußerst zuwider.

»Und was möchte die gefürchtete Blutklinge nun tun?«, fragte sie ihn und warf den Kopf in den Nacken.

Dies war eines ihrer Spiele, wusste Vargan. Aber er hatte keine Lust, es zu spielen. Nicht diesmal. Nicht heute.

Nie wieder.

»Wozu das alles?«, stellte er ihr die direkte Frage.

Sie runzelte die Stirn, erwiderte jedoch nichts.

»Wozu dieses Spiel, Celless?« Vargan trat näher an sie heran, sodass er bereits einen Hauch ihres Dufts erhaschen konnte. Die Nähe zu ihr war gefährlich, denn sie würde ihn immer seines Verstands berauben, aber gleichzeitig wollte er diese Nähe, wollte dieses Gefühl des Strudels, in den sie ihn stürzte.

»Weil das unser Leben ist, Vargan«, antwortete sie leise. »Du weißt, dass es nur so sein kann.«

Er schüttelte den Kopf. »Das ist nicht wahr! Lass uns gehen, du und ich. Wir brauchen das hier nicht.« Er machte eine ausladende Handbewegung. »Macht dich das glücklich? Dieser goldene Käfig? Die Hälfte der Männer und Frauen will dich ficken, die andere töten!«

»Und was willst du?«, fragte sie mit vielsagendem Blick und verfiel für einen Moment wieder in ihre Rolle.

Vargan schüttelte schnaubend den Kopf. »Das weißt du.«

Sie lachte leise, doch es lag keine Freude darin. »Liebe.«

»Ich will ein Leben! Mit dir!« Er atmete tief durch und machte einen weiteren Schritt auf sie zu. Streckte die Hand aus und berührte ihre Wange. »Du hast es mir versprochen.«

»Sie würden uns finden«, sagte sie tonlos. »Wir wären nirgendwo in Sicherheit.«

»Ich werde jeden umbringen, der dir schaden will«, presste Vargan zwischen zusammengebissenen Zähnen hervor.

Ihre Augen wurden hell und strahlend. »Dann tu es! Hilf mir, alle zu vernichten, die mir im Weg stehen, Vargan. Dann können wir für immer zusammen sein.«

Er schluckte die Tränen mit dem Kloß in seinem Hals herunter. »Es gibt viele leere Flecken auf der Welt, Liebste. Wir müssen sie uns nur nehmen.«

»Ein Fleck ist mir nicht genug, Liebster.«

Ihre Finger berührten sanft seine Lippen.

Wieder hatte er das Spiel verloren.

Eilig führte er das Glas zum Mund und goss den Schnaps hinein. Der Alkohol brannte sich durch seine Kehle und verbreitete für einen kurzen Moment eine wohlige Wärme in seinem Magen. Doch das Gefühl war viel zu schnell wieder verflogen. Er griff nach der Flasche, um sich ein weiteres Glas einzuschenken, hielt dann jedoch inne. Stattdessen führte er die halb volle Schnapsflasche direkt zum Mund und trank sie in wenigen großen Zügen leer.

Er spürte die aufkommende Schwere in seinem Kopf, doch sie wollte seinen Geist nicht beruhigen. Er hob die Hand und der Wirt stellte ihm eine weitere Flasche hin.

Ich hätte sie töten sollen, schalt sich Vargan immer wieder. *Oder einfach mitnehmen, verdammt!*

Die Flaschenöffnung fand nach einigen Fehlversuchen seinen Mund und kurze Zeit später füllte weiterer Schnaps seinen Bauch.

Die Theke vor ihm begann leicht hin und her zu schwanken und er stützte sich mit der Stirn auf seiner rechten Hand ab. Der Junge, sein Name wollte ihm gerade nicht einfallen, räumte die leere Flasche ab und beeilte sich, eine weitere beizuschaffen.

Vargan trank, was man ihm hinstellte und er scherte sich nicht im Geringsten um die anderen Gäste. Normalerweise trank er nur für sich allein und wenn er sich überzeugt hatte, dass man ihn nicht überraschen konnte. Er war zwar ein gefürchteter Mann, doch selbst die gefürchtetsten Männer hatten am Hinterkopf keine Augen.

Macht schon, dachte er bei sich. Er war betrunken, doch sein Verstand hatte ihn noch nicht vollends verlassen. *Unter euch Versagern wird doch wohl einer Manns genug sein, mir eine Klinge in den Rücken zu bohren!*

Er tat so, als würde sein Kopf nach vorn kippen; ganz so, als ob er einzuschlafen drohte.

Bei den Sternen! Ich hätte es schon längst getan!

Das laute Gerede der Schänke ebbte allmählich ab und wich nervösem Tuscheln.

Endlich! Und wer von euch wird heute zum Helden?

Einige Stühle wurden verrückt und mehrere Menschen verließen den Schankraum. Anhand der aufgeregten und kurzen Schritte erkannte er, dass man gerade die Frauen hinausgeschickt hatte.

Vargan formte den weiteren Verlauf der Szene in seinem Geist. Einer von ihnen würde sich nun hervortun durch seinen unglaublichen Mut, einem Betrunkenen ein Messer in den Rücken zu rammen. Er würde sich langsam anschleichen und er selbst würde weiterhin so tun, als ob er von alldem nichts bemerkte. Und dann, wenn die kalte Klinge tief in seinen Leib eindrang, dann würde er endlich Frieden finden. *Mögen die Sterne mich leiten*, dachte er und erwartete das Ende.

Das Ende einer Existenz, die für ihn mehr zum Gefängnis geworden war als zur Erfüllung. Er würde sein Dasein als Mörder nicht vor seinem Tode aufgeben können, denn er konnte nichts anderes tun. Er war der perfekte Kopfgeldjäger, das wusste er. Er war ein Opfer seiner eigenen Perfektion geworden.

Und seiner Gefühle. Sein Herz war das Einzige, das er nicht töten konnte.

Nun war auch das Gemurmel verstummt und gespenstische Stille legte sich über den Raum. Der Wirt starrte erst stur die Theke an und wenig später bearbeitete er einen imaginären Fleck ausdauernd mit einem schmutzigen Lappen.

Vargans Herzschlag verlangsamte sich allmählich, während er das Unvermeidliche erwartete.

Und zum ersten Mal seit zwanzig Jahren waren die grausamen Bilder seiner Taten nicht da. Zum ersten Mal sah er nicht den sterbenden Therl oder die anderen unzähligen Opfer seiner Klinge.

Ein dünnes Lächeln zierte seine Lippen, als er hörte, wie ein Messer leise aus einer Scheide gezogen wurde.

Die Lüge eines Lebens würde endlich ihr Ende finden.

»Passt auf, mein Herr!«, zerriss die Stimme des Wirtsjungen plötzlich die Stille.

Vargan hätte diesen Schrei nur zu gerne ignoriert, doch etwas in den Tiefen seines Selbst konnte es nicht. Der niederste Instinkt des Menschen und jedes Tieres regte sich und übernahm die Kontrolle über ihn. Sein Überlebensinstinkt ließ nicht zu, dass er sich kampflos ergab und so wirbelte der Mörder herum.

Noch in der Bewegung hatte Vargan blitzschnell sein Schwert gezogen und es dem überraschten Angreifer in den Bauch gestoßen.

Eine grausame Weile, die ihm wie eine Ewigkeit vorkam, standen sie sich gegenüber. Das weiße Leinenhemd des Mannes färbte sich langsam blutrot. Vargan sah ihn aus mitleidserfüllten Augen an.

»Zu langsam«, flüsterte er ihm zu. »Mögen die Sterne dich leiten.« Dann drehte er das Schwert in der Wunde herum und riss es mit einem Ruck frei. Auf diese Weise bescherte er dem Mann einen raschen Tod und verhinderte, dass er tagelang im Bett an der Bauchwunde dahinsiechte.

Die übrigen Männer beeilten sich, ihre zuvor geführten Gespräche wieder aufzunehmen und lediglich zwei traten hervor, um die Leiche beiseitezuschaffen.

Vargan drehte sich zu dem Jungen um, der ihn gewarnt hatte. Der Bengel präsentierte ein zufriedenes Grinsen und sah den Mörder aus leuchtenden Augen an. »Wieso hast du das getan, Junge?«

»Er wollte Euch töten.«

»Dol! Wisch den verdammten Boden!«, unterbrach sie das Geschrei des Wirts und der Junge beeilte sich, seinem Herrn zu gehorchen.

Vargan ertrug den Anblick des verschwindenden Blutflecks nicht und zog sich auf sein Zimmer zurück. Dort oben, in der Einsamkeit der Nacht kehrten die Schrecken zu ihm zurück, bereichert um ein weiteres seiner Opfer.

Doch auch ein anderes Bild geisterte durch seinen Kopf.

Das Gesicht des lächelnden Jungen.

INVAR

»Heute Nachmittag werden wir Invars Tore erreichen«, sagte Culnauir knapp. Er wollte sich schon wieder davonmachen, doch Nefhiliel hielt ihn zurück.

»Wird man uns bereits erwarten?«

Culnauir blieb stehen und wandte sich ihr zu, wagte es jedoch nicht, ihr in die Augen zu blicken. »Ich kann einen Späher bitten, uns vorauszueilen, Hohe Tochter.«

»Unser Umweg hat die geplante Ankunft leider um einige Tage verzögert«, warf Lyssetra ein. »Sofern die Zwerge die Nachricht Eures Vaters überhaupt bekommen haben, werden sie Eure Ankunft mit Sicherheit erwarten.«

Nefhiliel schüttelte den Kopf. »Ich will keinen großen Empfang«, sagte sie bestimmt. »Der Grund meines Besuchs ist keiner zum Feiern und ich möchte nicht, dass der Eindruck entsteht, ich würde die Situation nicht ernst nehmen.«

»Wie Ihr wünscht, Hohe Tochter«, antwortete Culnauir. »Dann werde ich dem Mann entsprechende Anweisungen mitgeben.«

»Danke, mein lieber Culnauir«, sagte sie mit einem Lächeln, das er nicht sah, doch sie hoffte, dass er es in ihrer Stimme hören konnte.

Seit ihrer gemeinsamen Nacht hatte der Krieger sich von ihr zurückgezogen, ja schon beinahe vor ihr versteckt. Wann immer möglich war er ihr aus dem Weg gegangen, was sich jedoch alles andere als leicht erwies, schließlich war er ihr Leibwächter.

Nefhiliel schämte sich nicht für ihre gemeinsame Nacht mit Culnauir, doch sie war traurig, dass es offensichtlich sein Gewissen so über die Maßen belastete. *Vermutlich wird er Vater bitten, ihn von dem Schwur zu erlösen und einen anderen Leibwächter für mich zu bestimmen.*

Verstohlen blickte sie zur Seite, wo Culnauir in einiger Entfernung von ihr marschierte. Der stolze Elf versuchte, sich nichts anmerken zu lassen, doch seine Augen spiegelten seine tiefe Verzweiflung.

Um die Auflösung eines Schwurs zu bitten, bedeutete einen absoluten und vollkommenen Gesichtsverlust. Culnauir würde alles verlieren. Seine Position in der Gesellschaft der Elfen, seinen Wohlstand … man würde ihm nichts lassen. Er würde zu einem Geächteten innerhalb seines Volks werden.

Und alles bloß, weil ich ihn liebe, dachte sie traurig.

»Es wäre besser, wenn Ihr auf dem Protokoll bestehen würdet«, flüsterte Lyssetra nach einer Weile.

Sie wanderten gerade durch ein lichtes Wäldchen, von den Spähern war wie üblich keine Spur, und Culnauir hielt einen weiten Abstand.

Nefhiliel entging nicht der leichte Unterton in Lyssetras Stimme, doch sie konnte ihn keiner Gemütslage zuordnen, die sie von der Priesterin gewohnt war. *Ist sie sauer? Besorgt? Gelangweilt?* Sosehr sich Nefhiliel auch bemühte, es wollte ihr nicht in den Sinn kommen.

»Nein«, sagte sie nach kurzem Bedenken. »Ich möchte nicht, dass wir dieses Treffen feiern.«

»Aber so ist es Brauch«, zischte Lyssetra. »Denkt auch an Euren Vater. Es ist wichtig, dass wir den Zwergen zeigen, dass uns die alten Bräuche ebenso wichtig sind wie ihnen.«

Nefhiliel blieb plötzlich stehen und legte den Kopf schief. Sie musterte die Priesterin eingehend, und plötzlich glaubte sie, den leisen Unterton richtig zu deuten: »Seid Ihr beunruhigt, dass die Zwerge Eurem Plan der Vernichtung nicht zustimmen könnten? Wollt Ihr deshalb an die alten Werte appellieren?«

»Die Menschen sind Kinder des *Zerstörers*«, beharrte Lyssetra stur.

Culnauir war ihr Disput nicht entgangen, und der Elfenkrieger kam gemessenen Schrittes näher.

»Hohe Tochter«, sagte er leise, jedoch laut genug, um sicherzugehen, dass die beiden ihren Streit unterbrechen mussten, »wir können uns keine weiteren Verzögerungen mehr leisten. Der Weg zu den Toren

Invars ist bei Dämmerlicht besonders tückisch. Ihr könntet nur allzu leicht stürzen.«

Sie fühlte, wie ihr Herz ein kleines Stückchen brach, doch sie wollte diese Diskussion noch nicht beenden. Und schon gar nicht auf diese Weise, darum entgegnete sie mit freundlichem Lächeln: »Nun, wenn es dämmern sollte, kann ich mich darauf verlassen, dass mein Leibwächter mich trägt, nicht wahr?«

Das schien seine Wirkung nicht zu verfehlen, denn Culnauir lief augenblicklich rot an, senkte den Blick und schob ein rasches »Gewiss, Hohe Tochter« hinterher.

Es tut mir leid, mein liebster Culnauir, dachte sie wehmütig. Ihn so verunsichert zu sehen, war eine einzige Qual, doch sie durfte nicht zulassen, dass *er* diese Diskussion mit Lyssetra für sie beendete.

Nein, sie musste das selbst schaffen.

»Hohepriesterin, ich weiß, welche Entscheidungen sich mein Vater wünscht. Und ich weiß auch, dass ich unser Volk vertrete. Aber gerade deshalb, weil ich für alle Elfen spreche, kann ich nicht zulassen, dass wir ein ausgelassenes Fest feiern und große Bankette abhalten, wenn wir über den Tod so vieler Lebewesen verhandeln.« Sie straffte die Schultern und konnte aus dem Augenwinkel sehen, wie Culnauir angesichts ihrer eigenen Stärke die Lippen zu einem schmalen Lächeln verzog. »Ein wenig mehr Demut vor unserer Aufgabe wird uns nicht pflichtvergessen erscheinen lassen – im Gegenteil.«

Zu Nefhiliels großer Erleichterung, auch wenn sie sich bemühte, es nicht zu zeigen, beließ die Hohepriesterin es dabei, und sie setzten ihren Weg fort.

Die Prinzessin ertappte sich selbst dabei, dass sie für einen kurzen Moment ihren Triumph über die gebieterische Hohepriesterin genoss und zufrieden lächelte. Als ihr das provokante Verhalten bewusst wurde, tat sie rasch so, als würde sie die sich verändernde Landschaft bewundern.

Das Wäldchen wich ganz allmählich einer hügeligen Graslandschaft. Und in einiger Entfernung konnte man bereits das gewaltige Bergmassiv erkennen, in dessen Innerem die Zwergenstadt Invar lag. Sie versuchte, die Entfernung abzuschätzen. Solche Dinge konnten trügerisch sein, zumal das Bergmassiv so riesig war, dass es meilenweit zu sehen war. Allein der Weg, den Culnauir für sie gewählt hatte, stets im Schatten der Bäume, hatte verhindert, dass sie die Gipfel schon zuvor entdeckt hatte. Und trotz der gewaltigen Ausmaße des Gebirges ragten seine Gipfel nicht bis in die Wolkendecke hinein. Zumindest nicht im Sommer, wenn die Luft klar war. Doch Culnauir hatte ihr erzählt, dass mit den kälteren Jahreszeiten die Wolkendecke absank und Invar fast komplett im weißen Dickicht verschwand.

Lyssetra wischte sich zum wiederholten Mal den Staub von den Ärmeln. »Wenn wir endlich bei den Zwergen angekommen sind, brauche ich ein langes Bad. Und hoffentlich haben sie einen fähigen Schneider, meine Reisegarderobe ist alles andere als vorzeigbar.«

Nefhiliel zuckte die Achseln, auch wenn sie der Hohepriesterin insgeheim zustimmte. Auch ihre Sachen waren verdreckt und verschlissen. Doch sie zwang sich selbst immer wieder, nicht an solche Nichtigkeiten zu denken. *Wir beraten über das Schicksal eines ganzen Volkes*, rief sie sich den Grund ihrer Reise in Erinnerung.

Sie fuhr zusammen, als Culnauir sie plötzlich am Arm berührte. »Hohe Tochter? Wir haben den Pfad erreicht.«

Erst jetzt blickte Nefhiliel auf und erkannte, dass sie die letzten Stunden tief in ihren trüben Gedanken versunken war, in dem Versuch, sich eine Verhandlungsstrategie zurechtzulegen. Sie würde im Namen ihres Vaters mit den Zwergen über die Zukunft und das Schicksal der menschlichen Rasse verhandeln. Und sie hatte keinen blassen Schimmer, wie sie selbst eigentlich zu dem Thema stand.

Lyssetra hatte leicht reden. Die Hohepriesterin hatte die elfische Heimat schon unzählige Male verlassen, um mit den Zwergen zu sprechen, oder die Menschen auszukundschaften. Doch sie selbst hatte bislang einzig und allein das wohlbehütete Leben einer elfischen Prinzessin geführt. Einem Abenteuer am nächsten war sie nur durch Culnauirs Geschichten gekommen – und sie wusste, dass der stoische Krieger die meisten Details aussparte, wenn er ihr von Schlachten oder Grenzpatrouillen erzählte.

Nun erlebte sie ihr erstes eigenes Abenteuer – nur fühlte es sich in keinster Weise so an, wie sie es sich ausgemalt hatte. In Nefhiliels Gedanken waren Abenteuer aufregend und voller Heldentaten. Die Prinzessin sah allerdings nichts Heldenhaftes in den anstehenden Verhandlungen.

Umso schwerer fielen ihr die ersten Schritte auf der gepflasterten Straße, die vom Fuß des Berges bis zu den Toren von Invar führte. Sie hatte auch wenig Bewunderung für die kleinen Wasserrinnen rechts und links des Weges übrig. Ebenso schenkte sie dem Detail, dass die Straße in der Mitte etwas erhöht war, sodass das Regenwasser leichter in die Gräben abfloss, keine Aufmerksamkeit.

Und hätte sie darauf geachtet, so hätte sie ein Schild entdecken können, das den Architekten der Straße als den Ersten Ingenieur Mirzon ausgab, der vor dreiundachtzig Jahren bei einem tragischen Unfall das Leben verloren hatte und hier mit einer bronzenen Platte, die am Fuß des Weges zwischen den Pflastersteinen eingelassen war, geehrt wurde.

Sie blickte fast Hilfe suchend zu Culnauir, doch der Elfenkrieger wandte den Blick beschämt von ihr ab. *Ob er mich jemals wieder ansehen wird?*, fragte sie sich. Ihr Herzschlag schien schwerfällig und schwach. *Ob er jemals wieder ungezwungen mit mir sprechen wird?*

»Von hier dauert es noch eine knappe Stunde, Hohe Tochter«, teilte Lyssetra ihr mit.

»Eine Stunde?« Nefhiliels Stimme überschlug sich fast vor Überraschung.

Die Hohepriesterin nickte beiläufig. »Invars Eingang befindet sich weit oben. Und wir folgen den natürlichen Windungen des Gesteins.«

Erst jetzt nahm die Prinzessin sich die Zeit, ihre Umgebung genauer zu betrachten. Wenn man direkt zu den Füßen blickte, kamen einem die verschiedenfarbigen Pflastersteine ungeordnet und willkürlich gesetzt vor. Etwas darin weckte allerdings ihre Neugier. Sie blieb stehen und drehte sich um.

Nun hatte sie einen leicht erhöhten Blick auf den bereits zurückgelegten Teil der Straße. Nefhiliel legte den Kopf schief und lächelte schließlich. »Ein Mosaik«, sagte sie. »Die ganze Straße ist ein langes Bild.«

»Eine überaus scharfsichtige Beobachtung«, lobte Culnauir förmlich.

Nefhiliel runzelte die Stirn. »Ich möchte es in seiner Gesamtheit sehen«, sagte sie schließlich. »Ich will wissen, welche Geschichte es erzählt.«

»Gewiss, Hohe Tochter. Die Zwerge werden Euch sicherlich einen Ausblick von einem der Türme gewähren«, warf Lyssetra ein. »Doch jetzt muss ich Euch leider zur Eile drängen, Hohe Tochter. Wir sollten die Gastgeber nicht länger warten lassen.«

Culnauir nickte beipflichtend und deutete den Weg entlang. »Wir wurden ohne Zweifel bereits von den Wachen entdeckt, Hohe Tochter. In diesem Augenblick wird in der Feste unsere baldige Ankunft verkündet.«

Sie versuchte, ihm von Lyssetra unbemerkt ein Lächeln zu schenken, aber der Krieger hatte seinen Blick bereits wieder stoisch auf ihren weiteren Weg gerichtet. So unterdrückte sie lediglich ein trauriges Seufzen und folgte ihren Begleitern den Pfad entlang.

Auf halbem Weg kam ihnen eine kleine Delegation der Zwerge entgegen. Fünf Krieger in voller Rüstung, mit mannshohen Schilden, die im Licht der Abendsonne förmlich zu glühen schienen. Ein jeder war mit einer runenverzierten Axt bewaffnet und verbarg das Gesicht unter einem Vollhelm mit festem Visier. Lediglich an der Farbe der Bärte und der unterschiedlichen Art, sie zu flechten, konnte man tatsächliche Individuen ausmachen.

Einer der Gruppe trat vor – er trug seltsamerweise keinen kunstvoll geflochtenen Bart, der buschig unter dem Helm hervorragte, und seine Rüstung war an den Rändern mit goldenen Verzierungen versetzt. Auf dem Brustpanzer prangte das Emblem einer Axt, die einen Orkschädel spaltete.

Zumindest nahm Nefhiliel an, dass es sich bei der Zeichnung der grünen Fratze mit wulstiger Stirn und hervorstehenden Hauern um einen Orkschädel handelte, denn sie musste sich hier rein auf ihr Bücherwissen verlassen.

Der Zwerg nahm den Helm ab und lächelte breit. »Es ist mir eine Ehre, die elfischen Freunde zu begrüßen«, sagte er laut, und seine Stimme donnerte gegen die sie umgebenden Felsen. »Ich bin Khûlgrim, General der königlichen Schildwachen, und es ist mir eine Freude, die Hohe Tochter auf dem letzten Stück des Weges zu begleiten.«

Nefhiliel deutete eine Verbeugung an. »Ich weiß, dass meine Ankunft schon vor zwei Tagen erwartet wurde. Und ich hoffe, dass dies keine Unannehmlichkeiten bereitete.«

General Khûlgrim kratzte sich verlegen am Kopf. »Ein wenig gesorgt haben wir uns schon, Prinzessin.« Dann fiel sein Blick auf Culnauir und dessen Späher, und er räusperte sich verlegen. »Aber ich bin mir sicher, dass Euer Vater Euren Schutz in fähige Hände gelegt hat.«

Offenbar reichten seine perfekten Manieren nur für die einstudierte, förmliche Begrüßung, erkannte Nefhiliel mit einem Lächeln. Ihr war ein weniger steifer Rahmen ohnehin lieber. Und die offen gezeigte Fröhlichkeit des Zwerges war ihr mehr als willkommen.

Sie blickte Culnauir lächelnd an. »Das hat er, werter General Khûlgrim.«

»Dann wollen wir mal weiter«, sagte der Zwerg nach einer kurzen Pause. »Euer Bote meinte, dass Ihr keine Feier zu Euren Ehren wünscht, ist das richtig?«

Sie nickte verlegen. »Mir erschien der Grund für mein Kommen nicht als angemessen.«

»Na ja«, sagte der Zwerg und zuckte die Achseln, »wir könnten den *Schöpfer* preisen, den Frieden besingen und herausfinden, welcher Jahrgang des Elfenweins denn nun der beste ist.«

Sie lächelte, schüttelte jedoch bestimmt den Kopf. »Ich möchte nicht die Ernsthaftigkeit meines Besuchs durch eine fröhliche Feier trüben.«

Wieder zuckte der Zwerg die Achseln. »Kindchen ...«, begann er und ließ damit endgültig jegliche Etikette beiseite. »Wir feiern nicht den Grund Eures Besuchs. Wir feiern die Tatsache, dass Ihr uns überhaupt besuchen kommt!«

Sie runzelte die Stirn, doch bevor sie etwas erwidern konnte, wedelte der Zwerg bereits mit einem stummeligen Finger vor ihrem Gesicht. »In den Jahren des Krieges hätten wir niemals so ungezwungen zusammentreffen können. Eure Reise wäre selbst in Begleitung einer ganzen Armee kaum sicher gewesen. Prinzessin Nefhiliel, ich kann Euch wahrlich nicht vorschreiben, wie Ihr zu leben habt, doch lasst Euch eines gesagt sein: Man sollte immer die schönen Momente des Lebens genießen und sie voll auskosten. Der nächste Haufen Kuhscheiße wartet nämlich direkt um die Ecke. So sagt es Morfius' Gesetz.«

»Morfius?«

Khûlgrim grinste breit. »Der einzige Zwerg, der sein Leben der Forschung gewidmet hat. Er wollte unter anderem herausfinden, warum Goblins immer auf die Fresse fallen, wenn man sie schubst.«

»Klingt recht grausam«, warf sie ein.

»Aber es stimmt. Sie haben zu schwache Arme und einen zu schweren Schädel, fand er heraus. Und wir konnten uns das schon häufiger zunutze machen, indem wir sie bei Angriffen ins Stolpern brachten.« Khûlgrim und die übrigen Zwerge verfielen in schallendes Gelächter. »Später widmete sich Morfius dann der Frage nach Zufall und Schicksal.« Er schüttelte traurig den Kopf. »Wurde verrückt, der arme Kerl. Hat irgendwann behauptet, der Zufall würde ihm auflauern und ihm böse Streiche spielen … Seitdem überlassen wir die Forschung wieder ganz den Gnomen und konzentrieren uns auf unser Handwerk.«

Sie dachte einen Moment über seine Worte nach. Schließlich gab sie sich geschlagen. »Also schön, General Khûlgrim, Ihr habt mich überzeugt … Aber das Fest soll nicht zu sehr ausufern, ja?«

Sein Grinsen reichte nun fast von Ohr zu Ohr. »Nicht doch, nicht doch. Das Übliche! Ein paar Fässer Wein, gebratene Ziegen und verrückte Gnome, die ihre neuesten Erfindungen vorführen.«

Ihre Augen blitzten auf bei der Erwähnung der gnomischen Erfinder. »Ich habe schon so viel von den wundersamen Dingen gehört, die in Ventrils Werkstätten erdacht werden«, geriet sie ins Schwärmen. Khûlgrims fröhliche Natur war ansteckend, merkte sie, doch Nefhiliel ließ sich nach der doch anstrengenden Reise und den so verkrampften Gesprächen mit Culnauir nur zu gern mitreißen. »Ich kann es kaum erwarten, Vater von den kleinen Wundern zu erzählen.«

»Na ja, wir nennen die Gnome eher ›kleine Verrückte‹, aber die Erfindungen werden Euch die Sprache verschlagen, das ist sicher.«

»Die Hohe Tochter möchte sich vor den Feierlichkeiten sicher noch einmal erfrischen«, warf Lyssetra ein, der es offensichtlich nicht passte, dass sie noch immer an Ort und Stelle verharrten.

Nefhiliel entging nicht der feindselige Unterton in ihrer Stimme, doch sie verzichtete darauf, die Hohepriesterin vor den Zwergen zurechtzuweisen. Sie hoffte nur im Stillen, dass dem lieben General Khûlgrim die Bemerkung nichts ausmachte.

Der schien die Unhöflichkeit auch tatsächlich nicht zu bemerken. »Da habt Ihr verdammt recht«, sagte er lachend. Er wandte sich an einen seiner Begleiter. »Geh voraus und sag Bescheid, ja?«

Der angesprochene Krieger nickte kurz, machte auf dem Absatz kehrt und verfiel aus dem Stand in einen schnellen Dauerlauf.

Nefhiliel erkannte an Culnauirs anerkennendem Kopfnicken, dass ein solches Tempo in schwerer Rüstung offenbar keine Selbstverständlichkeit war.

Lebensfrohe, kräftige Wesen, diese Zwerge, dachte sie. *Wieso hat mich Vater nicht schon früher die Welt entdecken lassen?*

Culnauir verwickelte den General bald schon in ein Gespräch über Kampftaktiken und wie der Berg und die Festung zu verteidigen waren, was Nefhiliel den Rest des Weges ihren eigenen Gedanken überließ. Sie nutzte diesen seltenen Moment, in dem sie nicht Mittelpunkt des Interesses war, und blickte sich weitläufig um.

Östlich des Bergmassivs erstreckte sich eine Ebene, die von sanften Hügeln durchzogen wurde. Je weiter man nach Norden ginge, desto karger wurde das Land, denn jeder wusste, dass die Kinder des Zerstörers in den Toten Landen im Norden des Kontinents Rhilok lebten. Und Invar markierte die Grenze. Doch auch hier war das Land nicht ohne Narben aus den unzähligen Kriegen hervorgegangen.

In den Bergen entsprang ein Fluss, der aus mehreren Quellen gespeist wurde, und die Wassermassen hatten sich nach den Schlachten tief in die zertrampelte Erde gefressen. Eine breite Schlucht durchzog das Land nun südöstlich von Invar und der Fluss wusch immer so viel Erde aus dem Boden, dass sein Wasser eine rostige Farbe angenommen hatte.

Wie eine offene Wunde, deren Blutung niemand stillen kann, dachte Nefhiliel, als sie vergeblich versuchte, dem Flusslauf mit ihrem Blick bis zur Schlucht zu folgen.

Ihr Weg machte eine Biegung nach Westen, doch das Bergmassiv versperrte ihr die Sicht auf die Toten Lande im Norden. Einerseits wollte Nefhiliel zu gerne ein Stück des Ursprungs der grausamen Monster sehen, andererseits fürchtete sie sich auch davor. In ihrer Vorstellung waren die Toten Lande eine Gegend, in der Feuer und Tod allgegenwärtig waren und selbst die Luft zum Atmen aus ätzenden Gasen bestand. Was, wenn sich ihr nun offenbaren würde, dass es dort auch Flüsse, Wiesen und Bäume gab? Dass die Toten Lande nicht so vollkommen abgestorben waren, wie man ihr stets erzählte?

Auch zwischen den Wäldern der Elfen und dem Bergmassiv der Zwerge gab es Landstriche, die karg und lebensfeindlich waren. Vielleicht gab es noch weiter im Norden auch wieder fruchtbare Äcker?

Der Gedanke, dass Orks am Ende vielleicht sogar Felder bestellten, ließ sie frösteln. Jahrelang hatte man ihr eingebläut, dass Orks, Trolle und Goblins brutale Monster waren, die nur ein Ziel kannten: Mord.

Aber wie soll das gehen?, fragte sich Nefhiliel zeit ihres Lebens. *Wie soll ein Volk auf Dauer überleben, wenn es nur Tod und Zerstörung im Sinn hat?*

Diese Frage hatte man ihr nie beantworten können. Nicht ihr Vater, nicht die Hohepriester – man hatte immer von ihr erwartet, dass sie den Worten der Weisen glaubte, wenn sie sagten, dass die Kinder des Zerstörers einzig die Werkzeuge seines ewigen Hasses seien.

Schon aus diesem Grund musste Nefhiliel einen Blick in die Toten Lande werfen, auch wenn sie sich vor dem, was sie dann sah, fürchtete. Sie brauchte Gewissheit. Gewissheit, ob die Weisen recht hatten, oder ob ihre Zweifel berechtigt waren.

»Hohe Tochter«, riss Culnauirs Stimme sie aus ihren Gedanken, »wir haben das Tor erreicht.«

Sie beeilte sich, dem stolzen Krieger noch ein herzliches Lächeln zu schenken, ehe er den Blick wieder von ihr abwandte. Es versetzte ihr einen neuerlichen Stich, dass ihre gemeinsame Nacht ihn offensichtlich so beschämte.

Doch ihre Aufmerksamkeit wurde von dem kesselförmigen Plateau angezogen, das sich vor ihnen öffnete. Der Bergpfad war zu beiden Seiten durch die rauen Felswände beschränkt gewesen, doch vor Invars Festungstor breitete sich ein beinahe kreisrunder Platz von sicherlich dreihundert Fuß Durchmesser aus. Von beiden Seiten des Tores führten zwei Vorsprünge an der Bergwand entlang, die bis zur Mitte des Plateaus reichten. Als hätte man ein Amphitheater für sehr wenige Zuschauer gebaut.

Und selbst dieser ungewöhnliche Anblick konnte Nefhiliels Aufmerksamkeit nicht lange bannen, denn das eigentliche Tor entpuppte sich als die größte Überraschung. Sie hatte ein reich verziertes Kunstwerk erwartet. Ein Manifest zwergischer Kunstfertigkeit und gnomischen Erfindergeistes. Edelsteine, die im Sonnenlicht funkelten und in allen Farben des Regenbogens leuchteten. Goldene Beschläge, die mit aufwendigen Intarsien verziert waren.

Das Tor war völlig anders. Eine knapp fünfzehn Fuß – sie würde sich nicht so rasch an das neue zwergische Metermaß gewöhnen können –

hohe Platte aus poliertem Stahl. Und in der Breite mochte sie gut das Doppelte messen. Doch es gab nichts darauf. Keine Verzierung, keine Beschläge, keine Griffe. Nichts. Eine glatte Platte.

Khûlgrim trat an das Tor heran und hämmerte zweimal kräftig mit der Faust dagegen. Als es kurz darauf unhörbar nach oben in der Bergwand verschwand, musste Nefhiliel sich beherrschen, nicht mit vor Verwunderung offenem Mund zu starren. Sie wusste, dass man von der Hohen Tochter ein gewisses Maß an Souveränität erwartete, dass sie zwar mit offenen, aber nicht staunenden Augen durch die Welt ging. Ein geflüstertes »Beeindruckend« huschte ihr dennoch über die Lippen.

Sie marschierten durch das Tor und Nefhiliel blickte verstohlen zu der neun Fuß hohen Decke, in der Hoffnung, einen Teil des Türmechanismus zu entdecken.

Khûlgrim war ihr Blick, ebenso wie den der anderen, nicht entgangen. »Das Tor hängt an einer Kette, die über uns entlangführt«, erklärte er.

»In der Decke?«, entwischte es der Prinzessin erstaunt.

Der Zwerg lächelte freundlich. »Über uns ist der Wachraum«, sagte er. »Darin stehen ein paar kräftige Jungs, die das Tor öffnen, indem sie an der Kette ziehen.«

»Wie viele sind es?«, wollte Culnauir genau wissen.

»Drei Dutzend.« Er deutete mit dem Finger vom Tor zu einem Punkt, der irgendwo im Innern des Berges lag. »Die ganze Länge des Gangs ist mit einem darüberliegenden Wachraum und einigen Fallen gesichert.«

»Fallen?«, wunderte Nefhiliel sich laut. Sie konnte sich nicht ausmalen, was man bei einem solch stabilen Tor noch für Fallen dahinter brauchen könnte.

Khûlgrim nickte stolz. »Ja, haben die Gnome sich ausgedacht.« Er ging in die Hocke und strich über den Boden. »Fühlt Ihr das, Prinzessin? Absolut spiegelglatt und abschüssig – also passt besser auf, dass Ihr nicht ausrutscht … außer Ihr wollt bis zum nächsten Kampfpunkt auf dem Hintern rutschen.«

Culnauir nickte anerkennend. »Das wird den Vormarsch eines Eindringlings sicher verlangsamen.«

Der General lachte schallend. »Im Gegenteil! Wenn jemand das Tor passiert, kippen wir Seifenlauge in den Gang, damit die Schweine möglichst rasch zu unseren Schildwachen am Kampfpunkt rutschen!«

Nefhiliel entging nicht das skeptische Stirnrunzeln ihres Beschützers. Elfen setzten immer alles daran, einen Feind möglichst lange aufzuhalten und abzuwehren, damit die elfischen Langbögen seine Reihen ausdünnen konnten. Und auch ihr selbst erschien es nicht sonderlich klug, einen Feind nach Überwinden des Tores nicht durch eine herabstürzende Decke oder andere Hindernisse zu verlangsamen.

Khûlgrim bemerkte ihre Blicke und zuckte die Achseln. »Wenn sie erst einmal hier drin sind, wird man sie auch nicht wieder los, indem man sie ausbremst. Bringt man sie aus dem Tritt, kann man sie aber überwältigen.«

Der abschüssige Gang endete nach weiteren hundert Metern – Nefhiliel wollte sich wirklich Mühe mit dem neuen Längenmaß geben – vor einem weiteren Tor.

Hier fiel ihr vor allem auf, dass dieses Eisentor aus zwei Flügeln bestand, wie sie es schon vom Eingangstor Invars erwartet hätte. Aber darüber hinaus waren die beiden Flügel in der Mitte noch einmal voneinander unabhängig, sodass man den Durchgang auch nur teilweise öffnen konnte, indem man die obere Hälfte des Tores freigab.

Diesmal biss sie sich auf die Lippen, was ihre Verwunderung anging. Nach Khûlgrims Erklärungen im gerade zurückgelegten Tunnel würde es sich hier sicherlich auch um weitere Fallen und andere ausgeklügelte Verteidigungsmechanismen handeln. Und auch wenn man ihr bereits jetzt ein gewisses Maß an Unwissenheit und Neugier nicht mehr absprechen konnte, so wollte sie diesen Eindruck nicht noch zusätzlich verstärken.

Der Kampfpunkt – zumindest nahm sie stark an, dass es sich bei dem breiten Raum darum handelte – präsentierte sich ähnlich dem Plateau vor Invars Toren. Er war kreisrund, an der ihr gegenüberliegenden Seite gab es einen Vorsprung, der sich an den Wänden entlangzog, und dort befand sich auch ein weiteres Tor.

»Das Plateau vor dem Tor ist auch ein … Kampfpunkt«, sagte sie gedankenverloren, als ihr das Konzept der zwergischen Verteidigung allmählich einleuchtete.

»Ihr habt einen scharfen Verstand, Hohe Tochter«, lobte Khûlgrim und grüßte die Wachmannschaft mit einem beiläufigen Kopfnicken.

Es handelte sich offensichtlich um versierte Krieger, denn sie trugen ebenfalls Plattenrüstungen derselben Machart wie jene Rüstungen von Khûlgrims Eskorte. Das schillernde Spiel von Rot und Silber auf den polierten Rüstungsteilen war ihr schon zuvor aufgefallen, doch im Lichtschein der Öllampen verstärkte sich der Effekt noch einmal.

Neben den beiden Kriegern stand ein junger Gnom, seine Haare hatte er offensichtlich erst kürzlich versucht zu glätten, jedoch ohne nennenswerten Erfolg. Im Gegensatz zu den Zwergen trug er einfache Wollkleidung und einen Werkzeuggürtel.

»Die Fallenwache scheint noch immer ein fester Bestandteil der Ausbildung zu sein«, sagte sie vorsichtig. Sie griff dabei auf ihr Bücherwissen zurück und hoffte, dass sie die Situation hier richtig deutete.

Sie hatte keine Zeit, ihre vorschnelle Äußerung lange zu bedenken, denn der Gnom nickte eifrig mit dem Kopf und fügte hinzu: »Aber nur noch ein Jahr.«

Sie nickte. »Ich kann mir vorstellen, dass eine enorme Verantwortung auf deinen Schultern lastet.«

Der Gnom reckte stolz die Brust vor und nickte. »Die Fallen sind ein wichtiger Teil der Verteidigung.«

»Und sie wurden seit Ewigkeiten nicht mehr benutzt«, warf einer der Schildwachen ein.

Khûlgrim erstickte einen möglichen Streit bereits im Keim, indem er beschwichtigend die Hand hob. »Ihr alle seid wichtig, vergesst das nicht. Und ja, die Feste wurde schon ewig nicht mehr angegriffen, aber das heißt nicht, dass wir für immer in Sicherheit sind.«

»Ein alter Feind mag ruhen, doch ein neuer erhebt sich bereits«, drohte Lyssetra unheilvoll.

Nun war es an Nefhiliel, die Situation erneut unter ihre Kontrolle zu bringen. »Über diese Dinge werden wir noch ausführlich sprechen. Doch nicht hier und nicht jetzt.« Sie wandte sich demonstrativ von Lyssetra ab. »Lieber General Khûlgrim, ich würde nun zu gern mehr von dieser beeindruckenden Stadt sehen.«

Er lachte leicht verlegen. »Ja, Invar wird Euch gefallen.«

»Vergiss nicht, ihr auch Ventril zu zeigen!«, rief der Gnom aufgeregt noch hinterher, als sie den Raum schon halb durchquert hatten.

Khûlgrim winkte ihm über die Schulter zu, erwiderte jedoch nichts mehr.

Der weitere Weg ins Innere des Berges gestaltete sich ähnlich. Sie passierten noch einen weiteren Kampfpunkt, der jedoch deutlich größer war und mit mehr Schildwachen und sogar zwei Gnomen besetzt war. Da es der letzte Kampfpunkt vor Betreten der eigentlichen Stadt war, vermutete Nefhiliel, dass man im Ernstfall den Gegner in den vorderen Bereichen verlangsamen und schwächen wollte, um ihm hier mit der Hauptstreitmacht zu begegnen. Das Ziel, einen Feind aufzuhalten, bevor er die eigentliche Stadt betrat, schien dabei offensichtlich und logisch.

Invar würde hinter einem Schutzwall aus gerüsteten Zwergen und erfinderischen Gnomen in Deckung gehen, den Sturm überdauern und danach wieder in gewohnten Bahnen weiterlaufen.

Ein beeindruckendes Prinzip, dachte sie. *Der Elfenwald ist viel ungeschützter. Wir können unsere Feinde nicht so gezielt aufhalten. Wir müssen immer aufs Neue auf eine Bedrohung reagieren, auf einen Baum, der gefällt wird, eine Lichtung, die plötzlich von Menschen besetzt ist.*

Sie konnte nicht genau sagen, welche Lebensart die bessere war: die Freiheit der Elfen, sich an jedem Ort niederzulassen, oder die Abgeschiedenheit der Zwerge; aber ein Teil von ihr wünschte sich, dass man auch im Elfenwald einen völlig sicheren Ort wie Invar hätte.

Der Tunnel öffnete sich in eine weitläufige Höhle. So gewaltig, dass Nefhiliel für einen Moment der Atem stockte. Niemals hätte sie für möglich gehalten, dass innerhalb des Bergmassivs ein so riesiger Hohlraum existierte. Viele Tausend Fuß mochte die Höhle durchmessen, ebenso der Abstand der Decke zum Boden. In der nachtschwarzen Felskuppel funkelten kleine Lichter, als hätte der *Schöpfer* selbst einen kleinen Sternenhimmel über Invar aufgehängt.

»Was ist das?«, fragte sie atemlos.

Khûlgrim wollte gerade antworten, doch Culnauir kam ihm zuvor. »Die Zwerge haben Edelsteine in die Felswand gesetzt, Hohe Tochter.«

»Woher weißt du … wisst Ihr das, Culnauir?«, entgegnete sie perplex. Sie war verwirrt, dass er ausgerechnet in diesem Moment wieder mit ihr sprach, doch auch glücklich. Es war ein so schöner Anblick, dass sie sich nur zu gern für einen Moment vorstellte, sie könnte ihn mit ihm allein erleben.

Er straffte die Schultern, offensichtlich bemüht, die Situation nicht noch weiter entgleiten zu lassen. »Ich habe mich lange mit Eurem Vater unterhalten, bevor wir aufbrachen, Hohe Tochter. Er war der Meinung, dass ich ein besserer Beschützer für Euch wäre, wenn ich möglichst viel über unser Reiseziel wüsste.«

Khûlgrim entspannte die Situation weiter, indem er Culnauir laut lachend auf den Rücken klopfte. »Da hatte der König völlig recht! Das Wissen um ein Schlachtfeld ist meist schon der halbe Sieg.«

»Nur dass wir hier keine Schlacht schlagen, mein lieber General«, stimmte Nefhiliel mit ein.

Der Zwerg zuckte vielsagend die Achseln. Dann fügte er augenzwinkernd hinzu: »Jedenfalls nicht mit Waffen.«

Sie nickte stumm und beschloss, ihre Aufmerksamkeit verstärkt auf die Stadt und ihre Bewohner zu richten, als auf solche Haarspaltereien, wenn sie ihm insgeheim auch zustimmte.

Invar präsentierte sich einer menschlichen Stadt nicht unähnlich. Straßen markierten die Wege, die man einschlagen konnte, während steinerne Häuser die Lebensräume der einzelnen Bewohner voneinander abteilten.

Einen solchen abgeteilten Lebensraum gab es in dieser rigiden Form nicht in ihrer Heimat. Sicher gab es Häuser, oder vielmehr Hallen und Tempel, doch sie waren organisch aus mehreren Bäumen gewachsen, Blätter überlappten sich dort zu Decken und Moos bildete den weichen Boden.

Und der Palast ihres Vaters war wunderschön!

Morgentau sammelte sich über seinem Dach, rann durch ein Loch in der Decke ins Innere und floss dort in mehreren Kaskaden in ein kleines Becken aus reinem Silber. In ihrer Unwissenheit hatte sie angenommen, dass den Zwergen der Sinn für Schönes fremd war, doch die funkelnde Höhlendecke ließ sie sich ignorant und überheblich fühlen.

Die Häuser waren von erstaunlich kleinen Grundrissen, dafür aber alle mindestens zweistöckig. *Wieder ein wesentlicher Unterschied zum Heiligen Wald*, dachte sie. Dort waren alle – Gebäude wäre der falsche

Ausdruck – Strukturen ebenerdig, oder direkt in den Baumkronen. Und wieder war der Palast des Königs die einzige Ausnahme, der zwar über kein echtes zweites Stockwerk, aber über gewundene Treppen und weitläufige Galerien, von denen aus man den Thronsaal und das Wasserspiel betrachten konnte, verfügte.

Nefhiliel bemerkte plötzlich, dass sie mittlerweile nur noch von Khûlgrim begleitet wurden. Seine Schildwachen hatten sich nach Betreten der eigentlichen Stadt still zurückfallen lassen und gingen vermutlich wieder ihren üblichen Aufgaben nach.

»Wir hätten Euch gerne einen Schlafplatz hergerichtet, wie Ihr ihn von zu Hause kennt«, sagte der General nach einem Moment des Schweigens, »doch wir haben nicht so viele Bäume hier oben.« Als Nefhiliel nicht sofort antwortete, fügte er noch an: »Und dann wäre es sicher nicht in Eurem Sinn gewesen, wenn wir die Bäume gefällt hätten.«

Sie lächelte freundlich. »Nein, ganz sicher nicht.« Sie warf aus den Augenwinkeln einen flüchtigen Blick auf Culnauir, den Invar ebenso zu faszinieren schien wie sie. Eine eigenartige Schwermütigkeit überkam sie, als sie den schlanken Elfenkrieger betrachtete. Und ein Gedanke brannte sich in ihr Herz: *Ob wir wohl noch einmal ungestört sein können?*

Die Straße öffnete sich einem weiten Platz, und Khûlgrim deutete auf ein großes Gebäude. »Arlon erwartet Euch bereits, Prinzessin.«

Nefhiliel versuchte, nicht langsamer zu werden und sich so ihre Überwältigung anmerken zu lassen. Nicht wegen der Zwerge – sie schätzte Khûlgrim nicht als jemanden ein, der sich über andere erhaben fühlen wollte. Doch sie wollte vor der Hohepriesterin keine Schwäche zeigen. Lyssetra drängte sie zu einer Entscheidung, die den *Wächter* erwecken würde. Und wenn sie ihr die Stirn bieten wollte, durfte sie nicht wie ein weltfremdes kleines Mädchen wirken, dem ein bloßes Steinhaus die Sprache verschlug.

Doch das Gebäude, auf das Khûlgrim deutete, war alles andere als gewöhnlich. Ein quadratischer Steinbau mit einem flachen Pyramidendach, das von überlebensgroßen Statuen gestützt wurde. Jede Statue war dabei bereits ein Kunstwerk für sich, doch in ihrer Gruppierung entstand ein dynamisches Bild, das immer anders wirkte, je nachdem, von welcher Seite man sich dem Gebäude näherte.

Allerdings gab es nur einen Eingang – eine eiserne Doppeltür –, weshalb die beiden besonders grimmig wirkenden Zwergenkrieger aus Stein jedem Besucher vermutlich ebenso viel Ehrfurcht einflößten wie ihr in diesem Moment.

Sie betraten die Thronhalle und Khûlgrim eilte ihnen einen halben Schritt voraus. Offensichtlich war dieser Teil der Begrüßung wieder genauestens einstudiert und geplant, denn der Zwerg räusperte sich und schmetterte dann mit lauter Stimme: »Die Hohe Tochter Pellaréions, Nefhiliel, ehrt uns mit Ihrem Besuch!«

Dann wandte er sich wieder den Elfen zu: »Im Namen von König Arlon Eisenbart, seid willkommen!«

Nefhiliel goutierte seine Worte mit einem leichten Kopfnicken, dann richtete sie ihren Blick auf den Zwergenkönig, der sich bedächtig aus seinem goldenen Thron erhob.

Nefhiliel löste sich von ihren Begleitern und schritt dem König entgegen. Arlon war in den besten Jahren für einen König. Sein silbriges Haar ließ ihn älter wirken, doch sein wacher Blick belehrte jeden rasch eines Besseren.

Kurz bevor er sie erreichte, legte er seine stoische Maske ab, breitete die Arme aus und lachte laut. »Nefhiliel, mein Kind! Es ist schön, dich endlich einmal wiederzusehen! Pelle hat dich viel zu lange bei sich eingesperrt!«

Nefhiliel war im ersten Moment so perplex von dem Gefühlsausbruch des Königs, dass sie die nun folgende Umarmung nicht erwiderte, sondern sich plötzlich im Klammergriff des Zwergs wiederfand.

Der König schob sie wieder auf Armeslänge von sich. »Als ich dich das letzte Mal sah, da hast du auf meinem Schoß gesessen und versucht, an meinen Zöpfen hochzuklettern.« Er musterte sie kurz und nickte dann zufrieden. »Gut siehst du aus!«

Nefhiliel runzelte die Stirn. Sie konnte sich beim besten Willen nicht daran erinnern, dem König jemals zuvor begegnet zu sein. Schließlich kramte sie in alten Erinnerungen, bis es ihr allmählich dämmerte. »Ihr wart mein grauer Kletterbaum?«

Arlon nickte überschwänglich. »Ja, so hast du mich immer genannt, Kleines. Onkel Kletterbaum.«

Sie schüttelte den Kopf. »Das hatte ich vollkommen vergessen.«

Er legte den Arm um ihre Hüfte und sie gingen gemeinsam zurück zu ihren Begleitern. »Nun, du warst ja sogar kleiner als ein Gnom.« Er seufzte. »Ach, es ist ein Jammer, dass Pelle und ich uns so selten sehen.«

Sie musste kichern. Noch nie hatte sie jemanden ihrem Vater einen Spitznamen geben hören. Er wurde stets ehrfürchtig mit »Mein König« oder »König Pellaréion« angesprochen. Der Gedanke, dass ihr Vater und Arlon sich so nahestanden, dass sie voreinander die Etikette völlig außer Acht ließen, amüsierte sie und machte sie auf eine unbestimmte Art glücklich. *Selbst Vater ist nicht immer unnahbar*, dachte sie. »Vielleicht war das ja der Grund, weshalb Vater darauf bestand, dass ich die Reise antrete?«

Arlon zuckte die Schultern. »Gut möglich. Und ich bin froh.« Er schüttelte seufzend den Kopf. »Ach, wir machen das viel zu selten, diese Besuche. Seit hundert Jahren will ich jetzt schon euren Wald besuchen, aber immer verschiebe ich es.«

»Ihr … du hast eben viel zu tun«, versuchte sie zu relativieren.

Er machte eine wegwerfende Handbewegung. »Goblinkacke. Das sind immer bloß Ausflüchte, weil ich zu bequem bin und meinen Arsch lieber auf einem Stuhl parke.« Wieder schüttelte er den Kopf. »Nein, das muss sich ändern. Herrje, ich habe völlig verpasst, wie du aufgewachsen bist, Kind. Oder wie der Wald jetzt aussieht.« Er fasste anscheinend einen Entschluss: »Nein, wenn wir diese Sache besprochen haben, dann werde ich dich auf dem Heimweg begleiten.«

»Vater würde sich sicher freuen.«

Als sie die anderen erreichten, bemerkte sie noch, wie Culnauir unter größten Anstrengungen sein Grinsen unterdrückte. Allerdings entging ihr auch nicht Lyssetras leicht missbilligender Blick.

Arlon schien von alldem nichts zu bemerken. Er gab sie nun schließlich wieder aus seinem Griff frei und begrüßte ihre Begleiter mit einem breiten Lächeln. »Ich freue mich, dass ihr alle gekommen seid!« Und gerade als Nefhiliel sich zu wundern begann, wie der König angesichts des Anlasses für ihren Besuch so ausgelassen sein konnte, wurde Arlon sehr ernst. »Ich weiß, wir haben viele schwierige Dinge zu besprechen. Doch nicht heute Abend. Heute Abend wollen wir dem Schöpfer dafür danken, dass wir in relativ ruhigen Zeiten leben.« Er wartete noch einen Moment auf eine Antwort, die jedoch ausblieb. Dann klatschte er in die Hände. »Khûlgrim wird euch zu euren Häusern führen. Und bei Sonnenuntergang wird der Platz hier Zeuge einer gewaltigen Feier werden.«

Die Häuser, in die man sie brachte, schienen eigens für elfische Körpermaße angefertigt worden zu sein. Zudem standen sie alle in der Nähe der Thronhalle. Nefhiliel ging mit offenem Staunen durch das zweistöckige Haus.

Das Erdgeschoss bildete ein großer Wohnraum, der fast die gesamte Grundfläche von knapp sieben Metern in jede Richtung einnahm. An der hinteren Wand waren die Treppe, die ins Obergeschoss führte, und eine Feuerstelle zum Kochen. Allerdings bezweifelte Nefhiliel, dass sie während ihres Besuchs selbst kochen müsste, doch die Zwerge hatten an alles gedacht.

An der linken Hauswand prangte ein großer Kamin, in dem bereits einige breite Holzscheite knisternd brannten. In der Küche war neben der Feuerstelle ein seltsames Gebilde: eine an der Wand montierte Schale mit einem gebogenen Rohr, das aus der Wand kam, und an das man zwei winzige Drehgriffe befestigt hatte.

Sie beschloss, sich erst oben umzusehen, bevor sie die Konstruktion genauer untersuchte. Im oberen Stockwerk erwartete sie ein großes Schlafzimmer, mit breiten Fenstern und einer Tür, die in einen weiteren Raum führte. Hier war es sogar noch ein wenig wärmer als im Rest des Hauses, was vermutlich daran lag, dass der Schornstein des Kamins an der Wand entlanglief. Wieder war eine Schale in die Wand eingelassen, die der im Erdgeschoss verblüffend ähnlich war. Doch eine große Badewanne schlug ihren Blick in ihren Bann.

Ein weiteres Rohr kam aus der Wand, dessen Öffnung in die Wanne zeigte. Nefhiliel trat näher heran und bemerkte, dass das Rohr aus Kupfer war. Sie drehte einen der kleinen Griffe und aus der Öffnung ergoss sich ein stetiger Wasserstrahl.

Sie riss entzückt die Augen auf, verfolgte den Lauf des Wassers und sah, dass es am Boden der Wanne durch ein kleines Loch im Boden verschwand.

Als sie den Finger unter den Wasserstrahl hielt, erschrak sie erneut: Es war heiß!

Kann das sein?, dachte sie mit Blick auf das andere Rädchen und drehte daran.

Kurz darauf änderte sich die Wassertemperatur. Aus dem heißen Strahl wurde ein angenehm warmer Schwall. Sie schüttelte ungläubig den Kopf, drehte die Rädchen dann jedoch wieder zu.

»Wirklich faszinierend.«

Das Bett barg die nächste Überraschung. Nicht die, dass es ihren Körpermaßen entsprach, das hatte sie nach Betreten des Hauses bereits erwartet, nein, die eigentliche Überraschung war die Matratze selbst, denn sie war flach und recht dünn. Nefhiliel ging stirnrunzelnd zu dem – ebenfalls aus Kupfer gefertigten – Bettgestell hinüber. Ihre Finger umspielten eine der vier Kugeln, die man oben als Verzierung auf den Füßen angebracht hatte, und prüfte mit der anderen Hand die Matratze. *Dass sie so wenig Stroh benutzen, hätte ich nicht gedacht*, schoss es ihr noch durch den Kopf, als ihr Tastsinn bereits etwas Ungewöhnliches bemerkte.

Die Matratze fühlte sich seltsam fest an. Die Oberfläche war mit dickem, flauschigem Stoff bezogen, doch auf den sanften Druck ihrer Finger gab sie nicht einen Fingerbreit nach. Vorsichtig setzte sie sich auf die Bettkante und ihr Gewicht wurde von mehreren Federn aufgefangen.

Als sie die erste Schrecksekunde überwunden hatte, ließ sie sich seufzend fallen und die Metallfedern im Innern der Matratze empfingen sie wie unzählige starke Hände.

Mit zufriedenem Lächeln starrte Nefhiliel zur Decke und fragte sich eigentlich nur noch, vor welchen anderen Wundern der Welt ihr Vater sie so lange versteckt hatte.

»Was willst du, Rhaflit?«, fragte Kerellic genervt und verschränkte die Hände hinter dem Kopf.

Der Schmied lag auf einem Bett, eingesperrt in einer kleinen Zelle, doch nicht in Ketten gelegt. Auf einem Tisch lagen die Reste der letzten Mahlzeit und ein Oberlicht vertrieb die Finsternis aus dem Raum.

Die Strafe glich bei näherer Betrachtung eher einem lockeren Hausarrest, fand Rhaflit. Er räusperte sich und schob eine große

Papierrolle über die Durchreiche in den eingeschränkten Herrschaftsbereich des Zwergs.

»Das hier sind die ersten Pläne, die Duib und ich angefertigt haben«, sagte er. »Es sind ein paar recht filigrane Teile dabei … denkst du, dass dir das gelingt?«

Kerellic grunzte etwas Unverständliches zurück, griff sich aber den Bauplan. Er studierte ihn eine Weile schweigend.

»Das ist der Antrieb«, erklärte der gnomische Ingenieur. »Also ohne die Krafterzeugung.«

»Was soll das Ding denn tun?«

»Das sind Propeller«, verkündete er stolz. »Ein Antrieb sorgt dafür, dass sie sich drehen. Und durch ihre Form … ist dir der leichte Schwung aufgefallen … drücken sie die Luft nach hinten und das Flugzeug nach vorn.«

»Und das soll funktionieren?«

Er zuckte die Achseln. »Wenn es schnell genug ist, dann müsste die Maschine sich durch die Flügel in der Luft halten.«

»Ich hab noch keinen Vogel gesehen, der Propeller hat«, warf Kerellic ein und rollte den Plan wieder zusammen.

»Natürlich nicht, Dummkopf!«, blaffte Rhaflit zurück. Er riss erschrocken die Augen auf, doch Kerellic überging die Beleidigung mit einem weiteren Grunzen. »Aber es ist schier unmöglich, bei einer solchen Größe bewegliche Flügel zu konstruieren. Die Kräfte wären zu enorm und würden sie einfach in Stücke reißen.«

»Darum die … Propeller?«

Er nickte. »Hast du einen Vogel einmal genau beobachtet? Er fliegt, indem er sich kurz mit den Flügeln nach vorne antreibt, aber dann gleitet er nur auf ihnen dahin … Durch die Propeller können wir hoffentlich genug Schub erzeugen, der es uns dann ermöglicht, einfach mit den Flügeln auf dem Wind zu gleiten.«

»Klingt verrückt.«

Er wedelte abwehrend mit den Händen. »Ach, das sagst du jedes Mal.«

»Und ich habe ja auch immer recht.«

Rhaflit stöhnte laut. »Wie auch immer. Kannst du es bauen?«

Kerellic gähnte demonstrativ. »Sobald ich hier raus bin, kann ich anfangen. Wäre doch gelacht, wenn du dich nicht noch umbringen könntest.«

»Danke.« Er schwieg einen Moment und starrte durch das kleine vergitterte Loch in der Tür auf den Zwerg. »Ich soll dir auch von Duibel ausrichten, dass es ihm leidtut.«

Kerellic brummte leise. »Ist schon in Ordnung.« Er drehte sich noch einmal herum. »Ist irgendwas Interessantes passiert? Seit ein paar Stunden ist hier ziemlich viel los.«

Rhaflit nickte eifrig. »Die Elfen sind angekommen. Die Hohe Tochter persönlich!«

Kerellic stieß einen Laut aus, der irgendwo zwischen missmutigem Brummen und wütendem Knurren lag. »Und ich sitze hier fest.«

Rhaflit hörte ihm nur mit einem Ohr zu, er war bereits wieder in seine Baupläne und Berechnungen vertieft. »Jaja, genau, heute Abend feiern wir ein Fest zu ihren Ehren.«

»Vor der Thronhalle?«

»Ich glaube, es kommen alle.«

»Hörst du überhaupt zu, was ich sage?«

»Oh, ich bin sicher, es gibt ein Gelage«, antwortete der Gnom und kicherte.

»Rhaflit!«, brüllte der Schmied und riss ihn zurück in die Wirklichkeit. »Ich rede mit dir!«

»Tut mir leid«, antwortete er mit einem entwaffnenden Lächeln. »Ich bin nur so aufgeregt wegen der Flugmaschine.«

Der Zwerg seufzte entnervt. »Wir werden sie auch bauen. Aber auf einen Tag kommt es nicht an.«

Rhaflit zögerte erst, doch dann nickte er. »Du hast recht.« Er betrachtete den Schmied, der vergeblich versuchte, es sich auf der Pritsche bequem zu machen. »Es tut mir sehr leid, dass du hier festsitzt … Ich glaube, ein bisschen ist das auch meine Schuld.«

Kerellic machte eine wegwerfende Handbewegung. »Vergiss es. Ich habe meinen Schwur gebrochen, nicht du.«

»Als du den Schwur geleistet hast, wollte ich auch noch nicht fliegen«, räumte Rhaflit kleinlaut ein.

Kerellic lachte schnaubend. »Ich hätte wissen müssen, dass du total bekloppt bist.«

Rhaflit nickte erst, protestierte dann jedoch mit einem lauten: »Hey!«

Der Zwerg kicherte gehässig. »Doch, doch. Ich glaube sogar, manchmal kann man deine Verrücktheit riechen.«

Er zuckte gleichgültig die Achseln. »Wie du meinst.« Es war sinnlos, sich mit Kerellic zu streiten. Und er wusste auch, dass der Zwerg nur Spaß machte.

»Ich bringe die Pläne zurück in mein Haus«, sagte er zum Abschied. »Das Fest wird bald anfangen.«

»Falls mich jemand sucht, ihr wisst ja, wo ihr mich findet«, erwiderte der Schmied missgelaunt und wandte ihm demonstrativ den Rücken zu.

Duibel klopfte aufgeregt an Rhaflits Tür. Die Elfen waren endlich angekommen! Er selbst verließ Invar nur äußerst selten und bis in die Heimat ihrer Besucher war er schon gar nicht gekommen. Er hatte sogar erst ein einziges Mal eine menschliche Siedlung betreten.

»Bist du so weit?«, fragte er durch die dicke Tür hindurch, wobei er von einem Bein aufs andere wippte. »Das Fest wird jeden Moment beginnen.«

Aus dem Innern des kleinen Hauses vernahm er Bewegung und das gemurmelte Gezeter seines Freundes.

»Jetzt beeil dich«, drängte er wieder. Er wollte auf keinen Fall zu weit weg vom König und den Gästen sitzen. Ganz Invar würde bei dem Fest aufkreuzen. Vielleicht nicht alle auf einmal, aber dennoch würde der Platz über den Abend verteilt sicherlich niemals weniger als zweitausend Personen beherbergen. Eine Menge, in der ein einzelner Gnom nur zu leicht übersehen wurde.

»Jaja«, hörte er Rhaflits genervte Stimme direkt hinter der Tür. Schließlich trat der Ingenieur auf die Straße hinaus. »Das Fest wird doch den ganzen Abend gehen«, sagte er kopfschüttelnd.

»Ich will sie aber auch sehen«, erwiderte Duibel. »Die Hohe Tochter soll sehr hübsch sein.«

Rhaflit zuckte die Achseln. »Sie ist eine Elfe, was interessiert dich das?«

»Ich habe einfach noch nie einen Elfen gesehen.« Er deutete auf Rhaflits Levitationsring. »Ich hatte keine Audienz beim König.«

Er seufzte genervt, hielt Duibel jedoch nicht länger auf.

Die Straßen waren bereits verdächtig gefüllt. Von überall strömten Gnome und Zwerge zum großen Platz vor der Thronhalle. Duibel fürchtete schon, dass sie irgendwo weit hinten und abgeschlagen von den Gästen enden würden.

Unterwegs begegnete ihnen Gnitzlik, der sie aufgeregt zu sich heranwinkte. »Ralthin muss ein Experiment betreuen«, setzte er sie sofort ins Bild. »Darum … wärt ihr so nett, mich zu schieben? Der Weg ist für einen alten Gnom doch recht weit.«

Duibel strahlte vor Glück. Mit Gnitzlik an ihrer Seite wäre ihnen ein Platz in der Nähe des Königs sicher. Sogar Rhaflit schien sich darüber zu freuen. Der exzentrische Gnom genoss die Aufmerksamkeit, die seine Flugversuche ihm einbrachten. Und der Gedanke, einen Abend nicht im Mittelpunkt zu stehen, schien auch ihn nicht zufriedenzustellen.

»Aber gern, Erster Ingenieur!«, rief Duibel freudig und schob Gnitzliks Rollstuhl an.

»Es soll ein großes Fest werden«, sagte der alte Gnom. »Größer als jedes Fest der letzten fünfzig Jahre.«

»Armer Ralthin«, bemerkte Rhaflit. »Er verpasst den ganzen Spaß.«

»Genauso wie die Gebirgsläufer«, ergänzte Gnitzlik.

»Die Gebirgsläufer …«, rief Rhaflit plötzlich und blieb wie angewurzelt stehen. »Das hatte ich ja völlig vergessen!«

Duibel hielt inne und auch der Erste Ingenieur blickte den exzentrischen Gnom neugierig an. »Was ist los?«

Rhaflit rang sichtlich mit sich selbst. Schüttelte immer wieder den Kopf, nur um dann doch zweifelnde Grimassen zu schneiden. »Ich weiß nicht«, gestand er schließlich. »Ich glaube … ich glaube, ich habe etwas Schlimmes gesehen.«

»Und was? Los, raus damit!« Duibel wurde ungeduldig. Wenn sie noch länger trödelten, würde ihnen selbst Gnitzliks Begleitung keinen guten Sitzplatz mehr garantieren.

Rhaflit schüttelte abermals den Kopf und winkte ab. »Ach, es ist bestimmt nichts. Bloß Einbildung.«

Duibel baute sich drohend vor ihm auf. »Mach's Maul auf!« Er imitierte dabei gekonnt Kerellics Stimme und Betonung, was ein kurzes Lächeln auf Rhaflits Lippen brachte, ehe die Züge des Ingenieurs sich wieder verfinsterten.

Sein Blick sprang zwischen Duibel und Gnitzlik hin und her, und er senkte die Stimme: »Orks. Ich glaube, ich habe Orks gesehen.«

Duibel schnappte hörbar nach Luft, doch Gnitzlik gemahnte beide zur Ruhe. Bevor er sprach, vergewisserte er sich, dass sie nicht zufällig belauscht wurden. »Wieso glaubst du das?«

»Im Traum«, begann Rhaflit zu erklären. »Ich habe meinen Flug im Traum noch einmal erlebt. Und all die Bilder gesehen, die ich beim Überfliegen nur flüchtig wahrgenommen habe.«

»Doch im Schlaf vergeht die Zeit langsamer, nicht wahr?«, bemerkte Gnitzlik kopfnickend.

Rhaflit stimmte freudig zu. »Darum konnte ich plötzlich Dinge sehen, die mir während des Fluges nicht aufgefallen waren.«

»Oder Dinge, die du dir im Traum eingebildet hast«, gab Duibel zu bedenken.

»Es gab einmal einen Gnom – ach, wie war nur sein Name –, der versuchte, diesen Effekt auch im Wachsein zu erzeugen«, sagte Gnitzlik und wirkte dabei gedankenverloren. »Er sprach von einer Erweiterung des Bewusstseins.«

»Hanafa Dochin«, zitierte Duibel sein Wissen aus dem Geschichtsunterricht. »Am Ende hatte er eine Pflanze gezüchtet, deren Blätter er in die Schmiedefeuer beimischte.«

»Genau«, sagte Gnitzlik, als seine Erinnerung wieder einsetzte. »Was für ein Schlamassel!«

»Wieso?«, fragte Rhaflit, der die Geschichte nicht kannte.

»Na ja, die Pflanze erweiterte zwar den Geist der Schmiede, machte sie aber auch unglaublich albern und ungeschickt.«

»Aus diesem einmaligen und kurzen Test resultierten mehrere gebrochene Finger und Handgelenke von fehlgeleiteten Hammerschlägen«, sagte Gnitzlik.

»Und einige Schwerter, deren Klinge so dünn geschlagen war, dass sie sich beinahe wie eine Peitsche führen ließen.«

Rhaflit zuckte die Achseln. »Das klingt zumindest interessant.«

»Nutzlos«, wiegelte Gnitzlik ab. »Hanafa wurden weitere Versuche an den Schmieden verboten, darum verwandelte er dann sein Haus in eine regelrechte Räucherkammer.«

»Und hatte er Erfolg?«

»Nein«, sagte Duibel. »Er verlor den Verstand.«

»Oh …«

»Könntest du uns jetzt endlich erzählen, was genau du gesehen hast?«, unterbrach Duibel ihn und fuchtelte dabei wild mit den Armen.

Rhaflit holte tief Luft, wie um sich selbst Mut zu machen. »Ich flog gerade die Kurve über die nordwestliche Bergkuppe. Da hab ich eine Gruppe Orks gesehen. Nicht viele, ich schätze fünf oder sieben.«

»Hier? Auf Invars Rücken?«, fragte Gnitzlik ungläubig und auch leicht beunruhigt, fand Duibel.

Rhaflit nickte.

»Und hast du es schon Kerellic oder Khûlgrim erzählt?«

Er schüttelte den Kopf.

»Warum nicht?«

»Ich hatte Angst, sie würden mir nicht glauben.«

Gnitzlik seufzte. »Das war dumm. Ziemlich dumm.« Er drängte zur Eile. »Los, sofort! Wir müssen es Arlon erzählen.«

»Sicher? Gleich dem König?«

Der Erste Ingenieur belegte Rhaflit mit einem eisernen Blick, den Duibel noch nie zuvor an dem alten Gnom beobachtet hatte. »Ja. Das hier duldet keinen Aufschub.«

Sie schlängelten und drängelten sich durch die größer werdende Menge. Zwerge wie Gnome waren gekommen, um die Elfenprinzessin zu sehen. Außerdem kursierte das Gerücht, dass Arlon schon wieder eine neue Rüstung brauchte, da sein Bauch der letzten einmal mehr entwachsen war.

Duibel hatte den König erst vor wenigen Tagen bei Kerellics Verhandlung gesehen und konnte sich eigentlich nicht vorstellen, dass der Zwergenkönig in diesen wenigen Stunden noch fetter geworden war. Aber er konnte sich natürlich auch irren.

»Arlon!«, rief Gnitzlik so laut er konnte über die Menge hinweg. »Arlon!«

Sie konnten den König noch nicht einmal sehen, doch die umstehenden Zwerge und Gnome erkannten Gnitzlik und die Dringlichkeit in seinem Tonfall. Die Masse teilte sich vor ihnen wie eine Herde Schafe, in deren Mitte man einen Wolf aussetzte.

Schließlich entstand ein schmaler Gang, der den Blick auf Arlon und die elfische Gefolgschaft freigab. Duibel bemerkte gar nicht, wie der Zwergenkönig zu ihnen aufsah und die Brauen besorgt zusammenzog.

Sein Blick fiel auf die Elfenprinzessin, die still neben ihm saß und die Szenerie mit weit geöffneten Augen beobachtete. Duibel wusste, dass ihr letzter Besuch in der Zwergenfestung schon viele Jahre zurücklag und er konnte sich gut vorstellen, dass Zwerge und Gnome für sie ebenso fremd waren, wie ihre ebenmäßigen Züge es für ihn waren.

Gnitzlik schubste Rhaflit nach vorn. »Los, rede!«

Arlons Blick heftete sich an Rhaflit, und der junge Ingenieur schluckte schwer. »Großer König … nein, das ging anders. Ehrenwerter König … Mein König …«

»Komm zur Sache, Junge«, unterbrach Arlon ihn ungeduldig. »Wir wollen mit der Feier zu Ehren der Prinzessin beginnen.«

Rhaflit holte einmal tief Luft und sammelte seinen ganzen Mut. »Ich habe Orks gesehen, mein König.«

Um sie herum erstarben plötzlich sämtliche Gespräche. Augenpaare wurden auf sie gerichtet, Ohren gespitzt. Rhaflit hatte ein Talent für große Auftritte, und auch dieser war ihm grandios geglückt, das musste Duibel schon anerkennen. Allerdings hegte er starke Zweifel, ob sein Freund diesen neuerlichen Ruhm auch tatsächlich genoss. Mit jeder Sekunde, die verstrich, schien das Getuschel um sie herum lauter zu werden.

»Wo?«, war die einfache Frage des Zwergenkönigs.

»In der Nähe des Nordwestpasses.« Die Antwort kam so schnell und mit solcher Überzeugung, dass Arlon die ganze Sache nicht sofort als Unsinn abtat.

Der König wollte gerade antworten, als Khûlgrim ihm die Hand auf die Schulter legte und ihn so zurückhielt. »Gundarik und seine Jungs sind noch nicht zurück.«

Arlon schüttelte sich leicht, wobei sich seine geflochtenen Zöpfe wie ein Schlangennest wanden. »Bleiben sie nicht häufiger etwas länger?«

Der General nickte. »Deshalb haben wir uns auch keine Sorgen gemacht.«

Arlons Kiefer mahlten aufeinander. Duibel stellte sich vor, wie der Zwergenkönig mit seinen bloßen Zähnen dabei Granit zu Staub zermalmen konnte, und verkniff sich im letzten Moment ein unangebrachtes Kichern.

Arlon wandte sich an Khûlgrim. »Schick ein paar Jungs los. Sie sollen Gundarik finden und zurückbringen. Der Nordwestpass soll abgesucht werden. Zwei Tage, dann will ich sie sprechen.«

Der General nickte und verschwand in der Menge.

»Das ist alles?«, fragte Rhaflit verwundert.

Arlon nickte geduldig. »Was sollte ich deiner Meinung nach tun? Die komplette Schildwache aussenden? Auf einen bloßen Verdacht hin?«

Rhaflit biss sich auf die Lippe.

»Junge …«, Arlon legte ihm väterlich eine Hand auf die Schulter. »Ich sage ja nicht, dass es völlig unmöglich ist, aber es ist einfach sehr unwahrscheinlich, findest du nicht?«

Dann wandte er sich wieder an die versammelte Menge: »Heute Abend wollen wir feiern! Zeigt unseren elfischen Gästen, wie man richtig Spaß hat!«

Irgendwo setzte Musik ein, und nach und nach verbesserte sich die Laune aller Anwesenden.

Duibel und Rhaflit blieben bei Gnitzlik am Tisch und somit in unmittelbarer Nähe zu den Elfen, was dem jungen Gnom sehr gefiel. Der Erste Ingenieur unterhielt sich angeregt mit ein paar der älteren Schmiede, während Rhaflit besorgt auf die steinerne Tischplatte starrte.

»Ist es hier immer so … geschäftig?«, drang eine glockenhelle Stimme an Duibels Ohr und er schreckte auf.

Die Elfenprinzessin! Sie hatte ihn direkt angesprochen!

Er räusperte sich verlegen.

»Nun … ich … äh … glaube … Nein. Nicht immer.«

Sie lächelte ihn direkt an. Strahlend weiße Zähne blitzten zwischen hellroten Lippen auf und mandelförmige Augen funkelten wie Saphire in einem Meer aus goldenen Haarsträhnen.

»Ich mag es«, sagte sie. »Es ist wie bei uns zu Hause.«

»Wirklich?«, platzte es aus Duibel heraus. »Wie ist es im Elfenwald?«

Sie neigte leicht den Kopf, wobei ihre Haare wie ein Wasserfall über ihre Wangen liefen. »Nun, unsere Feste sind ähnlich, aber sie beginnen mit dem Höchststand der Sonne. Dann versammeln wir uns auf der Lichtung, bitten den Wald um seinen Segen für unsere Feier. Wenn er ihn gewährt, lässt er Tische und Bänke wachsen. Wir essen Früchte und Fleisch, singen und tanzen. Es gibt Aufführungen von Nachstellungen unserer Geschichte – es würde dir gefallen.«

Duibel nickte, auch wenn er nur die Hälfte ihrer Worte verstanden hatte. Es war nicht so, dass er ihr nicht zuhören wollte, sondern vielmehr so, dass ihre Stimme wie eine himmlische Melodie war, die seinen Geist benebelte. Er verlor sich darin. »Das klingt herrlich!«

Plötzlich fiel ihm auf, dass einer der Elfen ihn eindringlich musterte. Ein wenig zu eindringlich für Duibels Geschmack. Gerade als es dem Gnom unangenehm wurde, hob der Elf seinen Krug und prostete ihm zu. »Du solltest dir einmal unsere Heimat ansehen, junger Gnom. Die Prinzessin hat dir nur eines der unzähligen Wunder geschildert.«

»Es muss unvorstellbar schön sein«, stammelte Duibel, richtete den Blick dabei jedoch wieder auf die Prinzessin.

Der Elf lachte leise. »Ja, das ist sie, nicht wahr?«, fragte er. Und mit einem vielsagenden Augenzwinkern fügte er hinzu: »Unsere Heimat, meine ich.«

»Mein lieber Culnauir«, sagte Prinzessin Nefhiliel. »Du bringst unseren jungen Freund noch in Verlegenheit! Wie heißt du eigentlich?«

»Duibel!«, rief er laut. Ein wenig zu laut, da kurzzeitig alle am Tisch in ihren Gesprächen innehielten und zu ihnen hinübersahen. »Ich bin einer der Ingenieursmeister.«

»Oh.« Nefhiliel hob erstaunt die Augenbrauen. »Du siehst noch recht jung aus, verzeih mir.«

Duibel winkte ab. »Ist schon gut.«

Gnitzlik lachte. »Er ist Mirzons Erbe! Und einer der begabtesten Erfinder, die wir haben!«

»Wirklich?« Nefhiliels Augen leuchteten hell. »Ich würde zu gern die Werkstätten besuchen und deine Erfindungen mit meinen eigenen Augen sehen.«

»Übermorgen?«, fragte Duibel schon halb freudentaumelnd.

Sie wollte ihm gerade antworten, als lauter Trubel ausbrach. Die Darbietungen des Abends begannen, doch bevor ihre Aufmerksamkeit vollends von den zwergischen und gnomischen Schaustellern in den Bann gezogen wurde, nickte sie ihm noch freundlich zu.

Eine Gruppe aus zehn jungen Schmieden trat vor. Alle bis auf einen hielten zwei Schmiedehämmer in den Händen. Dieser eine Zwerg machte auch den Eindruck, überaus betrunken zu sein. Duibel konnte kaum fassen, was er da sah. Wie konnte man sich an einem solch wichtigen Abend betrinken?

Seine neun Gefährten blicken fassungslos drein und schüttelten säuerlich den Kopf. Dann begannen sie, die Hämmer zu jonglieren und sich gegenseitig zuzuwerfen. Dabei bildeten sie einen Kreis um den betrunkenen Kameraden und beschimpften ihn mit unflätigen Beleidigungen.

Nefhiliel beobachtete das Spektakel aufmerksam, zeigte sich ob der derben Ausdrucksweise aber ein wenig überrascht.

»Ah, das Tagwerk gegen den Ruhetag«, sagte Gnitzlik lachend. »Wie lange habe ich das schon nicht mehr gesehen!«

Duibel versuchte noch, die Worte des Ersten Ingenieurs zu deuten, als der betrunkene Zwerg seinerseits zwei Hämmer hervorholte und in die Jongliernummer mit einstimmte. Plötzlich warf er den anderen Zwergen einen Hammer zu, und die Gruppe aus neun Werktagen versuchte, das zusätzliche Arbeitsgerät in den eigenen Rhythmus zu integrieren.

Immer wilder flogen die Hämmer umher, kreuz und quer im Kreis, und der Ruhetag schnappte sie aus der Luft und verteilte sie wahllos unter den anderen.

Duibel konnte keine feste Abfolge der Bewegungen ausmachen, doch er war gebannt, mit welcher Geschwindigkeit die Zwerge jeden Schmiedehammer umherwirbelten.

Es wurden mehr und mehr Schmiedehämmer geworfen und irgendwann jonglierte jeder Zwerg mit fünf der schweren Schlagwerke.

Und immer noch tanzte der betrunkene Ruhetag in der Mitte, wirbelte umher wie ein Sturm und verteilte Hammer um Hammer.

Bis schließlich der erste Werktag einen Hammer fallen ließ.

Und plötzlich fielen immer mehr Hämmer zu Boden.

Stahl klirrte auf Stein, bis jeder Werktag nur noch einen Hammer übrig hatte.

Die neun Zwerge hielten inne und nahmen Maß. Sie zielten auf den tanzenden Ruhetag und holten zum Wurf aus.

Anstelle den Zwerg mit neun schweren Hammerköpfen zu bewerfen, stießen sie einen kurzen Schrei aus und verschwanden alle aus der improvisierten Arena.

Die Zuschauer klatschten in die Hände und jubelten laut, ehe sie wieder die Bierkrüge erhoben und die Musik erneut einsetzte.

»Ich fürchte, ich verstehe nicht ganz, was dieses Spiel zeigen sollte«, gestand Nefhiliel.

Duibel hatte selbst keine Erklärung, also wandte er sich Hilfe suchend an Gnitzlik.

Der wiederum gab das Wort an den König selbst weiter, der am lautesten von allen Zuschauern gelacht hatte.

Arlon rückte seinen Gürtel zurecht, der noch immer dieselbe Rüstung umschloss wie zu Kerellics Verhandlung.

»Es ist die Darstellung einer alten Weisheit«, begann der König und Nefhiliel hörte ihm aufmerksam zu. »Sie handelt davon, dass man seine Arbeit nicht am Ruhetag verrichten soll. Der Körper wie auch der Geist braucht Erholung. Natürlich neidet das Tagwerk dem Ruhetag den Müßiggang, doch sobald man versucht, ständig zu arbeiten, macht man Fehler.«

»Eine sehr gelungene Darstellung«, sagte Nefhiliel mit einem Lächeln. »Und überaus unterhaltsam.«

Arlon lachte leise. »Du wirst noch viele unserer Bräuche kennenlernen, Hohe Prinzessin! Ganz Invar ist erfreut, dass du uns besuchst.« Er prostete ihr mit seinem Bierkrug zu und richtete den Blick dann wieder auf die Arena, in die bereits die nächsten Schausteller einliefen.

Duibel lehnte sich lächelnd zurück. *Nicht bloß Invar ist erfreut,* dachte er, während er einen verstohlenen Blick auf die hübsche Elfe warf. Er würde sich noch sehr lange an diesen Abend erinnern, dessen war er sich sicher.

DIE BEDEUTUNG DES GLÜCKS

Dolantan hievte den schweren Eimer auf den Rand der Tränke und goss das Wasser langsam hinein. Dabei ließ er äußerste Vorsicht walten. Auch wenn das Wasser aus dem Fluss hinter der Schänke kostenlos war, so würde er jeden verschütteten Tropfen noch einmal aus dem Strom schöpfen und in den Stall schleppen müssen.

Als er sich wieder aufrichtete und den Rücken streckte, stöhnte er leise auf. Sich um den Stall zu kümmern, war harte Arbeit, die ihm noch am nächsten Tag in den Knochen steckte, doch er arbeitete lieber außerhalb der Schänke als in Reichweite seines Vormunds.

Hier im Stall hatte er wenigstens seine Ruhe. Und solange er die Arbeit bis zum Abend erledigt hätte, würde ihn der Alte auch weiterhin in Ruhe lassen.

In dem abgetrennten Abteil neben ihm schnaubte das Pferd der Blutklinge. Es war ein schönes Tier. Nachtschwarz und mit glänzendem Fell, das bei Sonnenlicht fast bläulich schimmerte.

Dolantan achtete auf dieses Tier ganz besonders. Wobei er sogar für einen kurzen Moment überlegt hatte, das Tier absichtlich in der Kammer unter dem löchrigen Dach abzustellen, sodass es krank wurde und die Blutklinge dann dem Vormund die Schuld dafür gab. *Und dann … dann bringt er ihn um!*, dachte er immer.

Aber er konnte dem Tier nicht absichtlich schaden. Nein, er kümmerte sich lieber ausgesprochen gut um das schöne Geschöpf, in der Hoffnung, dass Vargan ihn dafür belohnte.

Er nahm eine Handvoll Stroh und rieb dem Tier damit den Hals ab, brachte das Fell zum Glänzen. Am ersten Abend hatte die Stute sich kaum von ihm berühren lassen, doch mittlerweile stupste sie ihn sogar mit den Nüstern an, wenn er in ihrer Nähe war. So lange, bis er ihr ein wenig mehr Zuwendung gewährte.

»Liebes Mädchen«, flüsterte er ihr ins Ohr. »Du bist eine feine Dame, da wollen wir dich mal hübsch machen.«

Die Stute blickte ihn aus großen Augen an, und er hatte das Gefühl, als würde sie ihn verstehen.

»Wie ist wohl dein Name?«, sinnierte er vor sich hin, während er ihren Hals sanft streichelte.

»Shyndari«, ertönte die Stimme des Mörders hinter ihm.

Dolantan fuhr erschrocken zusammen und zog instinktiv den Kopf ein. »Ich habe ihr nichts getan, Herr!«, beeilte er sich zu sagen.

Die Blutklinge lachte leise. »Ich weiß. Keine Sorge.« Der Kopfgeldjäger trat neben ihn und legte dem Pferd in einer fast liebevollen Geste die Hand auf die geblähten Nüstern. »Ich weiß, dass du gut zu ihr bist«, sagte er mit Blick auf das Pferd in einem seltsam sentimental anmutenden Flüsterton. »Sonst hätte ich niemals zugelassen, dass du sie berührst.«

»Was bedeutet der Name?«, wagte Dolantan sich nach einem Moment der Stille nach vorn.

Der Mörder verzog die Lippen zu einem dünnen Lächeln. »Er bedeutet nichts. Und alles. Sinnliche Frau, die im Mondlicht tanzt. Das Wasser des Sees perlt über ihren Körper, lässt sie glitzern.« Er schloss die Augen. »Ihre Berührung …« Er fuhr mit der Linken vorsichtig an seiner Wange entlang, so als wolle er sich erinnern. »Ihre Berührung lässt dich allen Schmerz vergessen, lässt dich die Wärme spüren.« Einen kurzen Moment schwieg er lächelnd, dann seufzte er leise. »Das alles bedeutet ihr Name.« Plötzlich wandte er sich wieder zu ihm um. »Aber bist du zu den anderen Tieren denn auch so gut wie zu Shyndari?«

Dolantan wollte bereits bejahen, als ihm klar wurde, dass es eine Lüge wäre. Und dass Vargan ihn vermutlich schon länger beobachtete, also blickte er nur betreten zu Boden. »Ich fürchte, ich habe Eurem Tier mehr Zeit gewidmet.«

»Und warum?« Der weiche Ton war aus seiner Stimme gewichen. Mit einem Mal schien Vargan wieder völlig unnahbar.

Er zögerte einen Augenblick, entschied sich dann jedoch für die Wahrheit: »Ich … ich hatte gehofft, dass Ihr mich dafür belohnen würdet.«

Der Kopfgeldjäger nickte. »Und warum gerade ich? Könnte dich nicht einer der anderen Gäste belohnen? Denkst du, ihnen liegt weniger an ihren Tieren?«

»Nein … ich …« Dolantan ließ die Schultern hängen. »Ich weiß es nicht.«

Nun wandte sich der Mann ihm völlig zu, zwang ihn, seinem Blick zu begegnen. »Unsinn. Du weißt es.« Er musterte ihn eingehend. »Sag mir, Junge, was willst du vom Leben?«

Er zuckte die Achseln. »Glück?«

Die Antwort schien den Mann nicht zu befriedigen. »Geht es noch ein wenig ungenauer?« Er schüttelte den Kopf. »Was bedeutet für dich Glück?«

Dolantan kratzte sich am Kopf. Noch niemals zuvor hatte ihm jemand diese Frage gestellt. Verdammt, sogar er selbst hatte sie sich noch nie gestellt! Er legte den Kopf schief und versuchte, an einen glücklichen Moment zu denken, der ihm vielleicht eine Antwort liefern könnte.

Hatte er jemals *echtes* Glück empfunden? Er freute sich, wenn er im Stall arbeiten konnte, weil er dann seine Ruhe vor dem Wirt hatte – aber war das Glück? War es Glück, wenn er einen Tag ohne Schläge überstand?

»Ist es so schwer?«, fragte der Kopfgeldjäger mit beinahe amüsiert klingender Stimme.

»Ich weiß es nicht«, gestand er schließlich.

»Glück ist ein großes Wort, nicht wahr?« Vargan tätschelte sanft Shyndaris Flanke. »Versuchen wir es anders. Wie möchtest du sein, wenn du ein Mann bist?«

»So wie Ihr!«, platzte es sofort aus Dolantan heraus.

Der Kopfgeldjäger schüttelte den Kopf. »Das willst du nicht, glaub mir.«

»Doch, das will ich«, beharrte er. »Ich will, dass die Leute zu mir aufblicken, dass sie mir den Weg frei machen. Dass sich niemand traut, sich mir in den Weg zu stellen! Dass ich tun kann, was ich will.«

Vargan wollte schon widersprechen, hielt dann jedoch inne und lächelte plötzlich. »Du willst frei sein«, stellte er schließlich fest. »Das bedeutet Glück für dich, hab ich recht?«

Dolantan hatte noch nie wirklich darüber nachgedacht, aber die Worte ergaben einen Sinn. Ja, er wünschte sich nichts sehnlicher, als sein Leben selbst zu bestimmen. Frei von Menschen, die ihn besaßen, die über ihn bestimmten.

»Ja«, antwortete er leise. »Ich will frei sein.«

Die Blutklinge zuckte die Achseln. »Warum nimmst du sie dir dann nicht, die Freiheit?«

Er runzelte die Stirn. »Wie?«

»Nimm deine Sachen und geh«, schlug der Mann vor. »Am Fluss entlang zur Küste.«

Dolantan schüttelte den Kopf. »Das könnte ich nicht.«

»Dann ist die Freiheit wohl nichts für dich.«

»Doch!«, schrie er seine Frustration heraus. »Ich weiß nur nicht, wie!«

Vargan legte den Kopf in den Nacken und bewegte die Lippen, als würde er sprechen. Dolantan versuchte zu erkennen, welche Worte er formte, doch es gelang ihm nicht.

»Also schön, Junge«, sagte er, als er ihn wieder anblickte. »Ich werde es dir beibringen.«

»Wirklich?«

Er drehte sich kommentarlos um und ging zum Stalltor. »Kommst du?«, fragte er, dann trat er hindurch.

Dolantan brauchte keine zweite Aufforderung, sondern stürmte los. *Es ist egal, ob ich heute Abend Schläge kriege*, dachte er. *Das hier ist es wert.*

Vargan führte ihn ein Stück den Fluss hinauf. Kurz nachdem sie die Siedlung verlassen hatten, wucherten die Sträucher unkontrolliert am Flussufer und schon bald bewegten sie sich durch dichtes Unterholz.

Mit einem Mal wurde Dolantan wieder bewusst, mit wem er hier gerade unterwegs war.

Vargan, die Blutklinge, führte ihn in einen dunklen Wald. Allein und ohne dass sein Vormund überhaupt wusste, wo er war. Wobei … hätte es den alten Drecksack überhaupt gekümmert?

Dennoch, ein Rest von Unbehagen blieb.

Schließlich hielt der Mörder an, am Rande einer kleinen Lichtung.

»Wenn du deine Freiheit möchtest, dann musst du sie im Zweifel auch verteidigen können«, sagte er ernst.

»Wollt Ihr mir beibringen, wie man kämpft?«, fragte Dolantan aufgeregt.

Die Blutklinge lachte. »Ich werde dir zeigen, wie man überlebt, Junge. Und hör auf, mir so förmlich zu begegnen. Ich bin Vargan.«

Dolantan wollte bereits etwas erwidern, als der Meuchelmörder ihn tief in die Hocke drückte.

»Sieh!«, sagte er und deutete auf die Lichtung.

Dolantan blickte angestrengt zum Zentrum der kreisförmigen Lichtung. Sie maß vielleicht fünfzehn Meter in jede Richtung. Kurz sinnierte er, wie viel das wohl in dem alten Längenmaß ausmachte, doch er gab es auf. Er war mit dem zwergischen Metermaß aufgewachsen. Und die Menschen hatten es nur zu bereitwillig angenommen, um mit den Zwergen einfacher Handel treiben zu können.

Vargans Atem ging ruhig und gleichmäßig, doch Dolantan hatte das Gefühl, die wachsende Ungeduld in dem gefährlichen Mann zu spüren.

»Ich weiß nicht, was ich sehen soll«, sagte er schließlich.

»Nichts«, antwortete die Blutklinge. »Dort ist nichts. Und alles. Du könntest hier eine Hütte bauen, geschützt durch die Bäume, nah am Wasser – du könntest hier leben. Allein und in Frieden. Oder mit einer Frau, falls du dir eine suchst.«

»Ich verstehe nicht.«

Vargan lachte leise. »Die Welt ist voll von leeren Flecken, Dolantan. Von Orten, die man zu seinem Zuhause machen kann. Du musst dir nur einen suchen, der dir gefällt, und ihn zu deinem machen.«

»Aber wie? Ich habe weder Gold noch Schwert.«

Der Mann nickte. »Ich weiß. Aus diesem Grund wirst du mein Diener.«

»Wirklich?«

Er nickte. »Ich werde dir beibringen, wie man überlebt. Ich werde dir helfen, deine Freiheit zu erlangen.«

»Warum?« Dolantan konnte nicht verstehen, weshalb der Mann, der vor wenigen Nächten noch ein völlig Fremder für ihn gewesen war, ihm plötzlich half.

»Es ist Zeit für mich«, sagte Vargan leise und in Gedanken versunken. Dann schüttelte er den Kopf und blickte Dolantan fest in die Augen. »Wir werden uns von nun an hier treffen. Dein Vormund muss nichts davon erfahren.«

Der Junge nickte ergeben. »Erlaubt Ihr mir noch eine Frage? Was meintet Ihr mit dem Zeichen, in dem ich geboren bin?«

Vargan seufzte. »Es ist eine Schande, dass die alten Bräuche heute nicht mehr gelehrt werden.« Er lehnte sich gegen einen Baumstamm und verschränkte lässig die Arme vor der Brust. »Die Sterne, die im Moment deiner Geburt den Himmel bestimmen, bestimmen auch dich. Das Zeichen wird für immer ein Teil von dir sein.«

»Welches Zeichen tragt Ihr?«

Vargan gluckste und schloss lächelnd die Augen, als würde er eine schöne Erinnerung durchleben. »Den Feuerwolf. Ein einsamer Kämpfer am Himmel. Er jagt die anderen Zeichen, heißt es, mit Ausnahme des schlafenden Bären, den niemand zu reizen wagt.«

Dolantan runzelte die Stirn, erwiderte jedoch nichts.

»Früher glaubten wir Menschen daran, dass die Macht der Sterne in uns schlummert. Und wer im Einklang mit sich und seiner Umwelt ist, soll diese Kraft angeblich nutzen können.«

»Also … könnt Ihr die Kraft des Wolfs beherrschen?«

Vargan lachte schallend. »Das sind Märchen, Junge. Die Sterne sollen uns leiten, uns ein Ideal predigen, dem wir bedingungslos folgen sollen. Es sind alte Geschichten.«

Dolantan dachte einen Moment nach, bis er schließlich langsam nickte. »In gewisser Weise seid Ihr ein Feuerwolf. Ihr jagt Menschen für Celless und … einsam seid Ihr auch.«

Wieder brach der Mörder in Gelächter aus, doch der Ton hatte sich verändert. »Komm morgen wieder her.«

Vargan lag ausgestreckt auf dem Bett, das den Mittelpunkt seines kleinen Zimmers bildete, und starrte zur Decke, wenngleich er auch durch die beinahe vollkommene Finsternis kaum etwas von den leicht morschen Holzbalken erkennen konnte.

Feuerwolf. Der Gedanke brachte ihn wieder zum Schmunzeln. *Alte Bräuche für alte Zeiten.*

»Warum?«, flüsterte er.

Die Frage ging ihm nicht aus dem Kopf. Sie war so simpel, dennoch fiel ihm ihre Beantwortung so unglaublich schwer.

Es hatte in seinem Leben schon viele Jungen wie Dolantan gegeben. Und niemals hatte er einem von ihnen geholfen. Im Gegenteil. Nicht selten hatte er sein Schwert gezogen und ihnen mit dem Tod gedroht, wenn sie nicht sofort verschwänden.

Was war diesmal anders?

Nichts in seinem Leben hatte sich geändert. Er stand noch immer im Dienst von Celless' Gilde, tötete für Gold und begnügte sich damit, als Mörder gefürchtet zu sein.

Plötzlich lachte Vargan leise in der Dunkelheit.

Die Antwort war so einfach wie die Frage.

Es hatte sich nichts geändert.

DAS ERSTE BLUT

»Du hast was?«, kreischte Rhaflit hysterisch. »Du hast die Prinzessin in meine Werkstatt eingeladen? Bist du noch bei Verstand?«

Duibel senkte betreten den Blick. »Sie wollte so gerne sehen, woran wir arbeiten.«

»Und da öffnest du ihr einfach die Tür?« Rhaflit rollte hektisch seine Pläne zusammen und verstaute sie im Schrank. »Das ist immer noch *mein* Haus!«

»Sie wird dir deine Erfindung doch nicht stehlen«, versuchte Duibel den Freund zu beruhigen.

»Woher willst du das wissen?«

Die einfache Frage brachte Duibel ins Straucheln. Tatsächlich hatte er keine Ahnung, welche Absichten die Prinzessin verfolgte. Als Rhaflit schließlich sichtlich ungeduldig wurde, sagte er schlicht: »Ich vertraue ihr.«

Der Ingenieur schlug die Hände über dem Kopf zusammen. »Ich kann nicht glauben, was für einen Unsinn du hier redest.«

Duibel wollte sich bereits geschlagen geben, als ihm eine neue Idee kam: »Denk doch nur an die Aufmerksamkeit, die deine Arbeit erregen wird, wenn die Prinzessin ihrem Vater davon erzählt. Du wirst der bekannteste aller Gnome werden.«

Rhaflit zögerte einen Moment, schüttelte dann aber nur umso energischer den Kopf. »Ich will nicht, dass du einfach über meinen Kopf hinweg entscheidest.«

»Ich verstehe«, sagte Duibel und bemühte sich um einen demütigen Tonfall. Er wusste bereits, dass er gewonnen hatte. Rhaflit mochte paranoid sein, doch seine Geltungssucht würde letztendlich die Oberhand gewinnen.

»Na schön«, fuhr Rhaflit fort. »Wann kommt sie vorbei?«

»Sie will es sich ansehen, sobald du einverstanden bist«, antwortete Duibel und bemühte sich, sein verräterisches Grinsen zu verbergen.

»Dann bring sie her.«

Als Duibel gerade die Werkstatt verließ, schnitt Rhaflit ihm noch eine Grimasse. »Wir wissen beide, dass du mich übertölpelt hast.«

Duibel zuckte die Achseln. »Klar. Bist du böse?«

»Nein«, entgegnete sein Freund mit einem Lächeln. »Vielleicht können wir das Interesse der Prinzessin nutzen, um Kerellics Strafe zu mindern.«

»Was meinst du?«

»Na ja …« Rhaflit druckste ein wenig herum. »Es wäre doch toll, wenn wir eine erste Kostprobe der Flugmaschine geben könnten, solange die Elfen noch zu Besuch sind, nicht wahr?«

Duibel lachte und zog die Tür hinter sich zu.

Für einen frühen Morgen nach einem so rauschenden Fest war hinter überraschend vielen Werkstatttüren Gemurmel zu hören. Der Besuch der Elfen hatte nicht bloß Invar in helle Aufregung versetzt. Jeder Ingenieur in Ventril polierte seine schönsten Erfindungen, um sie der Prinzessin zu präsentieren. Dass Nefhiliel Rhaflits Werkstatt besuchte, hatte sich schneller verbreitet als das Ölfeuer vor zwanzig Jahren.

Duibel kicherte leise. Allein die Vorstellung, dass einer der anderen Ingenieure eine annähernd so wahnwitzige Erfindung parat haben könnte wie Rhaflit, war zu abwegig.

Die elfischen Gäste waren im Herzen Invars untergebracht. Direkt neben Arlon Eisenbarts eigenem Haus. Duibel hatte gehört, dass viele Herrscher an der Oberwelt, Elfen, Menschen – sogar die orkischen Kriegsfürsten –, in großen Palästen residierten. Doch Invar war anders. Platz war begrenzt, die große Halle war das einzige Zugeständnis an weltliche Herrschaftserwartungen, die man den Zwergen entgegenbrachte. Arlons Haus war nicht größer als das seiner Nachbarn.

Und in einem ebenso großen Haus gegenüber hatte man die Hohe Tochter des Elfenkönigs untergebracht. Ihr Leibwächter, Culnauir, und die Hohepriesterin wohnten ebenfalls nicht weit entfernt, darum wunderte es Duibel nicht, dass er beiden begegnete, als er durch Nefhiliels Tür trat.

Dass die Prinzessin ihn jedoch sofort persönlich begrüßte, überraschte ihn allerdings schon.

»Duibel, ich freue mich, dass du hier bist.«

Er ertappte sich dabei, wie er ihr strahlendes Lächeln für einen kurzen Moment zu lange mit seinem Blick fixierte, und wandte sich verlegen ab. »Ich habe mit Rhaflit gesprochen und er möchte Euch seine Pläne zeigen.«

Ihr Lächeln wurde noch ein wenig breiter. »Wie schön! Ich muss ihn aber auch gleich um Entschuldigung bitten. Mir war nicht bewusst, wie geheim Pläne üblicherweise sind. Und ich werde Rhaflit sofort sagen, dass ich nicht vorhabe, selbst eine Flugmaschine zu bauen.«

»Seid Ihr denn gar nicht um die Sicherheit der Hohen Tochter besorgt?«, erklang die Stimme der Priesterin und Duibel fuhr erschrocken herum. Er entspannte sich ein wenig, als er sah, dass Lyssetra offensichtlich mit Culnauir gesprochen hatte.

Der Elfenkrieger verzog kaum die Mundwinkel, als er antwortete: »Die Hohe Tochter muss mich nicht um Erlaubnis bitten, wenn sie sich eine Werkstatt ansehen möchte.«

»Aber als ihr Beschützer …«, begann Lyssetra, wurde jedoch von Nefhiliel unterbrochen.

»… als mein Beschützer wird Culnauir sicher sofort einschreiten, sollte mir Gefahr drohen.« Sie schüttelte energisch den Kopf und ihr Haar schlug goldene Wellen, wie Sonnenlicht, das auf der Brandung funkelte. »Ich bin hier unter Freunden. *Wir* sind hier unter Freunden.«

Duibel führte die kleine Gruppe – außer Nefhiliel begleiteten ihn noch Lyssetra und Culnauir – über Invars Straßen bis an das Tor von Ventril.

Er genoss die Aufmerksamkeit, die ihm Nefhiliels Begleitung einbrachte. Noch nie hatten ihm so viele Blicke gegolten. In einem hinteren Winkel seines Hirns wusste er natürlich, dass dies hauptsächlich der hübschen Elfenprinzessin geschuldet war, doch es spielte keine Rolle.

Denn sie begleitete ihn und nicht die Schaulustigen.

An Rhaflits Tür machte Duibel eine dramatische Pause, ehe er anklopfte.

»Nun komm schon rein«, rief Rhfalit aus dem Inneren und klang dabei wenig erfreut.

Er überließ Nefhiliel den Vortritt und die Hohe Tochter duckte sich majestätisch durch den viel zu niedrigen Türrahmen. Selbst wenn sie sich unter einer Tür hindurchzwang, wirkte sie noch anmutig und schön.

»Nichts anfassen!«, hörte er Rhaflits Aufschrei und zuckte erschrocken zusammen. Wie konnte er so mit der Prinzessin sprechen?

Culnauir war augenblicklich durch die Tür geeilt und vergewisserte sich, dass alles in Ordnung war. Duibel folgte ihm auf dem Fuß.

Im Inneren der Werkstatt stand eine lachende Elfe, die sich einen Spaß daraus machte, Rhaflits verbeulten Drachen mit der Fingerspitze anzustupsen. Der exzentrische Ingenieur sprang aufgeregt hin und her und versuchte, sie davon abzuhalten, doch Duibel konnte an seinem Blick erkennen, dass er diesen besonderen Grad an Verrücktheit ein wenig übertrieb. Rhaflit hatte immerhin einen Ruf zu verlieren.

Gerade als Lyssetra hinter ihnen die Tür zugezogen hatte, überkam Duibel ein seltsames Gefühl. Irgendetwas hatte sich verändert. Lag es daran, dass zum ersten Mal so viele fremde Personen in Rhaflits Werkstatt standen?

»Das Hämmern der Schmiede«, sagte Culnauir plötzlich. »Seit unserer Ankunft habe ich es nahezu ohne Unterbrechung gehört. Jetzt ist alles still.«

Duibel erstarrte vor Schreck, als ihm klar wurde, dass Culnauir recht hatte. Die Schmiede war verstummt. Kein Hammerschlag erklang. Sogar die Schmiedefeuer, die ganz Invar und Ventril beheizten, schienen mit einem Mal so kalt, als würden die Flammen langsam ersticken.

»Was hat das zu bedeuten?«, stellte Rhaflit die Frage, die ihnen allen brennend auf der Zunge lag.

Duibel blickte durch das Guckloch in Rhaflits Tür, und auf der Straße sammelten sich mehr und mehr Gnome, die Richtung Invar eilten.

»Wir sollten ihnen folgen«, sagte Duibel und vergaß dabei völlig, dass außer ihm niemand einen Blick nach draußen riskiert hatte.

»Sie haben Gundarik gefunden«, berichtete Gnitzlik, als sie den Ersten Ingenieur endlich in der dicht gedrängten Menge fanden.

»Was hat er gesagt?«, wollte Rhaflit wissen.

Gnitzlik schüttelte mit finsterer Miene den Kopf. »Er ist tot.«

Rhaflit riss erschrocken den Mund auf.

»Und was jetzt?«, fragte Duibel unruhig. »War es ein Unfall?«

»Weiß ich nicht«, gestand Gnitzlik. »Begleitet mich nach vorn. Ich muss mit Arlon sprechen.«

Gnitzlik dirigierte die kleine Gruppe geschickt durch die Menge. Und trotz der allgemeinen Unruhe und Bestürzung machte man ihnen den Weg frei. Auf dem Platz vor dem Thronsaal war fast ganz Invar versammelt – zumindest fühlte Duibel den Druck der Masse.

Arlon stand in der Mitte eines kleinen Kreises, vor ihm der aufgebahrte Gundarik.

Neben ihm stand Eldrir, der Anführer der Gebirgsläufer, die man geschickt hatte, um Gundariks Jungs zu finden.

Duibel konnte nur einen kurzen Blick auf den toten Körper erhaschen, ehe die Priester den Leichnam wieder mit einem Tuch verhüllten. Er hatte nicht gesehen, was zum Tod des jungen Zwergs geführt hatte, nur das fahle Gesicht. Die eingefallenen Wangen und die stumpf wirkenden Barthaare. Nichts von Gundarik war geblieben.

Gnitzlik rollte unermüdlich vorwärts, bis er auf wenige Schritt an Arlon herangekommen war. »Was ist passiert?«, fragte er rundheraus, mit dem Wissen, dass die Begleitung der Hohen Tochter seiner Frage noch mehr Gewicht verlieh.

Arlon spuckte verächtlich auf den Boden. »Orks.«

Ein Raunen ging durch die Menge und das Wort des alten Feindes verbreitete sich wie ein Lauffeuer.

Und plötzlich war die gesamte Zwergenmasse verstummt.

»Ist das sicher?«, hakte Gnitzlik nach.

Eldrir nickte. »Kein Tier schlägt eine solche Wunde. Und auch kein Unfall.«

»Und was wollt ihr jetzt tun?«, fragte Nefhiliel leise. Sie hatte sich versetzt hinter Gnitzlik aufgestellt, doch ihre Anwesenheit war niemandem entgangen.

»Sollten wir nicht den *Wächter* erwecken, um ihn gegen sie zu senden?« Lyssetras Stimme – vielmehr ihre Forderung – schwebte für einen kurzen Moment bedrohlich über der Menge.

Der *Wächter*.

Duibel hatte ihn einmal gesehen. Und der Anblick hatte sich für immer in seine Gedanken gebrannt. Der Koloss aus reinstem Kristall, der in allen Facetten des Regenbogens schimmerte, wenn das Mondlicht durch die Diamanten in seine Kammer reflektiert wurde.

Bloß einmal hatte er die Halle des *Wächters* aufgesucht. Seitdem wagte er es nicht mehr, auch bloß einen Fuß auf die Schwelle des Tores zu setzen. Dem Vermächtnis des *Schöpfers* an seine Kinder.

Er hatte es sich niemals eingestehen wollen, doch der *Wächter* ließ ihn nicht bloß in Ehrfurcht erstarren, sondern auch vor Angst erzittern. Duibel wusste genug davon, wie man den *Wächter* erweckte. Die Anrufung der Seele durch eine Hohepriesterin des Mondes – ein falsches Wort, und der *Wächter* könnte seinen Auftrag falsch verstehen.

»Der *Wächter* schläft«, sagte Arlon beinahe leise und riss Duibel damit aus seinen Gedanken. »Und dabei sollte es bleiben.«

»Aber wir können die Orks damit nicht davonkommen lassen!«, rief Eldrir wütend, was ihm große Zustimmung unter den versammelten Zwergen einbrachte. Die Rufe nach Rache wurden immer lauter.

»Eine Schwalbe macht noch keinen Sommer«, stellte Arlon fest. »Und ebenso macht ein toter Zwerg noch keinen Krieg.«

»Du willst das einfach so abtun?« Eldrir klang fassungslos.

»Natürlich nicht, Dummkopf!«, brummte der König. »Wir werden die Schweine dafür bluten lassen, keine Sorge. Aber wir brauchen einen guten Plan.«

Khûlgrim trat ein Stück näher an Arlon heran. »Ich kann die Schildwächter in Kampfbereitschaft versetzen. Für den Fall, dass mehr dahintersteckt.«

Der König nickte zustimmend und Khûlgrim entfernte sich mit entschlossenen Schritten. Dann wandte Arlon sich wieder Eldrir zu: »Wo habt ihr ihn noch mal genau gefunden?«

»Westpass, mein König.« Er geriet ein wenig ins Stocken. »Aber ich glaube, man hat ihn dort abgelegt. Wir sollten ihn finden.«

Arlon vergrub die Linke in seinem Bart und die geflochtenen Zöpfe zappelten umher wie ein Bündel Schlangen. »Wir müssen erfahren, was da draußen vor sich geht. War das ein Zufall oder eine Vorhut? Ich will nicht blind in diese Sache hineinstolpern.«

Eldrir nickte und verschwand ebenfalls. Duibel konnte sich vorstellen, was der erfahrene Gebirgsläufer tun würde. Er und einige seiner Jungs würden die Gipfel besteigen. In solche Höhen vordringen, dass kein Feind sie entdecken konnte. Dann würden sie dieFerngläser benutzen, die ein alter Gnom vor beinahe zweihundert Jahren entwickelt hatte. Schon bald hätten sie ihre Antworten.

»Sind wir in Gefahr?«, fragte Lyssetra mit leicht beunruhigtem Unterton in der Stimme. »Ist die Hohe Tochter in Gefahr?«

Arlon schüttelte entschieden den Kopf, wobei seine Zöpfe nur noch wilder zappelten. »Nein.« Dann wandte er sich mit lauter Stimme an die versammelte Menge: »Wir haben lange Zeit in Frieden gelebt, Freunde! Aber tief in uns drin, da wussten wir, dass es nicht ewig so weitergehen kann. Gundariks Tod ist traurig. Und mein Herz blutet, wenn ich ihn so sehe. Aber sein Tod wird uns als Warnung dienen! Wir dürfen unsere Wachsamkeit nicht sinken lassen. Unser alter Feind lauert vor den Toren. Vielleicht mag er faul und fett geworden sein, doch nicht weniger faul und fett sind wir geworden!« Bei den letzten Worten klatschte er sich demonstrativ auf den prallen Wanst. »Wir werden die Schweine finden, die uns unseren Freund genommen haben. Und dann werden wir ihnen gehörig die Ärsche aufreißen!«

Die letzten Worte sorgten für anhaltenden Jubel, der nur langsam verhallte; selbst als die Menge sich bereits auflöste, skandierten die Zwerge Gundariks Namen und sangen Lieder von Rache und Tod.

»Das war für die Masse«, stellte Gnitzlik leise fest. »Und was sagt dir dein Instinkt?«

Arlon blickte ihm fest in die Augen. »Krieg.«

DER WÄCHTER

Nefhiliel stand in der Halle des *Wächters*. Ihre Augen ruhten auf dem bläulich schimmernden Kristallkörper des fünf Meter hohen Kolosses, der seit Anbeginn der Zeitrechnung als Symbol der Vorherrschaft des *Schöpfers* stand. Fast schien es so, als würden die Augen des Monstrums sie fixieren, selbst wenn es bloß zwei leere Höhlen waren.

Als würde er nach ihr rufen, sie zu sich bitten.

Sie wandte sich zitternd ab.

»Es wird schon nicht so schlimm werden«, hörte sie Lyssetras Stimme plötzlich neben sich.

Nefhiliel zuckte ein wenig zusammen, vor allem überraschte sie der tiefe Seufzer, der ihr unbewusst über die Lippen kam. »Und wenn doch?«

»Dann ist dies der Moment, auf den Ihr und ich all die Jahre vorbereitet wurden.«

»Die Erweckung ist gefährlich! Was, wenn Ihr eine Zeile falsch aus dem Gedächtnis aufsagt? Oder nur eine Silbe? Die Auswirkungen könnten verheerend sein. Der *Wächter* könnte sich sogar gegen uns richten!«

»Das wird nicht geschehen«, widersprach die Hohepriesterin. »Wir haben die Anrufung immer und immer wieder einstudiert. Jede einzelne Silbe, jede Bewegung, jedes Gefühl, das bei jedem Wort mitschwingen muss. Hohe Tochter, Ihr seid für diesen Moment bereit. Vielleicht wisst Ihr es noch nicht, doch Eure Seele ist vorbereitet.«

»Vorbereitet darauf, sich mit der mächtigsten Waffe im Kampf gegen die Macht des *Zerstörers* zu vereinen?« Sie schnaubte verächtlich. »Wohl kaum.«

»Und doch ist es Euer Schicksal«, gab Lyssetra zu bedenken. »Ganz egal, wie Ihr es dreht und wendet. Ihr seid das Gefäß der Seele. Ohne Euch kann es keinen Wächter geben.«

»Und wenn ich den Weg zurück nicht mehr finde? Was, wenn ich mich in der Macht des Monsters verliere?«

Lyssetra lächelte milde. »Dafür habt Ihr mich an Eurer Seite. Ich werde Euch den Weg nach Hause weisen.«

»Wird es Krieg geben?«

Lyssetra nickte grimmig. »Ich habe mehr in Arlons Gesicht gelesen, als ihm lieb sein kann. Er glaubt nicht an einen Zufall – und er tut gut daran. Wären die Zwerge weniger wachsam, hätten die Orks schon das gesamte Land überrannt.«

»Es ist so unglaublich, dass all dies geschieht, wenn wir gerade hier sind«, murmelte Nefhiliel.

»Vielleicht ist auch das Schicksal?«, entgegnete Lyssetra. »Wären wir nicht hier, wären die Aussichten wahrhaft düster. Und war es nicht Euer unbestimmter Drang, der uns diese Reise antreten ließ?«

Sie nickte langsam. »Schon möglich.«

»Seht Ihr?«, sagte Lyssetra triumphierend. »Der *Wächter* ruft Euch.«

»Das mag sein.« Nefhiliel konnte erneut nicht den Blick von den leeren Augenhöhlen nehmen. Der Gedanke, dass sich in jenen Augen bald der lodernde Hass des *Wächters* auf alle Orks, Goblins und Trolle widerspiegeln könnte, erfüllte sie mit einer Mischung aus Neugier, Ehrfurcht und Angst.

Der Gedanke, dass dieses Feuer durch ihre eigenen Gefühle angefacht würde, erfüllte sie jedoch mit blankem Entsetzen.

Eldrir drückte das Seil fest auf den Haken, der gnomische Federmechanismus schnappte kurz nach hinten, ehe er das Seil sicher in dem Stahlring hielt.

Die Konstruktion war einfach, aber unglaublich hilfreich. Ein kletterbegeisterter Gnom, Karbyn, hatte bei seinem ersten Ausflug in die umliegenden Gipfel schnell festgestellt, dass seine Lebensdauer an steilen Felswänden maßgeblich von der Sicherung seines Kletterseils abhing. Kurzerhand hatte er die ursprünglich verwendeten offenen Haken mit einem federgetriebenen Verschluss versehen. Auf diese Weise konnte sich das Seil nicht mehr aus dem Haken lösen.

Die Gebirgsläufer hatten recht schnell den Nutzen dieser Erfindung erkannt und schon bald waren die Karabiner in aller Munde und Hände.

Eldrirs behandschuhte Finger fanden die nächste Spalte im Fels. Hier war ein stählerner Griff in den Stein getrieben worden, den er im weiteren Aufstieg als Trittstufe nutzen konnte.

Der Wind zerrte an seiner Kleidung und vor allem seiner Ausrüstung. Die Winde im Gebirge waren tückisch. Von einem Moment auf den anderen konnten Wind und Wetter umschlagen und aus Sonnenschein wurde ein verheerendes Gewitter. Das war einer der Gründe, weshalb Eldrir sich keine Verschnaufpause gönnte, um die Schönheit der Gipfel zu bewundern, wie er es sonst immer tat.

Er strich sich einige verirrte Strähnen seines dunklen Haars aus dem Gesicht und ließ das Seil in den nächsten Karabiner schnappen. Ein kurzer Blick die Felswand empor sagte ihm, dass er beinahe am Ziel war. Ungefähr sieben Meter über ihm war ein natürlicher Vorsprung, der vor mehreren Hundert Jahren von anderen Gebirgsläufern zu einem Ausguck umgearbeitet worden war.

Aber sieben Meter konnten im Gebirge eine unüberwindbare Strecke sein.

Mit einem letzten kräftigen Zug seiner dicken Arme hievte Eldrir seinen schweren Körper über den Rand der Klippe. Er gönnte sich eine kurze Verschnaufpause, dann war er schon wieder auf den Beinen. Von seinem Vorsprung aus hatte er eine gute Übersicht über Invars zentralen Gipfel. Das Felsmassiv lag einen halben Tagesmarsch durch unterirdische Tunnelsysteme entfernt – sobald er den Abstieg bewältigt hätte.

In Wahrheit war Eldrir noch zwei Tage auf sich allein gestellt. Eine Aussicht, die ihm gar nicht gefiel, wenn er an den armen Gundarik dachte.

Er knurrte die Gedanken beiseite.

Arlon verließ sich darauf, dass er seine Aufgabe erledigte.

Invars Gipfel überragte alle anderen Bergspitzen im zentralen Gebirgsmassiv, doch die umliegenden Erhöhungen boten eine bessere Übersicht über das Land am Fuß seiner Heimat.

Vor vielen Jahren hatte es Pläne gegeben, die Aussichtsgipfel komplett mit Invar zu verbinden. Die Gnome hatten sogar einen gewaltigen Bohrer entwickelt, der sich durch das Gestein fressen sollte – doch man hatte die Pläne verworfen. Entfernte Zugänge wären schwierig zu bewachen.

Würde einer der Türme erobert, würde Invar frühestens nach drei Tagen davon erfahren. Aus einem ähnlichen Grund war Eldrir nicht allein hergekommen. Am Ausgangspunkt seines Aufstiegs stand Frombur, ein wortkarger Geselle, der ihn schon lange auf seinem Weg begleitete. Frombur wartete nicht auf offenem Feld, sondern in einer Kammer, die am Einstiegspunkt zum Tunnelsystem lag. Dort hielt er Wache. Würde Eldrir in zwei Tagen nicht zu ihm zurückkehren, würde er sofort nach Invar aufbrechen.

Dort würde man dann über weitere Schritte entscheiden.

Im Gebirge konnte einen die kleinste Unaufmerksamkeit das Leben kosten. Kein Zwerg würde die Sicherheit Invars gefährden, auch wenn das bedeutete, dass er einen Freund zurücklassen müsste.

Eldrir setzte den Rucksack ab und kramte darin nach dem Fernglas. Er verstaute den Rest seines Gepäcks in einer Felsspalte, dann machte er sich auf den Weg zu seinem Aussichtspunkt.

In den Fels hatte man einen langen Gang geschlagen, der ihn zur Nordseite des kleinen Gipfels bringen würde. Von dort könnte er weit nach Norden und Westen blicken, um die Gegend zu erkunden. Sollte sich dort eine größere Ansammlung von Orks herumtreiben, würden sie sich nur schwer vor ihm verstecken können.

Unmerklich verlangsamte er seinen Schritt, als er sich dem Durchbruch näherte. War es Furcht oder Vorsicht?

Eldrir war sich nicht sicher. Als Gebirgsläufer hatte er schon unzählige Stunden in Tunneln verbracht; hatte gegen wilde Tiere gekämpft, gegen verirrte Trolle und einmal sogar gegen einige Menschen, die sich eine Herrschaft über Invar anmaßen wollten.

Doch niemals zuvor hatte er eine solche Anspannung verspürt. Gundarik war einer der erfahrensten Männer in seinen Reihen gewesen. Kein anderer hatte sich so natürlich im Gebirge bewegt wie er. Und doch hatte man ihn getötet. Zwar sah die Wunde aus, als habe ein wilder Berglöwe ihm die Brust aufgerissen, aber Eldrir wusste nur zu gut, dass das nicht der Wahrheit entsprach.

Ein Tier hätte Gundarik gefressen. Oder Teile von ihm.

Nein, sein Tod sollte nur den Anschein erwecken.

Und diese Tatsache ließ Eldrir seine Schritte verlangsamen.

Der Durchbruch lag nun fünf Meter vor ihm. Noch konnte er das nordöstliche Land nicht überblicken, noch waren sie alle in Sicherheit.

Langsam arbeitete er sich voran. Zentimeter um Zentimeter schob er seine Füße über den rauen Felsen und lauschte auf das leise Knirschen der natürlichen Verwitterung unter seinen Sohlen.

Schließlich gab es kein Zurück mehr und er tastete bereits nach dem Fernglas an seiner Seite.

Er überblickte die nördlichen Hügel und ihm stockte der Atem.

Das Fernglas ließ er, wo es war.

Eldrir taumelte zurück in den Stollen, als die ersten Lagerfeuer weit unter ihm entzündet wurden.

Dann rannte er.

Zurück zu seinen Sachen. Zurück zu seinem Seil.

Während des Abstiegs ließ er häufig die Vorsicht fahren und gab mehrere Meter Seil, ehe er seinen Fall schmerzhaft mit den Händen bremste. Auf der Hälfte des Weges waren seine Handschuhe durchgescheuert und dicke Brandblasen bildeten sich, nur um wenige Meter weiter blutig aufzureißen und ihm ein verzweifeltes Jaulen zu entlocken.

Eldrir krachte auf den Boden, wobei sein Fuß ungünstig umknickte.

Bei jedem Schritt musste er einen Schmerzensschrei unterdrücken, doch er erlaubte sich kein Zögern.

Die Sonne ging unter und bald tastete er sich durch die Finsternis voran. Schließlich konnte er das kleine Feuer ausmachen, das Frombur in seiner Kammer entzündet hatte, und er beschleunigte seine Schritte.

Der Freund begrüßte ihn mit sorgenvollem Blick.

»Was ist passiert?«

»Sie kommen«, brachte Eldrir keuchend hervor.

Frombur kniff die Augen zusammen. »Wer?«

»Alle.«

Der Wille zum Sieg

Dolantan stand in der Mitte der kleinen Lichtung. Das Rauschen des Wasserlaufs war nur noch leise zu hören, auch wenn der Fluss viel näher war, als es den Anschein hatte. Das dichte Blätterdach des Waldes dämpfte den Lärm der Welt.

Er konzentrierte sich auf seine Atmung, genau so, wie die Blutklinge es ihm aufgetragen hatte.

Dolantan nahm einen tiefen Atemzug der frischen Luft, die noch etwas feucht vom morgendlichen Nebel roch. Auch ein wenig nach Erde und Moos. Er behielt diese Gerüche in der Nase und atmete durch den Mund aus. Langsam und leise, denn kein Geräusch sollte die perfekte Harmonie eines neuen Morgens stören.

Der plötzliche warme Atem, der ihm in den Nacken blies, ließ ihn zusammenzucken. Vargan hatte sich unbemerkt genähert, und nun stand der gefährliche Mann direkt hinter ihm.

»Ich sagte, dass ich dir helfen werde, zu überleben.«

Dolantan nickte langsam. »Zeigt mir, wie man kämpft, bitte.«

»Ich werde dir nicht zeigen, wie man kämpft«, antwortete der Mörder und Dolantan glaubte für einen Moment, das Lächeln heraushören zu können. »Ich werde dir etwas viel Wertvolleres beibringen.« Er machte eine Pause, in der er sich vor dem Jungen aufbaute und ihm fest in die Augen blickte. »Ich werde dir beibringen, wie man tötet.«

Dolantan riss erschrocken die Augen auf. »Aber ich will niemanden umbringen!«

Vargan schüttelte den Kopf. »Oh doch, das willst du. Du weißt es bloß nicht.«

»Wie könnt Ihr das sagen?«

»Ganz einfach.« Der Meuchelmörder trat einen Schritt zurück und zog sein Schwert. Die schmale Klinge glitzerte feurig im Morgenrot. »Sieh dir diese Waffe an. Was, denkst du, ist ihre Bestimmung?«

Dolantan zuckte die Achseln. »Ich weiß es nicht.«

»Es ist ein Schwert, Dummkopf. Welchen Sinn hat ein Schwert? Es ist keine Axt, mit der man einen Baum fällt. Es ist kein Speer, mit dem man auf die Jagd geht. Es ist ein Schwert. Eine einzige lange, scharfe Klinge. Geschmiedet mit dem einen Ziel: jemanden zu töten.«

Dolantan schluckte und wich einen Schritt zurück, doch sein Lehrer war noch nicht fertig mit seiner Predigt und folgte ihm.

»Jeder Narr kann kämpfen, Junge. Du gibst einem Mann einen Knüppel in die Hand, drängst ihn in die Enge und er wird um sein Leben kämpfen. Aber Kämpfen allein genügt nicht. Eine Waffe zu halten, genügt nicht.«

Er reichte Dolantan das Rapier.

Die zweifingerbreite, beidseitig geschliffene Klinge glitzerte golden im Morgenrot. Der Griffkorb war aus feinstem Silber gefertigt und wirkte wie die Äste eines Baumes, die sich schützend über die Hand des Schwertträgers beugten. Dieser Eindruck wurde durch den Griff verstärkt. Dolantan hatte niemals zuvor so weiches und glänzendes Holz gesehen.

Der Knauf komplettierte den Eindruck eines Baumes, da er sich wie ineinander verschlungene Wurzeln am Ende des Griffs ballte.

Die Waffe war nicht sonderlich schwer, und Dolantan verstand zu wenig von solchen Dingen, um sie einschätzen zu können, doch er war sich sicher, dass Vargan sie aus einem bestimmten Grund gewählt hatte.

»Du willst überleben? Du willst dein eigener Herr sein und in Freiheit leben?«, fragte er, ließ Dolantan jedoch keine Zeit zu antworten. »Dann lerne zu töten.«

Dolantan wich erschrocken einen Schritt zurück, wobei ihm Vargans Rapier aus der Hand glitt und zu Boden fiel.

Noch bevor die Waffe im weichen Gras landen konnte, hatte der Meuchelmörder sie bereits aufgefangen. Er steckte die Waffe weg und blickte Dolantan durchdringend an. »Was glaubst du, wird dein Vormund – dein Besitzer – tun, wenn du ihm sagst, dass du dein eigenes

Leben führen möchtest? Was glaubst du, wie lange du hier draußen überleben kannst?«

»Ich weiß es nicht«, sagte Dolantan ausweichend.

Vargan lachte schnaubend. »Du hast Mut, aber auch unglaublich viel Angst. Junge, hier in der Wildnis, da weiß jedes Tier, dass es töten muss, um zu überleben. Nur wir Menschen vergessen das zuweilen. Es reicht nicht, dass du dich diesem schmierigen Arschloch in den Weg stellst und ihm die Stirn bietest. Du musst auch bereit sein, bis zum Äußersten zu gehen. Du musst es mehr wollen als er. Du musst jedes nötige Mittel einsetzen.«

»Aber ich will niemanden umbringen!«, brüllte Dolantan. »Ich will kein Mörder sein! Nicht so wie …«

»Wie ich, nicht wahr?«, beendete die Blutklinge den Satz. Binnen eines Wimpernschlags stand der Mann direkt vor dem Jungen und zwang ihn, ihm in die Augen zu sehen. »Du musst aber ganz genau so werden, wenn du überleben willst.«

»Aber ich will niemanden töten!«

Vargan entspannte sich ein wenig und lachte leise. »Das wird auch nicht nötig sein.«

Dolantan runzelte die Stirn. »Gerade sagtet Ihr noch …«

»Du musst zwar so werden wie ich, aber du musst nicht dasselbe tun.« Vargan trat einen Schritt zurück, fixierte ihn aber noch immer mit seinem kalten Blick. »Es geht nicht ums Töten, es geht darum, dass du es *kannst*. Du darfst deinem Gegenüber nicht das Gefühl vermitteln, dass du harmlos bist. Du musst ihn spüren lassen, dass du ihm jederzeit überlegen bist. Du musst immer die Kontrolle haben. *Das* ist wahre Macht.«

Er seufzte plötzlich. Für einen kurzen Moment hingen die Schultern des Mörders schlaff herab und sein Blick wurde glasig. »Du wirst eine Wahl haben.«

Der Moment verging so rasch, wie er gekommen war. Dolantan zweifelte, ob er die kurze Unsicherheit überhaupt wirklich gesehen oder sich bloß eingebildet hatte. Existierte unter der Schale des Auftragsmörders ein Funken Reue?

Bisher hatte er sich nur Gedanken darüber gemacht, wie er aus seiner eigenen misslichen Lage herauskommen könnte. Die Schläge seines Vormunds – er weigerte sich, das Wort zu benutzen, das der Wirt immer verwendete; er gehörte niemandem – wurden fester, je älter er wurde. Wenngleich sie ihn auch immer weniger hart trafen.

Mittlerweile waren sie eine Alltäglichkeit geworden. Und Dolantan hatte gelernt, sie abzufedern, indem er den Bruchteil eines Augenblicks, bevor die Hand ihn traf, bereits ihrer Bewegung folgte. Manchmal bemerkte der Wirt es, dann schlug er ihn noch einmal, doch meistens kam er damit durch.

Als er noch klein war, hatten ihn die Ohrfeigen und Tritte viel härter getroffen.

»Woran denkst du gerade?«, fragte sein aufmerksamer Lehrer.

»Nichts«, antwortete Dolantan ausweichend.

»Ich glaube nicht, dass du diese Form der Meditation beherrschst, Junge. Also lüg mich nicht an.«

Dolantan wich unbewusst einen Schritt zurück und schwieg. Doch seine Körpersprache hatte Vargan genug verraten.

»Du musst dich nicht schämen. Ich habe viele Menschen getötet, aber ich habe sie nie gedemütigt. Dein Be…«, er stockte, als er bemerkte, wie Dolantan sich weiter verkrampfte, »… dein Vormund ist ein Versager. Und schon bald wird er keinerlei Macht mehr über dich haben.«

»Ich will niemanden töten, aber …«

»… aber für ihn würdest du eine Ausnahme machen, nicht wahr?«

Dolantan nickte schweigend.

»Es wird deine Entscheidung sein. Du wirst über sein Leben bestimmen, nicht umgekehrt. Verstehst du jetzt, welche Macht ich dir anbiete?« Er zog das Rapier und ging in eine Art Grundstellung.

»Ihr erwartet, dass ich so gut mit der Klinge werde wie Ihr?«, platzte es aus Dolantan heraus.

Vargan schüttelte den Kopf. »Dafür braucht es Jahre, Junge. Und hör endlich auf, alles am Umgang mit einer Waffe festzumachen. Der *Wille* entscheidet einen Kampf! Die Kunstfertigkeit mit einer Klinge kann dir das nötige Selbstvertrauen geben, aber den Wunsch zu Siegen nicht ersetzen. Ich gewinne meine Kämpfe, weil ich es mehr will als mein Gegner. Nicht, weil ich besser bin.« Und mit einem Augenzwinkern fügte er hinzu: »Aber es schadet auch nicht.«

»Ich bin mir da nicht so sicher …«

»Neulich im Schankraum«, begann Vargan zu erklären. »Als mich dieser Idiot hinterrücks erdolchen wollte, weißt du noch?«

»Ich habe Euch gewarnt«, sagte Dolantan stolz.

Vargan schnaubte leise. »Ja, auch wenn ich ihn da längst bemerkt hatte.«

»Was?«

»Denkst du wirklich, die plötzliche Stille wäre mir entgangen? Oder seine zögerlichen Schritte? Für einen Moment konnte ich sogar seine Angst riechen.«

»Er wollte Euch aber töten. Also entscheidet der Wille nicht immer!«, protestierte Dolantan.

Vargan lachte. »Dieser Trottel? Nein, der wollte sich bloß mit der Trophäe schmücken, die mein Kopf abgibt. Aber er hatte keine Ahnung, wie er sie bekommt. Er wollte nicht meinen Tod, sondern Anerkennung. Und er hat zu lange gezögert. Wäre er wirklich entschlossen gewesen … vielleicht hätte ich es nicht verhindert.«

Nicht verhindert …, rumorte es in Dolantans Hinterkopf. Er würde noch herausfinden, was genau Vargan mit dieser Offenheit bezweckte. Oder war es am Ende eine Täuschung? Plante der Mann am Ende gar, Dolantans Mitgefühl zu erringen und ihn so im entscheidenden Moment zögern zu lassen?

Welcher Moment denn?, schalt sich der Junge. *Er hätte mich mit Leichtigkeit schon hundert Mal töten können.*

Vargan machte eine rasche Bewegungsfolge von Hieben und Stichen. Dolantan fiel auf, dass man mit einem Rapier deutlich schneller zu Werke gehen konnte als mit einer Axt. Die Hiebwirkung der Waffe schien vergleichsweise gering, was vermutlich dem fehlenden Gewicht geschuldet war. Gleichzeitig wäre es möglich, dem Gegner mit gezielten Stichen schwer zuzusetzen.

»Ich will ehrlich sein, Junge: Der Wille entscheidet natürlich nicht immer. Er kann den Ausschlag geben. Du solltest ein Schwert niemals ziehen, wenn du nicht die Absicht hast, zu töten. Das lässt dich im entscheidenden Moment zögern. Und diese Schwäche wird ein entschlossener Gegner leicht ausnutzen.«

Er beendete seine Vorführung und reichte Dolantan die Waffe.

»Und in den seltenen Fällen, dass beide Kontrahenten es zu gleichen Teilen wollen, da solltest du deinem Gegner an Kunstfertigkeit überlegen sein, sonst bist du tot.«

Er grinste breit, als Dolantan gequält die Miene verzog.

Das Siegel des Königs

Duibel konnte es in den Gesichtern der Anwesenden deutlich lesen: Krieg.

Fromburs Ankunft hatte sie alle bereits in helle Aufregung versetzt. Auch wenn Arlon die Unruhe in geordneten Bahnen hielt. Anstelle von Panik herrschte eine seltsame Aufbruchstimmung, die Duibel nicht verstehen konnte. Geradezu als würden einige der jüngeren Zwerge einen Kampf herbeisehnen.

Als Eldrir einige Stunden später eintraf – gestützt von zwei Schildwachen, die ihm entgegengelaufen waren –, hatte Arlon den Kriegsrat bereits zusammengerufen.

Neben dem Zwergenkönig stand Khûlgrim, sein Gesichtsausdruck wie immer unverändert und nicht zu deuten. Daneben die drei ältesten Schildwachen und der Meister der Schmiede, Tongart, dessen weißer Bart immer von Rußflecken durchsetzt war, wenn er ihm nicht gerade abbrannte. Doch der alte Schmied weigerte sich, Khûlgrims Rat zu folgen. Seiner Meinung nach war ein Zwerg ohne Bart nur ein halber Mann.

Die Elfen wurden durch Nefhiliel, Culnauir und Lyssetra vertreten. Auch wenn sie eigentlich nicht dem Kriegsrat angehörten, wollte Arlon dennoch ihre Meinung hören.

Wie immer hatte Ralthin den Ersten Ingenieur geschoben, doch Gnitzlik wollte Duibel unbedingt dabeihaben. Als Mirzons Sohn genoss der junge Gnom noch immer großen Respekt. Und niemand bezweifelte, dass der alte Gnitzlik den jungen Freigeist als seinen Nachfolger betrachtete.

Duibel fühlte sich ein wenig unbehaglich, doch er verstand, welche Ehre ihm zuteilwurde. Aber er hatte für sich selbst beschlossen, dem

Rat nur beizuwohnen und zuzuhören. Eine Meinung zu äußern traute er sich nicht zu.

»Wie schlimm ist es?«, brüllte Tongart. Die vielen Jahre am Amboss hatten seinen Ohren schwer zugesetzt, gerade weil er jegliche Form von Gehörschutz ablehnte. Er vertraute neben seinem Gefühl auch auf den Klang des Stahls, wenn er ihn mit seinem Hammer bearbeitete. *Vielleicht*, dachte Duibel, *hat ihn gerade das zu einem der besten Schmiede gemacht.*

Arlon seufzte. Zum ersten Mal sah Duibel, wie der Zwergenkönig nach Worten rang. »Verdammt schlimm«, sagte er schließlich. »Eldrir sagt, dass es mindestens zehntausend Orks und Trolle sind.«

Tongart brummte in seinen Bart hinein.

»Wir müssen auch noch die Berichte der anderen Türme abwarten«, gab Khûlgrim zu bedenken. »Es könnte noch schlimmer sein.«

»Ich wusste gar nicht, dass es noch so viele Orks gibt«, sagte Nefhiliel verwundert. »Ich dachte immer, dass sie seit den alten Tagen auf ähnliche Weise lebten wie wir.«

Gnitzlik schüttelte den Kopf. »Ganz und gar nicht, Hohe Tochter. Während wir damit beschäftigt waren, unsere Wunden zu lecken, unsere Heime herzurichten und zu sichern, haben die Orks sich den gesamten nördlichen Kontinent zur Heimat gemacht. Wir müssen unser Land mit den Menschen teilen.«

»Sie haben sich zwar oft gegenseitig bekämpft, doch aus diesem Feuer des ewigen Konflikts gehen harte Krieger hervor«, fügte Khûlgrim hinzu.

»Und vergessen wir nicht die neueste Teufelei des *Zerstörers*«, meldete sich Lyssetra zu Wort. »Die Menschen haben uns in unserer Entwicklung behindert. Sie haben den Orks in die Hände gespielt. Und wir haben durch Untätigkeit unser Land Stück für Stück aufgegeben.«

Arlon machte eine wegwerfende Handbewegung. »Die Menschen stehen hier nicht zur Debatte. Auch nicht ihre Gesinnung. Die Orks sind ein sehr greifbares Problem.« Er deutete auf eine stilisierte Topografie des Gebirges. »Wenn sich allein auf der nordwestlichen Flanke schon zehntausend dieser Hurensöhne tummeln, dann fürchte ich, dass wir uns auf eine lange Belagerung einstellen müssen.«

»Eine Belagerung?« Duibel schrak zusammen.

Arlon ignorierte die Störung, doch Tongart fühlte sich berufen, dem jungen Gnom zu antworten: »Mach dir mal keine Sorgen, Kleiner. Wir schließen die Tore und sehen zu, wie die Penner von unseren Armbrustschützen erledigt werden.«

Zur Überraschung aller war es Gnitzlik, der dem Schmiedemeister widersprach. »Wenn sich tatsächlich eine solche Menge an Feinden da draußen sammelt, dann können sie uns aushungern. Oder sie durchbrechen die Tore durch ihre schiere Masse.«

Khûlgrim seufzte, als er seinen Blick über die topografische Darstellung Invars gleiten ließ.

»Ruhe jetzt«, brummte Arlon. »Ihr tut gerade so, als wäre Invar bereits gefallen. Ich will diesen weinerlichen Scheiß nicht hören. Ich will brauchbare Vorschläge. Meiner ist, dass wir diese Drecksäcke vor das Haupttor locken und ihnen dort so zusetzen, dass sie mit eingekniffenen Schwänzen wieder abziehen.«

Khûlgrim deutete mit einem Kopfnicken auf Invars Haupttor. »Du hast recht, Arlon, wenn wir sie dort bekämpfen, haben wir einen taktischen Vorteil. Das Gelände ist für eine Verteidigungsschlacht ausgelegt.«

»Und wenn sie nicht aufgeben?«, wagte Duibel zu fragen, was ihm die zweifelhafte Ehre des Aufmerksamkeitsmittelpunkts einbrachte.

»Dann können wir uns ins Innere des Berges zurückziehen«, sagte Arlon gelassen. »Wir dürfen nicht vergessen, dass die Schweine uns auf unserem Grund und Boden angreifen. Also sollten wir unsere Schlachtfelder zu unserem Vorteil wählen.«

Er blickte fragend in die Runde, doch es regte sich kein Widerstand mehr. »Gut. Dann ist es beschlossen. Khûlgrim, du und ein Großteil der Schildwachen werdet die Schweine gebührend empfangen. Der Rest schützt die Gänge und die Fallen. Die Orks werden die Eingänge zu unseren Tunneln zwar sicher nicht finden, aber wir gehen kein Risiko ein. Tongart, die Schmieden konzentrieren sich auf die Waffenproduktion. Wer noch keine Rüstung hat, soll eine bekommen.« Und mit einem Blick auf Duibel fügte er hinzu: »Auch Gnome.«

Gnitzlik nickte und räusperte sich. »Ich werde bei unseren Ingenieuren anfragen, ob jemand eine neue Waffe entwickelt hat, die er gerne testen würde … natürlich nur solche, die uns nicht schaden können.

Es wäre doch eine Verschwendung, wenn die Orks nicht auch nützlich sein könnten.«

Zu Duibels Überraschung brachen die Zwerge in kurzes Gelächter aus. *Als würde die Anspannung von ihnen genommen*, dachte er. *Jetzt, da der Kampf unvermeidlich ist, können sie sich alle in ihre Rolle einfinden.*

»Ich halte das für falsch«, übertönte Lyssetras Stimme die plötzliche Heiterkeit. »Wir sollten den *Wächter* erwecken. Es ist ein glücklicher Zufall, dass die Hohe Tochter gerade anwesend ist. Die Monster sollen den Zorn des *Schöpfers* spüren!«

»Und dann was?«, hakte Culnauir zur Überraschung aller nach. »Soll der *Wächter* ihre Armeen vor sich hertreiben? Sie niedertrampeln und ihr Volk auslöschen?«

Lyssetra nickte grimmig. »Ja. Dann wäre die Bedrohung für immer gebannt!«

Nefhiliel seufzte. »Darum geht es nicht. Der *Wächter* ist ein Instrument des Ausgleichs, der Balance. Er ist nicht dazu gedacht, als Gewicht in unsere Waagschale geworfen zu werden, wann immer es uns gefällt.«

»Wann immer es uns gefällt … wir sind im Krieg, Hohe Tochter! Die Orks werden jeden abschlachten, egal ob alt, jung, Mann oder Frau.« Lyssetra blickte grimmig in die Runde, vergewisserte sich, dass alle ihren Worten aufmerksam folgten. »Ihr seid alle noch zu jung, um euch an die Schrecknisse zu erinnern, die ich gesehen habe.«

Ihr Blick wurde glasig, als würde sie durch die Zeit zurückblicken und vor ihrem inneren Auge längst vergessene Bilder beschwören. »Kinder, denen man das Fleisch bei lebendigem Leibe von den Knochen geschält hat. Die abgeschlagenen Köpfe, die den Eindringlingen als grausige Trophäen dienten.«

Sie sprang einen Schritt nach vorn und schlug polternd auf die topografische Karte. »Trolle, die noch mitten im Kampf die abgetrennten Gliedmaßen ihrer Gegner fraßen.« Sie deutete auf Duibel. »Sie rissen einen weichen Körper wie deinen einfach in zwei Teile, um sich danach mit deinen Säften zu übergießen.«

Arlon schlug mit der Faust auf die Karte. »Genug davon!«

Für einen kurzen Augenblick funkelte Lyssetra ihn wütend an, dann beruhigte sie sich wieder.

»Eure Schauergeschichten in allen Ehren, aber wenn ich mich nicht schwer täusche, wart Ihr auch nicht bei den letzten Schlachten anwesend«, sagte der König streng.

»Ich habe mit den Ahnen gesprochen. Während des Seelentanzes«, beharrte die Priesterin. »Sie haben mich ihren Schmerz direkt fühlen lassen. Haben mir all die schrecklichen Bilder gezeigt, die ich gerade vor euch ausgebreitet habe. Verehrter König – niemand von euch weiß, womit wir es wirklich zu tun haben. Und wenn wir diesen Feind unterschätzen, dann sind wir alle dem Untergang geweiht.«

Arlon hob beschwichtigend die Hände. »Das mag alles sein, aber es führt uns nicht weiter. Dieser Krieg wird nicht mit Gruselgeschichten gewonnen. Geht, erschreckt ein paar Kinder, aber – bei allem Respekt – verliert nicht Euren Verstand, wenn Ihr an diesem Kriegsrat teilnehmt.«

Duibel hielt erschrocken die Luft an. So wütend hatte er Arlon noch niemals erlebt. Auch den übrigen im Raum erging es ähnlich. Vielleicht war es nur die Anspannung über den bevorstehenden Kampf, doch jeder von ihnen rang um seine Fassung.

Es überraschte Duibel nicht, dass Nefhiliel sich versöhnlich zu Wort meldete: »Lieber König Eisenbart, wir haben nicht vor, Eure Vorbereitungen auf die Schlacht zu behindern – im Gegenteil. Ich möchte Euch im Namen meines Vaters die Hilfe der Elfen anbieten. Wie in alten Zeiten werden wir uns der Dunkelheit gemeinsam entgegenstellen.«

Arlon lächelte. »Das gefällt mir schon besser. Nur, Hohe Tochter, wie wollt Ihr das anstellen?«

Nefhiliel warf Lyssetra einen kurzen Blick zu: »Die Hohepriesterin wird noch heute aufbrechen. Begleitet von einigen ihrer Wachen und einer zwergischen Delegation. Sie wird meinem Vater die Lage erklären und ihn an der Seite des elfischen Heeres wieder begleiten.«

Lyssetra wollte etwas erwidern, doch eine plötzliche Strenge in Nefhiliels Blick ließ sie innehalten. Stattdessen verneigte sie sich vor ihrer Prinzessin.

Arlon klatschte in die Hände. »Gut, dann müssen wir der Belagerung nur einige Wochen trotzen, bis die Verstärkung eintrifft. Wunderbar.«

»Fein!«, ertönte plötzlich eine Frauenstimme hinter ihnen. »Dann kann ich ja ein paar Orks den Arsch aufreißen!«

Duibel wandte sich um und sah eine junge Zwergin, die auf den Kartentisch zumarschierte.

»Wer ist das?«, fragte er Gnitzlik flüsternd, doch der Erste Ingenieur zuckte nur mit den Achseln.

»Borra«, begrüßte Arlon die Frau. »Der Verlust deines Bruders schmerzt uns alle, aber …«

»Kein aber!«, unterbrach sie ihn. »Die Schweine haben Gundarik getötet, ich will Rache. Und du weißt verflucht gut, dass es an mich fällt, die Ehre meiner Familie zu wahren. Ich bin die Älteste!«

Arlon nickte. »Und dennoch ist es Frauen untersagt, zu kämpfen. Darum habe ich Khûlgrim bestimmt, um deinen Bruder zu rächen.«

»Du hast was?«, schrie sie fassungslos. »Das kannst du nicht mit mir machen! Gundarik war mein kleiner Bruder. Ich allein räche seinen Tod, hörst du? Ich allein!« Sie stemmte die Hände in die Hüften und schob das markante Kinn herausfordernd nach vorn.

Arlon schüttelte entschieden den Kopf. »Nein, Borra.«

»Du weißt, dass ich kämpfen kann!« Wie zum Beweis zog sie zwei Äxte, die sie in einer Haltevorrichtung am Rücken trug. Duibel fiel auf, dass die Schneiden ein wenig schmaler und feiner waren als bei männlichen Zwergen, doch Borra bewies die Schlagwirkung der Waffe, indem sie einen der hölzernen Stühle neben ihr einfach zertrümmerte.

Arlon nickte langsam. »Ja, das kannst du. Gundarik hat oft davon gesprochen, wie du ihm als kleinem Jungen den Hintern versohlt hast. Aber das hier ist Krieg, Borra. Deine Mutter hat schon ihren Mann und jetzt auch noch ihren einzigen Sohn verloren. Glaubst du, sie lässt zu, dass ich dich auf Orks und Goblins hetze?«

»Das hat mit Mutter nichts zu tun, Onkel!«

»Genug jetzt!«, rief Arlon aufbrausend. »Als mein Schwager starb, habe ich geschworen, für euch zu sorgen. Du wirst nicht kämpfen, Borra!«

Sie schüttelte zornig ihren Kopf, sodass ihr schwarzer Zopf wie eine Peitsche hin und her schlug. »Das ist nicht gerecht.«

»Darum geht es nicht«, hielt Arlon dagegen. Jeder im Raum konnte spüren, dass hier zwei Meinungen, so unerschütterlich wie der Berg selbst, aufeinandertrafen. Aber die Entscheidung lag allein beim König. Und Borra wusste das.

»Das ist noch nicht das letzte Wort, Onkel.« Wutschnaubend drehte sie sich auf dem Absatz ihrer Stiefel herum und stapfte davon.

Arlon überging ihre Bemerkung, indem er die Versammlung auflöste. Sie alle wussten, was ihre Aufgabe war.

Vor der Kriegshalle hielt Khûlgrim Duibel kurz an und überreichte ihm eine bronzene Rune. »Gib das Kerellic, damit er aus seiner Zelle verschwinden kann. Ich glaube, wir brauchen jede Hilfe, die wir bekommen können.«

Duibel runzelte die Stirn. »Ein königliches Siegel?«

Khûlgrim legte den Finger auf die Lippen. »Das muss keiner wissen. Niemand sollte wegen etwas so Unbedeutendem wie einer Schlägerei hinter Gittern sitzen, wenn wir uns im Krieg befinden. Und Rhaflit braucht ihn.«

»Aber was ist mit den Rüstungen für den Krieg?«

Khûlgrim schüttelte entschieden den Kopf. »Ein Schmied weniger fällt da nicht auf. Invar braucht euch, Duibel. Du und Rhaflit, ihr seid die verrücktesten, aber auch brillantesten Köpfe, die Ventril jemals hervorgebracht hat. Und wenn die Dinge wirklich so schlimm stehen, wie ich fürchte …« Er ließ den Satz unvollendet.

»Du kannst auf uns zählen, General.«

»Sag ihm einfach, dass er sich ein wenig bedeckt halten soll«, fügte Khûlgrim mit einem diebischen Grinsen hinzu. »Dargril wird das sicher nicht gefallen.«

»Bitte, Hohe Tochter, überdenkt Eure Worte noch einmal«, bat Lyssetra eindringlich. »Sollte es nötig sein, den *Wächter* zu beschwören, dann …«

»Weiß ich, was zu tun ist«, schnitt Nefhiliel ihr das Wort ab.

»Aber es gibt Krieg, Prinzessin«, hielt die Priesterin dagegen.

Nefhiliel hob gebieterisch die Hand. Sie duldete keinen weiteren Widerspruch. »Und deswegen können wir uns unserer Verantwortung nicht entziehen. Vater muss hiervon erfahren! Und der *Wächter* ist keine Ausrede für unser Volk, die ganze Last des Kampfes und das Leid, das er mit sich bringen wird, den Zwergen aufzubürden.«

Lyssetra rang sichtlich um ihre Fassung. Die Hohepriesterin, die der Prinzessin all die Jahre als Lehrmeisterin gedient hatte, konnte nur schwer akzeptieren, dass Pellaréions Tochter mit einem Mal das Sagen hatte.

»Die Späher werden dich begleiten«, fügte Nefhiliel nach kurzem Schweigen hinzu.

Die Hohepriesterin seufzte geschlagen. »Ich fürchte, Ihr unterschätzt die Gefahr. Aber ich werde mich Eurem Wunsch fügen.«

Nefhiliel schüttelte den Kopf. »Ganz und gar nicht … Ich denke einfach nicht, dass der *Wächter* die einzige Antwort sein darf.«

»Aber er *ist* die einzige Antwort«, beharrte Lyssetra. »Orks, Trolle und Goblins – man muss sie vom Angesicht Rhiloks tilgen!«

»Ach, wirklich?«

»Ja«, erklang plötzlich Culnauirs Stimme. Der Krieger hatte die ganze Zeit über aufmerksam zugehört und dabei geschwiegen, sodass Nefhiliel beinahe vergessen hatte, dass er anwesend war. »Sie sind ein Geschwür, das man ausbrennen muss.«

Die Prinzessin hob überrascht die Augenbrauen und eine schmale Falte zierte ihre makellose Stirn. »Ich kann nicht glauben, dass ihr beide so denkt.« Und ehe ihr jemand ins Wort fallen konnte, fuhr sie fort: »Sie mögen die Kinder des *Zerstörers* sein, aber gerade deswegen dürfen wir sie nicht verachten. Was, wenn der *Schöpfer* und der *Zerstörer* bloß verschiedene Aspekte ein und derselben Macht sind?«

»Was Ihr da sagt, grenzt an Blasphemie«, kreischte Lyssetra, doch Nefhiliel brachte sie mit einem strengen Blick zum Schweigen.

»Im Gegenteil, liebe Freundin. Ich habe unzählige Texte gelesen, Gesänge studiert und Legenden gelauscht – niemand kann es mit Sicherheit sagen. Und wieso sollten wir uns mit Orks auf eine Stufe stellen? Wenn wir sie vernichten, sind wir dann nicht auch Anhänger des *Zerstörers*?«

»Aber der *Wächter* wurde uns aus diesem Grund gegeben«, widersprach die Hohepriesterin.

»Der *Wächter* wurde uns gegeben, um das Gleichgewicht zu wahren«, belehrte die Prinzessin nun die ehemalige Lehrmeisterin.

Lyssetras Kiefer mahlten aufeinander, was dem anmutigen Gesicht der Elfe eine unerwartete Härte verlieh. »Also gut, ich werde gehen und den König um Hilfe bitten.« Sie seufzte. »Aber die Späher sollten bei Euch bleiben, nicht mit mir und den Zwergen losziehen. Euer Überleben hat oberste Priorität.«

Nefhiliel lachte. »Ihr habt doch selbst gesagt, dass Invar ein sicherer Ort sei.« Sie schüttelte den Kopf. »Nein, Ihr braucht den Schutz viel dringender, liebe Freundin. Wenn Ihr mit der Einschätzung der Menschen richtigliegt, dann steht Euch eine beschwerliche Reise bevor.«

»Aber wenn die ersten Schlachten geschlagen werden … Hohe Tochter, wer wird Euch dann beschützen? Die Zwerge werden kaum einen Trupp Leibwächter für Euch abstellen können.«

»Ich werde bleiben«, sagte Culnauir leise. »Die Späher gehen, ich bleibe hier. Ich habe dem König geschworen, die Hüterin der Seele zu beschützen, solange es nötig ist.«

Nefhiliel tat so, als müsste sie über die Worte nachdenken und nickte dann langsam. »Gut. Die Späher werden Euch begleiten, Lyssetra, Culnauir bleibt an meiner Seite.« Sie gähnte demonstrativ. »Ich bin müde. Und ich fürchte, die nächsten Tage werden überaus anstrengend. Bitte lasst mich allein.«

Die Hohepriesterin verneigte sich tief. »Gewiss.« Dann verließ sie das kleine Haus, das die Elfenprinzessin bewohnte.

»Was willst du?«, fragte Kerellic leicht mürrisch, was Duibel erwartet hatte. Eigentlich hatte er sogar erwartet, den Zwerg mit noch schlechterer Laune anzutreffen.

»Ich soll dir das hier geben«, sagte der Ingenieur verlegen. »Ich … es tut mir leid, all das hier … Khûlgrim hat es mir gegeben.« Er streckte die Hand aus und legte das bronzene Emblem mit dem königlichen Siegel zwischen den Gitterstäben auf den Boden.

Der Zwergenschmied starrte den Gegenstand einen kurzen Moment lang ungläubig an. Dann kam er ein paar Schritte näher und hob es auf.

»Woher hast du das?«

»Ich sagte doch, Khûlgrim hat es mir gegeben.«

»Warum?«

Duibel seufzte tief. »Du solltest dich beeilen.«

»Also gut.« Kerellic nickte und griff nach dem Emblem. Er drehte das kleine Schmuckstück kurz in seiner Hand und betrachtete es im Licht, das durch die schmalen Oberfenster schien.

»Tritt einen Schritt zurück«, warnte er den Freund und steckte das Siegel in die dafür vorgesehene Vertiefung auf seiner Seite der Zellentür.

Duibel vermeinte, die eingeleitete Reaktion zu spüren. Das königliche Siegel war mehr als ein Schmuckstück. Es war aus einem besonderen Metall gefertigt, das bei Kontakt mit dem passenden Stoff im Türschloss eine so immense Hitze erzeugte, dass das Eisen schmolz und die Tür sich öffnete.

Es war eine besondere Form der Begnadigung. Und niemand durfte erneut für dasselbe Vergehen bestraft werden, wenn er durch das königliche Siegel seine Zelle geöffnet hatte. Das geschmolzene Schloss diente als gut sichtbarer Beweis.

Die Reaktion hatte bereits begonnen, und schon jetzt glühte das Eisen gleißend hell. Zähflüssig tropfte das Metall zu Boden und bildete eine Pfütze mit dunkelroter Kruste, die mit jedem Tropfen funkensprühend aufriss.

Duibel staunte mit offenem Mund. Er hatte schon häufig gelesen, wie die Reaktion ablaufen sollte, doch er hatte es noch nie mit eigenen Augen gesehen.

Die Embleme waren selten und nur schwer herzustellen. Der Gnom Tungbart Herm hatte das Metall entdeckt und sich durch die Herstellung von Thermischem Metall, wie er es nannte, einen Namen gemacht. Allerdings gab es bei der Mischung der verschiedenen Stoffe nicht selten schlimme Unfälle, weswegen ein königliches Siegel nur in den seltensten Fällen verwendet wurde.

Aber die thermische Reaktion, die er gerade beobachtete, war atemberaubend schön.

Schließlich war auch das letzte bisschen Metall zu Boden getropft und die Pfütze war zischend und rauchend erkaltet. Die Tür schwang auf und Kerellic trat hindurch.

»Also schön, dann erzähl mir, was los ist.«

Duibel setzte den Schmied auf dem Weg zu Rhaflits Werkstatt über die Einzelheiten in Kenntnis. Gundariks Tod traf Kerellic hart. Die beiden hatten früher häufig gemeinsam die Fallenwache in den äußeren Wachtposten übernommen. Doch der griesgrämige Zwerg ließ sich seine Trauer nicht übermäßig anmerken. Stattdessen begrüßte er Rhaflit knapp und verlangte von dem Gnom, direkt die neuen Baupläne zu sehen.

»Ich habe alles durchgerechnet«, sagte Rhaflit begeistert. »Und Duibel hat mir geholfen. Wir sollten keinen Fehler gemacht haben.«

Kerellic betrachtete die Zeichnungen und kratzte sich am Kinn. »Wie willst du das geheim halten? Ich meine, die Spannweite der Flügel allein macht es unmöglich, das Ding irgendwo in einem Haus zusammenzusetzen.«

Rhaflit und Duibel starrten einander fragend an.

»Lass mich raten«, sagte Kerellic seufzend. »Daran hat mal wieder keiner von euch beiden gedacht.«

»Wir … könnten es in vier Teile zerlegen, die man mittels einer Steckverbindung …«, begann Rhaflit.

»Unsinn!«, unterbrach ihn der Zwerg. »Das hier ist kein Drachen, Rhaflit. Wir brauchen stützende Gestänge, wenn wir ihn bauen … Wir brauchen einfach viel mehr Platz!«

»Die Ingenieurshalle«, schlug Duibel vor.

Rhaflit schüttelte entschieden den Kopf. »Dann kann jeder sehen, woran ich arbeite. Auf keinen Fall!«

Duibel seufzte. »Es weiß doch sowieso schon jeder, woran wir hier arbeiten.« Er trat einen Schritt näher an den Freund heran und blickte ihm eindringlich in die Augen. »Wir haben bald Krieg, Rhaflit. Krieg, verstehst du? Es geht um mehr als nur um deine Eitelkeit.«

»Welchen Nutzen könnte das Ding überhaupt für den Krieg haben?«, fragte Kerellic neugierig.

Duibel zuckte mit den Achseln. »Ich weiß es nicht. Aber Khûlgrim glaubt an uns … Oder er befürchtet, dass er uns braucht.«

Karellic schnaubte grimmig. »Geheimnisvoll wie immer.« Er senkte seine Stimme noch ein wenig mehr. »Aber wenn selbst der alte General an dieses Ding glaubt, dann sollten wir uns lieber schnell an die Arbeit machen.«

»Haltet Ihr es wirklich für klug, die Hohepriesterin wegzuschicken?«, fragte Culnauir, als sie beide allein waren.

»Mein lieber Beschützer«, sagte Nefhiliel mit einem vielsagenden Lächeln, »war es nicht das, was du wolltest? Dass wir beide ganz für uns allein sind?«

»Umgeben von Tausenden Zwergen«, konterte er trocken.

Sie ergriff seine Hand. Seine Finger waren kühl und dünne Hornhaut überzog die Innenseiten seiner Fingerknöchel. »Was bedrückt dich?«

Seine Kiefer mahlten aufeinander und er blies die angestaute Luft hörbar durch die Nasenlöcher.

»Geliebter ...«

»Hör auf damit!«, brach es aus ihm hervor. »Hör auf, so zu tun, als hätten wir eine Zukunft.« Er senkte den Kopf und sprach nur sehr leise weiter. »Du gehörst einem anderen. Die Seele muss weitergegeben werden. Und mein Platz wird immer hinter dir sein.«

»Eines Tages brauchen wir den *Wächter* vielleicht nicht mehr«, sinnierte Nefhiliel. »Und dann können wir ...«

»Können wir nicht«, unterbrach sie Culnauir. »Bis es so weit ist, hast du Folgorin zum Gemahl genommen.«

Nun war es an Nefhiliel, den Kopf traurig zu senken. »Wieso kannst du nicht die Zeit, die wir gemeinsam haben, genießen?«

Er seufzte. »Weil wir nur wenige Augenblicke teilen. Doch die Ewigkeit meines Lebens werde ich ohne dich verbringen.«

»Ich möchte aber nicht ohne dich sein«, sagte Nefhiliel stur.

»Hohe Tochter!« Er fixierte ihren Blick und schüttelte den Kopf. »Die Zeit, in der Ihr all Eure Wünsche erfüllt bekamt, ist vorbei. Ihr seid nun erwachsen. Und es ist kein Platz mehr für Kindereien.«

»Culnauir!«, rief sie in strengem Ton. »Du redest noch immer mit deiner Prinzessin.«

Er wandte den Blick ab. »Verzeiht mir.«

Sie strich ihm mit der freien Hand über die Wange und zwang ihn, ihr wieder in die Augen zu sehen. »Wieso darf ich meine Liebe zu dir nicht ausdrücken?«

»Weil diese Liebe keine Zukunft hat«, erwiderte er mit zitternder Stimme. »Weil Euer Anblick mir jeden Tag aufs Neue das Herz bricht.

Weil ich mich lieber allein in dieses Meer von Feinden werfe, als nur einen Augenblick lang zu erleben, dass Ihr Folgorins Hand ergreift.«

Sie schlug die Hände vor dem Mund zusammen. »Culnauir!«

»Ihr kennt meine Gefühle, Prinzessin. Ich dachte, ich könnte es aushalten, doch diesen Kampf führe ich nicht mit dem Schwert, und mein Herz ist stärker als mein Verstand. Ich verliere ihn mit jedem Atemzug, der mir den Duft Eures Haars in die Nase treibt, aufs Neue.«

Sie schluckte schwer. Eine glitzernde Träne rollte langsam und kalt ihre Wange hinab. »Willst du Lyssetra dann begleiten?«

Er schüttelte energisch den Kopf. »Ich werde Euch beschützen. Der König vertraute mir Euer Leben an. Und ich kann es keinem anderen anvertrauen.«

Sie nickte und zog sich auf einen bequemen Sessel zurück.

»Ich liebe dich, Culnauir«, sagte sie leise. »Ich weiß, dass unsere Liebe keine Zukunft hat. Und dass die Sterne unser Schicksal längst besiegelt haben, doch ich werde nicht aufgeben, ehe ich es geändert habe. Ich liebe dich.«

Er seufzte gequält.

»Ich will nicht, dass du jetzt gehst, Culnauir. Bleib bei mir. Für diese Nacht, solange der Krieg andauern mag, solange wir Zeit geschenkt bekommen – bleib bei mir.«

»Nefhiliel«, flüsterte er beinahe tonlos, als er vor ihr auf die Knie sank. »Lass mich gehen«, bat er eindringlich.

Sie schüttelte den Kopf und streifte sich schluchzend die Kleider vom Leib, bis sie mit nacktem Oberkörper vor ihm saß. Ihre Brüste bebten bei jedem Atemzug und sie ergriff seine kühlen Hände. »Das kann ich nicht«, sagte sie voller Verlangen und Verzweiflung.

Müde betrat er den *Schmiedehammer*, mit einem Ziel vor Augen: noch eines von Thorvans köstlichen Starkbieren zu trinken, bevor er sich zurückziehen würde, um Kraft für den nächsten Tag zu sammeln.

Die Nachrichten waren schrecklich. Seit den alten Tagen hatte man vor Invar kein solches Feindesheer mehr gesehen. Die Stadt war in heller Aufregung. Das Wort »Krieg« fiel immer häufiger. Zuerst nur leise und verstohlen, hinter vorgehaltener Hand, doch mittlerweile war es ein offenes Geheimnis, das in der breiten Masse der Bevölkerung diskutiert wurde.

In dieser Zeit der Unsicherheit überraschte es Khûlgrim ganz besonders, dass Kerellic so wenig Sinn für Feingefühl hatte. Der Schmied saß an der Theke an seinem Stammplatz und hob gerade einen Krug mit frischem Bier an die Lippen.

Der General setzte sich neben ihn und gab Thorvan mit einer Handbewegung zu verstehen, dass er ebenfalls ein Bier trinken wollte.

»Ich dachte, ich hätte Duibel aufgetragen, dafür zu sorgen, dass du dich nicht zu offen zeigst«, brummte er.

Kerellic zuckte mit den Achseln. »Du weißt doch, ich höre so unglaublich schlecht.« Er gestikulierte mit der rechten Hand vor seinem Ohr. »Das ewige Hämmern in den Schmieden – ich glaube, ich werde bald taub.«

»Du armer, armer Mann«, pflichtete Khûlgrim ihm übertrieben besorgt bei. »Ernsthaft, Junge, warum willst du alles noch schlimmer machen und riskieren, dass Dargril dich hier entdeckt?«

»Das Arschloch ist mir doch egal«, raunte Kerellic. »Ich will nur in Ruhe ein Bier trinken … Könnte bald keine Gelegenheit mehr dazu haben, wie man so hört, oder?«

Khûlgrim entfuhr eine Mischung aus Knurren und Brummen. Ein Laut, den er immer von sich gab, wenn er mit den Möglichkeiten, die vor ihm lagen, nicht einverstanden war. »Es wird zu viel geredet«, sagte er schließlich.

»Hör auf mit der Scheiße!«, rief Kerellic und knallte den Krug auf die Theke.

Im *Schmiedehammer* war üblicherweise mehr Betrieb, aber Thorvan hatte alle Gäste rausgeworfen, als Lodgar ihm erzählt hatte, dass Kerellic sich noch ein Bier genehmigen wollte. Khûlgrim musste kurz darüber lächeln, wie viel Ansehen Kerellic noch immer genoss. Nach all den Jahren, die sein Vater nun schon tot war.

»Verarsch mich nicht, Khûlgrim«, sagte Kerellic und wedelte dabei drohend mit dem Finger vor seinem Gesicht rum. »Vor Thorvan und mir musst du dich nicht zurückhalten. Sag uns einfach die Wahrheit.«

»Also schön«, gab sich der alte General geschlagen. Thorvan stellte gerade das Bier vor ihm ab, doch er schob den Krug einstweilen beiseite.

»Es sieht beschissen aus, Jungs. Gundarik ist tot. Und mittlerweile wissen wir, dass die Schweine versuchen, Invar zu umzingeln.«

Kerellic nahm achselzuckend einen weiteren Schluck. »Also wollen sie uns belagern, na und? Das haben sie schon häufiger versucht.«

Khûlgrim schüttelte den Kopf. »Diesmal ist es anders. Es sind zu viele … Es ist, als hätte sich der gesamte monsterverseuchte Norden gegen uns verbündet.«

Das brachte selbst Kerellic kurz aus der Fassung. Der Schmied senkte langsam den Krug auf die Holztheke und blickte ihn zum ersten Mal direkt an. »Wie viele sind es?«

Khûlgrim versuchte, einen gelassenen Gesichtsausdruck zu wahren, doch er wusste, dass ihm die Furcht deutlich anzumerken war. Zum ersten Mal in seinem Leben hatte er Angst. Und er war froh, dass er es einem alten Freund eingestehen konnte, und nicht der versammelten Masse der Bevölkerung.

»Wir wissen es nicht. Vermutlich sind sie zehnmal mehr als wir – und dabei zähle ich einfach jeden Kopf innerhalb Invars Mauern, nicht nur die, die kämpfen können.«

Kerellic brummte etwas Unverständliches in seinen Bart hinein. Dann schien ihm ein anderer Gedanke zu kommen: »Warum das Siegel?«

Khûlgrim zögerte. Er hatte keine wirkliche Erklärung dafür, weshalb er Duibel das Emblem überreicht hatte. Es war aus einer Ahnung, seinem Instinkt als Kämpfer heraus geschehen, aber er hatte die Handlung niemals hinterfragt. Die einfache Frage ließ es ihm schlagartig klar werden. »Ich fürchte, die Elfen könnten es nicht bis zu König Pellaréion schaffen«, gestand er schließlich. »Ich glaube, Rhaflits Flugmaschine könnte das Einzige sein, was den Belagerungsring durchbrechen kann.«

Kerellic lachte dröhnend in den halb vollen Krug hinein. »Rhaflits Hirngespinst? Er bringt sich doch nur selbst damit um!«

Khûlgrim wandte sich dem Schmied voll zu und blickte ihm fest in die Augen. »Du musst diese Flugmaschine bauen, Junge. Und du musst dafür sorgen, dass sie fliegt. Das Überleben von jedem Einzelnen hier könnte davon abhängen.«

»Du musst sie vergessen, Culnauir.«

Die schneidende Stimme der Hohepriesterin ließ ihn zusammenzucken.

»Ich weiß nicht, wovon Ihr sprecht«, log er.

Lyssetra trat aus dem Schatten zu seiner Linken hervor und bedeutete ihm, ihr zu folgen. Als sie sicher war, dass sie außer Hörweite von Nefhiliels Unterbringung waren, blieb sie stehen und blickte sich verstohlen um.

»Sie ist die Trägerin der Seele des *Wächters*. Und es ist vorbestimmt, dass sie Folgorin zum Mann nimmt.«

Culnauir ließ seine schlechte Fassade fallen, weitere Lügen waren zwecklos. »Aber wie kann der Unterschied eines Wimpernschlages bei unserer Geburt über ihr Schicksal bestimmen? Bin ich meinem Bruder nicht ebenbürtig? Bin ich ein minderer Mann?«

Sie schüttelte den Kopf. »Darum geht es nicht, stolzer Krieger. Es gibt in den ganzen Reichen keinen zweiten wie dich.« Sie seufzte traurig. »Es ist der *Wächter*. Er verlangt, dass wir die Seele beschützen. Und solange wir den *Wächter* brauchen, ist Nefhiliels Schicksal besiegelt.«

Er ließ die Schultern hängen. »Ich liebe sie.«

»Ich weiß.« Sie legte ihm tröstend eine Hand auf die Schulter. »Und sie liebt dich auch. Doch gerade das darf sie nicht, verstehst du?« Er hob den Kopf und sie blickte ihm direkt in die Augen. »Deine Gefühle für sie haben keine Zukunft. Nicht, solange wir auf den *Wächter* angewiesen sind. Es wird Krieg geben, Culnauir. Einen langen, entbehrungsreichen Krieg, der viele Opfer fordern wird. Deine Aufgabe ist es jetzt mehr denn je, die Hohe Tochter zu beschützen.«

Schweren Herzens nickte er. »Ich würde mein Leben für sie geben.«

»Und genau das werde ich dem König berichten. Nicht weniger … aber vor allem nicht mehr, Culnauir.«

»Danke, Hohepriesterin.«

DIE LEKTION

Die Ohrfeige traf ihn hart und ein schriller Ton überlagerte zeitweise die laute Stimme: »Was treibst du nutzloser Haufen Scheiße dich so lange im Wald rum?«

Dolantan hatte den Schlag nicht kommen sehen. Nicht dieses Mal. Es hatte keine Anzeichen gegeben. Weder war sein Vormund betrunken gewesen noch hatte der Junge sich irgendetwas zuschulden kommen lassen. Kein verschüttetes Bier, kein zerbrochener Krug – er war einfach am frühen Morgen in der Küche aufgetaucht, um mit seiner Arbeit zu beginnen, da hatte ihn die fleischige Hand mit voller Wucht getroffen.

Die Hitze breitete sich über seine Wange aus und er fühlte, wie sein Gesicht rot anlief. Aus Zorn, doch ein Teil von ihm – der kleine Junge – wollte in Tränen ausbrechen und um Gnade winseln. Und die Vehemenz, die der kleine Junge in ihm an den Tag legte, überraschte ihn noch mehr.

Hatte er nicht die letzten Tage damit verbracht, seine Sinne zu schulen und seinen Körper zu stählen? Hatte Vargan ihn nicht zum Mann gemacht? Ihm mehr Selbstachtung gegeben, als alles Gold der Welt es könnte?

Die Wahrheit war, dass Dolantan im Herzen noch immer ein Junge war. Und diese einfache Erkenntnis zerstörte innerhalb eines Wimpernschlags seine Illusion.

Du bist nur ein schwaches Kind!, verhöhnte ihn eine zweite Stimme in seinem Kopf. Eine widerliche Stimme, die er bereits sein ganzes Leben lang hörte. Die ihm immer wieder vor Augen führte, wie nutzlos er war.

»Antworte, Junge!«, brüllte sein Vormund, und Dolantan erkannte, dass der Mann die Frage wohl schon zum zweiten Mal stellte, denn seine Hand war bereits wieder zum Schlag erhoben. »Was treibst du den ganzen Tag im Wald?«

»Das geht Euch nichts an«, hörte er sich selbst murmeln und wäre beinahe erschrocken einen Schritt zurückgetaumelt. War da doch mehr in ihm als dieser kleine Junge?

»Was hast du da gesagt?« Der fette Wirt beugte sich fragend zu ihm hinunter.

Dolantan brach in Tränen aus, die Stimme in seinem Kopf verhöhnte ihn weiterhin, doch der Junge entschied sich, nicht noch weiter nachzugeben. Irgendwo in ihm regte sich Widerstand. Irgendwo in seiner Seele sammelte sich eine Kraft, bäumte sich auf und zwang ihn, die Schultern zu straffen. »Ich sagte, es geht Euch nichts an«, sprach er mit der festesten Stimme, die er aufbringen konnte.

Sein Vormund zeigte sich verwundert. »Du gehörst mir! Dass ich dich ohne Kette herumlaufen lasse, ist nur meiner Milde zu verdanken, du nichtsnutziger Wurm. Wenn ich dich nicht mehr haben möchte, stelle ich dich auf dem Markt ab und nehme das beste Angebot an, das man mir für einen Mickerling wie dich macht.«

Dolantan schüttelte schweigend den Kopf.

»Du glaubst mir nicht?« Der Wirt lachte laut. »Was glaubst du, wie ich in deinen Besitz gekommen bin? Irgendeine abgerissene Hure hat dich auf dem Marktplatz für eine halbe Flasche Schnaps verkauft! Ich weiß nicht einmal, ob sie deine Mutter war, aber ich habe für meinen Schnaps noch eine Zugabe bekommen.« Seine Augen starrten kurz ins Leere, als er in seinen Erinnerungen kramte. »Falls du dem Schoß dieser Hure entsprungen bist … wer weiß, vielleicht hast du einen Halbbruder.« Seine wütenden Züge verzogen sich zu einem schmierigen Grinsen. »Du kannst ja die Gilde bei der Suche nach deiner Hurenmutter um Hilfe bitten!« Sein vor Spott triefender Tonfall zeigte Dolantan deutlich, mit welchen Konsequenzen sein Vormund rechnete.

»Wieso den weiten Weg bis zu Celless machen?«, ertönte eine Stimme, die dem Jungen während der letzten Tage zunehmend vertrauter geworden war, und er lächelte erleichtert.

Das Grinsen seines Vormunds gefror, und er wagte nicht, sich umzudrehen.

»Also, was soll der Junge die Gilde fragen?« Vargan stand jetzt ganz dicht hinter dem Wirt. Dolantan konnte sich gut vorstellen, wie der widerliche Mann den heißen Atem des Meuchelmörders im Nacken spürte, und dieses Wissen fühlte sich gut an.

Sein Vormund versteifte sich weiter, Schweißperlen bildeten sich auf seiner Stirn. »Er soll die Gilde fragen, wer seine Mutter ist.«

»Wie nanntest du sie noch?«

»H-Hurenmutter.«

»Interessant«, flüsterte Vargan, als er den Wirt schließlich umrundete und ihn zwang, ihm in die Augen zu blicken.

»Nun ... ich dachte nur, der Junge ... könnte sie vielleicht treffen«, stammelte der Wirt weiter.

»Und was soll ihm das bringen?« Vargan verschränkte die Arme vor der Brust. »Kennst du deine Mutter?«, fragte er direkt.

Der Wirt nickte.

»Und hat sie deinen Lebensweg bestimmt?« Er machte eine ausladende Geste, bei der der Wirt unweigerlich zusammenzuckte. »Hat deine Mutter dich dazu ermutigt, dieses Rattenloch zu besitzen?«

Dolantans Vormund schluckte schwer. »Nein.«

»Was wollte sie dann für dich?«

Er zuckte die Achseln. »Ich sollte Zimmermann werden.«

Vargan verzog die Augenbrauen. »Interessant. Und warum bist du das nicht geworden?«

Wieder zuckte der Wirt die Achseln. »Ich konnte es nicht.«

»Und was hat es dir dann gebracht, den Wunsch deiner Mutter zu kennen? Wo du sie doch bloß enttäuscht hast?« Er wartete die Antwort des feisten Mannes nicht ab. »Nichts.« Er verengte die Augen zu schmalen Schlitzen. »Nun liegst du nachts in deinem Bett und haderst mit deinem Schicksal. Bist verbittert und lässt deine Wut an diesem Jungen aus, nicht wahr?«

Der Wirt wagte keine Regung.

»Dolantan ist frei«, erklärte Vargan gelassen. »Er schuldet niemandem seinen Dank. Er trägt keine Verantwortung für andere. Er hat keine Erwartungen zu erfüllen. Er hat sein Leben selbst in der Hand.«

Nach einer kurzen Pause schob er noch hinterher: »Oder findest du nicht?«

»Ihr habt recht, Herr.«

»Und beneidest du den Jungen nicht darum?«

Der Wirt nickte eifrig.

Vargan klatschte laut in die Hände, was den Wirt erneut heftig zusammenzucken ließ. »Dann solltest du ihm das auch einmal zeigen, findest du nicht?«

Der Mann sah den Meuchler verwundert an.

Vargan machte eine auffordernde Geste: »Na los, sage ihm, dass du ihn beneidest!«

»Ich … ich beneide dich, Junge«, stotterte der Mann. Mit einem Mal kam er Dolantan gar nicht mehr so bedrohlich vor.

Vargan schien nicht zufrieden. Er versetzte dem Mann einen harten Faustschlag in den Magen. »Das kannst du besser. Ich sollte auch hören, dass du es ernst meinst.«

Der Wirt schlang die Arme schützend um seinen dicken Bauch. »Natürlich«, presste er zwischen seinen dünnen Lippen hervor. »Dolantan, mein lieber Junge«, begann er und sah dabei auf, »ich wollte dir schon immer sagen, dass ich dich um deine Freiheit beneide.«

»Und weil du eifersüchtig warst, hast du was getan?«, hakte Vargan nach.

Der Wirt druckste herum. »In meiner Eifersucht habe ich … da habe ich … dich schlecht behandelt!«

Vargan nickte. »Ganz recht. Und?« Seine Hand wanderte unmerklich zum Griff des Rapiers.

»Und das tut mir sehr leid.«

»Und?«

»Und es kommt nie wieder vor.« Der Tonfall des Mannes war zu einem leisen Winseln verkommen.

Dolantan konnte kaum glauben, was er da hörte. Zeit seines Lebens hatte dieser Mann ihn drangsaliert. Hatte ihn geschlagen, angeschrien und auf beinahe jede erdenkliche Art bestraft. Meistens für Verfehlungen, die er niemals begangen hatte. Ihn jetzt so vor sich auf den Knien zu sehen … hatte etwas sehr Befriedigendes, aber auch Verstörendes. Eine Konstante seines Lebens hatte sich gerade verschoben, das konnte er deutlich spüren. Und er wusste nicht, wie sich sein Leben nun weiterentwickeln würde.

Würde sein Vormund sich an dieses Versprechen halten, oder würde der Schmerz schon am nächsten Tag von Neuem beginnen?

»Dolantan wird weiterhin Zeit mit mir verbringen, nicht wahr?«

»Ja.«

»Dann haben wir uns verstanden.«

Damit packte er Dolantan am Arm und sie verließen die Taverne.

»Vielen Dank«, brachte der Junge hervor, als sie gerade auf ihrem Weg den Stall passierten.

»Dafür brauchst du mir nicht zu danken«, erwiderte der Meuchelmörder. »Aber das nächste Mal werde ich dir nicht mehr helfen, verstanden?«

Dolantan nickte. Er verstand, was der gefährliche Mann ihm beibringen wollte. Es ging um mehr als bloß zu überleben. Es ging darum, die Selbstachtung dabei zu finden.

»Aber mit einer Sache hattet Ihr unrecht«, sagte er schließlich.

»Und zwar?«

»Ich bin Euch zu Dank verpflichtet.«

Für einen kurzen Augenblick glaubte er, ein Lächeln auf Vargans Lippen zu sehen.

TROMMELN

Duibel hatte noch niemals zuvor so viele bewaffnete Zwerge gesehen. An den äußeren Fallen und Toren standen nicht länger nur ein Grenzläufer, eine Schildwache und ein Gnom, sondern nicht weniger als zehn Zwerge, die alle schwer bewaffnet waren. Wäre die Lage nicht so ernst, hätte Duibel bei dem Anblick des einen verlorenen Gnoms laut gelacht, doch mit jedem Wachtposten, den er besuchte, wurde ihm mehr und mehr bewusst, dass sein friedliches Leben schon bald eine verblassende Erinnerung sein könnte.

Die Grenzläufer nickten ihm häufig anerkennend zu, schließlich hatte sein Vater, Mirzon, die Armbrust erfunden, die sich gerade in den engen Gängen und Tunneln bestens für den Kampf auf mittlere Entfernungen eignete. Ein Umstand, der im bevorstehenden Krieg eine entscheidende Rolle spielen könnte.

Meist ertappte er sich selbst dabei, wie er ihren Blicken auswich. Er schämte sich zu sehr dafür, die Erfindung seines Vaters noch nicht verbessert zu haben. Gerade jetzt wurde ihm sein Versagen nur allzu deutlich vor Augen geführt.

Wenn die Orks uns in diesem Krieg zu sehr zusetzen … Wenn Sie einen Fuß in Invars Hallen setzen können … Dann ist das meine Schuld, sagte er sich immer wieder.

Kerellic und Rhaflit waren ununterbrochen damit beschäftigt, Rhaflits Flugmaschine zu bauen. Mittlerweile wurden sie dabei sogar von Gnitzlik unterstützt, denn der Erste Ingenieur half ihnen bei der Konstruktion einer Dampfmaschine für den Antrieb des Propellers.

Duibel kam sich bisweilen ziemlich überflüssig vor, zumal Rhaflit noch stärker als sonst in seinen eigenen Sphären schwebte, während

Kerellic nur mit äußerster Mühe seine wenigen Geduldsfäden beisammenhalten konnte. Wann immer ein Teil nicht sofort perfekt in ein anderes griff, wurde Rhaflit wütend und wanderte zeternd umher. Mehr als einmal hörte Duibel den Freund von »der grenzenlosen Dummheit der Zwerge« sprechen.

Gnitzlik versuchte dann immer, die Wogen zu glätten, was ihm auch meistens gelang, doch hin und wieder warf Kerellic ungezielt mit einem Schraubenschlüssel nach dem exzentrischen Ingenieur.

Gerade als Duibel die große Ingenieurshalle betrat, schlug ein schwerer Maulschlüssel nur wenige Zentimeter von Rhaflit entfernt klirrend auf dem Boden auf.

»Ich hab es dir immer wieder gesagt, Dummkopf!«, schrie Rhaflit mit rotem Kopf. »Das Gestänge muss vor dem Zusammenschrauben abgestützt werden, sonst verzieht sich der Rahmen.«

»Dann gleichen wir das hinterher wieder aus! Wie oft denn noch?«, brüllte Kerellic zurück.

»Das ist keine tumbe Axt für tumbe Hände, die von einem noch tumberen Geist befehligt werden!« Rhaflit schüttelte den Kopf. »Wenn meine Berechnungen korrekt sind, dann haben wir keinen Spielraum für Fehler, Kerellic.«

»Ich glaube, wenn deine Berechnungen korrekt sind, sollten wir das Ganze lieber gleich bleiben lassen!«

»Ach, was verstehst du denn schon davon!«

Duibel unterdrückte ein Kichern. Gnitzlik war weniger diskret.

Der Erste Ingenieur rollte zwischen die beiden Streithähne. »Genug!« Er packte sie am Arm und rüttelte daran so fest er konnte. »Wir befinden uns im Krieg! Es mag noch kein Bolzen geflogen sein, doch die ersten Opfer sind bereits gefallen. Reißt euch zusammen! Diese Flugmaschine könnte vielleicht unsere einzige Möglichkeit sein, den Elfenkönig zu erreichen …«

»Was ist mit der Hohepriesterin?«, fragte Rhaflit verwirrt. »Sie bricht doch noch heute auf.«

»Und kannst du garantieren, dass sie den Elfenwald erreicht?«

Die einfache Frage ließ sie alle schlagartig innehalten.

Gnitzlik atmete tief durch. »Wir wissen nicht, wie weit der Feind schon vorgedrungen ist, oder wie schnell er uns umzingelt. Aber eine

Armee dieser Größe ist kein kleiner Raubzug … es ist eine Invasion.« Er deutete mit Nachdruck auf die ausgebreiteten Pläne seiner Dampfmaschine: »Los, lasst uns ein paar Versuchsmodelle bauen und ausprobieren.«

Rhaflit hielt inne und starrte auf ein kurzes Metallrohr in seinen Händen. »Wie ist das eigentlich«, murmelte er. Dann blickte er Gnitzlik direkt an: »Ich meine, so ein Krieg. Ist es sehr schlimm?«

Der alte Gnom wollte zuerst abwehrend mit den Armen wedeln, wie er es immer tat, wenn er einem jungen Schüler keine Antwort auf eine offensichtlich dumme Frage geben wollte, doch dann wurde sein Blick ernst und er rieb sich seufzend das Kinn. »Ja.«

Unbehagliches Schweigen breitete sich zwischen ihnen aus. Duibel spürte mit einem Mal eine Eiseskälte, die ihm langsam – nahezu genüsslich – an den Waden emporkroch. Gnitzlik schien nichts zu spüren, denn er saß noch immer schweigend in seinem Rollstuhl.

»Nun red schon weiter!«, platzte es aus Rhaflit heraus.

»Das Warten auf die Schlacht«, begann der Erste Ingenieur leise, »ist beinahe noch schlimmer als die Kämpfe selbst. Man sitzt in seinem Zuhause und weiß, dass der Feind sich nur wenige Meter von einem selbst befindet. Nur grauer Fels, der uns umgibt. Die selbst gewählte Dunkelheit, die die Finsternis von uns fernhält.« Er schien jetzt völlig in düstere Sphären seines Geistes abgedriftet zu sein, denn seine Stimme war kaum mehr als ein Flüstern. »Man wartet. Und wartet. Und dann beginnt es.«

»Die Schlacht?«, fragte Rhaflit mit bebender Stimme.

Gnitzlik schüttelte den Kopf. »Die Trommeln. Sie kündigen ihren Angriff mit Trommelschlägen an. Sie beginnen langsam und leise, steigern sich über den Verlauf mehrerer Tage. Wenn man schon dachte, die Stille nicht zu ertragen, dann sind die Trommeln noch schlimmer. Denn der hämmernde Rhythmus bringt dich um den Schlaf. Unablässig schlagen sie auf den Fels, lassen die Erde erzittern.« Er schluckte. »Es geht so lange, bis du den Angriff herbeisehnst. Den Angriff und deinen Tod, weil du es einfach nicht mehr länger erträgst.«

Er atmete tief durch und blickte sich nach seinen Bauplänen um. »Das, mein Junge, ist der Krieg. Und ich verstehe nicht, weshalb der *Schöpfer* ihn über uns gebracht hat.«

»Es waren die Diener des *Zerstörers*, die den Krieg brachten«, hielt Kerellic wütend dagegen.

Gnitzlik zuckte mit den Schultern. »Kann man das jetzt noch sicher sagen? Weißt du, wer angefangen hat? Sie greifen uns an, wir vergelten es ihnen. Sie schleifen einen unserer Außenposten, wir leiten einen Fluss um und lassen ihre Felder verdorren. Nein, Kerellic, dieser kommende Krieg ist das Erbe all unserer Handlungen. Die unausweichliche Konsequenz.«

Der Zwergenschmied ließ den Hammer krachend auf einen kleinen Amboss niederfahren. »Es ist mir egal, wer begonnen hat. Wir werden es diesmal beenden. Wir oder der *Wächter*.«

Duibel staunte nicht schlecht, als er das Aufgebot der zwergischen Krieger sah. Die Schildwachen waren versammelt angetreten – die Überwachung der Fallen wurde den Grenzläufern übertragen. Begleitet wurden sie diesmal nicht von jungen Gnomen, sondern den erfahreneren Ingenieuren. Nichts wurde dem Zufall überlassen.

Auf dem großen Platz vor der Thronhalle, wo sie vor wenigen Tagen noch ausgelassen die Ankunft der Elfen gefeiert hatten, standen knapp eintausend Schildwachen versammelt.

Sogar Kerellic hatte seine alte Rüstung angezogen, um sich seinen ehemaligen Kameraden anzuschließen.

Als Khûlgrim ihn erblickte, schüttelte er bestimmt den Kopf. »Dein Platz ist an anderer Stelle, das weißt du.«

Kerellic nickte. »Ich wäre lieber hier.«

»Aber die Aufgabe, die dich erwartet …«

»… ist der Grund dafür, dass ich lieber hier wäre.«

Die sie umgebenden Zwerge brachen in heiteres Gelächter aus, das noch an Lautstärke gewann, als Rhaflit sich lautstark beschwerte.

»Du undankbarer Tölpel! Ich gebe dir die einmalige Gelegenheit, dich hoch in die Lüfte zu erheben.«

Kerellic schnaubte. »Du gibst mir die Gelegenheit, jämmerlich zu verrecken.« Er sah Khûlgrim flehend an. »Bitte! Ich nehme jede Narbe in Kauf. Ich kämpfe gegen den größten Troll, aber erlöse mich von diesem Wahnsinnigen.«

Der General lachte schallend. »Schaut ihn euch an, Jungs! So spricht eine echte Schildwache. Was glaubt ihr, wollen wir ein paar Orks in den Arsch treten?«

Die Antwort war beeindruckend und einhellig. Tausend Kehlen schrien ihre Verachtung für den alten Feind hinaus. Invars Fundamente vibrierten und zollten der Gewalt ihren Tribut.

Kerellic löste sich aus den Reihen der Schildwachen und stellte sich wieder zu Duibel und Rhaflit. Khûlgrim warf ihm einen verstohlenen Blick zu, der dem jungen Gnom jedoch nicht entging.

»Habt ihr das alles geplant?«, fragte Duibel neugierig.

Kerellic nickte leicht. »Sieh dir die Schildwachen an. Über die Hälfte von ihnen hat noch niemals einen echten Kampf gesehen. Und die anderen waren auch fast alle nur in kleinere Scharmützel verwickelt. Der Krieg macht ihnen Angst.«

»Er macht jedem Angst.«

»Aye.« Kerellic nickte. »Darum war es wichtig, sie ein wenig zu beruhigen.«

Rhaflit stieß ihn in die Seite und deutete auf die Thronhalle. »Ruhe jetzt.«

König Arlon Eisenbart löste sich aus den Schatten des geöffneten Tores und marschierte auf die versammelte Armee zu. Seine goldene Prunkrüstung hatte er gegen einen viel praktikableren Plattenpanzer aus Mithril eingetauscht. An seiner Seite baumelte eine Streitaxt mit breitem Blatt und über den Rücken hatte er einen Drachenschild geschnallt.

Er marschierte direkt auf Khûlgrim zu und umarmte den General freundschaftlich. »Einen feinen Haufen hast du da zusammengebracht, mein Freund.«

»Die Auswahl war groß. Jeder Mann und jede Frau will dem Pack den Arsch aufreißen.«

Arlon lachte laut – ein wenig zu laut, fand Duibel, doch er verbarg seine Grübelei, indem er in das Lachen des Zwergenkönigs einstimmte.

»Und dafür werden wir reichlich Gelegenheit bekommen!«, brüllte Arlon, was wieder einen Begeisterungssturm unter den versammelten Schildwachen auslöste.

Eine viel zartere Stimme ließ den König herumwirbeln und sich tief verbeugen. »Ah, Prinzessin! Ist die Hohepriesterin bereit zum Aufbruch?«

Prinzessin Nefhiliel nickte und deutete auf die kleine Gruppe Elfen, die etwas abseits der großen Menge stand.

Lyssetra und zwei von Culnauirs Bogenschützen hatten sich auf die Reise vorbereitet. Ihnen würden sich Eldrir und Frombur anschließen. Die erfahrenen Gebirgsläufer würden die kleine Gruppe sicher durch die verborgenen Pässe und Tunnel führen. Ein Marsch über Land war mittlerweile ausgeschlossen. Die Gefahr, dass der Feind sie aufgreifen könnte, war einfach zu groß.

»Orientiert euch am östlichen Strom«, sagte Arlon, als er die beiden Gebirgsläufer verabschiedete. »Das bringt euch zwar in die Nähe der Menschen, aber die Orks können dort auch nicht so leicht in großer Masse auftreten.«

Die Elfen unterhielten sich, aber Duibel konnte sie nicht verstehen, da die Schildwachen noch immer zu viel Lärm machten. Er hatte den Eindruck, dass Lyssetra und die Hohe Tochter noch eine letzte Meinungsverschiedenheit klärten, doch was immer die Hohepriesterin auch auf dem Herzen hatte, die Prinzessin setzte sich durch.

Culnauir instruierte die beiden Elfenkrieger, doch Duibel konnte sich ausmalen, dass er ähnliche Worte wählte wie Arlon für Eldrir und Frombur.

Die kleine Gruppe sagte allen Lebewohl und brach schließlich ohne weitere Verzögerung auf.

»Bis die Glocke den Einbruch der Dunkelheit ankündigt, haben sie es zur ersten sicheren Höhle geschafft«, sagte Kerellic nachdenklich. »Hoffen wir, dass die Orks sie noch nicht gefunden haben.«

Später wanderte Duibel allein durch Invars verwaiste Straßen. *Der drohende Krieg bringt alle dazu, sich in ihren Häusern zu verkriechen,* dachte er. *Zeit für die Lieben, die man vielleicht schon morgen nicht mehr sehen wird. Nie mehr sehen wird.*

Die Gasse war völlig verlassen. Die Häuser ragten drohend und kalt neben ihm auf, sperrten ihn in ein Labyrinth aus Kummer und Leid. Sie alle konnten schon bald dem *Schöpfer* gegenübertreten.

Duibel stellte sich ein Invar vor, das verlassen war – alle Bewohner getötet oder geflohen. Die sicheren Tore der Stadt entzweigerissen, die Gänge und Gebäude würden nach und nach der Verwitterung zum Opfer fallen. Dieses Bild machte ihm Angst.

Sicher, es würde Jahrhunderte dauern, bis der letzte kleine Stein zerbröckelt wäre, doch was kümmerte es die Zeit? Sie würde unbeirrt voranschreiten.

Ein anderes Bild schlug sich mit messerscharfen Klauen in seinen Geist. Das Bild von Invar und Ventril, die von Orks, Goblins und Trollen bewohnt wurden, und dieser Gedanke schürte stattdessen seine Wut.

»Diese widerlichen Kreaturen werden unsere schöne Stadt nicht bekommen«, stieß er unwillkürlich zwischen zusammengepressten Zähnen hervor.

»Das werden sie auch nicht«, ertönte die Stimme des Elfenkriegers, und Duibel zuckte vor Schreck zusammen.

Er blickte sich um und bemerkte, dass er in seinen Gedanken völlig ziellos umhergewandert war und mit einem Mal vor dem *Wächter* stand.

Die riesige Statue aus feinstem Kristall ließ ihn vor Ehrfurcht erzittern.

Culnauir trat von dem Artefakt zurück und stellte sich neben Duibel. »Ja, die ultimative Waffe. Und das Geschenk des *Schöpfers* an uns, um für immer in Sicherheit zu leben.«

»Und das wird reichen?«, platzte es aus ihm heraus. Der Koloss war beeindruckend, doch es war für ihn nicht mehr als das. Eine fünf Meter hohe Statue aus bläulich schimmerndem Kristall, die als Symbol für einen Gott stand, der seine Kinder schon vor Jahrtausenden verlassen hatte.

»Der *Wächter* hat die Macht, alles in seinem Weg zu vernichten«, sagte Culnauir leise – beinahe traurig, fand Duibel.

»Hast du es denn schon einmal gesehen?«

Die Frage ließ den Elfenkrieger innehalten und die Stirn runzeln. »Nein, ich bin noch zu jung … Die letzte Seelenverbindung wurde …«

»Also weißt du es nicht mit Sicherheit«, stellte Duibel fest. »Wie kann man so blind einer Sache vertrauen, die man niemals überprüfen konnte?«

Culnauir lächelte plötzlich sanft. »Liebe, Herr Ingenieur.«

»Die Liebe des *Schöpfers*?«

Der Elf zuckte die Achseln. »Möglich.«

Duibel kratzte sich am Kopf. Häufig ergab das Gerede der Elfen für ihn keinen Sinn – aber vielleicht musste man dafür einfach mehrere Jahrhunderte erlebt haben. »Der *Wächter* kann keine Liebe verspüren, er ist ein Haufen Stein. Schöner Kristall, so viel steht fest, aber es bleibt ein Haufen Steine.«

»Der *Wächter* wird uns beschützen bis ans Ende unserer Zeit.«

»Und was geschieht dann mit uns?«

Culnauir blickte ihm fest in die Augen. »Ich weiß es nicht.« Er zuckte mit den Schultern. »Damit endet die Prophezeiung. Der *Wächter* wird euch beschützen bis ans Ende der Zeit.«

Duibel rieb sich nachdenklich das Kinn. »Also für mich klingt das nicht so, als sollte man es wörtlich nehmen …«

Der Elfenkrieger lachte trocken. »Ich habe erkannt, dass in diesen Prophezeiungen mehr Wahrheit liegt, als man glauben mag.« Culnauir trat nach vorne und legte eine Hand auf den Unterschenkel des Kolosses. Fast schien es Duibel, als würde der Elf den Kristall zärtlich streicheln. »Mit dem *Wächter* an unserer Seite werden wir niemals versagen.«

Er verstand nicht, wie der *Wächter* etwas ausrichten konnte. Wie konnte ein Klotz Kristall eine Armee besiegen? Er stand doch einfach nur rum!

Nein, Duibel wusste, es gab ein Geheimnis, das er nicht kannte. Irgendeine Art von alter Magie. Doch selbst *wenn* der *Wächter* so mächtig war – es war bloß ein Monster gegen eine ganze Armee davon. Der *Wächter* konnte nicht überall sein. Und selbst wenn er die gesamten Feinde in die Flucht schlagen könnte, so würde es viel zu lange dauern. Die Verluste wären gewaltig.

Er würde auf seine eigene Art einen Beitrag zu ihrem Überleben leisten müssen.

Eldrir rieb sich die linke Hand. Sie schmerzte noch ein wenig, seit er den Abstieg vom Ausguck gemacht hatte, doch mit jedem Tag wurde es besser.

Frombur aß gerade einen Streifen getrocknetes Hammelfleisch. Bei dieser Geschwindigkeit wäre seine Ration schon bald Geschichte. »Was hältst du von der ganzen Sache?«, fragte er zwischen zwei Bissen.

Eldrir wiegte den Kopf hin und her. »Ich weiß nicht. Südlich der Berge haben wir noch keine Orks gesehen.«

»Vielleicht warten sie noch?«

»Worauf?«

Frombur leckte sich die Fingerspitzen nacheinander ab. »Darauf, dass wir außer Sichtweite von Invar sind?«

Unwillkürlich wanderte seine rechte Hand zum Griff seiner Streitaxt und Frombur kicherte diebisch.

»Mach dir nicht ins Hemd!«

»Du warst nicht da oben im Ausguck ...«

»Ach, Scheiße«, brummte der alte Zwerg missmutig. »Du kannst einem wirklich den Abend versauen.« Frombur richtete sich auf die Ellenbogen auf und blickte ihn tadelnd an. »Wir laufen so schnell wir können. Und dann kommen wir mit den Elfen zurück und treten den Orks in den Arsch. Und jetzt halt die Klappe und leg dich hin!«

Sie folgten der Felsspalte, die den Flusslauf markierte. Über die Klippe ging es gut fünfzig Meter in die Tiefe, ehe man die Wasseroberfläche erreichte. Weiter nach Süden flachte der Boden ab und irgendwann verlor sich der Canyon in weitem Grasland. Erst da würden sie eine andere Richtung einschlagen, um die Elfenlande zu erreichen und die Menschen zu meiden.

Der zerklüftete Untergrund gestaltete das Vorankommen beschwerlich. Eldrir war erstaunt, wie geschickt die Elfen sich bewegten, obwohl das Gelände doch für sie völlig ungewohnt war. Lediglich Lyssetra hing einige Schritte zurück.

Das Rauschen des Flusses war hier oben nur leise zu hören, doch es war noch immer laut genug, um seine Wahrnehmung zu stören, weshalb Eldrir sich häufig umblickte. Die Landschaft veränderte sich mit jedem Schritt in Richtung Süden, den sie taten. Die Zwergentunnel hatten sie ein gutes

Stück südlich von Invar auf die Hochebene geführt. Und war das Gebiet erst felsig und karg, wandelten sie jetzt über saftige Wiesen und hohes Gras. Die ersten Bäume erkämpften sich ihren Lebensraum und sorgten so dafür, dass das Gelände zunehmend schwieriger einzusehen wurde.

Es war ein harmloser Schulterblick, der ihn seine Waffe ziehen ließ.

»Orks!«, brüllte er aus voller Kehle und über das murmelnde Wasser hinweg. Die Elfenkrieger waren augenblicklich kampfbereit, spannten schlanke Pfeile auf ihre Langbögen und streckten die erste Kreatur mit gezielten Schüssen nieder.

Frombur ging neben Eldrir in Stellung. Gemeinsam versuchten sie, die Hohepriesterin vor einer direkten Attacke zu schützen.

»Wie viele?«, fragte Frombur und blickte sich suchend um.

»Ich weiß es nicht. Der eine, den ich gesehen habe, ist schon tot.«

Zu ihrer Linken brach ein Ork brüllend durch ein Gebüsch. Die roten Augen glühten vor Mordlust und er hievte eine krude Axt über seinen Schädel.

Frombur zog seine Armbrust und betätigte den federgetriebenen Schnellspannmechanismus, der innerhalb eines Wimpernschlags die Waffe durchlud.

Der kleine Bolzen fand sein Ziel und versenkte sich im Brustkorb des heranstürmenden Orks. Dessen Kriegsschrei wurde rasch zu einem Jaulen, ehe er torkelnd zusammenbrach.

Noch ehe sein Kadaver vollends auf dem Boden aufgeschlagen war, erschien ein weiterer Gegner, der im hohen Gras gelauert hatte. Dieser Ork ging sehr viel behutsamer zu Werke und versteckte sich hinter einem Schild, doch ein Pfeil traf ihn seitlich in den Hals, durchschlug das weiche Fleisch und riss Adern und Hautfetzen mit sich, als er seinen Weg fortsetzte. Der Ork öffnete den Mund. Falls er etwas sagen wollte, ging es in einem Schwall dicken Blutes unter.

Auch die Elfen begaben sich in Nahkämpfe, als mehr und mehr Orks auf sie einstürmten.

Der erste von Culnauirs Kriegern ging mit grässlichen Wunden zu Boden. Eldrir musste nicht sehen, wie sein Licht erlosch, um zu wissen, dass er tot war.

Der zweite Krieger erwehrte sich der Angriffe dreier Orks, als einer von Fromburs Bolzen das Verhältnis ein wenig ausbesserte.

Mittlerweile war die kleine Repetierarmbrust leer gefeuert und Frombur zog sein Kurzschwert.

»Hohepriesterin!«, rief Eldrir über den Kampfeslärm hinweg. »Ihr müsst fliehen! Wir können sie nicht besiegen.«

Frombur tauchte unter einem Axthieb hindurch und zerschnitt einem Ork die Kniesehnen. Das Bein des Monsters knickte weg, doch der massige Körper fiel so unvorteilhaft, dass Frombur hart an der Schulter getroffen wurde und ins Straucheln geriet. Er versuchte noch, den Hieb eines anderen Orks zu parieren, doch seine Parade war zu langsam und die Axt traf ihn direkt in die Hand, zerhackte ihm drei Finger und das Schwert entglitt seinem Griff.

Der alte Zwerg zog einen schweren Dolch und rammte ihn dem Ork in die Seite, aber die Wunde würde den Bastard erst in einigen Stunden töten.

Eldrir entfuhr ein stummer Schrei, als der verletzte Ork seinem Freund mit einem brachialen Hieb den Schädel spaltete. »Hohepriesterin, Ihr müsst …«

Weiter kam er nicht, als ein heißer Schmerz in seinem Rücken ihm sämtliche Luft raubte. Die Klinge steckte noch in seinem Rücken, sein Gegner hatte sich nicht einmal die Mühe gemacht, sie wieder herauszuziehen. Vermutlich hielten die Krieger direkt auf die schöne Hohepriesterin zu. *Verfluchte Schweine!*

Lyssetra schrie hysterisch. Eldrir konnte es nicht sehen, doch das brauchte er auch nicht. Die Orks hatten sie.

»Der Fluss fließt direkt durch den Elfenwald«, erinnerte er sich an die Planung ihrer Reise.

Aus den Augenwinkeln sah er noch, wie der letzte Elf von mehreren Orks überwältigt wurde, dann taumelte Eldrir blindlings nach hinten, bis sein Fuß endlich keinen Halt mehr fand.

Es war ein langer Weg, bis sein Körper schließlich auf der Wasseroberfläche aufschlug. Und die letzten Gedanken seines Lebens kreisten um die Frage, ob der Strom seinen toten Körper bis ins Elfenreich tragen würde.

Trommeln.

Duibel wusste nicht mehr den genauen Zeitpunkt, doch irgendwann in der Nacht hatte es begonnen. Und wie Gnitzlik vorausgesagt hatte, ertönte zuerst ein überaus langsamer Rhythmus.

Als würde ein schlafendes Herz nach und nach erwachen. Mit jedem Schlag pumpte es frisches Blut durch die Adern seines Körpers. Und mit jedem Trommelschlag staute sich die Raserei ihrer Gegner weiter auf. Wenn der Druck nur groß genug wäre, würde ein Gefäß schließlich platzen und einen Strom des Verderbens über Invar bringen.

Duibel ging ziellos durch Invars Straßen. Er konnte einfach nicht schlafen. Ständig zählte er die Zeit zwischen den einzelnen Trommelschlägen, versuchte daraus eine Formel zu errechnen, wann die Folter ihren Höhepunkt erreichen würde, nur um dann doch einzunicken, bis der nächste Trommelschlag ihn wieder erschreckte.

Bumm.

Er zuckte zusammen und blickte sich um, als erwartete er, jeden Moment von einer wilden Horde Orks zerfleischt zu werden.

Die verstreuten Schildwachen, die an jeder größeren Kreuzung ihren Dienst verrichteten, zeigten sich davon ungerührt – oder ließen sich ihre Unsicherheiten einfach nicht so leicht anmerken.

Duibel wusste, dass die erfahrenen Krieger nicht hier abgestellt waren, um eine Kreuzung zu bewachen. Die ersten Kämpfe würden draußen vor Invars Toren stattfinden.

Die Schildwachen sollten der Bevölkerung Invars ein Gefühl von Sicherheit vermitteln, indem sie stoisch mit ihren Drachenschilden im Licht der Kreuzung standen und jedem Zwerg und jedem Gnom das Gefühl vermittelten, dass alles in Ordnung sei.

Eine falsche Sicherheit.

So viele Dinge sprachen gegen sie. Invar war eine uneinnehmbare Festung, doch genauso leicht könnte man sie darin einkesseln. Und dann würde der Berg zu ihrem Grab.

Dieser letzte Gedanken trieb ihn in den letzten Tagen an, unablässig an eigenen Plänen zu arbeiten. Es ging mittlerweile sogar so weit, dass Rhaflit, Kerellic und Gnitzlik die Flugmaschine fast allein zusammenbauten.

Bumm.

Dieser Schlag war deutlich früher gefallen als die zuvor. Oder hatte er sich das bloß eingebildet?

Er erstarrte mitten in der Bewegung und lauschte.

In einigen Häusern um ihn herum wurden kleine Lampen entzündet, Zwergengesichter erschienen hinter dicken Glasscheiben und furchterfüllte Augenpaare lugten zwischen halb geöffneten Fensterläden hindurch.

Selbst die einsame Schildwache hielt es jetzt nicht mehr stur an ihrem Platz. Der Zwerg trat kurz von einem Bein aufs andere und prüfte übertrieben beiläufig den Sitz seiner Waffe.

Doch es gab keine Wiederholung.

Die Schildwache straffte die Schultern und nahm die befohlene Haltung wieder ein.

Zu Duibels Rechten wurde ein Fensterladen leise geschlossen und das Licht dahinter gelöscht. Ein anderer Zwerg nickte ihm hinter einem Fenster aufmunternd zu und verschwand dann wieder im Schatten seiner Behausung.

Dann, als Duibel gerade dachte, er hätte sich geirrt – *Bumm.*

Mit einem Mal waren die umliegenden Häuser hell erleuchtet.

Die Schildwache rannte los in Richtung Thronhalle und Duibel folgte ihr, so schnell seine kurzen Beine ihn tragen konnten.

Vor der Thronhalle hatte sich bereits eine größere Menge versammelt, und er konnte sogar Nefhiliel und Culnauir ausmachen – was nicht weiter verwunderlich war, denn sie überragten selbst den größten Zwerg um fast zwei Köpfe.

Arlon stand auf einem Podest, sodass ihn alle sehen konnten. Er hob lange Zeit beschwichtigend die Hände, bis auch der letzte Zwerg seine Klappe hielt.

»Es beginnt«, stellte der König nüchtern fest, sprach aber so laut, dass seine Stimme über den gesamten Platz getragen wurde. »Sie kommen, um unsere Heimat zu verbrennen. Sie kommen, um unsere Schmiedefeuer mit unserem Blut zu löschen. Sie kommen, um sich aus unseren Knochen ein neues Königreich zu erbauen. Aber das lassen wir nicht zu!« Er stampfte wütend mit dem Fuß auf und reckte seine Streitaxt in die Höhe. »Sollen sie doch ihre Trommeln schlagen – hier unten schlagen Tausende Herzen im selben Takt! Fühlt ihr nicht die Verbundenheit zu jedem Zwerg, Gnom oder Elf an eurer Seite? Dies hier ist unser Boden – unser Zuhause! Wir haben ungebetene Gäste vor der Tür und was sagen wir ihnen?« Er blickte fragend in die Runde.

»Sie sollen sich verpissen!«, brüllte ein Zwerg aus der Menge, was zu einem kurzen Lachen führte.

Arlon nickte lächelnd. »Ganz recht. Sie sollen sich verpissen! Und wenn sie sich weigern, werden wir ihre hässlichen Ärsche bis in den Norden treten!«

Die Zwerge grölten begeistert und rissen die Fäuste in die Luft.

Khûlgrim trat neben Arlon auf das Podest und der König bat um Ruhe.

»Ich werde vor Invars Haupttor mit einem Teil unserer Streitmacht die ersten Kämpfe führen«, verkündete der General. »Dort ist das Gelände stark zu unserem Vorteil gestaltet. Ihre Verluste werden gewaltig sein.«

Wieder brandete Jubel durch die Menge, doch es wurden auch fragende Stimmen laut. »Was, wenn es zu viele sind?«

Khûlgrim nickte. »Dann werden wir uns in die Stadt zurückziehen und die Tore hinter uns schließen.« Der General wartete kurz ab, bis die Menge sich wieder beruhigt hatte. »Im Morgengrauen beziehen wir unsere Stellung. Bereitet euch vor.«

Duibel verließ den Vorplatz der Thronhalle, bevor die Menge sich auflöste. Er wollte allein sein. Seine Gedanken waren zu wirr, zu wild, als dass er sich jetzt noch mit den Geräuschen fremder Unterhaltungen beschäftigen konnte.

Invars Straßen kamen ihm mit einem Mal fremd und kalt vor. Beinahe war es, als könne man die Furcht hinter jeder Tür spüren. Wie ein unsichtbarer Nebel sickerte sie durch kleinste Ritzen und Fensterläden, sammelte sich auf den Pflastersteinen und saugte ihm mit jedem Schritt ein wenig mehr seiner kostbaren Zuversicht ab.

Ihn fröstelte, was absolut unlogisch war, wenn man bedachte, dass die Abluft der Schmiedefeuer die Stadt das ganze Jahr hindurch auf einer konstanten Temperatur hielt.

Aller Vernunft zum Trotz schlang Duibel die Arme um seine Brust und schauderte.

»Ich weiß, wie du dich fühlst«, erklang eine Stimme hinter ihm, die er nicht richtig einzuordnen vermochte.

Duibel drehte sich auf dem Absatz seiner Stiefel um die eigene Achse. Es war eine Zwergin. Er wusste, dass er sie bereits einmal gesehen hatte, doch er konnte sich beim besten Willen nicht an ihren Namen erinnern. »Verzeihung, ich …«

»Es geht ein Gerücht um«, fuhr sie fort, ohne ihn recht zu Wort kommen zu lassen. »Dass du an einer großen Sache tüftelst. Ist das wahr?«

Duibel wurde hellhörig – und vorsichtig. Wenn jemand solches Interesse an seinen Plänen hatte, lag etwas im Busch.

»Ich bin mir nicht sicher, ob ich dich kenne«, gestand er.

Sie lachte trocken. »Tust du vermutlich auch nicht. Aber ich kenne dich, Duibel, Mirzons Sohn.« Sie machte einen Schritt auf ihn zu. »Du versteckst dich hinter dem Ruhm deines Vaters. Du sagst, er sei eine Bürde, doch in Wahrheit weißt du, dass es ein Segen ist, wenn niemand von dir erwartet, Großes zu leisten.«

Duibel wich erschrocken einen Schritt zurück. »Wie kommst du darauf?«

»Ich sagte doch, ich kenne dich.« Sie deutete Richtung Ventril. »Wenn die Gerüchte stimmen und du endlich dein Genie beweisen willst, dann brauchst du mich.«

Duibel musterte die Zwergin ein zweites Mal. Sie war einen halben Kopf größer als er selbst, aber sie stand einem Zwergenmann in kaum einem Punkt nach. Kurze Arme, über die sich feste Muskeln spannten, die roten Haare zu einem festen, langen Zopf geflochten und alle weiblichen Reize waren unter einer dicken Lederrüstung sicher verborgen. Er nickte langsam. In der Tat, sie wäre ein passender Kandidat.

»Borra«, sagte sie schließlich und brachte damit einen verwunderten Gesichtsausdruck bei ihm hervor. »Gundariks Schwester.«

Jetzt fiel Duibel wieder ein, wo er die Zwergin schon einmal gesehen hatte. Sie hatte Arlon angefleht, sich für den Tod ihres Bruders rächen zu können. Unbewusst klatschte er in die Hände und flüsterte zu sich selbst: »Alles findet sich …«

»Also bin ich dabei?«

Er blickte ihr direkt in die Augen. »Kannst du mit einem Schmiedehammer umgehen?«

Sie lächelte.

Khûlgrim bezog mit einem Teil der gesamten Streitkräfte seine Stellung vor den Toren Invars. Der Vorplatz war ein Kreis mit einem Durchmesser von einhundert Metern. Auf dem oberen Vorsprung, der seinerseits knapp zwei Meter breit war, bezogen fünfhundert Zwerge mit Armbrüsten in einer Doppelreihe ihre Posten. An den Endpunkten des Vorsprungs standen Schildwachen, die einen Schildwall bemannten.

Unter dem Vorsprung versammelte sich der Rest des Heeres. Die kämpfende Masse wurde so durch die Felsendecke über ihr geschützt, und die Armbrustschützen waren in ihrer Position zu erhöht, als dass die Gegner sie erreichen könnten. Zusätzlich würde der Halbkreis es den Zwergen erlauben, eine zahlenmäßige Überlegenheit aufzubauen und für lange Zeit zu halten.

Die zweitausend Zwerge würden das Plateau über Wochen hinweg verteidigen, wenn es nötig wäre. Durch ein Seilzugsystem würde Invar sie mit Nahrung und Wasser versorgen, die Verwundeten in Sicherheit bringen und durch frische Krieger ersetzen.

Khûlgrim war sich sicher, dass sie hier den entscheidenden Vorteil hätten.

Die Trommelschläge hatten sich zu einem rasend schnellen Gewirr gesteigert. Einzelne Trommeln konnte er schon längst nicht mehr ausmachen. Aber die Anspannung hatte für ihn nachgelassen. Stattdessen war das Trommeln zu einer Art Grundrauschen verkommen, wie Regen, der auf Steine prasselte.

Darum bemerkte der erfahrene General auch nicht sofort, dass die Trommeln verstummten.

Als das erste Kriegsbanner der Orks, kaum mehr als ein schwarzer Fetzen, auf den man mit Kalk eine Axt gemalt hatte, in Sicht kam, standen die Zwerge bereit, um ihre Heimat bis zum letzten Atemzug zu verteidigen.

Custin war alles andere als erfreut darüber, dass er an einem der südlichen Eingänge zum Tunnelsystem Fallenwache hatte. Weder war hier mit Angriffen zu rechnen, noch konnte er hier heimlich Rhaflit über die Schulter schauen.

Der exzentrische Ingenieur baute eine Flugmaschine!

Und das völlig unverborgen, sondern direkt in der Halle der Ingenieure.

Jeder aufstrebende Ingenieur in Ventril war außer sich vor Neugier und erpicht darauf, dem Visionär zur Hand zu gehen.

Custin hatte selbst einen entscheidenden Beitrag geleistet, als er ein Bündel Graphitstifte angespitzt hatte. Rhaflit hatte sich mit den Worten bedankt, dass er noch niemals so perfekt abgerundete Spitzen gesehen hätte.

Jetzt stand er sich hier die Beine mit Modruk und Burrik in den Bauch, zwei Gebirgsläufer, denen es ebenso ging wie ihm. Man hatte sie von ihrer Position in den Gipfeln abgezogen, um diese Geheimtür zu bewachen.

Als ob die ein Ork plötzlich finden könnte, dachte Custin genervt.

Es handelte sich um den südlichsten Zugang zu Invars Tunnelsystem. Die Wahrscheinlichkeit, dass sich ein Mensch hierher verirrte, war größer.

Umso überraschter war Custin, als Modruk plötzlich aufsprang und die Tür entsicherte.

Custin stolperte vor Aufregung nach vorn und prallte schmerzhaft mit dem Gesicht gegen die stahlverstärkte Felswand. Er rieb sich die rechte Wange, als er hektisch durch einen der Sehschlitze spähte.

Jetzt konnte er es auch erkennen: Zweihundert Meter entfernt kam eine schlanke Gestalt humpelnd auf sie zu.

»Wer ist das?«

»Sieht fast wie ein Elf aus«, stellte Burrik achselzuckend fest.

»Aye«, pflichtete Modruk ihm bei und öffnete die Tür. »Schließt sofort wieder ab, verstanden?«

Custin wollte gerade reagieren, als der Zwerg die Tür hinter sich zuzog und der Wachtposten nun von außen wieder als harmloser Fels erschien.

Burrik verriegelte die Tür und starrte gebannt auf seinen Freund, der sich der Gestalt näherte.

Modruk erreichte das humpelnde Etwas, das direkt zu seinen Füßen zusammenbrach. Es war die Hohepriesterin.

»Lyssetra«, hauchte er fassungslos, als er ihren geschundenen Körper begutachtete.

Er verlor keine weitere Zeit, hob sie so behutsam wie möglich auf seine Arme und rannte zum Wachtposten zurück. Dabei blickte er aufmerksam nach links und rechts, ob sich auch keine Orks in der Nähe befanden.

Lyssetra wand sich in einem plötzlichen Krampf und schlug wild um sich. Er konnte hören, wie eine Kette riss, doch er wusste instinktiv, dass keine Zeit blieb, nach dem Schmuckstück zu suchen.

»Sie muss zu einem Heiler!«, rief er heftig atmend, als er den Wachtposten wieder betrat und Burrik die Tür hinter ihm verriegelte. »Ihr bleibt hier, ich bringe sie zum nächsten Wachtposten.«

»Sie sind alle tot.«

Mehr brachte die Hohepriesterin nicht mehr heraus, bevor sie ohnmächtig wurde.

Duibel hatte Gnitzlik zur Thronhalle geschoben, sobald sie von Modruks Fund erfahren hatten.

»Halb tote Freunde, die durch die Tunnel geschleift werden – das wird allmählich zur Gewohnheit«, hatte der Erste Ingenieur lapidar kommentiert.

Er selbst konnte sich absolut nicht an diese Sache gewöhnen. Für ihn war der Krieg und alles, was damit zusammenhing, ein schreckliches Monster, das er niemals verstehen würde.

Und wenn er ehrlich mit sich selbst war, dann wollte er das auch gar nicht.

Nefhiliel kümmerte sich um die bewusstlose Freundin und Mentorin, während Culnauir, Arlon und Gnitzlik die neue Lage besprachen.

»Wir sind umzingelt«, stellte der Elfenkrieger nüchtern fest.

»Wir sind im Arsch«, korrigierte ihn der König. »Die Schweine waren noch schneller, als ich befürchtet hatte.«

»Dann wird Khûlgrim sicher bald den ersten Feindkontakt haben«, warf Gnitzlik ein.

Arlon nickte. »Aye. Heute Morgen war es so weit. Aber noch trauen die kleinen Pisser sich nicht, seine Stellung anzugreifen.«

»Worauf warten sie?« Duibel platzte beinahe vor Anspannung. »Wieso greifen sie nicht einfach an?«

Arlon zuckte mit den Schultern. »Vielleicht warten sie auf Verstärkung? Vielleicht haben sie einen Feldherr, der erkannt hat, dass sie gegen unsere Stellung nicht anstürmen können, ohne sich einen Haufen blutige Fressen einzufangen?«

»Sie wissen, dass sie uns eingekesselt haben«, sagte der Elfenkrieger.

»Und jetzt können wir Pelle nicht um Hilfe bitten«, stellte Arlon mit einem Seufzen fest.

Gnitzlik kicherte. »Wenn die Orks uns noch ein wenig mehr Zeit lassen, dann könnte es uns gelingen«, warf er lächelnd ein. »Rhaflit ist kurz vor der Fertigstellung.«

Alle machten große Augen, auch Duibel, denn er war in den letzten Tagen mit seiner eigenen Erfindung beschäftigt gewesen.

»Wie lange wird er noch brauchen?«, wollte der König wissen.

Gnitzlik legte die Stirn in Falten. »Vielleicht noch zwei Tage.«

»Hat sie auf dem Weg hierher noch irgendetwas gesagt?«, fragte Culnauir den Gebirgsläufer.

Modruk nickte. »Nur ein Wort: *Wächter*.«

Für einen Moment machte niemand auch nur das kleinste Geräusch. Duibel fühlte die Last, die die bloße Erwähnung des Artefakts auslöste, nur allzu deutlich.

Schließlich war es Arlon, der als Erster seine Stimme wiederfand. »Nein«, sagte er und schüttelte bedächtig den Kopf. »Der *Wächter* ist noch nicht der richtige Weg.«

»Noch haben wir Zeit«, pflichtete Gnitzlik ihm bei.

»Das ist Wahnsinn«, protestierte Culnauir. »Tausende werden sterben! Der Wächter könnte all dieses Leid von euch abwenden.«

»Der *Wächter* ist eine Waffe, die seit Ewigkeiten nicht mehr genutzt wurde«, erklärte Arlon. »Niemand weiß noch genau, wozu er imstande ist. Niemand kann sicher sagen, ob er überhaupt funktioniert. Und niemand weiß, ob der *Wächter* aufhört, wenn er erst einmal mit seiner Vernichtung begonnen hat.«

»Und was wäre so schlimm daran, wenn er nicht bei der orkischen Armee stoppen würde?« Die Gesichtszüge des Elfen wirkten plötzlich hart und unerbittlich. Die Eleganz war aus seinem Antlitz gewichen und hatte einer kalten Aura des Todes Platz gemacht.

Als hätte er zwei Gesichter, dachte Duibel erschrocken.

»Dann löschen wir mit unserer Entscheidung drei Kulturen aus«, stellte Gnitzlik nüchtern fest.

»Deren einziger Sinn in Gewalt besteht«, erinnerte Culnauir an die Worte der letzten Versammlung. »Wieso sollten wir sie jetzt schonen, da sie ihr wahres Gesicht zeigen?«

»Ja, dieser Tage fällt so manche Maske«, sagte Arlon leise. Dann fügte er lauter hinzu: »Der *Wächter* wird nicht geweckt. Rhaflit und Kerellic werden diese Maschine bauen und Hilfe holen.«

Culnauir begegnete dem König mit finsterem Blick. »Damit verdammt Ihr Hunderte zum Tode. Hunderte Eurer Leute.«

Khûlgrim konnte die Anspannung seiner Männer spüren. Die Orks hatten sich in Stellung gebracht, dreihundert Meter entfernt warteten sie auf ein Zeichen, einen Befehl, eine Wolke – er wusste es nicht. Die Gebirgsläufer berichteten ihm täglich, wie weit sich der Heerwurm noch die Straße nach Invar entlangzog, und ihre Schilderungen stimmten den alten General nicht sehr milde.

Die Orks würden sich in einem endlos scheinenden Strom auf das kleine Schlachtfeld ergießen. Und Khûlgrim wusste, dass die schiere Masse sie früher oder später überwältigen würde.

»Haltet es so lange wie möglich geöffnet«, war seine häufigste Anweisung an die Schildwachen, die an Invars Haupttor standen. »Es könnte sein, dass wir schon bald den Rückzug antreten müssen.«

Doch der Angriff blieb aus.

Er wusste nicht wieso, aber die Orks warteten.

»Zwei Tage?« Rhaflits Stimme überschlug sich fast. »Wie sollen wir in zwei Tagen denn die nötigen Probedurchläufe gemacht haben?«

Gnitzlik schüttelte den Kopf. »Gar nicht, ich weiß.« Der Erste Ingenieur seufzte leise. »Aber es war der einzige Weg, die Erweckung des *Wächters* zu verhindern.«

»Und das soll etwas Gutes sein?«, brüllte Kerellic und fluchte. »Hunderte unserer Freunde werden von den Orks abgeschlachtet, verdammt. Gnitzlik, das sind auch *deine* Freunde!«

»Ich weiß. Und ich werde um alle trauern, die in diesem Krieg fallen. Aber wir dürfen in dieser Stunde nicht auf jahrtausendealte Prophezeiungen vertrauen. Wir müssen auf die Gemeinschaft aus Zwergen und Elfen vertrauen. Wenn unser Bündnis nur durch den *Wächter* besteht, dann haben wir versagt.«

»Was willst du beweisen?«, fragte Kerellic wütend. »Dass es den *Schöpfer* nicht gibt?«

»Es geht nicht darum, ob ich an eine höhere Macht glaube oder nicht«, hielt der Erste Ingenieur entgegen. »Gerade *wenn* ich an ihn glaube, darf ich mich nicht darauf ausruhen, was er für uns geschaffen hat. Seine Lehren besagen sehr deutlich, dass wir unser Schicksal selbst lenken sollen und können.«

»Aber seine Lehren sagen auch, dass wir in Zeiten der höchsten Not auf den *Wächter* vertrauen können«, warf Duibel ein. »Wie viel größer kann unsere Not denn sein?«

»Das kann ich dir sagen«, blaffte Kerellic. »Tote Gnome und Zwerge, die die Straßen bis zur Decke Invars verstopfen! Das wird geschehen.«

»Ganz recht«, pflichtete Gnitzlik ihm zur Überraschung aller bei. »Und kein einziger Elf wird gefallen sein.«

»Ach, darum geht es?«, fragte Rhaflit neugierig. »Gerechtigkeit im Sterben? Dürfen wir den *Wächter* erst erwecken, wenn wir alle so gut wie tot sind?«

»Ja, genau das«, sagte Gnitzlik entschieden. »Der *Wächter* ist unsere letzte Verteidigungslinie. Er ist die Waffe, die unser Überleben sichert, wenn alles andere scheitert. Er ist keine Axt, keine Armbrust, kein Schwert – er ist ein Schild!«

»Hinter dem wir uns bequem in Deckung begeben sollten«, sinnierte Rhaflit.

Gnitzlik schüttelte traurig den Kopf. »Dafür war er nie gedacht.«

Duibel schwankte. Er konnte Kerellic nur zu gut verstehen. Viele seiner Freunde standen gerade vor Invars Haupttor und starrten dem Feind in die Augen. Und sehr viele dieser Freunde würden nie wieder lebend nach Invar zurückkehren.

Aber ein Teil von ihm musste eingestehen, dass die Sichtweise des Ersten Ingenieurs durchaus berechtigt war.

Der *Schöpfer* hatte ihnen alle Fähigkeiten gegeben, um in dieser Welt zu bestehen. Er hatte sie mit Kraft, Köpfchen und einem Zuhause gesegnet. Und nun waren sie eitel und fett geworden. Sie waren überheblich und faul. Sicher, die Schildwachen durchliefen eine harte und lange Ausbildung, doch wie viele von ihnen hatten danach jemals einen echten Kampf gesehen? Der Frieden dauerte nun schon Jahrhunderte an.

Der Feind hatte sich in Ruhe vorbereitet und sie nun mit runtergelassenen Hosen erwischt. Doch was würde der Einsatz des *Wächters* nun verändern? Er würde ihnen sämtliche Demut rauben. Demut vor dem Leben und Demut vor dem Tod.

Rhaflit zuckte mit den Achseln. »Die Entscheidung ist gefallen, lasst uns lieber wieder anfangen.«

Duibel schüttelte entschuldigend den Kopf. »Ich habe da eine eigene Sache, an der ich baue. Ich sehe euch später, ja?«

Kerellic stöhnte. »Na gut, dann schick ein paar von euren Frischlingen, die uns hier zur Hand gehen.«

Duibel verließ die Halle der Ingenieure und ließ einfach die Tür offen. Rhaflits Erfindungen zogen Gnome an wie das Licht die Motten. So musste er kein schlechtes Gewissen haben und konnte sich seiner eigenen Erfindung widmen.

EINE EDLE KLINGE

In den letzten Tagen konnte Dolantan sich mit einem Mal viel freier bewegen. Sein Vormund ließ ihn weitgehend in Ruhe. Was dem Jungen mehr als recht war. So konnte er sich in den nahe gelegenen Hain stehlen, um seine Ausbildung bei Vargan fortzusetzen.

Sie hatten eine starke Routine geschaffen. Die diversen Kampftechniken, die der Meuchelmörder ihm zeigte, gepaart mit der Weltanschauung des gefährlichen Mannes.

Bei Letzterem fragte Dolantan sich häufig, ob der düstere Blick auf die Dinge eine Folge oder eine Voraussetzung für Vargans Lebensweg war.

Nach den gemeinsamen Übungen machte Dolantan es sich immer an dem flachen Ufer des Flusses gemütlich. Es handelte sich um einen schmalen Seitenarm des großen Stroms, der an seiner Stadt vorbeizog.

An diesem Tag wurde er sogar von seinem mächtigen Beschützer begleitet.

»Wo führt der Fluss hin, was denkst du?«, fragte ihn der Mörder.

»Ich weiß es nicht«, gestand der Junge. »Mein Vormund hat mir solche Dinge niemals erklärt.«

»Gut, aber du hast doch sicher eine Vermutung, oder nicht?«

Dolantan zuckte mit den Achseln. »Vielleicht in die südlichen Wälder?«

Vargan nickte. »Stell dein Licht nicht immer so unter den Scheffel. Du hast einen wachen Geist, nutze ihn endlich.«

Dolantan wollte gerade etwas erwidern, als er aus den Augenwinkeln eine unregelmäßige Bewegung im Wasser wahrnahm. Er drehte den Kopf und erblickte ein dunkles Stück Treibgut, das langsam durchs Wasser glitt.

Der Nebenarm des Flusses war nicht sonderlich tief und die Strömung nur schwach. Der Junge hatte noch niemals einen Zwerg gesehen – vielleicht brauchte er deshalb einen Augenblick, um zu realisieren, dass es sich bei dem Treibgut nicht um einen Baumstamm, sondern einen sehr stämmigen Körper handelte.

Vargan hatte die Lage schneller erkannt und stand plötzlich mit gezogenem Schwert in geduckter Haltung neben ihm.

Dolantan wollte etwas sagen, doch der Meuchelmörder presste ihm den Zeigefinger der linken Hand auf die Lippen. Dann bedeutete er ihm, den Körper aus dem Fluss zu bergen.

Diese Aufgabe hätte der Junge gerne gemieden, doch er wusste, dass er seinem Lehrmeister besser gehorchen sollte.

Das Wasser war kühl und die Kälte fraß sich augenblicklich ihren Weg in seine Knochen. Dolantan biss die Zähne zusammen. Er konnte aufgeben und umdrehen, aber dann würde er in Vargans Gunst fallen, und das erschien ihm noch weniger erstrebenswert, als die Leiche zu berühren.

Er stellte sich in die Mitte des schmalen Wasserlaufs und breitete die Arme aus. Wie geplant trieb die Strömung den Körper zu ihm, alles, was er noch tun musste, war zuzupacken. Seine Finger verkrallten sich in der klammen Lederrüstung, die den Oberkörper bedeckte. Anders als angenommen trieb der Tote mit dem Gesicht nach oben im Wasser. Was Dolantan für die Haare des Leichnams gehalten hatte, war in Wirklichkeit ein dichter Bart.

Schritt für Schritt schaffte er die Leiche ans Ufer, wobei er sich bemühte, dem Toten nicht in die wässrigen Augen zu blicken.

»Ein toter Zwerg«, stellte Vargan nüchtern fest. Dann fügte er mit einem angedeuteten Lächeln hinzu: »Das wird hier einiges durcheinanderbringen.«

Dolantan versuchte, das Wasser aus seinen Kleidern zu pressen, und blickte neugierig auf. »Und das ist gut?«

Vargan zuckte mit den Achseln. »Veränderung ist eine gute Sache … aber man muss am Ende auf der richtigen Seite stehen.« Er deutete mit einem Kopfnicken zur Lichtung, die sie immer für ihre Übungskämpfe nutzten. »Hilf mir, ihn dort hinzubringen und zu begraben. Niemand sollte an einem Flussufer verrotten.«

Sie hievten den Zwerg gemeinsam aus dem flachen Wasser und drehten ihn dabei auf den Bauch. Dolantans Augen wurden groß, als er den fünfzehn Zentimeter langen Griff erblickte, der aus dem Körper ragte.

»Jetzt wird die Sache wirklich interessant«, sagte Vargan und pfiff durch die Zähne. »Wie mir scheint, können wir einen Unfall ausschließen.«

Der Junge berührte den Griff mit den Fingerspitzen, zuckte jedoch erschrocken zurück. Er hatte schon häufiger die Waffe des Meuchelmörders in Händen gehalten, aber eine Waffe aus einer Leiche zu lösen, war keine seiner täglichen Aufgaben.

»Noch nicht!«, wies der Lehrmeister ihn an. »Sieh dir die Wunde erst genau an. Was kann sie dir erzählen?«

Dolantan zögerte. »Mir erzählen?«

Vargan ging neben ihm in die Knie. »Hier, der Winkel, in dem die Klinge in den Körper eingedrungen ist. Siehst du?« Er deutete mit dem Arm den Verlauf der Klinge im Zwergenkörper an. »Der Stich erfolgte nicht ins Herz.«

»Also war er nicht sonderlich gut gezielt.«

Vargan nickte. »Vermutlich handelte unser Mörder überhastet.«

»Eine zufällige Gelegenheit, die mit einigem Zögern ergriffen wurde«, fügte der Junge grimmig hinzu, und ihm entging nicht das wohlwollende Nicken seines Meisters.

»Wer auch immer diesen Zwerg getötet hat, war ein Anfänger. Und vermutlich nicht sonderlich stark. Die Klinge steckt nicht komplett im Körper, die Wundränder sind sehr glatt.«

»Eine Klinge, die mit mehr Gewalt geführt wird, schädigt das Gewebe stärker?«, fragte Dolantan.

»Du lernst schnell.« Vargan stand auf. »Gut, jetzt wissen wir alles, was uns die Leiche erzählen kann.«

»Und wofür soll uns das nützen?«

Der Mörder zuckte mit den Schultern. »Ich weiß es nicht. Aber ich ziehe Wissen immer der Unwissenheit vor.« Er deutete auf den Dolch. »Jetzt kannst du ihn herausziehen.«

Mit zitternden Fingern umschloss er den Griff, der sich zum silbernen Knauf hin leicht bog. Der Knauf erinnerte Dolantan an den Vollmond, den er bei sternklaren Nächten gerne beobachtete.

Mit einem beherzten Ruck riss er die Waffe frei – sie löste sich mit einem wässrigen Schmatzen aus dem toten Zwerg und die blutbeschmierte Klinge funkelte rotgolden im Sonnenlicht. Instinktiv wischte Dolantan die gut dreißig Zentimeter lange Klinge an der Lederrüstung des Toten ab, bis sie blank poliert war. Jetzt zeigte auch der Stahl einen silbrig–bläulichen Schimmer.

»Eine wunderschöne Waffe«, stellte Vargan anerkennend fest. »Du solltest sie behalten.«

»So etwas habe ich noch nie zuvor gesehen«, murmelte der Junge.

»Ein elfischer Langdolch, schätze ich. Sie fertigen ihre Waffen aus Mondstahl, daher der blaue Schimmer.«

»Mondstahl …« Dolantan konnte die Augen nicht von der fein gearbeiteten Schneide nehmen. Zum Heft hin verjüngte sich die Klinge, was der Spitze durch das leichte Übergewicht mehr Wucht beim Stoßen verlieh, die Gesamtbalance der Waffe jedoch nicht störte.

»Ich frage mich nur, wie eine Elfenwaffe in den Rücken eines Zwergs kommt …«

Das war eine Frage, die der Junge sich auch stellte, doch für den Moment machte sein Herz einfach nur einen kleinen Freudensprung.

Der Dolch gehörte ihm.

Ihm ganz allein.

Für immer.

DER TOD MIT FLÜGELN

»Und die anderen?«

Arlon stellte die Frage gefühlt zum hundertsten Mal und Duibel rollte entnervt mit den Augen. Lyssetra hatte ihnen die Geschichte wieder und wieder erzählt. Wie Frombur und Eldrir gestorben waren. Wie sie die Hohepriesterin mit ihrem Leben verteidigt hatten und letztlich gescheitert waren.

»Am Ende wurde ich überwältigt«, kam die Elfe gerade wieder an einen besonders traurigen Punkt in ihrer Geschichte. »Sie haben mich entwaffnet und Eldrir getötet. Und dann …«

»Und dann konntet Ihr fliehen?«, hakte Arlon nach.

Sie nickte langsam. »Ich konnte …«

Dieser Teil war besonders schlimm, und Duibel hatte sich bereits nach dem ersten Mal gezwungen, ihn nicht noch einmal mit anzuhören.

»Nachdem sie mit mir ihren Spaß gehabt hatten, wollten sie mich zum Sterben zurücklassen. Ich ließ sie in dem Glauben, bis ich meine Gelegenheit gekommen sah. Einer war Feuerholz holen gegangen, ein zweiter schlief gerade. Da konnte ich mich davonstehlen.«

Eine Träne rollte über ihre Wange und verlor sich in ihrem dunklen Haar.

»Das reicht jetzt, Arlon«, sagte Nefhiliel mit sorgenvoller Miene. »Sie braucht Ruhe.«

Der König warf kapitulierend die Hände in die Höhe. »Also schön. Ich weiß alles, was ich wissen muss. Sie soll schlafen. Und sollte ihr noch etwas einfallen, dann …«

»Dann wird sie es mir erzählen«, entgegnete die Elfenprinzessin mit fester Stimme. Sie wandte sich Lyssetra zu und flüsterte ihr ins Ohr: »Schlaft, meine Freundin. Die Zeit wird alle Wunden heilen.«

Oder sie für immer bluten lassen, dachte Duibel, doch er behielt diesen Gedanken für sich.

»Ihr müsst den *Wächter* erwecken«, flehte Lyssetra regelrecht. »Es sind zu viele! Der König wird niemals rechtzeitig hier eintreffen.«

»Wir haben einen Plan«, versuchte Gnitzlik sie zu beruhigen, jedoch ohne Erfolg.

»Die Orks wollen euch töten. Und die Menschen werden keine Hilfe sein! Wir wurden in der Nähe ihrer Siedlungen angegriffen – und sie taten nichts!« Die Hohepriesterin redete sich in Rage, doch Nefhiliel verhinderte mit sanftem Druck, dass sie sich im Bett aufsetzte.

Arlon seufzte – eine Geste, an die man sich in den letzten Tagen gewöhnen musste, wie Gnitzlik sagte. »Noch haben wir Zeit. Khûlgrim berichtet jeden Tag, dass die Orks sich nicht bewegen. Sie beschränken sich auf eine Belagerung. Und einer solchen können wir über Monate trotzen.«

»Aber …«, setzte die Hohepriesterin an, doch sie wurde von der Prinzessin unterbrochen.

»Ich denke, wir sollten uns alle wieder unseren Aufgaben widmen.«

Gnitzlik nickte lächelnd. Duibel glaubte zu wissen, warum. Die Art, wie Nefhiliel die Dinge anpackte, gefiel dem alten Gnom … und ihm selbst auch.

»Rhaflit, wann kannst du starten?« Arlon hatte die Gnome um sich versammelt, während sie zurück zur Thronhalle marschierten. Duibel schob Gnitzliks Stuhl und Rhaflit und der König gingen ein paar Schritte vor ihnen.

»Mein König, die Maschine ist fertig, aber … ich habe keine Ahnung, wie ich sie in die Luft bekommen soll.«

Arlon schnaubte die Bemerkung wütend beiseite. »Dann finde einen Weg! Deine verrückte Erfindung ist das – *Schöpfer*, bewahre mich – sicherste Mittel, mit dem wir die Elfen erreichen können.«

Rhaflit strahlte übers ganze Gesicht. Ein solches Lob hatte der exzentrische Ingenieur noch nie zuvor erhalten.

»Vielleicht solltest du jetzt aufhören, Rhaflit«, sagte Gnitzlik mit einem Kichern. »Ein besseres Urteil wird man nie wieder über eine deiner Erfindungen fällen.«

Duibel fragte sich, woher Gnitzlik diese Zuversicht nahm, um zu scherzen, doch Arlon schien es zu gefallen. Der Zwergenkönig lachte schallend und stolperte beinahe über seine eigenen Füße.

Dann wurde er wieder sehr ernst. »Also, was brauchst du, um das Ding in die Luft zu bekommen?«

Rhaflit überlegte kurz, und sein Blick blieb lange auf Duibel und Gnitzlik haften. »Ich glaube, ich brauche einen ordentlichen Schubs.«

Viele Jahre hatte er sich auf diesen Moment vorbereitet. Endlich würde die Rache ihnen gehören. Und er wäre der Vorbote der kommenden Vernichtung. Ash'zaqu'in presste seinen drei Fuß großen Körper flach an die Felswand und wartete, bis die nächste Wolke sich vor den Nachthimmel schob.

Dann, im Schutz der nahezu vollkommenen Dunkelheit, huschte er voran.

Die Stelle, an der die Zwerge die verletzte Elfe in ihre Höhlen gebracht hatten, hatte er sich genau eingeprägt. Langsam wie der Schatten eines Felsens bewegte er sich näher an die Tür heran, schirmte mit der Hand die gelben Augen gegen das verräterische Mondlicht ab, wann immer es sich zwischen den Wolken zeigte.

Dahinter vermutete er einige Feinde, darum zog er eines seiner Schwerter. Für einen kurzen Moment gestattete er es sich, dieses Meisterwerk der Schmiedekunst zu bewundern. Sein *Schattenschwert*. Asche vom nördlichen Feuerschlund war in den Stahl eingearbeitet. Ash'zaqu'in hatte Jahre gebraucht, um die Mischung zu perfektionieren. Die Asche machte den Stahl spröde und ließ ihn leichter brechen, was er durch weichere Materialien ausgeglichen hatte. Am Ende blieb eine Klinge, die in einem langen Kampf nicht würde bestehen können, doch lange Kämpfe waren ohnehin nicht sein Fachgebiet.

Wahrlich nicht. Und bei dem Gedanken daran, *was* genau sein Fachgebiet war, huschte ihm ein böses Grinsen über die Lippen.

Er würde die Rache sein!

Die Tür zu erfühlen war leicht, sobald man wusste, wo sie sich ungefähr befand. Ash'zaqu'in fischte mit der freien Hand in einem kleinen Beutel, den er am schwarzen Ledergürtel trug, und förderte eine unscheinbare Kugel zutage.

In einer Hülle aus dicken Blättern verwahrte er den Saft eines Steppengewächses, das jeder schlicht *Grünes Feuer* nannte.

Wenn die Halme des Grases zu hoch wuchsen oder auf andere Weise abknickten, trat aus ihrem Inneren ein brennender Saft aus, der sich durch Stein und sogar Eisen fressen konnte.

Er brachte die kleine Kugel in Position. Die Blätter waren so gewickelt, dass ein leichter Druck das *Grüne Feuer* durch eine winzige Öffnung pressen würde – und nur durch diese.

Eine lange Narbe auf seiner linken Wange erinnerte Ash'zaqu'in stets daran, dass hierbei oberste Vorsicht geboten war.

Er wusste, wo sich der Riegel befand, die geleeartige Flüssigkeit aufzutragen war am Ende bloß eine Fingerübung.

Leises Zischeln kündete das Verderben an, das er über das Zwergenpack bringen würde.

Erst als das Geräusch des schmelzenden Steins lauter wurde, nahmen die Wachen im Innern des Hügels davon Notiz. Einer würde gleich die Tür öffnen, um nachzusehen. Aber erst nachdem der andere Zwerg durch einen schmalen Sehschlitz das Gelände erkundet hätte. Bei dieser Erkundung wäre er für die Zwerge natürlich nahezu unsichtbar am Fuß der Tür mit den Schatten verschmolzen.

Das Klacken des Riegels verriet Ash'zaqu'in, dass seine Zeit gekommen war. Er zog seine zweite nachtschwarze Klinge und ging in die Hocke.

Die Tür öffnete sich einen Spalt, gerade breit genug für einen vorsichtigen Blick in die Nacht, doch mehr als genug für seine Zwecke.

In einer halben Drehung postierte er sich vor der Tür und nutzte den Schwung, um seine rechte Waffe durch den Spalt zu stoßen. Die Klinge fand ihr Ziel, zerschnitt den Stiefel und das darunter liegende Fleisch; entlockte seinem Opfer einen Schmerzensschrei und brachte ihn ins Wanken.

Ehe der Zwerg die Tür wieder schließen konnte, stieß Ash'zaqu'in sie mit seiner Schulter auf, stürmte in den kleinen Raum dahinter und stach mit dem linken Schwert nach dem Ausguck.

Die Klinge fand ihr Ziel und durchstieß den Hals des Zwergs, dessen Schrei in einem blutigen Gurgeln erstarb.

Ash'zaqu'in ließ beide Schwertgriffe los und sprang in die Höhe. Der schwankende Zwerg wusste nicht, wie ihm geschah, als der Goblin sich an seinem Bart festkrallte und den schön geflochtenen Zopf wie eine Schlinge um den Hals der Wache zog.

Der Goblin stemmte sich mit beiden Füßen gegen den Rücken des Zwergs und zerrte an dem improvisierten Strick. Der Widerstand seines Gegners wurde mit jedem sterbenden Herzschlag schwächer, bis der Zwerg japsend aufgab und das Bewusstsein verlor.

Ash'zaqu'in hob seine Waffen auf und sorgte dafür, dass der Zwerg niemals wieder aufstand.

Er löschte die Öllampe und verharrte einen langen Moment in beinahe vollkommener Dunkelheit. Die Zeit spielte keine Rolle mehr. Sie durften ihn nicht entdecken, alles andere war unwichtig.

Als sich Ash'zaqu'in sicher war, dass niemand den Schrei gehört hatte, rannte er los. Seine weichen Sohlen verursachten nicht den geringsten Laut, wenn er lediglich mit den Zehenspitzen auftrat. Er nutzte das leichte Übergewicht seines Kopfes, um den Oberkörper möglichst weit nach vorn zu beugen. Wenn er stolperte – was nicht selten passierte –, vollführte er eine geschickte Rolle, die ihn wieder in den Stand brachte und weiterrennen ließ.

Er musste den nächsten Wachtposten ausschalten, ehe die Ablösung anstand. Nur so würden sie sein Eindringen nicht bemerken, bis es zu spät war.

Sein Auftrag war einfach. Das Haupttor verschließen und die Armee der Zwerge vom Inneren des Berges abschneiden.

Und dann … dann würde er ihren König töten.

Kühler Morgenwind fuhr ihm durch den gestutzten Bart und prickelte wohlig auf der Haut. Die Sonne schob sich gerade erst müde über die östlichen Gipfel und die Felsspitzen warfen bedrohliche Schatten, die an die scharfkantigen Fangzähne einer wilden Bestie erinnerten.

Khûlgrim war mit den Bestien vor seiner Nase mehr als bedient.

Die Orks formierten sich. Eine Sturmfront, die über Invar hinwegfegen und keinen Stein auf dem anderen lassen würde.

Möglicherweise hatten sie bemerkt, dass innerhalb Invars plötzlich deutlich mehr Aufregung herrschte.

Arlons Anweisungen hatten für allerlei Aufsehen gesorgt. Und Rhaflits Berechnungen hatten eine umfassende Änderung ihrer Pläne erfordert.

Änderungen, die Khûlgrim überhaupt nicht gefielen.

Anstelle das Tor zur Stadt fest verschlossen zu halten, hielten sie einen Bereich davor frei und das Tor geöffnet.

»Das ist eine beschissene Idee«, murmelte er missmutig vor sich hin.

Dargril fühlte sich angesprochen und pflichtete ihm bei. »Was erwartest du bei einem verrückten Gnom und einem Eidbrecher?«

Khûlgrim verdrehte die Augen. »Hör endlich auf, Junge. Du hast deine Verhandlung bekommen, Kerellic wurde bestraft.« Er musterte die Schildwache eingehend. »Und deine Verletzungen sind gut verheilt, sonst würdest du auch nicht hier stehen, oder?«

Dargril brummte etwas Unverständliches in seinen Bart hinein, sparte sich aber eine offene Erwiderung.

»Hilf mir lieber und sorge dafür, dass jeder weiß, was er zu tun hat.«

Er nickte, machte sich an die Arbeit und Khûlgrim war mit seinen Gedanken wieder allein.

Der alte General blickte besorgt in Richtung der orkischen Späher.

Noch immer war es nicht zu offenen Kämpfen gekommen, die Orks beobachteten einfach nur jede Bewegung der Zwerge.

Sie warteten geduldig ab.

Worauf warten die Schweine?, fragte er sich.

Den Orks entging nicht das Geringste. Die Verschiebung des Zentrums nach vorn, die Öffnung des Tores – sie sahen alles.

Sollten sie jetzt angreifen, wäre die Schlacht hart und verlustreich. Und alles nur für die verrückte Idee eines einzelnen Gnoms.

Hätte ich gewusst, was Rhaflit da baut – ich hätte das Emblem behalten, ging es ihm durch den Kopf.

Duibel kontrollierte noch ein letztes Mal die Verbindungen der einzelnen Rohre. Alles passte perfekt und die Dichtungen waren fest.

Er trat zurück und bewunderte die Flugmaschine in ihrer ganzen Pracht.

Rhaflit hatte sich selbst übertroffen, das musste man neidlos anerkennen.

Der Rumpf der Maschine war eine knapp drei Meter lange Röhre, die nach hinten spitz zulief. Vorne würde ein großer Propeller für den nötigen Schub sorgen, den sie nach Rhaflits Berechnungen benötigen würden, um in der Luft zu bleiben. Direkt dahinter war Rhaflits Platz. Er ließ es sich nicht nehmen, seine Erfindung selbst zu steuern.

Ein riesiger Wassertank umgab ihn, denn die gewaltige Dampfmaschine – die größte, die bisher jemals gebaut worden war – befand sich direkt in seinem Rücken. Von ihr führten sich verjüngende Rohre zu den Zahnrädern, die die Dampfkraft auf den Propeller übertrugen. Ein dicker Trichter an der Seite der Maschine würde den Dampf ausstoßen.

Duibel hatte die Idee gehabt, die Rohre zum Propeller hin zu verjüngen, um den Dampfstrom zu beschleunigen. Somit konnten sie aus der Dampfmaschine mehr Leistung gewinnen.

Kerellics Platz war hinter dem gefährlichen Apparat. Er würde dafür sorgen, dass das Feuer nicht erlosch. Außerdem musste er jederzeit den Sitz der Rohre überprüfen und die Dichtungen kontrollieren.

In der Luft würde das Monstrum auf breiten Tragflächen liegen – acht Meter maß die Spannweite.

Aus diesem Grund konnten sie die Maschine auch nur über Invars Hauptstraße ins Freie bringen. Alle anderen Wege waren einfach zu schmal und verwinkelt.

»Und du glaubst noch immer daran?«, fragte er Rhaflit, als der Freund neben ihn trat.

Rhaflit zuckte die Achseln. Er hatte seine übliche einfache Leinenkleidung gegen robuste Ledersachen getauscht. Eine braune Lederkappe würde seine wilden Haare während des Fluges im Zaum halten. Bei der Bewegung war ihm der weiße Wollschal von der linken Schulter gerutscht, den er mit einer fahrigen Bewegung wieder an Ort und Stelle brachte.

Sein verwegenes Auftreten konnte Duibel nicht täuschen. Er klopfte dem Freund aufmunternd auf den Rücken. »Es wird schon funktionieren.«

Rhaflit blickte ihn ein wenig verloren an und flüsterte: »Bist du sicher?«

Duibel überlegte einen Moment, was er antworten sollte, doch es wollte ihm kein beruhigendes Wort einfallen, darum beließ er es bei einem halbherzigen Nicken.

»Siehst du …«

»Siehst du, was?«, polterte Kerellic los. »Ich sehe den Tod mit Flügeln.« Der Zwerg lachte trocken und reichte Rhaflit ein kleines Knäuel. »Hier, das kannst du brauchen.«

Bei genauerer Untersuchung stellte es sich als Schutzbrille heraus, wie sie die Schmiede verwendeten, wenn mit starkem Funkenflug zu rechnen war.

»Wird sicher auch gegen den Flugwind helfen«, sagte Duibel mit einem Achselzucken.

»Wenn wir überhaupt so weit kommen«, sagte Kerellic und deutete mit einem Brummen auf die Schienen, die noch in letzter Minute auf dem Boden fixiert wurden. »Ich wette ja immer noch, dass wir irgendwo gegen die Wand krachen.«

»Damit würdest du sicher einen Riesengewinn machen«, feixte Duibel. »Die Quote für ein Scheitern ist diesmal recht gut.«

Rhaflit war nicht zum Scherzen aufgelegt. Zum ersten Mal sah Duibel den exzentrischen Freund ernsthaft besorgt. »Wenn diese Anfänger sich an die Maße gehalten haben, dann dürfte nichts schiefgehen.«

Der Gedanke an die Schienen ließ Duibel zusammenzucken. Die Strecke war lang, aber es ging leicht bergauf. Und Rhaflit hatte oft genug erwähnt, dass er jede Menge Schub benötigen würde.

Ein kleines Gestell war an die Flugmaschine montiert worden, das in vier Rädern endete, die auf den Schienen saßen. Es war der Unterbau einer Lore, der jetzt dem Flugzeug als Fahrwerk diente.

»Wir werden Starthilfe brauchen«, sagte Kerellic mit ernstem Tonfall. »Ich fürchte, dass die Dampfmaschine für den Start zu schwach ist.«

»Die acht schnellsten Gebirgsläufer werden euch anschieben«, versuchte Gnitzlik sie zu beruhigen. »Und sobald ihr in den äußeren Tunnel gelangt, nutzen wir das Gewicht des Haupttores, um euch noch mehr Schwung zu geben.«

»Ihr dürft auf keinen Fall die Zugseile verfehlen«, ermahnte Duibel sie.

Kerellic machte eine abwehrende Handbewegung. »Das wird ein Klacks. Sieh du zu, dass ihr das Ding schnell genug wieder nach oben bekommt, sonst werden wir zu einem hübschen Fleck daran.«

Rhaflit zuckte nicht mit der Wimper, doch Duibel schluckte schwer. Dieser Teil des Plans war nicht mehr heikel – er war der reinste Wahnsinn.

Sobald die Maschine den Haupttunnel erreichte, würde man das Tor fallen lassen. An der Torkette war ein langes Seil befestigt, das wiederum über Rollen durch den gesamten Korridor gezogen war. So würde das Gewicht des Tores und sein plötzliches Herabsausen die Flugmaschine noch einmal unglaublich stark beschleunigen … vorausgesetzt, Rhaflit bekam das Seil zu fassen!

Und dann mussten die Zwerge an den Ketten das Tor schnell genug wieder öffnen, oder Rhaflit und Kerellic würden an dem massiven Stahl zerschellen.

Es war tatsächlich der reinste Wahnsinn.

»Ihr seid verrückt, das zu versuchen!«

Offensichtlich teilte die Hohepriesterin seine Meinung. Sie kam herangehumpelt; Nefhiliel stützte sie behutsam. Ihr Körper mochte noch immer schwer verletzt sein, doch Lyssetras Geist war hellwach. »Ihr solltet den *Wächter* erwecken und nicht eure Zeit mit diesem Unsinn hier verschwenden!«

»Meine Maschine ist kein Schwachsinn«, hielt Rhaflit dagegen. Er mochte verängstigt sein, doch seine Ingenieursehre gebot es ihm, seine Erfindung so lange zu verteidigen, bis sie sich entweder bewährt hatte oder kolossal gescheitert war.

»Genug jetzt!«, ertönte Arlons Stimme. »Die beiden werden es schaffen. Und der *Wächter* schläft weiter.«

»Also, Duib«, begann Rhaflit ein wenig verlegen. »Ich … also …«

»Ich weiß«, sagte Duibel und zog den Freund in eine feste Umarmung. »Ich weiß.«

»Geh nicht an meinen Skizzenschrank«, sagte Rhaflit noch augenzwinkernd, ehe er in die Flugmaschine einstieg.

Kerellic folgte ihm, immer wieder »verrückter Gnom« murmelnd.

»Behaltet den Fluss auf eurer linken Seite«, gab ihnen Gnitzlik noch einen letzten Ratschlag, dann entzündete Kerellic das Holz unter dem Dampfkessel.

Es dauerte noch eine ganze Weile, ehe der Propeller sich zu drehen begann. Die Bremsklötze vor dem Fahrwerk verhinderten, dass die Maschine losrollte, bevor der maximale Dampfdruck erreicht war.

Schließlich kletterte der kleine Zeiger in den roten Bereich und Rhaflit gab das Zeichen. Die Bremsklötze wurden gelöst und zehn Zwerge postierten sich an den Flügeln und dem Heck, um der schweren Konstruktion Starthilfe zu leisten.

»Gute Reise!«, brüllte Duibel über den Lärm des Propellers hinweg.

Und endlich setzte sich das Flugzeug in Bewegung.

Die Gebirgsläufer gaben ihr Bestes und schoben so kräftig sie konnten. Schon bald verloren sie immer wieder für den Bruchteil eines Augenblicks den Kontakt zur Flugmaschine, während diese immer schneller wurde.

Kerellic warf einen Blick über die Schulter. Sie hatten den ersten Wachtposten bereits passiert. Ab hier, so hatte Rhaflit errechnet, würde die Maschine so schnell sein, dass die Zwerge sie nicht mehr anschieben müssten.

Kerellic zählte aber noch immer zehn Gebirgsläufer, die unermüdlich vorwärtspreschten.

»Wir sind zu langsam«, brüllte er über den Lärm hinweg.

Rhaflit nickte. »Weil wir zu schwer sind.«

»Und was jetzt?«

Der Gnom zuckte die Achseln.

»Das gefällt mir nicht!«

»Ist notiert.«

Kerellic stöhnte.

»Sei still, ich muss nachdenken!«

»Denk schneller! Oder wir zerschellen am Tor!«

Rhaflit ignorierte seine Bemerkung und konzentrierte sich auf die Magie seines Levitationsrings. Er hielt sich am Rand der Flugmaschine fest und hob leicht von seinem Sitz ab.

»Willst du schweben?« Kerellic war fassungslos. »Sag bloß, du verpisst dich und lässt mich hier zurück?«

»Nein, du Idiot! Ich mache mich leichter, damit die Maschine schneller wird.«

Kerellic konnte das nicht ganz fassen, doch nach wenigen Sekunden setzte der Effekt ein. Die Flugmaschine wurde schneller und die Zwerge verloren endlich den Anschluss.

»Die Sache hat bloß einen Haken!«, rief Rhaflit mit ernster Stimme. »Du musst das Seil greifen.«

»In Ordnung.«

»Du hast nur einen Versuch!«

»Jaja!«, blaffte der Zwerg zurück. »Ich weiß.«

»Wenn du es nicht erwischst, dann …«

»Halt's Maul!« Für einen kurzen Moment glaubte er, das schelmische Grinsen in Rhaflits Gesicht fühlen und sogar riechen zu können, doch es genügte ihm auch schon zu wissen, dass es da war.

Der zweite Wachtposten kam in Sicht. Direkt dahinter baumelte auf der linken Seite das Zugseil. Ein Zwerg hatte den Kopf durch eine Öffnung in der Decke gesteckt und beobachtete, wie sie mit hoher Geschwindigkeit auf den Durchgang zurasten und Kerellic gerade die linke Hand ausstreckte.

Nur noch wenige Meter trennten ihn von dem Endstück des robusten Seils.

Was, wenn es reißt?, war sein einziger Gedanke, als er sich streckte, um es zu erwischen.

Das Letzte, was er hörte, war das infernalische Brüllen eines Zwergs: »Jetzt!«

Khûlgrim traute seinen Ohren nicht, als ihm von oben aus dem Wachraum jemand zurief, dass die Maschine unterwegs war.

Ein Zwerg war wenige Minuten vor dem Start losgerannt und hatte alle anderen gewarnt, dass es jetzt ernst wurde.

Die Orkspäher hatten hoffentlich keine Ahnung, was hier vor sich ging. Einen Angriff in diesem Moment konnten sie nicht gebrauchen.

»Eins muss man Rhaflit lassen«, stellte ein neben ihm stehender Zwerg fest, »er gibt niemals auf.«

Der General nickte. »Hoffen wir, dass der *Schöpfer* ihn für seinen Mut belohnt.«

»Sie sind am Tor!«, rief Dargril so laut, dass selbst der dümmste Ork erkennen musste, dass hier etwas Merkwürdiges vor sich ging.

Khûlgrim legte die Hände flehend aufeinander. »Bitte, lass es gelingen.« Er wollte sich das Bild nicht ausmalen, wie man Kerellic und Rhaflit als blutige Flecken von der Innenseite des Tors kratzte.

Direkt nachdem das Tor auf den Boden gekracht war, hob es sich langsam wieder.

Zu langsam, wie der General fand.

Kerellic erwischte das Seil im letzten Moment hinter seinem Kopf.

Invars Tor krachte mit voller Wucht auf den Boden, dabei legte der Stahlkoloss eine Strecke von knapp zwanzig Metern zurück, da das Tor im geöffneten Zustand noch höher als die Schießscharten im Wachraum hing, um die Sicht von dort nicht zu behindern.

Zwanzig Meter, die sie nun mit einem kräftigen Ruck nach vorn gerissen wurden.

Der Schmied hatte alle Mühe, das Seil nicht loszulassen, und ein halber Meter ging ihnen sicherlich verloren, weil es ihm einfach durch die Finger gerissen wurde. Sein Lederhandschuh qualmte und die Muskeln in seinen Armen waren zum Zerreißen gespannt.

Mit einer Hand hielt er das Seil, mit der anderen sich selbst am Flugzeug fest.

Sie waren jetzt schnell genug, das spürte er. Die Maschine wollte abheben, wollte sich ihres Fahrgestells entledigen und endlich durch die Lüfte gleiten.

Da gab es nur das kleine Hindernis, dass das Tor noch immer heruntergelassen war.

»Wir sind zu schnell!«, stellte Kerellic mit einem leichten Anflug von Panik fest. *Vater, ich komme zu dir*, schoss es ihm durch den Kopf.

»Erst zu langsam, jetzt zu schnell – entscheide dich«, rief Rhaflit hysterisch. »Und lass das Seil los, du siehst lächerlich aus!«

Erst jetzt bemerkte Kerellic, dass von dem Seil kein Zug mehr ausging, und öffnete seinen Griff. Die Handfläche war blutig rot und dicke Blasen hatten sich auf dem rohen Fleisch gebildet. Er knurrte wütend. Das Tor war noch immer verschlossen. Er würde den Schmerz also nur noch wenige Augenblicke ertragen müssen.

»Es wird funktionieren!«, brüllte Rhaflit triumphierend, als sie das Tor erreichten.

Kerellic fürchtete, es wären die letzten Worte des verrückten Ingenieurs und dass er sie sich bereits vor Jahren überlegt hatte. Es würde zu Rhaflit passen, sich genau diesen Satz für den Moment seines Ablebens aufzusparen. Er selbst hatte die Augen schon längst in Erwartung der nächsten Welt geschlossen.

Doch der Schlag blieb aus, stattdessen spürte er den kühlen Morgenwind im Gesicht. Er öffnete die Augen und sah das Unmögliche.

Sie hatten tatsächlich abgehoben. Zwar schwebten sie nur zwei Meter über dem Boden, doch die Maschine flog!

»Du hattest recht«, stellte er perplex fest.

»Hast du jemals daran gezweifelt?« Rhaflit pfiff vor Freude ein Liedchen.

Unter ihnen machten die Zwerge dem Fahrwerk Platz, das ungebremst auf die Reihen der Orks zuraste.

»Wir müssen an Höhe gewinnen«, sagte Rhaflit leise. »Die Trolle werden uns nicht mögen.«

Khûlgrim gab den Befehl, das Tor augenblicklich zu schließen, und jeder Zwerg nahm wieder seine angestammte Position in der Schlachtordnung ein.

Viele von ihnen strichen sich über die Köpfe, so knapp hatte das wahnwitzige Fluggerät sie passiert.

»Er hat es tatsächlich geschafft.« Der General lächelte anerkennend. Er gestattete sich nicht mehr als diesen kurzen Moment der Sentimentalität. Schon kurz darauf suchte sein Blick die Felswände nach Orkspähern ab, die sich auf Felsvorsprüngen versteckten und der Flugmaschine schaden könnten.

Es gab nur einen Weg.

»Angriff!«, schrie er aus voller Kehle. »Legt die Schweine um, bevor sie Kerellic und Rhaflit erwischen!«

Eine kleine Gruppe Armbrustschützen rannte los.

Dir Orks waren gebannt vom Anblick des Flugzeugs, sodass sie erst zu spät erkannten, dass die kleine Gruppe sich näherte.

Der erste Bolzen vergrub sich in der Brust eines Orks, der schreiend aus einem Felsspalt fiel.

Khûlgrim unterdrückte ein leises Schniefen – die kleine Gruppe Armbrustschützen würde es nicht schaffen. Sie würden Schaden verursachen, die Aufmerksamkeit des Heeres auf sich ziehen, aber sie würden es kaum in die eigenen Reihen zurückschaffen.

Die übrigen Späher wurden getroffen, bevor sie einen Pfeil auf Rhaflits Erfindung abschießen konnten, und die orkische Horde richtete ihre Aufmerksamkeit auf fünf Gebirgsläufer, die gerade äußerst ungeschützt waren.

Und endlich brach der Sturm los.

Sie gewannen allmählich an Höhe und Rhaflit konnte die Levitationskraft des Rings langsam loslassen. Die Orks unter ihnen interessierten sich plötzlich nicht mehr für sie.

Kerellic hatte ihm diesen Teil des Plans erklärt, denn der Schmied hatte ihn ausgearbeitet. Dabei ging es wohl um die beiden Armeen. Rhaflit musste sich eingestehen, dass er diesen Teil verdrängt hatte. Er mochte das Fliegen, die Berechnungen, die Erfindung – aber er wollte sich unter gar keinen Umständen vorstellen, dass Freunde von ihm zu Schaden kamen.

Er wischte die dunklen Gedanken beiseite und deutete auf das Land unter ihnen. Die Berge ließen sie schon bald hinter sich und er orientierte sich am Fluss, als er das erste Mal den Steuerknüppel bewegte, um die Flugmaschine mit einer sanften Rechtskurve wieder auf Kurs zu bringen.

»Fühlt sich das nicht unglaublich an?«, fragte er den Zwerg.

»Unglaublich seltsam, ja.«

»Findest du es nicht auch aufregend? Das Einzige, was uns in der Luft hält, sind meine Berechnungen, Kerellic.«

»Das ist gerade nicht hilfreich.«

Neugierig wandte Rhaflit den Kopf über die Schulter und erblickte den Zwerg, der die Hände in den Rand seiner Sitzöffnung verkrallte und die Augen fest zusammenkniff.

»Was machst du da?«, fragte Rhaflit erstaunt.

»Beten.«

»Mach dich nicht lächerlich.« Rhaflit schnaubte entrüstet. »Der *Schöpfer* kann dir nicht helfen. Genieße lieber die Aussicht. Niemand vor uns hat die Welt jemals auf diese Weise erblickt.«

»Merkst du was?«, hielt Kerellic entgegen.

»Ja, wir verlieren an Höhe. Leg noch einen Holzscheit nach und füll den Kessel langsam auf.« Rhaflit öffnete eines der Ventile, damit Frischwasser in den Dampfkessel laufen konnte. »Und mach endlich deine Augen auf! Sei nicht so ein Feigling!«

Duibel blickte der Flugmaschine lange hinterher. Nach dem Start war er wie die meisten anderen direkt zu einem der Aussichtstürme über Invar gerannt. Sie hatten gerade noch gesehen, wie das Flugzeug den Kurs änderte, dann verschwand es schnell aus ihrer Sicht.

Arlon und die Zwerge brachen in Jubel aus. Lyssetra murmelte immer wieder, dass sie das alles für einen gewaltigen Fehler hielt, doch niemand wollte ihrer Warnung Beachtung schenken.

Duibel war erleichtert. Die Dampfmaschine funktionierte. Und – wichtiger noch – Rhaflits Berechnungen waren korrekt.

»Wer hätte das gedacht«, flüsterte er bei sich.

»Ich nicht«, erklang eine Frauenstimme neben ihm.

Es war Borra. Sie hatte die Vorbereitungen ebenfalls beobachtet, war jedoch meist im Hintergrund geblieben. Sie hatte sich erneut mit Arlon gestritten und versuchte nun, ihm aus dem Weg zu gehen.

»Ich hoffe, dass sie Erfolg haben.«

»Ich hoffe, dass Arlon endlich einsieht, dass nicht nur die Zwergenmänner einen Beitrag leisten. Jeder kann das. Schildwachen, Schmiede, Gnome …«

»Frauen?«, versuchte Duibel ihren Satz zu beenden.

Sie nickte.

Er musterte sie für einen kurzen Augenblick, dann stahl sich ein Lächeln auf sein Gesicht. »Lass uns wieder an die Arbeit gehen.«

Sie nickte, blickte ihn aber nicht an.

»Vertrau mir«, sagte Duibel verheißungsvoll. »Gegen das, was wir beide machen werden, wirkt die Flugmaschine wie Spielzeug.«

ZEIT DER RACHE

Custin starrte der Flugmaschine mit offenem Mund hinterher. Rhaflit war tatsächlich der größte Ingenieur ihrer Zeit. Niemand sonst hätte ein solches Kunstwerk vollbringen können.

Der junge Gnom war überaus stolz darauf, dass er dem zukünftigen Ersten Ingenieur einmal heimlich über die Schulter geblickt hatte. Nicht viele Gnome würden das von sich behaupten können.

Zu seinem Schrecken begann gerade auf dem Vorplatz von Invars Haupttor die Schlacht, weshalb er sich wieder in den sicheren hinteren Bereich des Wachraums begab.

Die Zwerge würden den Orks eine Abreibung verpassen. Etwas anderes kam für Custin gar nicht infrage!

Khûlgrim gab gerade den Befehl zum Sturmangriff, nachdem eine kleine Gruppe von Gebirgsläufern die orkischen Späher ausgeschaltet hatte.

Nein, Custin hatte mehr als genug gesehen.

Als er sich umwandte, erblickte er eine seltsam gebückte Gestalt.

»Oh!«, entfuhr es ihm noch, als eine schwarze Klinge seinen Bauch durchbohrte.

Khûlgrim rammte einem Ork seinen Schild in den Bauch und hackte mit der Axt nach dem Knie des Gegners. Der Krieger knickte seitlich ein und ging zu Boden.

Der General wandte sich bereits dem nächsten Feind zu, als eine Schildwache dem Ork mit einem gezielten Hammerschlag den Schädel zertrümmerte.

»Schließt das Tor!«, befahl er über den Kampflärm hinweg.

Erst wenn das Tor wieder geschlossen war, konnten sie sich langsam zurückziehen. Solange Invars Eingang offen stand, würde er alles daransetzen, die Schweine so weit wie möglich davon fernzuhalten.

Endlich rauschte die schwere Stahlplatte hinter ihm zu Boden und er konnte die Druckwelle des Aufpralls ebenso spüren wie den durchdringenden Ton, den die Platte absonderte.

Khûlgrim nickte zufrieden. »Zieht euch auf eure Stellungen zurück! Armbruster!«

Seine Kommandos waren kurz und knapp, doch die kämpfende Masse folgte ihnen ohne Zögern. Jeder wusste, wo sein Platz war.

Armbrustschützen gingen auf der Empore in Stellung und legten auf die Invasoren an. Die erste Salve dünnte die Reihen der nachrückenden Orks ein wenig aus, doch sie verschaffte der Frontlinie kaum Entlastung. Zu viele Monster drängten auf die Plätze der Gefallenen.

Mehr und mehr Orks erstürmten das Plateau und Khûlgrim sah seine Reihen zum ersten Mal wanken.

Ein mächtiger Troll krachte in seine Schlachtreihe und fegte direkt zwei Schildwachen von den Beinen. Die Zwergenkrieger würden den Schlag überleben, doch wo sie gestanden hatten, klaffte nun eine kleine Lücke, in die der Troll unermüdlich drängte.

Seine Keule hieb zu beiden Seiten, eine Schildwache wurde hart am Kopf getroffen und der Zwerg ging mit einer riesigen Platzwunde zu Boden, wo er sich nicht mehr rührte. Khûlgrim packte Axt und Schild noch entschlossener und stürmte los. Zehn Schritte brauchte der alte Zwerg, um das riesige Monster zu erreichen.

Der Troll maß gut und gerne drei Meter, allein seine Keule war dem Zwerg an Größe ebenbürtig. Das Monster hatte seine aus dem Kiefer hervorstehenden Hauer mit kleinen Metallringen als Schmuck gespickt, womöglich waren sie auch eine Art Rangabzeichen, doch dafür kannte der alte Zwerg sich nicht gut genug mit ihren Gebräuchen aus.

Khûlgrim tat das, was er in solchen Situationen immer tat. Er versuchte, den Gegner auf seine Größe zu stutzen. Er rannte an dem Troll vorbei und hieb mit der Axt kräftig nach dessen linker Kniekehle.

Die Waffe fand ihr Ziel und das geschliffene Mithril schnitt mühelos durch Haut, Sehnen und sogar Knochen.

Der Troll schrie wütend seinen Schmerz hinaus, knickte jedoch nicht ein.

Khûlgrim sah Dargril auf sich zurennen.

»Schild!«, rief er dem jungen Zwerg zu und ging in die Knie, den Schild hielt er dabei wie eine Rampe vor sich.

Dargril verstand und setzte seinen Fuß sicher auf der Mitte der in Drachenblut gehärteten Mithrilplatte auf.

Khûlgrim änderte den Winkel des Schildes, kam jetzt vollständig darunter und drückte ihn so fest er konnte nach oben.

Dargril wurde in die Luft katapultiert und holte während seines Sprungs weit mit der Axt aus. Der Troll wollte das Zwergengeschoss noch abwehren, doch es war zu spät. Dargrils Axt spaltete ihm den massigen Schädel und blieb schließlich im Rückgrat stecken.

Der Troll zuckte noch, wobei er Dargril abwarf, der den Griff der Waffe freigab.

Khûlgrim nickte dem jungen Krieger anerkennend zu und blickte sich um. Die Orks zogen sich plötzlich zurück. Als hätte dieses kurze Gemetzel ihren Kampfeswillen bereits gebrochen. Oder sie hatten mit diesem ersten Angriff bloß die Stärke der Verteidigung prüfen wollen und dachten sich nun eine neue Strategie aus. Wie auch immer, das Plateau war wieder frei von Feinden.

Jubel brandete durch die Reihen der Zwerge.

Sie hatten ihre Heimat verteidigt. Und dabei erstaunlicherweise kaum Verluste erlitten.

»Jungs! Öffnet das Tor!«, rief Khûlgrim zufrieden. Es war an der Zeit, die Verletzten zu den Heilern zu schaffen. Sie könnten auch die Seilzüge benutzen, doch durch das offene Tor würde es deutlich schneller gehen. Niemand konnte sagen, wie lange die Waffenruhe andauern würde.

Als auch nach dem zweiten Rufen niemand im Innern Invars reagierte, wusste der alte General, dass etwas faul war.

Und plötzlich ertönten die Kriegstrommeln der Orks aufs Neue.

Ash'zaqu'ins Schwert durchbohrte den weichen Gnomkörper mühelos. Die Überraschung seines Opfers war so groß, dass er nicht einmal mehr schreien konnte. Schwacher Wicht.

Früher war Ash'zaqu'in auch schwach gewesen. Er war von Orks und Goblins gleichermaßen herumgestoßen worden. Bis er eines Tages einen verwundeten Schatten gefunden hatte. Einen jener mystischen Räuber, die noch aus der Zeit des Götterstreits stammten. Ein Relikt vergangener Zeiten, vom *Zerstörer* geschaffen, um die Feinde der Zwerge zu jagen.

Damals zogen die Kinder des *Schöpfers* sich in den Norden zurück. Orks, Trolle und Goblins flohen aus ihrer Heimat, um der Vernichtung zu entgehen. Eines Tages würde der *Schöpfer* ihnen ein Zeichen geben, dass es wieder an der Zeit wäre, ihre alte Heimat zu betreten.

Bis dahin würden sie sich vorbereiten müssen, denn die Kinder des *Zerstörers* würden niemals ruhen, ehe sie nicht auch den letzten Goblin vernichtet hätten.

Ursprünglich hatte Ash'zaqu'in geplant, den Schatten zu töten, um sich mit ihm als Trophäe zu schmücken. Doch er empfand Mitleid für die Kreatur.

Verdammt zu einem Leben aus Finsternis und Tod – immer auf der Jagd zu sein, niemals Ruhe zu finden.

Ash'zaqu'in brachte den Schatten in eine nahe gelegene Höhle und versorgte ihn, was zu Beginn alles andere als leicht war. Ein Schatten bestand aus konzentrierter Dunkelheit. Eine Wolke, die sich ständig um sich selbst drehte, ein Wirbel aus Finsternis, der die Körpermerkmale seiner hochgewachsenen Gestalt nachahmte. Ein Schatten tötete, indem er seine Opfer mit einer Klinge aus purer Schwärze durchbohrte. Dieses Nichts saugte die Opfer regelrecht von innen aus, entzog ihnen die Lebenskraft und ließ nichts als eine leere Hülle zurück.

Damals hatte er sich keine Gedanken darüber gemacht, wie gefährlich sein Patient war, doch sein eigenes Leben war Ash'zaqu'in zu jener Zeit auch herzlich wenig wert gewesen.

Er erinnerte sich gut daran, wie seine einzige Hoffnung war, dass er den Schatten am Ende auf seine Feinde ansetzen könnte. Umso mehr hatte es ihn überrascht, dass der Schatten mit ihm kommunizierte.

Über Zeichensprache. Und der körperlose Mörder würde Ash'zaqu'in ein noch viel größeres Geschenk machen – er würde ihn lehren zu töten.

Und Ash'zaqu'in war ein Meister des Todes geworden.

In einem Augenblick wirbelte er um die eigene Achse und schlitzte die Bäuche der verhassten Zwerge auf, im nächsten Moment wich er ihren Attacken leichtfüßig aus und durchtrennte im Vorbeigehen ihre Kehlen.

Ja, er war ein überaus mächtiges Werkzeug des *Schöpfers* geworden im Kampf gegen die Kinder des *Zerstörers*.

Zum Zeichen, dass die Armee von Invar abgeschnitten war, machte er die Kette mit dem *Grünem Feuer* unbrauchbar. Dann schnappte er sich den toten Gnom, band den leblosen Körper an ein Seil, das er am Torso einer Zwergenleiche festmachte, und stieß ihn durch eines der größeren Fenster.

Ein letzter Punkt seines Meisterstücks bestand darin, die Falle, die das große Tor sicherte, zu aktivieren. Man hatte ihm den Mechanismus deutlich aufgezeichnet. Am Ende des Tunnels war ein verborgener Hebel; sobald er ihn betätigte, würden die Stützbalken des Gangs brechen und die Decke würde einstürzen. Die Zwerge würden Monate brauchen, um sich dort hindurchzugraben.

Ash'zaqu'in machte sich nicht die Mühe, die Schlacht vor dem Tor zu beobachten. Es war bloß ein Ablenkungsmanöver.

Das eigentliche Heer befand sich schon lange in den unterirdischen Gängen, die Invar mit der Außenwelt verbanden.

Die Zwerge mochten glauben, dass ihre Eingänge geheim waren, und das machte sie blind für die Wahrheit. Verrat war schon immer eine Schwäche der Kinder des *Zerstörers* gewesen.

Er zog den Hebel und ein tiefes Grollen rumorte im Berg. Die Steine wehrten sich kurz gegen ihre Natur, zu Boden zu stürzen, doch der Goblin wusste, dass sie am Ende gehorchten.

Ash'zaqu'in sprang davon. Er musste zurück in die Stadt gelangen, ehe der Angriff begann. Sobald die Türen alle verriegelt wären, gäbe es kein Entkommen mehr.

Für niemanden.

Der Lärm war ohrenbetäubend. Felsen krachten aufeinander, schabten rumpelnd aneinander und der General wusste instinktiv, was es bedeutete.

»Beim *Schöpfer*!«, entfuhr es Khûlgrim atemlos, als er Custins leblosen Körper sah. Der Wind hatte weiter aufgefrischt und wiegte den Leichnam sanft hin und her.

»Das Tor ist verschlossen!«, brüllte Dargril über den Platz hinweg. »Was sollen wir jetzt tun?«

Der alte General gemahnte sich zur Ruhe. Er atmete tief durch. Überbrückte die Zeit seiner Ratlosigkeit, indem er sich genau umblickte. Schließlich zweifelte er selbst an seinen Worten, doch es gab keinen anderen Weg. »Wir müssen durchbrechen und durch die Tunnel nach Invar zurückkehren.«

Dargril kam zu ihm herüber und blickte ihn ungläubig an. »Und was ist mit dem Tor?«

Khûlgrim zuckte mit den Achseln. »Es ist verschüttet. Nur der Wächter könnte es jetzt öffnen. Glaub mir, von hier droht Invar keine Gefahr.« Er deutete auf den armen Custin, der noch immer am Seil baumelte. »Ich mache mir mehr Sorgen darüber, was schon im Inneren auf uns wartet.«

Das brachte alle Anwesenden zum Schweigen. Dargril schaute betreten auf den blutverschmierten Felsboden. Zwerge und Orks hatten es gleichermaßen vergossen. Khûlgrim wurde wieder einmal daran erinnert, dass sie im Tod alle gleich waren.

Er versuchte erst gar nicht, die Verluste auf beiden Seiten zu zählen. Sie waren alle sinnlos.

Einige Orkspäher wagten sich wieder ein Stück weit an den Rand der Biegung, wo der Bergpfad in dem Plateau mündete, das ihr Schlachtfeld darstellte.

Khûlgrim verdrängte jeden Gedanken an Reue und Mitleid. »Holt sie aus den Wänden«, befahl er seinen Armbrustschützen, die sofort zur Tat schritten. »Und jemand soll Custin bergen und einen Blick durchs Fenster werfen.«

Die Todesschreie der Späher hallten laut zwischen den Steilwänden aus Granit wider, doch sie währten nicht lange.

Der General wandte sich an die niederen Kommandanten, denn der Plan, der sich in seinem Kopf formte, duldete keinen Aufschub.

Invar schwebte in höchster Gefahr.

»Wir verlieren an Druck«, rief Rhaflit über das Zischeln des Dampfkessels und das Rattern des Propellers hinweg. »Du musst mehr Holz nachlegen!«

»Keins mehr da«, antwortete Kerellic, und die leichte Panik in der Stimme des Schmieds ließ Rhaflit erschreckt zusammenzucken.

»Wie, es ist keins mehr da?«

»Na, es ist weg – verbrannt.«

»Aber wie ist das möglich?«

»Was fragst du mich das? Holz verbrennt eben recht schnell. Viel schneller als Kohle.«

Kohle! Rhaflit schlug sich klatschend gegen die Stirn. »Ich wusste, ich hab was übersehen!« Er hatte die Berechnungen der Dampfmaschine auf Gnitzliks Entwürfe bezogen. Dabei hatte er vergessen, dass der Erste Ingenieur stets von Kohle als Brennstoff sprach. Er selbst hatte Holz den Vorzug geben wollen, weil es die Flugmaschine vielseitiger machte. Wenn man irgendwo landete, konnte man sicher sein, einen Baum oder wenigstens Büsche zu finden. Kohle war da schon schwerer zu beschaffen. Und mit Holz ließ sich leichter hantieren.

Seine Berechnungen waren aber noch immer auf Kohle abgestimmt, was zur Folge hatte, dass sie das Brennmaterial zu schnell verfeuert hatten, um den Dampfdruck zu erzeugen.

Er seufzte.

»Wir müssen landen.«

»Wie meinst du das?«, fragte Kerellic aufgeregt. »Sind wir schon da?«

Rhaflit schüttelte den Kopf. »Nein, aber uns geht der Dampf aus.«

Kerellic schwieg, doch der Ingenieur konnte sich nur allzu gut ausmalen, was der Zwerg gerade dachte.

»Die Wiese dort unten sieht gut aus.«

»Das sagst du doch nur, weil sie gerade da ist«, protestierte der Schmied.

Rhaflit zuckte mit den Schultern, konnte die einfache Logik jedoch nicht widerlegen. »Sieht trotzdem gut aus.«

»Ich hasse dich.«

Rhaflit schüttelte den Kopf. »Das hier ist das größte Abenteuer deines Lebens. Genieße es!«

»Ich bring dich um«, sagte Kerellic, als Rhaflit gerade die Nase des Flugzeugs Richtung Boden neigte. »Wenn wir das überleben, bring ich dich um!«

Rhaflit überging das übliche Gezeter. Wenn sie die Landung überleben sollten, wäre der Ärger sicher rasch vergessen. Und wenn nicht … nun, dann musste er sich auch keine Gedanken mehr darum machen.

Kerellic steigerte sich mehr und mehr in wutschnaubende Beschimpfungen, doch der Ingenieur blendete den Zwerg völlig aus.

Er versuchte, die beiden Flügel parallel zum Boden zu halten, während die Maschine sich immer schneller dem Boden näherte.

Rhaflit zog an einem Hebel und an den Flanken der Flugmaschine klappten zwei Landekufen nach unten. Rhaflit rastete den Hebel mithilfe eines Karabiners ein, damit die Kufen nicht unter der Belastung der Landung wegknickten.

Er zog am Steuerknüppel, um die Nase wieder gen Himmel zu richten.

»Du solltest jetzt genau hinsehen! Das wird die erste Landung einer gnomischen Flugmaschine!«

»Wohl auch die letzte«, blaffte Kerellic zurück.

»Umso besser«, rief Rhaflit glücklich. »Wir gehen in die Geschichtsbücher ein!«

»Wenn wir sterben, wird es in Invar keine Geschichtsbücher mehr geben, du Idiot.«

»Oh!« Der Ingenieur schwieg für einen kurzen Moment betreten. Kurz bevor die Kufen den grasbewachsenen Boden berührten, fügte er hinzu: »Dann sollten wir besser überleben, nicht wahr?«

Der Aufprall auf den Boden war sehr viel härter, als er es erwartet hätte. Der Steuerhebel wurde ihm beinahe aus den Händen gerissen und er warf sich mit dem Oberkörper dagegen, um die Nase des Flugzeugs mit Gewalt am Boden zu halten.

»Halt dich fest!«, schrie er immer wieder, aus Angst, Kerellic könnte durch die Wucht aus der Flugmaschine geschleudert werden.

Rhaflit hatte die Maschine jetzt so weit am Boden, dass er nur noch abwarten musste, bis die natürliche Reibung das Gefährt abbremsen würde.

Bevor es in die sich schnell nähernde Baumgruppe krachte.

Doch der Rotor drehte sich noch aus und die Maschine machte keine Anstalten, langsamer zu werden.

Der Ingenieur warf einen Blick über die Seitenwand und das feuchte Glitzern im Gras bestätigte seine schlimmsten Befürchtungen. »Das Gras ist zu nass!«

»Ja und?«

»Wir werden nicht langsamer.«

Der Zwerg schwieg einen kurzen Moment. Offenbar, um an ihm vorbeizuspähen. »Scheiße!«

»Wir müssen abspringen«, entschied Rhaflit kurzerhand, als er erkannte, dass die Maschine nicht mehr zu retten war. »Los! Beeil dich!«

Kerellic fluchte laut, als er sich aus den Gurten löste und in einen wackligen Stand erhob. »Ich hasse dich!«, brüllte er wütend und drückte sich, soweit er konnte, vom Rand der Konstruktion ab.

Rhaflit folgte seinem Beispiel, prallte bei seiner Landung jedoch unsanft auf die linke Tragfläche und kullerte beinahe unter die Kufen, als er endlich im Gras landete.

Wenige Meter weiter rauschte sein Fluggerät in die Baumgruppe, wo ihm die stoische Gewalt der mächtigen Stämme erst die Flügel abriss und dann den Rumpf spaltete. Die Dampfmaschine hauchte mit einem lauten Zischen ihr Leben aus, als der Druckkessel zerbarst.

Rhaflit unterdrückte eine Träne, als er seine Arbeit zerstört im Unterholz sah, und schüttelte den Kopf. »Ich hätte es fast geschafft.«

Zu seiner Verwunderung legte ihm Kerellic versöhnlich eine Hand auf die Schulter. »Du hast es geschafft, verrückter Gnom. Wir sind geflogen.« Kerellic seufzte erleichtert. »Und wir haben es sogar überlebt.«

»Und was machen wir jetzt?«

Der Schmied blickte sich Hilfe suchend um – ein Ausdruck, den Rhaflit noch nie zuvor bei ihm beobachtet hatte. »Ich weiß es nicht«, gestand er. »Ich weiß nicht, wie weit wir von Invar entfernt sind. Und wie weit es noch in die Elfenlande ist.«

Der Ingenieur rappelte sich auf die Beine. »Noch sehr weit, fürchte ich.«

Kerellic atmete tief durch. »Gut. Wir haben keine Wahl. Wir müssen versuchen, uns zu den Elfen durchzuschlagen. Unsere Freunde bauen auf uns.«

»Süden«, sagte Rhaflit entschieden. »Wir werden sicher noch viele Tage unterwegs sein. Eine lange Zeit …«

»Zeit, die unsere Freunde vielleicht nicht haben«, stimmte der Zwerg ihm zu. »Und solange sie darauf hoffen, dass wir Hilfe holen, werden sie den *Wächter* nicht erwecken. Zumindest eine Weile …«

Rhaflit seufzte tief.

»Ich weiß«, sagte Kerellic und legte ihm tröstend eine Hand auf die Schulter. »Aber wir sind jetzt ihre einzige Hoffnung, den Krieg zu überleben.«

»Ich hätte den Elfenwald so gerne mit meiner Flugmaschine erreicht«, entfuhr es ihm seufzend. »Ich … wäre gern einmal ein Held gewesen.«

Der Schmied schnaubte verächtlich. »Du bist ein Held, du Idiot. Wir beide sind Helden, weil wir diese verrückte Idee überlebt haben.«

»Aber … aber ich will Invar retten!«, beharrte Rhaflit.

»Und wer weiß? Vielleicht bekommst du dazu noch Gelegenheit. Aber sicher nicht, wenn du hier weiter rumjammerst.« Er klopfte ihm auf den Rücken. »Los, wir sollten uns beeilen.«

Der Schmied übernahm die Führung, ging ohne ein weiteres Wort weiter Richtung Süden.

Rhaflit drehte sich noch ein letztes Mal um, blickte wehmütig auf seine zerstörte Flugmaschine, seinen Traum, der in Fetzen zwischen mehreren Bäumen hing.

»Eines Tages …«, flüsterte er, bevor er sich umdrehte und zu dem Schmied aufschloss.

Kerellic schüttelte den Kopf. Offenbar hatte Rhaflit lauter gesprochen als gedacht. »Ich fürchte ja, dass du nicht aufgeben wirst, bis du dich umgebracht hast.« Er wandte sich noch einmal dem Gnom zu. »Aber eins weiß ich … Niemand außer dir konnte das da schaffen.« Er deutete auf die zerstörte Flugmaschine. »Du bist verrückt, aber ein Genie … Das macht dich gefährlicher als alle Schildwachen zusammen.«

Rhaflit musste unweigerlich lächeln. Mit einem Mal hatte er auch einen Sinn für ihre Umgebung.

Er war erst einmal so weit von Invar entfernt gewesen. Und die Welt hier draußen wirkte fremd. Nicht so fremd wie der Elfenwald, aber nicht weniger schön. Die Elfen hatten ihr kleines perfektes Reich, in dem kein Blatt dem anderen zu viel Sonnenlicht stahl. Zwerge und Gnome versteckten sich hinter ebenen Wänden und behauenem Stein.

Doch die Menschen lebten in einer wilden, ungezähmten Natur. Sie hatten sich hier jeden Zentimeter ihres Lebensraumes erkämpft. Und sie verteidigten ihn gegen die Wildnis, gegen deren Bewohner – und vielleicht schon bald gegen die orkische Invasion.

»Können wir nicht die Menschen um Hilfe bitten?«, fragte er seinen Begleiter irgendwann.

Kerellic schüttelte schnaubend den Kopf. »Die Menschen werden sich auch nur um sich selbst kümmern.«

»Woher weißt du das?«

Die einfache Frage brachte den Schmied für einen Moment ins Grübeln. »Ich …«

»Siehst du? Niemand von euch hat je einen Gedanken daran verschwendet, dass sie uns helfen könnten.«

»Aber in unserer Schöpfungsgeschichte kommen die Menschen nicht vor«, stammelte der Zwerg.

Rhaflit wedelte abwehrend mit den Händen. »Na und? Und wir sicher auch nicht in ihrer. Und dennoch sind sie hier! Unsere Schöpfungsgeschichte ist genau das – eine Geschichte. Eine Erzählung aus längst vergangenen Tagen. Und wir sollten aufhören, uns daran zu klammern, als sei es die einzige Wahrheit.«

»Und was sollen wir tun?«, hielt Kerellic dagegen. »Sollen wir zu den Menschen gehen und sagen, dass sie alle sterben werden, wenn sie sich nicht unserem Glauben anschließen?«

Rhaflit schüttelte den Kopf. »Nein. Aber es ist auch nicht nötig, dass sie an uns glauben oder an den *Schöpfer*. Die Orks werden sie töten, ganz gleich, woran sie glauben.«

Kerellic überlegte einen kurzen Moment und schien ihre Position mit einigen Landmarken abzugleichen, dann nickte er zustimmend. »Gut. Vielleicht passieren wir auf unserem Weg eine ihrer Siedlungen. Da darfst du gern versuchen, sie für den Krieg zu gewinnen.«

»Wie weit sind wir von Invar entfernt?«

Kerellic pfiff leise durch die Zähne. »Vier Tagesmärsche … eher fünf. Du hast uns mit deiner verrückten Idee einen ordentlichen Schubs in die richtige Richtung gegeben.« Der Schmied wandte sich zu ihm um und nickte voll ehrlicher Anerkennung. »Deine Flugmaschine wird die Welt sehr viel kleiner machen, Rhaflit.«

Der Ingenieur schüttelte vehement den Kopf. »Du irrst dich. Aber das liegt an deinem Zwergenhirn. Die Welt wird für uns alle größer werden.«

Kerellic runzelte die Stirn. »Wie du meinst.«

EINEN KÖNIG ZU TÖTEN

Borra erwies sich als fähige Schmiedin. Sie erreichte nicht ganz Kerellics Leichtigkeit im Umgang mit dem Schmiedehammer, doch für Duibels Vorhaben waren ihre Fertigkeiten mehr als ausreichend.

Gerade als sie mit ihrer Arbeit beginnen wollten, erschien Gnitzlik in der großen Halle der Ingenieure. »Hierher hast du dich also verkrochen?«

»Verkrochen kann man kaum sagen, Erster Ingenieur«, erwiderte Duibel und versuchte sich an einem heiteren Tonfall. Der Krieg war nach Invar gekommen.

Khûlgrim und die meisten Schildwachen waren vor den Toren abgeschnitten worden. Jeder Zwerg und sogar jeder freiwillige Gnom wurde unter Waffen gestellt.

Duibel versuchte, all das auszublenden. Wenn er darüber nachdachte, konnte er sich nicht mehr auf seine Arbeit konzentrieren. Dann waren all seine Gebete bei Rhaflit und Kerellic, dass sie auf ihrer Reise gut vorankamen und noch am Leben waren. Dann hoffte er, dass die Krieger um General Khûlgrim den Orks standhalten konnten. Doch all diese Gedanken brachten ihn nicht weiter. Sie würden letztlich nur verhindern, dass er seinen Plan auch tatsächlich in die Wirklichkeit umsetzte.

Aber trotzdem versteckte er sich nicht. Seine neueste Erfindung würde für einiges Aufsehen sorgen. Schon jetzt häuften sich die Fragen, weshalb er in der Halle der Ingenieure Unmengen an Werkzeug und Einzelteilen anhäufte. Duibel würde auf die übliche Geheimhaltung verzichten – dafür stand einfach zu viel auf dem Spiel.

»Und, hast du endlich dein Meisterstück erdacht?«, fragte der Erste Ingenieur und fuhr ein wenig näher an ihn heran.

Gnitzlik hatte selbst einige – bemerkenswert rasche – Fortschritte bei seiner eigenen Arbeit gemacht. Nach Rhaflits erfolgreichem Start der Flugmaschine war der Widerstand der anderen Ingenieure gegen Gnitzliks Dampfmaschine gebrochen. Kurzerhand hatte der alte Gnom seinen Rollstuhl umgerüstet und konnte sich nun wieder völlig selbstständig bewegen.

Dass der Erste Ingenieur bereits so kurz nach Rhaflits Abreise einen funktionsfähigen dampfbetriebenen Rollstuhl kutschierte, konnte für Duibel nur bedeuten, dass der alte Gauner das Gefährt schon seit längerer Zeit fertiggestellt hatte.

»So wie du, nicht wahr?«

Gnitzlik verstand die Andeutung auf sein Gefährt und lachte trocken. Ein Laut, den man in diesen Tagen nicht häufig hörte.

»Ich … ähh …«, spielte er überzogene Verlegenheit, »ich hatte da mal was vorbereitet.«

»Und das Ding ist jetzt sicher?«, fragte Duibel und deutete auf die Dampfmaschine, die leise zischte und puckerte.

»So sicher wie Rhaflits Fluggerät.«

»Das hatte ich befürchtet«, sagte er mit einem Lächeln und winkte Gnitzlik näher heran. »Hier, meine Pläne. Was hältst du davon?«

Der alte Gnom pfiff laut durch die Zähne. »Junge, da hast du aber eine Menge Arbeit vor dir.« Er kniff die Augen über einer bestimmten Zeichnung zusammen. »Und das? Ist das …«

»Ja«, sagte Duibel, »deswegen wollte ich noch zu dir kommen. Ich brauche eine größere Dampfmaschine.«

»Du brauchst die Mutter aller Dampfmaschinen, fürchte ich.« Gnitzlik lehnte sich in seinem Rollstuhl zurück und rieb sich das Kinn. »Ich glaube nicht, dass es so funktioniert, Junge.«

»Die Größe?«

Er nickte. »Du verlierst durch die vielen Zahnräder, die in deine Achse greifen werden, zu viel Kraft. Du solltest das Innenleben umgestalten. Teile es in zwei Bereiche auf.«

»Und damit auch zwei Antriebe«, schlussfolgerte Duibel. »Gnitzlik, das ist brillant!«

»Nein, verrückt – genauso wie deine Maschine da«, widersprach der Erste Ingenieur. »Aber … vielleicht ist verrückt genau das, was Invar jetzt braucht.«

»Wie geht es Khûlgrim und den Jungs da draußen?«

Gnitzlik zuckte mit den Schultern. »Das weiß keiner. Der alte Haudegen hat Arlon gebeten, die Innentore ebenfalls zu schließen.«

Duibel wurde hellhörig. »Aber wie wollen sie es denn dann zurück nach Invar schaffen?«

Abermals zuckte der alte Gnom mit den Schultern. »Ich bin mir sicher, dass er schon einen Plan hat.«

Für einen Moment herrschte Stille. Plötzlich meldete sich Borra zu Wort: »Ich habe gehört, die Kette war … geschmolzen?«

Die beiden Gnome nickten grimmig.

»Aber das bedeutet, dass es kein Unfall oder Zufall war.«

Gnitzlik betätigte den kleinen Richtungshebel an seiner rechten Armlehne, der bestimmte, wie das Übersetzungsrad für den Antrieb in das Hauptrad der Dampfmaschine griff, und rollte einige Meter zurück. »Es war Sabotage.«

»Aber dann …«

»Ganz recht. Der Feind ist bereits unter uns.«

Die Schmiedeöfen.

Sobald er seinen Auftrag erledigt hätte, würde Ash'zaqu'in über diesen Weg auch wieder entkommen. Wie eine Rauchwolke würde er der todgeweihten Zwergenfestung entfliehen.

Nachdem er ihren König getötet hätte.

Doch zuvor musste er noch seine Bezahlung einfordern.

Ash'zaqu'in schlich unbemerkt durch die Gänge, huschte von Schatten zu Schatten und nutzte die Tatsache, dass die meisten Zwerge damit beschäftigt waren, die vielen Eingänge zu ihrem scheinbar so sicheren Zuhause zu bewachen. Diese falsche Sicherheit, in der sich die fetten Maden die letzten Jahrhunderte gesuhlt hatten.

Er durchstreifte verlassene Gassen, passierte leer stehende Häuser – die Bewohner waren schon zu Beginn des Krieges in sichere Schutzräume geflohen.

Noch mehr falsche Sicherheiten. In diesen Räumen wären sie für die Eroberer wie Schweine eingepfercht.

Ash'zaqu'in betrat eine dunkle Gasse zwischen zwei Häusern. Hier brannte kein Licht, offensichtlich mochte auch sein Auftraggeber den Schleier der Dunkelheit für sich nutzen. Es war ihm einerlei. Nur die Rache zählte.

»Hier«, sagte eine tonlose Stimme und ein zusammengeknülltes Stück Papier landete vor seinen Füßen.

Er entfaltete das Blatt und konnte einen Teil einer Landkarte erkennen.

»Bezahlung?«, brachte er gebrochen hervor.

»Wenn der Auftrag erledigt ist, erhältst du den Rest der Karte«, antwortete die tonlose Stimme gelassen aus der Dunkelheit. »Dort wirst du deine Bezahlung finden.«

Er wägte einen kurzen Moment seine Möglichkeiten ab, entschied dann jedoch, dass es besser wäre, den Auftraggeber nicht zu verärgern. »Gut.«

»Noch etwas«, fuhr die Stimme fort. »Nachdem du den König ermordet hast … Die Prinzessin der Elfen ist ebenfalls in Invar. Vernichte sie.«

Er wägte die Forderung ab. Sie waren einen Handel eingegangen. Invar und den König für seine Bezahlung. Die Elfe war niemals Teil ihrer Abmachung gewesen.

Schließlich zuckte er mit den Schultern. Ash'zaqu'in war egal, wie viele Elfen, Zwerge, Gnome oder sonstige Lebewesen er tötete. Solange man ihn dafür bezahlte. »Gut.«

Der König beendete gerade wieder eine seiner Besprechungen. Er beriet sich mit seinem Kriegsrat – einer Versammlung aus Alten und Taugenichtsen, allesamt zu schwach für den Kampf. Orks berieten sich nie. Sie folgten nur wahrer Stärke.

Die alten Zwerge verließen die Kriegshalle, nicht ahnend, dass der Feind, über den sie so lange gesprochen hatten, schon längst unter ihnen war. Einmal hätte Ash'zaqu'in beinahe seinem Verlangen nachgegeben, aus seiner Deckung zu springen und sie alle niederzumetzeln.

Jetzt war Arlon Eisenbart allein. Ein fetter, alter Zwerg, dem der Gürtel spannte und der seinen letzten Kampf vermutlich in seiner Jugend gefochten hatte.

Es stimmte ihn fast traurig, dass sein Opfer auch nur wieder eines der nutzlosen Lämmer war.

Er machte einen Schritt, der ihn aus den Schatten heraustrug, und wartete, bis der König Notiz von ihm nahm.

Arlon ließ sich seine Verwunderung nicht anmerken, stattdessen versuchte er, ihn mit einer offensichtlichen Lüge aus der Fassung zu bringen.

»Ich dachte schon, du hast dich eingeschifft und kneifst«, grüßte ihn der Zwergenkönig. »Deinen Gestank habe ich schon vor einer Stunde bemerkt.« Ah, er versuchte Zeit zu schinden, das war sein Plan. Ash'zaqu'in musste lächeln, was der Zwerg unter seinem Mundtuch jedoch nicht sehen konnte. »Keine Sorge, wir sind allein. Die anderen waren dafür, dich sofort aufzuschlitzen, aber ich möchte mit dir reden.«

Reden? Glaubte dieser Fettsack, dass er mit Ash'zaqu'in verhandeln konnte? Ash'zaqu'in war der Tod selbst. Und er war über Invar gekommen!

»Dieses Vorgehen, die Tore zu sabotieren«, fuhr der König indessen fort, »das passt nicht zu euch Pack. Sonst rennt ihr immer blind drauflos, gefährlich zwar und stark, doch wenig zielgerichtet. Was ist diesmal anders?«

Während er sprach, postierte er sich so, dass der Kartentisch zwischen ihnen stand. Ein jämmerlicher Versuch, Schutz zu finden.

»Du hast noch ein paar Minuten, ehe die Wachen kommen«, redete Arlon weiter. »Kannst du es mit dreißig Schildwachen aufnehmen?«

Ash'zaqu'in nickte und zog die schwarzen Schwerter. »Tod«, sagte er leise. Mehr würde dieser Zwerg nicht von ihm hören.

Zu seiner Verwunderung zog Arlon keine Waffe, sondern bewegte sich einfach auf ihn zu. Offensichtlich hatte der Zwergenkönig einen lang gehegten Todeswunsch.

Der Goblin sprang nach vorn auf den Kartentisch. Wozu sollte er den Fettsack noch länger warten lassen?

Arlon krachte dagegen in den Tisch und hob ihn an. Ash'zaqu'in hatte die Kraft des alten Zwergenkönigs unterschätzt und von einem Augenblick auf den anderen flog ihm die Tischplatte entgegen, die der Zwerg einfach in die Luft gewirbelt hatte.

Er ging zu Boden, doch ehe der Tisch ihn unter sich begraben konnte, rollte er sich zur Seite ab. Arlon setzte nach und hielt nun eine kurzstielige Streitaxt in beiden Händen.

»Du kommst in meine Stadt!«, brüllte er. »In mein Haus! Tötest meine Freunde und wagst es, dich mir entgegenzustellen?« Der erste Axthieb verfehlte Ash'zaqu'in nur knapp. Der Goblin wollte gerade zu einem Gegenangriff ansetzen, als sein Schwert von der herumwirbelnden Axt beiseitegeschlagen wurde. Arlon ließ die Waffe in seinen Händen kreisen und nutzte sie wie einen Schild. Eine überaus effektive Verteidigung, wie der Goblin eingestehen musste.

»Ich werde dich in Stücke schneiden!«, donnerte Arlon, als er nachsetzte. Die Axt sauste heran und Ash'zaqu'in musste den Hieb mit einem seiner Schwerter blocken. Die schwarze Klinge zerbrach unter der Wucht des Aufpralls und ließ den Goblin mit nur noch einer Waffe zurück.

»Das ist alles? Spröder Stahl und schwarzer Stoff?« Arlon ließ nicht ab von ihm und plötzlich fand sich Ash'zaqu'in mit dem Rücken zur Wand. Der nächste Axthieb verfehlte ihn nur knapp, doch im Rückschwung krachte der Axtkopf gegen seine Schulter und schlug ihm die zweite Waffe aus den Händen.

Er hatte den Zwerg unterschätzt. Wie hatte er sich so irren können?

Arlon setzte zum entscheidenden Angriff an und der Goblin griff verzweifelt in seinen Lederbeutel.

Als der Zwerg zum Schlag ausholte, spritzte Ash'zaqu'in ihm das *Grüne Feuer* ins Gesicht.

Sofort lösten sich die vielen goldenen Ketten und Amulette in seinem Bart auf. Arlons Krone tropfte ihm halb übers Gesicht. Und wo das Eisengift die Krone verdampfte, bildete die Haut dicke Blasen.

Er schrie vor Schmerz und fiel zu Boden.

Ash'zaqu'in lächelte zufrieden, als er sich erhob. Sein Leiden würde sich noch viele Stunden hinziehen, ehe er den Verletzungen erliegen würde.

Der Goblin hob sein intaktes Schwert auf und machte sich davon, als er draußen die lauten Stimmen der herbeieilenden Wachen vernahm.

Der König war tot.

Culnauir war bei den Ersten, die den Kampfplatz erreichten. Der Elf zwang sich, den Blick nicht von dem verheerten König abzuwenden. Wenn er diesen Krieg in all seiner Grausamkeit begreifen wollte, durfte er die Augen nicht verschließen.

Arlon lag reglos da. Geschmolzenes Gold sammelte sich am Boden in einer gleißenden Pfütze.

»Sucht den Raum ab! Stellt ganz Invar auf den Kopf, wenn es sein muss!«, bellte einer der Zwerge Befehle, und die Schildwachen schwärmten aus.

Culnauir jedoch blieb bei Arlon. Der Elfenkrieger ging neben dem König in die Hocke. Sein Atem ging flach und langsam … sein Atem …

Er war noch am Leben!

»Arlon lebt noch!«, rief Culnauir immer wieder, bis die Zwerge ihm die volle Aufmerksamkeit schenkten.

Innerhalb weniger Herzschläge versammelten sich die Schildwachen wieder um ihren verletzten König, bildeten einen undurchdringlichen Schutzwall und brachten ihn in Windeseile zu den Heilern. Culnauir folgte ihnen in einigem Abstand. Er wollte sich nicht in die Belange der Zwerge einmischen, aber er wollte genauso wenig den Eindruck vermitteln, dass ihm das Schicksal des Zwergenkönigs egal war.

Die Heiler kümmerten sich sofort um Arlons Gesicht. Sie entfernten den geschmolzenen Helm – Culnauir konnte nur vermuten, dass sie sich dabei ihrer Runenmagie bedienten – und bedeckten die verbrannte Haut mit feuchten Bändern.

Als würden sie ihn mit einem Leichentuch bedecken, fuhr es Culnauir durch den Kopf.

Der König erlangte kurz wieder das Bewusstsein: »Habt ihr ihn?«

»Noch nicht«, antwortete der Zwerg, der offensichtlich der Anführer der Schildwachen war. »Wir werden dich rund um die Uhr bewachen.«

»… wachsam …«, murmelte Arlon, als er wieder in eine Ohnmacht glitt.

»Ihr habt den König gehört«, sagte der Zwerg. »Und irgendwer schafft Gnitzlik hierher!«

Culnauir erinnerte sich wieder an seinen Namen, Modruk. Ein stämmiger Kerl, mit einem guten Auge für den Moment. Er hatte Lyssetra draußen vor den Toren gefunden und zurückgebracht. Da General Khûlgrim die Truppen außerhalb Invars führte, hatte man Modruk das Kommando über die verbliebenen Schildwachen übertragen. Arlons Handlungsunfähigkeit machte den jungen Zwerg plötzlich zum Mittelpunkt der Verteidigung.

Eine Aufgabe, um die Culnauir ihn beileibe nicht beneidete. Aber er bewunderte die Zwerge für ihre stoische Art. Sie machten einfach weiter. Ihr König war geschlagen, würde die Nacht womöglich nicht überstehen, aber sie wussten dennoch, was zu tun war. Jeder kannte seinen Platz, seine Aufgabe, seine Bestimmung.

Ein Gefühl, das der Elfenkrieger nur zu gut kannte und das ihm gerade genommen wurde.

Sollte Nefhiliel sich mit dem *Wächter* verbinden … was würde dann aus ihr werden? Oder aus ihm? Er hatte geschworen, die Hohe Tochter mit seinem Leben zu verteidigen. Doch welchen Schutz konnte er dem *Wächter* bieten? Welche Hilfe könnte sie als lebendige Rache des *Schöpfers* denn schon von ihm benötigen?

»Lasst mich durch!« Begleitet von lautem Zischen und Rattern rollte der Erste Ingenieur durch die versammelte Menge. Die Zwerge wichen vor seinem fahrenden Rollstuhl zurück, betrachteten die verrückte Erfindung mit einer Mischung aus Bewunderung und Furcht.

Culnauir hatte noch nie zuvor eine Dampfmaschine gesehen, lediglich davon gehört. Und wie alle Elfen teilte er die Meinung, dass es sich hierbei um eine Narretei handelte, ein Hirngespinst, das die Zwerge zu ihrem eigenen Wohl aufgeben mussten. Jetzt zu sehen, wie Gnitzlik die gefährliche Maschine nutzte, um seine – durch ebendiese Maschine hervorgerufene – Behinderung zu umgehen, ließ den stolzen Elfenkrieger hilflos den Kopf schütteln. *Lernen sie so wenig aus ihrer Geschichte?*, fragte er sich.

»Lasst mich zu ihm durch«, verlangte der Erste Ingenieur erneut und fuhr stur weiter geradeaus. Vor Arlons Liege hielt er an. Niemand sagte auch nur ein Wort, als der Gnom den Zwergenkönig musterte. Nur das Zischen und Pumpen der Dampfmaschine erfüllte den Raum. »Das sieht übel aus«, stellte Gnitzlik schließlich fest. Er wandte sich an den obersten Heiler. »Wird er es überleben?«

Culnauir war schockiert ob der Gefühlslosigkeit, die der alte Gnom an den Tag legte. Doch die umstehenden Zwerge schienen es entweder nicht zu bemerken oder sogar zu begrüßen.

»Wir wissen es nicht«, gestand der Heiler. »Seine Verletzungen sind sehr schwer. Das Gift, mit dem man ihn angriff, hat seine Haut zu großen Teilen verätzt und es scheint auch in Mund und Nase gelangt zu sein. Dazu noch das geschmolzene Metall. Das rechte Auge hat er bereits verloren, das linke ist durch die Schwellungen im Gesicht stark gequetscht … Wenn er die Nacht übersteht, dann gibt es noch Hoffnung.«

Gnitzlik nickte immer wieder, so als wolle er signalisieren, dass er den Ernst der Lage vollständig erfasst hatte. »Solange Arlon noch atmet, ist er auch noch unser König.« Er drehte den Rollstuhl auf der Stelle, um das Gros der Zwerge betrachten zu können. »Und bis er wieder erwacht, werde ich uns anführen, wie es das Gesetz verlangt.«

Culnauir staunte nicht schlecht. Bisher hatte er angenommen, dass die Zwerge die Gnome beschützten, aber auch bevormundeten. Dass nun Gnitzlik der Anführer der zwergischen Streitkräfte sein sollte, dass er die Befehlsgewalt über Invar und Ventril innehatte – das überraschte den Elfen sehr.

»Modruk wird die Schildwachen anführen«, fuhr Gnitzlik fort. »Und er wird auch alle anderen Zwerge befehligen, die noch in Invar sind.«

Modruk nickte kurz mit dem Kopf. »Aye.«

»Mein Junge, es gibt auch einige Gnome, die in den Kampf ziehen wollen … Bitte, lass sie ihren Mut in der Schlacht beweisen. Auch Gnome besitzen Ehre.«

Modruk zögerte einen Moment. Gnome in die Schlacht zu führen, entsprach offensichtlich nicht seiner Vorstellung von Krieg. Schließlich willigte er aber ein.

Die eigene Ehre war für Zwerge ein hohes Gut. Und der Gedanke, einem anderen die Möglichkeit zu rauben, diese zu beweisen, war offenbar noch abwegiger, als einen bewaffneten Gnom gegen eine Horde Orks zu stellen.

»Gut. Was waren die letzten Erkenntnisse?«, fragte Gnitzlik in die Runde der Generäle.

Modruk trat einen Schritt näher und senkte die Stimme, sodass Culnauir sich stark konzentrieren musste, um ihn noch zu verstehen. »Die Horde hat General Khûlgrim von Invar abgeschnitten. Wir wissen nicht, was sie vorhaben, aber wir befürchten, dass sie einen anderen Weg in die Stadt hinein gefunden haben.«

»Die unteren Tunnel«, überlegte Gnitzlik. »Viele von ihnen führen wieder an die Oberfläche. Dort könnten die Orks ins Innere des Berges gelangen. Hatten wir bereits Kontakt?«

»Nein.«

»Und der Attentäter?«

Modruk knirschte mit den Zähnen. »Ist noch nicht gefunden.«

Gnitzlik rieb sich den kurz geschorenen Bart. »Bevor wir ihn nicht gefunden haben, ist niemand von uns sicher.«

»Ich mache das!«, rief Culnauir laut und trat einen Schritt vor. »Lasst mich einen Beitrag leisten, indem ich den Feind aufspüre und zur Rechenschaft ziehe.«

Gnitzlik und Modruk tauschten kurz fragende Blicke aus, dann stimmte der Erste Ingenieur kopfnickend zu. »Gut. Aber nimm dir Hilfe mit. Du verläufst dich sonst in den Tunnelsystemen.«

»Burrik kennt sich hier aus wie kein anderer«, empfahl Modruk.

»Dann ist das beschlossen.« Gnitzlik wollte bereits wieder davonrollen, als er noch eine Idee hatte: »Postiere versteckte Wachen an den Abflüssen.«

»Wieso dort? Die Schlucht ist zu tief und unwägbar. Kein Heer könnte sich dort nach Invar pressen.«

»Ein Heer vielleicht nicht«, gab Gnitzlik zu bedenken und fuhr davon. »Aber Arlon wurde auch nicht von einem Heer überwältigt …«

DURCHBRUCH

Ash'zaqu'in lehnte sich keuchend gegen die glatte Steinwand. Er betrachtete seine Hände in den wenigen Lichtfetzen, die sich in diesen Teil der Tunnel verirrten.

Sie zitterten.

Der Goblin atmete ein paar Mal tief durch.

Was war gerade passiert?

Wie hatte dieser alte, fette Zwerg ihn so überraschen können?

Hatte *Sie* ihm nicht gesagt, dass die Zwerge faul und überheblich geworden waren, weswegen sie die Strafe des *Schöpfers* verdienten?

Er konnte sich nicht erinnern, wann sein Herz das letzte Mal so heftig geschlagen hatte. Wann er sich zum letzten Mal so lebendig gefühlt hatte.

Aber dennoch – der Zwergenkönig hätte ihn um ein Haar erledigt. Und es hatte ihn seine letzte Blase *Grünes Feuer* gekostet, um sein Leben zu retten.

Seine einzige Genugtuung war, dass der Zwerg die Nacht nicht überleben würde. Mit Sicherheit hatte ihm das flüssige Gold den Schädel zerfressen. Egal, wie der Kampf ausgegangen sein mochte, Ash'zaqu'in verbuchte ihn als Sieg.

Allerdings wäre sein zweites Ziel nun ungleich schwerer zu erreichen. Und über einen neuen Fluchtweg hatte er noch nicht nachgedacht, doch die Eisenstangen bei den Abflüssen waren mit einem Mal ein unüberwindliches Hindernis geworden.

Der Goblin huschte durch die finsteren Gänge, versteckte sich in den Schatten und suchte nach einem Platz, der ihm genug Zeit zum Nachdenken verschaffen würde.

Wie hatten sie die Zwerge nur so unterschätzen können? Und was bedeutete das für den Ausgang der Schlacht?

Das Trommeln der Orks war durch ein metallisches Hämmern ersetzt worden. Zweihundert Schildwachen schlugen ihre Waffen in einem gleichmäßigen Takt gegen ihre Drachenschilde.

»Gut so, Jungs«, lobte Khûlgrim die Krieger. »Macht schön viel Lärm!«

Dargril gestikulierte mit den Armen und die Schildwachen schlugen noch härter zu.

Und mit jedem metallischen Klingeln übertönten sie einen scharfen Laut, wenn eine Spitzhacke einen kleinen Teil aus der massiven Felswand löste.

Einige der Gebirgsläufer standen auf der Südseite des Plateaus und trieben einen improvisierten Stollen in die Bergwand. Oder einen Durchbruch, das stand noch nicht fest.

Khûlgrim war glücklich, dass sein Plan eine kleine Aussicht auf Erfolg barg. Mit jedem Schlag erhöhte sich die Wahrscheinlichkeit, dass sie einen anderen Weg zurück nach Invar fanden. Und die Zeit drängte, das hatte der alte General im Gefühl.

»Wie lange, denkst du, wird es dauern?«, fragte er Dargril, der sowohl die Schildwachen als auch die Grabarbeiten befehligte.

»Ich weiß es nicht«, gestand der junge Zwerg mit leicht näselnder Stimme. Sein Gesicht war noch immer nicht verheilt und Khûlgrim vermutete, dass Dargril sich im Kampf erneut die Nase gebrochen hatte, doch der dickköpfige Sohn einer langen Ahnenreihe von Kriegern war zu stolz, sich auch nur einen Moment zu beklagen.

»Tage? Wochen?«, hakte Khûlgrim nach.

»Das kommt darauf an, ob wir einen Stollen oder einen Durchbruch graben.«

»Durchbruch«, befahl der General knapp.

Dargril schnappte kurz nach Luft, was nicht nur seiner geschwollenen Nase geschuldet war. »Die Orks könnten uns sehen!«

Khûlgrim schüttelte den Kopf und seine Miene verfinsterte sich. »Ich halte jede Wette, dass sie schon in Invar sind.«

»Dann lass uns das Tor aus der Wand meißeln!«, beharrte Dargril. Er hatte diesen Vorschlag schon häufiger gemacht, doch Khûlgrim wies ihn immer entschieden zurück.

»Und den Zugang zur Stadt vollständig öffnen? Niemals! So kommen die Orks durch schmale Nebentunnel und können viel länger aufgehalten werden.«

»Wir sind aber auch langsamer, wenn wir die Tunnel erreichen.«

»Ich sagte Nein.« Khûlgrim ließ keinen Zweifel daran aufkommen, dass dies sein letztes Wort und ihre letzte Diskussion zu diesem Thema war.

Dargril seufzte, doch er erwiderte nichts mehr. »Ich werde den Jungs sagen, dass sie sich auf einen schwierigen Abstieg gefasst machen sollen.«

Khûlgrim hörte ihm nicht wirklich zu. Seine Gedanken galten dem kleinen Orkheer, das sie hier einkesselte, und dem Rest der feindlichen Streitmacht, der sich vermutlich gerade in Invars Tunnelkomplex ausbreitete wie ein eitriges Geschwür.

Er konnte nur hoffen, dass Invars Verteidiger vorbereitet waren.

»Denk daran, die Menschen sind nicht wie wir«, ermahnte Kerellic seinen gnomischen Begleiter, als die kleine Stadt der Menschen immer mehr vom Horizont einnahm. »Ihr Wort bindet sie nicht … oder sie ignorieren es einfach, was weiß ich.« Er schlug die Hände über dem Kopf zusammen. »Aber meistens haben ihre Versprechen nur so lange Bestand, bis der Wind sich dreht.«

Rhaflit hörte ihm kaum zu. Er war viel faszinierter davon, Gebäude unter freiem Himmel zu sehen! Häuser, über denen sich nur klare Luft erstreckte. Keine Felskuppel, die wie ein großer, steinerner Sarg war, den man mit Edelsteinen ausgekleidet hatte, um die Illusion von Weite und Licht zu erschaffen.

Diese Freiheit hier war echt.

Weiches Gras federte jeden seiner Schritte ab, ganz anders als der harte Fels Invars. Überhaupt wirkte Invar im Vergleich zu den sanften Hügeln der Oberwelt hart und kalt. Zu Rhaflits Rechten lag ein kleiner

Findling im Gras. Halb im Boden versunken und an seiner Nordseite von tiefgrünem Moos überwuchert, lud er den Gnom zu einer Rast ein.

Er beneidete die Menschen. Sein ganzes Leben hatte er in Invar und Ventril verbracht. Er kannte dort jeden Stein, jeden Tunnel und jeden Ausblick. Die Menschen zogen umher. Gefiel es ihnen an einem Ort nicht mehr, besiedelten sie einen neuen Landstrich. So wie diese kleine Stadt. Sie markierte die nördlichste Siedlung der Langbeine.

Sicher, die Behausungen wirkten alles andere als wetterfest, doch mit ein wenig Unterstützung an den richtigen Stellen könnten diese Menschen eine gewaltige Stadt erbauen, die Jahrhunderte überdauern mochte.

Wie wohl die südlichen Städte aussahen? Sie sollten ungleich größer sein.

Der Gedanke, eine ganze Siedlung zu planen und entstehen zu sehen, sandte ein Prickeln durch seinen Körper. »Ich denke, wenn das alles vorbei ist, baue ich mir hier ein Haus.«

Kerellics Kiefer klappte nach unten. »Bist du jetzt vollkommen – ich meine – *noch* verrückter als sonst? Ist das überhaupt möglich?«

Rhaflit lachte und zuckte mit den Schultern. »Vielleicht. Aber sieh dich doch einmal um. Es ist herrlich hier!«

Kerellic ließ den Blick schweifen. »Hölzerne Bruchbuden und dreckige Straßen. Ich weiß nicht …«

»Genau deswegen ist es ja so großartig!«, ereiferte sich der Gnom. »Wir sollten diese Stadt aufbauen. Menschen, Zwerge, Gnome und Elfen gemeinsam.«

»Eine schöne Idee. Aber wir sollten lieber einen Weg finden, in den Elfenwald zu gelangen – und zwar schnell.« Jetzt, so kurz vor ihrem Ziel, schien ihn der Mut zu verlassen. »Vielleicht sollten wir die Menschen doch nicht um Hilfe bitten.«

Rhaflit wedelte abwehrend mit den Händen. »Ach, du willst nur wieder alles mies machen. Wir wollen nach Süden, dann müssen wir durch diese Siedlung …«

»Wir könnten sie auch umgehen«, warf Kerellic ein, doch der Gnom schenkte ihm keinerlei Beachtung.

»Also können wir auch ein wenig über die Menschen lernen. Uns ihre Bräuche anschauen … Vielleicht können wir sie auch für unsere

Sache gewinnen?« Er machte ein paar Schritte auf die Stadt zu. »Stell dir das doch nur einmal vor. Wir, wie wir mit einem Menschenheer zurück nach Invar donnern und die Orks so richtig verdreschen, und …«

Mit einem starken Ruck wurde er zurückgezogen und landete unsanft auf dem Hintern. Rhaflit blickte seinem Angreifer verdutzt ins Gesicht. Kerellics Miene war finster und an seiner Schläfe pochte eine Ader. »Jetzt hör mir einmal in deinem viel zu langen Leben zu, du verrückter Spinner. Ich traue den Menschen nicht. Du willst versuchen, sie für den Krieg zu gewinnen? Schön. Ich für meinen Teil möchte am liebsten sofort in die Elfenlande. Wenn die Menschen uns dabei mit einem Boot helfen können, womit wir den Fluss entlangrudern, fein. Falls nicht, möchte ich so schnell wie möglich weiter. Hast du verstanden? Rhaflit, das hier ist keines deiner wilden Experimente. Es geht um unsere Freunde. Unsere Familien! Wir dürfen sie nicht im Stich lassen.«

Der Ingenieur biss sich verschämt auf die Unterlippe. Dieser Dickschädel von einem Schmied hatte recht. Er atmete tief ein und entließ die Luft in einem langen Seufzen.

»In Ordnung. Ich folge dir.« Als Kerellic gerade zum Sprechen ansetzen wollte, hob der Gnom einen Zeigefinger und deutete gen Himmel. »Aber wir sollten vielleicht eine Nacht mit einem … mehr oder weniger … stabilen Dach über dem Kopf der freien Wildbahn vorziehen.« Kerellics Blick folgte dem Finger zu den dunklen Wolken, die gerade aufzogen. »Sonst läuft dir im Schlaf noch die Nase voll Wasser.«

Der Schmied gab sich schließlich geschlagen. »Schön. Aber nur eine Nacht.« Er hob drohend die Faust. »Und, Rhaflit, ein Wort über die Elfen und ich …« Er schüttelte den Kopf. »Die Menschen trauen den Elfen nicht. Und ich traue den Menschen nicht.« Er zuckte mit den Achseln. »Und außerdem habe ich noch nie jemanden getroffen, der gerne über Krieg geredet hat.«

Rhaflit stand auf und klopfte sich den Dreck vom Hintern. »Aber wie willst du dann eine Nachricht an König Pellaréion schicken, wenn du die Elfen nicht erwähnst?«

»Ach, *jetzt* achtest du plötzlich auf eine Logik?« Der Schmied schlug die Hände über dem Kopf zusammen. »Du bist einfach unfassbar. Ich will keine Nachricht durch die Menschen verschicken. Ich will in die

Elfenlande, damit wir mit einer Armee zurück nach Invar kommen und den Orks gehörig in den Arsch treten.«

Der Ingenieur grinste breit und deutete in Richtung der Siedlung. »Schau, die Stadt ist größer als gedacht.«

Kerellic verengte die Augen zu schmalen Schlitzen. Dann blickte er sich noch einmal um, betrachtete ein kleines Wäldchen zu ihrer Linken, überprüfte noch einmal den Stand der Sonne und lauschte angestrengt dem mit jedem Schritt ansteigenden Geräuschpegel. »Hörst du das?«, fragte er plötzlich.

Rhaflit tat es ihm gleich und nickte nach ein paar Sekunden. »Wasser. Der Fluss muss den Ort passieren.«

»Versprich mir, dass du bei diesen Menschen sehr vorsichtig bist.«

»Wieso?«

»Invar treibt Handel mit ihnen.«

Der Gnom strahlte vor Freude. »Machst du Witze? Das ist ja großartig! Komm, verlieren wir keine Zeit.«

Er wollte schon loslaufen, als Kerellic ihn am Kragen zurückhielt. »Das sind Halsabschneider.«

Rhaflit wedelte mit den Händen. »Ach, bloß weil sie dich einmal übervorteilt haben? Du bist einfach kein guter Händler.«

Kerellics Ungeschick bei Verhandlungen war weithin bekannt, doch der Schmied schüttelte beharrlich den Kopf. »Nein, ich meine echte Halsabschneider. Die Stadt ist fest in Gildenhand. Da drin wimmelt es von Mördern und Dieben.«

Er blickte seinem Freund fest in die Augen. »Wovor hast du Angst, Kerellic? Wir haben nichts, was sie uns nehmen könnten. Außer unserer Leben. Und wenn wir Invar nicht retten – was für ein Leben wäre das denn noch ohne unsere Freunde?«

Schließlich gab der Schmied auf und marschierte seufzend weiter. Rhaflit bemühte sich, mit den kräftigen Beinen des Freundes Schritt zu halten. Zu gerne hätte er das Panorama in sich aufgenommen, das satte Grün der Bäume, das Rauschen des Windes im Gras und Vögel, die über seinen Kopf hinwegzogen. Aber Kerellic hatte für diese Schönheit keinen Blick. Der mürrische Schmied wollte so schnell wie möglich in den Elfenwald – ein Gedanke, den Rhaflit durchaus verstand. Es war nur so … er war noch nie so weit von Invar fort gewesen!

Und je mehr er von dieser fremden Welt lernen konnte, desto besser würde er als Ingenieur noch werden, davon war er überzeugt.

Die Silhouette der Stadt breitete sich nun voll vor ihnen aus und Rhaflit erkannte, dass die Siedlung deutlich größer war, als er zu Beginn angenommen hatte.

»Gut möglich, dass uns jemand bemerkt hat«, murmelte er gerade vor sich hin, als Kerellic schon einen leisen Fluch ausstieß.

»Bleib dicht bei mir«, befahl die ehemalige Schildwache. »Und beim *Schöpfer*, überlass mir das Reden.«

Rhaflit hob den Kopf und sah eine kleine Gruppe von Menschen, die sich ihnen näherte.

»Denkst du, sie haben meine Flugmaschine gesehen?«, fragte er mit zitternder Stimme.

Kerellic zuckte mit den Schultern. »Kann sein. Vielleicht haben sie auch bloß einige Wachen, die uns gerade entdeckt haben.« Er blickte den Gnom eindringlich an. »Halt einfach die Klappe.«

Er bemerkte, dass Kerellic die Axt im Gürtel hinter den Rücken schob und den Bewegungsablauf zweimal durchspielte, um die Waffe rasch bereit zu haben. Er hatte den Schmied noch niemals mit einer Waffe in der Hand gesehen, obwohl er wusste, dass er früher eine Schildwache gewesen war. Plötzlich fühlte er, dass seine Hände schweißnass waren, und er wischte sie am schweren Stoff seiner Hose ab. Was war nur los mit ihm? Menschen waren kein gänzlich unbekannter Anblick für ihn. Und auch Hütten und Häuser aus Holz waren ihm vertraut.

Doch die meisten dieser Bilder waren eben das, Bilder, Zeichnungen, Skizzen und Erzählungen. Das wurde ihm jetzt schlagartig bewusst. Er wusste nichts über die Menschen. Rein gar nichts.

Plötzlich war seine Leichtigkeit verflogen. Die drei großgewachsenen Männer, die mit weit ausladenden Schritten auf sie zukamen, wirkten nicht aufregend und horizonterweiternd. Sie wirkten fremd und bedrohlich. Er kniff die Augen zusammen und versuchte, ihre Gesichter auszumachen, doch dafür waren sie noch viel zu weit entfernt. War das ein Schwert? Eine Axt am Gürtel des Führenden? Er konnte es nicht sicher sagen.

»Kerellic?«, flüsterte er, seine Stimme war mit einem Mal kraftlos und leer. »Was machen wir, wenn sie uns angreifen?«

»Dann wehren wir uns«, erwiderte er trocken. »Komm jetzt. Wir sollten nicht wie dämliche Goblins in der Landschaft rumstehen. Wir wollen in die Stadt, also können wir uns auch bewegen.«

Er marschierte los, ohne eine Antwort abzuwarten, und ließ Rhaflit keine Zeit mehr, darüber nachzudenken, ob er seiner Neugier oder seiner Angst nachgeben sollte.

Die Männer verlangsamten ihre Schritte. Sie gestikulierten und schienen in eine hitzige Debatte verwickelt zu sein.

»Gut für uns«, stellte Kerellic fest.

»Wieso?«

»Sie haben keine Ahnung, was sie tun sollen«, sagte er mit zufriedenem Grinsen. »Wären sie ausgerückt, um uns aufzumischen, wüssten sie es.«

Der Knoten um Rhaflits Lunge gab nach und er konnte wieder durchatmen, wobei ihm erst dabei auffiel, dass er es die ganze Zeit vermieden hatte. »Also denkst du, sie werden uns in die Stadt führen?«

»Möglich.« Er kratzte sich kurz am Kopf. »Aber halt trotzdem die Klappe. Sie wollen uns vielleicht nicht umbringen, aber … wer weiß, vielleicht ändern sie ihre Meinung noch.«

Sie gingen weiter. Nicht sehr schnell, aber auch nicht so langsam, dass es den Anschein erwecken könnte, sie würden sich auf einen Angriff vorbereiten. Während der ersten Meter gemahnte Kerellic ihn beinahe mit jedem Schritt daran, dass sie nur zwei verirrte Wanderer auf der Durchreise waren.

Schließlich waren sie nah genug, dass Rhaflit die Gesichter der Männer erkennen konnte.

Der Mann an der Spitze der Menschen war kahl, wirkte aber, als wäre ihm das Haupthaar einfach nur verrutscht. Ein wilder dunkelbrauner Bart wucherte um seinen Mund und die Wangen, was sein Antlitz düster und verschlossen wirken ließ. Er trug ein einfaches Hemd aus Leinen, in eintönigem Grau, das früher womöglich einmal schwarz gewesen war. Er war wachsam. Schon jetzt fixierte sein Blick den Schmied, als hätte er ihn ganz klar als den Anführer dieses seltsamen Paares ausgemacht, das sich in seinem Landstrich herumtrieb. Noch schien er nicht zu wissen, ob es ihm gefiel oder nicht.

»He da!«, rief er, als sie noch zwanzig Meter entfernt waren.

Kerellic hob die Hand zum Gruß – Rhaflit entging nicht, dass es seine linke, schwache Hand war. Die rechte ruhte noch immer scheinbar lässig an seiner Seite, bereit, die Axt binnen eines Wimpernschlags zu ziehen. »Auch he da!«, erwiderte der Schmied.

»Ihr seid Zwerge, richtig?«, fragte der Mann ohne Umschweife.

»Eigentlich bin ich ein …«, setzte Rhaflit an, doch Kerellic brachte ihn mit einem wütenden Blick zum Schweigen.

»Was hab ich dir gesagt?«, zischte er. »Überforder diese armen Leute nicht. Die haben vielleicht noch nie einen Zwerg gesehen, schon gar keinen Gnom. Dass sie uns nicht für Orks halten, ist schon ein Gewinn.« Dann wandte er sich wieder den Menschen zu. »Ihr habt ein scharfes Auge, guter Mann. Ganz recht, wir sind Zwerge aus Invar und auf der Durchreise.«

»Invar, hm?«, machte ein anderer. »Ist nicht hier.« Er war ähnlich gekleidet wie der Wortführer. Rhaflit fragte sich, ob es eine Art Arbeitskluft war. Aber für welche Arbeit waren abgewetzte Leinen denn das richtige Mittel? Seine Haarfarbe konnte der Gnom nur schätzen. Gewaschen mochten sie vielleicht blond sein, doch jetzt gerade bildeten sie ein Nest aus Dreck, Staub und anderen Dingen, über die der Gnom nicht nachdenken wollte. Er kratzte sich mit schwieligen Fingern am Bauch und offenbarte das dünne Hanfseil, das seiner Hose als Gürtel diente.

»Faszinierend«, entfuhr es Rhaflit.

»Ja, wir sind ein wenig vom Weg abgekommen«, gestand Kerellic ein und klang dabei freundlich und … aufgeschlossen.

Rhaflit blickte ihn verwirrt von der Seite an. »Faszinierend«, wiederholte er.

Der Dritte im Bunde kniff die Augen zusammen und verschränkte die Arme vor der Brust. Sein Körperbau war dem eines Zwerges nicht ganz unähnlich. Was ihm an Größe fehlte, machte er durch Masse wieder wett, doch Rhaflit bezweifelte, dass sich unter seinen speckigen Kleidern der gestählte Körper eines Kriegers verbarg. Das Fleisch an seinen Unterarmen schwang noch leicht nach, wie kleine Flügel, mit denen er unmöglich fliegen könnte. Seine Stimme wirkte angestrengt, als würde das bloße Atmen ihm schon Schwierigkeiten bereiten. »Was glotzt du so?«

Rhaflit war so tief in Gedanken versunken, dass er nicht bemerkte, wie sich alle Blicke nur auf ihn richteten, bis Kerellic sich laut räusperte.

»Ich habe nur noch nie einen Menschen gesehen«, erwiderte der Gnom gedankenverloren. »Eure Kleidung ist interessant. So … einfach.«

Er konnte deutlich erkennen, wie Kerellic die Augen verdrehte und mit den Lippen ein stummes »Warum« formte.

»Einfach, so? Du meinst arm, was?«, schaltete sich Glatzkopf wieder ein. »Für einen Wicht, der so weit weg von seinem Zuhause ist, hast du 'ne ganz schön große Klappe!«

»Ich meinte nicht arm!«, entfuhr es Rhaflit. »Ich habe keine Ahnung, ob ihr vielleicht reich seid. Ich …« Er biss sich auf die Lippen, als ihm endlich wieder einfiel, was Kerellic ihm befohlen hatte.

»Nicht so reich wie ihr Zwerge«, sagte der Blondschopf und spuckte dabei verächtlich aus. »Mit eurem Gold und euren Edelsteinen, was?«

Der Fettsack wandte sich den beiden anderen zu und sagte: »Ich hab mal gehört, dass Zwerge Goldmünzen ausspucken, wenn man sie auf den Kopf dreht und schüttelt.«

»Das ist der größte Schwachsinn, den ich je gehört habe!«, platzte es aus Rhaflit heraus. »Das würde ja nicht einmal bei Schatzmeister Mydark funktionieren.«

»Schwachsinnig sind wir, was?«, hakte der Blondschopf ein und verzog die Lippen zu einem bösartigen Grinsen.

Der Gnom hatte keine Ahnung, was das alles zu bedeuten hatte, doch Kerellic seufzte nur und sagte: »Zu spät.« Er stieß Rhaflit beiseite, gerade als der erste Mann sich auf ihn stürzen wollte.

Alles geschah innerhalb weniger Wimpernschläge, und der Ingenieur hatte Mühe, den Bewegungen zu folgen.

Kerellic nutzte den Schwung seiner eigenen Bewegung, tauchte unter den Armen des Mannes hindurch und verpasste ihm einen Aufwärtshaken, der den Mann rücklings zu Boden schickte. Die Axt tauchte in seiner rechten Hand auf und er schwang sie mit dem stumpfen Rücken gegen die Wange des Blondschopfs. Der Mann krachte in den Fettsack und beide gerieten ins Wanken. Mehr Ablenkung brauchte Kerellic nicht. Er setzte nach und Sekunden später lagen beide Männer mit blutenden Nasen im Gras.

Der Schmied stand breitbeinig vor den sich windenden Männern. Seine Hand umfasste den Axtstiel so fest, dass seine Knöchel weiß hervortraten, doch sein Atem ging ruhig und gleichmäßig, als hätte er die ganze Zeit einfach nur still dagestanden.

»Wir wollen keinen Ärger«, sagte er ernst.

»Den habt ihr schon«, brachte Glatzkopf blutspuckend hervor.

Kerellic seufzte. »Denk nach, Mensch. Ich hätte euch mit Leichtigkeit töten können, aber ihr habt noch alle eure Glieder und werdet euch bald erholen. Nimm das als mein Wort, dass ich keinen Ärger suche. Ich möchte nur nach Süden.«

Die Männer schwiegen und starrten den Zwerg hasserfüllt an.

»Komm, Rhaflit, wir gehen.«

Der Gnom konnte den Blick nicht von den Besiegten wenden. »Wie hast du das gemacht?«, stammelte er.

»Komm jetzt!«

Kerellic war bereits ein paar Schritte entfernt und Rhaflit verspürte keine große Lust, noch an Ort und Stelle zu sein, wenn die Männer wieder auf die Beine kämen. Er holte den Zwerg ein und musterte ihn eindringlich. Er suchte nach den passenden Worten, doch sie wollten ihm nicht über die Lippen kommen.

»Warum hast du nicht einfach die Klappe gehalten«, stellte Kerellic nach ein paar Minuten fest, als die Männer bereits außer Sicht waren.

»Tut mir leid«, erwiderte er kleinlaut.

»Lass es gut sein«, sagte Kerellic und winkte ab. Er zuckte mit den Schultern. »Ich schätze, wir müssen uns einen anderen Weg suchen.«

»Ich wusste ja, dass du bei den Schildwachen warst, aber …«

»Hörst du mir überhaupt zu?«

Rhaflit blickte auf. »Natürlich. Aber da die Lösung für dieses Problem bereits bekannt ist, interessiert es mich nicht. Wir können nicht in die Stadt, also gehen wir drumherum. Kein Grund, noch mehr Lebenszeit darauf zu verschwenden.«

Der Schmied seufzte. »Wäre ich doch bloß in Invar geblieben.«

Modruk brütete über der Karte von Invars Tunnelsystem. Gnitzlik hatte recht, irgendwo führten sie an die Oberwelt, irgendwo könnte das Orkheer in ihre Heimat einbrechen und sie auf ihrem eigenen Grund herausfordern.

»Sind die Fallen bereit?«, fragte er in die Runde.

»Wie immer«, antwortete Ralthin. »Wir haben die Fallenwachen verstärkt und die inneren Tore geschlossen. An den vorgelagerten Kampfpunkten stehen immer fünf Ingenieure bereit, um die Funktion der Verteidigung zu sichern. Alle äußeren Tore sind verschlossen und die Fallen scharf.«

Modruk nickte. Es war riskant, die eigenen Streitkräfte so weit zurückzuziehen. Sie gaben viele Meter Tunnel vorzeitig auf und somit an den Feind, doch da ein Großteil des Heeres vor den Toren abgeschnitten war, blieb ihm keine andere Wahl. »Der Lärm sollte uns frühzeitig verraten, von wo sie uns angreifen«, betonte er.

»Du musst dich nicht rechtfertigen«, sagte Gnitzlik. »Wir sind zu wenige, um die Tunnel bis an die äußeren Grenzen zu verteidigen. Diesmal haben die Orks uns kalt erwischt. Wir müssen ihren Vormarsch so lange aufhalten, bis Khûlgrim das Heer wieder zu uns führt.«

»Aber die vorgelagerten Kampfpunkte sind so verdammt nah«, sagte er seufzend.

Der Erste Ingenieur zuckte mit den Schultern. »Wenn wir sie besiegen, ist es egal, ob wir es vor den ersten, zweiten oder fünften Toren tun.« Er blickte Modruk eindringlich an. »Wir dürfen nur nicht versagen!«

Er nickte, als ein lautes Grollen durch die Gänge hallte.

»Es beginnt«, sagte Gnitzlik mit gedämpfter Stimme. »General Modruk, es ist Zeit, die Truppen zu führen.« Er belegte seinen ehemaligen Gehilfen – seit er den fahrenden Rollstuhl hatte, brauchte er niemanden mehr, der ihn schob – mit einem strengen Blick. »Du führst die Gnome. Schlagt euch tapfer.«

Beide nickten und verließen den Kriegssaal.

Modruk bellte dem versammelten Heer ein paar Befehle zu. Die gnomischen Ingenieure waren bereits bei der Arbeit und werteten aus, welche Falle angeschlagen hatte.

»Südlicher Tunnel«, verkündete Ralthin ihr Ergebnis.

»Schildwachen voran!«, brüllte Modruk, doch der Gnom packte ihn am Arm. »Wir haben eine Überraschung«, verkündete er. »Du solltest deine Männer ein wenig zurückfallen lassen.« Verwundert sah Modruk auf den Lippen des Gnoms ein schmales Lächeln, doch er stellte keine Fragen mehr, als er die zehn Ingenieure in voller Rüstung erblickte, die eine lange Apparatur aus Eisen und Ketten trugen.

»Die Sägekrake«, sagte Ralthin stolz. »In der Grundform eigentlich für die Gartenarbeit auf den Hochebenen entwickelt …« Er zuckte die Achseln und fügte grinsend hinzu: »Aber Orks sind ja auch grün.«

Modruk kam gerade noch dazu, fünf Schildwachen als Geleitschutz für die Gnome abzustellen, dann war die Gruppe schon im Tunnel verschwunden.

Mehr Vorsprung gab er ihnen nicht. Er scharte seine besten Kämpfer um sich und folgte den Ingenieuren.

Die Gnome hatten sich nicht geirrt, die Orks hämmerten gerade gegen das gesicherte Tor des vorgelagerten Kampfpunktes. Und als Modruk sich noch wunderte, wie die Ingenieure ihm mit ihrer Eisenkonstruktion im Kampf helfen wollten, wiesen sie die Zwerge an, sich seitlich vor ihnen zu postieren.

Dann senkten sie die Sägekrake auf ausgeklappten Beinen ab und der Zwerg konnte zum ersten Mal einen längeren Blick darauf werfen. Das eiserne Gestänge mündete in fünf große Zahnräder, die von Pedalen betrieben wurden. Fünf Ingenieure setzten sich auf kleine Sättel und steckten die Füße in die Pedalschlaufen. Die beiden mittleren Gnome hielten die Maschine stabil und stemmten sich auf zwei seitliche Griffe.

Interessant wurde es an der Front des Geräts. Die Pedale trieben mehrere Ketten an, die vorne um kleine Zahnräder liefen und dort als Antrieb für drei große, waagrechte Sägezahnblätter dienten. Die drei vorderen Gnome konnten Neigung und Winkel der Kreissägen über zwei Hebel steuern.

Modruk war sich noch immer nicht sicher, ob er die Erfindung genial oder verrückt fand, aber Ralthin war sich sicher, dass sie funktionieren würde.

»Die Krieger sollen einen Trichter formen und die Orks in die Säge treiben«, sagte er ernst. »Und wir sollten das Tor öffnen, bevor es bricht.«

Der Zwergenkrieger wusste sehr genau, was er von diesem Vorschlag hielt, doch der Gnom duldete keine Widerrede. »Wenn sie es zerstören, können wir es auch nicht wieder schließen. Wenn wir sie zurücktreiben, erkaufen wir uns eine Atempause.«

Modruk nickte, gab die entsprechenden Befehle und schüttelte den Kopf. »Ihr Gnome seid alle verrückt.«

»Und gleich sehen wir, ob es ausreicht, um einen Krieg zu gewinnen.«

Das Tor öffnete sich. Aber zunächst nur die untere Hälfte. Ein besonders mutiger Ork duckte sich darunter hindurch und rannte auf sie zu. Seine Augen weiteten sich vor Angst, als er in die drei rotierenden Sägeblätter blickte, und wandelte sich in blankes Entsetzen, als eines davon nach links ausschlug und ihm die rechte Hand sauber abtrennte. Blut spritzte auf die Schilde der zwergischen Krieger, der Ork hielt sich reflexartig den Armstumpf, doch das zweite Sägeblatt schnitt ihm durchs Gesicht und durchtrennte seinen Kiefer.

»Verdammt«, stellte Ralthin unter dem Jubel der Zwerge fest. »Wir stehen einen halben Meter zu weit hinten. Es kommen zu viele durch.«

Er konnte die Maschine nicht neu ausrichten, da mehr und mehr Orks durch die niedrige Öffnung drängten. Die Sägekrake erwischte viele von ihnen im ersten Schwung. Manche schützten sich gegen das obere Sägeblatt, nur um dann mit anzusehen, wie sich ihre Eingeweide aus einer klaffenden Bauchwunde ergossen.

Andere waren glücklicher. Sie wurden vom unteren Sägeblatt auf Kniehöhe erwischt, fielen zu Boden und hoben gerade rechtzeitig den Kopf, um ihren silbrig rotierenden Tod zu erblicken, ehe er ihnen den Schädel zerteilte.

Die Zwerge brachen in lautstarken Jubel aus, während die Gnome unermüdlich die Handkurbeln betätigten und Feind um Feind niedermähten.

»Das wird eine reiche Ernte«, stellte Ralthin mit einer Nüchternheit fest, die der Zwerg dem Gnom nicht zugetraut hätte. Der junge Ingenieur stand ruhig da, beinahe schon so stoisch wie General Khûlgrim, und beobachtete, wie seine Erfindung den Gang und den engen Kampfplatz allmählich mit Blut und Innereien bedeckte.

»Sägekrake, was?«

Ralthin nickte zufrieden. »Unberechenbar und absolut tödlich.«

»Das ist eine tolle Erfindung«, stellte der Zwerg fest, während mehr und mehr Orks durch den Tunnel drängten.

Die Zwerge lenkten sie zu den rotierenden Sägeblättern und achteten darauf, dass kein Feind dem tödlichen Radius entkam.

Modruk wagte bereits zu hoffen, dass sie dieses erste Gefecht deutlich zu ihren Gunsten entscheiden könnten, als ein massiger Troll sich an den Orks vorbeipresste.

Er schwang eine krude Eisenkeule, die eigentlich mehr einem dicken Rohr als einer Waffe glich, und brüllte so laut, dass seine kehlige Stimme die Wände erzittern ließ.

Das Monstrum sprang zu Modruks Überraschung einen Satz nach vorn, direkt in die schwingenden Sägeblätter. Das erste Sägeblatt fraß sich tief in seine Seite, doch anstatt die Eisenstange zum Parieren zu verwenden, rammte er sie mit einer solchen Wucht vor der Sägekrake in den Boden, dass der Stein splitterte und sie wie ein Pfosten emporragte.

»Oh nein!«, rief Ralthin mit weit aufgerissenen Augen.

Modruk konnte nur wie gebannt auf die beweglichen Arme starren, die sich halb um den Eisenpfosten wickelten und vom Gewicht des Trolls, der sich gegen die Maschine warf, festgeklemmt wurden.

Alles dauerte nur einen Augenblick, doch es reichte aus, um das Schlachtenglück zu wenden.

Als die ersten Orks in die Reihen der Zwerge krachten und die Verteidiger mit brachialer Gewalt niederschmetterten, hörte Modruk sich selbst nur »Rückzug!« brüllen und schleifte so viele hinter sich her, wie er zu packen bekam.

Ralthin versuchte noch, die Maschine mithilfe der anderen Gnome von dem Troll zu entfernen, doch es war zwecklos, und kurz bevor ein Orkspeer seine Kehle durchstoßen konnte, riss Modruk ihn zurück und schob ihn grob zum ersten Tor.

Hinter ihnen fiel die schwere Eisenplatte ins Schloss und er gab dem Gnom an der Fallenwache traurig ein Zeichen. Der junge Ingenieur betätigte zögerlich den runenverzierten Hebel und Modruk hörte, wie hinter dem Eisentor unzählige Tonnen Gestein auf die Angreifer polterten, als die präparierte Decke auf sie niederkam.

Sie waren in Sicherheit.

Aber die erste Schlacht um Invar war verloren.

Ralthin starrte ihn aus großen Augen an. »Was hast du getan? Unsere Freunde? Wie … du hast sie verdammt.«

Modruk nickte langsam. »Um uns alle zu retten.«

Der Gnom starrte ihn noch immer an, als Modruk bereits die nächsten Befehle gab. Die Zwerge rückten in einer engen Formation ab, ließen aber drei Mann als Wache zurück.

»Kommst du? Wir müssen Gnitzlik berichten.« Er hielt inne, als er bemerkte, dass der Gnom ihm nicht folgte, und er legte dem Kampfgefährten väterlich eine Hand auf die Schulter und lehnte sich zu ihm hinüber. »Sie brauchen dich, Ralthin«, flüsterte er. »Du führst die Ingenieure an, vergiss das nicht. Sie müssen zu dir aufblicken. Du musst stark sein, wo sie schwach sind. Du musst voranschreiten, wo sie zaudern.«

Ralthin nickte langsam.

Und setzte einen Fuß vor den anderen.

Das leicht dezimierte Zwergenheer marschierte bis zur zweiten Falle. Auch hier gab es eine große Höhle, in der das Heer sich formieren konnte. Modruk postierte die ersten Reihen seiner Kämpfer aber zwanzig Meter vorgelagert im Tunnel. Er wollte nicht noch einmal riskieren, von der bloßen Masse der Orks so überrascht zu werden.

»Was hast du vor?«, fragte Ralthin und versuchte dabei, das leichte Zittern seiner Stimme mit einem Räuspern zu übertönen. »Du kannst diese Übermacht unmöglich mit einer fünf Mann breiten Reihe in einem Gang besiegen.«

Modruk schüttelte den Kopf. »Ich weiß. Aber ich kann sie aufhalten.«

»Und dann?«

»Erkaufen wir Invar genug Zeit, die anderen Fallen stärker zu sichern.«

»Das ist Wahnsinn!« Ralthin packte ihn am Arm und zerrte mit aller Kraft, doch der stoische Zwerg ließ sich nicht bewegen.

Stattdessen wandte Modruk nur leicht den Kopf. »Ihr müsst euch beeilen. Ihr habt vielleicht eine halbe Stunde, um die Verteidigung zu organisieren und diese Ärsche aus unserer Stadt zu prügeln, klar?« Dann wandte er sich an seine Kämpfer. »Ich brauche dreißig Mann! Der Rest von euch zieht sich so schnell wie möglich zurück, verstanden?«

Ralthin traute seinen Augen nicht, als die Zwerge sich fast darum stritten, wer die Ehre haben sollte, an Modruks Seite zu stehen.

Doch einer der Schildwachen überraschte ihn am meisten. Der junge Zwerg trat vor, sein Bart war nach Khûlgrims Vorbild kurz gestutzt und das Orkblut an seiner Axt zeigte, dass er kein Grünschnabel mehr war. »Wir bleiben alle, wenn du bleibst, General.«

Modruk schüttelte den Kopf. »Dafür haben wir keine Zeit, Invar …«

»Genau!«, fiel ihm der Zwerg ins Wort. »Dafür haben wir keine Zeit. Und Invar braucht einen fähigen General. Du gehst mit dem Rest der Truppe zurück. Wir halten den Tunnel.«

»Ich befehle euch …«

»Einen Scheiß wirst du!«, unterbrach ihn der junge Zwerg barsch. »Invar braucht seinen General.«

»Khûlgrim wird auch bald mit dem Rest der Armee zurückkehren«, stellte Modruk im Brustton der Überzeugung fest.

»Aye. Großvater würde mir aber trotzdem recht geben.«

Erst jetzt erkannte Ralthin die Ähnlichkeit der beiden Zwerge, die über den Bartwuchs hinausging. »Du bist Khûldro?«

»Wir haben später noch genug Zeit zum Labern.«

Dem jungen Gnom entging nicht der sarkastische Unterton. Sollte Khûldro seinen Willen bekommen, würde es für ihn vermutlich kein Später mehr geben. Dennoch nickte Ralthin und zerrte noch einmal ein wenig fester an Modruks Arm.

»Und wie soll ich deinem Großvater erklären, dass ich seinen Enkel im Stich gelassen habe?«, versuchte der Zwerg noch ein letztes Mal, seinen Willen zu bekommen.

Khûldro lachte donnernd. »Das würde er dir niemals glauben.«

Modruk schüttelte den Kopf. »Also schön. Du bist genauso ein Dickschädel wie der alte Mistkerl, weißt du das?«

Khûldro grinste breit. »Hast du dich nie gefragt, warum Khûlgrim und ich niemals gemeinsam Dienst schieben?«

Ein Lächeln huschte über die Lippen des Generals. »Also schön. Setzt den Schweinen zu. Und wenn es eng wird, zieht euch zurück, so schnell ihr könnt.«

Khûldro nickte. »Wir erkaufen euch so viel Zeit, wie ihr braucht.«

Der Großteil des Heeres setzte sich in Bewegung – nur zwanzig Zwerge blieben zurück; Schildwachen und Gebirgsläufer. Ralthin zweifelte daran, dass er Khûlgrims Enkel jemals wiedersehen würde.

Modruk trieb sie zur Eile an. »Wenn die Schweine zu früh durchbrechen, sind wir alle am Arsch.«

Der gnomische Ingenieur hatte Mühe, mit dem Zwerg Schritt zu halten, und schnaufte laut. »Was denkst du, wie lange Khûldro den Gang halten kann?«

Modruk zuckte mit den Schultern. »Wir müssen die Gänge zum Einsturz bringen«, sagte er entschlossen. »Das ist Invars einzige Hoffnung.«

Khûldro kannte die Geschichten von Zwergen, die kurz vor ihrem Tode noch einmal über ihr gesamtes Leben nachdachten und sich wertvolle Erinnerungen vor Augen führten.

Er selbst hielt davon nichts. Wenn man so an die Sache ranging, hatte man schon verloren.

Wer konnte einem schon sagen, wann das Ende nahte? Der *Schöpfer* hielt seine Hand über sie und bestimmte allein, wann er sie zu sich rief. Khûldros einzige Aufgabe war es, nicht aufzugeben. Weiterzumachen. Immer weiter.

Mehr verlangte sein Gott nicht von ihm. Und mehr konnte er ihm auch nicht geben. Der *Schöpfer* hatte ihm das Leben geschenkt, und Khûldro würde sich mit aller Macht daran festkrallen.

Sie hatten sich nicht zu eng formiert. Gerade dicht genug, dass man sie nicht ignorieren und umzingeln konnte, doch locker genug, um einander nicht zu behindern. Der Einsturz würde die Orks nicht mehr lange aufhalten, schon gar nicht, da sie ein paar Trolle bei sich hatten.

Khûldro spuckte verächtlich aus. »Seid ihr alle bereit, Jungs? Das wird eine heftige Schlägerei. Verpassen wir ihnen mehr als nur blutige Nasen!«

Die Schildwachen bildeten die vordere Reihe. Khûldro lächelte.

Äxte und Schilde. Hammer und Amboss. »Kommt nur her, ihr Schweine«, sagte er knurrend.

Die Orks ließen sich nicht lange bitten.

»Scheiße«, stieß Kerellic hervor, als er die Reiter bemerkte.

»Denkst du, es gibt Ärger?«, fragte Rhaflit kleinlaut. Die Begegnung mit den Männern, die der Schmied überwältigt hatte, hing ihm noch immer nach. Was überaus selten war, wie Kerellic fand. Üblicherweise hatte Rhaflit das Schuldbewusstsein eines Welpen und auch dessen Neugierde. Anders als ein Hund schien der Ingenieur aber nichts aus seinen Fehlern zu lernen.

»Nein, ich bin mir sicher, dass die uns gratulieren wollen!«

»Kein Grund, gemein zu werden«, protestierte Rhaflit halbherzig. »Es war keine Absicht.«

Kerellic seufzte. »Schon gut … Versprich mir einfach, ab jetzt mehr … weniger … ach Scheiße, halt einfach die Klappe, wenn sie hier sind.«

Es dauerte nicht lange, bis die vier Reiter sie eingeholt und umstellt hatten. Kerellic hatte hin und wieder mit Menschen zu tun gehabt – und die hier entsprachen nicht dem Bild gewöhnlicher Händler.

Zwei waren grobschlächtige Kerle, die ihn eher an blasse Orks erinnerten – er hoffte, dass sie mehr im Kopf hatten. Dann war da ein Junge, kaum älter als zwölf, der in ärmlich anmutender Kleidung ungelenk auf einem Pferd saß, das er vermutlich erst seit Kurzem ritt.

Aber seine Aufmerksamkeit wurde rasch von dem vierten Mann der Truppe in Bann geschlagen, der gerade von seinem Pferd abstieg. Auf den ersten Blick mochte er unscheinbar wirken, doch Kerellic hatte genug über das Kämpfen gelernt, um ihn als das zu durchschauen, was er war: ein Mörder. Die gespannte Haltung, das feine Schwert an seiner Seite und die Art, wie er sich bewegte – effizient und schnell –, der Schmied wusste, dass er diesen Menschen nicht überrumpeln konnte.

»Einen feinen Tag wünsche ich den Herren«, begann der Mann und nahm den breitkrempigen Hut zum Gruße ab. »Ich bin Vargan, erste Klinge der Herrin Celless, deren beschauliches Städtchen Ihr gerade passiert.«

»Wir passieren nicht, wir umrunden«, verbesserte Rhaflit den Mann.

Kerellic warf ihm einen wütenden Blick zu. »Wie er sagt«, lenkte er die Aufmerksamkeit auf sich, »wir umrunden.«

»Und verprügelt dabei unsere Bürger?« Vargan schien sichtlich amüsiert.

»Wir haben niemanden gesehen«, log Kerellic.

»Seltsam«, sagte der Mann und legte den Finger ans Kinn. »Ich habe in der Stadt zwei Männer mit blutenden Nasen, die Euch ziemlich genau beschrieben haben.«

Kerellic lächelte. »Das muss eine Verwechslung sein.«

Vargan lachte. »Vermutlich. Zwerge gibt es hier wie Sand am Meer!«

»Seid Ihr sicher, dass die beiden nicht bloß gestürzt sind?«, ließ sich Kerellic nicht beirren.

»Das erscheint mir doch ein wenig weit hergeholt, werter Zwerg.«

Kerellic zuckte mit den Schultern. »Bestellt den Männern meine Grüße.«

»Es wäre höflicher, wenn Ihr das selbst tätet«, sagte der Mann mit übertriebener Freundlichkeit. »Begleitet uns doch in die Stadt, dann können wir dieses Missverständnis aus der Welt schaffen. Und durch den Ritt spart Ihr noch Zeit.«

»Ein freundliches Angebot, aber wir laufen, danke.«

Die Haltung des Mannes veränderte sich nur unmerklich, doch Kerellic entging nicht, dass er mit einer beiläufig anmutenden Bewegung die Klinge in der Scheide gelockert hatte. »Ich fürchte, ich muss darauf bestehen.«

»Seid vorsichtig, ich wäre untröstlich, wenn Ihr stürzen würdet«, sagte Kerellic und verlagerte ebenfalls leicht das Gewicht auf seinen Beinen.

Der Mann nickte ihm noch einmal anerkennend zu, mit der Überheblichkeit, die man sich nur leisten konnte, wenn man die absolute Gewissheit besaß. Entweder war er wirklich so gut oder verrückt. Gegen verrückt sprach, dass er am Leben war. Verrückte Männer mit einer Waffe endeten meist auch darin.

Kerellic erkannte den Moment, in dem Vargan zum Angriff ansetzte. Und er erkannte auch den Fehler des Mannes. Er war es gewöhnt, dass die Gegner vor ihm zurückwichen, vermutlich, weil sein bloßer Name sie schon in Angst und Schrecken versetzte. Kerellic prallte mit ihm zusammen, noch bevor er das Schwert halb ziehen konnte. Er schlug ihm gegen den Ellenbogen und Vargan ließ den Schwertgriff los. Sein zweiter Schlag sollte ein Schwinger gegen den Kopf werden, doch der Mann nutzte seinen Schwung und wirbelte um ihn herum.

Als Kerellic sich umdrehte, hatte Vargan bereits drei Meter Abstand zwischen sie gebracht und massierte sich den rechten Ellenbogen. »Beeindruckend«, stellte er ehrlich fest.

»Komm mich in Invar besuchen, dann bring ich's dir bei.«

Vargan deutete auf Kerellics Axt, die noch immer an dessen Seite baumelte. »Du hättest mich töten können, Zwerg, hast es aber nicht. Warum?«

Kerellic zuckte wieder mit den Schultern. »Wozu? Damit dann morgen der nächste Spinner hinter uns her ist?«

Vargan zog das Schwert, eine schlanke Klinge von guter Machart, die es aber nicht mit zwergischem Stahl aufnehmen konnte. »Du hättest mich töten sollen.«

Der Schmied seufzte. »Soll das hier so ablaufen?« Er löste seine Axt und das runenüberzogene Axtblatt schimmerte rötlich im Sonnenlicht.

Vargan nickte. »Es muss.«

Wieder griff Vargan an, diesmal jedoch sehr viel vorsichtiger. Er prüfte eher Kerellics Erfahrung, schlug einige Finten, die der Zwerg durchschaute, und tänzelte ein wenig herum, wie die elfischen Schwertkämpfer es gern taten. Der frühere Schildwächter hatte lange genug mit Elfen im Turnier gestanden, um sich nicht davon beeindrucken zu lassen. Hätte er einen Turmschild gehabt, wäre er einfach durch diesen Kümmerling hindurchgerannt.

Kerellic wich einem Hieb aus und lenkte einen zweiten mit der Axt beiseite, ehe er seine eigene Attacke vorbereitete. Er musste Vargan zugutehalten, dass man bei seinen Angriffen kein Muster lesen konnte. Der Mann war vielseitig. Seitliche Hiebe wechselten mit Stichen, Finten, Ausfallschritten und harten Schlägen. Und erst beim fünften Überkopfschlag des Menschen erkannte Kerellic, dass diesem meist ein gerader Stich vorausging und – viel wichtiger – er den Griff beim Ausholen einmal über die Finger rollen ließ.

Kerellic hielt die Axt nah am Körper, wehrte damit die seitlichen Schläge ab und wich den Stichen aus. Einmal erwischte die Klingenspitze seine Wange, was den Menschen zu noch mehr Eifer antrieb.

Als sein Gegner zum nächsten Überkopfhieb ausholte, war der Schmied zur Stelle und schlug mit der Axt hart nach oben. Die dünne Klinge traf auf die harte Schneide des Axtblatts und der minderwertige Stahl splitterte, als sie knapp über dem Heft brach.

Die Klinge sprang ungünstig ab und bohrte sich Kerellic in die Schulter, aber er setzte seinen Angriff unbeirrt fort. Der nächste Hieb würde den Mann spalten.

Zu seiner Überraschung hatte sich Vargan ebenfalls nicht aus der Ruhe bringen lassen. Im Gegenteil, der Mensch war unter Kerellics Axt hindurchgetaucht und stand plötzlich direkt vor ihm. Der Griffkorb des Schwertes krachte auf Kerellics Schläfe und schickte ihn taumelnd ein paar Schritte zurück.

Rhaflit schrie auf, und ehe der Schmied sich wieder gefangen hatte, war der Mensch zur Stelle und presste ihm die abgebrochene Klinge gegen den Hals.

»Du hast mich tief beeindruckt. Und Celless will dich lebend. Also, bevor ich dich ins Land der Träume schicke; wie heißt du?«

Kerellic lächelte benommen. »Leck mich.«

Sterne explodierten vor seinen Augen.

Modruk stürmte direkt in Arlons Kriegssaal und bellte währenddessen die nächsten Befehle. »Bringt die Gänge zum Einsturz!«

Die Gnome und Zwerge an den Toren blickten ihn ungläubig an. Ralthin reagierte schneller, packte den großen Hebel mit beiden Händen und zerrte mit aller Kraft daran.

»Was tust du da?«, kreischte der junge Gnom, der Fallenwache hatte. »Die anderen sind noch im Tunnel!«

Ralthin ignorierte ihn und verdoppelte seine Anstrengungen. Der Hebel gab mit lautem Knirschen nach und kippte nach unten. In der Decke des Tunnels rumpelte und knackte es, Stein knirschte auf Stein.

Das zwergische Heer strömte in die große Halle und die ersten Risse bildeten sich in der Decke.

»Das ist Wahnsinn!«, protestierte der Gnom.

»Das ist unsere einzige Hoffnung«, gab Ralthin gepresst zurück.

Kurz nach dem letzten Paar Zwergenfüße krachten die ersten Gesteinsbrocken donnernd zu Boden.

Ralthin blickte betrübt auf Modruk, der sich, von Zwergen und Gnomen umringt, einen Weg zum Kriegssaal bahnte, wo Gnitzlik vermutlich auf ihn wartete.

Als der General außer Sicht war, war es plötzlich er selbst, der mit Fragen überschüttet wurde. Vor allem die jüngeren Gnome wollten wissen, wie die Schlacht ausgegangen war.

»Wie schlimm ist es?«, fragten sie immer wieder.

Ralthin konnte ihnen nicht direkt antworten. Das Bild der Sägekrake, die ihre Feinde zerschnitt, die Freude über das Massaker und dann der Schrecken, als ihr einfacher Plan auf ebenso einfache Weise vereitelt wurde. Das Geräusch der Höhlendecke, die auf ihre Freunde herabpolterte.

Wie hoch mochten die Verluste der Feinde sein? Hundert? Zweihundert? Wie viele von seinen Freunden waren gefallen? Und wie sollte man diese Leben gegeneinander aufwiegen?

»Es ist … uns bleibt nicht viel Zeit. Wir mussten die Decke zum Einsturz bringen. Sie werden bald hier sein.«

Die Elfenklinge schimmerte golden im Fackelschein, als Culnauir sich vorsichtig durch die Gänge bewegte. Die Orks hatten durch einen der südlichen Tunnel angegriffen und sein Gespür sagte ihm, dass der maskierte Angreifer, der König Arlon so schwer verletzt hatte, sich möglichst weit von der Menge fernhalten würde. Gleichzeitig zweifelte er keinen Augenblick daran, dass der Angreifer – dem »Geruch« nach ein Goblin, wie die übrigen Zwerge versicherten, die bei Arlons letztem Kriegsrat anwesend waren – auch weiterhin versuchen würde, ihnen zu schaden.

»Wenn ich ein Goblin wäre, wo würde ich mich verstecken?«, fragte er laut.

»In irgendeiner Felsritze, unter Kuhscheiße oder einfach nur in einem finsteren Loch«, erwiderte Burrik, der bisher nicht viel geredet hatte, aber jedes Mal versicherte, wie sehr er sich darauf freute, seine Axt in den Schädel des Goblins zu treiben.

»Dieser Goblin ist wie kein anderer, den ihr bisher bekämpft habt, nicht wahr?« Culnauir zweifelte, dass die üblichen Methoden bei der Ergreifung dieses Exemplars helfen würden.

Burrik kratzte sich am Kopf. »Nein, wohl kaum.«

Culnauir blieb stehen. »Versetzen wir uns in seine Lage.«

Der Zwerg seufzte. »Was gibt es da groß zu bedenken?« Als er Culnauirs stoischen Blick bemerkte, warf er seufzend die Hände in die Luft. »Also schön. Ich bin ein Goblin, ich bin klein, hässlich, falle gerne auf die Fresse und habe immer Angst, etwas falsch zu machen.«

»Warum?«

»Weil der Kopf zu groß ist, Morfius hat das nachgewiesen …«

»Nein, ich meine: Warum hat er Angst?«

Burrik lachte. »Weil Goblins nicht nur ständig auf die Fresse fallen, die Orks dreschen auch gerne drauf ein.«

»Also, der König ist außer Gefecht, aber die Zwerge nicht kopflos – er hat also versagt, oder nicht?«

Burrik legte die Stirn in Falten. »Das kommt darauf an, was seine Aufgabe war. Vielleicht sollte er nur Arlon umbringen?«

»Auch dann hätte er versagt … Nein, seine Aufgabe ist größer. Die Orks gingen ein hohes Risiko ein, ihn vorauszuschicken. Wäre er uns früher aufgefallen, hätten wir die ganze Verteidigung besser ausrichten können. Khûlgrim wäre nicht abgeschnitten, Arlon nicht verletzt. Nein, mein Freund, dieser Mörder ist noch hier, weil seine Aufgabe noch nicht beendet ist.«

»Ein weiteres Ziel?«, überlegte Burrik. »Aber wer – Gnitzlik?«

Culnauir schüttelte den Kopf. »An ihn kommt er viel zu schwer heran. Nein, seit er seine Tarnung aufgegeben hat, sind die Zwerge und Gnome äußerst vorsichtig. Aber er wird versuchen, uns weiter zu schwächen, uns mit jedem Schritt einen neuen Stich ins Herz …« Er blieb abrupt stehen. Seine Beine waren wie gelähmt vor Angst und seine Stimme kaum mehr als ein Flüstern: »Nefhiliel.«

Burriks Augen wurden groß und er zerrte Culnauir bereits hinter sich her. »Ich kenne eine Abkürzung!«

Das alles kann kein Zufall sein, dachte der Elfenkrieger bei sich. *Erst wird Lyssetra überfallen, dann Arlon. Er weiß, wer unsere Anführer sind. Aber woher …?*

Er konnte den Gedanken nicht beenden, seine kriegerischen Instinkte übernahmen die Führung und richteten jeden Gedanken nur noch auf sein Ziel: die Hohe Tochter zu beschützen.

Was kann ich nur tun?, fragte sie sich immer wieder. Sie tauchte das dicke Wolltuch erneut in die Wasserschüssel und tupfte mit dem kühlenden Nass über Lyssetras Stirn. »Du wirst wieder gesund«, flüsterte sie der Freundin zu.

»Der *Wächter*!«, brachte die Priesterin schwach hervor. »Ihr müsst ihn wecken.«

Nefhiliel verzog das Gesicht. Vor diesem Satz hatte sie sich am meisten gefürchtet. Ihre Seele zu öffnen und den Teil davon, der den *Wächter* bildete, freizusetzen – sie wusste nicht, ob sie dazu bereit war.

Ob sie jemals dazu bereit wäre.

»Nicht, wenn die Zwerge gewinnen«, widersprach sie und versuchte, zuversichtlich zu klingen. Jämmerlich, doch Lyssetra war so schwach, dass sie es nicht bemerkte.

Nefhiliel seufzte schwer. *Bevor dies alles vorüber ist, werde ich noch viele Wunden versorgen,* fürchtete sie.

Ash'zaqu'in spähte aus der Sicherheit seines Verstecks in das Haus, das man der Elfenprinzessin zur Verfügung gestellt hatte. Dumme Zwerge. Dachten nur an den Krieg da draußen und den König auf seiner Bahre. Er hatte einige Gespräche belauscht und wusste, dass Arlon noch am Leben war – eine Tatsache, die er bald ändern würde. Wobei es sicher kein gutes Leben wäre mit halbem Gesicht.

Beim Gedanken an den halbgesichtigen König musste er leise kichern.

Auch die Elfenprinzessin amüsierte ihn. Sie war beinahe ungeschützt. Nur ein einsamer Zwerg hielt Wache vor ihrer Tür.

Was war schon ein Zwerg gegen die Macht des Schattens?

Ash'zaqu'in zog sein verbliebenes Schwert und machte sich zum Angriff bereit. Es musste schnell gehen, damit die Elfe keine Zeit mehr hätte, davonzulaufen. Dumme Zwerge, hatten ihre Straßen und Häuser eng aneinander gebaut, weil sie sich unter die steinerne Kuppel des Berges drängten. Viele dunkle Ecken, in denen sich Ash'zaqu'in langsam nähern konnte.

Jetzt war er fast in Sprungweite zu dem faulen Wachmann.

Ash'zaqu'in sprang aus der Deckung hervor und zielte mit dem Schwert genau auf das Herz seines Gegners.

Der Zwerg drehte sich gerade noch rechtzeitig um, sodass er sehen konnte, wer ihm den Tod brachte.

Die Zähne des Goblins blitzten gelblich unter der geschwärzten Haut auf, als der schwarze Stahl sich in den Körper des Zwerges bohrte und sein Geist mit jedem Stückchen weiter aus dieser Welt gerissen wurde. Die Leiche fiel mit einem dumpfen Schlag zu Boden.

Aus dem Innern des Hauses drang ein erstickter Schrei. Die Elfenprinzessin hatte anscheinend bemerkt, was gerade geschah.

Ash'zaqu'in trat die Tür ein und baute sich in dem Durchgang auf. Blut troff sämig von seiner Klinge und er setzte zu einem höhnischen Lachen an.

Es blieb ihm im Hals stecken, als ein heranfliegender Tonkrug ihn nur knapp verfehlte.

»Hey!«, protestierte er. »Du sterben, sterben!«

Die Elfe griff nach dem nächstbesten Gegenstand, den sie als Waffe benutzen konnte, einem Schürhaken. »Wir werden sehen«, hielt sie ihm trotzig entgegen.

Ash'zaqu'in lachte kehlig. Wollte sie ihm wirklich die Stirn bieten?

Er griff an.

Nefhiliel parierte den ersten Schlag des Goblins mit einiger Mühe. Der Schürhaken war weit von der Balance entfernt, die sie von elfischen Klingen gewohnt war, und sie musste sehr viel mehr Kraft aufwenden, um die Waffe durch die geübten Bewegungen einer Verteidigung zu führen.

Üblicherweise hätte sie ein dichtes Netz aus sich überkreuzenden Hieben und Schlägen gewoben, die einerseits als Schutz vor gegnerischen Angriffen wie auch als Vorbereitung für einen eigenen Hieb fungierten.

Doch mit dem Schürhaken war sie froh, wenn sie die schnellen Schläge des Goblins rechtzeitig abwehren konnte. Ihre Arme begannen nach wenigen Angriffen bereits zu ermüden. Lange würde sie diesen Kampf nicht fortführen können.

Immer wieder brüllte der Goblin »Sterben, sterben!« und sie wusste, dass es ein Versprechen war.

Der Goblin trieb sie durch den kleinen Wohnraum des Hauses. Hinter ihr wurde sie sich der Treppe gewahr, die sie ins obere Stockwerk führen würde, wo Bett und Badezuber standen. Nefhiliel wusste, wenn sie erst auf der Treppe wäre, hätte sie keine Möglichkeit mehr, zu entkommen.

Ich muss an ihm vorbeikommen!, dachte sie panisch.

Der Goblin führte sein Schwert – eine Klinge aus geschwärztem Stahl, wie sie es noch niemals zuvor gesehen hatte – in einem engen Bogen. Er wollte sie noch gar nicht töten, erkannte sie. Auch der Goblin wusste, dass sie ihm auf der Treppe aufgrund der Enge unterlegen wäre. Er spielte seine Karten aus und trieb sie Schritt für Schritt weiter.

Die Hohe Tochter nahm den Mut der Verzweiflung zusammen und täuschte einen Überkopfhieb an. Der Goblin hob das Schwert zur Parade, als sie ihm mit ihren langen Beinen einen kräftigen Tritt in den Schritt verpasste.

Der Goblin krümmte sich vor Schmerz und Nefhiliel wähnte sich im Vorteil, doch das kleine Monster schaffte es, das Schwert schnell genug zu senken, und als sie das Bein zurückzog, verpasste er ihr eine lange Schnittwunde an der Wade.

Sie spürte den Schmerz nur kurz als heißen Biss, dann übernahm ihr Instinkt die Kontrolle. Ihr Blut raste in dem Wissen, dass dies die Entscheidung gewesen war. Mit dem verletzten Bein hatte sie keine Möglichkeit mehr, dem Jäger zu entkommen.

Sie würde sterben.

Bereits jetzt verschwamm ihre Sicht im Angesicht des nahenden Todes.

Das Grinsen des Goblins verriet ihr, dass auch er diese simple Wahrheit erkannt hatte.

»Nefhiliel!«, erklang eine vertraute Stimme aus der Richtung der Eingangstür, und sie schöpfte neue Hoffnung.

Culnauir stand mit gezogenem Schwert im Durchgang des Hauses und zitterte sowohl vor Aufregung als auch vor Angst. Vor seinem geistigen Auge hatte er bereits Tausende Male versagt, die Hohe Tochter zu retten, auch wenn erst wenige Augenblicke vergangen waren, seit er eingetroffen war.

Der Meuchler hatte sie bereits verletzt!

Blut rann in dünnen Fäden über ihren sonst so makellosen Schenkel. Sie hielt sich noch auf den Beinen, aber sie würde mit solch einer Wunde kaum vor ihm fliehen können.

Der Elfenkrieger hoffte, dass seine Anwesenheit den Mörder so weit ablenken würde, dass er von seinem ursprünglichen Vorhaben absah.

»Weg von ihr«, presste er zwischen den Zähnen hervor.

Seltsamerweise folgte der Goblin seiner Anweisung. Offensichtlich hatte er nicht vor, sich zwischen Culnauirs Klinge und Nefhiliels Schürhaken wiederzufinden, nachdem er zuvor schon daran gescheitert war, die Hohe Tochter allein zu töten.

»Sterben, sterben!«, krakeelte der Meuchelmörder und huschte dann an Nefhiliel vorbei, die Treppe empor.

»Burrik, bleib bei der Hohen Tochter!«, befahl Culnauir. »Ich hole seinen Kopf.«

Er stürmte an Nefhiliel vorbei und ihre Blicke trafen sich. Er versuchte, seine Angst und seinen Zorn zu verbergen, um ihr nur seine Liebe zu zeigen.

Sie lächelte. In ihrem Blick lag eine Spur von Angst und etwas, das er nicht greifen konnte.

Sie … Sie schwand.

Culnauir konnte es nicht verstehen, doch er konnte in ihrem Blick sehen, wie ihr Leben entwich. Mit jedem Atemzug, jedem Wimpernschlag schien weniger davon übrig zu sein.

Der Goblin erreichte den obersten Treppenabsatz und Culnauir nahm drei Stufen auf einmal, um aufzuholen.

Oben in Nefhiliels Schlafgemach gab es für den Mörder kein Entrinnen mehr.

»Jetzt wirst du sterben«, verkündete Culnauir und versuchte, seinen Herzschlag zu beruhigen. Er durfte den Goblin nicht unterschätzen, immerhin hatte er Arlon besiegt und inzwischen mehrere Zwerge getötet.

Sein Gegner lachte kehlig. »Sterben, sterben!«, neckte er ihn und machte einen weiteren Schritt auf das Fenster zu.

Culnauir durchschaute den Fluchtplan und schnitt dem Goblin den Weg ab.

»Du wirst *hier* sterben«, sagte er ruhig und präsentierte dem Mörder sein Schwert. »Durch diese Klinge. Und durch meine Hand.«

Der Goblin nickte und sprang nach vorn. Er vollführte einen Salto in der Luft und landete in einer weiteren Rolle. Culnauir sprang gerade noch zur Seite, bevor sein Gegner als rotierende Klinge an ihm vorbeirauschte. Sein Schwert sirrte durch die Luft, als sein eigener Schlag das Ziel verfehlte.

Zu ungestüm!, ermahnte er sich selbst. Dieser Kampf war nicht durch rohe Gewalt zu gewinnen.

Wieder sprang der Goblin heran, doch diesmal war Culnauir darauf vorbereitet. Er parierte das wirbelnde Schwert seines Gegners und brachte ihn so aus dem Gleichgewicht. Doch anstatt mit einem Ausfallschritt nachzusetzen, sprang er in einem seitlichen Überschlag über den nun kreiselnden Goblin hinweg.

Nach seiner Landung hatte er das Monster wie vorhergesehen im Rücken. Der Goblin setzte zu einem tiefen Schnitt gegen Culnauirs Unterschenkel an, doch dieser hatte die Attacke erwartet. Der Elf nutzte seinen Schwung für eine halbe Drehung und drückte sich vom Boden ab.

Der Schlag des Goblins ging ins Leere und Culnauirs elfisches Langschwert fuhr herab. Die Klinge spaltete die rechte Schulter des Goblins, durchtrennte Muskeln, Sehnen und Nerven, woraufhin die Waffe des Meuchelmörders klirrend zu Boden fiel. Dunkles Blut quoll aus dem klaffenden Schnitt hervor und tränkte die Kleidung des Goblins.

»Du warst ein gefährlicher Gegner«, stellte Culnauir anerkennend fest. »Aber du hast versagt, Nefhiliel lebt.«

Der Goblin stieß etwas aus, das entfernt an ein Lachen erinnerte. »Gift, Gift«, ssagte er immer wieder.

Culnauir riss die Augen auf, als ihm klar wurde, was er im Blick der Hohen Tochter gesehen hatte.

Nefhiliel!

Der Goblin hielt sich die rechte Schulter, doch nichts vermochte den Strom zähen Blutes zu stoppen. Der Elfenkrieger blickte seinem Gegner in die Augen und fand darin … Anerkennung; so glaubte er. Die Ehre hätte es geboten, dass er seinen Widersacher nicht allein sterben ließe und ihm bei dieser letzten Reise Beistand leistete, doch er konnte es nicht.

Culnauir hastete die Treppe hinab und ließ das Schwert auf dem Absatz fallen. Nefhiliel war in Burriks Armen zusammengebrochen, ihr Atmen war flach und unregelmäßig.

»Hast du ihn erwischt?«, fragte Burrik, ohne ihn anzusehen.

»Er liegt im Sterben. Schnell, bringen wir sie zu den Heilern!«

Burrik hob die Prinzessin auf, als wäre sie eine Feder. »Mach du das. Ich hole mir seinen Kopf.«

Culnauir nickte und nahm die Prinzessin auf seine Arme. Für einen kurzen Augenblick durchzuckte ihn der Traum, dass er sie für jeden Tag so halten könnte. An jedem Morgen, wenn die Sonne den Tau auf den Blättern küsste, um ihr zu sagen, wie sehr er sie liebte. Aber als er ihr ins Gesicht blickte, glich es einer Totenmaske.

Er eilte aus dem Haus, schützte ihren Körper so gut es ging und warf einen letzten Blick zurück, als Burrik gerade seine Axt aus dem Gürtel zog und zur Treppe ging.

Auf den Straßen begegnete er kaum anderen Zwergen. Sie waren nahezu alle in der Nähe des Tunnels, aus dem der Angriff erwartet wurde, um die Verteidigung zu befestigen. Doch wann immer er einem Nachzügler begegnete, schloss dieser sich ihm an, machte ihm den Weg frei oder schützte seine Flanke. Immer wieder musste er aufgeregte Fragen beantworten, den Kampfhergang schildern und bestätigen, dass er fürchtete, der Goblin hätte Nefhiliel vergiftet.

Als er endlich die Halle der Heiler erreichte, war schon alles für die Hohe Tochter bereit. Einige der ihn begleitenden Zwerge waren vorausgeeilt und hatten die Priester darauf vorbereitet, dass man die Prinzessin vergiftet hatte.

Bundarr, der auch schon Arlon versorgt hatte, betrachtete die Beinwunde kritisch und legte dann ein mit Flüssigkeit vollgesogenes dampfendes Tuch darauf. »Das sollte das Gift aus ihrem Körper ziehen«, erklärte er.

Culnauir kniete sich neben ihre Liege und nahm ihre Hand fest in seine. »Mehr können wir nicht tun?«

Bundarr zuckte mit den Achseln und seufzte. »Wenn ich wüsste, was für ein Gift es genau war, könnte ich gezielter behandeln. So können wir nur abwarten und hoffen, dass ihre Lebensgeister stark genug sind.«

Culnauir fuhr hoch. »Burrik ist noch bei dem Goblin. In seinen Sachen könnte …«

Er wurde jäh unterbrochen, als ein junger Zwerg in den Saal polterte. Culnauir erkannte ihn als Lodgar, den Sohn eines Schankwirts. Er war ihm auf dem Weg zu den Heilern begegnet und anders als die übrigen Zwerge nicht ihm gefolgt, sondern zu Nefhiliels Haus gerannt.

»Burrik ist tot!«, rief er keuchend.

»Was?« Culnauir traute seinen Ohren nicht. »Wie konnte das … Was … Ich habe den Goblin sterben sehen!«, brüllte er schließlich.

Lodgar schüttelte traurig den Kopf. »Da war jede Menge Blut, aber die einzige Leiche ist der arme Burrik, eine hässliche Klinge im Bauch. Vom Mörder fehlt jede Spur.«

Culnauir schüttelte den Kopf. »Das konnte er nicht überleben.«

Der Priester entließ seinen Atem in einem langen Brummen. »Findet ihn. Wenn er noch lebt, hat er vielleicht auch noch das Gift. Je schneller wir ihn finden, desto eher können wir die Hohe Tochter retten.«

Er blickte sie alle grimmig an, in seinen alten grauen Augen begann plötzlich ein Feuer zu lodern, heißer als die Essen der Schmiede. »Und alle rächen, die das Schwein auf dem Gewissen hat.«

»Ihr habt dem Mann einen Zahn ausgeschlagen und die Nase gebrochen.«

»War das bei Dargril nicht genauso?«, fragte Rhaflit und lehnte sich dabei zu Kerellic hinüber.

Der Schmied funkelte ihn wütend an, doch der Ingenieur ließ sich davon nicht bremsen. »Doch, schau, du sitzt auf einer Bank, der Geschädigte sitzt dir gegenüber. Und wieder, weil du jemanden verprügelt hast. Ich erkenne da ein Muster.«

»Ich schwöre, wenn du nicht gleich die Klappe hältst, sitzt du mir gegenüber.«

Diesmal beschloss Rhaflit, den Freund nicht einfach zu übergehen, und hielt sich zurück. Stattdessen beobachtete er die übrigen Zuschauer im Saal.

Da war zum einen der Kerl, der Kerellic niedergeschlagen hatte, samt seinen Kumpanen sowie ein paar Bedienstete, die hauptsächlich damit beschäftigt waren, ihrer Herrin jeden Wunsch zu erfüllen, bevor sie ihn überhaupt aussprach – oder gar selbst dachte. Sie bewegten sich unauffällig zwischen allen Anwesenden, die gefühlt ebenso mit ihrer Umgebung verschmolzen. Die meisten der Anwesenden wirkten, als würden sie jeden Moment wieder mit den Schatten verschmelzen, aus denen sie entsprungen waren.

Nur eine Figur passte nicht in dieses Spiel. Ein junger Bursche, der unruhig von einem Bein aufs andere wippte und Kerellics Gegner nicht von der Seite wich. Gleichzeitig spiegelte sich in seinem Gesicht eine unbändige Neugier, die Rhaflit nur zu gut kannte. Er sah sie immer wieder aufs Neue, wenn er den jungen Ingenieuren in die Augen blickte. So viel Wissensdurst, so viel Abenteuerlust – so viele Träume.

Die Frau hatte die ganze Zeit über geredet, schien jetzt allerdings eine Antwort zu erwarten. »Nun? Was sagt Ihr dazu?«

»Ich habe nichts getan!«, platzte Rhaflit heraus.

»Nicht du, du Trottel.« Kerellic verschränkte die Arme. »Die haben den Streit begonnen, ich habe ihn beendet.«

Es entstand eine lange Pause, in der die Frau den Zwerg einfach nur anstarrte, als würde sie darauf warten, dass Kerellic einknickte und seine Schuld gestand.

Darauf kann sie bei ihm lange warten, dachte Rhaflit.

»Ihr bleibt bei Eurer Geschichte?«, fragte sie schließlich resignierend.

Kerellic unterstrich seine Haltung, indem er einfach weiter schwieg.

Die Frau seufzte. »Na schön, dann bringt sie in den Kerker – drei Wochen bei Wasser und Brot sollten genügen, um seine Zunge zu lockern.«

Rhaflit zuckte erschrocken zusammen. »Drei Wochen? So viel Zeit haben wir nicht!«

Die Frau lächelte amüsiert. »Nun … wenn Ihr Eure Schuld gestanden hättet, wäre mein Urteil vielleicht milder ausgefallen. Ihr habt diesen armen Mann überfallen und schlimm zugerichtet, das kann ich als Meisterin der Gilde nicht dulden; zudem habt Ihr Euch auch noch der Festnahme widersetzt.«

Karellic spuckte verächtlich aus. »Wenn die Wahrheit Euch für diese … Verhandlung nicht reicht, kann ich Euch nicht helfen.«

Die Frau behielt ihr kaltes Lächeln im Gesicht. »Bringt sie weg.«

»Das ist schlimm, sehr schlimm«, sagte Rhaflit traurig. »Wir können hier keine drei Wochen warten, so viel Zeit haben unsere Freunde nicht. Wir müssen zu den Elfen!«

»Ich weiß«, antwortete Kerellic leise, niedergeschlagen. Der Schmied schien jeden Kampfeswillen verloren zu haben. Er saß einfach nur auf seiner Holzpritsche und starrte auf die massiven Gitterstäbe. Vielleicht hatten sogar Zwerge sie gefertigt, überlegte Rhaflit, aber das spielte jetzt keine Rolle. Seinen Freund so mutlos zu sehen, erfüllte ihn mit einem Gefühl, das er so gut wie nie verspürte: Verzweiflung.

Rhaflit rühmte sich seines Verstands. Es gab keine Situation, aus der der findige Ingenieur sich nicht herausdenken konnte, doch Kerellics vorzeitige Aufgabe hatte sich bei ihm ins Hirn gebrannt und erzeugte nun den einzigen Gedanken, der seinen Geist dominierte: *Wir haben versagt, Invar wird fallen.*

Die Zelle maß drei auf drei Meter. Krude behauener Stein, die Wandblöcke scharfkantig und der Boden uneben. Rhaflit konzentrierte sich auf die feinen Erzadern, die die großen Gesteinsblöcke durchzogen, folgte ihnen wie ein Jäger der Spur seines Wilds. Den Grund dafür kannte er nicht einmal wirklich, es lenkte ihn schlichtweg ab, brachte seinen Geist dazu, langsam von dem Gedanken loszulassen, er würde Invar niemals wiedersehen.

Durch ein kleines Fenster schien die Sonne in die Zelle, ein kleiner Fleck auf dem Boden, in dem das Erz der Granitbrocken glitzerte. »Zumindest wissen wir, wie spät es ist«, murmelte er leise.

»Ich glaube nicht, dass uns das hilft, hier rauszukommen.«

Rhaflit zuckte mit den Schultern. »Aber es schadet auch nicht.«

Die Zellentür war aus massivem Holz – anhand der hiesigen Wälder schätzte der Gnom, dass es sich dabei um Eiche handelte. Auf ihrer Seite der Tür gab es keinen Knauf, auch die Scharniere konnte Rhaflit nicht erkennen.

»Nicht ungeschickt«, stellte er lobend fest. »Die Scharniere liegen auf der Außenseite und wir haben keinen Griff oder Knauf, an dem wir einen Hebel ansetzen könnten.«

»Das heißt?«, fragte Kerellic missmutig.

»Wir sitzen fest.«

»Darauf wäre ich ohne deine Hilfe nie gekommen.«

Kerellics Stimme troff vor Sarkasmus, doch Rhaflit ließ sich nicht beirren. Sein Verstand arbeitete wieder normal und er konnte sich auf die Aufgabe – ihre Flucht – konzentrieren.

»Wir können die Tür also nicht aus den Angeln heben, aber wir könnten sie aufstemmen. Und sobald man den Riegel öffnet, wirfst du dich mit deinem Gewicht dagegen und wir sind frei.«

»Oder laufen geradewegs in die spitzen Enden mehrerer Schwerter«, warf Kerellic ein.

Rhaflit nahm den Einwand zur Kenntnis und fuhr fort: »Gut, dann müssen wir eben sichergehen, dass es nicht mehr als zwei Mann sind – traust du dir zu, mit zwei Mann fertigzuwerden?«

»Wovon sprichst du?«

»Durch das Fenster in der Tür könnte ich vielleicht sehen, wie viele von ihnen im Gang vor unserer Zelle stehen … Am besten fliehen wir bei Dunkelheit. Von unserer Zelle aus sind es zwanzig Schritte, bis wir in eine Art Vorhalle kommen, und dort ist es die zweite Tür zur Linken, die zur Treppe führt …«

»Das hast du dir alles gemerkt?«, fragte der Schmied ungläubig.

Rhaflit nickte. »Du etwa nicht?« Er kicherte. »Ohne mich wärst du verloren.«

»Ohne dich wäre ich nicht hier!«

»Kleinigkeiten, Kleinigkeiten … Also, wir warten bis zur völligen Finsternis und dann …«

»Das würde ich nicht tun«, erklang eine Stimme von außerhalb der Zelle. »Oder ich würde es zumindest nicht durch die Gänge brüllen.«

Die kleine Holzklappe vor dem Türfenster wurde geöffnet und das Gesicht des Jungen erschien darin. Rhaflit hatte sich schon bei ihrer Verhandlung darüber gewundert, was ein so nett aussehender Bursche bei einer solchen Bande von Halsabschneidern zu suchen hatte.

»Wir sind gerettet«, entfuhr es ihm.

Der Junge zog die Augenbrauen verwirrt zusammen.

»Oh …«, machte Rhaflit, als er verstand.

Kerellic schüttelte den Kopf. »Er will nur die neueste Attraktion im Zirkus bestaunen, nicht wahr?«

Der Junge blickte beschämt zu Boden. »Ich wollte nur … Warum seid Ihr wirklich hier?«

»Das geht dich nichts an«, stellte der Schmied klar. »Und jetzt verschwinde.«

Noch ehe Rhaflit etwas erwidern konnte, knallte der Junge das Fenster zu und sie konnten hören, wie seine Schritte sich entfernten.

»Du einfältiger Bock«, mschimpfte der Gnom. »Was ist denn so schwer daran, den Leuten freundlich zu begegnen?«

Kerellic machte eine ausladende Geste. »Sieh dich um, du Träumer! *Die* haben *uns* eingesperrt, nicht umgekehrt.«

»Aber der Junge hätte uns vielleicht helfen können. Aber nein, du musst ihn ja gleich anschreien und verscheuchen.«

»Ach, lass mich in Ruhe! Hättest du auf mich gehört, dann wären wir gar nicht hier.« Kerellic drehte sich auf seiner Pritsche um und wandte Rhaflit den Rücken zu. »Verrückter Gnom.«

Rhaflit blickte seufzend zu der verschlossenen Tür. Bei dem Gedanken an den neugierigen Jungen stahl sich ein Lächeln auf seine Lippen. *Vielleicht ist noch nicht alles verloren.*

Khûlgrim kratzte sich mürrisch am Kinn. Er stand in dem frisch geschlagenen Durchbruch und überblickte den Südhang des Berges. Die Orks waren nicht zu sehen, was nur eines bedeuten konnte: Sie waren in einen der Tunnel eingedrungen und bereits im Innern des Felsmassivs.

»Uns bleibt nicht viel Zeit«, sagte er an Dargril gewandt. »Die Schweine haben zwei Tage Vorsprung – mindestens.«

Dargril verschränkte stoisch die Arme vor der Brust. »Invar wird nicht fallen.«

Der General schnaubte verächtlich. »Sieh dich um, Junge, Invar ist schon fast gefallen. Bis wir hier wegkommen, werden wir die Stadt nicht mehr retten, sondern zurückerobern müssen.« Er ließ keine Zeit für eine Erwiderung, sondern deutete auf einen Teil der Bergwand, der zerklüftet genug schien, um ausreichend Halt für den Abstieg zu bieten. »Das ist unser Weg, dann können die Ersten von uns noch heute Abend das Lager am Fuß des Berges aufschlagen.«

Dargril nickte – es war zwecklos, sich mit dem alten Dickkopf zu streiten. Khûlgrim würde sie in die Schlacht führen. Und wenn es nach dem jungen Krieger ging, sollte das am besten bald geschehen.

»Jungs! Macht euch an den Abstieg!«, gab der General den Befehl, und Invars Heer marschierte los.

Dolantan hielt sich im Schatten der Mauer, nachdem er den Sitz der Gilde verlassen hatte. *Wieso sind sie wirklich hier?*, rumorte es in seinem Geist. *Es ist der tote Zwerg – sie suchen nach seinem Mörder … Und wenn sie den Dolch finden …*

Er schüttelte den Kopf. Was hatte er schon getan? Nichts. Er hatte die Klinge aus dem leblosen Körper gezogen, kaum mehr als Treibgut. Danach hatte er den Leichnam sogar noch begraben. Welcher Mörder bestattete schon seine Opfer?

Ob Vargan jemals eines seiner Opfer bestattet hatte?

Dolantan atmete tief durch, versuchte, alle störenden Gedanken aus seinem Geist zu vertreiben und sich auf das zu konzentrieren, was wirklich geschehen war.

Eine Leiche im Fluss – wer dem Zwerg das Leben genommen hatte, war nicht zu erkennen. Er hatte sich lediglich den Dolch ergriffen, der im Rücken des Zwerges gesteckt hatte.

Doch was nun? Sollte er den beiden erzählen, wo er ihren Freund beigesetzt hatte? Waren sie vielleicht nur deswegen hier? Um zu erfahren, wo ihr Kamerad die letzte Ruhe gefunden hatte?

Hatten sie es nicht verdient, die Wahrheit zu kennen?

Ash'zaqu'in packte mit einer Schmiedezange ein glühendes Stück Kohle und presste es sich auf die Wunde. Der Gestank verkohlten Fleischs mischte sich mit dem Geruch des verbrennenden Harzes, mit dem er die Wunde notdürftig verschlossen hatte, um die Blutung vorerst zu stillen. Er unterdrückte den Schmerzensschrei, als sein Fleisch sich um die Wunde zusammenzog und sich schwarz verfärbte. Der rechte Arm hing schlaff herab und Ash'zaqu'in fragte sich, ob er ihn jemals wieder würde benutzen können.

Er wagte es noch zwei weitere Male, konzentrierte sich auf seine Hand, versuchte, die Finger zu schließen, doch nichts geschah. Schließlich zuckte er mit der linken Schulter und stahl sich wieder in die Dunkelheit davon.

In diesem Teil der Schmiede arbeitete niemand – die Zwerge waren damit beschäftigt, das Heer im Süden abzuwehren. Vorerst könnte er sich hier verstecken und einen neuen Plan schmieden.

Passend, dachte er grinsend.

Er hatte es versäumt, die Prinzessin zu töten, dabei war er schon so weit gekommen. Dummer Elfenkrieger. Wäre er nicht gewesen – Ash'zaqu'in hätte nicht versagt. Doch hatte er das wirklich? Ein Lächeln stahl sich auf seine Lippen und präsentierte scharfe Fangzähne, die im Feuerschein der Essen gelblich leuchteten. *Gift, Gift,* dachte er glücklich. Die Zwerge würden niemals schnell genug ein Heilmittel finden.

Auf einem Waffenständer zu seiner Linken fand er ein neues Schwert. Es war kurz und breit – die typische Klinge eines Zwerges. Ash'zaqu'in nahm sie an sich und ging zu einem rotierenden Schleifstein. Mit dem Fuß trieb er den rauen Stein an und presste die Klinge so lange dagegen, bis sie die gewünschte schmale Form hatte, an die er gewöhnt war.

Sie war bei Weitem nicht so gut auf ihn abgestimmt wie seine schwarzen Klingen, doch eine war zerbrochen und die andere hatte er in dem Zwerg stecken lassen.

Ash'zaqu'in schalt sich selbst dafür, dass er in Panik geraten war. Die Niederlage gegen den Elfenkrieger hatte ihn aus dem Konzept gebracht. Dazu der Blutverlust – es war nicht sein Tag.

Culnauir betrat Nefhiliels Haus und ging direkt die Treppe nach oben. Dort lag Burrik, tot, im Bauch die schwarze Klinge des Goblins.

Aber wie?, fragte er sich. Er hatte ihm einen tödlichen Hieb verpasst, der Goblin musste mittlerweile tot sein. Er ging neben Burrik in die Hocke und zog die Klinge aus dessen Brust.

Wie hatte er noch eine solche Kraft aufbringen können? Er musste sich eingestehen, dass die Tatsache, dass der Goblin ein so unerwartet zäher Gegner war, ihn beeindruckte.

Hier hatte Burrik ihn wohl gefunden, auf dem Rücken liegend und langsam verblutend. Der Zwerg musste ihn für leichte Beute gehalten haben, war unachtsam geworden. Vermutlich hatte er sich im Geist bloß ausgemalt, wie er dem Goblin den Todesstoß versetzte und dabei den Augenblick vergessen.

Die Axt hing noch immer an Burriks Seite. *Nah, persönlich – so wollte er ihn töten,* erkannte Culnauir. Vielleicht wollte der Zwerg den Goblin sogar erwürgen. *Rache für die gefallenen Freunde,* schloss er. *Sein Wunsch nach Rache hatte ihn geblendet.*

Der Elf gemahnte sich selbst zur Ruhe. Auch er kannte das Verlangen nach Rache, die Befriedigung, die er verspürt hatte, als er dem Goblin den Schlag versetzt hatte. Und auch seinen Fehler: Er hätte den Kampf beenden können – beenden *müssen*, aber er hatte nur an Nefhiliel gedacht. Daran, sie zu retten.

Und nun war Burrik tot und die Hohe Tochter rang mit den Geistern der Ewigkeit und dem Gift des Monsters.

Das alles ist meine Schuld, setzte sich ein Gedanke in ihm fest. *Ich habe versagt.*

Burrik lag vor ihm auf dem Boden, die Augen in stummer Anklage aufgerissen und die blutverschmierten Hände auf den Bauch gepresst.

Culnauir blickte sich um und suchte am Boden nach Hinweisen, wie der Goblin hatte entkommen können.

Ein dunkler Fleck fesselte seine Aufmerksamkeit. Es war kein Blut, denn er schimmerte nicht metallisch im Licht der Öllampe, vielmehr wirkte er stumpf und wächsern. Er zog sein Messer und stach die Klingenspitze in den Fleck. Als er das Messer wieder anhob, zog sich ein klebriger, bernsteinfarbener Faden zwischen Klinge und Boden.

Harz.

So hatte der Goblin die Wunde behandelt. Aber das würde ihn nicht retten – nicht auf Dauer. Um zu überleben, musste er zu einem Heiler, um sie verbinden oder ausbrennen zu lassen. Aber kein Wesen innerhalb Invars würde einem Goblin Hilfe anbieten.

Er war auf sich allein gestellt.

Unverhoffte Hilfe

»Noch ein kleines Stück«, wies Duibel die Zwergin an. Die Stahlschiene war fast im Ziel und er könnte die Schrauben festziehen. »Noch ein wenig höher.«

Borra konnte nicht sehen, was sie tat, denn sie stand weit unter ihm und manövrierte das Gestänge durch ein enges Loch in einer Stahlplatte.

»Du machst das sehr gut«, lobte er sie. Duibel war es gewohnt, mit Kerellic zu arbeiten. Und der mürrische Schmied brauchte häufiger eine Ermunterung, da seine Laune bei filigranen Arbeiten bisweilen schnell ins Bodenlose sank. Borra war anders.

»Hör auf, mir zu schmeicheln und sag an, wie weit ich noch schieben muss«, gab sie gepresst zurück.

Duibel entschuldigte sich im Geist dafür, dann fand die Schraube endlich das für sie vorgesehene Loch und wurde rasch durch eine Mutter auf der Gegenseite fixiert. »Fertig!«, rief er aufgeregt. »Lass vorsichtig los.«

Borra folgte seiner Anweisung und Duibel konnte genau spüren, wie das Gewicht des Gestänges an der Schraube zerrte. Kurz darauf verteilte es sich auch auf die übrigen Verbindungen der Konstruktion und das Gewicht war perfekt ausbalanciert. Er stieg die Leiter hinab und lächelte die Zwergin breit an. »Wunderbar!«

»Das hier hast du in so kurzer Zeit gebaut?«

Gnitzliks Stimme ließ Duibel erschrocken herumwirbeln. »Welch hohe Ehre, der Statthalter besucht Ventril«, begrüßte er den Ersten Ingenieur und Stellvertreter des Königs.

Dem alten Gnom entging nicht die unterschwellige Verbitterung, denn er verzog das Gesicht. Seit Arlon handlungsunfähig war, hatte sich der Erste Ingenieur kaum noch in Ventril blicken lassen. Und seit die Kämpfe in den unteren Stollen entbrannt waren, hatte Duibel ihn so gut wie gar nicht mehr zu Gesicht bekommen. »Du weißt, dass meine Pflichten sich verschoben haben«, sagte er leise. »Invar braucht mich.«

»Ich weiß«, sagte der junge Gnom mit einem Seufzen. »Es ist nur … wir brauchen dich auch.«

»Und das ist auch der Grund, warum ich nicht hier bin. Wenn Invar fällt, sterben wir alle.« Er wischte die düsteren Gedanken beiseite und deutete auf Duibels Konstruktion. »Aber erzähl mir mehr darüber.«

Duibel kratzte sich am Hinterkopf. »Na ja, die Zeit drängt. Die Orks werden sicherlich bald erneut angreifen.« Er zeigte ihm seine Zeichnungen. »Aber ich denke, hiermit können wir sie noch einmal wirklich überraschen.«

Gnitzlik machte große Augen. »Und das funktioniert?«

Duibel zuckte mit den Schultern. »Vermutlich, aber ich brauche noch eine Waffe dafür.« Er kratzte sich am Kopf. »Und einen Antrieb.«

Der Erste Ingenieur überlegte einen kurzen Moment und lächelte dann breit. »Ich glaube, ich habe da genau das Richtige für dich.« Er deutete auf seinen fahrenden Stuhl, der in regelmäßigen Abständen ein leises Zischen aus dem Druckbehälter von sich gab, und Duibel erwiderte sein Lächeln.

»Fehlt bloß noch die Waffe.«

»Wenn du bereit bist, jemandem dieses Meisterstück zu zeigen – sprich mit Ralthin, ich denke, ihr könnt euch gegenseitig helfen.« Er manövrierte seinen fahrenden Stuhl näher an Duibel heran und klopfte ihm väterlich auf den Rücken. »Dein Vater wäre stolz auf dich.«

Der junge Ingenieur ließ die Schultern hängen. »Ich erinnere mich noch an ihn … daran, dass er immer sagte, wie sehr er diese Armbrust gehasst hat.« Duibel seufzte und blickte auf seine Erfindung.

Ein vier Meter hoher Panzer aus Stahlplatten, versiegelten Nahtstellen und schmalen Sichtschlitzen. Das Äußere ähnelte einer übergroßen Statue einer Schildwache aus poliertem Silber. Im Inneren waren mehrere Gestänge und Gelenke, die es ermöglichten, Arme und Beine des

Panzers zu bewegen. Sie alle endeten in einer Steuereinheit, die exakt auf Borras Größe abgestimmt war. Die Zwergin würde ihre eigenen Bewegungen auf seinen *Eisernen Wächter* übertragen, wie Duibel seine Erfindung im Geiste getauft hatte.

Sein Platz wäre im Bauch der Maschine. Dort würde er die Dampfmaschine verbauen, um die mit Dampfdruck unterstützten Bewegungen zu überwachen.

Borra könnte sich voll und ganz auf ihre Arbeit als Bewegungsgeber konzentrieren, während er dafür sorgte, dass der Eiserne Wächter auch jeden Befehl der Zwergin umsetzte.

Eigentlich hätte seine Erfindung ihn mit Stolz erfüllen müssen. Duibel wusste, dass eine solche Leistung – vor allem die Maschine im Gleichgewicht zu halten – keinem Ingenieur vor ihm gelungen war. Und dennoch war er nicht froh, stolz oder auch nur zufrieden.

»All die Jahre habe ich nach einer Erfindung gesucht, die unser Leben verbessern würde, jetzt erfinde ich diesen *Eisernen Wächter*, einen Todbringer.«

Gnitzlik nickte langsam. »Dieser … Todbringer … könnte die Rettung für unsere Völker sein.«

»Und der Untergang für ein anderes.«

»Darum hast du ihn *Wächter* genannt, nicht wahr?«

Duibel blickte den alten Gnom verwirrt an.

Kerellic grunzte leise und drehte sich auf die andere Seite, als der fahle Lichtschein auf ihn fiel. Der Junge war zurückgekehrt. Rhaflit hatte es insgeheim gehofft. Vielleicht konnte er diesen Menschen davon überzeugen, ihnen zu helfen.

»Warum seid ihr wirklich hier?« Seine Stimme klang, als würde der Junge damit rechnen, dass jeden Augenblick etwas ganz Fürchterliches geschehen könnte.

Rhaflit überlegte kurz und entschied dann, dem Menschen die Wahrheit zu sagen. »Orks greifen unsere Heimat an, Invar. Und jetzt wollen wir zu den Elfen, um sie um Hilfe zu bitten, damit wir die Orks wieder aus unserer Heimat vertreiben können.«

»Orks?«, wiederholte der Junge langsam. »Wie sehen die aus?«

Rhaflit stutzte kurz. Mit einer solchen Frage hatte er nicht gerechnet. »Na, scheußlich!«

Der Junge schwieg, doch Rhaflit bemerkte am unsteten Blick, dass es im Kopf des Menschen rumorte.

»Orks sind widerliche Monster«, fuhr der Ingenieur fort, »mit scharfen Zähnen und wulstigen Schädeln. Ihre Körper bestehen fast nur aus zähen Muskeln, die sie in jahrelangen Kämpfen darauf ausrichten, jeden, der ihnen in die Quere kommt, zu zerschmettern.«

Der Junge wich erschrocken zurück, als das Bild sich in seinem Geist formte. »Und Orks greifen deine Heimat an?«

Rhaflit nickte. »Jep. Eine ganze Armee. Tausende.«

»Das tut mir leid.«

Es war keine Lüge. Rhaflit konnte deutlich spüren, dass das Mitgefühl des Jungen echt war. »Noch können wir meine Heimat retten«, wagte er einen Vorstoß. »Wir müssen zu den Elfen und Hilfe holen. Wir müssen hier raus.«

»Das geht nicht«, widersprach der Junge.

»Die Orks werden nicht aufhören, wenn sie Invar erobert haben. Sie werden den Berg als Festung nutzen, um von dort in den Süden einzufallen.« Rhaflit hatte sich bis zu diesem Moment selbst noch keine Gedanken darüber gemacht, aber während er sie aussprach, erschienen sie absolut logisch. Warum sollten die Orks innehalten, wenn sie doch ganz Rhilok erobern konnten?

»Du versuchst nur, mir Angst zu machen«, stieß der Junge hervor, doch seine Stimme entbehrte jeglicher Zuversicht.

»Wie heißt du, Junge?«

Wieder zögerte der Mensch.

»Keine Sorge, ich werde niemandem verraten, dass du mit mir gesprochen hast«, fügte Rhaflit mit einem Augenzwinkern hinzu.

»Dolantan.«

»Dolantan, schön.« Rhaflit holte tief Luft, um sich seine nächsten Worte zurechtzulegen. »Ich bitte dich nicht, mir zu vertrauen, ich bitte dich, das Richtige zu tun. Hilf uns hier raus.«

Der Junge schüttelte energisch den Kopf. »Das geht nicht! Wenn ihr flieht, wird Celless euren Tod befehlen.«

Rhaflit winkte ab. »Damit werden wir dann schon fertig. Kerellic war bei den Schildwachen des Königs, glaub mir, er …«

»Nein! Ihr könnt nicht vor Celless fliehen. Niemand kann das. Nicht einmal …« Er blickte kurz zur Seite und nickte dann.

»Die Dame scheint ein echtes Herzchen zu sein«, murmelte Rhaflit vor sich hin. Er schüttelte den Kopf und blickte Dolantan eindringlich in die Augen. »Wir müssen es riskieren, Junge. Wir müssen *alles* riskieren, um unsere Heimat zu retten! Verstehst du das?«

»Ich … ich … es tut mir leid.« Dolantan wollte gerade die kleine Holzklappe schließen und sie wieder in die Dunkelheit sperren, als Kerellic sich langsam erhob.

»Junge«, sagte der Schmied in ungewohnt leisem Tonfall, »es ist in Ordnung. Du trägst an dieser ganzen Sache keine Schuld. Geh, lebe dein Leben, genieße die Zeit, die euch Menschen hier bleibt.« Er trat an die Tür und zog die Augenbrauen bedrohlich zusammen. »Und jetzt verschwinde. Rhaflit hat die Wahrheit gesagt, unsere Freunde brauchen uns. Unser Volk braucht uns. Denkst du wirklich, ich würde mich hier einsperren lassen?«

Dolantan schüttelte verwirrt den Kopf und Rhaflit wich vorsichtshalber einen Schritt zurück. Er hatte noch nie einen so gefährlichen Unterton in der Stimme des Schmiedes vernommen.

»Ich werde hier ausbrechen. Und ich werde alle abschlachten, die sich mir in den Weg stellen, klar? Und wenn ich dabei mit einer Klinge im Rücken ende, dann ist das mein Schicksal, aber dann habe ich mich wenigstens nicht wie ein Feigling versteckt!«

»Ich habe nichts getan«, rief Dolantan plötzlich. »Er war schon tot, als ich ihn fand. Ich …«

»Wer war schon tot?«, fragte Rhaflit verwundert. »Wovon redest du?«

»Der Zwerg im Fluss. Der Dolch – ich war das nicht! Keiner von uns hat etwas damit zu tun!«

»Na großartig, jetzt ist er durchgedreht«, sagte Kerellic seufzend und warf die Arme in die Luft. »Geh zur Seite, Rhaflit, ich hab die Schnauze voll.«

»Warte!« Rhaflit stellte sich schützend vor die Tür. Dann wandte er sich an Dolantan: »Wovon sprichst du, Junge?«

Wieder warteten sie eine gefühlte Ewigkeit auf eine Antwort. »Es war am Fluss. Ich übte mit meinem Meister und da wurde er angeschwemmt.« Jeglicher Widerstand in der Stimme des Jungen war gebrochen. Offensichtlich redete er sich gerade eine Last von seiner Seele, deren Ursprung Rhaflit noch nicht verstand. »Sein Körper war kalt und steif. Und in seinem Rücken steckte das hier.« Er zog einen Dolch und hielt ihn so ins Licht, dass Kerellic und Rhaflit ihn gut erkennen konnten.

Der Schmied schnaufte verächtlich, und auch Rhaflit schnappte hörbar nach Luft.

»Beim *Schöpfer*«, stieß der Ingenieur aus.

Kerellic wurde ganz ruhig. »Bitte, Junge, lass uns frei, oder ihr seid alle des Todes.«

Dolantan warf die kleine Holzklappe ins Schloss und tauchte ihre Zelle in vollkommene Dunkelheit.

Khûlgrim blickte sich um und versuchte, seine innere Unruhe zu verbergen. Der Abstieg über die Bergflanke war ohne größere Hindernisse vonstattengegangen, doch nun standen sie wörtlich mit dem Rücken zur Wand. Und das ohne die taktischen Vorteile, die sie vor Invars Toren gehabt hatten.

Noch vor wenigen Tagen war das Land südlich Invars ein friedlicher Ort gewesen. Grüne Wiesen und kleine Wäldchen, die im Schatten des mächtigen Berges einfach die Zeit über sich ergehen ließen.

Jetzt war das anders.

Umgeknickte Halme, zertrampeltes Gras, geschlagene Bäume – einfach alles legte stumm Zeugnis über die Verwüstung ab, die die *Kinder des Zerstörers* gebracht hatten. Auch Khûlgrim konnte nicht verleugnen, dass die Stille sich feindlich anfühlte. Als hätte die Welt den Atem angehalten, um nun gespannt abzuwarten, wer den Krieg gewinnen würde.

Der alte General zog den Handschuh aus und legte die Hand auf den rauen Felsen. *Heimat*, dachte er. Eine Heimat, die er bis zum letzten Atemzug verteidigen würde.

»Irgendwo da drin sind diese Schweine«, sagte er mit gedämpfter Stimme.

Sie alle sprachen so wenig wie möglich, verständigten sich mit Handzeichen und gaben acht auf ihre Schritte. Jeder spürte es.

Die Orks hatten mit der Invasion Invars begonnen.

Womöglich hatten sie die Stadt sogar schon erobert …

Er verdrängte diese Gedanken mit einem energischen Kopfschütteln sofort wieder aus seinem Geist, doch ein Blick in die Runde seiner Krieger verriet ihm, dass sie ähnlich empfanden.

Khûlgrim seufzte. Er wusste, dass er so nicht gewinnen könnte. Die Männer folgten ihm, doch sie mussten selbst an den Sieg glauben.

Er legte den Handschuh wieder an und baute sich vor seinen direkten Untergebenen auf. Allein diese Geste reichte aus, um sämtliche Aufmerksamkeit auf sich zu ziehen. Nicht nur seine Truppführer – alle Krieger Invars warteten auf seine Worte. Hofften, dass er ihnen den Mut schenken könnte, der nötig war, um diese Schlacht zu überstehen.

Er fühlte es. Das Gewicht von Hunderten seiner Männer, die ihn mit ihren Blicken fixierten. Ihr stummes Flehen, ihre Angst, die sie hin und wieder mit einem Schnauben oder einem platten Witz zu vertreiben versuchten.

Aber er spürte auch ihr Vertrauen in ihn. Ihre Bewunderung. Khûlgrim, der General der Schildwache des Königs, der beinahe jedem von ihnen bei Übungskämpfen den Arsch versohlt hatte. Er musste unwillkürlich lächeln.

»Jungs«, begann er eine Ansprache, die er nicht wie üblich hinausbrüllte. Stattdessen war er ruhig und gefasst. »Einen Teil haben wir geschafft, wir sind von dem verdammten Berg runter.« Irgendwo gab es verhaltenes Gelächter, doch Khûlgrim wusste, dass es mehr bedurfte, ihre Lebensgeister zu wecken.

»Ihr kennt mich und ich will euch keinen Mist erzählen. Die Schweine sind vielleicht schon in unserem Zuhause. Vielleicht steht Arlon in diesem Moment in der Mitte der Stadt und schart die letzten Verteidiger um sich.« Einige Zwerge ließen den Kopf hängen, doch der Großteil reagierte so, wie er es gehofft hatte: mit loderndem Hass im Blick.

»Und wo sind wir?« Er machte eine ausladende Geste, dann setzte er sich in Bewegung, um durch die Reihen der Krieger zu schreiten. »Wir sitzen hier am Arsch der Welt rum! Während unser König, unsere Freunde – unsere Familien uns brauchen!« Mittlerweile hatte er die Stimme erhoben, um noch mehr von ihnen zu erreichen. »Aber wir werden nicht hier draußen Däumchen drehen und diese widerlichen Bastarde durch unser Zuhause ziehen lassen. Wir werden dem Ruf unseres Königs folgen! Wir werden jetzt den nächsten Tunnel betreten und marschieren. Wir werden jeden Ork, Goblin oder Troll abschlachten, der uns in die Quere kommt. Wir werden ihre toten Körper unter unseren Stiefeln zertreten. Wir werden ihnen in ihre hässlichen Fressen schlagen und ihnen die Hände abhacken. Bis sie sich wünschen, dass sie ihre dreckige Steppe niemals verlassen hätten! Wir werden Invar beistehen!«

Die Krieger nickten grimmig, doch von irgendwo drang eine Frage an sein Ohr: »Und was, wenn Invar schon erobert ist?«

»Dann, beim *Schöpfer*, holen wir es uns zurück!«

Er blickte sich um und sah nun mehr Entschlossenheit als zuvor, aber viele zweifelten noch immer.

»Ich weiß, dass ihr Angst habt«, sagte er plötzlich und für viele überraschend. »Die habe ich auch.« Khûlgrim seufzte und versuchte, so vielen Kriegern wie möglich in die Augen zu blicken. »Die habe ich immer. Ich hatte Angst, als ich das erste Mal in die Schlacht zog, und ich hatte Angst, als ich in diese Schlacht zog. Nicht vor dem Tod. Ich habe Angst, dass mich der Mut verlässt.« Er erkannte Dargril in der Menge der Krieger, der ihm zunickte. »Zu sterben ist keine Schande, meine Freunde. Es war meine zweite Schlacht, ich wurde verwundet und unter zwei toten Orks begraben.« Jeder kannte die Geschichte, wie sich Khûlgrim der Unbeugsame, wie man ihn seitdem auch nannte, drei Wochen verletzt im Feindesland durchgeschlagen hatte, um zurück nach Invar zu kommen. Aber sie kannten nur die Legende, nicht die Wahrheit.

»Ich hatte mich aufgegeben«, gestand er nun. »Ich lag da unter den stinkenden Kadavern der beiden Monster, die ich zuvor erschlagen hatte, und tat mir selbst so unendlich leid. Als ich erwachte, wusste ich, dass meine Kameraden fort waren, dass ich das Ende der Schlacht verpasst und man mich zurückgelassen hatte. Drei Tage wartete ich, hoffte, dass jemand kommen und mich retten würde. Dann habe ich mich noch mal drei Tage bemitleidet und mir gewünscht, der *Schöpfer* möge mir einen schnellen Tod gewähren.«

Sein Blick schweifte über die Menge ins Leere. »Aber das tat er nicht. Er gab mir ein viel größeres Geschenk. Mut. Nach einer Woche gab mir unser *Schöpfer* den Mut, meinen feigen Arsch aufzuraffen, meine Axt zu greifen und mich auf den Weg nach Hause zu machen.«

»Du hattest Angst, General?«, fragte einer der Krieger. Ein junger Zwerg, der gerade einmal zwei Jahre eine Schildwache war.

Khûlgrim nickte ihm väterlich zu. »Aye, hatte ich. Ich hatte die Hosen richtig voll. Aber ich habe nicht aufgegeben. Ich habe mich aufgerafft und um mein Leben gekämpft.« Er deutete auf den Berg. »Da drin sind unsere Freunde und Familien, die gerade um ihr Leben kämpfen. Und wir werden sie nicht im Stich lassen. Ihr habt das Heer gesehen, es ist riesig, ich weiß. Aber wisst ihr was? Es sind feige Schweine, die keine Ahnung haben, mit wem sie sich anlegen. Das ist *unser* Zuhause. *Wir* kennen jeden Stein, jeden Tunnel, jedes Staubkorn.« Er zog seine Axt und die polierte Schneide blitzte im Mondlicht. »Ich gehe da jetzt rein. Wer kommt mit und hilft mir, ein paar Orks zu schlachten?«

Er bekam die Antwort, die er sich erhofft hatte.

Alle.

Für Rhaflit fühlte es sich an, als wäre eine Ewigkeit vergangen. Die Finsternis, die Stille – alles wurde mit einem Mal aufgelöst, als der Schlüssel langsam im Schloss ihrer Zellentür gedreht wurde. Mit einem leisen Quietschen in den Angeln öffnete sich ein Spalt, der ihre Kammer mit warmem Licht flutete.

Gegen die plötzliche Helligkeit war der Junge nur als Schattenriss auszumachen, doch Rhaflit spürte den Stolz und die Zufriedenheit, die Dolantan über sich selbst empfand. Er hatte sich entschieden, ihnen zu helfen. Es musste ein harter Kampf gewesen sein, den er da mit seinem Gewissen ausgetragen hatte, aber letztendlich hatte er sich entschlossen, ihnen zu vertrauen.

Und ihnen zu helfen.

»Ich sagte dir doch, dass nicht alle Menschen schlecht sind«, verkündete Rhaflit fröhlich, doch Kerellic winkte ab.

»Dafür haben wir später noch genug Zeit.« Mit einem Seitenblick auf Dolantans Hand, in der er noch immer den Dolch hielt, fügte er hinzu: »Und dafür auch. Jetzt sollten wir hier erst einmal verschwinden.«

»Folgt mir«, sagte Dolantan. Rhaflit entging nicht, wie viel entschlossener er plötzlich klang. Nur seine äußere Erscheinung erinnerte noch an den schüchternen Jungen, der durch die Zellentür mit ihnen gesprochen hatte.

»Wo sind die Wachen?«, fragte Kerellic verwundert.

Dolantan zuckte die Achseln. »Die ganze Stadt gehört Celless ... wir können nicht unbemerkt fliehen.« Der Junge führte sie langsam den schmalen Korridor entlang. »Die Wachen behält sie nah bei sich.«

»Also ist es ihr egal, wenn Gefangene fliehen?« Rhaflits Laune verbesserte sich mit jedem Schritt. Vielleicht wäre ihre Reise doch noch von Erfolg gekrönt.

Dolantan schüttelte den Kopf. »Dafür hat sie Vargan und die Blutklingen«, sagte der Junge ernst und ließ keinen Zweifel daran, dass der Name Vargan gleichbedeutend mit einem schrecklichen Schicksal war.

»Wie du weißt, hatte ich bereits das Vergnügen mit ihm«, brummte Kerellic. »Hab schon gegen Bessere gekämpft.«

Rhaflit zweifelte nicht daran, dass sein Freund übertrieb – wobei er das kaum beurteilen konnte. Bis zu dieser Reise hatte er Kerellic noch niemals kämpfen sehen. Und der Ingenieur musste gestehen, dass der Zwerg ihn immer wieder verblüffte.

Bei Dolantan schien die Bemerkung ebenfalls Eindruck hinterlassen zu haben. Der Junge warf sich in die Brust: »Niemand ist besser als die Blutklinge.«

Wieder seufzte Kerellic. »Fein. Und ich will es auch nicht beweisen. Junge, bring uns einfach hier weg, ja?«

Es war, wie Dolantan gesagt hatte, der Weg blieb frei und sie passierten weitere Zellen und Gänge, Vorratsräume und eine kleine Wachstube, die sich gähnend leer präsentierte. In der Mitte des Raumes lagen ein paar Felle und in der Feuerschale glomm noch eine schwache Glut, doch von einem Wachmann fehlte jede Spur.

Die ganze Zeit blieb Kerellic misstrauisch und blickte immer wieder über die Schulter zurück. Schließlich schüttelte er den Kopf.

»Das alles stinkt«, sagte er leise zu Rhaflit.

Dem Gnom blieb keine Zeit für eine Erwiderung, denn Dolantan führte sie in die große Halle, den letzten Raum, der noch zwischen ihnen und freiem Himmel stand. Jemand hatte die Öllampen in der Halle gelöscht, lediglich das gedämpfte Licht aus dem Gang drang in die Finsternis vor. Rhaflit konnte in seiner unmittelbaren Umgebung noch einige der die Decke stützenden Säulen ausmachen, und seine Erinnerung füllte den Rest der Halle mit den Eindrücken von Kerellics Verurteilung.

»Ich hab's dir doch gesagt, Vargan!«, donnerte eine Stimme in der Dunkelheit und ließ den Gnom jäh innehalten. »Der Kleine knickt ein und läuft bei der ersten Gelegenheit davon! Die reinste Zeitverschwendung.«

»Barud«, entfuhr es Dolantan.

Kerellic ging ein wenig in die Knie und spannte die Muskeln an. »Wer ist das nun schon wieder?«

»Ich bin wirklich enttäuscht von dir, Dolantan«, sagte Vargan mit emotionsloser Stimme. Die Eintönigkeit verlieh ihm etwas Bedrohliches, gleichzeitig glaubte Rhaflit hinter der Fassade des Mannes echte Enttäuschung zu spüren.

Am gegenüberliegenden Ende der Halle wurde eine Lampe entzündet. Barud und Vargan standen zwischen zwei Säulen und hatten einen freien Blick auf den Gang zu den Kerkerzellen.

»Es tut mir leid«, erwiderte der Junge und streckte den Rücken durch. »Aber ich glaube ihnen und will ihnen helfen.«

»Was haben sie dir denn erzählt, Jüngelchen?«, polterte Barud weiter und machte einen Schritt nach vorn. »Dass sie dich verhexen, wenn du sie nicht freilässt? Dass sie irgendwo einen Zwergenschatz versteckt haben?«

»Würde das helfen?«, platzte es aus Rhaflit heraus, was ihm nur wieder einen tadelnden Blick von Kerellic einbrachte.

»Mir soll's recht sein«, fuhr Barud fort. »Ausbrecher sind Freiwild, wie jeder, der ihnen hilft.« Ein bösartiges Grinsen machte sich auf seinem Gesicht breit. »Wenn ich mit dir fertig bin, nehme ich mir eine schöne Hure und gehe zu deinem Meister. Vielleicht gibt er mir sogar dein altes Zimmer für die Nummer!«

»Barud«, sagte Vargan leise, »lass es.«

Aber Vargans Befehl ging ins Leere. Barud zog bereits sein Breitschwert und zwirbelte sich mit der Linken den Schnauzbart. Rhaflit bemerkte, dass er keine Rüstung trug – entweder vertraute er voll auf seine Kampfkunst oder man hatte ihn und Vargan kurzfristig herbeordert. In letzterem Fall hieß das, dass man sie womöglich beobachtete.

Die Wachstube!

Es gab noch einen dritten Mann, hinter ihnen!

»Hinter uns«, flüsterte er Kerellic zu, doch der Schmied bedeutete ihm nur, den Mund zu halten und schien völlig auf die beiden Menschen vor ihnen fixiert zu sein.

Rhaflit spürte echte Panik in sich aufsteigen. Das Gefühl war neu für ihn. Selbst bei seinen waghalsigen Flugversuchen hatte er stets darauf vertraut, dass seine Berechnungen korrekt waren und ihn retten würden. Doch diese hier war eine ganz andere Situation. Diese Männer wollten sie töten – und sie hatten alle Trümpfe in der Hand.

Aus der Verzweiflung erwuchs neuer Mut. Rhaflit hatte noch nie in seinem Leben gekämpft, doch er würde bis zum Äußersten gehen, um es zu verteidigen. Er tat es Kerellic gleich, ging leicht in die Knie und spannte alle Muskeln an. Dabei versuchte er, sich unbemerkt wegzudrehen, um aus dem Augenwinkel den Gang hinter ihnen beobachten zu können.

»Ich gebe euch eine letzte Gelegenheit, wieder in eure Zelle zu gehen und die Tür zu schließen«, sagte Vargan leise. »Und du«, wandte er sich an Dolantan, »verschwindest aus der Stadt und kommst nie wieder zurück.«

Rhaflit bemerkte, dass die Entschlossenheit des Jungen tatsächlich für einen Moment ins Wanken geriet, aber bevor er antworten konnte, mischte Barud sich wieder ein.

»Oh, er wird verschwinden«, sagte er in freudiger Erwartung. »In kleinen Stücken.«

»Barud«, versuchte Vargan noch einmal, den Kampfgefährten zurückzuhalten. Wieder ohne Erfolg.

Dolantans Hände begannen zu zittern, als sein Gegner immer näher kam. »Keinen Schritt weiter!«, rief er mit brüchiger Stimme, was ihm nur ein verhöhnendes Lachen einbrachte.

»Ich schlachte dich ...«

Weiter kam Barud nicht. Er blieb plötzlich stehen und starrte entrückt auf eine blutverschmierte Schwertspitze, die aus seiner Brust ragte. Er öffnete noch einmal den Mund, doch die Worte wurden in einem Schwall aus Blut ertränkt, das über seinen Bart lief und im Fackelschein metallisch glänzte.

Noch während er in sich zusammensackte, machte Vargan einen Schritt an ihm vorbei und warf ein Messer gezielt zwischen ihnen hindurch. Es verschwand in der Dunkelheit des Zellengangs, doch Rhaflit hörte, wie es dort mit einem dumpfen Geräusch auf etwas traf und einen erstickten Schmerzensschrei auslöste.

Dann kippte Barud tot zur Seite um und hinter ihnen schlug etwas Großes dumpf auf dem Boden auf.

»Wir haben nicht viel Zeit«, verkündete Vargan nüchtern. Dann blickte er wieder auf Dolantan, der ihn nur fragend anstarrte. »Das hier ist nicht dein Weg.«

»Mein Weg?«

Vargan beugte sich über seinen toten Kampfgefährten. »Mögen die Sterne dich leiten«, flüsterte er und nahm das Breitschwert. Er blickte wieder zu ihnen herüber. »Kannst du damit umgehen?«

Kerellic nickte und zog Rhaflit hinter sich her. »Es wird reichen müssen.«

Rhaflit konnte kaum glauben, was hier gerade geschehen war. »Wieso? Was?«

»Später!«, blaffte Kerellic ihn an. »Erst fliehen, dann reden.«

Vargan nickte grimmig und führte sie durch die große Tür hinaus ins Freie.

Der Schmied presste sich instinktiv in die Schatten der Hauswand, und der gnomische Ingenieur tat es ihm gleich. Zum ersten Mal hatte es Rhaflit die Sprache verschlagen. Man hatte sie eingesperrt, befreit, gestellt, bedroht – und schließlich gerettet. Aber wozu?

Weshalb half dieser Mensch ihnen, nachdem er zuvor noch geholfen hatte, sie zu stellen?

»Bleibt dicht zusammen«, flüsterte Vargan zwischen zusammengepressten Lippen. »Könnt ihr reiten?«

»Nein«, antwortete Kerellic für sie beide, und Rhaflit hatte nicht einmal die Zeit, sich auszumalen, wie es wohl wäre, auf einem Pferd zu sitzen.

»In Ordnung.« Er deutete auf Kerellic. »Du reitest mit dem Jungen, der Gnom reitet mit mir.«

Rhaflit versuchte, sich seine Angst nicht anmerken zu lassen, doch die Aussicht, mit diesem gefährlichen Mann allein auf einem Pferd zu sitzen, erschreckte ihn zutiefst. Auch Kerellic schien nicht begeistert, erwiderte jedoch nichts.

Vargan schien ihre mürrischen Blicke nicht zu bemerken oder schlicht zu ignorieren. Er wandte sich an den Jungen: »Wir reiten erst Richtung Süden bis zur Flussgabelung. Du holst die Pferde und wir treffen uns am Südtor, verstanden?«

Dolantan nickte und verschwand.

»Und was ist mit uns?«, entfuhr es Rhaflit vor Schreck.

Vargan blickte ihm fest in die Augen. »Ihr kommt mit mir und haltet euch im Schatten. Ich weiß, wo man eure Sachen hingebracht hat.«

Eine Klinge im Rücken, dachte Dolantan. *Nicht mein Weg*, wiederholte er Vargans letzte Worte an Barud immer wieder in Gedanken. *Was soll nicht mein Weg sein?*

Eine Klinge im Rücken.

Das Bild brannte sich in seinen Geist.

Er hatte Vargan vor diesem Schicksal bewahrt, als er das erste Mal in die Schänke seines … er wusste gar nicht mehr, wie er seinen ehemaligen Vormund nennen sollte. Früher hatte er ihn Meister genannt, doch die Blutklinge hatte ihm gezeigt, dass er niemandes Untertan war. Wie stand er nun zum feisten Schankwirt?

Der Junge zuckte mit den Schultern und beschloss, diese Frage vorerst hintanzustellen.

Doch das Bild der Klinge im Rücken eines Mannes ließ ihn nicht in Ruhe.

Vargan hatte er selbst dieses Schicksal erspart – dem Zwerg, den der Fluss angespült hatte, nicht.

Und nun Barud.

Was verband diese Männer, dass ihnen ein solches Schicksal zustand? Und hatte er Vargan gerettet oder sein unabwendbares Ende nur aufgeschoben?

Dolantan bemerkte, dass er stocksteif im Schatten eines niedrigen Hauses stand und grübelte. Seine Aufgabe schien vergessen, all seine Gedanken drehten sich um diese drei Kämpfer, die alle an irgendeinem Punkt einem Verrat zum Opfer gefallen waren. Zumindest war dies bei Barud und Vargan der Fall und der Junge nahm an, dass es sich bei dem Zwerg ähnlich abgespielt hatte.

Er schüttelte entschieden den Kopf und verbannte alle Ablenkung aus seinem Geist. Er würde Vargan einfach fragen, doch das ginge nur, wenn er ihnen die Pferde organisierte.

Er lächelte diebisch, als dunkle Wolken sich vor den Mond schoben und ihm so die Arbeit erleichterten. Während er die Pferde sattelte, dachte er kurz daran, dass man seinen alten Herrn sicher dafür verantwortlich machen würde. Vielleicht würde man ihn sogar vor Celless schleifen und ihm den Diebstahl der Pferde zuschreiben. Er fuhr unbekümmert fort. Es lag ihm nichts an Rache, aber er sah auch keinen Grund, den Mann zu schützen.

Als er wenig später das Südtor erreichte, schien es völlig verlassen. Von Vargan und dem Zwerg war keine Spur, aber er konnte auch keine der Wachen ausmachen.

Dolantan führte die beiden Pferde am Zügel und verlangsamte seine Schritte. Auf dem Weg zum Tor hatte er die gepflasterte Hauptstraße gemieden, da die Hufeisen auf den unbefestigten Seitenstraßen weniger Geräusche verursachten.

Dass Vargan nun gar nicht zu sehen war, verunsicherte ihn. *Habe ich ihn falsch verstanden? Oder wurden sie geschnappt?*

»Pssst! Junge«, hörte er nach einer gefühlten Ewigkeit endlich die vertraute Stimme seines Lehrers.

Vargan trat aus dem Schatten des Wachtpostens und winkte ihn zu sich heran. Dolantan führte die Pferde zu ihm und übergab ihm

Shyndaris Zügel. Er selbst hatte sich einen dunklen Wallach gesattelt, der einem Stammgast gehörte. Das Pferd vertraute ihm. Das Letzte, was Dolantan gebrauchen konnte, war ein Pferd, das ihn nicht als Reiter akzeptierte. Außerdem war er sich bei dem Wallach sicher, dass er das zusätzliche Gewicht des Zwerges tragen konnte.

Vargan nahm die Zügel fast zaghaft in die Hand und strich der Stute sanft über die Flanke. Vor nicht einmal einer Stunde hatte er seinem Kampfgefährten ein Schwert in den Rücken gerammt, jetzt tätschelte er beinahe liebevoll die Flanke dieses Pferdes.

Dolantan konnte die beiden Bilder nicht in Einklang bringen – ein weiteres Geheimnis seines Meisters, der ihm immer wieder aufs Neue zeigte, dass er mehr als nur der Meuchler der Gilde war.

»Die Wachen?«, fragte Dolantan knapp.

»Sind kein Problem«, erwiderte Vargan trocken. Hinter ihm kamen der Zwerg und der Gnom aus dem Wachturm, und Dolantan glaubte für einen Moment, dass der Gnom zitterte. Er verdrängte den Gedanken an die Bilder, die ihn womöglich dazu gebracht hatten.

»Also gut, verschwinden wir«, sagte der Zwerg grimmig und schob sich an dem großen Mann vorbei. »Es wird nicht lange dauern, bis die Schweinerei da drin entdeckt wird.«

Vargan seufzte. »Vermutlich.« Der Meuchelmörder deutete auf eine Kiste an der Wand des Wachturms. »Steigt auf die Pferde. Eine halbe Stunde südlich von hier gabelt sich der Fluss. Die Strömung ist nicht stark, wir können ihn überqueren und dann weiter nach Süden reiten. Vielleicht schaffen wir es dann, euch noch rechtzeitig ans Ziel zu bringen.«

»Wir müssen nach Norden«, sagte der Gnom mit fester Stimme und deutete auf Dolantan.

»Aber wolltet ihr nicht zu den Elfen?«, fragte Dolantan mit gerunzelter Stirn. »Ich habe euch in eurer Zelle belauscht und …«

Der Gnom schnitt ihm wild kopfschüttelnd das Wort ab. »Der Dolch, Junge, ändert alles.« Er senkte traurig den Blick. »Und nicht zum Guten.«

Vargan zuckte mit den Schultern. »Wie auch immer, wir müssen die Straßen meiden. Und nach Süden ist von hier aus der einzige Weg.«

»Nachdem wir den Fluss überqueren, können wir wieder nach Norden gehen. Mit etwas Glück werden sie denken, dass wir unterwegs zum Elfenwald sind«, pflichtete der Zwerg bei und befestigte seine Axt wieder am Gürtel. Im südlichen Wachturm hatte man die Gegenstände der beiden verwahrt, um sie ihnen nach ihrer Freilassung – wenn es dazu gekommen wäre – wieder zu geben. »Der Fluss müsste direkt dort hindurchfließen.«

»Gut. Beeilung. In ein paar Stunden wird jeder Mann sich die Finger nach unserem Kopfgeld lecken. Und wie ich Celless kenne, wird sie allein für Hinweise schon ein kleines Vermögen hinlegen.« Er wandte sich an Dolantan. »Tut mir leid, Junge, deine Welt wurde gerade ein Stück kleiner.«

»Das ist eine sehr negative Sicht auf die Dinge«, mischte sich der Gnom ein. »Wenn wir erfolgreich sind, werden wir alle zu Helden Invars erklärt, das dürfte Ausgleich genug dafür sein, dass man nicht mehr in dieses klapprige Dorf voller Halunken gehen kann.«

Vargan lachte trocken. »Du glaubst, Celless hat nur Einfluss auf diese Siedlung? Die Gilde kontrolliert *alles*.«

»Nur in deiner Welt«, hielt der Gnom ungerührt dagegen und kletterte auf die Kiste. »Na los, wir verschwenden zu viel Zeit.« Zu Dolantans Verwunderung widersprach der Meuchelmörder nicht, sondern folgte dem Gnom mit einem Lächeln auf den Lippen.

»Ich glaube … er ist fertig«, sagte Duibel leise, als er die letzte Schraube anzog.

Der *Eiserne Wächter* stand in voller Größe vor ihm. Die Arme hingen noch seitlich schlaff herab, ihr Gewicht zerrte an den Gelenken, doch der Gnom wusste, dass seine Berechnungen korrekt waren. Das Licht der Fackeln spiegelte sich auf jeder einzelnen silbernen Panzerplatte wider, sodass man zuweilen den Eindruck hatte, der *Eiserne Wächter* stünde komplett in Flammen.

Als sein Blick den Kopf der Maschine streifte, musste er schmunzeln. Borra hatte darauf bestanden, ihn in seiner Erscheinung einem zwergischen Krieger nachzuempfinden, der den Feinden seine Wut entgegenbrüllte. Der offene Mund war gleichzeitig Borras Sichtfenster. Duibel hatte auch noch an den Seiten jeweils eine große Öffnung angebracht, damit die Zwergin für eine bessere Rundumsicht ihren Kopf im Innern des Panzers drehen könnte. Da die relativ großen Öffnungen eine mögliche Schwachstelle boten, hatte er aus Mithril ein engmaschiges Gitter gegossen.

Seine Sichtschlitze befanden sich im Bauch der Bestie, doch sie waren sehr viel schmaler und kleiner. Borra musste sehen, was vor sich ging, nicht er. Seine Aufgabe bestand darin, den Dampfdruck zu überwachen und in die Pedale zu treten.

»Er ist wunderschön«, sagte Borra zu seinem Erstaunen.

Ihr Blick haftete noch immer auf den geballten Fäusten des Panzers – Duibel hatte darauf verzichtet, bewegliche Fingerglieder zu bauen. Die würden nur abbrechen und die dafür nötigen Gestänge zu viel Platz verschwenden.

Stattdessen hatte er an den Unterarmen rotierende Trennscheiben angebracht, die er nach dem Vorbild von Ralthins Sägekrake gefertigt hatte. Borra würde die Fäuste schwingen und alles zerteilen, was ihren Weg kreuzte, während er an den Pedalen dafür sorgte, dass die Sägeräder immer in Schwung blieben.

»Lust auf einen Probelauf?«

Borra nickte freudig und Duibel öffnete die Einstiegsluke.

Die Zwergin in die Steuereinheit einzusperren, ging schneller, als Duibel befürchtet hatte. Sie bestand aus einem Gestänge, das ihren Körper einschloss und über Scharniere und Verbindungen zu den Gliedern des *Eisernen Wächters* jede ihrer Bewegungen auf die Maschine übertrug. Als der Dampfkessel schließlich genug Druck aufgebaut hatte, um Borras Bewegungen damit zu unterstützen – denn allein könnte sie den Koloss niemals bewegen –, waren sie bereit.

Borra schloss die Hände um die Steuerknüppel und atmete tief durch. »Eigentlich solltest du die ersten Schritte tun«, sagte sie ehrfürchtig. »Das hier ist dein Verdienst, deine Erfindung. Ich bin nur Steuerfrau.«

Duibel winkte ab, was Borra durch ihre Position über ihm nicht sehen konnte. »Das ist mir nicht wichtig. Ich hoffe nur, dass es funktioniert.« Er prüfte noch ein letztes Mal die Dampfdrücke und Druckschläuche. »Sieht alles gut aus. Leg los.«

Borra rollte mit den Schultern und vergaß dabei, dass Duibels feine Gestänge auch diese Bewegungen an die Maschine übertragen würden.

Der *Eiserne Wächter* rollte die Schultern und Metall schabte auf Metall, als die einzelnen Platten sich gegeneinander verschoben.

Duibel quiekte vor Freude. »Es funktioniert!«

Die Zwergin konnte nicht antworten. Sie starrte mit offenem Mund durch ihre Sichtöffnung und hob den rechten Arm. Der Arm des *Eisernen Wächters* hob sich in ihr Blickfeld. Sie erinnerte sich daran, wie sie ihn mit Duibel an dem Monstrum befestigt hatte. Sie hatten einen Lastkran benötigt, um ihn zu bewegen, denn allein die eiserne Faust wog so viel wie ein kompletter Plattenpanzer.

Jetzt übertrug sich jede ihrer Bewegungen ganz natürlich auf die Maschine, als wäre sie lebendig und Borra ihr Nervenzentrum. Sie zog den Arm zurück und ließ ihn langsam wieder nach vorne kommen, als würde sie in Zeitlupe einen Schlag ausführen.

»Unglaublich«, brachte sie atemlos hervor.

Duibel lachte beinahe hysterisch. »Es funktioniert! Es funktioniert!« Er konnte sich kaum bremsen. »Na los, lass uns die ersten Schritte machen!«

»Und was, wenn wir vornüberkippen?«

Duibel schüttelte den Kopf, was die Zwergin auch nicht sehen konnte. »Keine Sorge, ich habe den Schwerpunkt sehr tief gelegt und massegedämpfte Unterschenkel …«

»Masse… Was?«

Er seufzte. Einem Gnom hätte er das Prinzip vermutlich in wenigen Sekunden erklären können. Hier beschränkte er sich auf ein einfaches: »Wir werden nicht umfallen«.

Borra zuckte mit den Schultern und der *Eiserne Wächter* tat es ihr gleich. Sie setzte einen Fuß vor den anderen. Etwas wackelig zuerst, doch mit jedem Schritt gewann sie mehr Vertrauen in die Maschine, die – so sagte es Duibel – zu einer Verlängerung ihres Körpers werden musste, wenn sie sie ganz beherrschen wollte.

Mit jedem Schritt krachten die metallenen Füße des *Eisernen Wächters* hart auf den Granitboden von Duibels Werkstatt. Als die Ausmaße des Konstrukts klar gewesen waren, waren sie von seinem Wohnhaus in die Halle der Ingenieure umgezogen, in der Duibel, so wie alle anderen Mitglieder des Ingenieursrats, eine sehr geräumige Werkstatt zur Verfügung hatte. Sämtliche Tische waren zur Seite geschoben worden, um den ersten Gehversuchen den nötigen Platz einzuräumen.

Borra steuerte die Maschine nach einigen Minuten gekonnt durch den freien Raum, umrundete Tische und drehte sich um die eigene Achse, als hätte sie ihr ganzes Leben lang nichts anderes getan.

Duibel öffnete eine Klappe am Kopf des *Eisernen Wächters,* um etwas frische Luft in die enge Kabine zu lassen, denn durch die Dampfmaschine entwickelte sich rasch eine enorme Hitze im Bauch der Bestie.

»Lass uns den Tisch zersägen!«, rief Borra euphorisch und machte sich bereits auf den Weg durch die Werkstatt.

»Was?« Duibel wollte eigentlich widersprechen, aber der Gedanke daran, wie seine Maschine den schweren Holztisch in Sägespäne verwandelte, reizte ihn ungemein. »Na gut, lass mich kurz Schwung holen.«

Duibel trat ordentlich in die Pedale und die Übersetzung auf die kleinen Zahnräder tat ihren Teil. Surrend erwachten die Trennscheiben zum Leben und Holzsplitter stoben in alle Richtungen, während Borra behutsam – es waren immerhin ihre ersten Schlagbewegungen – auf den Tisch eindrosch.

Die Zwergin kicherte diebisch und hörte erst auf, als von der Werkbank nur noch ein Haufen Späne übrig war.

»Ich denke, das reicht fürs Erste«, sagte Duibel erschöpft und hörte auf, die Trennscheiben anzutreiben.

Borra nickte und der *Eiserne Wächter* kopierte ihre Bewegung im Ansatz. »Ein erfolgreicher erster Spaziergang.«

Duibel wollte gerade den Dampf aus dem Kessel entlassen, als er schwach den Klang einer Glocke vernahm. »Warte … Ist das …?«

Borra wandte den Metallkoloss bereits zur Tür und marschierte los. »Ja«, entgegnete sie mit angsterfüllter Stimme. »Alarm! Die Orks sind in der Stadt!«

Ein Blick auf ihren Brennstoffvorrat verriet Duibel, dass der *Eiserne Wächter* noch eine knappe Stunde einsatzbereit wäre. »Dann los, aber beeil dich!«

»Aye. Versuchen wir mal, ob dieses Mädchen rennen kann!«

Duibel riss erschrocken die Augen auf, doch es war zu spät. Borra wurde immer schneller. Mit jedem Schritt holte sie weiter aus und die

Wucht der Schritte hinterließ jedes Mal einen leichten Abdruck im Granit.

Die Tür zu seiner Werkstatt ignorierte die Zwergin völlig, sie brachte lediglich die linke Schulter nach vorn und rannte ungebremst krachend durch die dickte Holztür, die in einen Sprühregen aus Splittern und mehreren großen Teilen zerbarst.

Auf der Straße wurde Borra keinen Schritt langsamer – im Gegenteil. Hatte sie in der Werkstatt schon mit jedem Schritt mehr Vertrauen in die Konstruktion gewonnen, so fegte ihre Wut auf die Orks ihre letzten Zweifel völlig beiseite.

»Halt dich fest!«, rief sie, und ihre Stimme hallte dröhnend durch den Innenraum der metallenen Bestie. Bevor Duibel protestieren konnte, begann der *Eiserne Wächter* zu rennen.

Beim Schöpfer*, das geht nicht gut!*, dachte der Ingenieur und flehte zu seinem Gott, dass sie die Schlacht aufrecht erreichen würden.

Duibel konnte durch die schmalen Sichtschlitze erkennen, dass selbst die Gnome, die vor der Schlacht flohen, um sich in ihren Häusern zu verschanzen, kurz innehielten, wenn der Metallkoloss an ihnen vorbeipreschte. Sollte Invar diesen Angriff überstehen – dessen war er sich sicher –, der *Eiserne Wächter* wäre *das* Gesprächsthema unter den anderen Ingenieuren.

»Tritt lieber schon mal in die Pedale«, wies Borra ihn an. »Da vorne sind die Schweine.«

Sie hatten den Weg zur Schlachtlinie ohne Schwierigkeiten bewältigt. Die Zwergin erwies sich als ausgesprochen talentiert im Umgang mit der gewaltigen Maschine. Duibel nahm den Blick kurz von den Druckmessern und Ventilen und erblickte das Grauen.

Orks hatten sich aus einem der südlichen Tunnel in die Stadt ergossen. Die Zwerge hatten die Thronhalle zu einer Bastion umgebaut und diese diente nun als Brückenkopf der Verteidigungslinie. Hinter den Frontkämpfern beeilten sich die Heiler, die Verwundeten in Sicherheit zu bringen, doch hier und da konnte er einen reglosen Zwergenkörper ausmachen, um den sich niemand kümmerte.

»Für die Toten bleibt nach dem Sieg genug Zeit«, sagte Borra leise, als hätte sie seine Gedanken erraten. Da erst bemerkte Duibel, dass die

Zwergin die Maschine gestoppt hatte, um sich ebenfalls einen kurzen Überblick zu verschaffen.

Die Feinde drängten in die Stadt, doch noch hielt die Linie aus Zwergenkriegern und Armbrustschützen. Die Orks hatten bereits einen hohen Blutzoll gezahlt, um einen Fuß auf Invars Boden zu setzen, und es schien Duibel so, als würden sie nicht einfach wieder aufgeben.

Borra hob den Arm und deutete auf die linke Flanke. »Dort«, sagte sie bestimmt. »Dort werden sie durchbrechen.«

Duibels Blick folgte der Richtung, doch er konnte nicht erkennen, was die Zwergin meinte. »Wie kommst du darauf?«

»Sie greifen an allen anderen Flanken härter an«, antwortete sie knapp. »Bald werden die Krieger die Verteidigung verlagern, weil der Druck zu groß wird, oder weil sie einfach unerfahren sind.« Während sie den *Eisernen Wächter* bereits wieder in Bewegung setzte, fuhr sie fort: »Gundarik hat oft davon gesprochen. Wie man einen Gegner überrascht. Vertrau mir, sie haben einen Plan.«

Diese einfache Feststellung ließ Duibels Blut in den Adern gefrieren. Ein Teil von ihm hatte noch immer gehofft, dass die Orks kopflos handelten und sich nach den ersten blutigen Nasen wieder zurückziehen würden. Doch die Vorfälle an Invars Haupttor, der Angriff auf Arlon und jetzt das ließen seine Hoffnung auf einen raschen Sieg verpuffen.

Borra bekam von seiner Grübelei nichts mit. Sie war bereits wieder in Laufschritt verfallen und stürmte zur Schlachtlinie. Mehrere Zwerge und Gnome nahmen von ihr Notiz, doch niemand hielt inne. Jeder kannte seine Aufgabe und für Fragen wäre nach einem Sieg genug Zeit.

Die Orks nahmen jedoch sehr wohl Notiz von Duibels *Eisernem Wächter*, denn Borra sprintete an den Verteidigern vorbei, brüllte dabei mehrmals »aus der Bahn!« und schmetterte dem ersten Ork eine eiserne Faust ins Gesicht. Die Kreissäge zerteilte den Kopf und die Faust zermalmte den Rest, sodass der Ork schon tot war, bevor sein Körper in seine Kameraden krachte.

Borra wurde nicht langsamer, sondern verteilte Hieb um Hieb, und jeder von ihnen streckte eines der Monster nieder.

Die Zwerge grölten siegesgewiss, doch Duibel übertönte sie mit einer Stimme, die unwirklich aus dem Bauch der Bestie dröhnte. »Haltet die Linie!«, befahl er. »Für Invar!«

»Für Invar!«, schallte es im Einklang zurück und der *Eiserne Wächter* setzte sein blutiges Werk fort.

Borra schrie ihren Zorn hinaus und erschlug Ork um Ork. Hin und wieder zerschellte ein Speer an der stählernen Hülle oder eine Klinge wurde klirrend abgelenkt, doch nie gelang es einem ihrer Feinde, die Panzerung auch nur anzukratzen.

Die Zwergin parierte ein Schwert mit dem linken Arm und senkte ihn dann einfach, bis das rotierende Sägeblatt die Hand des Orks erreichte und in einer roten Explosion zerhäckselte. Der Ork schrie vor Schmerz, doch es war zu spät. Borra machte einen Schritt nach vorn und zog ihm dabei die Trennscheibe durch den Hals. Während das Monster blutspuckend zu Boden ging, zertrümmerte die rechte Faust des *Eisernen Wächters* bereits den nächsten Orkschädel.

Borra hielt sich nicht länger mit dem Feind auf, sie marschierte weiter voran, direkt auf das Herz der gegnerischen Schlachtlinie zu.

Zu Duibels Überraschung schien es den Kampfgeist der Orks nicht zu brechen – seinen eigenen hätte ein mehrere Meter hoher Stahlkoloss sicher zerschmettert!

Aber die Monster schienen sich auch auf diese Wendung im Schlachtverlauf einzustellen. Sie verlagerten ihre Front, schickten mehr und mehr Goblins gegen den *Eisernen Wächter*, die Borra zwar nicht aufhalten konnten, aber ihren Vormarsch dennoch verlangsamten.

Gerade als Duibel sich fragte, was ihre Feinde damit bezweckten, erblickte er die beiden Trolle, die sich aus dem Hintergrund der feindlichen Linien lösten und auf sie zumarschierten.

»Die machen wir fertig!«, rief Borra wild entschlossen und brachte die Fäuste in Stellung.

Duibel starrte wie gebannt durch die Sichtschlitze und vergaß darüber völlig die Kontrolle der Druckanzeiger.

Die rechte Faust des *Eisernen Wächters* krachte in den ersten Troll und fraß sich schmatzend in den Körper des Monsters. Borra wusste, was mit Ralthins Sägekrake geschehen war, darum versuchte sie erst gar nicht, die Faust aus dem Körper des Trolls freizubekommen.

Stattdessen rannte sie direkt in den Gegner hinein und hob den Dreimeterkoloss dabei von den Beinen. Der zweite Troll wollte sie packen und verlangsamen, doch Borra schien so im Einklang mit dem *Eisernen Wächter*, als wäre er eine natürliche Verlängerung ihres Körpers. Sie wischte den Angriff des zweiten Trolls mit der Linken beiseite und schob das andere Monster näher an die Schlachtlinie der Zwerge.

Die ersten Äxte fraßen sich tief in Beine und Hüfte des Trolls, bis er schließlich erschöpft auf die Knie sackte. Borra stemmte den Fuß gegen seinen Brustkorb und riss ihren Arm frei, wobei der Troll seine Eingeweide auf den Granitboden ergoss.

Gerade als sie sich umdrehen wollte, prallte der zweite Troll ihr in die Seite und schob sie tiefer in die Reihe der Zwerge.

»Achtung!«, schrie sie laut, und Duibel versuchte noch, die Sägeblätter anzuhalten, doch anhand der Schmerzensschreie konnte er deutlich hören, dass er mehr als einen Freund erwischt hatte.

»Dräng ihn zurück«, flehte er Borra an, die sich gegen das Monster stemmte, das in blinder Wut auf die Panzerung einschlug. Jeder Aufprall seiner mittlerweile blutigen Fäuste dröhnte wie ein Glockenschlag in Duibels Ohren und bald befürchtete er, dass ihm der Kopf durch den Lärm platzte.

Borra hielt jedoch stand. Sie drosch immer wieder mit den Fäusten gegen den Kopf des Trolls, aber ihr Winkel war zu schlecht, weshalb sie kaum Schaden anrichtete.

Ein lautes Zischen ließ Duibel herumfahren und er starrte entsetzt auf die Druckanzeiger, deren Nadeln alle weit im roten Bereich zitterten.

»Uns platzt gleich der Kessel!«, warnte er.

Mittlerweile hatte der Troll sie durch die Reihen der Verteidiger geschoben und sie waren in einem wilden Zweikampf abseits der Hauptschlacht gefangen. »Wenn der *Eiserne Wächter* hier explodiert, begraben wir unsere Freunde in kochend heißem Stahl! Wir müssen Druck ablassen!«

Borra verstand die Dringlichkeit seiner Bitte und ließ sich einfach weiter von dem Troll treiben. »Wie lange noch?«, fragte sie angespannt.

»Beeil dich einfach!« Duibel trat so fest in die Pedale, wie er nur konnte.

Borra nickte und fing einen Hieb des Trolls ab. Die Maschine überragte das Monster noch um gut einen Meter und diesen Vorteil nutzte die Zwergin nun voll aus. Ihr rechter Arm fuhr hinunter und der Arm des *Eisernen Wächters* tat es ihr gleich, traf das Schultergelenk des Trolls und das Sägeblatt trennte den Arm sauber ab. Das Monster schrie auf, doch seine blinde Wut schien es unempfindlich für Schmerzen zu machen.

Die Zwergin zögerte nicht, sondern ließ einen harten Kopftreffer über die nun ungeschützte Seite folgen, der den Schädel des Trolls spaltete und seinen Körper schließlich leblos zu Boden schickte.

»Erledigt!«, schrie sie.

Duibel zog an einem Hebel und am Rücken des Wächters öffnete sich eine Klappe, durch die der Dampf laut zischend in einer weißen Wolke entwich. Danach erstickte er das Feuer unter dem Kessel und der *Eiserne Wächter* kam zur Ruhe.

»Für uns ist der Kampf vorbei«, sagte er leise.

»Macht nichts«, sagte Borra und hing dabei fest im Gestänge der Steuerung. Ohne die dampfgetriebenen Gelenke konnte sie sich nicht gegen das Gewicht der Konstruktion wehren. »Die Orks ziehen sich zurück.«

Der *Eiserne Wächter* hatte sich behauptet.

Duibel dachte an die Zwerge, die sie verletzt hatten. Seine Maschine hatte womöglich ihren heutigen Sieg gesichert, doch zu welchem Preis?

Mit mulmigem Gefühl öffnete er die Einstiegsluke und er und Borra krochen aus dem Bauch der Bestie ins Freie.

DER EISERNE WÄCHTER

Sie waren die ganze Nacht hindurch geritten und gelaufen. Nachdem sie den Fluss erreicht hatten, hatte Vargan die Pferde weiter in südliche Richtung geschickt, während sie nach Norden gingen. Es war dem Menschen sichtlich schwergefallen, sich von seiner Stute zu trennen, doch ihr Fluchtweg war seine Idee gewesen, also hatte er gewusst, was geschehen würde.

»Sie wird wieder zu mir zurückkehren«, hatte er leise gesagt und dann nicht einmal zurückgeblickt.

Ab da waren sie flussaufwärts marschiert. Kerellic und Vargan trieben sie zu einem harten Marsch – die beiden erfahrenen Krieger wussten, dass sie nur diese eine Gelegenheit zur Flucht bekämen.

Rhaflit verstand von diesen Dingen nicht viel, darum beschloss er, den beiden einfach zu folgen. Hätte Vargan sie umbringen wollen, er hätte dafür schon genug Möglichkeiten gehabt, die alle besser waren, als ein Kampf Mann gegen Mann mit Kerellic, der dazu noch bewaffnet war.

Erst zur Mittagssonne versteckten sie sich tief in einem Dickicht, um sowohl der heißen Sonne als auch neugierigen Blicken zu entgehen.

»Ihr solltet schlafen. Die nächsten Tage werden hart.« Vargan zog den Hut tief ins Gesicht und lehnte sich mit dem Rücken gegen einen Baum. Rhaflit war überrascht, dass der Mensch ihnen so viel Vertrauen entgegenbrachte, aber auf der anderen Seite – sie alle hatten bereits mehr als genug Möglichkeiten gehabt, einander zu töten.

Was für ein Abenteuer!, dachte der Gnom mit einer Mischung aus Freude und blanker Angst. *Das wird mir zu Hause niemand glauben!*

Zu Hause.

Ob sie Invar jemals wiedersehen würden? Und wenn, was würden sie vorfinden? Er wagte nicht, es sich auszumalen, doch seine Gedanken kreisten unablässig um die eine Frage: Waren ihre Freunde noch am Leben?

Es war Kerellic, der ihn aus seinen Grübeleien riss: »Wir sollten jetzt nicht hier rumsitzen! So verschwenden wir nur wertvolle Zeit.«

»Zeit, die wir dann gerne länger im Kerker der Gilde verbringen können«, wandte Vargan ein. »Hier sind wir einigermaßen sicher. Weiter nördlich beginnt freies Feld, da sind wir leichte Beute.«

Kerellic schnaubte wütend, erwiderte aber nichts. Stattdessen blickte er den Jungen an. »Zeig mir noch mal den Dolch.«

Der Gnom wurde hellhörig und richtete sich auf.

Dolantan zögerte und wechselte einen Blick mit dem älteren Mann. Schließlich nickte Vargan und der Junge zog die Waffe aus seinem Gürtel.

Der Schmied musste den Dolch nur für einen Augenblick ansehen, um sein endgültiges Urteil zu fällen und Rhaflits Befürchtungen zu bestätigen. Sein ganzer Körper versteifte sich. »Wo genau hast du das gefunden?«

»Er war schon tot«, erwiderte Dolantan leise. »Wirklich.«

Kerellic baute sich bedrohlich vor dem Jungen auf. Auch wenn der Mensch den Zwerg noch um einen Kopf überragte, bewirkte dessen harter Blick unweigerlich, dass Dolantan zu zittern begann. »Du solltest jetzt besser reden, Junge.«

Dolantan blickte sich kurz um und schien das Gelände genau zu mustern. »Ich kann es euch zeigen.«

Modruk schüttelte unablässig den Kopf. Was Duibel da sagte, klang einfach zu verrückt, und dennoch hatte er es mit eigenen Augen gesehen. »Ein *eiserner* … was?«, huschte es ihm mehrmals über die Lippen.

Duibel ignorierte seine Fragen sowie auch das ungläubige Schnauben zahlreicher Zwerge, die sie umringten. Borra stand einen halben Meter hinter ihm und verscheuchte allzu neugierige Gnome und

Zwerge, die nur zu gern einen Blick ins Innere der Maschine werfen wollten.

»Ein *Eiserner Wächter*«, wiederholte Duibel und versuchte dabei, nicht zu stolz zu klingen. »Die Idee dazu kam mir, als ich den echten *Wächter* betrachtete. Warum sollten wir warten, bis die Seele eingesetzt wird? Wir brauchen jetzt seinen Schutz!«

Die Zwerge ringsum jubelten und schlugen mit den Waffen gegen ihre Schilde, doch Modruk zog die Brauen tief ins Gesicht und starrte ihn finster an.

»Du hast damit beinahe so viele Zwerge wie Orks verletzt, Idiot!«

Das nahm Duibel doch erheblich den Wind aus den Segeln. Seine Schultern sackten schlaff herab und er senkte den Blick zu Boden.

»Ich weiß«, sagte er so leise, dass nur Modruk ihn hören konnte. »Das war ein Unfall.«

»Ein Unfall? Wie kannst du so ein … so ein … Ding bauen und noch von einem Unfall sprechen?« Modruk hatte offensichtlich nicht vor, die Sache auf sich beruhen zu lassen.

»Ich wollte helfen«, sagte Duibel und wurde dabei zunehmend leiser. »Invar ist auch meine Heimat.«

Modruk seufzte, doch bevor er wieder anfangen konnte, hielten ihn einige Zwerge zurück.

»Dieses Ding ist eine mächtige Waffe, Modruk«, sagte einer der Schildwachen. »Und wir können mächtige Waffen im Moment gut gebrauchen.«

»Er hätte unsere halbe Flanke damit töten können!«

»Hat er aber nicht.« Der alte Krieger blickte Modruk eindringlich an. »Verurteile ihn nicht für Dinge, die nicht passiert sind. Gib ihm eine Aufgabe, die uns allen hilft.«

Modruk seufzte erneut, diesmal nicht wütend oder genervt, sondern geschlagen. »Also gut. Duibel, ich will, dass du dir eine Truppe zusammenstellst, die dir und Borra hilft, dieses … diesen *Eisernen Wächter* gezielt gegen die Orks einzusetzen.«

Duibel strahlte übers ganze Gesicht und nickte eifrig, doch Modruk wedelte eindringlich mit dem Zeigefinger. »Freu dich nicht zu früh! Die Kämpfe werden für dich nur noch härter, verstanden?«

Er nickte überschwänglich. »Ich werde dich nicht enttäuschen. Ich werde Invar nicht enttäuschen!«

Modruk nickte, aber seine Gedanken galten bereits der nächsten Aufgabe. »Also gut, Jungs! Wir haben den Schweinen eine schöne Abreibung verpasst. Aber die kommen wieder. Ich will Kundschafter in jedem verdammten Tunnel! Ihr nächster Angriff darf uns nicht kalt erwischen.« Er blickte wieder zu Duibels Maschine und schüttelte leicht ungläubig den Kopf. »Wir brauchen genug Zeit, um den *Eisernen Wächter* in Stellung zu bringen.«

Gnitzlik rollte langsam heran, als Duibel gerade die Druckschläuche des Panzers überprüfte. Die Notabschaltung war in letzter Sekunde erfolgt, vor dem nächsten Einsatz des *Eisernen Wächters* wollte er sichergehen, dass alles in Ordnung war. Die kleinste Unachtsamkeit könnte den Druckkessel in Stücke reißen. Als er kurz den Kopf aus dem Bauch der Maschine herausstreckte, blickte er genau in das freundliche Gesicht des Ersten Ingenieurs.

»Eine wirklich beeindruckende Erfindung, mein Junge.«

Duibel zuckte mit den Schultern. »Ich hätte beinahe viele Freunde getötet«, sagte er traurig. »Dabei wollte ich nur helfen.«

Gnitzlik legte den Kopf schief. »Aber du hast doch geholfen! Du hast ihnen neuen Mut gegeben. Du hast die erste Schlacht um Invar für uns gewonnen. Und du hast niemanden ernsthaft verletzt.«

Borra war gerade damit beschäftigt, die Trennscheiben der Kreissägen zu reinigen und die Panzerung auf äußere Schäden zu überprüfen. Sie schaute kurz auf und pflichtete Gnitzlik nickend bei.

Duibel wollte sich schon wieder ins Innere der Panzerung zurückziehen, als Gnitzlik ein Stück näher rollte und ihm väterlich die Hand auf die Schulter legte. »Mit dieser Erfindung wirst du noch viel Gutes tun, Duibel. Vertrau mir!«

Borra kam um das linke Bein des *Eisernen Wächters* herum und klopfte mit einem Hammer leicht gegen die Panzerplatten, um die Aufmerksamkeit auf sich zu ziehen. »Die Sache mit dem Dampfkessel«, begann sie zögerlich, »die war gefährlich, oder?«

Duibel nickte. »Wenn der Kessel dem Druck nicht mehr standhält, explodiert er und wir werden in der Maschine gekocht.«

Sie überlegte kurz. »Wenn wir ohnehin immer mal wieder Dampf ablassen müssen …«, sie machte eine kurze Pause und kicherte fröhlich,

»können wir es dann nicht gezielter tun? Ich bin mir sicher, dass die Orks ähnlich schnell … kochen.«

Duibel dachte kurz darüber nach, doch Gnitzlik kam ihm zuvor: »Borra! Das ist eine großartige Idee! Wandelt da jemand in Morfius' Fußstapfen?« Er zwinkerte Duibel zu. »Du hast einen guten Einfluss auf sie.« Nach einer kurzen Pause fügte er noch hinzu: »Und sie auf dich.«

»Ich könnte da schon was machen«, sagte Duibel nach kurzer Bedenkzeit. »Das wird den Orks sicher nicht gefallen.«

Rhaflit hatte plötzlich ein ungutes Gefühl. Zum ersten Mal in seinem Leben spürte er eine Beklemmung in seinem Brustkorb, was ihn zu gleichen Teilen faszinierte wie verstörte. Ein solches Gefühl war ihm bisher völlig fremd gewesen. Er hatte es nicht gespürt, als er das Schiff für den Elfenkönig mit halsbrecherischer Geschwindigkeit über das östliche Meer gelenkt hatte; oder als sein Gleiter drohte abzustürzen. Da war auch nichts gewesen, als sein Fluggerät tatsächlich abgestürzt war.

Allerdings der Anblick des toten Zwerges, den sie gerade zu viert ausgegraben hatten, schnürte ihm beinahe den Atem ab. Und jeder Versuch, sich aus der eisernen Umklammerung der Angst zu lösen, schien die Schlinge nur noch enger zu ziehen. Und gleichzeitig formte sich ein Gedanke, der wie die rettende Erlösung schien, den er jedoch nicht wagte auszusprechen.

Kein Zweifel, vor ihnen lag Eldrir. Auch wenn seine Gesichtszüge durch das Flusswasser und die feuchte Erde seines Grabes schon deutlich gelitten hatten. Kerellic hatte ihn sofort erkannt.

»Scheiße«, war das einzige Wort, das der Schmied seitdem über die Lippen gebracht hatte.

Schließlich ergriff Vargan das Wort. Vermutlich, weil er mit Leichen die meiste Erfahrung hatte, überlegte Rhaflit und erinnerte sich kurz daran, wie der Mensch ohne großes Zögern seinen Freund in der letzten Nacht erstochen hatte.

»Dolantan hat sich im Schwertkampf versucht, als er angetrieben wurde.« Er deutete auf den Dolch, den Dolantan nun sichtbar am Gürtel trug. »Der Griff ragte aus seinem Rücken.«

Kerellic ging neben Eldrirs Leichnam in die Hocke und drehte den Körper auf den Bauch. Er suchte den Rücken ab und deutete schließlich auf eine Stelle knapp unterhalb des Halses. »Hier?«

Vargan nickte. »Ein gut platzierter Stich, wenn du mich fragst.«

Kerellic nickte. »Zu platziert für einen Ork, wenn du *mich* fragst.«

»Und in den Rücken«, fügte der Mensch noch hinzu. »Meiner Erfahrung nach treffen deine Feinde dich eher von vorne … nur Freunde erwischen dich von hinten. War er ein Krieger?«

Kerellic nickte. »Er hätte nicht zugelassen, dass sich jemand in seinen Rücken schleicht.« Er blickte gedankenverloren in die Ferne, als würde er die Stelle von Eldrirs Tod von hier aus sehen können. »Und sie wurden auf offenem Gelände überfallen.«

Rhaflit hatte das Gefühl zu ersticken, wenn er nicht ausspie, was ihm auf der Seele brannte.

»Die Hohepriesterin war in seinem Rücken!«, platzte es schließlich aus ihm heraus, und mit einem Mal konnte er wieder freier atmen.

»Ich weiß«, antwortete Kerellic leise.

Der mutlose Ton des Schmieds schnürte Rhaflit erneut die Kehle zu, wo er sich gerade noch über seine Erleichterung freute.

»Hohepriesterin?«, fragte Vargan.

»Lyssetra.« Kerellic begann bereits wieder damit, Eldrir erneut zu begraben. »Sie ist die engste Vertraute der Prinzessin – eine Elfe«, fügte er hinzu, als er die fragenden Blicke der Menschen bemerkte. »Der da«, er deutete auf den Dolch, »gehörte ihr.«

Vargan nickte langsam.

Rhaflit schüttelte ungläubig den Kopf. Er kannte die Wahrheit, hatte sie seit dem Moment gekannt, als der Junge ihnen den Dolch präsentiert hatte, doch er wollte sie einfach nicht glauben. »Aber denk daran, was sie erzählt hat! Sie wurde niedergeschlagen und man hatte ihr den Dolch abgenommen! Und dann … dann …«

»Lass es gut sein, Kleiner«, sagte Kerellic grimmig. »Die Geschichte klang schon aus ihrem Mund seltsam. Wieso sollte ein Ork seine Axt gegen ihren kleinen Dolch eintauschen? Um damit einen so gut platzierten Stich bei Eldrir zu setzen? Und was macht der in der Zeit? Vergiss es, Rhaflit. Du weißt, was für eine Scheiße das hier bedeutet. Du weißt es.«

»Aber warum hat sie euren Freund getötet?«, fragte Dolantan und half Kerellic, den Leichnam erneut beizusetzen.

Kerellic kratzte sich am Kopf. »Ich weiß es nicht. Das ergibt alles keinen Sinn. Die Orks bedrohen schließlich auch ihre Heimat. Sollte Invar fallen … Wir brauchen jede Hilfe, wenn wir uns nicht einfach blind auf den *Wächter* verlassen wollen.«

»Der *Wächter*!«, entfuhr es Rhaflit. »Das ist es!«

Kerellic unterbrach seine Arbeit und blickte ihn neugierig an. »Was?«

Rhaflit marschierte auf und ab, wie er es immer tat, wenn er einem Gedanken nachging. »Überleg, du tumber Schmied! Wenn sie es zum Elfenkönig geschafft hätten, dann wäre das orkische Heer zwischen Invar und den elfischen Bogenschützen zerrieben worden. Und Nefhiliel? Sie war absolut nicht davon überzeugt, den *Wächter* zu erwecken!« Er schüttelte energisch den Kopf. »Nein, nein. Invar *muss* am Abgrund stehen, damit die Prinzessin die Waffe des *Schöpfers* erweckt.«

»Aber was hat Lyssetra davon? Die Orks werden vernichtet, so oder so.«

Rhaflits Blick schweifte über die beiden Menschen. »Und was, wenn es gar nicht um die Orks geht?«

Vargans Miene wurde ernst. »Erzähl mir mehr über diesen *Wächter*.«

»Das ist eine lange Geschichte«, sagte Rhaflit mit einem Seufzen.

Der Mensch deutete auf die Berggipfel, die man in weiter Ferne ausmachen konnte. »Wir haben auch noch einen langen Weg vor uns.«

DREIHUNDERTACHTUNDVIERZIG

Er wählte jeden seiner Schritte mit Bedacht. Die Zwerge waren zwar mit den Orks und den Kämpfen beschäftigt, doch das war kein Garant dafür, dass ihm nicht ein verirrter Schmied über den Weg lief, der hier unten ein paar Waffen ausbesserte. Irgendwann würde die Schlacht ihren Tribut fordern und Axtstiele bersten und Klingen brechen lassen.

Die Schmieden waren kein sicherer Ort für ihn.

Ash'zaqu'in befühlte seinen rechten Arm. Das Gefühl wich mehr und mehr daraus, und er war sich sicher, dass er ihn verlieren würde. Doch noch konnte er zumindest mit seinem Leben und einer gesunden Hand entkommen.

Sein ursprünglicher Plan war gewesen, durch die Abluftschächte zu entkommen, doch Klettern war mit nur einer funktionierenden Hand unmöglich.

Er musste sein Glück mit dem verzweigten Tunnelnetz unterhalb Invars versuchen.

Ash'zaqu'in blickte sich um und verließ sein Versteck im Schatten. Fünfzig Schritte trennten ihn noch von einem niedrigen Durchgang in eine unbekannte Finsternis.

Die glühenden Essen tauchten ihn in warmes rotes Licht.

»Ich ahnte schon, dass ich dich hier finden würde«, ertönte eine Stimme hinter ihm. Der Goblin musste sich nicht umdrehen, um zu wissen, dass ihn der Tod erwartete.

Wäre er noch bei klarem Verstand gewesen, wäre ihm der Geruch des Elfen sofort aufgefallen, auch über den Rauch und Ruß der Schmiedefeuer hinweg. Der süßliche Duft des Todes, der den Krieger stets umspielte. Die feine ölige Note, die seiner Klinge anhaftete.

»Dreh dich um«, forderte der Krieger ihn auf. »Du hast es verdient, deinem Mörder in die Augen zu blicken.«

Ash'zaqu'in dachte einen Moment über diese Worte nach, legte den Kopf schief und wägte all seine Möglichkeiten ab. Eine Flucht war zwecklos. Er war geschlagen. Die Waffe in seiner linken Hand war gut genug, um einen unbedachten Zwerg von hinten aus den Schatten heraus zu erstechen, doch gegen diesen Gegner wäre sie viel zu unhandlich und langsam.

Und hatte er nicht auch stets darauf gewartet, dass seine Opfer ihm in die Augen blicken konnten? Wenngleich seine Gründe dafür völlig andere waren. Ash'zaqu'in liebte den Moment der blanken Angst und Verzweiflung. Das Flehen, der Unglaube, der Schmerz, die Trauer – all die Emotionen, die der Tod mit sich brachte.

Die er seinen Opfern brachte.

Langsam drehte er sich um und blickte dem Elfen ins Gesicht. Der hochgewachsene Mann stand mit erhobenem Schwert vor ihm, es trennten sie vielleicht zehn Schritte. Genug, um eine Flucht zu versuchen, doch zu wenige, um es auch tatsächlich zu schaffen.

»Präge dir mein Gesicht gut ein, Monster«, sprach der Elf weiter, »denn es wird dich noch im nächsten Leben verfolgen.«

Ash'zaqu'in lächelte matt. Er war müde. Und sein Werk war getan.

Sein Auftrag war es gewesen, den König zu töten und das Heer von Invar abzuschneiden. Sein Erfolg würde den Untergang Invars einläuten, dessen war er sich sicher. Die Prinzessin war eine weitere Bitte gewesen, die nicht in seinem ursprünglichen Handel enthalten war.

»Wenn du mir sagst, wie ich sie retten kann, schenke ich dir einen schnellen Tod.«

Retten? Ash'zaqu'in blickte den Elfen neugierig an. Wollte er mit ihm verhandeln? Um das Leben der Prinzessin?

»Nicht Tod. Leben«, krächzte er zurück und folgte damit einer plötzlichen Eingebung.

Der Elf schüttelte den Kopf. »Du wirst sterben. Hier und jetzt. Die Frage ist nur, wie.«

Ash'zaqu'in lachte trocken und deutete auf seinen toten Arm. »Schmerz egal. Leben egal. Prinzessin stirbt.«

Er konnte deutlich sehen, wie es im Geist des Elfen arbeitete. Dieser Mann wollte ihn unter allen Umständen töten, aber genauso sehr wollte er seine Prinzessin retten. Und hier lag sein Tor zur Freiheit. Er ging langsam auf den Krieger zu.

Der Elf packte seinen Schwertgriff mittlerweile so fest, dass der lederumwickelte Griff leise knarrte. Ash'zaqu'in stellte sich vor ihn hin und warf den Kopf in den Nacken. »Los. Töte. Prinzessin stirbt mit.«

»Das Gegengift für deine Freiheit?«, fragte der Elf zwischen zusammengepressten Lippen.

Ash'zaqu'in nickte. »Weg Freiheit. Prinzessin lebt.«

Der Elf kniff die Augen zu schmalen Schlitzen zusammen. »Du gibst mir das Gegengift und ich zeige dir den Weg. Aber du bist auf dich allein gestellt.«

Er legte den Kopf schief. »Ehre?«

Der Elf nickte und ließ das Schwert sinken.

Ash'zaqu'in griff nach einer kleinen Tasche an seinem Gürtel. Darin waren seine Gifte und andere Utensilien verstaut, die er für seine Arbeit benötigte. Er reichte dem Elfen eine kleine Phiole. »Gift.«

Der Mann nahm das Fläschchen in die Hand und betrachtete es misstrauisch. »Das ist das Gift, mit dem du deine Waffe versehen hattest?«

Ash'zaqu'in nickte. »Weg.«

»Nimm den östlichen Tunnel und wende dich nach der zweiten Kreuzung nach Süden. Dann gelangst du zum Fluss. Der bringt dich schneller und weiter fort. Und komm nie mehr zurück.«

Bevor der Goblin sich auf den Weg machte, hielt der Elf ihn zurück. »Solltest du mich angelogen haben, werde ich dich finden. Du weißt, dass du mir in diesem Zustand nicht entkommen kannst.«

Ash'zaqu'in nickte. »Ehre«, wiederholte er und meinte es auch so. Seine Arbeit war getan. Invar würde fallen. Dafür hatte er gesorgt. Ob die Prinzessin lebte oder starb, war ihm egal.

Aber wenn der Goblin eine Sache gelernt hatte, dann, dass man unter allen Umständen die Endgültigkeit einer Situation vermeiden sollte. Das Leben bestand aus Weggabelungen, nicht aus Sackgassen. Hier zu sterben war eine Sackgasse, die er gerne vermied.

Der Elf blickte ihm misstrauisch hinterher, doch schon nach wenigen Schritten verschwand der Krieger eiligst, um seine Prinzessin zu retten.

Und Ash'zaqu'in verschwand in der Dunkelheit eines Durchgangs. Sein Tod war noch nicht besiegelt.

Culnauir verschwendete keinen weiteren Gedanken mehr an den Goblin oder die vertane Gelegenheit, das kleine Monster zu töten.

Seine Gedanken waren einzig und allein bei seiner Prinzessin, die er mehr als alles andere retten wollte. *Nefhiliel.*

Diesmal erwarteten ihn weit weniger Zwerge. Die letzten Angriffe der Orks waren verheerend gewesen und Modruk benötigte jeden fähigen Kämpfer, jeden Mann und jede Frau an der Front.

Nur Bundarr und einige Helfer waren geblieben. Es waren überwiegend die Alten und zu jungen, die ihm zur Hand gingen. Entweder noch nicht bereit, im Feuer der Schlacht geschmiedet zu werden, oder zu schartig, um noch einen Kampf zu bestreiten.

Culnauir wusste, sollte das orkische Heer noch weiter vordringen, würden auch sie ihre Waffen ergreifen und ihre Heimat verteidigen.

Der Priester unterbrach seine Arbeit an einem leicht verletzten Kämpfer und kam mit hoffnungsvollem Blick auf ihn zu. »Hast du es, Elf?«

Culnauir öffnete die linke Hand und reichte ihm die kleine Phiole. »Hier. Das ist das Gift, das das Monster benutzt hat.«

Bundarr nahm ihm die Flasche vorsichtig ab und entkorkte sie. Mit der freien Hand fächelte er sich vorsichtig den nun verströmenden schwachen Duft zu. Er schwenkte sie leicht hin und her, um die Fließeigenschaften der Flüssigkeit zu deuten. Und schließlich hielt er sie gegen das Licht einer Fackel, um sie in ihrer Farbe und Durchsichtigkeit zu untersuchen.

Culnauir konnte kaum an sich halten, als der alte Zwerg schließlich ein paar Tropfen auf einen polierten Stein und ein weißes Tuch träufelte.

»Und? Welches Gift ist es?«, platzte es schließlich aus ihm heraus.

Der Priester würdigte ihn keiner Antwort, sondern fuhr mit seinem seltsamen Schauspiel fort. »Die meisten Gifte wirken über das Blut und offene Wunden«, sinnierte er plötzlich. »Stell dir eine Schlange vor. Ihr Biss ist kaum mehr als ein Kratzer, doch das Gift, das sie dabei in deinen Körper pumpt, tötet dich je nach Exemplar innerhalb von wenigen Augenblicken oder vielen qualvollen Tagen.«

»Ich weiß«, warf Culnauir ein, in der Hoffnung, den Vorgang zu beschleunigen.

»Und dann gibt es Gifte, die man über den Magen und die Verdauung zu sich nimmt«, fuhr der Zwerg ungerührt fort. »Häufig schützt uns unser Körper durch heftige Reaktionen vor solchen Giften.«

»Bundarr!«, sagte Culnauir eindringlich. »Sie stirbt. Unternimm etwas!«

Wieder reagierte der Priester nicht auf ihn, was den Elfen in seiner Vermutung bestärkte, dass der alte Zwerg in Wahrheit ein Selbstgespräch führte.

»Dieses hier scheint nur im Blut zu wirken, also sollte ich es gefahrlos kosten können.«

Ehe Culnauir verstand, was der Zwerg damit sagen wollte, hatte der Priester die Flasche bereits zum Mund geführt und einen winzigen Schluck daraus genommen.

»Schmeckt leicht säuerlich«, stellte er erstaunt fest.

»Und was jetzt?«

Bundarr kicherte nervös. »Hoffen wir, dass ich kein Zahnfleischbluten habe.«

Culnauir schüttelte energisch den Kopf. »Nein, ich meine, was für ein Gift ist es?«

Jetzt wurde Bundarrs Miene ernst. »Ich denke, er hat sie mit *dem Atem des Zerstörers* vergiftet.«

»Was macht dich da so sicher?«, ertönte plötzlich Lyssetras Stimme.

Die Hohepriesterin war seit Nefhiliels Vergiftung kaum von der Seite der Prinzessin gewichen. Unablässig hatte sie die Hand der Hohen Tochter gehalten und ihr stärkende Gebete des *Schöpfers* ins Ohr geflüstert. So auch an diesem Tag.

Bundarr straffte den Rücken und spuckte einen Batzen Speichel in eine Schale, die ihm ein junger Zwerg reichte. »Erfahrung«, sagte er schließlich gelassen. »Und viel wichtiger – jetzt weiß ich, wie ich sie retten kann.«

Lyssetra zeigte sich wenig beeindruckt, ja fast kalt. »Solltest du versagen, bleibt mir nicht genug Zeit, die Seele des *Wächters* zu wecken.«

»Das wird alles nicht nötig sein«, versicherte der Priester. »Sie wird leben.«

»Und wenn nicht?«

Culnauir konnte nicht mehr an sich halten. »Was redet Ihr da? Die Hohe Tochter wird leben. Sie hat einen unbändigen Willen.«

Lyssetra beachtete ihn kaum. Culnauir spürte die Wut in sich aufwallen. Erst Bundarr, nun auch noch die Hohepriesterin. Zählte seine Meinung, seine Liebe, sein Glaube – zählte das alles denn gar nichts?

»König Pellaréions Tochter wird leben«, versicherte der Priester erneut. »Das Gegengift wird sie in einer Nacht wieder heilen.«

»So gern ich dir glauben möchte«, fuhr Lyssetra fort, »meine Aufgabe ist es, dafür zu sorgen, dass der *Wächter* unter allen Umständen seine Aufgabe erfüllen kann.«

Bundarr zuckte mit den Achseln. »Dann hätte Pellaréion die Seele des *Wächters* nicht im Körper seiner Tochter verstecken sollen.«

Die Hohepriesterin kniff die Augen zu schmalen Schlitzen zusammen. »Du riskierst unser aller Leben.«

Wieder zuckte Bundarr mit den Achseln. »Wenn unser Leben davon abhängt, dass ich den Tod einer jungen Frau zulasse … dann haben wir es vielleicht nicht verdient, findest du nicht?«

Lyssetra zog sich zurück, und auch Culnauir wollte den zwergischen Priester in Ruhe lassen, als dieser ihn am Arm zurückhielt. »Bleib und hilf ihr«, sagte er leise. »Sie wird einen geliebten Geist brauchen, der sie zurückbringt.«

Bundarr brauchte kein Wort mehr zu sagen. Culnauir hatte sich bereits einen Hocker gegriffen und sich neben Nefhiliels Liege gesetzt, ihre Hand in seiner.

Er flüsterte ihr ins Ohr: »Ich werde immer an deiner Seite sein, Hohe Tochter.«

»Weißt du was? Sobald wir in Invar sind, werde ich erst einmal ein langes, heißes Bad nehmen.« Rhaflit schien mit jedem Schritt, den sie dem Bergmassiv näher kamen, fröhlicher zu werden.

Dolantan konnte nicht genau verstehen, was den Gnom so zuversichtlich stimmte, schließlich marschierten sie direkt auf einen Krieg zu. Zumindest hatte er es so verstanden.

Kerellic schüttelte bloß den Kopf, wann immer Rhaflit von Invar sprach, und bald schon konnte Dolantan nicht mehr länger an sich halten. Als Rhaflit das nächste Mal von seiner Heimat sprach, hakte der Junge ein: »Herrscht in Invar nicht gerade Krieg?«

Rhaflit warf ihm kurz einen verwirrten Blick zu, als würde er den Sinn der Frage nicht verstehen. »Doch, natürlich.«

»Aber wie kannst du dann so unbekümmert sein?«

Der Gnom zögerte keinen Moment. »Wenn wir erst einmal Lysetras Verrat aufgedeckt haben, wird sich alles zum Guten wenden«, sprach er im Brustton der Überzeugung.

Auch diesen Satz quittierte Kerellic lediglich mit einem Kopfschütteln.

»Wie kannst du dir da so sicher sein?«, fragte Dolantan. »Wenn sie das alles getan hat, was ihr glaubt, denkst du dann nicht, dass sie Vorkehrungen getroffen hat, falls man ihr auf die Schliche kommt?«

Das ließ Rhaflits Laune zum ersten Mal seit zwei Tagen wieder deutlich sinken.

Kerellic pflichtete dem Jungen bei. »Und dann muss Invar überhaupt erst noch stehen. Rhafi, unsere Freunde sind vielleicht schon alle tot.«

Der Gnom schüttelte stur den Kopf. »Sie leben. Ganz sicher.«

»Was?«, fragte Kerellic. »Was macht dich da so sicher?«

Rhaflit zuckte mit den Achseln. »Anders kann ich sie mir nicht vorstellen.«

»Verrückter Gnom.«

Vargan seufzte genervt. »Wenn ihr alle weiter so laut seid, dann wird sicher niemand von uns Invar erreichen. Glaubt ihr, die Gilde würde uns einfach entkommen lassen?«

Dolantan zuckte bei der Erwähnung seiner alten Herrscher deutlich zusammen, bekam sich aber rasch wieder unter Kontrolle. »Aber Barud …«

»… war einer von vielen«, fiel ihm Vargan ins Wort. »Also haltet endlich einmal die Klappe und achtet auf eure Umgebung.«

Den Rest des Tages verbrachten sie nahezu schweigend. Hin und wieder schlug Vargan einen Haken, lenkte ihren Weg durch kleine Seitenarme des Flusses oder auf felsigen Untergrund – einmal kletterten sie sogar ein kurzes Stück über mehrere in den Kronen miteinander verbundene Bäume. Alles, damit es ihren Verfolgern möglichst schwerfiel, ihren Spuren zu folgen.

Schließlich erreichten sie das Ende ihres geschützten Weges. Vor ihnen schwand der Wald mehr und mehr und bald wären nur noch vereinzelte Bäume übrig.

»So, da wären wir«, stellte Vargan fest. »Bis hier war es einfach.«

Kerellic duckte sich neben ihm ins Gebüsch und überblickte die weite Graslandschaft. Immer wieder durchbrachen kleine Baumgruppen das grüne Meer, doch im Großen und Ganzen wären sie für den Rest des Weges leicht auszumachende Ziele. »Was willst du tun? Auf die Nacht warten?«

Vargan blickte prüfend zum Himmel empor. »Ich fürchte, dass wir heute kaum Wolken bekommen. Beinahe Vollmond.«

»Also kein Grund, es unnötig hinauszuzögern«, stellte Kerellic mit einem grimmigen Kopfnicken fest.

Der Meuchler drehte sich zu Rhaflit und Dolantan um. »Hört mir genau zu. Für den Fall, dass sie uns verfolgen, lauft ihr immer weiter und blickt nicht zurück. Kerellic und ich werden euch so viel Zeit wie möglich erkaufen. Aber ihr dürft nicht anhalten.« Als er den Blick des Jungen bemerkte, fügte er hinzu: »Wir holen euch wieder ein, keine Sorge.«

Dolantan schüttelte den Kopf. »Gemeinsam können wir es eher schaffen!«

»Keine Widerrede«, hielt der Meuchler dagegen. »Und jetzt lauft ihr los. Haltet euch in Richtung der Baumgruppe. Und von dort wieder weiter zum Bergmassiv, verstanden?«

Dolantan wollte widersprechen, wollte Vargan sagen, dass er niemals von seiner Seite weichen würde, doch er konnte es nicht. Stattdessen nickte er und nahm Rhaflit bei der Hand. »Also gut.«

Sie rannten los.

Vargan und Kerellic folgten ihnen mit etwas Abstand. Genug, damit der Zwerg dem Menschen ungestört eine Frage stellen konnte, ohne dass

Rhaflit oder der Junge ihn hörten. »Wieso tust du das alles für uns? Und erzähl mir nicht den Schwachsinn, dass das nicht Dolantans Weg ist.«

Vargan lachte emotionslos. »Weißt du, wie viele Leben ich genommen habe, Zwerg?«

Kerellic zuckte mit den Schultern. »Keine Ahnung, Fünfzig?«

»Dreihundertachtundvierzig«, antwortete Vargan ernst. Seine Stimme war plötzlich viel leiser, als würde er durch einen seidenen Schleier sprechen. »Dreihundertachtundvierzig. Und wofür?«

»Ein Leben in Reichtum?«

Er schüttelte den Kopf. »Meine Eitelkeit. Meinen Ruf.«

Kerellic blickte ihn schief an.

»Ich bin der Beste, Zwerg. Ich bin so gut, dass sie in meiner alten Heimat sechzig Männer angeheuert haben, um mich zu vertreiben.«

»Ist ihnen wohl gelungen, was?«

Vargan schüttelte den Kopf. »Die sind alle tot.«

»Warum bist du dann hier?«

Wieder dieses emotionslose Lachen. »Ich wollte weg. Weg von all dem Morden, all den Spielchen und Lügen.«

Kerellic kratzte sich am Kopf. »Hat ja toll geklappt.«

»Mein Ruf eilte mir voraus«, gab Vargan mit einem Seufzen zu. »Celless ließ mir die Wahl. Entweder töte ich für sie und lebe in Frieden, oder ich töte für mich, weil sie mich bis ans Ende der Welt jagen würde.«

»Feigling«, erwiderte der Zwerg trocken.

»Da hast du in gewisser Weise recht.« Er machte eine kurze Pause und seufzte leise. »Ich liebe sie, weißt du? All die Jahre habe ich mir eingeredet, dass sie eines Tages mir den Vorzug geben würde.«

»Dummkopf«, fügte Kerellic seinem Urteil hinzu, was dem Menschen ein tonloses Lachen entlockte.

Sie schlossen weiter zu Dolantan und Rhaflit auf, noch immer rennend und noch immer ohne Verfolger im Nacken.

Irgendwo hinter ihnen ertönte plötzlich ein Schrei.

»Scheiße«, stellte Kerellic fest.

»Sie haben unseren kleinen Trick mit den Pferden durchschaut. Es wäre auch zu schön gewesen …« Vargan warf einen raschen Blick über die Schulter und zählte ihre Verfolger. Bewaffnete Männer brachen aus dem Waldrand hervor. Sie alle trugen die Farben der Gilde und mussten ihren Spuren durchs Dickicht gefolgt sein. »Acht Mann«, sagte er zwischen zwei Atemzügen. »Wir müssen es zu den Bäumen schaffen.«

»Rhaflit, Dolantan!«, brüllte Kerellic. »Lauft!«

»Verräter!«, riefen ihnen die Verfolger nach.

Vargan gab Kerellic ein Zeichen, die Baumgruppe auf der rechten Seite zu passieren, während er selbst mitten hinein rannte.

Der Schmied umrundete die kleine Baumgruppe und ging hinter zwei hohen Büschen in Deckung. Aus dem Augenwinkel beobachtete er noch, wie Rhaflit und Dolantan weiter über die Wiese liefen. Vorerst waren sie in Sicherheit und weiterhin auf dem Weg nach Invar.

Er hielt den Axtgriff fest umklammert und spähte zwischen den einzelnen Zweigen des Busches hindurch. Zwei Männer näherten sich seinem Versteck, die übrigen sechs waren nicht zu sehen.

Er konnte nur hoffen, dass Vargan so gut war, wie er behauptet hatte.

Die Männer führten grobschlächtige Breitschwerter. Es waren keine besonders kunstfertig geschmiedeten Waffen, im Gegensatz zu seiner treuen Kriegsaxt, doch es waren auch keine umfunktionierten Werkzeuge. Kerellic wusste, dass er es hier nicht mit einfachen Handwerkern zu tun hatte, die sich eine goldene Nase verdienen wollten.

Diese Männer waren bezahlte Mörder, die ihm keine Gnade gewähren würden.

Er nickte grimmig.

Er würde es ihnen gleichtun.

Der erste Mann erreichte sein Versteck und der Zwerg schlug zu. Kerellic hechtete zwischen den Büschen hervor und erwischte den Mann mit einem weit ausladenden Axthieb an der Seite. Die Schneide zertrennte Stoff, Haut und Fleisch, ehe sie auf den harten Hüftknochen traf. Die schiere Wucht von Kerellics Angriff riss die Waffe wieder aus dem Körper des Mannes frei, der augenblicklich zur Seite stürzte.

Sein Kumpan war aufmerksamer und wich bereits vor dem heranstürmenden Zwerg zurück, sein Schwert in einer weiten Acht schwingend.

»Wieso so schüchtern?«, fragte Kerellic, während er langsam nachrückte. Als er dabei den Gestürzten erreichte, verpasste er ihm einen harten Tritt ins Gesicht, der den Mann mehrere Zähne kostete und sicher endgültig aus dem Kampf nehmen würde.

Vargan sah sich plötzlich von vier Mann umzingelt. Er hielt sein Schwert bereits in der Hand und deutete reihum mit der Klingenspitze auf jeden einzelnen seiner Gegner. »Glaubt ihr, ihr reicht aus, um mich zu besiegen?«

Seine Worte erreichten ihr Ziel, denn einer der Männer, der halb links vor ihm, ließ seine Waffe sinken.

Vargan zögerte nicht – zögerte nie.

Noch bevor der Mann genau wusste, was er auf den Spott erwidern sollte, ragte der Griff eines Wurfmessers aus seiner Brust.

Ungläubig starrte er auf die tödliche Wunde, dann auf Vargan. Seine Lippen wollten Worte formen, doch anstelle von Atemluft ergoss sich ein Schwall frischen Blutes aus seinem Mund.

»Es tut mir leid. Mögen die Sterne dich leiten«, sagte Vargan leise und wandte sich dann an die anderen Männer, die nach dieser Demonstration seines Könnens einen weiteren Schritt Abstand gesucht hatten. »Ihr müsst das nicht tun. Geht einfach nach Hause und sagt, ihr habt uns nicht eingeholt.«

Als hätte Vargans Stimme den Bann gebrochen, fand einer der Jungen – sie waren kaum älter als zwanzig Sommer – seinen Mut wieder. »Du hast Barud getötet. Celless fordert deinen Kopf.«

»Nicht einmal mehr lebend«, murmelte Vargan zu sich selbst. »Interessant.«

»Ergib dich und wir schenken dir einen schnellen Tod.«

Vargan lachte leise und wippte mit der Schwertspitze. »Seltsam … ich wollte euch gerade dasselbe vorschlagen.«

Die Männer nickten einander zu, rafften ihren Mut zusammen und rückten langsam auf ihn zu.

Kerellic prüfte die Verteidigung seines Gegners mit ein paar vorsichtigen Hieben, die alle zu kurz und zurückhaltend geführt waren. Vielmehr wollte er selbst seine Deckung nicht aufgeben, um im Falle eines Angriffs rasch reagieren zu können.

Ein Gegenangriff blieb allerdings aus.

Der Mann hielt ihn hin.

Instinktiv warf sich Kerellic zur Seite und entging nur knapp einer Klinge, die auf seinen Kopf gezielt hatte. Der Zwerg nutzte seinen Schwung, ließ sich in die Büsche tragen – und direkt hindurch.

Nun waren seine Gegner zu dritt und machten sich langsam daran, ihn von drei Seiten aus einzukesseln.

»Nicht schlecht«, stellte er anerkennend fest. Er konnte die Bäume im Rücken bereits spüren, vielleicht könnte er sie zu seinem Vorteil nutzen. Immer wieder blickte er sich augenscheinlich gehetzt um, als würde er verzweifelt nach einem Ausweg suchen, dabei hatte er den schon bei seinem zweiten Blick entdeckt. Zwei Bäume, die so dicht beieinander standen, dass er nur seitlich hindurchpassen würde.

Kerellic blieb vor dem schmalen Durchgang stehen, stellte dabei sicher, dass seine Angreifer sahen, dass seine Schultern breiter als die Öffnung waren und ließ den Blick zwischen ihnen umherschweifen.

»Du sitzt in der Falle, Zwerg«, sagte der mittlere der drei jungen Männer. Ein hochgewachsener Kerl mit langen Armen und wuscheligen Haaren. Von seinem Verhalten würde Kerellics Leben abhängen.

»Das hab ich auch zu deiner Mutter gesagt«, erwiderte der Zwerg trocken, und das wütende Leuchten in den Augen seines Gegenübers verriet ihm, dass seine Worte ihre Wirkung nicht verfehlt hatten.

»Dreckiger Bastard …«

»Und das hat deine Mutter über dich gesagt«, fuhr der Schmied fort.

Das war zu viel für den jungen Mann. Blind vor Wut brüllte er los und sprang nach vorn.

Kerellic schob sich seitlich zwischen den Bäumen hindurch, gerade als das Breitschwert herabfuhr. Der Mann setzte in seinem Zorn direkt nach und versuchte es mit einem Ausfallschritt.

Der Zwerg drehte sich gegen den Uhrzeigersinn um die eigene Achse und die Klinge seines Gegners herum, kam neben dem Unterarm zum Stehen und setzte seinen Schwung fort. Er warf sich mit seinem ganzen Gewicht gegen den Schwertarm des Mannes und rammte ihn gegen den Baumstamm.

Knochen knackten wie morsche Zweige. Der Mann schrie auf und ließ augenblicklich seine Waffe fallen, als der Arm im Ellbogengelenk unnatürlich abknickte.

Kerellic schenkte ihm bereits keinerlei Beachtung mehr, sondern widmete sich nun dem zweiten viel zu jungen Möchtegernmörder, der den Baumstamm umrundet hatte.

Der Schmied ließ sich auf die Knie fallen und hackte mit der Axt nach dem Schritt des Mannes. Die Waffe kam nicht sofort wieder frei, also ließ er sie los und zertrümmerte seinem Gegner mit einem Faustschlag die rechte Kniescheibe.

Das Kurzschwert des Mannes schwang ins Leere, doch er war noch nicht geschlagen. Während er schreiend seitlich wegkippte, erwischte sein zweiter Hieb den Zwerg an der linken Schulter. Die Klinge konnte zwar Kerellics schwere Weste nicht durchdringen, aber durch die Wucht des Aufpralls wurde sein Arm fast taub.

Er wandte sich dem letzten Mensch zu und funkelte ihn wütend an. Der Mann – auch wieder kaum mehr als ein Junge – hatte die beiden Bäume umrundet und hielt sein Schwert fest in beiden Händen. Die aufgerissenen Augen verrieten Kerellic, dass der Kerl noch nie die Schrecken eines echten Kampfes gesehen hatte und der Schmied verspürte für einen Herzschlag echtes Mitleid.

Zu seiner Überraschung hatte sich der Blondschopf mit dem mehrfach gebrochenen Arm wieder aufgerappelt und beschlossen, den Kampf noch nicht verloren zu geben. Kerellic nickte ihm anerkennend zu, riss die Axt aus dem Schritt des Entmannten frei und wischte beiläufig das Axtblatt an dessen Kleidung ab.

Blondschopf hielt sein Schwert nun in der Linken, aber selbst einem ungeübten Auge wäre aufgefallen, dass er damit kaum kämpfen konnte. Viele Kämpfer vernachlässigten ihre schwache Hand – ein Versäumnis, für das Kerellic ihn bezahlen lassen würde.

»Verzieht euch«, brach er das Schweigen. »Schöner als das hier wird es nicht mehr.«

Die beiden Männer tauschten einen langen Blick. Mehr brauchte Kerellic nicht.

Er stürmte nach vorn, überwand die zwei Schritte, die zwischen ihnen lagen. Mit der Rückhandseite der Axt zertrümmerte er dem unverletzten Mann ein Knie, stutzte ihn so auf seine Größe. Noch während der Mann zu Boden sackte, holte Kerellic erneut aus und der nächste Hieb spaltete dem Mann den Schädel.

Er nutzte die Axt als Hebel, um den erschlafften Körper aus dem Weg zu räumen, und setzte über ihn hinweg, wobei er die Waffe fahren ließ. Sein linker Arm schmerzte noch immer und wollte ihm nicht so recht gehorchen, also riss er ihn grob nach oben, um einen Schlag anzudeuten.

Blondschopf schrie entsetzt auf und schlug nach Kerellics Arm. Der Schwerthieb war ungenau und ohne jede Kraft geführt, dennoch spürte der Zwerg den Biss des Stahls, als er wieder an der linken Schulter getroffen wurde.

Diesmal schnitt die Klinge durch das Material und auch durch seine Haut. Warmes Blut floss aus der Wunde und seinen Arm hinab.

Kerellic ignorierte es und platzierte seinen Schlag gegen das Handgelenk des Mannes. Der ließ die Waffe fallen und geriet ins Schwanken. Kerellic setzte nach, prallte mit seinem Gewicht in den Widersacher und riss ihn zu Boden. Dabei behielt er irgendwie die Oberhand und landete einige kraftvolle Faustschläge ins Gesicht des Mannes.

Als die Nase des Kerls nur noch eine blutige Masse war, ließ Kerellic von ihm ab.

»Dummer Junge«, sagte er leise und schüttelte traurig den Kopf.

Plötzlich tauchte Vargan neben ihm auf und bohrte dem Blondschopf ein Messer in die Kehle.

»Was soll das?«, fragte Kerellic erschrocken und wollte sich dabei lieber gar nicht ausmalen, wie der Mörder seine Angreifer ausgeschaltet hatte.

»Man lässt keinen Feind am Leben. Schon gar keinen, der für Celless arbeitet«, sagte Vargan trocken und betrachtete Kerellics Arm. »Wir müssen das verbinden.«

Der Zwerg nahm sich jetzt erst die Zeit, die Wunde zu betrachten. Es war ein tiefer Schnitt im linken Oberarm, knapp unterhalb der Schulter. Er konnte den Arm – zwar unter Schmerzen – voll bewegen, was ein gutes Zeichen war, dennoch musste man die Wunde versorgen.

Vargan legte ihm einen notdürftigen Verband aus sauberen Stofffetzen an, die er aus der Kleidung ihrer Opfer zuschnitt. Kurz danach schlossen sie wieder zu Dolantan und Rhaflit auf.

Invar lag vor ihnen.

Der Weg war frei.

Kerellic betete zum *Schöpfer*, dass sie noch rechtzeitig ankämen.

Mit Einbruch der Nacht hatten sie einen geschützten Lagerplatz gefunden. Noch einen strammen Tagesmarsch und sie würden Invar erreichen.

Kerellics Wunde blutete nicht mehr, aber die Gefahr einer Entzündung bestand noch immer. Rhaflit plapperte ohne Unterbrechung, doch Vargan hörte ihm geduldig zu. Immer wieder ließ sich der Mörder die unterirdischen Gänge beschreiben. Prägte sich Abzweigungen ein, die er noch nie zuvor gesehen hatte. Kerellic bewunderte den Menschen ein wenig für seine Hingabe. Sein Ziel war es, sie alle ins Innere des Berges zu bringen und die Katastrophe zu verhindern. Die Orks mochten Invar belagern, doch Rhaflit und Kerellic kannten viele Wege, die sie unbemerkt an den Kämpfen vorbeibringen sollten.

Aber für den Fall der Fälle erklärte Rhaflit dem Menschen alles, damit er allein zum König vordringen könnte.

Kerellic wollte den Gedanken verdrängen, aber er kam ihm immer häufiger in den Sinn. *Was, wenn wir versagen? Was, wenn wir zu spät sind?*

Was sollten sie dann tun? Sie konnten es unmöglich mit einem ganzen Heer aufnehmen, ganz gleich, wie gut Vargan sein mochte.

Was, wenn seine Heimat zerstört war?

Kerellic blickte angestrengt nach Norden, suchte den nächtlichen Himmel ab. Sollte Invar in Flammen stehen, bildete er sich ein, würde er es sehen. Doch da war nur die beruhigende Schwärze und das fahle Mondlicht, das die entfernten Berggipfel in bläulichen Schimmer tauchte.

Er durfte sich nicht von seiner Angst lähmen lassen. Sie waren Invars einzige Hoffnung.

Und er selbst klammerte sich an die Hoffnung, dass der Verrat der Elfen seine Heimat nicht bereits zerstört hatte.

Sie öffnete langsam die Augen.

Bei den Sternen, sie öffnet die Augen!

Culnauir war bereits neben ihr, hielt ihre Hand und strich ihr mit der anderen sanft übers Haar.

»Hohe Tochter! Ihr lebt!«

Sie blinzelte mehrmals schwach. Versuchte, sich an den Schein der Fackeln zu gewöhnen. Culnauir dankte dem *Schöpfer*, dass er die Prinzessin noch nicht zu sich genommen hatte.

»Was … was ist geschehen?« Ihre Stimme war rau, kaum mehr als ein Flüstern, und Culnauir schluckte hart an einem Kloß in seinem Hals vorbei.

»Ihr wurdet vergiftet! Von einem Goblin. Aber … ich habe ihn gestellt.« Er verschwieg die Tatsache, dass er dem Mörder zur Flucht verholfen hatte. Auch die Zwerge brauchten dies nicht zu wissen. Für ihn zählte nur, dass er die Hohe Tochter gerettet hatte. Alles andere bedeutete ihm nichts.

Bundarr reichte ihm ein mit kaltem Wasser getränktes Tuch, das Culnauir der Prinzessin sanft auf die Stirn legte. »Noch ein wenig Ruhe und Ihr werdet vollständig genesen, Hohe Tochter.«

Culnauir zog den Zwergenpriester beiseite, sodass Nefhiliel sie nicht hören konnte. »Wird sie sicher wieder gesund? Was, wenn das Gegengift nicht dauerhaft wirkt?«

»Das weiß der *Schöpfer* allein«, gestand Bundarr und zuckte die Achseln.

Lyssetra betrat den Raum und bahnte sich ihren Weg zu Nefhiliels Lager. »Dem *Schöpfer* sei Dank! Ihr lebt!« Culnauir bedachte sie mit einem flüchtigen Seitenblick, ehe er seine Aufmerksamkeit wieder vollständig auf die Prinzessin richtete. Doch die Priesterin fuhr fort: »Jetzt können wir den *Wächter* erwecken und die Orks vom Angesicht der Welt fegen!«

Bundarr schüttelte den Kopf. »Ist alles, woran Ihr denkt, Tod und Vernichtung?«

Lyssetra überging ihn und setzte sich neben Nefhiliel aufs Bett, ergriff mütterlich ihre Hand und blickte ihr traurig in die Augen. »Erzählt mir, Hohe Tochter, was habt Ihr in Eurem Schlaf gesehen? Habt Ihr es gespürt?«

Nefhiliel schloss die Augen, als versuche sie, sich zu erinnern: »Da war Dunkelheit, Schmerz – und dann ein gleißendes Feuer, das den Erdboden völlig verschluckte … Nichts war mehr übrig.«

Lyssetra nickte mitfühlend. »Ihr habt das Ende gesehen, meine Liebe. Das Ende der Welt, wenn wir nicht handeln. Die Kinder des *Zerstörers* werden nicht eher haltmachen, bevor wir nicht alle vernichtet sind.«

»Das kann man nicht sicher wissen«, erklang Gnitzliks Stimme aus Richtung der Tür. Sein dampfbetriebener Rollstuhl machte regelmäßig ein Geräusch wie ein Teekessel, der Dampf abließ, und er rollte langsam näher. »Hohe Tochter«, begann er, »es freut mein altes Herz, dass Ihr wohlauf seid.« Er warf Lyssetra einen prüfenden Blick zu. »Aber ich muss Euch dennoch davor warnen, voreilige Schlüsse zu ziehen oder überhastete Entscheidungen zu treffen. Die Orks sind unsere Feinde, ganz recht, aber wollen wir wirklich darüber entscheiden, ob wir ihre gesamte Rasse auslöschen?«

Lyssetra schnaubte verächtlich. »Es ist eine Entscheidung, die die Orks schon längst über uns getroffen haben! Sie zögern nicht einen Moment. Sie morden und sie verbrennen – und sie werden nicht aufhören, bis ganz Rhilok in Flammen untergeht.«

»So viel Leid.« Nefhiliels Stimme war kaum mehr als ein seufzender Atemzug.

»Und wir können es beenden«, sagte Lyssetra ruhig und legte ihr eine Hand auf die Schulter.

Nefhiliel suchte Culnauirs Blick, suchte in seiner Seele nach einer Antwort, die er nicht geben konnte. Er wollte nur sie, mit ihr leben, lieben und am Ende gemeinsam unter den Sternen wandeln. Doch mit den Orks und dem Krieg wäre das niemals möglich. Der Kreislauf durfte nicht enden. Sie trug die Seele des *Wächters* in sich. Sie würde sie an ihr erstgeborenes Kinder weiterreichen.

Aber nur das Kind, das sie mit Folgorin zeugte, nicht Culnauir. Sein Schicksal war das eines Kriegers – eines Beschützers. In dieser Welt gab es keinen Platz für ihre Liebe. Niemals.

Sie blickte ihn an und suchte nach Halt, den er selbst schon längst verloren hatte. Sie suchte nach einem Rat, einem Ausweg aus einer ausweglosen Situation.

Sie würde all das nicht darin finden. Er konnte es deutlich in ihren Augen sehen. Sie spiegelten seine Hoffnungslosigkeit, seine Niederlage. Sein Versagen. Er wusste, dass sie ihn liebte, so wie er sie.

Doch in diesem Moment erkannte sie, dass das Schicksal – die Bürde des *Wächters* – sie für immer verdammte.

Sie nickte ihm ein letztes Mal zu. Er spürte im Herzen, was sie ihm sagen wollte.

Ich liebe dich.

»Es ist an der Zeit, diesen Krieg für immer zu beenden.«

Bundarr schüttelte den Kopf, doch in Lyssetras Zügen glaubte Culnauir ein zufriedenes Lächeln zu erkennen.

»Ruht Euch noch ein wenig aus, Hohe Tochter«, säuselte die Hohepriesterin. »Ich werde alles für das Ritual vorbereiten.« Sie wandte sich zum Gehen und bat Culnauir mit einem Blick, ihr zu folgen.

Vor dem großen Gebäude, das den Zwergen als Lazarett diente, herrschte der viel zu vertraute Anblick der letzten Tage. Verwundete wurden versorgt, halfen nicht selten einander. Ein Zwerg mit einer schweren Kopfwunde stützte einen Kameraden, dem eine orkische Axt fast das linke Bein abgetrennt hatte. Culnauir kannte die beiden flüchtig. Er nickte ihnen respektvoll zu – selten hatte er härtere Kämpfer als die Zwerge Invars gesehen. Ihre Bewegungen mochten nicht so vollendet sein wie die eines Elfen, doch ihre Hingabe und ihr Siegeswille machten das mehr als wett. Sie standen füreinander ein, niemand wurde zurückgelassen, niemand drückte sich.

Für Zwerge war das Versagen im Kampf keine Schande, auch nicht, wenn der Hieb nicht perfekt saß – für Zwerge war Feigheit die einzige Schande, mit der man sich nie beladen durfte.

Dafür bewunderte er das kleine Volk. Sie gingen bei allen Dingen mit einer unglaublichen Effizienz vor, ebenso bei ihren Kämpfen.

»Wenn die Zeremonie vorüber ist, wirst du mit ihr vereint sein können«, versprach Lyssetra ihm. »Und Rhilok wird vom Abschaum des *Zerstörers* befreit.«

Culnauir runzelte die Stirn. Er rang noch immer mit sich selbst darum, ob sie das Richtige taten.

Sie schien es zu bemerken und strich ihm in einer unerwartet sanften Geste über die Wange. »Dein Schmerz wird ein Ende finden.«

Doch genau daran zweifelte Culnauir.

Dolantan starrte gebannt auf die unscheinbare Tür. Das Gebirge hatte sich seit Stunden am Horizont aufgebaut, doch der Junge hätte nicht erwartet, so unvermittelt vor einer massiven Felswand zu stehen. Eben standen sie noch auf einer flachen Wiese, da erstreckte sich schwarzgrauer Stein vor ihnen, so weit das Auge reichte. Von hier unten konnte er Invars Gipfel nicht sehen, aber auch kein anderes Anzeichen dafür, dass der Berg bewohnt war.

Die Sonne schien am wolkenlosen Himmel, dennoch erfüllte ein tiefes Grollen und Dröhnen die Luft, als würde im Innern der zwergischen Heimat ein Gewitter toben.

Dolantan ahnte, dass dies das Lied des Krieges war. Hinter dieser Tür, die kaum sichtbar im Fels versteckt war, warteten unaussprechliche Schrecken.

»Ich denke, wir sind noch nicht zu spät«, sagte Rhaflit.

»Was macht dich da so sicher?«, fragte Dolantan.

Vargan bedachte ihn mit einem beinahe väterlichen Blick. »Wenn die Orks den Berg eingenommen hätten, stünde hier alles in Flammen.«

»Und wir wären den Monstern schon hier draußen begegnet«, fügte Kerellic mit einem Nicken hinzu. »Nein, der Kampf tobt noch immer.« Er blickte Rhaflit traurig an. »Und die Schweine haben es ins Innere unserer Heimat geschafft.«

Kerellic bedeutete Rhaflit, die Tür zu öffnen. Er und Vargan standen mit gezogenen Waffen vor dem Eingang, bereit, es mit jedem Schrecken aufzunehmen, den der Berg ihnen entgegenschleudern mochte.

Der Gnom machte sich fachmännisch ans Werk, entschärfte mit flinken Fingern die Fallen, die an der Tür angebracht waren, und entriegelte schließlich das Türschloss. Immer wieder schüttelte er den Kopf und stieß ein wütendes »was für eine schlampige Arbeit!« hervor.

»Beeil dich einfach«, sagte Kerellic dann kurz angebunden.

»Aber es *ist* schlampige Arbeit«, beharrte Rhaflit. »Es ist kein Wunder, dass die Orks im Innern des Berges sind. Jeder Zwerg könnte diese Falle verstehen und entschärfen.« Kerellic schüttelte bloß den Kopf und der gnomische Ingenieur seufzte schwer. »Auf eine seltsame Art ist dieser Krieg sehr heilsam, mein Freund. Die nächsten Fallenwächter werden ihre Arbeit sehr viel ernster nehmen.«

Der Schmied starrte ihn nur an, und für einen Moment fürchtete Dolantan, er würde dem Gnom einen Schlag ins Gesicht verpassen. »Wenn wir versagen, wird es keine Fallenwächter mehr geben, Rhaflit. Ich weiß, für dich ist das Leben nur ein großer Spaß und ein Experiment – aber unsere Freunde sterben da drin.« Er deutete mit dem Zeigefinger Richtung Berginneres. »Sie sterben! Wann geht das endlich in deinen Schädel?«

Rhaflits Antwort überraschte Dolantan. »Ich denke an nichts anderes, Kerellic. Aber meine Trübsal wird ihnen auch nicht helfen. Die Leichtigkeit hilft mir, diesen ganzen Wahnsinn zu begreifen.«

Für einen Wimpernschlag schimmerte so etwas wie Mitgefühl in Kerellics Blick, dann blinzelte der Zwerg es beiseite und nickte seinem Freund nur kurz zu.

»Also gut, holen wir sie uns.«

Der Gnom vollführte ein paar letzte Handgriffe und die Tür schwang nahezu geräuschlos auf. »Wenigstens ölen sie noch die Scharniere«, stellte er abschließend fest.

Hinter der Tür fanden sie einen kleinen Wachraum vor. Er war unversehrt – ein gutes Zeichen. Die Orks hatten einen weiter östlich gelegenen Eingang in den Berg genutzt, womöglich sogar das Haupttor, doch hier war alle Ausrüstung intakt. Kerellic nahm zwei Lampen von ihren Haken an der Wand und prüfte den Füllgrad des Lampenöls. »Das sollte gehen.«

Dolantan bemerkte, dass man die Lampen mit schwarzen Klappen abblenden konnte, praktisch, wenn man durch orkverseuchte Tunnel schleichen wollte.

Der Zwerg reichte ihm eine der Lampen und die andere an Rhaflit. Dann zog er seine Axt und schritt voran, gefolgt von dem Gnom und Dolantan. Vargan bildete die Nachhut, auch wenn sie momentan noch keinen Angreifer im Rücken befürchten mussten.

»Wie lange werden wir durch diese Gänge schleichen müssen?«, fragte der Junge, nachdem sie die erste Biegung genommen hatten und die Decke deutlich abfiel. Diese Tunnel waren für Zwerge und Gnome gemacht, nicht für Menschen, und Vargan und er mussten den Kopf schon deutlich einziehen. Dolantan fragte sich, wie der Meuchelmörder in dieser Enge kämpfen wollte.

»Ein paar Stunden, fürchte ich«, gab Rhaflit als Antwort. »Wir sollten die Haupttunnel meiden, die sind vermutlich schon voll mit Orks. Am besten gehen wir erst in westliche Richtung, um die Kämpfe zu umrunden.«

Kerellic pflichtete ihm mit einem Kopfnicken bei. »Wenn wir hier auf die Orks treffen, sind wir tot.« Er deutete mit einem Finger auf Vargan. »Nicht mal du bist so gut.«

Der Meuchelmörder widersprach ihm nicht, und auch Dolantan zweifelte keinen Moment an der Wahrheit der Aussage. Vargan *war* gut, vielleicht sogar der Beste, den der Junge jemals gesehen hatte – den Rhilok jemals gesehen hatte –, doch gegen eine ganze Armee wäre er machtlos.

»Zu viel Zeit sollten wir uns aber auch nicht lassen«, gab Rhaflit noch zu bedenken und deutete auf Kerellics Arm. »Du musst zum Heiler. Und zwar bald.«

Der Schmied zuckte nur mit den Schultern. »Hab schon Schlimmeres überlebt.«

Vargan hob neugierig die rechte Augenbraue. »Eure Schmiede scheint ja ein gefährlicher Ort zu sein.«

Kerellic schnaubte amüsiert. »Wir alle haben unsere Geschichte, *Mörder*, nicht wahr?«

»In der Tat. Mir scheint, dass deine noch ein wenig länger ist.«

»Ein paar Jahrzehnte länger«, erwiderte Kerellic augenzwinkernd.

»Das könnt ihr ja alles bei einem Bier besprechen, wenn wir Invar befreit und den *Wächter* aufgehalten haben«, unterbrach Rhaflit die allgemeine Heiterkeit und deutete auf eine Kreuzung vor ihnen.

»Eure letzte Gelegenheit, noch umzukehren«, bemerkte der Schmied trocken.

Vargan schüttelte den Kopf. »Und die Gelegenheit verpassen, Invar zu sehen? Niemals.«

Rhaflit trat näher an die Kreuzung heran. Die beiden Gänge trafen sich wie die Mäuler zweier Raubtiere. Schwarze Schlünde, weit aufgerissen, beide bereit, den anderen zu verschlingen. Dolantan lockerte die Schultern, hauptsächlich, um vor seinen Begleitern zu verbergen, dass ihm ein Schauer über den Rücken jagte. *Eines der Mäuler wird uns gleich verschlucken*, dachte er grimmig. *Eins führt uns tiefer in den Berg, das andere zu den Orks.*

Der Junge war sich nicht sicher, welchen Gang er mehr fürchtete. Kerellic schritt voran und nahm ihm die Entscheidung ab.

Sie folgten dem westlichen Tunnel.

Culnauirs Blick war starr auf Nefhiliel geheftet. Sie trug ein weißes Kleid, das im Fackelschein wie Sternenlicht schimmerte. Lyssetra führte sie an der Hand in die große Halle, in der die Zwerge den *Wächter* präsentierten.

Der Elfenkrieger wusste, dass er sich eigentlich ehrfurchtsvoll das größte Geschenk des *Schöpfers* anschauen sollte. Dass er beim Anblick der ultimativen Waffe erstarren und vor Dankbarkeit auf die Knie fallen sollte. Der *Wächter* sicherte ihr Überleben. Er würde die Feinde vernichten und vom Angesicht Rhiloks fegen.

Aber er konnte seinen Blick nicht von ihr abwenden.

Seiner Welt.

Für Culnauir war Nefhiliel das größte Wunder des *Schöpfers*. Wo der *Wächter* aus kaltem Diamant geformt war, mit scharfen Kanten und spiegelnden Oberflächen, die ein kaleidoskopisches Bild zurückwarfen, da begegnete seine Prinzessin der Welt mit Wärme und Sanftheit. Ihre Haut war ebenso makellos, doch nicht kalt. Weiß wie Schnee und zarter als der feinste Stoff.

Aber der größte Unterschied lag in ihren Augen. Wenn Culnauir in Nefhiliels Augen blickte, zeigten sie ihm nicht sein verzerrtes Spiegelbild, sondern sie gewährten ihm einen Blick in die Ewigkeit. Winzige Lichtpunkte sammelten sich darin wie Sterne – als würde man einen Blick in die Unendlichkeit werfen.

Und dann, dahinter, konnte er ihre Seele in einem Ozean der Sterne erkennen.

Unberührt und rein.

Sie bemerkte ihn nicht. Ihre ganze Aufmerksamkeit galt Lyssetra und dem *Wächter*. Die Hohepriesterin führte sie zu einem Altar, der vor dem Diamantkoloss aufgebaut war.

»Eine Tragödie«, sagte Bundarr leise neben ihm.

Culnauir wandte ihm erstaunt den Kopf zu. »Was meinst du? Die Hohe Tochter wird den *Wächter* erwecken und mit ihm unsere Feinde vernichten.«

Bundarr nickte langsam. »Und dann?« Der zwergische Priester zupfte nachdenklich an einer seiner wilden Haarsträhnen.

»Dann ist der Krieg für immer vorbei«, antwortete Culnauir im Brustton der Überzeugung.

Der Zwerg schüttelte den Kopf. »Ich meine nicht den Krieg. Kriege sind so alt wie die Völker Rhiloks. Es gab sie immer und es wird sie immer geben, ob wir nun den *Wächter* haben oder nicht. Ohne die Orks … vielleicht stehen im nächsten Krieg Elfen gegen Zwerge? Wer kann das schon wissen. Nein, ich meine, was wird aus Nefhiliel?«

Culnauir runzelte über das Gesagte die Stirn. »Nefhiliel wird leben. Frei und ohne die Bürde der Seele des *Wächters*.«

Nun war es an Bundarr, den Kopf zu drehen. Er blickte dem Krieger mitfühlend in die Augen. »Was glaubst du, mit wessen Seele die des *Wächters* untrennbar verbunden ist?« Dann wandte er den Blick erneut auf den Altar, wo Lyssetra gerade mit dem Ritual begann, das viele Stunden andauern würde, und schüttelte den Kopf. »Eine Tragödie.«

Eiseskälte umklammerte mit einem Mal Culnauirs Herz.

BIS ANS ENDE DER ZEIT

Einer der Späher kehrte früher als erwartet zurück. Khûlgrim hatte eine kleine Gruppe in die westlichen Tunnel entsandt, um zu prüfen, ob sie das orkische Heer umrunden könnten. Der General wollte seine Streitkräfte zwar möglichst rasch nach Invar führen, doch er fürchtete, dass die Orks ihm den Weg leicht blockieren konnten.

Würden sie das Heer umrunden, könnten sie sich direkt in die Reihen der Verteidiger eingliedern – falls es noch Verteidiger gab. Sein Plan war riskant, der Umweg würde sie mehrere Stunden kosten; Zeit, die sie womöglich nicht mehr hatten.

Nun stand einer der Späher vor ihm und sagte die Worte, die der General am meisten fürchtete: »Ich habe in einem der Gänge Geräusche gehört.«

Die Orks waren ihnen zuvorgekommen.

»Wie viele?« Khûlgrim rechnete mit einer kleinen Gruppe, einem Nebenarm des feindlichen Heeres, vielleicht ein orkischer General, der sich einen Namen machen wollte. Vermutlich nicht mehr als hundert Feinde, doch auch hundert Orks wären genug, um sie empfindlich zu stören.

Der Gebirgsläufer, die in Khûlgrims Streitmacht als Späher dienten, zuckte mit den Schultern. »Drei, vielleicht vier, sicher nicht mehr als eine Handvoll.«

Der alte General stutzte und schürzte die Lippen. Das war seltsam. »Ein Spähtrupp der Orks?«

»Möglich, General«, stimmte der Zwerg zu. »Zu wenige, um uns aufzuhalten, aber …«

»Aber wenn wir mit dem gesamten Heer anrücken, werden sie uns vermutlich hören und die Hauptstreitmacht warnen, verstehe.«

Der Zwerg nickte. »Das fürchte ich auch.«

Khûlgrim zupfte sich den sauber getrimmten Bart und vergrub dann die Hand darin am Kinn. »Könnten wir sie einholen und erledigen?«

Wieder nickte der Gebirgsläufer.

»Geh zu Dargril«, wies Khûlgrim ihn an. »Sag ihm, er soll sich ein paar gute Jungs nehmen und die Schweine erledigen. Ich will die Orks umgehen und Invar erreichen, wir dürfen nicht riskieren, hier festzustecken. Aber macht es schnell und leise, verstanden?«

Als der Gebirgsläufer davoneilte, dachte Khûlgrim über seine weiteren Schritte nach. Sie würden die orkischen Späher aufgreifen, daran bestand kein Zweifel. Doch bis dahin war sein Heer zur Untätigkeit verdammt.

Keiner der Zwerge war erfreut, als der alte General verkündete, dass sie einige Stunden rasten würden, doch sie alle gehorchten ohne Frage.

Duibel reparierte gerade einige der Gestänge an seinem *Eisernen Wächter*. Gnitzlik hatte ihn zwar gebeten, bei der Zeremonie der Erweckung anwesend zu sein, doch der gnomische Ingenieur hatte kein Interesse daran. Er wollte nicht mit ansehen, wie man der Hohen Tochter die Seele aus dem Körper zog, um eine uralte Waffe damit zu erfüllen.

Nichts anderes war die Erweckung, wenn man es genau betrachtete.

Die Elfen mochten erzählen, dass die Seele in Nefhiliel schlummerte, doch nach Duibels Verständnis von solchen Dingen konnte ein Körper nur eine Seele beherbergen – die eigene.

Er wusste, dass Gnitzlik ebenfalls kein Befürworter der Zeremonie war, doch von ihm als Erstem Ingenieur erwartete man, dass er daran teilnahm.

Duibel war bloß ein verrückter Erfinder.

»So wie Nefhiliel deinem großen Vorbild Leben einhaucht«, sprach er beinahe zärtlich zu seiner Maschine, »so bin ich dein Herz und deine Seele.«

»Vergisst du nicht jemanden?«, ertönte Borras Stimme hinter ihm, die ihm bei den Arbeiten zur Hand ging.

Für einen Zwerg war sie erstaunlich gescheit und geschickt. Duibel vermutete, dass es damit zu tun hatte, dass sie deutlich weniger trank als ihre männlichen Volksvertreter. Er beschloss jedoch, diese Überlegungen für sich zu behalten.

»Du hast recht«, gestand er ein. »Bitte verzeih mir. Du bist der Verstand dieses Monsters.«

Borra lächelte breit, ein Zeichen dafür, dass sie das Kompliment verstanden hatte.

Noch eine Eigenschaft, die Duibel sehr an ihr schätzte. Sie begriff Dinge. Und sie hatte eigene Ideen.

Für die letzten Ideen waren einige kleine Umbauten am *Eisernen Wächter* nötig. Aber die Möglichkeit, den siedend heißen Dampf über Düsen in den Handflächen entströmen zu lassen, war verlockend.

Auf diese Weise wird meine Maschine noch vernichtender, dachte Duibel zufrieden.

Als ihm klar wurde, was er da gerade dachte, hielt er erschrocken inne. Noch niemals in seinem Leben hatte er darüber nachgedacht, ein anderes Wesen zu töten – egal ob Ork, Troll, Mensch, Goblin oder einen Artgenossen.

Dieser Krieg tobte noch keinen Zehntag und schon verspürte er eine tiefe Befriedigung bei dem Gedanken, die Monster vor ihren Toren zu zerschmettern. Vielleicht lag darin nur der Wunsch, seine Freunde und deren Familien zu beschützen.

Vielleicht …

Und wenn doch nicht?

Was, wenn die Befriedigung über das Töten, das Zermalmen und die Furcht in den Augen seiner Feinde einem tieferen Bedürfnis entsprangen? Einer Mordlust, die man sonst nur den Kindern des *Zerstörers* zusprach?

Was machte ihn denn besser als die Orks?

Gut, er griff sie nicht in ihrer Heimat an, aber was, wenn das Land, in dem er lebte, ebenso karg und unwirtlich wäre? Was, wenn, um zu überleben, man keine Wahl hätte, als den inneren Trieben nachzugeben und der Gewalt der Welt mit eigener Gewalt zu begegnen? Was wäre aus diesem kleinen dunklen Fleck in seiner Seele geworden?

Er wusste, dass jetzt nicht der rechte Zeitpunkt war, um Mitgefühl für die Angreifer seiner Heimat zu empfinden, doch er schwor sich, dass er versuchen würde, in Zukunft einen anderen – besseren – Weg zu finden.

Dolantan tastete sich langsam voran. Die Lampen, die sie aus dem Torraum mitgenommen hatten, brannten schwach. Er wusste, dass ihre Begleiter sie nur für ihn und Vargan entzündet hatten. Das Risiko, das sie damit eingingen, war enorm, aber die beiden Menschen wären in der Finsternis des Tunnelsystems verloren.

Plötzlich spürte er die vertraute Nähe seines Lehrers neben sich.

»Was macht dir solche Angst?«

Dolantan fühlte sich ertappt und antwortete ausweichend: »Ich habe keine Angst.«

»Lüg mich nicht an, Junge, dafür gibt es keinen Grund.« Vargan sprach leise, doch es bestand kein Zweifel daran, dass alle diese Unterhaltung hören konnten.

Dolantan biss sich auf die Unterlippe. »Es ist ... alles so ungewohnt. So fremd.«

Neben ihm nickte Vargan leicht. »Ja, das ist es. Dennoch gibt es Dinge, die dir vertraut sind.« Als Dolantan nicht direkt antwortete, fuhr der Meuchelmörder fort: »Du hast dich nicht erschreckt, als ich dich angesprochen habe, obwohl ich mich sehr leise bewege. Du hast meine Nähe gespürt. Warum?«

Der Junge legte die Stirn in Falten. »Vielleicht weil ich geahnt habe, dass Ihr hier seid. Vielleicht, weil ich Eure Nähe spüren konnte.«

»Teilweise. Dein Unterbewusstsein konzentriert sich besser als dein wacher Geist. Du hast meinen Atem gespürt, die leisesten Geräusche meiner Schritte wahrgenommen. Das gelegentliche Klirren meiner Klinge gegen meinen Schenkel. All diese Dinge hast du unterbewusst erfasst, Dolantan. Dein Geist saugt seine Umgebung in sich auf, doch dein Verstand kann nicht all diese Eindrücke auf einmal verarbeiten.«

»Warum?«

»Würde er das tun, würdest du verrückt.«

»Das ist mal einem gnomischen Ingenieur passiert«, warf Rhaflit ein. »Armer Kerl. Am Ende hat er sogar mit den Felsen gesprochen.«

»Ich erinnere mich«, stimmte Kerellic zu. »Hat behauptet, er könnte die besten Stellen für Kletterhaken und andere Verankerungen erfühlen.« Der Zwerg schüttelte den Kopf. »Verrückt.«

»Aber seine Arbeiten an den Tunnelschotten sind immer noch die besten«, warf Rhaflit nachdenklich ein. Er überlegte einen weiteren Moment und zuckte dann mit den Schultern. »Vielleicht stimmt es ja. Vielleicht bremst unser Verstand unsere Wahrnehmung. Und als er seinen verloren hat, erweiterte sie sich.«

Dolantan schnaubte. »Also muss ich erst verrückt werden, um hier unten keine Angst mehr zu haben?«

Vargan schüttelte den Kopf. »Nein, im Gegenteil. Du musst lernen, deinen Verstand auf den Teil deiner Wahrnehmung zu lenken, der dir am meisten hilft. Deine Gedanken blockieren dich. Du denkst über die Dunkelheit nach, über die Orks, über die fremdartigen Gerüche und Geräusche. Konzentriere dich auf die Dinge, die du kennst, und dann gehe von dort aus ein Stück weiter. Erweitere Schritt für Schritt deinen Horizont.«

Dolantan nickte und dachte über die Worte seines Lehrmeisters nach. *Mich auf bekannte Dinge beschränken …* Er richtete seine Aufmerksamkeit auf die Schritte seiner Gefährten. Rhaflits waren unregelmäßig und beinahe leichtfüßig. Als würde der Gnom seine Rückkehr nach Invar kaum erwarten können. Er gab sich auch nicht sonderlich große Mühe, keine Geräusche dabei zu machen.

Kerellics Füße trafen in einem stetigen Takt auf den Boden. Beinahe so stoisch wie der Zwerg selbst. Er trat für seine Masse deutlich gedämpfter auf, doch auch bei ihm überwog der Wunsch, möglichst schnell nach Invar zu gelangen.

Vargan hingegen machte nahezu kein Geräusch beim Gehen. Ein Detail, das den Mann noch bedrohlicher wirken ließ, wie Dolantan feststellte. Auch wenn er Vargan mittlerweile voll und ganz vertraute – die kalte Berechnung und Effizienz, mit der sich der Mann bewegte, sprach oder kämpfte, ließ ihm sich noch immer die Nackenhaare aufstellen.

Mit jedem Atemzug tauchte der Junge tiefer in die Umgebung ein. Die Schritte seiner Begleiter brannten sich in seinen Geist, ein Muster, das er zusammensetzte und wieder ausblenden konnte. Sie waren da, sie waren eine Konstante – er musste keine Kraft mehr darauf verschwenden, sie zu bemerken.

Als Nächstes richtete er seine Aufmerksamkeit auf die Atmung des Gnoms. Rhaflit schnaufte unregelmäßig, vermutlich als Ergebnis aus seinem unsteten Gang oder einer falschen Atemtechnik beim Sprechen.

Kerellic hingegen atmete tief und gleichmäßig. Alle vier Atemzüge schnaufte er leise, was auch immer genau seinen zehnten Schritt markierte. Es war ein beruhigender Takt, und Dolantan prägte ihn sich gut ein. Sollte er jemals Probleme mit dem Einschlafen haben, würde er sich einfach den Bewegungsablauf des Zwerges ins Gedächtnis rufen.

Wieder war Vargans Atem am schwersten auszumachen. Der Mann atmete leise und ausnahmslos durch die Nase. Dolantan war sich nicht sicher, ob er überhaupt die Atmung des Mörders wahrnahm oder nicht einfach nur einen Luftzug, der durch die Tunnel strich.

Allmählich konnte er seinen Geist besser fokussieren und seine Wahrnehmung weiter ausdehnen. Hin und wieder rieselte Gesteinsstaub von ihren Schuhsohlen oder den Wänden, drangen Geräusche aus dem Berginneren an seine Ohren, doch nichts davon war nah oder bedrohlich genug, als dass er sich länger damit befasst hätte.

Dann hörte er die Schritte.

»Da ist jemand«, flüsterte er Vargan zu. »Oder etwas.«

Vargan presste ihm eine Hand auf den Mund und legte einen Finger an seine eigenen Lippen. Ihm waren die Geräusche also ebenfalls nicht entgangen. Er tippte Kerellic leicht auf die Schulter und deutete entlang ihres Weges nach vorn.

Der Zwerg nickte und löste seine Axt vom Gürtel.

Rhaflit blendete die Lampe ab, sodass ihr Licht komplett verschluckt wurde.

Eine gespenstische Stille legte sich über den Tunnelabschnitt.

Dolantan spürte einen Anflug von Panik. In dieser kompletten Finsternis konnte er nicht kämpfen. Wie sollten sie sich verteidigen?

Die Schritte kamen näher, daran gab es keinen Zweifel. Der Junge bekämpfte seine Angst, indem er sich darauf konzentrierte, was Vargan ihm zuvor gesagt hatte. Er richtete seinen Geist auf diese Geräusche, versuchte auszumachen, wie viele Personen oder Monster sich ihnen näherten.

Schließlich glaubte er, sicher zu sein, dass es nur zwei Stiefelpaare waren. Einer zog ein Bein ein wenig nach, womöglich war er verletzt. Seine Schritte waren unregelmäßig und er verlagerte das Gewicht beim Gehen auf eins seiner Beine. Der andere lief gleichmäßig, aber nicht leise. Jeder Schritt war ein schweres Stapfen, als würde eine Menge Gewicht auf jedem Bein lasten. Dolantan schätzte, dass es sich dabei um einen äußerst großen Mann handeln musste.

Und sie bewegten sich sehr schnell.

Instinktiv wusste er, dass dies keine freundliche Begegnung werden würde. Kerellic war gerade noch so groß wie er, Rhaflit schon einen Kopf kleiner – Dolantan bezweifelte, dass es eine dritte Rasse im Berg gab.

Er zog seinen Dolch.

Die elfische Klinge, die er aus dem Rücken eines Zwergs gezogen hatte. Das Zeichen eines Verrats, den er noch nicht verstand, doch vielleicht könnte er genug Orks damit töten, um die Schuld der Klinge zu sühnen.

»Troll«, brachte Kerellic unter einem Knurren hervor.

Bevor Dolantan das Wort und seine Bedeutung erfassen konnte, wurde der Tunnel vor ihnen vom Schein einer Fackel erleuchtet.

»Zeigt keine Gnade«, wies Kerellic sie noch an, doch Dolantan brauchte keine weitere Ermunterung.

Was sich ihnen näherte, wirkte wie aus seinen schlimmsten Albträumen. Ein riesiger graugrüner Troll, ein Monster mit gelben Augen und riesigen Hauern, die aus dem Kiefer ragten, weil neben den spitzen Fangzähnen darin kein Platz mehr war. Muskelbepackte Arme schwangen im Takt des Laufschritts. Das Monster hatte alle Mühe, sein Tempo durchzuhalten, denn die Decke war für ihn viel zu niedrig. Allein seine enorme Kraft schien es ihm zu ermöglichen, mit seinen Kumpanen Schritt zu halten.

Dolantan erkannte jetzt auch, dass er sich geirrt hatte, was die Schrittanzahl anging. Das Trollstapfen hatte viel Lärm überdeckt. Insgesamt näherten sich ihnen auch noch drei Orks, die alle versuchten, den Troll zu überholen, der aber den Gang geschickt blockierte.

Die Orks standen dem Troll in Grässlichkeit in nichts nach. Die wutverzerrten Fratzen, die Fangzähne, krude Äxte und Klingen – der

Junge konnte sich den Schrecken lebhaft ausmalen, mit dem diese Horde Invar überzog.

Einer der Orks blickte ständig über die Schulter. Dolantan erstarrte vor Angst bei dem Gedanken daran, dass er sich vielleicht nach seinen Kameraden umdrehte und diese Gruppe nur eine Vorhut war, die einem größeren Heer vorausging.

Er versuchte, seinen Atem zu beruhigen.

»Beschütze Rhaflit«, wies Vargan ihn an und trat einen Schritt vor.

Die Stimme seines Lehrmeisters holte ihn wieder in den Moment zurück und er studierte die Angreifer genauer. Die weit aufgerissenen Mäuler, die gehetzten Blicke über die Schulter – er wusste nicht viel über Orks oder Trolle, aber er erkannte Furcht, wenn er sie sah, und sie spiegelte sich deutlich in den Augen der Monster.

»Sie laufen davon!«, rief er plötzlich und Vargan nickte anerkennend.

»Gut, du hast deinen Schreck überwunden«, bemerkte der Mörder. »Denk rasch über die Folgen nach.« Er deutete den Gang entlang. Die Gruppe war noch zwanzig Meter von ihnen entfernt. Egal wovor, die Orks flohen …

»Wir sind ihnen im Weg«, stellte Dolantan erschrocken fest.

»Was auch immer sie treibt«, warf Kerellic ein, »kommt uns hoffentlich zu Hilfe.«

Die Monster schienen noch immer völlig in ihre Flucht vertieft zu sein, denn sie hatten das neue Hindernis in ihrem Weg noch nicht bemerkt. Zwei der Orks stützten und zogen den Kameraden mit sich, dessen Bein verwundet war.

»Erstaunlich!«, stieß Rhaflit laut aus. »Wer hätte gedacht, dass sie so viel Sinn für Gemeinschaft haben?«

»Jetzt ist nicht die Zeit für deine Studien!«, brüllte Kerellic ihn an und zog damit endgültig die Aufmerksamkeit der Monster auf sie.

Die Orks verlangsamten ihre Schritte für einen Moment, als würden sie diese neue Situation abwägen. Ganz offensichtlich waren sie über die beiden Menschen mehr als bloß erstaunt.

Vielleicht geht es ihnen genau wie mir?, dachte Dolantan. *Vielleicht haben sie noch nie einen Menschen gesehen, so wie ich noch nie einen Ork gesehen habe?*

Der wilde Kriegsschrei des Trolls riss ihn aus seinen Gedanken.

Der Koloss wälzte sich den Tunnel entlang, überholte dabei seine Kumpane und donnerte bei jedem Schritt mit seinen gewaltigen Fäusten gegen die Wände. Eine Waffe führte das Monster nicht, aber Dolantan bezweifelte, dass es eine nötig hatte. Ein Hieb dieser fleischigen Pranken würde ihm womöglich den Kopf von den Schultern reißen.

»Konzentriert euch auf seine Beine«, wies Kerellic sie an. »Und lasst euch nicht erwischen.«

Dolantan wagte kaum zu atmen. Der Troll glich einer Naturgewalt, die auf sie zuraste. Ein Sturm, der sie völlig verschlingen würde. Beinahe hätte er den Dolch aus der Hand gleiten lassen.

Der Zwerg schien keine Furcht zu kennen. Kerellic rannte dem Monster entgegen, duckte sich unter dessen grobschlächtigem Angriff hindurch und trieb das Axtblatt tief in das rechte Knie des Trolls.

Das Monster jaulte auf. Eher wütend als schmerzerfüllt, doch der Zwerg ließ direkt einen zweiten Hieb gegen das Knie fahren, als würde er einen Baum fällen.

Vargan eilte ihm zu Hilfe und stach dem Monster die Klinge tief in den Unterarm, als dieses sich gerade umdrehen wollte, um seinem kleinen Angreifer zu begegnen.

Der aufgespießte Arm erschwerte die Bewegung kaum – stattdessen wurde der Mörder mitsamt Schwert herumgewirbelt und prallte gegen die Steinwand.

Der Meuchelmörder rollte sich geschickt ab, um dem Rückhandschwung zu entgehen. Dabei fischte er in der Luft nach seinem Schwertgriff und riss die Waffe wieder frei.

»Der Stärkste verteidigt die Gruppe«, sinnierte Rhaflit neben dem Jungen. »Äußerst erstaunlich.«

Dolantan zögerte noch. Einerseits wollte er den beiden helfen, andererseits bot der Tunnel wenig Platz, und die Gefahr, am Ende einen Gefährten zu verletzen, war enorm.

»Ich sagte doch – nicht erwischen lassen!«, stieß Kerellic zwischen zwei Attacken hervor. Der Zwerg hatte es sich tatsächlich zum Ziel gesetzt, den rechten Unterschenkel des Trolls zu amputieren, um das Monster von den Beinen zu holen.

Dolantan wusste nicht, ob der Troll dann weniger gefährlich wäre, doch er sah deutlich, dass die drei Orks im Rücken des Zwerges zu einem Angriff ansetzten.

»Hinter dir!«, warnte er und rannte los. Er hatte keine Ahnung, wie er an dem Troll vorbeikommen sollte.

Ebenso hatte er keine Ahnung, wie er einen der Orks besiegen sollte.

Dolantan wusste einfach nur tief in seinem Innersten: Er musste handeln.

Der Troll versuchte noch immer, Vargan an der Wand zu zerquetschen, doch der Meuchler war bereits wieder obenauf. Geschickt entging er der Attacke des Trolls und der nächste Fausthieb krachte gegen den Fels, was dem Angreifer ein gequältes Jaulen entlockte.

Das Monster taumelte zurück und der Mörder setzte nach. Drei schnelle Stiche hinterließen ebenso viele blutende Wunden in der Seite des Trolls.

Dolantan nutzte eine sich auftuende Lücke und hechtete hindurch.

Erst jetzt bemerkte Kerellic, dass sich die Orks von hinten näherten und wirbelte ebenfalls herum. Ein von oben geführter Schwerthieb prallte an seiner Axt ab und der Zwerg machte instinktiv einen Satz nach vorn, um die Bewegungsfreiheit seines Gegners zu behindern.

Dolantan wich einem Schwertstich aus und zog dem Ork die Dolchklinge längs über den Unterarm. Der Angreifer schrie vor Schmerz und Frustration, doch er war keineswegs geschlagen. Der Schwertknauf traf Dolantan hart am Schädel und Sterne explodierten vor seinen Augen.

Der Junge geriet ins Taumeln und stolperte gegen die Felswand zu seiner Linken. Irgendwo in seinem Geist konnte er noch einen letzten Gedanken formen: *Ich werde sterben!*

»Kesseldruck zwei Strich im grünen Bereich«, las Duibel von dem kleinen Druckmesser ab. »Gelenksperren sind gelöst, die Schläuche alle dicht.« Er kontrollierte noch ein letztes Mal den Kessel und einige der Schlauchverbindungen. »Ich öffne jetzt das Hauptventil! Bereit?«

»Mach schon!«, rief Borra ihm ungeduldig zu. »Die Schweine greifen wieder an!«

Duibel zog an dem kleinen Hebel, der das Ventil des Hauptdruckschlauchs öffnete, und sofort verteilte sich der Dampf im gesamten Gestänge des *Eisernen Wächters*. Borra begann mit ihrer Laufbewegung und die Ventile in den Gelenken des mechanischen Monsters gehorchten ihrem Willen.

Immer wieder zischte es leise, wenn Dampf entströmte, um ein Gelenk zu beugen, es dann mit einem schnaufenden Geräusch wieder mit Druck für die nächste Bewegung zu versorgen.

Die Orks hatten einen erneuten Angriff auf Invar gestartet und wieder brandeten die grünen Monster gegen den Schildwall der Verteidiger.

Noch hielten die Zwerge stand, doch Duibel ahnte, dass es nur eine Frage der Zeit war. Die übrigen Schildwachen kämpften unentwegt an vorderster Front, ihr Blutzoll war am größten. Sie verlangten den Orks hohe Opfer ab, keine Frage. Jeder Zentimeter, den die Invasoren an Boden gewannen, wurde mit dem Blut von Hunderten toter Orks erkauft.

Doch die Schildwachen waren selbst stark geschwächt. Immer seltener wurde ihr Anblick in den Reihen der Zwerge. Mittlerweile wurde die Verteidigungslinie zum größten Teil aus Schmieden, Tischlern und anderen Handwerkern gehalten.

Thorvan und Lodgar kämpften seit dem ersten Tag. Der alte Schankwirt schwang dabei seinen großen Schmiedehammer mit einer Wucht, die selbst einen Troll fällen konnte, doch Thorvan war kein Krieger.

Die Angst und die Verzweiflung ließen ihn in diesem Kampf bestehen. Und die Liebe zu seiner Heimat, das wusste Duibel.

Borra dirigierte den *Eisernen Wächter* ins Herz der Schlachtlinie. Wo immer der Angriff am heftigsten war, stellten sie sich den Monstern entgegen. Der *Eiserne Wächter* wurde von Zwergen und Gnomen immer mit lautem Jubel begrüßt, wenngleich auch stets eine gehörige Portion Argwohn und Furcht in den Blicken der Freunde lag.

Die Maschine war ein zu schrecklicher Anblick.

Duibel konnte durch einen der Sichtschlitze hindurch Modruk ausmachen, der die Verteidiger in ihre Positionen einwies, und gab Borra ein Zeichen, sich dem General zu nähern.

»Schaff das Ding da rüber!«, brüllte Modruk den *Eisernen Wächter* an und deutete auf einen seitlichen Tunnel. »Wir halten die Linie hier besser in geschlossener Formation. Aber vielleicht versuchen die Schweine, uns zu umgehen!«

Duibel verstand und nickte, wohl wissend, dass der General das nicht sehen konnte. Aber auch Borra folgte der Anweisung des Zwergs und der *Eiserne Wächter* bewegte sich unter Zischen und Ächzen zur genannten Position.

Sollten sie nur kommen.

Er wurde getroffen.

Dolantan wartete angespannt auf den heißen Schmerz der Klinge. Vargan hatte ihm erzählt, dass ein Stich oder Schnitt heiß wie ein Feuer brannte, doch der Junge spürte nichts dergleichen.

Der Schlag war dumpf, wie von einer Keule, aber das Gefühl der Taubheit blieb aus. Ebenso wenig verströmte sein Blut diese wohlige Wärme.

»Verdammt, Junge, auf die Beine!«, schrie Kerellic und stieß ihn weiter.

Da erkannte Dolantan, dass nicht eine Keule, sondern der zwergische Schmied ihn getroffen hatte.

Kerellic hatte sich gegen ihn geworfen und ihn so aus der Reichweite der Orks gestoßen. Nun waren sie beide von Vargan und Duibel abgeschnitten, Orks und Troll zwischen ihnen.

Der Junge blinzelte die Benommenheit beiseite und richtete sich auf.

Auch die Orks bemerkten, dass sie nun deutlich im Vorteil waren und präsentierten gierig grinsende Fratzen, während sie in neue Angriffshaltung gingen.

Kerellic warf einen Seitenblick auf Dolantans Elfendolch. »Das letzte Mal wurde diese Waffe von einem Feigling geführt. Du bist schon mal keiner. Ich hoffe, Vargan hat dir beigebracht, damit umzugehen.«

Dolantan wechselte die Griffhaltung, sodass die Klinge nun nach unten zeigte, und brachte die Fäuste nach vorn. Dann nickte er dem Zwerg grimmig zu.

Kerellics Lippen verzogen sich zu einem nicht weniger gierigen Grinsen. »Na los, ihr hässlichen Schweine, zeigt mal, was ihr draufhabt.«

»Für Invar!«, erscholl ein Schlachtruf aus den Tiefen des Tunnels.

Die Orks blickten sich angsterfüllt an und suchten nach einem anderen Ausweg. Plötzlich waren *sie* es, die umzingelt waren.

An Kerellics Haltung erkannte Dolantan, dass sich das Blatt zu ihren Gunsten gewendet hatte. Der Schmied ließ seine Axt ein wenig sinken, blieb jedoch kampfbereit.

Hinter den Orks geriet der Tunnel in Bewegung. Bewaffnete Zwerge stürmten aus der Dunkelheit ins Licht und auf sie zu. Dolantan zählte fünf der kurz gewachsenen Krieger und betrachtete Kerellic kurz aus dem Augenwinkel. Wenn ein Zwerg schon ein so schrecklicher Gegner war – was würden dann erst *fünf* von ihnen anrichten?

Die Orks schienen ähnliche Gedanken zu verfolgen, denn sie drehten sich auf dem Absatz um und stellten sich den neuen Angreifern entgegen.

»Pass auf meinen Rücken auf, Junge«, sagte Kerellic grimmig. »Ich helfe Vargan mit dem Troll.«

Ehe der Junge reagieren konnte, hatte der Schmied sich schon umgedreht und stürzte sich wieder auf den schrecklichen Gegner.

Dolantan blieb zurück, den Dolch in der Hand, doch die Orks hatten ihn bereits völlig vergessen.

Und wenige Augenblicke später erinnerten sie sich an gar nichts mehr.

Die Zwerge waren gnadenlos und ungeheuer effizient. Niemand vollführte eine unnötige Bewegung. Sie kämpften schnörkellos, waren dabei aber absolut tödlich.

»Zur Seite!«, brüllte ihr Anführer und stürzte an Dolantan vorbei und dem Troll entgegen. Kerellic und Vargan hatten die Bestie nicht besiegen können, doch mit der Hilfe der Zwerge war es ein Leichtes, dem verwundeten Monster den Garaus zu machen.

Als der Troll tot zu Boden fiel, gab der Anführer ihrer Retter allen ein Zeichen, sich absolut still zu verhalten.

Erst jetzt begriff Dolantan, dass ihr Kampflärm durchaus noch weiter zu hören gewesen war als ihr kleines Tunnelstück, und ihm lief ein eisiger Schauer über den Rücken. Was, wenn noch mehr Orks – oder schlimmer noch, Trolle – durch die Gänge streiften?

Es verstrichen einige quälend lange Momente, doch es gab kein Anzeichen für eine erneute Bedrohung.

Schließlich ließ der Anführer zufrieden seine Waffe sinken und ging auf Kerellic zu. »Ich hätte nicht gedacht, dass ich dich noch einmal wiedersehe, nachdem du in diese verrückte Flugmaschine gestiegen bist.«

Der Schmied zuckte mit den Achseln. »Hatte Heimweh.« Er legte dem anderen Zwerg freundschaftlich eine Hand auf die Schulter. »Tut mir leid, was da im *Schmiedehammer* passiert ist, Dargril.«

Der Zwergenkrieger machte eine wegwerfende Handbewegung. »Schon längst vergessen.«

»Wo ist Khûlgrim und das Heer?«, fragte Kerellic und sein Ton wurde plötzlich sehr ernst. »Wir müssen so schnell wie möglich nach Invar.«

Dargril schnaubte. »Denkst du, wir machen hier einen Ausflug?«

Rhaflit trat zwischen die beiden und hob beschwichtigend die Hände. »Im Gegenteil, Dargril. Was Kerellic sagen will, ist, dass wir *sofort* ins Innere des Berges *müssen.*«

Der Zwerg hob erstaunt eine Augenbraue, was unter dem Helm nur schwer zu erkennen war. Dann richtete er seinen Blick auf Vargan und Dolantan. »Hat das was mit den beiden zu tun?«

»Aye.« Kerellic nickte. Dann deutete er auf Dolantans Dolch. »Und mit Verrat.«

Dargril pfiff hörbar durch die Zähne. »Khûlgrim ist mit dem Heer schon weiter im Innern des Berges. Ich bringe euch zu ihm.«

Borra steuerte die Maschine mitten in drei Orks, die aus dem Tunnel stürmten. Modruk hatte recht behalten. Die Orks versuchten wirklich, ihnen in die Flanke zu fallen und die Hauptlinie zu umgehen.

Doch sie hatten nicht mit dem *Eisernen Wächter* gerechnet.

»Nehmt das!«, brüllte die Zwergin euphorisch, in dem Wissen, dass ihre Stimme durch das Metall verzerrt nach außen schallte und sie so ihrer Rüstung auf unheimliche Art Leben einhauchte.

Die linke Panzerfaust schmetterte in den Schädel eines Orks und löste ihn in roten Sprühnebel auf. Duibel war froh, dass er sich auf all die Druckmesser konzentrieren konnte und keine Zeit für die Details des Kampfes hatte. Borra steuerte den *Eisernen Wächter* mit jedem Einsatz besser. Und sie ging ganz in ihrer Rache auf.

Ein Schwert glitt harmlos von der rechten Hüfte der Maschine ab, und Borras Rückhandschlag ließ den Ork mehrere Meter weit durch die Luft segeln, ehe er leblos auf dem Boden aufschlug.

»Haben wir genug Druck?«, fragte sie über den Lärm hinweg. »Die Bewegungen werden langsamer!«

Duibel kontrollierte alle Druckmesser erneut – und tatsächlich, das Schlauchsystem auf der rechten Seite lag zwei Strich unter Soll.

Er drehte an ein paar Ventilen und leitete mehr Dampf in das Schlauchsystem, wobei er penibel darauf achtete, nirgendwo für Überdruck zu sorgen.

Kurz darauf kletterte der kleine Zeiger in den optimalen Bereich und Duibel grinste zufrieden.

»Besser?«, fragte er die Pilotin.

Borra ließ den *Eisernen Wächter* wieder vorwärts marschieren, direkt in die nächste Gruppe der Orks.

»Perfekt!«, antwortete sie freudig und richtete den Koloss für den Angriff aus. »Säge«, verlangte sie.

Duibel zog den Hebel und trat in die Pedale.

General Khûlgrim war alles andere als erfreut über die Geschichte, die sie ihm erzählten. Immer wieder unterbrach er sie, um mehr Einzelheiten zu erfahren oder um Fragen zu stellen. Häufig hatten sie darauf jedoch keine Antworten, was den alten Zwerg nicht gerade milder stimmte.

Schließlich blickte er Kerellic fest in die Augen und fragte: »Denkst du, die Hohepriesterin hat uns verraten?«

Kerellic nickte. »Sie hat einen Plan für den *Wächter*. Wir haben nicht die Zeit, herauszufinden, was es ist, aber ich glaube, dass sie den Orks den Weg nach Invar gezeigt hat.«

Khûlgrim nickte und schritt dann auf und ab. Auch wenn es Zwergen an Körpergröße mangelte – sie waren überaus beeindruckend. Und Khûlgrim übertraf die übrigen Krieger noch. Seine Aura war fast greifbar. Erhabenheit, Unerbittlichkeit und Stolz. All das verkörperte dieser alte Zwerg allein in seinem Gang. Sein Verstand war messerscharf und Dolantan zweifelte keinen Augenblick daran, dass die übrigen Zwerge genauso dachten. Das war ein General, dem auch er folgen würde.

»Wir können es nicht riskieren, durchzubrechen«, sagte er nach kurzer Bedenkzeit. »Wenn wir nicht den passenden Moment abwarten, stecken wir hinter den Orks fest und können Invar nicht helfen.« Er blickte traurig in die Runde. »Dann wäre alles verloren.«

Kerellic nickte, hielt dem Blick des Generals jedoch stand. »Wenn wir die Zeremonie nicht verhindern – dann weiß nur der *Schöpfer* allein, was noch geschieht.«

Khûlgrim verschränkte die Arme vor der Brust und legte den Kopf schief. »Du hast doch schon einen Plan, nicht wahr?«

Wenig später waren sie wieder auf dem Weg, begleitet von den Zwergenspähern, die ihnen zuvor das Leben gerettet hatten. Dargril hatte darauf bestanden, Teil von Kerellics Plan zu sein.

Sie ließen das zwergische Heer hinter sich und schlugen sich in einen seitlichen Tunnel. Rhaflit hatte eine grobe Karte angefertigt. Anhand der Markierungen an den einzelnen Durchgängen war es dem Gnom möglich, ihren Standort innerhalb des Tunnelsystems genau zu bestimmen.

Dolantan bewunderte diese Leistung. Er selbst hatte bereits nach der vierten Abzweigung die Orientierung komplett verloren. Außerdem hatte er alle Hände voll damit zu tun, nicht zu stürzen. Die Zwerge gingen beinahe im Laufschritt, aber sie waren die engen Gänge und Stollen gewohnt, während Vargan und Dolantan auf das spärliche Licht einer Öllaterne vertrauen mussten.

Der Meuchelmörder schien allerdings deutlich weniger Probleme damit zu haben als er. Genauer betrachtet schien Vargan dieses Abenteuer überaus zu genießen. Immer häufiger zeigte sich ein Lächeln in seinem Gesicht – ein Ausdruck, den Dolantan kaum von ihm kannte.

»Ihr seht glücklich aus«, stellte er schließlich fest.

Vargan dachte kurz über seine Antwort nach, dann nickte er. »So lebendig habe ich mich noch nie gefühlt, Junge.«

Dolantan warf ihm einen skeptischen Blick zu.

Vargan winkte ab. »Vielleicht einmal«, räumte er ein. »Damals, als ich in Rhilok ankam, war es ähnlich. Ich hatte das Gefühl, mein Leben endlich selbst in der Hand zu haben. Frei zu sein von meiner Vergangenheit und in eine ungeschriebene Zukunft zu blicken.«

»Mir macht sie eher Angst … die ungeschriebene Zukunft.«

»Wieso? Wärst du lieber wieder in deiner Schänke und würdest dich Abend für Abend von dem Fettsack von Wirt verprügeln lassen? Mit keiner Aussicht auf Veränderung? Auf einen Ausweg? Jeden Tag?«

»Nein, aber …«

»Dann genieße den Moment! Wir sind frei, Dolantan. Wir haben eine Entscheidung fürs Ungewisse getroffen, und nun sind wir hier. Niemand weiß, was der Morgen bringt, oder ob er überhaupt existiert. Wir atmen jedes Mal aufs Neue – wir *leben* jeden Tag aufs Neue.«

»Aber wir könnten hinter der nächsten Ecke auf Orks stoßen und sterben!«

Vargan grinste breit. »Ganz genau! Nichts ist sicher – alles ist möglich! Ich sterbe lieber hier, als dass ich die nächsten zwanzig Jahre der Mörder der Gilde bin und harmlose Bauern umbringe.« Er blickte Dolantan tief in die Augen. »Hier kann ich meinem Leben einen Sinn geben, Junge.«

»Jaja, das ist ja schön, dass du deine Offenbarung hast«, warf Kerellic ein, »aber ich halte es wie der Junge. Die Schweine können uns überall auflauern und ich für meinen Teil würde Invar gerne lebend erreichen.«

Vargan tippte sich zur Erwiderung einmal zum Gruß gegen die Stirn, ließ das Thema aber fallen.

»Wir sollten Invar in zwei Stunden erreichen«, meldete sich Rhaflit flüsternd zu Wort. »An der nächsten Kreuzung müssen wir rechts abbiegen. Dort ist ein Wachtposten. Vielleicht finden wir ja etwas, das uns hilft.«

Dargril gab seinen Männern ein Zeichen und sie zogen das Tempo wieder an, was Dolantan dazu veranlasste, seine gesamte Aufmerksamkeit wieder auf den Weg vor ihm zu lenken.

Culnauir war sich nicht sicher, ob er den Moment, in dem die Seele des *Wächters* ihren Körper verließ, mit ansehen könnte. Lyssetra intonierte den Zauber nun bereits seit mehreren Stunden, ohne dass sich eine nennenswerte Veränderung einstellen wollte.

Nefhiliel schlief noch immer, ein wenig unruhig zwar, doch sie schien keine Schmerzen zu haben.

Culnauir fühlte sich schrecklich an seine Krankenwache an ihrem Bett erinnert, als sie mit dem Tod gerungen hatte. Er hatte sie gerettet, indem er mit dem Goblin einen Handel eingegangen war. Dem Goblin, der so viele Gnome und Zwerge getötet hatte.

Wie würde die Hohe Tochter reagieren, wenn sie je davon erfuhr?

Dass ihr strahlender Beschützer sich ehrlos verhalten hatte? Das kleine Monster nicht gerichtet hatte? Nur um sie zu retten?

Er wusste es nicht.

Er wusste nicht einmal, wie er selbst dazu stand.

Alles, was er wusste, war, dass sie lebte. Das war alles, was für Culnauir von Bedeutung war.

Nefhiliel muss leben.

Sie nun erneut leblos auf dem Altar zu betrachten, raubte ihm fast den Verstand.

Ich werde Euch beschützen, Hohe Tochter. Bis ans Ende meines Lebens.

Lyssetra verstummte plötzlich und wandte sich der versammelten Menge zu.

»Die Hohe Tochter ist nun bereit, die Seele des *Wächters* freizugeben!«, verkündete sie. »Bitte lasst uns nun allein.«

Bundarr schüttelte den Kopf. »Der Wille des *Schöpfers* ist, dass wir alle gemeinsam der Erweckung beiwohnen.«

Lyssetra kniff die Augen kurz zu schmalen Schlitzen zusammen. »Nun gut, wie ihr alle wünscht.« Sie blickte Culnauir direkt an. »Jede noch so kleine Störung könnte dazu führen, dass die Seele der Hohen Tochter Schaden erleidet. Das Ritual kann nicht mehr unterbrochen werden.«

Der Zwergenpriester schüttelte langsam den Kopf und blickte fragend zu Gnitzlik. Der Erste Ingenieur schien jedoch genauso ratlos.

Schließlich fuhr Lyssetra fort.

Als Culnauir die Bedeutung der Worte verstand, wanderte seine Hand unauffällig zu seinem Schwertgriff.

Duibel wurde Zeuge, wie Borra einen Goblin in zwei Hälften riss, ehe sie einem Ork mit dem rotierenden Sägeblatt durch den Hals fuhr.

Er kontrollierte erneut den Druck im Kessel und das Feuer. Lange konnten sie den Kampf nicht mehr weiterführen, ohne frisches Wasser aufzunehmen. Die Kolben arbeiteten alle noch einwandfrei, zumindest hier musste er keinen Ausfall befürchten. *Einmal kurz Wasser nachfüllen und wir können weiterkämpfen,* dachte er grimmig.

Plötzlich stürmten viel mehr Orks aus dem Tunnel als bisher. Mit einem so heftigen Angriff hatte Duibel nicht mehr gerechnet, zumal sie die Attacke der Orks schon seit einer ganzen Weile erfolgreich zurückschlugen.

»Irgendwas stimmt da nicht«, bemerkte auch Borra sofort. »Es sind plötzlich so viele!«

»Eine Falle?«, überlegte Duibel und konzentrierte sich auf die Druckmesser. »Wir haben nicht mehr viel Wasser, Borra! Noch ein paar Minuten, dann stehen wir still!«

»Verstanden. An die Kurbel!«

Sie sprintete los, direkt ins Herz des Mobs. Fast ein Dutzend Orks stob durcheinander wie Herbstlaub, als der *Eiserne Wächter* in wilden Schlägen, Hieben und Drehungen durch sie hindurchpflügte und dabei links und rechts Tod und Verderben über sie brachte.

Die Orks schienen nicht so recht zu begreifen, was hier geschah, denn sie rannten bereitwillig in Borras Kreissägen.

»Ich glaube, sie fliehen!«, schrie Duibel über die Schreie der Orks hinweg.

»Nicht vor mir«, gab Borra mit leicht empörtem Unterton zurück. »Sollten sie aber.«

Duibel kurbelte weiter, so schnell er konnte. »Irgendwas treibt sie aus dem Tunnel!«

Besagter Tunnel wurde plötzlich von einem grellen Licht erfüllt – Feuerschein, wie Duibel rasch erkannte.

Wenig später rannten eine Handvoll Zwerge und ein ihm nur allzu gut bekannter Gnom aus dem Tunnel.

Die Zwerge trugen eine seltsame Konstruktion, die man selbst mit viel Wohlwollen nur als behelfsmäßig bezeichnen konnte. An einem dünnen Metallrohr hatten sie am vorderen Ende eine Fackel befestigt. Von der Rückseite konnte man einen Stab einführen, der sich durch das enge Rohr schob.

Duibel erkannte, dass Rhaflit eine Flüssigkeit in das Rohr einfüllte und dem hinteren Zwerg ein Zeichen gab. Die Zwerge rannten daraufhin geradewegs in die größte Gruppe der verbliebenen Orks und der hintere Zwerg presste den Stab hinein. Die Flüssigkeit schoss durch die Röhre und manifestierte sich als feiner Sprühnebel.

Ein Sprühnebel, der lichterloh in Flammen aufging und die Orks komplett darin einhüllte.

»Öl«, stellte Duibel anerkennend fest. »Er hat einen Flammenwerfer gebaut, der verrückte Spinner.«

Borra hielt kurz inne. »Ich will das auch!«

Duibel machte sich irgendwo im hintersten Winkel seines Hirns eine Notiz, dass er unbedingt mit der Zwergin über ihre Kampflust sprechen musste, sobald dieser Krieg vorbei war.

Seinen alten Freund lebendig und wohlauf zu sehen, erfüllte den Ingenieur mit größter Freude. Dass Rhaflit hier war, konnte nur eins bedeuten. »Er bringt die elfische Armee mit!“

»Sehen mir nicht nach Elfen aus«, erwiderte Borra und deutete mit einem Arm des *Eisernen Wächters* in Richtung Tunnel. Dort kamen gerade Kerellic und zwei Menschen heraus.

Drei brennende Orks rannten orientierungslos durcheinander, steckten einen vierten in Brand, der voller Öl war, und sackten schließlich in sich zusammen, als ihre Lunge verbrannt war und sie in den Flammen erstickten.

Der Kampf war vorbei.

Duibel hörte auf, die Kreissägen anzutreiben. Zwar griffen die Orks noch immer die Hauptfront an, doch auf dieser Flanke war ihr Vormarsch vollständig gestoppt.

Rhaflit atmete erleichtert auf, als der Kampf vorüber war. Er verabscheute diese ganze Gewalt – auch wenn sie nötig war, um seine Heimat zu retten. Doch er fand keine Freude daran. Und die Genugtuung darüber, in Windeseile diesen Flammenwerfer zusammengesteckt zu haben, wollte sich nicht einstellen.

Der Ingenieur wusste, dass es ein genialer Einfall gewesen war, dass diese kleine Erfindung den Kampf so sehr vereinfacht hatte, dass sie Leben gerettet hatte …

Aber ein Blick auf die verkohlten Leichen der Orks vertrieb sämtliche Freude aus seinem Herzen. *So hätte das alles nicht enden müssen*, dachte er traurig.

Zischend und seufzend trat plötzlich ein riesiges eisernes Monstrum vor sie.

Größer als drei Menschen, fast so gewaltig wie der *Wächter*, den der *Schöpfer* ihnen überlassen hatte, aber mindestens ebenso bedrohlich. Der eiserne Körper schimmerte im Schein der Flammen silbrig. Über und über mit dem Blut der Feinde besudelt, verlieh es seinem Äußeren eine grimmige Note. Schwarze Schlitze waren dort, wo Rhaflit die Augen vermutet hätte. Rauch trat daraus hervor, als würde im Innern der Bestie ein Feuer schwelen.

Eine Stimme drang bedrohlich daraus hervor: »Rhaflit!«

Der Gnom runzelte die Stirn und legte den Kopf schief. »Kennen wir uns?«, fragte er geradeheraus.

Eine riesige Dampfwolke entlud sich hinter dem Rücken des Monstrums und seine Bewegungen kamen zum Erliegen. Wenig später hörte Rhaflit metallisches Schaben, als würde man eine große, schwere Schraube drehen. Eine Klappe öffnete sich am Rücken des Monstrums und wenig später stand Duibel vor ihm. Rußverschmiert und schweißnass, aber es war Duibel.

Rhaflit rannte ihn beinahe über den Haufen, so stürmisch war seine Umarmung. »Du lebst!«

»Du auch!«

Sie lachten und lagen sich in den Armen, als hätten sie sich seit Jahren nicht mehr gesehen.

Eine Zwergin trat neben Duibel, auch sie war aus dem Inneren des Monstrums gekrochen.

»Darf ich vorstellen: Borra. Sie steuert meinen *Eisernen Wächter*«, erklärte Duibel und machte eine ausladende Geste, die das Monstrum einschloss.

»*Eiserner Wäch-*«

Weiter kam Rhaflit nicht, weil Kerellic sie beide mit sich riss. »Dafür haben wir später noch Zeit. Wo ist Lyssetra?«

»Die Erweckung hat begonnen«, antwortete Duibel verwirrt. »Sie leitet die Zeremonie.«

»Scheiße!«, entfuhr es dem Schmied. »Wir sind zu spät!«

»Was ist los? Wo sind die Elfen? Was machen diese Menschen hier? Habt ihr Khûlgrim gefunden?«, fragte Duibel ohne Pause.

»Komm mit!« Rhaflit packte Duibel und sie rannten in Richtung der Zeremonienhalle.

Duibel konnte Borra gerade noch ein Zeichen geben, den *Eisernen Wächter* für einen weiteren Einsatz vorzubereiten.

Als sie schon fünf Meter weit weg waren, hörte Rhaflit sie zu den Zwergen sagen: »Also schön, Jungs, helft mir, meine Rüstung wieder flottzumachen.«

»Aber warum sollte sie das tun?«, fragte Duibel immer wieder. Dolantan konnte seine Bedenken gut verstehen. Er selbst konnte den Sinn in den Handlungen der Elfe nicht ergründen – und er war ein völlig Außenstehender. Wie viel schwerer wäre es, einen solchen Verrat zu begreifen, wenn man die betreffende Person kannte oder gar schätzte?

»Sie *befreit* Rhilok von allen Menschen«, warf Vargan ein.

Duibel warf ihm einen leicht misstrauischen Blick zu, doch der Meuchelmörder überging ihn einfach. Sie konnten nicht erwarten, dass der Gnom ihnen direkt vertraute, nur weil sie mit seinen Freunden gereist waren.

»Aber warum zettelt sie nicht einfach einen Krieg zwischen Menschen und Orks an? Warum das hier? Warum Invar?«

»Denkst du, wir hätten die Orks einfach in den Süden ziehen lassen?«, erwiderte Kerellic. »Und im Süden hätte König Pellaréion sie ebenfalls nicht ignorieren können. Viele Elfen wären bei dem Kampf gestorben.«

»Also opfert sie uns – unsere Heimat – dafür, dass der *Wächter* Rhilok von Orks, Goblins, Trollen *und* Menschen befreit?«

»So sieht es aus«, sagte Rhaflit mit einem Kopfnicken.

»Aber wie sollen wir den *Wächter* aufhalten?« Duibel konnte es noch immer nicht wirklich fassen, aber er schien ihnen zu glauben.

»So weit dürfen wir es nicht kommen lassen.« Kerellics Miene verfinsterte sich. »Gegen den *Wächter* können wir nichts ausrichten.«

Duibel nickte. »Gut. Wir gehen zu Culnauir. Wenn wir ihn überzeugen, wird er uns gegen Lyssetra helfen können.«

Die Halle lag direkt vor ihnen. Dolantan ignorierte die fragenden Blicke um sie herum. Viele Zwerge hatten sich ihnen bereits angeschlossen und riefen Kerellics Namen. Der Schmied antwortete nur knapp, meist sagte er ihnen, dass sie in ihre Häuser verschwinden sollten oder sich bewaffnen mussten.

Dolantan versuchte, noch so viel wie möglich von seiner Umgebung in sich aufzunehmen. Invar war beeindruckend, und er konnte nicht umhin, zu hoffen, dass er die Stadt noch einmal zu Friedenszeiten erkunden dürfte.

Rhaflit hatte die Führung übernommen. Vor dem großen Portal zur Halle des *Wächters* hielt er noch einmal inne.

»Ihr beide sprecht nicht, ohne dass wir euch auffordern, einverstanden?«, bat er ihn und Vargan. »Dolantan, du bist unser Trumpf. Wenn die anderen uns nicht glauben, präsentierst du den Dolch, den du aus Eldrirs Rücken gezogen hast. Einverstanden?«

Alle nickten und Rhaflit öffnete die Tür. Vargan und Kerellic halfen ihm dabei, sie eindrucksvoll aufzustoßen. Dann traten sie ein.

Die Elfenpriesterin stand vor einem Altar und intonierte einen Singsang in einer für Dolantan fremden Sprache. Das musste Lyssetra sein, schlussfolgerte er und spürte augenblicklich, wie seine Wut größer wurde. Sie hatte den Zwerg getötet, den er dann beerdigt hatte. Sie hatte diesem feige in den Rücken gestochen. Und nun wollte sie den *Wächter* gegen alle anderen Völker schicken.

Der *Wächter*.

Dolantan hatte noch gar keine Gelegenheit gehabt, ihn sich näher anzuschauen, so sehr war er auf die Elfe fixiert gewesen.

Sein Körper bestand zur Gänze aus bläulich schimmerndem Kristall. So hoch wie drei Männer stand er an der Wand einer großen Halle, die gefüllt mit Zwergen und Gnomen war, die alle dem Spektakel der Erweckung beiwohnten.

Dunkle Höhlen ruhten dort, wo seine Augen sein müssten. Noch waren sie leblos, die Erweckung noch nicht vollzogen, sagte Dolantan sich. Er fürchtete sich vor dem Moment, da diese dunklen Höhlen zum Leben erwachten.

»Aufhören!«, brüllte Rhaflit und marschierte geradewegs auf den Altar zu. »Sie darf nicht weitermachen! Sie ist eine Verräterin!«

Mehrere Zwerge begannen miteinander zu tuscheln, einer erhob sich. Es war auffällig, dass keiner von ihnen wie ein Krieger aussah, die waren vermutlich alle mit der Verteidigung der Stadt beschäftigt.

»Rhaflit, was sprichst du da? Was machst du hier? Sind die Elfen bei dir?«

»Zur Seite, Bundarr!« Rhaflit ließ sich nicht beirren. »Lyssetra hat Eldrir getötet.«

Dolantan präsentierte den Elfendolch, den er aus Eldrirs Rücken gezogen hatte.

Während der ganzen Zeit hatte die Hohepriesterin ihren Singsang nicht unterbrochen. Jetzt, da eine der Strophen zu Ende war, wandte sie sich an einen anderen Elfen. »Du weißt, was mit Nefhiliel geschieht, wenn sie mich jetzt aufhalten, Culnauir. Ihre Seele hat sich bereits gelöst, wenn wir jetzt aufhören, entschwindet sie.«

Der Elf erhob sich. Sein Körper war in eine feine Rüstung gekleidet, die überaus leicht und stabil wirkte. Mehrere ineinander verschlungene Bänder umhüllten seine Arme, den Oberkörper und die Oberschenkel. In seiner Hand ruhte ein langes Schwert, wie Dolantan es noch niemals zuvor gesehen hatte. Die Klinge verjüngte sich zur Mitte hin leicht, ehe sie eine lange und scharfe Spitze bildete. Eine Parierstange besaß es nicht, nur einen kleinen Dorn, der über die Finger ragte. Der mit Leder umwickelte Griff bot genug Platz für beide Hände.

»Ihr seid zu spät«, sagte er in ruhigem Ton. Seine Haltung wirkte bis in den letzten Wimpernschlag kontrolliert. Ein solches Maß an Selbstbeherrschung hatte Dolantan bisher nur bei Vargan beobachtet. »Die Erweckung ist beinahe vollkommen. Wenn ihr jetzt einschreitet, wird Nefhiliel sterben.«

»Ein ganzes Volk wird sterben, wenn wir den *Wächter* jetzt nicht aufhalten«, erwiderte Rhaflit und baute sich vor dem Elfen auf. Dass er mehr als zwei Köpfe kleiner war als sein Gegenüber, schüchterte den Gnom nicht im Geringsten ein. »Das kannst du unmöglich wollen, Culnauir.«

»Ich will, dass Nefhiliel lebt, Gnom. Das allein ist meine Aufgabe.«

»Du kannst unmöglich wollen, dass sie sich mit der Schuld belädt, ein ganzes Volk ausgelöscht zu haben.«

Rhaflit machte einen Schritt zur Seite, um an Culnauir vorbeizugehen, doch der Elf stellte sich ihm sofort wieder in den Weg und bedrohte ihn mit dem Schwert.

»Keinen Schritt weiter!«, schrie er wütend und fast verzweifelt. »Nefhiliel *muss* leben!«

»Rhaflit, hör auf«, bat Duibel. »Wir finden einen anderen Weg.«

Der Gnom schüttelte den Kopf. »Wenn das aus uns geworden ist, dann haben wir den *Wächter* nicht länger verdient.« Er wandte sich wieder an Culnauir. »Du weißt, dass es falsch ist. Du weißt, dass wir diesen Wahnsinn stoppen müssen. Also, lass mich vorbei.«

Der Elf starrte ins Leere und trat einen Schritt zur Seite, schüttelte immer wieder den Kopf.

Rhaflit nickte zufrieden und ging weiter.

»Was ist bloß aus uns geworden«, flüsterte der Elf.

»Culnauir!«, kreischte die Priesterin. »Sie stirbt!«

Die Veränderung in Culnauirs Gesicht war zu schnell, als dass Dolantan sie hätte kommen sehen.

Der Elf drehte sich auf dem Absatz um. »Nefhiliel *muss leben*!«

Sein Schwertstich traf Rhaflit in den unteren Rücken und der Gnom taumelte.

»Was?«, brachte er noch heraus, dann brach er zusammen.

»Rhaflit!«, kreischte Duibel und stürzte zu ihm.

Auch Kerellic war schon bei ihm und fing den Freund auf, als dieser stürzte.

»Ihr versteht das nicht«, stammelte Culnauir. »Es gibt keinen anderen Weg.«

Der Elf hob sein Schwert zu einem weiteren Schlag, doch diesmal fand seine Klinge das kalte Eisen eines anderen.

Vargan hatte den Hieb des Elfen pariert und stellte sich ihm in den Weg.

»Kümmert euch um das Monster«, befahl der Meuchelmörder und hielt Culnauir geschickt von ihnen fern. »Los!«

Dolantan blickte sich um. Alles ging so schnell, dass er nicht wusste, wo ihm der Kopf stand.

Kümmert euch um das Monster!

Die Worte seines Lehrmeisters hallten in seinem Kopf.

Er erblickte die Hohepriesterin, die mit der Beschwörung fortfuhr.

Dolantan zog den Dolch und rannte los.

»Du dummer Gnom«, stammelte Kerellic immer und immer wieder, während er den verwundeten Rhaflit in den Armen hielt.

Die Wunde war schlimm. Culnauirs Schwert hatte ihn mitten im Kreuz erwischt.

»Duibel!«, brachte Rhaflit keuchend hervor. »Deine Maschine ist vielleicht das Einzige, das den *Wächter* aufhalten kann. Los.«

»Ich lasse dich jetzt nicht im Stich!«

»Geh! Dir bleibt nicht viel Zeit.« Rhaflit versuchte sich aufzurichten, aber Kerellic hielt ihn fest. »Du kannst nichts mehr für mich tun.« Er packte Duibel am Arm. »Aber du kannst Invar retten.«

Duibel wischte sich eine Träne aus dem Augenwinkel und nickte. »Leb wohl, mein Freund.«

Rhaflit kicherte. »Wir sehen uns, wenn alles vorbei ist.«

Kerellic verlagerte sein Gewicht, sodass Rhaflit es bequemer hatte. »Du dummer, sturer Gnom«, sagte er dabei immer wieder und drückte auf die Wunde. »Lässt dich einfach von diesem Feigling abstechen.«

Rhaflit lächelte schwach. »Du weißt doch, ich war noch nie ein Kämpfer.« Er blickte Kerellic fest in die Augen. Der Schmied konnte deutlich sehen, dass Rhalfits Kräfte schwanden.

»Aber du, du bist ein Kämpfer, Kerellic. Schon immer gewesen. Invar braucht dich.«

»Vergiss es!«, erwiderte der Schmied sofort. »Den Scheiß machst du nicht mit mir.«

»Das war ein ganz schönes Abenteuer, was?«

»Hör auf …«

»So viele Dinge gesehen.«

»… dich zu verabschieden.«

»Ich bin geflogen. *Wir* sind geflogen!«

Kerellic nickte. »Aye, das war mit Abstand deine dümmste Idee.«

»Ich bin müde.«

»Rhaflit …« Kerellic unterdrückte ein Schluchzen. Seine linke Hand war warm vom stetigen Blutstrom und sein Rücken schmerzte ob der seltsamen Haltung, aber er würde verdammt sein, wenn er seinen besten Freund jetzt so zurücklassen würde.

»Ist schon gut«, sagte der Gnom leise. »Wir haben die Welt verändert.«

»Aye. Fliegen wird die Welt verändern«, ergänzte Kerellic für ihn, als Rhaflit die Augen schloss.

Khûlgrim führte seine Männer über dieselben Seitentunnel, durch die auch Kerellic und Dargril gezogen waren. Das Heer kam schnell voran, alle wollten unbedingt wieder in Invar sein und ihren Freunden und Familien beistehen.

Dargril hatte zwei seiner Späher zurückgeschickt, die nun wieder die Führung der Armee übernahmen. *Tapfere Jungs*, dachte Khûlgrim. Die beiden waren die Tunnel schon etliche Male abgelaufen.

In wenigen Minuten würden sie nun Invar erreichen und sich endlich wieder den Verteidigern anschließen.

Khûlgrim hatte den Plan, die Orks in die Zange zu nehmen, verworfen. Wenn sie die Orks flankieren konnten, dann könnten die Orks auch sie flankieren. Sich mit Invars Heer zu verbinden, bot die bessere Aussicht auf Erfolg.

Der General ging selbst mit an vorderster Front und würde den Angriff in die Flanke der Orks anführen.

Vor ihnen füllte sich der Tunnel mit Licht – der Ausgang. Endlich hatten sie Invar erreicht.

»Jungs!«, rief Khûlgrim seinen Schildwachen zu. »Nicht übermütig werden.« Er drehte sich um und blickte jedem Zwerg in den vorderen Reihen in die Augen. »Durch diese Öffnung kommen wir zurück in unsere Heimat. Unsere Stadt. Unseren Berg. Wir holen uns alles zurück. Aber lasst euch nicht von eurer blinden Wut leiten. Und werdet nicht nachlässig. Ich weiß, ihr wollt euch an den Schweinen rächen – das will ich auch. Aber wir gewinnen den Krieg nicht in dieser einen Schlacht, klar?«

Die Krieger nickten und klopften sich einander auf die Schultern.

Sie waren bereit.

»Wir machen erst dann Lärm, wenn sie uns bemerkt haben«, war sein letzter Befehl.

Khûlgrim trat als Erster aus den Tunneln ins Innere Invars.

Dolantan hatte den Altar erreicht und bedrohte die Hohepriesterin mit dem Dolch, der einst ihr gehörte.

»Aufhören! Sofort!«, herrschte er sie an und hoffte, dass er Furcht einflößend genug aussah.

»Brut des *Zerstörers*!«, spie sie ihm entgegen und brachte den Altar zwischen ihn und sich. »Nichts wird mich noch aufhalten, euch alle zu vernichten! Der *Wächter* wird sich erheben und Rhilok von all dem Ungeziefer befreien.«

»Das ist doch Wahnsinn!«

Dolantan versuchte, den Altar schneller als sie zu umrunden, doch die Elfe war überaus flink.

»Wir haben euch doch nichts getan«, beharrte der Junge und versuchte weiterhin, an die Vernunft seiner Widersacherin zu appellieren.

Seine Worte lenkten sie so sehr ab, dass sie sich in einer Textzeile verhaspelte. Dolantan mochte zwar ihre Sprache nicht kennen, doch er erkannte, wenn jemand sich versprach.

Sie setzte erneut an und warf ihm einen Blick zu, der ihm das Blut in den Adern gefrieren ließ. All der Wahnsinn, all ihr Hass, ihre Abscheu – all das schleuderte sie ihm in einem einzigen Blick entgegen.

Dolantan begriff, dass er sie nicht würde mit Worten überzeugen können.

Vargan parierte eine schnelle Attackenserie des Elfen mit seinem Rapier, wobei er die – zwar schlanke, aber doch schwerere – Klinge seines Gegners überwiegend abgleiten ließ und sich selbst dann unter dem Angriff wegdrehte.

Er wusste, dass er diese Verteidigung nicht lange würde aufrechterhalten können, denn sie zehrte viel stärker an seinen Kräften als an denen des Elfen.

Und Culnauir war ein erfahrener Krieger, also wusste er es ebenfalls.

Vargan zog einen langen Dolch aus einer Scheide hinter seinem Rücken und stand dem Gegner nun mit zwei Klingen gegenüber.

Er täuschte mit dem Rapier einen Schlag an, um dann mit dem Dolch einen geraden Stoß zu vollführen. Culnauir durchschaute die Finte und behielt stets beide Waffen genau im Blick.

Vargan prüfte seine Verteidigung noch einige Male mehr, brachte das Rapier in einer raschen Folge von Hieben und Stichen nach vorn, nutzte den Vorteil der leichteren und schnelleren Waffe. Immer wieder mischte er einen Dolchstoß in seine Bewegungen, bis die beiden Klingen vor seinem Körper zu einem harmonischen Muster verschmolzen.

Aber Culnuair war zu gut. Der Elf nutzte seinerseits die perfekte Gewichtsverteilung seines Schwertes, um die Klinge in einen nahezu undurchdringlichen Verteidigungswall zu verwandeln.

Die umstehenden Zwerge räumten die Halle, vermutlich, um mit deutlich mehr bewaffneten Zwergen zurückzukehren.

Der Elf kämpfte gegen die Zeit.

Vargan löste sich ein paar Schritte von Culnauir und musterte ihn von Kopf bis Fuß. Der Elfenkrieger strahlte Würde und Stolz aus. Der Mörder erkannte sofort, dass ihm ein Kämpfer mit tiefem Ehrgefühl gegenüberstand.

»Was haben wir dir getan?«, fragte er ihn geradeheraus.

»Du verstehst das nicht, Mensch«, erwiderte Culnauir mit erstaunlich kraftloser Stimme. »Es ist …«

»Die Elfe auf dem Altar, diese Nefhiliel, schon klar«, schnitt Vargan ihm das Wort ab. »Für sie hast du hier all deine Ideale verraten, nicht wahr?«

»Sie ist das Gefäß des *Wächters.*«

»Dieses … Ding steht gleich für die Vernichtung mehrerer Völker. Klingt nicht nach *Wächter* für mich.«

Culnauir schien neuen Mut zu fassen. Offensichtlich hatten Vargans Worte ihre Wirkung verfehlt. *Mist, ich dachte, ich schaffe es,* dachte er.

»Wenn der Krieg vorüber ist, brauchen wir den *Wächter* nicht mehr. Dann sind Nefhiliel und ich endlich zusammen.«

»Ach, *das* glaubst du?«, stieß Vargan ehrlich überrascht aus. »Dass sie dich noch lieben wird, wenn sie von all dem hier erfährt?«

Culnauir blickte ihn finster an. »Wer sollte es ihr erzählen?«

Der Elf griff an, und ihr Tanz begann von Neuem.

Eine Hand legte sich plötzlich auf Kerellics Schulter und er versuchte panisch, mit der Rechten nach seiner Axt zu greifen.

»Alles gut«, sagte eine vertraute Stimme.

Bundarr stand neben ihm und betrachtete Rhaflits Zustand.

»Hilf mir, die Blutung zu stillen«, wies er Kerellic an und sie drehten den bewusstlosen Rhaflit auf den Bauch.

Bundarr betrachtete die Wunde und runzelte die Stirn.

Er förderte aus seiner Tasche eine wächserne Paste und ein sauberes Tuch. Die Paste schmierte er direkt in Rhaflits Wunde, die bedrohlich nah an dessen Wirbelsäule lag. Dann presste er das Tuch darauf und gab Kerellic ein Zeichen.

»Wir müssen ihn ins Krankenlager schaffen«, wies er den Schmied an. »Vielleicht ist es noch nicht zu spät.«

Kerellic nickte und nahm Rhaflit wie ein Kind auf beide Arme.

Als er im Laufschritt die Tür erreichte, ertönte ein tiefes Grollen, als wäre ein Donnerschlag in der Halle niedergegangen.

Kerellic blickte nicht zurück, er wusste, was geschehen war.

Der *Wächter* war erwacht.

Duibel rannte so schnell er konnte wieder nach Ventril. Wegen der schieren Größe seiner Maschine hatten sie kurzerhand die Halle der Ingenieure beschlagnahmt. Gnitzlik hatte ihm freie Hand gelassen, Duibels *Eiserner Wächter* war für die Verteidigung Invars von unschätzbarem Wert.

Jetzt hoffte der Ingenieur einfach nur, dass Borra und die Zwerge den Koloss bereits hergebracht und wieder flottgemacht hatten. Die Zwergin wusste, wie man den Kessel abkühlte und das Wasser nachfüllte. Wie man die Ventile und Schläuche wartete und die Sägeblätter austauschte.

Jeder Handgriff war wichtig, musste präzise ausgeführt werden, sonst drohte eine Katastrophe. Nicht auszudenken, was geschehen würde, wenn der Überdruck einmal nicht mehr aus dem System entweichen könnte.

Duibel musste unweigerlich an die Explosion denken, die seinen Vater das Leben gekostet hatte. *Am Ende sterben wir beide noch durch die Dampfmaschine, Vater*, dachte er wehmütig.

In der behelfsmäßigen Werkstatt begrüßte Borra ihn bereits. Einige der Zwerge halfen ihr gerade dabei, einen Schlauch auszuwechseln. Einer der Arme hatte vorhin Druck verloren.

»Wie lange braucht ihr noch?«, fragte Duibel außer Atem.

»Wir sind gleich fertig«, entgegnete die Zwergin. »Alles in Ordnung?«

Duibel schüttelte heftig den Kopf und Tränen flossen ihm übers Gesicht. »Culnauir … er hat … er hat Rhaflit getötet!«

»Was?«, schrie Borra verwirrt. »Was?«

Keiner der Zwerge hielt in seiner Arbeit inne. Das war ihre Art. Sie führten die Arbeit stoisch zu Ende und wurden dabei keinen Deut langsamer. Egal, wie sehr sie sich aufregten.

Duibel erzählte ihnen rasch die Geschichte, soweit er sie verstand.

»Rhaflit glaubte, dass Lyssetra den *Wächter* so manipulieren will, dass er nicht bloß die Orks, sondern auch die Menschen vernichtet.« Er blickte sie alle eindringlich an. »Wir müssen das verhindern.«

Jetzt hielt Borra kurz inne. »Aber … was wenn sie recht hat?«

Duibel blieb beinahe die Luft weg. »Was? Wie? Bist du verrückt?«

Sie blickte betrübt zu Boden. »Was, wenn wir wirklich besser dran sind, wenn die Menschen von Rhilok verschwinden? Immerhin hat der *Schöpfer* uns den *Wächter* doch dafür geschenkt, nicht wahr?«

Duibel atmete tief ein. »Nein, sicher nicht. Es ist eine Vernichtungsmaschine. Warum wir sie haben, weiß ich nicht. Aber wenn wir sie direkt gegen alles und jeden einsetzen, dann sollten wir sie nicht haben. Was, wenn die Prophezeiung eine Lüge ist? Gnitzlik sprach davon, dass *Schöpfer* und *Zerstörer* womöglich ein und dieselbe Sache sind. Und nur unser Blickwinkel darauf entscheidet. Was dann?«

Borra schüttelte den Kopf. »Jetzt ist nicht die Zeit, theologische Diskussionen zu führen.«

Duibel nickte und reichte ihr einen Schraubenschlüssel. »Ganz recht. Und die Fakten sagen, dass eine Verräterin gerade ein uraltes Monster erweckt. Sie hat Eldrir getötet. Sie ist vermutlich schuld am

Krieg. Sie hat die Orks womöglich nach Invar geführt. Und vielleicht hat sie auch Gundarik auf dem Gewissen …«

Borra nickte langsam. »Du hast recht. Machen wir die Schlampe kalt.«

Der Berg antwortete ihr mit einem tiefen Donnergrollen.

Er hatte versagt.

Die Elfe hatte ihr Ritual vollendet.

Dolantan stand hilflos neben dem Altar und starrte gebannt auf den Kristallkoloss.

Gleißendes Feuer breitete sich in den zuvor pechschwarzen Augenhöhlen aus, als das Monster langsam zum Leben erwachte. Ein lang gezogener Donner hallte von den Wänden, als würde die Bestie tief Luft holen.

Blaue Fäuste schlossen sich kreischend. Der Edelstein machte ein Geräusch, als würde man mit Steinen auf Glas kratzen, nur tausendfach lauter.

Dolantan konnte es nicht fassen. Der *Wächter* betrachtete seine linke Hand, als wäre er tatsächlich nach langer Zeit aus einem tiefen Schlaf erwacht.

Er sah sich um und erblickte Lyssetra.

Sie reckte die Hände in die Höhe und rief: »Höre auf meine Befehle, *Wächter*, und vernichte alle Feinde der Elfen!«

Der *Wächter* rührte sich nicht.

Er legte knirschend und kreischend den Kopf schief und musterte die für ihn winzige Person.

Sie wiederholte ihren Befehl, diesmal jedoch klang ihre Stimme nicht mehr ganz so stählern.

Der *Wächter* streckte die rechte Hand aus und in seiner Handfläche formte sich blaues Feuer.

»Was? Was tust du?«, fragte Lyssetra angsterfüllt.

Dolantan ahnte, was das Monster vorhatte. Er rannte zu der Elfe und riss sie mit sich, genau in dem Moment, da der Wächter einen blauen Feuerstrahl auf ihre letzte Position niedergehen ließ.

»Ich verstehe das nicht?«, stammelte sie immer wieder. »Das kann alles nicht sein!«

»Vielleicht nimmt er einfach nicht gerne Befehle entgegen?«, warf Dolantan ein und zog damit die Aufmerksamkeit der Elfe wieder auf sich.

Ihre Augen wurden groß und ihr Blick wild und wirr. »Du!«, brüllte sie. »Das ist alles deine Schuld! Durch dich habe ich den Fehler bei der Erweckung begangen!«

Dolantan ahnte, wo dies hinführen würde und wappnete sich für den Angriff.

Sie zögerte keine Sekunde und sprang nach vorn.

Der Junge rollte sich zur Seite ab, um ihrem Schlag zu entgehen. Sie war unbewaffnet und kaum geschützt. Aber der Wahnsinn hatte sie vollends gepackt.

Unermüdlich griff sie ihn an, schlug mit den Händen nach ihm, die sie wie Klauen versteifte.

»Wenn der *Wächter* dich nicht tötet, werde ich dich selbst vernichten!«

Der *Wächter* machte keine Anstalten, in ihren Kampf einzugreifen. Stattdessen bewegte sich das Monster einfach auf die gegenüberliegende Wand zu und riss sie kurzerhand nieder. Blaues Feuer schoss wahllos aus seinen Händen, während er seinen Weg fortsetzte.

Dolantan kam nicht umhin, der Kreatur nachzublicken.

Es war nur ein kurzer Moment, doch mehr brauchte seine Widersacherin nicht.

Bundarr nahm sich einen Augenblick Zeit, die Wunde genauer zu untersuchen.

Er nickte zufrieden.

»Ich denke, er wird es überleben«, sagte er schließlich.

Rhaflit atmete schwach, aber Bundarrs Paste hatte die Blutung gestillt.

»Womöglich hat Culnauirs Rest von Ehre die letzte Konsequenz verhindert«, sinnierte der Priester.

»Das Schwein mach ich kalt!«, erwiderte Kerellic. Sein Blut kochte, doch er ermahnte sich selbst zur Ruhe. Der Elf war ein vortrefflicher Kämpfer und kein Gegner, den er auf die leichte Schulter nehmen sollte.

Bundarr schüttelte den Kopf. »Lass das den Menschen machen. Er scheint überaus geschickt zu sein.«

»Denkst du, Rhaflit braucht mich so sehr?«

Bundarr schüttelte den Kopf. »Du kannst nichts für ihn tun.« Er deutete auf eine kleine Kammer am Ende des großen Raumes. »Aber ihm kannst du helfen.«

Kerellic schielte durch die geöffnete Tür.

»Er lebt?«

Der Priester nickte lächelnd. »Er ist ein zäher alter Sturkopf.«

»Bundarr?«, erklang eine vertraute Stimme leise aus dem Raum. »Ist das Kerellic?«

Kerellic schluckte schwer und stand auf.

»Aye, mein König.«

Arlon erhob sich von seiner Liege.

Die rechte Gesichtshälfte war mit feuchten Tüchern bedeckt, die von dünnen Lederschnüren gehalten wurden. Das linke Augenlid hing noch ein wenig herunter, doch die Schwellung war abgeklungen.

Wo das durch die Säure flüssiges Metall sein Gesicht gesprenkelt hatte, trug er tiefe Narben. Kerellic traute sich kaum, sich vorzustellen, wie das restliche Gesicht unter den Tüchern aussehen musste.

Aber allen Befürchtungen zum Trotz saß der König aufrecht auf seiner Liege.

»Hilf mir hoch«, bat er den Schmied.

Kerellic beeilte sich und stützte seine rechte Seite.

Arlon schritt langsam durch den Raum bis an Rhaflits Liege und legte dem Gnom beinahe väterlich eine Hand an die Wange.

»Ihr habt euer Abenteuer überlebt«, stellte er zufrieden fest. »Habt ihr uns Hilfe gebracht?«

Kerellic schüttelte den Kopf. »Wir mussten umkehren. Lyssetra hat uns alle verraten.« Er sah traurig auf Rhaflit hinab. »Und auch Culnauir.« Er blickte seinem König fest in das verbliebene Auge. »Lyssetra hat den *Wächter* erweckt, damit er Orks und Menschen tötet.«

Arlon nickte langsam. Dann wandte er sich an Bundarr. »Danke für alles, was du getan hast. Aber ich kann nicht länger hierbleiben.«

Der Priester lächelte gutmütig. »Eine Rüstung und deine Waffe liegen schon bereit.«

Arlon wandte sich Hilfe suchend an Kerellic. »Führ mich in die Schlacht.«

Kerellic straffte die Schultern und nickte grimmig. »Es ist mir eine Ehre, mein König.«

Arlons Rückkehr wurde überall in Invar frenetisch gefeiert. Überall blieben Zwerge und Gnome stehen und bejubelten den tot geglaubten König.

Trotz seiner schweren Verletzungen wirkte er nicht weniger majestätisch. Im Gegenteil, fand Kerellic.

Gerade wie Arlon sich unter größter Anstrengung und Schmerzen seinen Weg durch die noch unversehrten Straßen Invars bahnte, eine schwere Rüstung am Leib und eine zweischneidige Streitaxt in den Händen – für Kerellic war es, als würde der *Schöpfer* selbst durch Arlon wirken.

Bewaffnete Zwerge sammelten sich um sie herum. Keine Krieger, sondern alle die, die bisher noch nicht in die Verteidigung einbezogen worden waren. Selbst die alten Greise griffen zu ihren Waffen und marschierten neben ihnen in Richtung Front.

Die Nachricht verbreitete sich wie ein Lauffeuer und schon bald trafen sie auf Modruk, der die Verteidigung innerhalb Invars anführte.

»Mein König!«, rief er erfreut und reichte Arlon freundschaftlich die Hand. »Schön, dass du es noch geschafft hast. Wir halten die Südfront. Aber nur, weil Khûlgrim mit den Schildwachen zurückgekehrt ist.«

Mehr Worte waren nicht nötig. Arlon übernahm augenblicklich das Kommando. »Ist der *Wächter* schon hier?«

Modruk schüttelte den Kopf. »Bisher noch nicht. Wir haben bereits davon gehört, aber ich konnte keinen Mann entbehren.«

Arlon brummte nachdenklich. »Er ist nicht so klein. Früher oder später wird er uns finden. Wir müssen die Orks jetzt schlagen.«

Sie verbündeten sich mit den restlichen Verteidigern Invars und stürmten zur Front.

Es war, wie Modruk gesagt hatte: Khûlgrim und die Schildwachen hatten sich in den Ring aus Verteidigern eingefügt und gemeinsam hielten sie den südlichen Tunneleingang, aus dem sich ein endlos erscheinender Strom an Orks und Trollen ergoss.

»Keil bilden!«, brüllte Arlon und nahm die Position an der Spitze ein.

Die Flanke der Verteidigung drohte zu zerbrechen, als zwei Trolle wütend und ohne Rücksicht auf Verluste in die Reihen der Zwerge sprangen.

Die Monster wüteten mit ihren Klauen und rissen ihren Opfern tiefe Wunden.

Arlons Keil preschte mitten in die Angreifer hinein. Der König hieb links und rechts und fällte einen Gegner nach dem anderen.

Kerellic tat es ihm gleich und sie schlugen ein tiefes Loch in die Formation der Feinde.

Als ihr Vormarsch sich verlangsamte, gab Arlon das Zeichen zum Rückzug, bevor die Orks sie festsetzen konnten.

Die Verteidigungslinie war vorerst stabilisiert, doch es würde noch viele solcher Ausfälle benötigen, ehe das orkische Heer davon ernsthaft geschwächt würde.

Khûlgrim erblickte seinen König und arbeitete sich seinen Weg durchs Schlachtgetümmel zu ihnen zurück.

»Du lebst!«, rief er voller Freude aus.

Arlon winkte ab. »Es braucht mehr als einen feigen Goblin.« Er deutete wieder auf die unermüdlich anrückenden Feinde. »Was macht dieser Abschaum noch in meiner Stadt?«

Khûlgrim blickte gequält drein. »Es sind einfach zu viele. Für jeden, den wir erschlagen, rücken drei nach.«

Der General wandte sich bereits wieder zum Gehen, doch Arlon hielt ihn am Arm zurück. »Auf mein Zeichen ziehen wir uns zurück.«

Für diese Bemerkung erntete Arlon nicht nur von Khûlgrim fragende Blicke. Auch Kerellic und Modruk waren zutiefst überrascht.

»Vertraut mir«, sagte der alte König mit einem schiefen Lächeln auf den Lippen. »Lockt sie ein wenig weiter aus dem Tunnel raus, aber achtet darauf, dass unsere Linie noch hält.«

»Modruk, nimm die linke Flanke, Kerellic, du die rechte, ich halte mit den Schildwachen das Zentrum.« Khûlgrim übernahm ganz selbstverständlich wieder das Kommando über die Truppen, doch Modruk schien nicht im Geringsten beleidigt.

Im Gegenteil. Kerellic glaubte, so etwas wie Erleichterung in den Augen des jungen Zwergs zu sehen. Allem Anschein nach hatte Modruk die Verteidigung bisher gut organisiert, doch Khûlgrims Erfahrung reichte weiter zurück, als viele von ihnen überhaupt denken konnten. Der alte General wurde fast ebenso sehr verehrt wie der König selbst.

Was er allerdings nicht erwartet hatte, war, dass Arlon sich neben Khûlgrim in die Reihen der Verteidiger stellte. Der König war dem Tod noch immer näher als dem Leben, doch allem Anschein nach wollte er sein Volk auf keinen Fall im Stich lassen. Das Kommando über die Truppen überließ er dem erfahrenen General, doch Kerellic spürte, dass Arlons Anwesenheit wie ein Leuchtfeuer der Hoffnung wirkte.

Kerellic hatte die Führung der rechten Flanke übernommen. Thorvan und Lodgar standen nun an seiner Seite und der Schmied war stolz, mit diesen alten Freunden seine Heimat zu verteidigen.

Ganz wie Arlon es befohlen hatte, wichen sie kontrolliert Meter um Meter zurück und lockten die Orks so immer weiter ins Innere der Stadt.

»Was hat Eisenbart vor?«, fragte Thorvan zwischen zwei Angriffswellen.

Kerellic blickte kurz über die Schulter, konnte jedoch nichts entdecken. »Er spielt Katz und Maus.«

Thorvan legte die Stirn in Falten. »Ist er sich denn sicher, wer die Katze ist?«

Ein Brüllen wie Donner gemischt mit zersplitterndem Glas ertönte hinter ihnen und Kerellic zuckte zusammen. »Ja, das weiß er.« Er deutete auf den *Wächter*, der sich langsam seinen Weg durch die niedrigen Gebäude Invars brach, und fügte hinzu: »Aber ich fürchte, wir sind alle Mäuse.«

Der *Wächter* marschierte unaufhaltsam durch Wände, riss ganze Häuser ein und brüllte dabei unablässig seinen Zorn in die Welt.

Orks und Zwerge ließen die Waffen sinken. Für einen Moment erstarrten sie alle in stummer Ehrfurcht vor diesem lebenden Zeugnis ihres Gottes. Einige Orks fielen auf die Knie und priesen das Geschöpf. Andere brüllten unverständliche Sätze und gestikulierten wild in Richtung des Monsters.

Die Zwerge wichen weiter zurück und machten dem riesigen Kristallkoloss eine Gasse frei, die ihn direkt zu den Orks führte.

Der *Wächter* ging stoisch weiter auf die beiden Heere zu. Schließlich hob er seine rechte Hand und streckte die Handfläche aus. Blaues Feuer entzündete sich an seinen Fingerspitzen und gleißende Feuerstrahlen ergossen sich in die Welt. Ein tödlicher Fächer, der jedem, den er berührte, binnen eines Herzschlags Rüstung, Kleider, Haut und Fleisch von den Knochen brannte.

Unruhe brach in beiden Schlachtreihen aus.

Die Zwerge versuchten dem Wüten des *Wächters* zu entgehen, machten ihm mehr Platz oder gingen in Deckung.

Die Ordnung der Orks brach völlig in sich zusammen. Die Kämpfer an der Front wollten so schnell wie möglich wieder in den Tunnel, doch die nachrückenden Krieger drängten sie nach vorn, weiter auf den *Wächter* zu.

Und der brüllte ihnen zwischen jedem seiner todbringenden Feuerstrahlen seinen Hass und seine Wut entgegen.

»Er tötet wahllos«, stellte Thorvan schockiert fest. »Das nimmt kein gutes Ende!«

Kerellic nickte. »Wir sollten versuchen, zu Arlon und Khûlgrim zu gelangen und das Heer wieder in der Mitte sammeln.« Er blickte erst Thorvan, dann Lodgar ernst in die Augen. »Sieht so aus, als würden wir einen neuen Feind bekämpfen müssen.«

Das Kristallmonster war in seiner Wut aber überaus effizient. Binnen weniger Herzschläge hatte er schon Hunderte Orks verbrannt und den Kampfeswillen der Überlebenden vollständig gebrochen.

Der *Wächter* verfolgte die Orks noch über das Schlachtfeld hinaus. Das Heer zog sich in die Tunnel zurück, aber der Wächter verbrannte den Felsen um sie herum, verwandelte das Gestein zu Lava, die sich ihren Weg durch die Luftschächte in die tieferen Ebenen Invars suchte.

Kerellic stellte sich vor, wie die Schmieden gerade in Flammen aufgingen, und schluckte.

»Der Qualm könnte uns alle ersticken«, sagte er an Khûlgrim gerichtet. »Wir müssen ein paar Jungs da runterschicken.«

Der General nickte und blickte fragend in die Runde seiner Truppführer. Thorvan und Lodgar meldeten sich sofort freiwillig. Der alte Zwerg kannte die Schmieden noch immer wie seine Westentasche aus der Zeit, bevor er den *Schmiedehammer* eröffnet hatte. Lodgar und er arbeiteten außerdem schon seit Jahren Hand in Hand. Sie würden schnell wissen, was zu tun wäre.

Damit war es beschlossen. Der Rest von ihnen würde versuchen, den *Wächter* von Invar abzulenken. Solange er die Orks verfolgte, hatten sie die Oberhand, aber keiner von ihnen konnte mit Sicherheit sagen, dass er bei den Orks aufhören würde.

Kerellic hatte ihnen die Wahrheit über Lyssetra und Culnauir so knapp wie möglich erzählt und Khûlgrim zweifelte keinen Augenblick an der Einschätzung des Schmieds.

Der Südtunnel vergrößerte sich allmählich zu einem Radius, den der *Wächter* passieren konnte. Und das Monstrum verfolgte die Orks.

Kerellic gestattete sich einen kurzen Moment, um das Bild in sich aufzunehmen. Der bläulich schimmernde Kristallkoloss, der blau–weißes Feuer gegen den Felsen schleuderte und ihn so zu rotglühender Lava schmolz, die zu seinen Füßen über den Boden kroch.

Dazu die Schreie der Orks, die immer wieder das Wüten der Flammen übertönten, wenn ein neuer Flammenstrahl sie hundertfach in Brand steckte.

Er wusste, dass dies der Moment ihres Sieges über die Orks war, das Ende der Invasion, doch er konnte ihn nicht genießen. Nicht so.

Selbst für Orks erschien das Wüten des *Wächters* zu grausam.

Schließlich ließ der *Wächter* nach. Seine Bemühungen, den Berg umzugraben, kamen zum Erliegen. Die Orks schienen endgültig geflohen.

Das Monstrum hielt inne.

Andere Zwerge schienen die Zeichen ebenfalls zu deuten, denn von überall kamen sie herbeigelaufen und jubelten dem Monstrum zu.

»Nicht!«, schrie Arlon und stürmte los. »Geht in eure Häuser! Sofort!«

Doch der *Wächter* hatte sie bereits erhört.

Der Götze aus Kristall drehte sich um und präsentierte der Menge sein unheilvolles Antlitz.

Er hob die Hand wie zum Gruß, ein schwaches blaues Leuchten darin, damit die Zwerge sie besser erkennen konnten.

Es war nur ein kleiner Feuerball, der sich aus seiner Handfläche löste und eine alte Zwergin, die den *Wächter* mit offenen Armen pries, verbrannte.

Ein kleiner Flammenstrahl, der eine ganze Gruppe zu Asche verwandelte, ehe die Panik losbrach.

»Monster! Hier bin ich!«, brüllte der König zu den Füßen des Kolosses. »Ja, hier, du nutzloser Stein!«

Kerellic blickte entsetzt auf Arlon, der versuchte, die Aufmerksamkeit des *Wächters* auf sich zu ziehen. *Was hat er vor?*

Er wischte die Frage beiseite. Der König erkaufte ihnen wertvolle Zeit, die sie nutzen mussten. »Los, wir müssen alle sammeln, die kämpfen können! Vielleicht können wir ihn lange genug aufhalten!«

»Aufhalten? Bis wann?«, fragte Dargril starr vor Entsetzen.

Kerellic blickte über die Schulter in Richtung der Halle der Erweckung. »Bis meine Freunde die Hohepriesterin zwingen können, die Bestie wieder in den Schlaf zu singen.«

Er hatte den Satz gerade beendet, als der *Wächter* Arlon in blaues Feuer hüllte. Als die Flammen versiegten, stand der König noch immer unversehrt hinter einen Schild gekauert.

Für einen Moment wich die Gestalt zurück, offensichtlich ebenso erstaunt darüber, dass der Angriff keine Wirkung zeigte. Arlon stand wie angewurzelt da und warf ihnen einen letzten Blick zu. »Haltet stand!«

Der *Wächter* brüllte seine Frustration hinaus und schleuderte ihm sein Feuer ein weiteres Mal entgegen.

Wieder hielt Arlon hinter seinen Turmschild gekauert stand.

Die blauen Flammen konnten ihm nichts anhaben.

Der König erhob sich und fixierte den Koloss aus seinem verbliebenen Auge. »Das hier ist unsere Heimat, du Monster! Du bist hier nicht willkommen. Nicht hier, in keinem Haus, in keiner Gasse. Und nicht in dieser Zeit.« Arlon packte seine Axt ein wenig fester, wie um sich selbst Mut zu machen. »Du bist ein Schrecken der Vergangenheit! Der Schatten eines Krieges, der längst in Vergessenheit geraten ist. Du wirst untergehen!«

Arlon stürmte gegen den *Wächter* und schlug die Axt mit aller Macht gegen das Bein des Monsters.

Die Waffe prallte mit einem hohen metallischen Scheppern daran ab.

Der *Wächter* wischte den König mit einer Handbewegung beiseite. Seine Faust krachte gegen Arlons Körper, schlug ihm die Axt aus der Hand und zerschmetterte Rüstung und Knochen.

Viele Zwerge schrien entsetzt auf, als ihr König einige Meter durch die Luft segelte und dann reglos auf dem Boden liegen blieb.

Sekunden, die jede einzelne wie eine Ewigkeit erschienen, vergingen, doch Arlon rührte sich nicht.

Einige rannten mit Khûlgrim zu ihrem König, um seinen Körper zu schützen, andere starrten entsetzt auf den Kristallkoloss.

Kerellic spürte, dass der *Wächter* kurz davor stand, auch ihren Willen zu brechen. Er rannte los und sammelte so viele Zwerge um sich, wie er nur konnte.

»Bildet einen Schildwall! Bildet einen Schildwall!«, brüllte er unentwegt und riss links und rechts von sich Krieger mit.

Sie postierten sich vor dem Wächter, bildeten aus überlappenden Schilden eine undurchdringliche Mauer und stemmten sich dagegen.

Bald schon formte sich eine zweite Reihe, die ihre Schilde nutzten, um die Wand zu erhöhen und den Schutzschirm so zu vergrößern. Andere Krieger, die keinen Drachenschild der Schildwachen besaßen, halfen den anderen, die Schilde zu stützen und sich gegen den *Wächter* zu stemmen.

Die Faust *Wächters* donnerte auf die Schilde, doch die Zwerge hielten stand.

Wieder hämmerte der *Wächter* auf ihren Verteidigungswall, schleuderte blaues Feuer gegen sie und tobte.

Doch die Zwerge hielten stand.

Kerellic konnte nur hoffen, dass Dolantan und Vargan mehr Erfolg hatten.

Die Hohepriesterin ließ nicht ab von ihm, der pure Wahnsinn stand ihr ins Gesicht geschrieben, als sie ihm ein ums andere Mal Beleidigungen und Drohungen an den Kopf spie.

»Deine verderbte Art *muss* ausgelöscht werden, *Mensch*!«

Dolantan versuchte, sie weiter in Schach zu halten. Insgeheim hoffte er, dass Vargan den Elfenkrieger besiegen könnte und ihm dann zu Hilfe käme.

Doch je länger der Kampf der beiden andauerte, desto deutlicher wurde, dass sie einander ebenbürtig waren und keiner die Oberhand erringen würde.

Wieder stürzte sie sich auf ihn. Schlug, kratzte, biss wild um sich.

Sie bekam sein rechtes Ohr zu fassen und zog schmerzhaft daran.

Dolantan folgte ihrem Zug, da er befürchtete, sie würde es ihm sonst abreißen. Gleichzeitig hämmerte er mit der Linken ungezielt gegen ihren Körper.

Den Dolch hatte er zuvor im Handgemenge verloren und bisher hatte noch keiner von ihnen die Waffe wieder an sich bringen können.

Hin und wieder traten sie gegen den Griff und der Dolch schlitterte über den Granitboden.

Lyssetra trat ihm mit dem Knie in den Schritt, und vor seinen Augen explodierten Tausende Sterne.

Dolantan verpasste ihr einen Fausthieb ins Gesicht, der sie zurücktaumeln ließ. Das verschaffte ihm einen Moment zum Verschnaufen, während er versuchte, nicht auf die Knie zu fallen.

»Das ist Wahnsinn!«, keuchte er. »Ich habe dir gerade das Leben vor diesem riesigen Monster gerettet!«

Im Kopf des Jungen ergab es keinen Sinn, dass sie an ihrem blinden Hass noch immer festhielt, wo er doch offensichtlich nicht ihr Feind war. Aber die Elfe schien von jeglicher Logik weit entfernt zu sein.

»Nur eine weitere Lüge des *Zerstörers*, der meine Überzeugung schwächen will«, gab sie keifend zurück. »Und wärst du nicht gewesen, wäre die Erweckung fehlerfrei abgelaufen!«

Dolantan schüttelte den Kopf und brachte die Fäuste nach oben. Diesen Kampf würde er nicht mit Worten gewinnen.

Lyssetra ließ sich nicht lange bitten.

Sie stürmte heran und krachte einfach in ihn hinein. Für ihren zierlichen Körper entwickelte sie eine enorme Kraft und sie gingen beide erneut zu Boden. Dolantan spürte etwas Kaltes, Hartes im Rücken – sein Dolch.

Sie rollten sich weiter ab und der Junge griff hinter sich, in dem Versuch, die Waffe zu fassen.

Lyssetra bemerkte es jedoch und ließ von ihm ab, um sich den Dolch vor ihm zu schnappen.

Es gelang ihr, aber bevor sie sich aufrichten konnte, stürzte sich Dolantan auf sie und begrub sie unter seinem Gewicht.

Ein gellender Schrei übertönte den Kampflärm in der Halle.

Lyssetra krümmte sich und rollte sich auf die Seite.

Der Dolch steckte bis zum Heft in ihrer Brust.

»Was hast du getan?«, fragte sie ihn anklagend und stand auf.

Blut lief aus den Mundwinkeln und ihre weiße Robe hatte sich dunkelrot gefärbt.

»Du hast Nefhiliel verdammt!«

Die Stimme durchdrang seinen Panzer aus Konzentration und erreichte sein Herz.

Nefhiliel!

Culnauir sah aus dem Augenwinkel, wie Lyssetra die blutverschmierte Klinge aus ihrer Brust zog und sie dem Jungen entgegenstreckte. Sie wankte kurz, dann brach sie leblos zusammen.

Es war nur ein Augenblick, ein kurzes Blinzeln in seinen Bewegungen, nicht mehr.

Doch es genügte.

Plötzlich spürte er den kalten Biss einer Klinge und blickte an sich hinab.

Der Mensch hatte sein Schwert mit dem Rapier zur Seite gedrückt und ihm den Dolch in den Bauch gerammt.

Sie sahen einander in die Augen, verharrten in ihrer tödlichen Verbindung.

Culnauir wusste, dass dies sein Ende war. Vielleicht könnte er den Menschen trotz seiner Wunde noch ein paar Minuten in Schach halten, doch der Blutverlust würde ihn irgendwann langsam und müde machen.

Sie beide wussten es.

Der Kampf war entschieden.

»Gut gekämpft«, stellte Culnauir anerkennend fest.

»Ohne dein Herz hättest du mich besiegt«, erwiderte der Mensch. Dann blickte er zum Altar, auf dem die nun für immer schlafende Nefhiliel lag. »Es tut mir leid für sie.«

Culnauir folgte seinem Blick und seine Augen füllten sich mit Tränen. »Mir auch«, sagte er. »Alles.«

Der Mensch wollte den Dolch gerade wieder aus der Wunde ziehen, als Culnauir seine Hand festhielt. »Bitte. Noch nicht.«

Der Elf ließ das Schwert los. Die Klinge fiel klirrend zu Boden. Er blickte den Menschen flehend an. »Lass mich mit ihr gehen.«

Vargan nickte. »Mögen die Sterne euch leiten.«

Culnauirs Blick hellte sich für einen Moment auf. »Bis ans Ende aller Zeit.«

Der Mensch ließ von ihm ab und gab seinem jungen Gefährten ein Zeichen, sich zurückzuhalten.

Culnauir schritt zum Altar und betrachtete seine geliebte Nefhiliel. Reglos. Leblos. Aber die Haut noch warm und weich, wie er sie immer kannte. Er ergriff ihre Hand und küsste sie sanft.

»Geliebte Hohe Tochter«, flüsterte er. »Verzeiht, dass ich Euch nicht beschützen konnte. Verzeih mir, geliebte Nefhiliel, dass ich kein besserer Mann war.«

Die Klinge in seiner Seite schmerzte, doch er hob die Prinzessin sanft vom Altar auf und trug sie auf Händen durch die Kammer.

Zum ersten Mal bemerkte er die Zerstörung, die der *Wächter* bereits angerichtet hatte.

Eine Schneise der Verwüstung zog sich von der Halle der Erweckung entlang bis ins Herz von Invar.

Culnauir blickte zu den beiden Menschen zurück. »Wir waren so verblendet. Im Namen meines Volkes bitte ich euch um Verzeihung.«

Der Junge reagierte nicht, sondern starrte noch immer auf die tote Hohepriesterin. Culnauir konnte nicht umhin, ein gewisses Maß an Genugtuung zu empfinden, nun, da sie tot war.

Der Meuchelmörder nickte ihm verständnisvoll zu. »Du bist nicht der erste Mann, dessen Herz ihm die Sicht geraubt hat.« Er deutete mit einem Kopfnicken auf Nefhiliel. »Halt sie einfach fest.«

Culnauir lächelte befreit.

»Das werde ich.«

Er wandte sich um und ging.

Duibels *Eiserner Wächter* setzte sich gerade wieder in Bewegung. Der Kampflärm war noch immer laut zu hören, doch seit einigen Minuten hatte er sich verändert. Kein gutes Zeichen, wie Duibel fand.

Sie marschierten die Straße entlang, flankiert von den Zwergen, die Borra geholfen hatten, den *Eisernen Wächter* in die Werkstatt zu bringen, und Gnitzlik, der die letzten gnomischen Kämpfer um sich geschart hatte.

Invar glich in großen Teilen einem Trümmerfeld. Viele Gnome verstanden nicht, wie der *Wächter*, der ihnen doch von ihrem Gott als Beschützer geschenkt worden war, ein solches Maß an Verwüstung verursachen konnte.

Gnitzlik seufzte tief. »Vielleicht müssen wir uns eingestehen, dass wir die Vergangenheit verklärt haben. Vielleicht haben wir die Prophezeiung falsch verstanden.« Er überblickte traurig eine Gruppe eingestürzter Häuser. »Vielleicht lagen wir einfach falsch.«

Duibel konnte seine Worte nur schwer verstehen, doch er kam zu demselben Ergebnis und trieb den *Eisernen Wächter* zu einem höheren Tempo an. Invar blieb vielleicht keine Zeit mehr.

Kerellic wusste, dass sie dem Monster nicht ewig würden standhalten können. Im Gegenteil. Immer wieder riss der *Wächter* Löcher in ihren Verteidigungswall. Die Zwerge gaben nicht nach; wo einer fiel, füllten zwei die Lücke, doch sie waren geschwächt. Die Kämpfe mit den Orks hatten die Verteidiger ausgezehrt. Und Khûlgrims Männern ging es ähnlich. Ihre Reise durch den Berg hatte auch ihnen alles abverlangt.

Und mit jedem verstreichenden Moment ahnte Kerellic, dass es Vargan und Dolantan nicht gelungen war, die Hohepriesterin in die Knie zu zwingen.

Immerhin hatten Thorvan und Lodgar die Feuer in den Schmieden unter Kontrolle gebracht. *Wir werden also wenigstens nicht ersticken*, kam ihm ein ironischer Gedanke.

Dargril warf ihm einen Blick von der Seite zu. »Was sollen wir tun?«

Kerellic verzog keine Miene. »Wir halten ihn so lange wie möglich auf.«

Plötzlich ertönte hinter dem *Wächter* wildes Geschrei. Aus dem Tunnel stürmten die Orks zurück in die Stadt und schwangen Äxte und Keulen – manche hatten sich sogar nur einen großen Gesteinsbrocken gegriffen.

»Na großartig!«, stöhnte Dargril auf. »Das war's.«

Kerellic verschob seinen Schild und spähte durch den schmalen Schlitz hindurch. Die Orks rannten nicht an dem *Wächter* vorbei – sie sammelten sich ähnlich wie die Zwerge vor ihm und gingen in Formation.

»Ich glaube, sie wollen sich an ihm rächen«, stellte Kerellic erstaunt fest.

Duibel beobachtete durch seinen Sehschlitz, wie die Orks den *Wächter* angriffen und somit dessen Aufmerksamkeit wieder auf sich lenkten, während die Zwerge weiter hinter den Schilden in Deckung blieben.

Welle um Welle krachte in den Kristallkoloss, doch das Monstrum blieb unversehrt.

»Sie können seine Struktur nicht beschädigen«, stellte Gnitzlik fest.

»Natürlich nicht, er ist aus Stein!«, antwortete Duibel, ohne darüber nachzudenken.

»Gut beobachtet, mein Junge«, sagte Gnitzlik und steuerte seinen fahrenden Stuhl geradeaus und direkt auf den *Wächter* zu.

Duibel konnte noch erkennen, dass der Dampfauslass geschlossen wurde, um den Druck im Kessel zu erhöhen. Während Gnitzlik weiter auf den Kampfschauplatz zurollte, erinnerte sich Duibel an die Zerstörung bei der Explosion, die vor vielen Jahren seinen Vater das Leben gekostet und Gnitzlik zum Krüppel gemacht hatte.

Die Werkstatt war ein einziger Trümmerhaufen gewesen, samt dem kompletten Haus, in dem sie sich befunden hatte.

Alles eine Frage der Energie, hatte Gnitzlik damals verkündet. *Der Dampfkessel hat schlagartig so viel Kraft freigesetzt, dass es die Steinwände zerrissen hat.*

»Das kann er doch nicht …«

»Wir müssen ihm hinterher!«, brüllte Borra und setzte den *Eisernen Wächter* wieder in Bewegung.

Duibel regulierte den Dampfdruck, ohne wirklich auf die Schalter zu achten, sondern starrte unentwegt durch den schmalen Sehschlitz und Gnitzlik hinterher.

Der Schildwall um Kerellic zog sich gerade wieder einige Schritte zurück, um dem Gegenangriff des *Wächters* zu entgehen, während die Orks weiter auf das Monstrum eindrangen.

Bisher waren all ihre Bemühungen vergebens gewesen. Der Kristallköper des Kolosses war noch immer unversehrt – nicht den kleinsten Kratzer hatten sie ihm anhaben können.

Die Orks riskierten hohe Verluste, wenn sie den *Wächter* frontal angriffen, doch sie ließen nicht nach. Für einen Moment wünschte Kerellic, dass er die Sprache der grünen Invasoren verstehen könnte, um ihre Angriffe zu koordinieren … oder ihnen einfach nur zu sagen, dass sie hier auf verlorenem Posten kämpften.

Doch so blieb ihm nichts anderes übrig, als mit anzusehen, wie die Orks Welle um Welle gegen das Monster warfen und damit keinerlei Veränderung erreichten.

Plötzlich ertönte ein vertrautes Geräusch neben ihm. Das leise Seufzen und Stöhnen von Gnitzliks fahrendem Stuhl. Als Kerellic den Kopf wandte, blickte er dem Ersten Ingenieur in die Augen.

»Was machst du hier?«, fragte er fassungslos. »Du kannst hier nichts ausrichten!«

Gnitzlik lächelte ihn beinahe ebenso verrückt an, wie Rhaflit es immer getan hatte, und Kerellic wurde das Herz schwer. Er konnte nur hoffen, dass der wunderliche Gnom ebenso sehr am Leben hing wie an seinen seltsamen Erfindungen.

»Ich habe eine Theorie«, sagte Gnitzlik fröhlich. »Sag den Orks, dass sie sich zurückziehen sollen, wenn ich sie gleich teste.«

Damit ließ er Kerellic stehen und fuhr weiter auf den *Wächter* zu.

Kerellic blinzelte verwirrt, unfähig, die Worte in einen sinnvollen Zusammenhang zu bringen. *Sag den Orks, dass sie sich zurückziehen sollen …*

Wie? Wie sollte er den Orks eine Nachricht übermitteln? Und wozu?

Und warum fuhr Gnitzlik schnurgerade auf den *Wächter* zu?

Kerellics Herz hämmerte in seiner Brust, als sein Unterbewusstsein begriff, was sein Verstand nicht fassen konnte.

Fieberhaft suchte er die Reihen der Orks nach ihrem Anführer ab.

War es ein Goblin, der säbelschwingend auf einem Gesteinsbrocken stand?

Er wollte ihm schon ein Zeichen geben, als ein Troll anrückte, der den Goblin mit einer beiläufigen Bewegung seines Arms beiseitewischte.

»Wo bist du …«, murmelte der Schmied unentwegt vor sich hin.

Schließlich erblickte er einen Ork, der komplett in eine schwarze Rüstung gekleidet war. Auf dem Kopf trug er einen Helm mit mehreren scharfen Zacken, die ihn noch ein Stück mehr von der Masse abhoben. Der Ork schwang eine doppelschneidige Streitaxt und nutzte sie, um Befehle anzuzeigen. Ähnlich einem Taktstock dirigierte er damit die Masse der Monster.

Kerellic war sich sicher, dass er den Anführer der Horde gefunden hatte.

Der Zwerg löste sich aus dem Schildwall und gestikulierte wild mit den Armen. »He! Du da! Ork!«, schrie er aus vollem Hals. »Hier drüben!«

Der orkische General bemerkte ihn schließlich und musterte ihn von Kopf bis Fuß.

Kerellic fuchtelte wild mit den Armen, signalisierte, dass die Orks sich vom *Wächter* zurückziehen sollten und deutete immer wieder auf Gnitzlik.

Der Blick des Orks folgte Kerellics Händen und blieb stehen, als er den Ersten Ingenieur traf.

»Verdammter Hund!«, schimpfte Kerellic. »Raff doch, was ich sage!«

Wieder und wieder versuchte er, dem Ork klarzumachen, was er von ihm wollte.

»Zieh deine Männer zurück!«, schrie er so laut er konnte.

Schließlich schien der Ork zu verstehen und bellte einen Befehl. Seine Axt schwang er in einem weiten Kreis über dem Kopf und die ersten Orks wichen weiter in die Tunnel zurück.

Kerellic fügte sich wieder in den Schildwall ein und erlebte jede einzelne der nächsten Sekunden als kleine Ewigkeit.

Gnitzlik fuhr geradewegs auf den *Wächter* zu. Das Monstrum war sichtlich überrascht, dass die Orks ihren Angriff abbrachen, und stand kurz reglos da, ganz so als würde der Koloss darüber nachdenken müssen, welche Frontlinie er jetzt als Nächstes angriff.

Kerellic konzentrierte sich auf Gnitzlik und dessen fahrenden Stuhl. Der Schmied bemerkte, dass kein Dampf mehr aus dem kleinen Rohr am Ende der Konstruktion austrat. Der Erste Ingenieur hatte den Druckausgleich verhindert.

Der Druck im Kessel wird weiter steigen, dachte der Zwerg. *Bis er zu groß wird und …*

»Macht euch bereit!«, brüllte er den Zwergen um ihn herum zu.

Der *Wächter* hatte den Gnom nun ebenfalls bemerkt und brüllte ihm seine Verachtung entgegen, aber Gnitzlik rollte unbeeindruckt weiter auf ihn zu.

Kurz vor dem *Wächter* hielt der Gnom an. Er betätigte noch einen Hebel und das Zischen und Seufzen seiner Maschine verstummte.

Er pumpt keinen Dampf mehr durch die Schläuche, erkannte Kerellic.

»Leb wohl, alter Freund«, flüsterte er traurig.

Der *Wächter* machte einen Schritt auf Gnitzlik zu, genau in dem Moment, als der Druck im Kessel die kritische Schwelle überschritt.

Mit einem ohrenbetäubenden Knall zerriss es den Kessel in tausend Stücke und die Stahlsplitter schossen kreischend durch die Luft. Schrapnelle prasselten gegen den Schildwall und das Trommelfeuer klingelte in Kerellics Ohren. Ein großer Stahlsplitter durchschlug beinahe Dargrils Schild, doch der Zwerg hielt der Wucht stand.

Eine dicke Dampfwolke verhüllte den Blick, als die Explosion verklungen war.

Kerellic wagte kaum daran zu denken, wie es auf Seiten der Orks nun aussah. Der *Wächter* würde den Hauptteil der Explosion abbekommen haben, aber ganz sicher nicht jeden Stahlsplitter.

Langsam verzog sich der Dampf, der sich mit dem Qualm des Feuers vermischt hatte, und gab den Blick wieder frei.

Gnitzliks fahrender Stuhl war verschwunden – in winzige Teile zerstört und überall verstreut. Von dem alten Gnom fehlte jede Spur.

Hastig blickte Kerellic sich um und erblickte den leblosen Körper des Ersten Ingenieurs dreißig Meter weiter an einem Haus.

»Der *Wächter*!«, rief Modruk aufgeregt.

Kerellic blickte zurück zu dem Monster aus Kristall. Die Hülle des *Wächters* schien noch immer makellos. Erst bei genauerem Hinsehen erkannte Kerellic einen Riss, der sich quer über die Brust des Monstrums zog.

Ein erster Riss im undurchdringbaren Panzer, aber die Bestie war noch lange nicht besiegt.

»Er ist nicht unverwundbar!«, brüllte Kerellic seinen Freunden zu. »Schnappen wir ihn uns!« Er sprang auf und suchte in den Reihen der Orks erneut nach dem Kommandanten. Ein großer Stahlsplitter ragte aus dessen linkem Arm, doch er stand noch immer aufrecht und gab die Befehle.

Kerellic winkte ihm hektisch zu. Als er die Aufmerksamkeit des Orks innehatte, deutete er auf den Wächter und zeichnete danach auf seiner eigenen Brust den Riss im Panzer des Kristallmonsters nach.

»Jetzt haben wir dich«, sagte er grimmig, als die Orks begannen, ihre Angriffe auf die neue Schwachstelle zu lenken.

Der *Eiserne Wächter* sprintete an den Zwergen vorbei und krachte mit voller Wucht in den Kristallkoloss. Die Eisengestänge ächzten unter der Last und die Gelenke klapperten ob des Drucks, den der *Wächter* auf die ganze Maschine gab.

Duibel befürchtete, dass einer der Arme einfach aus seiner Verankerung brechen könnte.

Borra schien weniger ängstlich zu sein. »Gib mir mehr Druck!«, verlangte sie unentwegt. »Dem Schwein hau ich auf die Fresse!«

Der Ingenieur schüttelte den Kopf. Ihr Tatendrang war nicht von der Hand zu weisen. Duibel kontrollierte die Druckmesser und sah, dass sie schon kurz davorstanden, über den grünen Bereich hinauszuschießen. »Noch mehr Dampf im Kessel und wir schließen uns Gnitzlik an!«

Borra grunzte etwas Unverständliches und konterte den rechten Schwinger des *Wächters* mit der Linken, blockierte die Faust des Monstrums und verpasste ihm einen Kinnhaken.

Der *Wächter* steckte den Schlag mit Leichtigkeit weg und konterte mit einer linken Geraden, die ein ohrenbetäubendes Klingeln durch Duibels Maschine sandte.

Die Frontpanzerung trug eine kleine Delle davon, doch sie hielt stand. Duibel prüfte die Druckmesser, legte ein wenig Kohle nach und drehte die Ventile noch weiter auf.

»Ich weiß nicht, wie lange wir noch durchhalten!«, rief er Borra zu. »Versuch, dich nicht treffen zu lassen!«

»Was glaubst du, was ihr hier tue?«, brüllte sie zurück und ließ einen weiteren Fausthieb des Monsters ins Leere gehen. »Wir sind langsamer als er!«

Duibel nickte. Das war eine Tatsache, die nicht von der Hand zu weisen war. Die Übertragung von Borras Bewegungen auf das Gestänge hatte eine leichte Verzögerung zur Folge. Zudem war der *Eiserne Wächter* sehr schwer und dementsprechend behäbig.

»Konzentriere dich auf den Riss in seiner Brust.«

»Verstanden. Lass uns die Säge versuchen!«

Duibel zog an einem Hebel und die rotierenden Trennscheiben wurden an den Unterarmen entlang in Position geschoben. Dann trat der Gnom in die Pedale und das Getriebe übersetzte seine Anstrengungen in die Drehung der Sägeblätter.

Borra wich dem nächsten Hieb des *Wächters* aus und trieb ihm die rechte Faust in die Brust. Die Säge kreischte auf und Funken stoben in alle Richtungen.

Als sie sich zurückzog, glühte das Sägeblatt hellrot. Die Zähne waren komplett geschmolzen, doch an der Brust des *Wächters* zeigte sich keine Auswirkung.

Der Kristallkoloss streckte beide Hände aus und in seinen Handflächen sammelte sich ein blaues Leuchten, das immer heller wurde.

»Achtung!«, brüllte Duibel und schloss seinen Sichtschlitz im Panzer des *Eisernen Wächters*.

Borra brachte noch die Arme der Maschine schützend vors Gesicht.

Als das blaue Feuer sie einhüllte, schrie sie auf vor Schmerz.

Ihren Sehschlitz konnte man nicht schließen.

Blaue Flammen züngelten an den Armen des *Eisernen Wächters* vorbei ins Innere der Hülle, leckten am Gesicht der Zwergin und versengten ihr die Haare.

»Borra!«, schrie Duibel entsetzt. »Bist du in Ordnung?«

Sie brüllte ihren Schmerz und Zorn heraus und warf sich gegen den *Wächter*, um so nicht mehr von seinem Feuer getroffen zu werden.

»Das Schwein machen wir platt!«, rief sie mit seltsam lang gezogener Stimme. »Mal sehen, was er dazu sagt!« Sie rammte den Koloss mit dem ganzen Körper des *Eisernen Wächters* und schob ihn einfach weiter. Mit jedem Schritt nahm Borra mehr Tempo auf und schließlich krachten sie beide gegen die nächstgelegene Bergwand.

Der *Wächter* schrie wütend auf. Ein Kreischen, als würde man Tausende Glasscherben zwischen zwei Steinplatten zerreiben, durchbrach den Kampfeslärm und hallte im Inneren von Duibels Maschine wider. Das Eisen schien den Ton noch zu verstärken und der Gnom hörte nichts mehr außer einem hohen Fiepen.

Die Welt war stumm, nur dieser eine unerträglich hohe Ton rauschte durch seinen Kopf. Er blickte an den Gestängen vorbei, empor zu Borra, die alle Hände voll damit zu tun hatte, sich der Gegenangriffe des *Wächters* zu erwehren.

Ihre linke Gesichtshälfte war stark verbrannt. Rotes Fleisch hatte Blasen geworfen, die direkt vom Feuer verzehrt worden waren. Die Haare eine einzige schwarze Masse, die ihr wie ein Helm am Kopf klebte.

Duibel wusste nicht, wie sich die Zwergin noch auf den Beinen halten konnte, doch er ahnte, dass ihre Kräfte bald schwinden würden.

Er blickte auf die Druckmesser und alle Nadeln hatten den grünen Bereich weit hinter sich gelassen.

»Wir müssen Druck ablassen!«, schrie er über das ohrenbetäubende Klingeln hinweg, in der Hoffnung, dass sie ihn hören konnte.

Der Ingenieur zog den Hebel für das Auslassventil, doch nichts geschah. Wieder und wieder riss Duibel an dem Hebel, doch es zeigte sich einfach keine Wirkung. Er öffnete seinen Sichtschlitz und erhaschte einen Blick auf die Fäuste des *Eisernen Wächters*. Das blaue Feuer ihres Gegners hatte das Eisen geschmolzen. Vermutlich waren dabei auch die Auslassventile zerstört worden.

Der Druck konnte nicht mehr entweichen.

In wenigen Minuten würde der Druck den Kessel zerreißen, es sei denn, Duibel würde den Dampfkessel komplett öffnen, aber dann wären sie bewegungsunfähig.

»Borra!«, schrie er aus vollem Hals und stellte erleichtert fest, dass das Klingeln in seinen Ohren nachgelassen hatte.

»Bin beschäftigt!«, gab sie zurück.

»Die Ventile sind dicht. Wir können keinen Druck ablassen.«

»Und?«

Er blickte noch einmal auf die Druckmesser. Einige davon waren bereits im roten Bereich angekommen. »Wir müssen uns zurückziehen und das Feuer unter dem Kessel löschen.«

Borra wehrte einen Schlag des *Wächters* ab und verpasste ihm eine rechte Gerade, die das Monster taumelnd in die Wand schickte.

»Verstehst du nicht? Wir fliegen gleich in die Luft!«

Wieder drosch sie auf den Kristallkoloss ein und trieb ihn einen weiteren Schritt zurück.

»Verstehst *du* nicht?«, erwiderte sie. »Wenn wir aufgeben, ist Invar verloren!« Sie setzte einen krachenden Fausthieb gegen die Brust des *Wächters*. »Ich hab ihn gleich.«

Duibel schluckte und traf eine Entscheidung. Er legte noch einmal Kohle im Feuer nach und schloss seinen Sichtschlitz. »Auf mein Zeichen gehst du so nah wie möglich ran.«

»Aye.«

Er wusste, dass Borra ihn verstanden hatte. Sie beide wussten, dass es für sie hier kein Entkommen gab. Der *Wächter* würde niemals nachlassen.

Duibel konzentrierte sich auf seine Anzeigen. »Leb wohl, Rhaflit. Vielleicht wartest du ja bereits auf der anderen Seite auf mich.«

Die Nadel stieg plötzlich noch einmal sprunghaft an. Gleich war es so weit.

»Jetzt!«, brüllte Duibel.

»Es war mir eine Ehre«, antwortete Borra und lenkte den *Eisernen Wächter* unter einem Schlag hindurch direkt vor das Kristallmonster. Sie packte den Koloss, umschlang ihn mit beiden Armen und ließ nicht los.

»Hab dich.«

Kerellic stockte der Atem.

Die beiden Riesen hatten sich für mehrere Minuten unablässig geprügelt, als wären sie in einer wilden Kneipenschlägerei aufeinandergetroffen.

Für einen Moment hatte er gedacht, dass der *Wächter* siegen würde, als das Monster Duibel und Borra in blaues Feuer gehüllt hatte. Doch nun sah es so aus, als würde Duibels Maschine die Oberhand gewinnen.

Plötzlich sprang der *Eiserne Wächter* einen Schritt vor und umklammerte seinen Gegner.

»Scheiße«, entfuhr es dem Schmied. »Alle Mann in Deckung!«

Er ahnte bereits, was nun folgte. Doch Gnitzliks Dampfmaschine war winzig im Vergleich zu der, die den *Eisernen Wächter* antrieb.

Der *Wächter* kreischte ein letztes Mal seine Wut und Frustration in einem Schrei von Millionen zersplitternden Glasscherben hinaus.

Die Explosion war gewaltig.

Wasser, Dampf und Metallsplitter schossen durch die Luft. Der Donner der Explosion hallte an Invars Kuppeldach entlang und klang wie der Schrei eines Gottes. Gläserne Kristallbrocken prasselten auf Zwerge und Orks nieder, zerfetzten mit ihren scharfen Kanten jene, die sich nicht hinter einem Schild verstecken konnten.

Als der Dampf und die Staubwolke der Explosion sich verzogen hatten, war von den beiden Kontrahenten nichts mehr übrig.

Die Schlacht um Invar war geschlagen.

Er blickte sich um und sah, dass die Orks sich zurückzogen. Ihr Anführer stand noch am Tunneleingang und überwachte den Abzug seiner Truppen, als ihre Blicke sich trafen. Kerellic nickte dem Ork zu, eine kleine Geste der Dankbarkeit, die sein Gegenüber erwiderte.

Ohne die Hilfe der Monster hätten sie dem *Wächter* nicht so lange standhalten können. Der Schmied wusste nicht, was die Orks zur Rückkehr bewogen hatte. Vielleicht hatten sie sich einfach nur an dem Kristallkoloss rächen wollen. Vielleicht hatten sie erkannt, dass sie manipuliert worden waren. Er wusste es nicht, hoffte aber plötzlich, es eines Tages herauszufinden. Heute hatten sich hier zwei Völker beinahe vernichtet und Kerellic wusste immer noch nicht, wofür.

Er ließ seine Axt fallen und schüttelte sich den Schild vom Arm. Dann rannte er zu der Stelle, an der noch vor wenigen Augenblicken Duibels Maschine gestanden hatte.

Ein Krater zeugte von der Wucht der Explosion.

Er fand Duibel unter einem Trümmerhaufen und ging neben ihm in die Knie.

»Am Ende warst du noch verrückter als Rhaflit.« Kerellic beugte sich über den toten Freund und strich ihm sanft übers Gesicht. »Ich verspreche dir, ich werde auf Rhaflit aufpassen. Für uns beide.«

Khûlgrim trat neben ihn und legte ihm die Hand mitfühlend auf die Schulter. »Es ist vorbei. Der *Wächter* ist vernichtet.«

»Bis ans Ende der Zeit wird er über uns wachen«, flüsterte Kerellic die Worte der Prophezeiung und blickte den alten General fragend an.

Khûlgrim nickte langsam. »Es brechen neue Zeiten an.«

EPILOG

Vargan fand die beiden wenig später, nachdem die Schlacht geschlagen war.

Culnauir hatte Nefhiliel in das Haus gebracht, das die Zwerge ihnen für die Zeit ihres Besuchs zur Verfügung gestellt hatten.

Dort lag er Arm in Arm mit der Prinzessin auf seinem Bett. Eine einzelne Kerze erhellte den dunklen Raum und ließ in die Decke eingefasste Bruchstücke aus Kristall, Gold und Silber wie einen Sternenhimmel funkeln.

Der Elfenkrieger hielt seine Geliebte sicher in seinen Armen, den mittlerweile leeren Blick auf ihr Gesicht gerichtet.

Vargan hatte das unangenehme Gefühl, die beiden in ihrer Innigkeit zu stören und verließ das Haus.

Er ging zum Tempel, in dem Bundarr die Verwundeten pflegte. Dolantan war ebenfalls dort und versuchte sich nützlich zu machen. *Er ist ein guter Junge – ein guter Mensch*, dachte Vargan beim Anblick seines Schülers. *Menschen wie er sollten die Zukunft bestimmen.*

Er setzte Bundarr ins Bild und sie kamen überein, Culnauirs Verrat einem Zauber von Lyssetra zuzuschreiben. Der Elfenkönig brauchte nicht zu erfahren, was der Leibwächter seiner Tochter getan hatte.

Kerellic schien damit nicht ganz einverstanden zu sein, doch Rhaflit winkte ab.

»Wir haben wichtigere Probleme«, sagte der Gnom.

Vargan freute es zu sehen, dass der Gnom noch am Leben war, auch wenn er seine Beine nicht mehr benutzen konnte.

Zu viele waren gestorben.

Die Zwerge betrauerten unzählige Tote, darunter auch ihren König und die Zwergin, die den *Eisernen Wächter* gesteuert hatte.

Die Gnome hatten ebenfalls hohe Verluste zu beklagen. Vor allem Gnitzlik und Duibel hinterließen große Lücken, die es zu füllen galt.

Aber der Meuchelmörder nahm sich auch einen Moment Zeit, um an die Orks zu denken. Sie waren mit dem Ziel der Vernichtung gekommen, nur um den Zwergen dann am Ende im Kampf gegen den *Wächter* beizustehen.

Und der *Wächter* selbst? Was blieb übrig, wenn man die Prophezeiung auf die Probe stellte? Wie sollten die Menschen darin ihren Platz finden?

Vargan konnte es nicht sagen, doch er wusste, dass er mehr als Tod und Leid zur Zukunft Rhiloks beitragen wollte.

»Ich weiß nicht, ob es Duibel gefallen hätte«, gab Rhaflit zu bedenken, als er die Pläne für eine große Statue des Freundes in der Halle der Ingenieure betrachtete.

»Meister Duibel *muss* einen Platz in der Halle bekommen!«, beharrte Ralthin. »Direkt neben Gnitzlik.«

Er konnte die Richtigkeit der Aussage nicht bestreiten. Gnitzlik und Duibel waren Kriegshelden – genau wie er selbst. Und Duibels *Eiserner Wächter* war ein Meisterwerk der Ingenieurskunst, das viele Gnome zu neuen Ideen inspirierte.

Rhaflit lächelte verschmitzt.

Am Ende hat Gnitzliks Dampfmaschine die Welt verändert!

Schließlich nickte er. »Aber nur, wenn ihr für Borra auch eine Statue errichtet. Das hat sie verdient.«

Ralthin nickte eifrig. »Hervorragende Idee.« Er betrachtete Rhaflits fahrenden Stuhl. »Du hast Gnitzliks Aufzeichnungen gefunden. Schon Pläne für deine nächste Erfindung?«

»Das ist geheim«, entgegnete er mit gespielter Empörung. Schließlich zuckte er mit den Achseln und senkte den Blick. »Gnitzlik und Duibel glaubten an eine friedliche Welt.« Er schnaubte ungläubig.

»Und ebneten den Weg für die gewaltigste Kriegsmaschine. Ich denke, ich möchte etwas erschaffen, das unsere Welt verbindet.«

»Es brechen wahrlich neue Zeiten an.«

Rhaflit nickte. »Und meine Flugmaschine hat funktioniert, wusstest du das? Ich denke, beim nächsten Mal schaffe ich es bis zum Elfenwald.«

»Bestimmt.«

»Und ich sage, ihr liegt falsch!«, pochte Rhaflit auf seiner Meinung.

Der Gnom hatte sich in den letzten Wochen gut erholt und saß nun als Erster Ingenieur Ventrils am Kriegsrat von König Khûlgrim.

Die Zwerge hatten den alten General einstimmig als ihren neuen König ausgerufen und ihm gar keine Wahl gelassen.

Schließlich war er ihrem Ruf gefolgt und hatte die Königskrone angenommen. Vargan konnte sich gut vorstellen, was für eine Bürde dies war.

Er und Dolantan waren vorerst bei den Zwergen geblieben. Der Junge lernte eine Menge über Metall und Baukunst und er selbst lernte eine Menge über … Freundschaft.

Kerellic hatte auf Khûlgrims Bitte hin die Führung der Schildwachen übernommen. Eine Ehre, die der Schmied nicht ausschlagen konnte. Mit Dargril war er sich schnell einig geworden und der junge Zwerg war einer seiner besten Truppführer.

Rhaflit wiederholte seine Aussage und rollte um den Tisch herum. Er hatte sich nach Gnitzliks Plänen einen eigenen fahrenden Stuhl gebaut – manche Gnome spöttelten, dass man in Zukunft wohl erst seine Beine verlieren müsste, um Erster Ingenieur zu werden, doch Rhaflit stand über solchen Dingen.

»Ich sage, die Orks wollen mit uns sprechen«, beharrte er. »Es sind neue Zeiten.«

Seit fünf Tagen stand eine kleine Gruppe Orks vor den Toren Invars. Gerade außerhalb der Reichweite der zwergischen Armbrüste, aber nah genug, dass man deutlich erkennen konnte, dass sie keine Waffen führten.

Für Vargan stand fest, dass er diesem möglichen Treffen beiwohnen musste.

Khûlgrim blickte nachdenklich auf die Karte, die ausgebreitet auf dem Tisch lag, und rieb sich das Kinn. Seinen Bart ließ er noch immer nicht wachsen. »Wenn du dich irrst, dann schlachten sie euch ab.«

»Darum wirst du auch hierbleiben, König Kurzbart«, feixte Kerellic.

»Du unterstützt Rhaflits Vorschlag?« Khûlgrim zeigte sich ehrlich überrascht.

Kerellic zuckte mit den Schultern. »Es wäre nicht das erste Mal, dass der verrückte Gnom recht behält.«

Der König blickte in die Runde. »Also schön. Geht zu ihnen.«

Rhaflit grinste Kerellic breit an. »Wir werden die Welt verändern!«

Kerellic zuckte zusammen. »Verrückter Gnom.«

GLOSSAR

Personen

Gnome

Rhaflit – Gnom
Duibel – Gnom
Gnitzlik – Erster Ingenieur
Ralthin – sein Gehilfe
Mirzon – Duibels Vater
Custin – junger Gnom

Zwerge

Kerellic – Zwergenschmied
Dargril – Truppführer Schildwache
Khûlgrim – General der Schildwache
Arlon Eisenbart – König der Zwerge
Tongart – Meister der Schmiede
Thorvan Schmiedehammer – Besitzer der gleichnamigen Schänke
Lodgar – Thorvans Sohn
Morfius – einziger Zwergenforscher
Gundarik – Gebirgsläufer, Borras Bruder
Olfdan – junger Gebirgsläufer
Modruk – Zwerg
Burrik – Zwerg
Frombur – Gebirgsläufer
Eldrir – Gebirgsläufer
Borra – Zwergin, Gundariks Schwester
Bundarr – Zwergenpriester

Elfen

Culnauir – Elfenkrieger
Nefhiliel – Prinzessin
Lyssetra – Elfische Hohepriesterin
Pellaréion – Elfenkönig
Folgorin – Culnauirs Bruder

Menschen

Dolantan – Menschenjunge
Vargan Blutklinge – Kopfgeldjäger der Gilde
Barud – Kumpan von Vargan
Celless – Gildenführerin
Dolantans Vormund – Wirt der örtlichen Schänke

Danksagung

Lange ist es her, dass ich Menschen am Ende einer Geschichte meinen Dank ausdrücken durfte. Mal sehen, ob ich noch weiß, wie das geht.

Als Erstes meiner Frau, Nina, denn ohne sie wäre dieses Buch erst gar nicht entstanden. Ich kenne keinen Menschen, der so viel Geduld mit mir aufbringt, so nett ist, über meine Witze zu lachen und jeden Ort zu einem Zuhause für mich macht. Wann immer ich gerade in Rhilok abgetaucht war, hat Nina mir den Rücken freigehalten und zu jeder Zeit an das Buch geglaubt, auch wenn ich es nicht konnte.

Meinem Wolf-Pack, Tobi, Philipp und Julian, die vermutlich nicht einmal wissen, wie wichtig sie alle für mich sind. Diese drei Jungs sind über all die Jahre meine Freunde geblieben, auch wenn ich es ihnen durch diverse Umzüge nicht gerade leicht gemacht habe.

Christian und Kathrin, Schreibgefährten und fellow moageeks. Ich liebe es, wie wir stundenlang über kleinste Details in Geschichten diskutieren können, uns gegenseitig witzige Arbeitstitel aufdrücken oder einfach nur zusammen einen guten Film schauen. Ohne euch macht Schreiben nur halb so viel Spaß.

Meiner Familie, die meine Berufung nicht immer versteht, aber akzeptiert. Ohne euch wäre ich nie so weit gekommen.

Vor allem nicht ohne meinen Vater. Er war der erste Testleser für alle meine Geschichten. Vor fünfzehn Jahren las er meinen ersten Roman und ermutigte mich weiterzumachen (O-Ton: Es ist verdammt spannend, aber herrje, Junge, die waten ja knöcheltief im Blut). Ihm diese Geschichte nicht mehr direkt per Mail schicken zu können, gehört zu der Art Gefühl, die wohl *ich* nie ganz verstehen werde, aber akzeptieren muss.

Laura, die meinen Text mit so viel Hingabe lektoriert hat, mich immer wieder herausgefordert und einen Schritt weiter geschoben hat. Vielen Dank!

Und Michaela, die ihn gewissenhaft korrigiert hat.

Eine Geschichte entsteht (meist) allein im Kopf. Ein Buch ist die Arbeit vieler Menschen voller Hingabe.

Marie, für dieses wundervolle Cover. ich finde, du hast dich mal wieder selbst übertroffen.

Meiner neuen Verlagsfamilie. Die Drachen haben mit ihrer positiven Art jeden Tag aufs Neue aufgezeigt, worauf es bei diesem Beruf – Schriftsteller – eigentlich ankommt: Freude am Schreiben.

Michael, ohne den ich nie auch nur einen Fuß in diese verrückte Schreibwelt gesetzt hätte.

Und last but (definitely) not least: Der *Weltbesten Verlegerin*™[1], Astrid Behrendt. Dein Vertrauen in mich und meine Schreibe hat mir eine Tür in der Wand gezeigt, die ich vorher für massiven Fels hielt. Und bevor ich zu sentimental werde und viel zu viel plappere: Vielen Dank!

Moment, da fehlt doch noch jemand, nicht wahr? Jemand ganz, ganz Wichtiges.

Genau: Du.

Du, lieber Leser. Denn du hast dich auf die Reise nach Rhilok gewagt, hast mir vertraut, dass ich dich an die Hand nehme und in eine fremde Welt entführe. Du hast Duibel, Rhaflit und Kerellic in dein Leben gelassen und ich hoffe, dass du mit ihnen gelacht, gelitten und geweint hast.

Fliegen wird die Welt verändern!

Mögen die Sterne dich leiten.

Stephan R. Bellem

---

[1] *Der Begriff Weltbeste Verlegerin ist kein eingetragenes Warenzeichen. Sollte er aber sein. ;)*